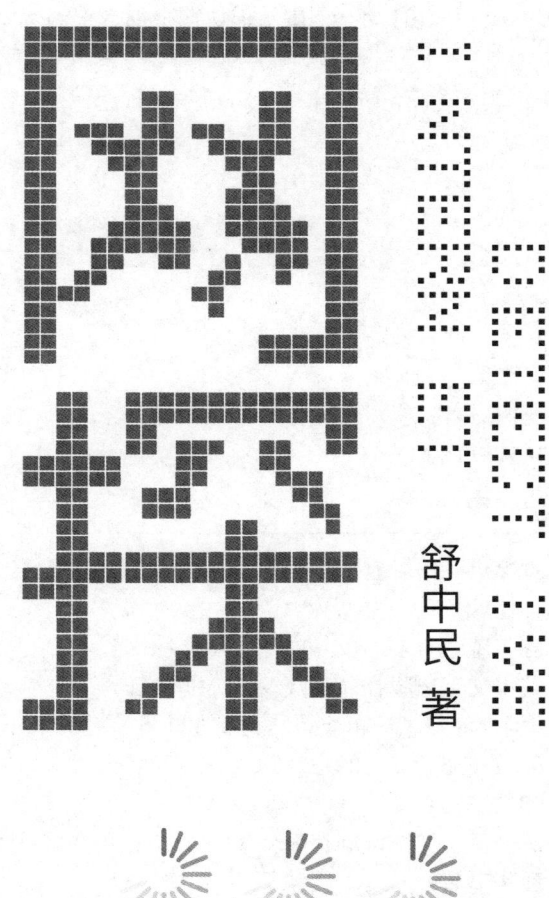

舒中民 著

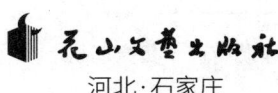

花山文艺出版社

河北·石家庄

图书在版编目（CIP）数据

网探 / 舒中民著. -- 石家庄 ：花山文艺出版社，
2020.7

ISBN 978-7-5511-3556-6

Ⅰ．①网… Ⅱ．①舒… Ⅲ．①侦探小说－中国－当代

Ⅳ．① I247.5

中国版本图书馆 CIP 数据核字（2020）第 047547 号

书　　　名：**网　探**
WANG TAN

著　　　者：舒中民

责任编辑：贺　进
责任校对：林艳辉
美术编辑：陈　淼
出版发行：花山文艺出版社（邮政编码：050061）
　　　　　（河北省石家庄市友谊北大街 330 号）

销售热线：0311-88643221/29/31/32/26
传　　真：0311-88643225
印　　刷：涿州汇美亿浓印刷有限公司
经　　销：新华书店
开　　本：787×1092　1/16
印　　张：21
字　　数：380 千字
版　　次：2020 年 7 月第 1 版
　　　　　2020 年 7 月第 1 次印刷
书　　号：ISBN 978-7-5511-3556-6
定　　价：59.00 元

目 录

前 奏

亲爱的妈妈：

昨晚，我又从噩梦中惊醒过来。

我梦见自己走在一条昏暗的走廊里，走廊一直向前延伸，既熟悉，又令人害怕。

我缓慢地走着。走廊两侧都蒙着黑幕，每一帘黑幕都是相同的形状。无论怎么走，都看不到走廊的尽头；无论走多久，两侧仍然是黑幕。我不敢拉开黑幕，只能继续往前走，内心期待着可以走到光亮的地方，希望黑幕可以消失。但是，走廊看不到尽头，持续到永远；黑幕也没有止境，无限的黑暗令人绝望。

身心疲惫时，我内心里产生了一丝期待：也许黑幕掩藏着自己寻求的出口，只要破除黑幕，或许将通往另一个世界。

这种期待不断膨胀。我知道是因为自己想要逃避这种状况，才想到这个一厢情愿的做法，但仍然把手伸向了黑幕。

"住手！"有人大叫。我仔细听了听，感觉应该是父亲的声音。父亲的声音继续叫喊着："住手！一旦打开，我们就全毁了！"

我在心里抗拒着父亲的命令。不打开，我还能怎么样？难道要我继续在这毫无希望的走廊里走下去吗？继续走向黑暗吗？我受够了，我要离开这里！

"住手！"

我无视父亲的叫喊，把手伸向黑幕，然后用力扯开幕帘。

幕帘后面有人，黑色的影子拉得很长很长。仔细一看，发现那人不是站在那里，而是悬在半空。

那是父亲，他被吊在那里，定定地看着我，睁着一双死人的眼睛："满意了吧？"

我全身痉挛着惊醒过来，嘴里仍然咕噜着分不清是呻吟还是悲鸣的声音，全身都冒着汗。这是我近段时间一睡着就会出现的状况，即使醒来，脑袋里好像充满了烟雾，昏昏沉沉，隐隐作痛，需要一点儿时间才能完全清醒。

父亲见我醒来，便会走过来，交代这交代那，我装出沉思默想的神色。每逢父亲说话，我都是用这种方式来掩饰心情，他以为我在考虑解决办法，不消一会儿，便会出去。

大脑中乱哄哄地闹成一片，我竭力想理出个头绪，但是没用，那个梦境总会不由自主地浮现出来折腾、磨蚀我。此刻也不例外，父亲那针刺般的叫喊在脑海里愈演愈凶，持续不断地敲打着我的耳膜，一阵阵麻木的痉挛漫过前臂，几乎让我浑然失去知觉。

这是心理衰竭的症状。这一点我在网上查过，是因承受了超负荷的心理压力而引起的。我想，每个人的容忍限度不同，所以生理和心理上的反应也迥然有异，往往使北方人大为惊愕的东西，南方人倒会坦然面对，这是同一个道理。

妈妈，您知道吗，这是被您遗弃的后遗症。这症状在心中已埋藏许久了。我本来以为它已成为我生命中的一部分，权当与生俱来的某种东西，像腋毛一样自然地藏在那里。

但近几个月来，我发现压力造成的可怕后果远远超出了我的想象，潜藏于内心的担惊受怕和清醒的理智闹个不休，我简直被搞垮掉了。

妈妈，您在哪里呢？难道金钱真的是您活着的唯一目的吗？当年，您因为父亲破产而离去（父亲是这么说的），现在，父亲已经积累了十倍于当年的钱财了呀，您还会回来吗？我有一个感觉：您会回来的。父亲也这么说，只要我帮着他赚钱，母亲就会回来。

就是这种感觉在我心里播下希望的种子。

有时，我也暗自纳闷儿，是不是您早已决定回来，但是因为怀着对父亲的仇恨，您犹豫了。这可能吗？不可能，父亲说，是现有的财富还不足以打动您的心。

此时，他正坐在那把黑色的大板椅里，挺着脊背，灰黄的眼睛眨也不眨，全神贯注地盯着电脑屏幕，盯着那些经由我手设计升级的交易平台上的数据。他已习惯于操纵后台数据，手指飞舞时带着一份气定神闲的威严与气度。

他的这种态势，让公司里跟着他操作的员工们对真相一无所知。

员工也都是为生存而来。当父亲手里的财富如滚雪球般不断滚大时，他对员工是慷慨的。钱财足以令人蒙昧，也可以让人闭嘴。在我的潜意识里，或许员工们早已知道了真相，只是因为怀着一份比我更大、更强劲的恐惧而怯于承认。

当然，这只是我的想法。员工不会知晓此事，也不至于在这方面有什么异常的举动。他们坐在明亮而堂皇的工作室里，面对我设计的稳定的软件程序，面对起起落落的曲线，恰如那些敲击木鱼的苦修僧人。单调、低沉的电流声从电脑主机里传出来，与父亲时不时通过短频对讲的指令声交织杂糅在一起，侵袭骚扰着我的神经。

这些员工，在我眼中已不具有外在的形体，我所看到的只是超出他们形体之外的东西，一条条流水线，每条线上滚滚卷动的是花花绿绿的钱币。

妈妈，我最希望在那些钱币后面，迎来的是您温柔的眼神。

如果能这样，即使是极短的一瞬间，我都无憾于所做的一切，将释然笑对人生。

可是，这都是我的想象。当我的泪眼慢慢被风吹干，抬起头来，只是与父亲的目光相触。那双眼睛里含着什么呢？父子情？我想是的。不过，就在那眨眼即逝的瞬间，我觉得父亲心里更多的是滋长起一份赚钱的欲望。

父亲不能理解我内心的焦渴，更没有父子亲近的念头。这种强烈的落差，很快冰冻了我们相隔很近的那片空气，冰冻的空气仿佛在彼此间竖起一道墙，既冷却了心头的热情，又阻隔了彼此的交流。

如此血亲，却又如此冷漠，到底缘由何在？又是怎样的一种隔阂，丝毫不留商量的余地？难道这才是您狠心离开、久久不归的原因？

您没有给我留下只言片语。

第一章

"清单落地了。"

"有什么大惊小怪的。M 方如此肆意地对中国产品加征关税，挑起贸易战，中方予以反制是必然的……"

"不是，不是，是我们的结论将被推翻了。"

罗卫叹了口气。他们已经在这里工作两天一夜了。这两天里，他听够了对坠楼身亡者抑郁绝望的描述和没有陌生人在现场的证词。他晒得跟黑泥鳅似的，手臂皮肤干裂燥痛，这时候出现证据印证当事人家属的猜想，对他来说可不是好事儿。

罗卫一口气喝干捂得发烫的半瓶子矿泉水，对死者丈夫老皮道了声歉，转身走出闷热的客厅，然后对来人说："慢点儿说，肖教导，怎么回事？"

"啊……嗯……还是你亲自去现场看看吧！"

肖教导，梅雁派出所教导员，大名肖可语，梅阳分局十年不败的警花。虽然已经三十岁，但依然面目姣好，特别是工作时身上散发出的那份机智的聪慧之气，更使她韵致娴雅。但她毕竟是个警察，言谈举止间免不了带了些英武的味道。

肖可语没等罗卫回答就快步走开，转过屋角，在阳光下绕着现场警戒线一路小跑，罗卫只得紧跟其后。围着黄色警戒带的现场是一栋七层楼房，三间门面，中间一道楼梯。楼房正在做基础装修，楼梯口堆着建筑垃圾。

沿梯而上，楼面更是一片狼藉。断裂的砖头乱糟糟地散落着，黏糊糊的混凝土东一堆西一块，乱插的钢筋、玻璃碎片对上楼人员来说都是威胁。即使是最具经验的证物收集专家，对这种现场都感到无从措手。出事时，楼房装修已经停工三个多月，但死者丈夫坚持楼里有人，妻子死于他杀。因此，两天来，罗卫的人从艰难到不知从何下手，进入到自如地摄录资料的阶段，在楼里不眠不休地待了几十个小时。

现在，除了罗卫留下来继续做死者丈夫的工作，侦技人员都完成任务，回家洗去现场的血腥气，正在享受难得的休整时刻。

没人知道肖可语仍留在现场。炽烈的三伏日头将钢筋混凝土砖房晒得宛如烤箱，周围没有任何行人，公路上车流如梭，急于逃离这炽热……

肖可语仍旧步幅很大，挑起警戒带，跃上垃圾杂陈的楼梯，右手伸进警裤口袋，拿出一双勘查手套戴上……

"肖教导，究竟发现了什么？"罗卫忍不住追问。

肖可语没有回头。罗卫从来不甘于人后，他盯了一眼俏美的背影，紧跟着跳进楼梯口，脚步像枯燥的蝉鸣，咚咚地响过七层。肖可语左转走进顶层露台的脚手架下，面前一片狼藉，裸露的钢筋像残缺不齐的黑色长剑笔直地刺向炫亮刺眼的天空。

"最好给我干货，肖教导。"

"嗯。"

"如果只是让我看看这些勘查过无数次的垃圾和砖墙，我再也不会理你。"

"放心吧！"

肖可语在凌乱的砖头上跟跟跄跄地穿行着，绕开了脚手架下杂乱的工具。她停下来时，罗卫差点儿撞到她的背上。

"俯身过来。"肖可语说。

罗卫蹲下身子，接过肖可语手里的勘查放大镜。"啊！看来此事真的不能善了啦！"

罗卫是汉洲市公安局梅阳分局刑侦大队副大队长，妻子也是警察。妻子高媛在市局网安支队工作，一大队教导员，现在正怀着孕。怀孕的女人特别依恋丈夫，一天给他打好几个电话，腻得要命。罗卫高大挺拔、英武帅气，一看就是军警坏子，而且他文笔不错，市局警令部一直想调他过去任综合科科长。

但他更喜欢刑侦工作。在警官大学学习时，他就特别注意体能和武器装备训练，曾蝉联两届射击冠军。他爱好写作，这一点，警官大学的学生迄今为止还无人能出其右。他的小说上过《当代》，获得过当年的文学拉力赛冠军。参加工作后，偶尔写点儿工作感悟，省内的报刊都追着刊发。

罗卫参加工作九年，其中七年在派出所，当过副所长、教导员，去年调到刑侦大队。他的事业基本走上了正轨，至少学尽其用，但也并非无忧无虑。如今的刑侦工作更多的依赖科技，几年甚至几个月一次的科技革命让警官大学的培训教材永远落后一大截儿。就像同事们调侃的那样："侦查工作都是技侦、科信、网安在做，刑侦队变成附庸啦！"

眼下，罗卫遇到一个棘手的问题：名叫刘群的女人坠楼身亡后，她丈夫老皮坚持是他杀，警方调查却认为是自杀，现在却又在坠楼处发现其他血迹。

罗卫取了血样，急匆匆地赶回刑侦大队鉴定中心。路上，他问肖可语："痕迹组都没有发现，你是怎么发现的呢？"

"蚊蝇。"肖可语答道，"我在楼顶正在想象刘群坠楼的情形，忽然看到一只苍蝇飞上这么高的楼来，就想到这周围肯定有腥臭之物，然后就想是什么东西吸引了苍蝇过来。然后……"肖可语做了娇憨的耸肩动作。

这就是城乡差异。罗卫出生在汉洲市区，从小在高楼套房里长大，苍蝇都很少看到。但肖可语不同，虽然是娇滴滴的女性，但在乡下土屋长大，对苍蝇这种恶心动物有着独特的观察。她一直在派出所工作，对背街陋巷哪一只猫、哪一只狗是谁家的，都十分清楚。对辖区的刘群坠楼身亡，开始她也不相信是自杀，但刑侦队做出结论，她服从。

"你要向胡队汇报吗？"肖可语问。

罗卫皱了皱眉头："当然。"然后接着说，"你觉得这会扭转案情吗？"

肖可语说："恐怕会。房主说楼上三个月没进入了，但血迹很新，可能是铁器刺伤留下的，与刘群的坠楼有呼应。"

虽然仍是猜想，她还是重点强调了后一句。罗卫明白她的意思，肖可语说得有道理。

罗卫看着手机里妻子发来的信息，想象高媛怀孕的模样，假装对肖可语的话漠不关心。

坠楼事件发生在周四清晨。刘群有晨练的习惯，老皮很支持，肖可语也知道，这也是他们一开始便不约而同地觉得她不会自杀的原因。一个如此热爱生活的人怎么会毫无先兆地自寻绝路呢？

不过，刘群自杀的原因还是存在的。最近一段时间，她总是唉声叹气，抑郁得不行。追问得急了，就说"怪只怪自己贪钱，想发大财"。有时却又恨得牙痒痒，说什么"扔个石头甩破天也没能耐啊，怎么办？这能怎么办呢"，很绝望的样子。

事件发生后，老皮清查刘群保管的存款，发现卡里只有几千元钱。家里的钱哪里去了呢？那可是他们的土地出让流转后，国家发放的所有补偿啊！安置楼的装修、儿子的抚养和家庭的生活可全靠它呢！接着，要好的邻里、朋友陆陆续续透出口风来：几个月前，刘群加入了一个投资微信群，她跟着别人炒股票，把钱全亏了。

难怪……

老皮想起近一个月来跟妻子要钱的情形。不论他如何小心翼翼开口，每次都以吵架结束。他一直以为是妻子节俭，是妻子怕他乱花钱，是妻子要省钱办大事。抚摩着妻子的尸体，老皮一边号啕大哭，一边扇自己的耳光："我怎么就没有想到这一层呢？怎么就没想到呢……"

周四清晨，老皮还躺在床上，刘群像往常一样出门晨练。但是，她没有往晨练的广场去，而是直接登上了自家毛坯房的顶楼……

七点钟，正好当值的肖可语刚起床洗漱，报警电话来了。她没来得及梳妆，便一边打电话向所长报告，一边带着民警往现场赶。

七层楼，楼下是硬化的水泥地。警车和救护车赶到时，刘群已经香消玉殒。随后，分局刑侦队勘验人员进入现场展开调查。根据分局的要求，市局技术中心派人协助证据收集工作。

梅阳分局局长黎政、刑侦大队长胡志远赶到了现场，成立了专案组，胡志远任组长。按照规定，专案组下设三个小组，除了勘验组外，肖可语任现场调查组组长，罗卫任嫌疑对象控制组组长。后来，调查组和控制组合二为一，一起协助勘验组收集证据。

专案民警都十分努力，接下来一切都清楚了：毛坯房周边虽然没有安装电子眼，但不到一百米的四个方向都分别有治安监控，各个方向都没有陌生人出现；同楼邻居反映，刘群出门时情绪低落，竟然没打招呼；楼道及顶楼没有挣扎反抗的痕迹；从出门到坠楼，除去正常的步行时间，只有不到十分钟空隙，犹豫的时间很短，给人一种直赴黄泉的感觉。

专案组在电脑上模拟了坠楼前后的经过，过程清晰简单得令人感叹命运的诡秘和奇异。

走进鉴定中心，罗卫首先看到两个穿白大褂的人，那是分局仅有的两个法医，正是他俩发现死者身上沾着别人的血迹；接着，技术中心主任沉着脸走过来，默不作声地接过他从墙根取下的血样；然后，罗卫才看到闻讯赶来的胡志远，他比任何人都要心急。

胡志远手里拿着两份血样结论。

他瞥着罗卫和肖可语，说："你们对证据清单这么有信心？"

胡志远原来是中学的一名中级教师，半途改变主意考进了公安局。之后，他由办公室副主任到派出所任教导员、所长，然后担任了刑侦队长。他自称在公安部门找到了自己的人生方向。他对细节的敏锐观察力、勘查痕迹物证的过人之处，以及辨识陌生人表情的痴迷，足以证明他在刑侦方面的天赋高于做教师的天赋。

这些都已经过去十多年了，胡志远从来只向前看，当年英俊帅气的年轻小伙成了大腹便便的中年男，勾头弯腰、把身子扭成麻花钻现场找物证的事情已交给年轻人去做，但他工作起来仍然十分投入，是位努力认真的干探。

现在，如果第二份血样属实，胡志远又将开始侦查他刑警生涯中的又一起谋杀案。

"你这是退化吗？"胡志远低声吼道。

三人走进隔壁的休息室，远离了技术中心的同志。胡志远始终将同事当兄弟，但在私底下训斥起来毫不留情。

"查了两天竟然没发现这一粒血珠？"

"这……血珠在砖石混凝土堆旁边，不容易看到。"罗卫犟了一句嘴。

"这么亮晃晃的阳光，砖石跟血能一样吗？"

"在砖石下面，"肖可语说，"翻开砖石才能看到。勘查时说过不动现场砖石，如果不是我心里一直存疑，不可能发现。"

罗卫感激地看了肖可语一眼。肖可语娇憨地冲胡志远抿着嘴。在美女面前，胡志远也会心软，终于没有苛求罗卫。

"乱弹琴！"胡志远转头抱怨道，"忙乎了两天，这样的事早就应该清楚明了，而不是重新开始调查。真是……"

肖可语接着说："这样也正常。去年的失踪案，还有年初的电信诈骗，哪一起不是几经反复，最后还不是在您手里水落石出。"

"嗯……"这马屁受用。

"是不是扩大监控调阅范围，重点搜索她出门的区域，重新分析她的电话记录和微信、QQ联系记录？哦，那血是怎么留下来的呢？"

这时，胡志远的眉头皱得更深了。"现场就这一粒血珠吗？"

罗卫答道："嗯，我仔细搜索过，就这一粒血珠。"

"可能是有人滴血后，动了砖石掩盖。"肖可语进一步说明。

胡志远恍然笑起来，说道："会不会是死者本人的呢？你的他杀证据清单说的是寻找其他人的血样，如果这血样又跟死者身上的第二份血样重合的话……"

罗卫看了一眼肖可语，对胡志远说："如果是死者本人的血，我们的麻烦依然存在。"

痕迹技术员被重新召集拢来，带着勘查工具出发。胡志远想亲眼看看现场，没准儿会幸运地发现更多的血珠、血块，甚至脚印，或者最好是掌纹或指纹。不是搬动过砖石吗，说不定凶手来不及戴上手套呢！

还有两个小时就要天黑了，他们将聚光灯搬上警车，准备打持久战。

痕检员从入口开始查起，以免漏掉任何蛛丝马迹，然后进行大面积清场，一块砖头、一坨混凝土、一堆搅乱的钢丝，全部过细。肖可语在侧面搬移工具，并负责照相；胡志远一手拿着显影粉，一手拿着卡尺，既做指纹、脚模按印，又进行测量；罗卫负责对场地物品进行关联记录和距离测算。

他们记录了所有有价值的数据。夕阳炽热，暑风吹得皮肤干裂。可怜肖可语穿着警裙，手臂和小腿裸露着，虽然背对着阳光，俏脸还是禁不住燥痛。最后，罗卫接过她手里的工具，把她推到西面安全墙下。胡志远头都不抬地检测着，时不时地与痕检员交换意见。

"高手！"胡志远咕哝了一句，不知是骂还是夸。

要么，除了刘群，楼顶委实没其他人去过；要么，挟持刘群上楼的人是个绝顶高手。因为，他们将楼顶翻了个遍，就是没有找到任何其他人在场的痕迹。

胡志远看着肖可语，问："你确定血珠是在这里取下来的？"

这次证据收集工作真是冒昧，他想让自己保持平静，但是却做不到。尤其是现在，发现现场确实没有明显证物时，他心里的确很不舒服。他接着问："我的意思是，整个楼顶几乎没有人为活动的痕迹，一粒血珠就那样刚好滴在砖石下面？"

"事实上，盖着血珠的砖石仍然是日晒雨淋的一面朝着上面，真是难以发现。但我在查看血珠时，感觉那些砖石动过不久，是刻意掩盖的模样。"

"既然要掩盖，为什么不抹去呢？"胡志远再次质疑。

"有意欲盖弥彰？"罗卫说，"他这是出于什么目的呢？"可刚说出口，他就觉得自己说错了。他这是先入为主地设定了杀人犯，而且认为血珠就是杀人犯留下的。或许，这纯粹就是一起自杀事件，一切都是他们臆测而已。

"我不明白。"胡志远原地转了个圈儿，仔细看着挡风墙。"这就是刘群坠楼的地方。"他指着墙体内面灰尘脱落的地方说道，"她在这里站了一会儿，大约稍有迟疑，然后靠着墙体，两手抓住墙，撑起来，俯身过去。"他转了一下身，墙体大约只有他大腿根部的高度。"这么矮的墙体，她不需要站上墙，俯一下身就跃过去了。"

"还原坠楼经过，大致是这个样子。"肖可语接着说，"她站的地方跟出现血珠的地面很近，血珠是她衣服带上来的也未可知。"

"那么早，她几乎没有接触过其他人，她身上的血是哪里来的？"胡志远再次俯下身，聚精会神地观察着落下血珠的地面。肖可语往前趋了趋，想给队长指点指点。

不幸发生了。她踩中一块斜翻的砖头，脚踝一扭，玉体倾倒，落在胡志远怀里。背后响起一片暧昧的吃喝声。胡志远却没有"吃豆腐"的感觉，也没有"吃豆腐"的心情。

肖可语没有尖叫，甚至没有惊讶，脸上反而漾起一份惊喜。她顾不上疼痛，迅速从胡志远身上弹起来，却又反身往胡志远肩头拍了一下。

如果说跌倒出于无意，这一拍就显得轻佻了。胡志远着恼地看向肖可语。

这一盯，幸运的事发生了。在距他脚下几厘米的地方，肖可语踩翻的石头下面，他看到了他们寻找的东西。那块砖头是镶嵌在墙脚的，如果不是恰巧踩翻，任谁都会认定它是墙体的一部分。痕检人员不可能把墙体拆卸下来进行检验呀！

薄薄的一层塑料膜，包裹着一张银行卡和几张发黄的银行单据。

"我们是不是走弯路了。"肖可语说。罗卫赶忙凑过来。

"这能说明什么呢？"罗卫怀疑地问道，"难道她把钱都藏匿在这里？"

"这里面不应该有钱。"胡志远说，"而是亏钱的线索。她把钱存在卡里，然后通过什么方式，极有可能是网络，转账到其他地方。应该可以通过这张卡查到银行流水。"

"可怜的人。"肖可语抱怨道，"何不直接报警……"

"玩儿股票、期货、外汇亏钱的千千万万，警察查得过来吗？"胡志远抢白道。

"但是，即使是在大股灾的时候，自杀的又有几个？"

肖可语感叹道："女人脆弱，加上家庭的责任感压得她活不下去啊！"

罗卫一脸严肃，却忍不住叹了口气，控制住情绪，说："那就接着查吧，别浪费时间了。"

事实上，分局领导对刘群资金亏损的银行流水并不太感兴趣。一个人投资失败也许会增加社会的不稳定因素，却不是公安能够管得着的。

胡志远打了几个电话，向黎政汇报了新发现，跟查获的银行卡的发卡行进行了接洽，派了经验丰富的经侦民警赶过去调查。楼顶的痕检人员再次展开细致入微的勘查，几乎将楼顶的每一个能够拆卸的地方都拆卸了一遍。

罗卫更在意那粒血珠的鉴定结果。他留了中队长林立仁在鉴定中心，但林立仁一直没有打电话汇报情况，让他有些担心。就能力而言，林立仁是他十分信任的人，但是他的特长是音视频监控和模糊辨识嫌疑人相貌，所以，顶楼的传统现场勘查就没有安排他参加。

另外，林立仁与高媛是警官大学的同班同学，高媛结婚前，林立仁是她最忠诚的追求者。这一层关系，让罗卫对林立仁始终有些别扭。

林立仁说："结果还没有出来，鉴定中似乎出现异常情况。"

罗卫没有答话，隔着玻璃看鉴定法医的脸色。当然，表情里没有他要的结果。

高媛一直在给他发信息，告诉他儿子又踢她了，问他什么时候回家。信息里还时不时地提到林立仁，说他跟未婚妻约好今晚去商场选购结婚用品，能不能早点儿放他的假。

罗卫想象高媛两手搭在腹部的准妈妈动作，不知她身体左侧的痉挛有没有缓解一些。女人不仅生孩子痛，怀孕的辛苦也是男人无法体味的。

林立仁捕捉到罗卫嘴角的笑意，讨好地说："罗队，您先回去吧，嫂子该想您了。"

自从高媛结婚后，林立仁就改口了。为此，高媛臭骂了他一顿，但他不为所动。

罗卫恼怒地瞥了他一眼，但终于心软起来。他在属下眼里是一副刀枪不入的强悍形象，甚至有人在高媛面前说他没有柔情。这时，林立仁递给他一瓶水，示意他可以担当。这个笨蛋。罗卫在心里骂道，虽然并不买他的账，但心里充满了好感。

罗卫接过矿泉水，以命令的口气说："就目前的情况看，这里没你什么事儿了，你走吧！我等着跟他们说声'谢谢'就回去。"

林立仁小声地说："我来说'谢谢'吧，您先回去。"

罗卫转过头。林立仁无趣地退了出去。过了一会儿，他却又回来了，手里提着两袋水果。

第二章

罗卫到家已经十二点多了。穿过幽暗的过道，看见客厅里亮着睡眠灯，他的心情舒缓了许多。他换下皮鞋，将提包放在过道的鞋柜上，然后拿起茶几上的水杯，水是满的，他一口气灌下一大半。

水杯压着一张便条，上面有高媛亲手画的漫画：一个女人抱着男孩睡着了，灯亮着，等待丈夫归来。

高媛深信自己怀的是一个男孩。一方面，肚里的孩子很吵，总是猛踢她肚皮，只有男孩才会如此；另一方面，她觉得男孩更适合警察事业。很显然，她的想法很切合罗卫母亲的意愿。母亲生的是男孩，她希望孙子还是男孩。

餐桌上放着两个保温盒。罗卫明白：母亲今天又来了。自从高媛怀孕，母亲便经常往家里跑。母亲年前刚好退了二线，忙了一辈子，突然无所事事，闲得慌，虽然嘴上没说，一双眼睛看着高媛的肚子。高媛也争气，元宵后便怀上了。母亲喜不自禁，三天两头炖骨头煲汤往高媛手里送。

罗卫却喜欢要个女孩。他觉得女孩肯定比男孩招人喜欢。他和高媛也经常争论女孩好还是男孩好，最后只得讲和，产后见分晓。

高媛比罗卫低两届，高媛参加工作时，罗卫已经是派出所骨干。高媛一进所，罗卫便看上了她，直接找到所长说我要带这个徒弟。

所长瞄着他道："你是要娶她吧！"

罗卫直言不讳："也可以这么说。"

高媛在派出所干了两年，调到市局网安支队，因为她在警官大学学的是网安专业。两年中，师徒两人没有演绎丝毫言情片的剧情，但高媛在市局上班的第一天，罗卫便去接她下班。

高媛问："你是到市局办事儿吗？"

罗卫说："我是来接你的。"

高媛脸"唰"地一下红了，但她二话没说，上了车。从那时开始，两人的感情正式定了下来。

现在，他们已经结婚三年。罗卫很直率，有板有眼，但也会浪漫，只是显得有些程式化。他会给妻子送花，会在纪念日送小礼物，会在睡前醒后吻脸。他是个很拼的人，不论是在工作中，还是在家里，都在严格按照计划执行。高媛有时十分担心，丈夫如此拼命，会不会四十岁之前就因神经紧张而崩溃。

当然，高媛是绝对不允许这种情况发生的。因此，她常常自觉付出更多的呵护和关心。

但是，他们的婚姻只是普通的警察婚姻，不像正常的夫妻。两人总是在研究案件的会议上见面，在求助和协助破案时一起战斗。认识以来，他们连续在一起时间最长的，还是最初当师徒的时候。

他们晚上没有约会的机会，周末早晨也不可能依偎在一起。刑侦的工作永远是连轴转，罗卫这个副队长就是中间的那根连杆，谁转他都要跟着转。网安是公安机关目前最当紧的部门，不论侦查、外宣，还是警令传达，都离不开。高媛去年年底提教导员后，工作有序了些，当副队长时，随时随地都可能突然被喊走。

两人都热爱自己的工作，两人都熟悉彼此的工作性质，彼此也给对方空间。这样，夫妻间的生活和工作还算顺利。

但是，高媛怀孕后，这一切都变了。她十分羡慕机关民警按时上下班、出双入对的生活，一闲下来便渴望罗卫守在身边，依赖性更强，有时还显得十分暴躁。罗卫明白她需要更多的照顾，需要好好休息，特别是肚子里有宝宝，检查时需要丈夫在身边，但他做不到。

他们需要改变。高媛认为，应该改变的是罗卫。市局警令部需要写材料的人，综合科长虽然不是很适合罗卫，但是他文笔好，适应性强。虽然写材料也很累，但有时可以在家里写，终究是待在她身边，而且危险系数小，儿子出生后，也需要一个安全的环境。

后来，高媛还多次跟他说起做噩梦的事。在梦里，她不是听说他出车祸死了，就是遭遇报复被杀害，总之都是儿子失去父亲的故事。

　　尽管罗卫每次都尽力安慰她，但她还是快快不乐地离开他结实的肩膀，把自己蜷缩成一个球，抚摩着自己的腹部，面对着天花板发呆。

　　放下漫画，罗卫扭紧水杯放回食品架上，快步走进浴室，迅速刷牙。他一身汗臭，衣服上还有福尔马林和血腥味。接着，他将自己的衣服浸在水桶里，洒上洗衣液，一边淋浴，一边将衣服揉搓干净。晾好衣服，他摸黑穿过走廊进入卧室。

　　室内也亮着晕红的灯。高媛虽然没说话，但她已经醒过来了，见罗卫上床，顺势滚进了他怀里，自己把脸贴上他的嘴。

　　"查到其他线索吗？"她轻声问。

　　"血珠既不是死者的，也不同于她衣服上的第二份血样，只肯定是人留下的。"

　　"那不又有麻烦了？"

　　罗卫将妻子轻轻地搂在怀里，手自然地抚摩着她的肚子。他能感觉到孩子在里面蠕动，耍拳踢腿，像春天的树苗极富生机。

　　"好事儿啊，多了一条线索。"

　　朦胧中听到有人对话。

　　"处理这种事你是老手了，可语。现在是深夜两点钟，罗卫才躺下不久。那个女人想见他或许只是托词，你知道的。"

　　听到有人说到他的名字，罗卫迷蒙的睡意全没了。他睁开眼睛，看见高媛躲在床角打电话。见他醒来，高媛有些难堪，勉强对着他咧了咧嘴。

　　接着，高媛转身用手捂着手机："她说到什么重要信息，值得你这么深更半夜地打电话来？大家都要休息嘛！你准备一份夜宵，先派个人守着就是。"

　　显然，肖可语不想按高媛的意见办。高媛叹了口气，还想跟肖可语争论。罗卫伸过手来。

　　趁着罗卫没有抢手机，高媛解释道："是梅雁派出所的肖可语，他们所在夜查中抓到一名妓女。那妓女说有重要消息，只告诉你，但她又说并不认识你。这不乱弹琴吗？"

　　罗卫看了高媛一眼，没有对她生气，亲切地说："我来处理吧！"

　　"你没必要亲自去。"高媛说，"你十二点多才回来，这时出去又是一整天不得归屋。"

　　"说不定她有重要线索。现在正是关键时期。"

　　"你任何时候都是关键时期。"

　　罗卫没再跟她争论，拿过电话，溜下床，一手抓起他外出的衣服。

"罗卫……"

"我去去就回来。媛媛，又不是什么大不了的事情。相信我，你安心睡，没准儿你刚睡着我就回来了呢。"

这些年高媛已经知道她根本拗不过罗卫。

"我给你带点回来。"罗卫说，"汉堡、鸡翅、土豆条？还是牛肉粉？"

高媛扭过身去，不再理会罗卫。

这时，罗卫已穿好裤子，进到主卧卫生间洗了把冷水脸。高媛一个人在双人床上，没有躺下，直挺挺地坐着，忧郁的眼睛直勾勾地盯着丈夫。罗卫套上 T 恤，和解地笑笑。高媛仍然一言不发地盯着他。

四个月前，高媛就在为他调市局的事活动。两个月前警令部主任亲自到分局考察，但罗卫只一句话：办完手头的案子再考虑。罗卫有一摊待办的案件，那些案子甚至比刑侦支队接手的都多，从偷盗扒抢到杀人放火，甚至包括处理邪教犯罪团伙，只要在分局辖区内，谁跟他说他都接手。每天的工作时间从没个数儿，五加二、白加黑是常事，简直像马拉松一样累人。

这还不够，罗卫还兼着科技信息的一摊子事儿。市局成立了科信支队，分局挂靠在刑侦大队，就罗卫和林立仁两个人。智慧警务、大数据侦查，银行、通信、交通等与公民身份活动有关的一切信息都在他们手里。额外的工作，却没有额外的报酬。警察为人民服务，是责任，是使命，工作成绩本身就是奖励。

上个月，罗卫拒绝市局政治部办理调动手续时，高媛就问过他，到底为什么需要破案的成就感，一篇完美的材料和领导的表扬难道不能满足他的虚荣心吗，或者多考虑一下怀孕五六个月的妻子，照顾好妻子、儿子，营造一个幸福的家难道不是成就吗？

再说，材料工作本身是很有价值的。警令部主任就常说，综合科是市公安局的心脏，材料是领导决策的灵魂。

罗卫回避政治部考察后，高媛有两天没搭理他。

在公安局，每件事归根结底都是为保一方平安。为什么不直接在一线保平安呢？每个人都有家庭，每个人都要生儿育女，何况刑侦一线部门还有那么多女警，有的甚至挺着个大肚子还在勘查现场呢。罗卫的刑侦工作十分出色，分局领导对他肯定有加。这时，为了妻子怀孕而调动工作，让他情何以堪。

罗卫此时正在为执勤服缀领花和肩章。如果要进执法办案区域审讯，规范着装是基本要求，他让自己的每一项执法程序都合乎规范。

高媛还在傻傻地坐着。大肚子已经让她坐卧都有些不方便。他来到床边，俯身将耳朵贴在她肚皮上，几乎听到孩子在腹内的呼吸声。

他搂了搂妻子的头，将嘴唇挨近她的耳边，悄声说："放心吧，我很快就回。"

"你就从来没有听过我的话。"

"好，下次一定按你的意见办。"

"我就要今天。"高媛娇嗔地说。

"今天情况特殊。媛媛，原谅一次，我就违背这一次。"

"你要想着儿子。"

"好，我时刻想着你和孩子呢。一闲下来就想着，心无旁骛。"罗卫叹了口气，语调变得更加温柔了些，"现在丈夫也有产假了，再过几周，我就休产假。我做第一个吃螃蟹的人。到那时，我天天陪着你，拉着你走，给你捶背。"

说完，罗卫又亲了高媛一下，从她僵硬的脸色能感觉到她还是不甘心。随后，罗卫就径直走出了家门。

他挂念着妻子说的最后一句话："要想着儿子。"她以前从来没说过这种话，以后恐怕会经常挂在嘴边了。罗卫心里甜丝丝的。

第三章

梅雁派出所前临梅溪江，背靠雁岳山，坐落在一群高楼大厦之中，仅五层楼高，但前有院后有园，哥特式别墅设计，宛若一只彩色的蝴蝶栖翅在竹林里。

虽是凌晨，所里的灯光如往常一样明亮，许多办公室传出响声，透露出忙碌的气息。出门刮起的风，这时夹着雨点，罗卫一边拉开车门，一边从后座拿包，真丝的T恤短时间里便淋了个透湿。

偏偏停车场是个小坡，落满了各种树叶，落叶浸透了雨水，很容易就会让人摔跤。他不得不小心而匆忙地小跑起来，推开一扇门冲进了大厅，手提包在手腕上晃动着。他亮了亮警官证，向桌子后面坐着的保安飞快地打了个招呼，随后将警官证照片一面捂向安全门人像识别器。面前的玻璃安全门打开了，他迈步走进去，一时间就像被关在了密室里。

就在他感觉仿佛瞬间穿越到太空时，侧面的电梯门从中悄然分开，他一脚踏入了另一个空间。现在，每个地方的大楼安保都一样，由不锈钢和防弹隔音玻璃筑起一个个蜂巢，用科技将它们封闭起来。罗卫在穿过安全门并无声无息地升上五楼的时候，感到内心之中发生了一种微妙的变化。

接着，又是一道带人像识别的玻璃门，他向左一拐，快步走向亮灯的房间——教导员办公室。房间带敞开式阳台，不仅教导员在此办公，靠里的办公桌上还摆着两个坐窗口的户籍民警的名签。办公室里略显杂乱，左边户籍档案盒堆了一地，右边两排书柜顶上也堆着文件。

不过，肖可语的办公桌还算整洁：一台灰色的电脑终端，一台红色电话，一个印着纪念字样的水杯，一小撂待处理的文件。

"请坐，马上好。"坐在桌前的肖可语低声说道，眼睛却紧紧盯着电脑屏幕。

罗卫自顾自地找了个纸杯，给自己倒了一杯水，刚猛灌一口，肖可语就站起身来。

"走，我们见见她去。"肖可语侧身做出请的姿势。

罗卫迈步往前走，肖可语紧随其后。

"我们是午夜十二点多抓住她的。"肖可语说，"当时，她醉醺醺地从歌厅出来，一个男人趁机揩油，民警赶过去救她，没想到从她身上搜出一粒'蓝精灵'。"

"蓝精灵"是最近兴起的一种兴奋剂。

罗卫问道："'蓝精灵'？不是说是妓女吗？"不知为什么，罗卫觉得这种女孩子应该在按摩中心逮住的才对。妓女吃"蓝精灵"的不少，但从肖可语的话里，他似乎不觉得女孩单纯只是个妓女。

肖可语接着介绍："歌厅的人说她可能是暗娼。现在打击得严，哪有公开的……唉，这种女孩见多识广，吸毒成瘾，可真不好对付，问不到一句实话。说真的，我开始也以为她找你只是想为自己开脱，但多问几句，似乎真有隐情。"

肖可语穿着便装，却是规范的套裙，显得稳重大方，一头秀发整齐地披着，托出一张苍白的椭圆脸。一夜未睡，眼睛周围隐约浮现出沉沉的黑眼圈，不过总体效果还可以。这让罗卫暗暗惊讶。

见到肖可语，门口的保安起身敬礼。罗卫真想秀秀自己比肖可语高一阶的警衔，让这个势利眼保安羞愧，想想还是自己小心眼儿。

肖可语传唤手续齐全，还有第一次的问话记录。罗卫详细地翻了翻。时间、地点、活动场景，一目了然。在女孩口袋里发现一粒"蓝精灵"，仅仅一粒，也不知是女孩要吃，还是哪个男人给她的。男人没有抓到，女孩顾左右而言他，惊扰他的美梦符合固有套路。

罗卫问："关在执法办案区域吗？"

肖可语脱口而出："在审讯室。死活不肯说毒品的事，对搜出的'蓝精灵'，反咬民警栽赃，可恼火了。娱乐场所里的新型毒品，十分猖獗。如果你能问出些什么，可太好了。我想配合刑侦、禁毒部门在辖区搞一次大搜捕。"

罗卫说："人都没见着，别抱太大希望。"

穿过两道门，审讯室里果然坐着一个女孩。不过，她不是坐在被审讯席，而是坐在审讯室的观察室里，还显得蛮悠闲自得。

罗卫在门口停住脚步。第一印象判断这个女孩有些劲道，即使没有几进宫，也是常跟警察纠缠的货。这种人社会经验丰富，懂点儿法律，想捡法律的便宜，却不甘吃违法的亏。

罗卫心里有自己的判断，脸上却没露出什么表情。

女孩抬头，充满敌意地看着罗卫，带着明显的抗拒心理。内心里她对男人没什么好感。罗卫这才看清了她：清澈明亮的大眼睛，尖削的下巴，额头有些凸，显得强硬。

这种女孩可不是谁都喜欢的主。

罗卫看了肖可语一眼。女孩意会到了罗卫的眼神，率先强辩道："我没犯罪，我不会坐对面去。要想让我提供情况，就得给我平等的说话机会。"

罗卫没有说话，将提包放在审讯桌上，拖过一把椅子，坐下来。接着，他从包里拿出录音笔、一本笔录和一支笔。最后，他看了一眼腕表，在笔录纸上记下时间。

他放下笔，仰靠着椅子，开始看着女孩。一分钟过去，五分钟过去……肖可语大约在候问室等得有些不耐烦，扭得沙发咯吱咯吱地响。

女孩果然有耐心，但罗卫比她更有耐心。女孩两手在身上摸，大约想抽烟，却发现身上的东西都被搜走了，于是扭着身子四处张望。

罗卫轻轻地问道："想抽烟吗？"

"谢谢。"女孩说，"不过，看样子你是个不抽烟的男人。"

呵，说对了。这女孩不仅懂礼貌，还懂得察言观色，窥破对方的习惯。不过，这也是风尘女特有的功夫：客人有钱没钱，大方小气，一眼就可做出判断。礼貌嘛，那是看钱去的，谁不是对钱毕恭毕敬呢！

罗卫不说话，掏出一包烟，点燃一根递给她。女孩接在手里，猛抽一口，然后隔着烟雾清了清嗓子，准备说话。

"你让我莫名其妙。"她说，语气很冲，好像在责怪要求过分的客人。

"你迷糊了，李花花？"罗卫在首次问话记录上看到过女孩的名字。

"我没有！"

"今晚吃过几颗'蓝精灵'？"

"我从不吸毒。非常讨厌吸毒的人。我身上不可能有那东西，只可能是别人栽赃的。"

"酒喝多了？"

"那时有点儿，现在早醒了。"

"嗯，晚上干什么去了？"

"你管我干嘛！"李花花的真面目露了出来，"你又不是我家什么人！晚上无聊，朋友请我去酒吧喝酒跳舞。然后准备坐车回家，却被带到了这里。"

罗卫打量了一下李花花的穿着：上身一件白色乔其纱短装，下身一条紫色裙子，裙子又短又闪，几乎露出大腿根。胸罩很紧，把胸部整个地往上面勒，浑圆雪白几乎全从低低的领口暴露出来。

女孩确实天生丽质。她已经应露尽露，露出来的皮肤娇嫩柔滑，没有丝毫的疤痕和瑕疵，给人浑然玉雕的感觉。罗卫打量的同时，女孩下意识地向下拽了拽乔其纱，腰侧和后背的红肿露了出来，是啮咬的伤痕。

罗卫指着她的腰问："怎么回事？"

"没什么。"

"这么好的皮肤，留下疤痕可不好了，让肖警官给你抹点药？"

李花花什么话也不说，只是挑衅地勾了勾头。罗卫又等了两分钟，觉得给她的时间够多了。然后，他直起身，收好录音笔和笔录本，套好笔筒。

"你想干什么？"她生气地吼道。

罗卫冷静地说："你想干什么？"然后又摆好录音笔。

"问我干什么？你是干什么的呢？半夜三更跑来，就发支烟，看我几眼？"

罗卫不以为意，说："你说你什么事都没做，你说身上的肿跟我没关系，万事无关，那我还留在这里干什么？我才冤呢！半夜三更被人叫起来。"

罗卫说完，又伸手去拿录音笔。李花花跨出一步，也抓住录音笔。两人各持一头。李花花看起来瘦弱不堪，风吹得倒，但手却很有劲儿。罗卫知道，那是绝望的力量。

僵持了一会儿，罗卫从李花花眼里看见晶亮的泪水。"我们互不相识，说明以前没见过面，你从未给我提供过线索。我不知道你是如何知道我名字的，但这次我原谅你，以后不要再有事没事半夜把我从床上叫起来，拜托。"

"我真的有话跟你说。"

"我来了十几分钟，你什么都没说。"

"我不想让这儿的人知道。"李花花说着，放下了录音笔，然后看了看罗卫的脸色。

"你不用在意肖可语，她休息去了。你得给我留下来的理由。"罗卫拿起录音笔，推上关闭键，放进包里。

"我害怕。不说我怕他害更多的人，说了他会杀了我。"

"谁？酒吧门口拖你的男人？"

"不，不是。那个男人……我不知道他叫什么。我是说，不知道他的真名。他说他叫达摩，达摩祖师的达摩，大家都叫他老师。"

"达摩？"罗卫问。

"你知道，现在的网名……很奇怪，叫什么的都有。"

罗卫心里不悦：乱七八糟。李花花俯身过来。罗卫的怀疑让她感觉受到了侮辱。

"他是骗子、杀人犯。"

"嗯……"罗卫已经拉开了椅子。

李花花接着说："他骗女人上床，却不给钱，有时还打人。"她语气变得急促，"但如果你愿意跟他上网玩儿，他就会变得大方，五十、一百随便塞。其实上网也不是什么变态的事，只是看他操作股票……哦，不，期货……外汇……就行。"

"一边炒股，一边玩儿？"

"有时是。网上投资那些事，你知道的。"李花花说这话时很认真，"猫腻很多，也不好把握。但他似乎是行家里手，盯准买进去，搞完事就赚钱了。"

罗卫不想张嘴说话，恶心得很。

李花花却来了兴趣，变得口齿伶俐："他喜欢一手抓着鼠标，一手抱着你玩儿。不高兴就捏你，高兴起来就塞钱。他只有看着那些曲线才能兴奋起来。是有些奇怪，不是所有时候都能做，有时候很讨厌，但他很大方。"

"你在他身上赚了一大把钱？"

"也不是很多。他的怪僻让人受不了。"

"只要有钱，你就愿意受？"罗卫真受不了她，心里盘算着让肖可语以多次卖淫，给予她收容教育处罚。

"总之，你跟那个达摩是一种金钱交易的肉体关系。"罗卫又看了一眼李花花腰上露出的肿块，接着说，"虽然有些变态，但为了赚更多的钱，你还是对他有求必应。是不是这样？"

李花花意识到了危险，把脸扭到一边，沉默着。好一会儿，她又咕哝道："我害怕。"

"你这种人才真可怕，浪费我一晚上时间。还有什么要说的吗？"

李花花的眼泪又下来了。她嘴唇颤抖着说："娟子。救救娟子。她被达摩害惨了，现在都不知道被那个男人抓去了哪里。"

罗卫坐回椅子，摊开笔录本，准备进行正式讯问。李花花看着他的笔头，不知所措。

"我是没什么，主要是娟子。"她惶恐地说，"但我说出来，我就没命了。"

"怎么就没命了？"

"我寻求警察保护，寻求你来保护。"

"我怎么保护你？你有什么值得我保护？"

"电视里是这么说的。我提供线索，警察就该保护我。"

"可是，我看不出你提供了什么可靠有用的线索。"罗卫说，"如果你能够提供被我们证明是可靠的重要线索，我们才能谈别的事。"

"要多重要？"

"先把你知道的原原本本地说出来吧！娟子，真名是什么？"

李花花声音突然变得很细，答道："她叫李娟，是我的本家姐妹。大家都叫她娟子。人很善良，也很活泼……只是她交往有些滥。"李花花难堪地笑笑，"像我们，很正常。"

"你有多久没见到她人了？"

"一个月吧。那天也是周末，交警在街上查得很严。其实，就是她介绍我认识达摩的，我也跟他上过网，因为我需要钱，钱谁不爱呢。"

"你是说，李娟比你先认识那个达摩，一直跟他在一起？"

"嗯……应该……认识。"

"她也跟你心态一样，想在他身上赚钱？"

李花花做了个噘嘴的动作。"为了钱，娟子什么都不怕。她曾经告诉我许多变态的情形，再变态的事她都不怕。"

"最后一次见她是什么情况？"

"一个月前。"

"李花花！"

"哦，那是晚上十点多钟，达摩骑着摩托车载着她。"

"什么样的摩托车？汉洲城区是禁止摩托行驶的。"

"那……可能是电动车，我觉得应该是改装的。你知道，年轻人喜欢大功率。车身是白的，坐垫是黑的，把手部分是蓝色的，看起来很威武。"

"型号？"

"不知道。"李花花毫不迟疑地答道，"我也不懂车。"

罗卫打量了李花花一会儿。女孩很鬼，可能说一半留一半，特别是跟人有关的信息，她们看过很多法律节目，懂得不少。"有车牌吗？"

"好像没有。"

"确切些。"

李花花没有回答，两眼睁大扫向门口。罗卫的目光没有跟她相遇，却感觉到她目光中那冷冷的、缓慢燃烧的火焰。"真没印象。"她说，"他的车换得很频繁，每次出现都可能不是同一辆……没必要看得太细。"

"他的长相呢？"

李花花咬了咬嘴唇，两眼却始终观察着罗卫。她答道："三十多岁，一米七五的样子，面相有点儿帅，中等身材，但很有力气，手掌、手指很粗，结着很硬的茧，松树皮一样皲裂开来，像是个练家子。"

"他的脸上有什么特别的、容易让人记住的特征吗？"

李花花看似苦苦回忆着，然后摇了摇头。有些人的长相就属于那种一旦离开视线，无论如何都不会让人记住的类型。

"其他地方呢？"

"就是手上那茧。"

"除了茧，还有没有伤疤、黑痣之类的？"

李花花微微摇了摇头："你懂的，我根本不看他们的身体。"

"他们？"

她罕见地露出一丝羞赧，说："也包括他。"

罗卫怀疑地看了李花花一眼。

李花花突然精神起来，大声说："不过，还是不一样。他总是戴着一顶帽子，不固定是什么帽子，但从未露出头来。知道吗？说不定是秃头，或者头上有明显的疤痕。这就是他跟其他男人不一样的地方。"

罗卫认真地把这句话记在笔录里。然后点点头说："衣服呢？"

"春天时，每次都是牛仔裤，灰色或者棕色夹克，现在每次见都是沙滩短裤，灰色或者黑色，条纹T恤，街上一眼看上去可以见到好几件那种。他有钱，但并不讲究。"

"为什么这么说？"

"有时候出手很大方，但确实没见穿过好衣服。"

"说话口音有什么特别吗？"罗卫问。

李花迟疑了一下，脸上露出喜色。"普通话，比较纯正，应该说苛北方口音。偶尔露几句本地方言，可能是新学的。"

"你觉得他读书多吗？"

李花花没有回答。

"有没有掉书袋那种？"

"应该读过些书。他对网络、投资在行。"

"你也做过投资吗？"

李花花的脸红了。"以前跟着姐妹们炒过股，把老本都亏了，就收了手……他不仅懂炒股，还懂得期货、外汇、黄金等。有一次，我说投资那些东西容易亏钱，他还生气了，说看你跟谁炒，如果跟对人包赚不亏……"

"你跟他炒了？"

李花花看着罗卫，答道："没有。"

"他让你拉人投资？"

"不知道有没有这种意思。"李花花鄙夷地摆摆手，"有时我觉得我就是个废物……没用极了，令人唾弃。"李花花突然变得喜怒无常，从她的眼睛里可以看出她非常矛盾，在说不说出真相之间纠结挣扎。

罗卫决定以退为进。"在这一个多月间，你还见过达摩几次？"

李花花低下头，吭吭哧哧地说："见……见过一两次。"

"每次都有交易？"

"没……不记得了。"

"每次都是去哪里呢？"罗卫问，"我是说交易地点。"

"也没有固定地点。只要你跟着他，没准儿去一家民宿，或者……安静的地方。要看他的心情。往往一边走，一边谈价格，还谈怎么做。情绪一来，停下车就吧唧……"

"不顾忌有没有人看到？"

"安静的地方。"

罗卫问："你走，他也不强留你？我是说他不强留你做其他事？"

"只要钱到手，还不走快点儿。这种人我可不期望他能够有多好心。"

"他危险吗？恐吓过你吗？"

李花花皱着眉头说："也不是没有。不过，他一定恐吓过娟子。据我所知，他付给娟子的钱不多，但娟子总跟他在一起，肯定有隐情。"

"所以，你觉得娟子的失踪可能跟他有关？"

"因为最后一次看到她的时候，她是跟达摩在一起。我问过达摩，他把娟子怎么样了，他吞吞吐吐，还威胁我不得在外面乱说。"

罗卫沉思了一会儿，说："那个达摩一般在哪里出现？你能不能帮我们找到他？"

李花花摇了摇头。

"那我就没办法，什么都做不了。"

"为什么？"

"没有犯罪证据。"

李花花不满地看着罗卫，说："你不相信我吗？我说的都是实话，娟子是我的朋友，她有危险，我也可能面临危险，他可能伤害了她，接着可能伤害我，他必须进监狱。"

"我很赞成你的说法，可我需要证据。"罗卫说，"至少你要给我你的真实情况，比如真实姓名，住在哪里。"

"李花花，你可以查的。我没有固定住所。"

罗卫没有接腔，继续问："姓名？出生日期？详细原籍地址？"

"为什么总要我证明自己，我现在说的是娟子，是达摩，是达摩可能把娟子杀了，你们是警察，应该去抓他。"

罗卫面无表情。"那我问你第二个问题。你为什么找我，你怎么知道我的名字？"

李花花愣了一下，显然没想到罗卫会这么问。她说："我经常在电视里看到你，说你如何如何厉害，抓了多少坏人，破了多少大案。我觉得达摩害了娟子，你一定能帮忙报仇。"

"我可不是帮你报私仇的，李花花。没有犯罪证据，凭臆测办不了案。"

"不，只有你能帮我。"李花花似乎要扑过来抓罗卫。

罗卫一闪身，跟她保持一定距离。

"我有证据。"

罗卫站着没动，盯着她。

"半个月前，达摩找我的那天晚上，他衣服里掉出这个东西。当时他没有注意，我就捡起来了。"李花花警惕地看了看门口，好像害怕有人知道似的。接着，她把手伸进乔其纱里，在胸口部位掏了半天，拿出一枚玉块吊饰。

她放低声音说："这是娟子的。"她一边说着一边将玉块轻轻地放在审讯桌上。

"这是娟子从不离身的吊坠。不论脱衣、洗澡还是抹身子，从来不摘下来。所以，知道了吧，这就证明达摩可能把娟子杀了。"

罗卫皱了皱眉头，小心地俯身过去认真看了看。一块很普通的玉佩，朝上的一面刻着字，可能佩戴时间有些久了，字迹有些看不清。

"谁还见过娟子常戴着这块玉佩？"

李花花摇了摇手，说："不知道，她没说过。"

"她说过玉佩的来历吗？"

依然是摇头否认。

"你跟别的人说过达摩拿了娟子的玉佩吗？"

李花花有些发飙："怎么可能，我不要命吗？"

罗卫摆了摆手，让李花花平复心情。接着，继续俯身观察那枚玉佩，认出玉面上刻着"龙呈祥"三个字。他坐回椅子上："它可以留给我们当作证物吗？"

"可以，我找你就为了这个。"李花花说，"现在可以立案了吗？"

罗卫摇了摇头。

李花花几乎要跳起来："为什么？你要证据，我拿了出来；你要情况，我也说了。怎么就不能立案呢？"

"李花花，这不过是一枚普通的玉佩而已。你说是从达摩口袋里掉出来的，这需要查证，你说是娟子的，同样需要证实。而且，无法证明你最后一次看到娟子后，她一直跟达摩在一起，也没有其他证据证明达摩伤害了娟子。"

"你这种态度对待群众报警，我要举报你。"

罗卫生硬地敲了敲桌子，说："请便。"说完，他觉得自己不能这么做，便补充道，"李花花，我已反复跟你说过，立案需要证据。再多给我提供些信息，时间、地点，其他能证明娟子跟达摩在一起、证明她戴过这枚玉佩、证明她确实失踪了的知情人，或者帮助我们找到达摩。也许，我们通过你提供的这些人，找到足够警方立案侦查的证据。那时，我会不遗余力地帮助你，帮助到底。"

说完，罗卫开始收拾桌上的东西。李花花痴痴地坐着，一脸受伤的表情。

罗卫走时，李花花才站起来，好像要送送他似的。这时，罗卫发现她怀着孕。

"几个月了？"

李花花困惑地看了看他，两手自然地搭在肚子上，终于明白他的意思。"五个月。"

罗卫想起高媛，心里漾起一股柔情。大家都是女人，他理解怀孕女人的脆弱、烦躁和焦虑，还有母性的丰盈……只是，李花花竟然是个暗地里做"那事的"。

他从包里掏出一张民警联系卡，放在桌上。"这里有我的电话，有事随时联系我。"

李花花点点头，说："如果我从达摩那里得到更多的信息，或者直接录下他说娟子的事情，你还会帮助我吗？"

"如果你录下达摩说的话，就打这个电话。"罗卫脱口道，"我会及时赶过来帮你。还有……保重自己。"

第四章

乔爷辗转反侧了大半夜，时而清醒，时而迷蒙，似乎总看到妻子阿英站在卧室敞开的窗前，她正朝外面看着花园。园里花繁叶茂，带着花香的阵阵夏风令人神清气爽。

她迎风而立，长长的秀发飘荡开来，十分柔美。

他又想阿英了。妻子死后，这是他每日的必修课。

妻子活着，是他的生活保姆，死了，仍然是他的精神支柱。他们在一起五十多年，早就习惯了彼此。即使养育了三个子女，子女也只在身边生活二十多年，然后各奔东西，余下的日子都是他们两个人过。七年前，他中了风，留下偏瘫后遗症，都是妻子一手服侍。如果没有妻子，他早就死了。

邻居都以为这个偏瘫的老头子会早点儿死去。但是，他比任何人想象的都硬朗，能吃能睡，没有糖尿病，胆固醇也不高，那次中风后，血压也正常了。人们都赞叹阿英服侍得好，却没想到，这样过了五年，一天早晨，妻子阿英突然死了。

现在，只剩下乔爷自己了。上海的儿子和深圳的女儿都希望他过去住，加拿大的儿子还发来中国老头儿在那边居住的视频，希望他过去看看，说那边的医疗条件比国内先进。

但是他哪儿都不去，他自己也清楚这一点。这儿虽不算他土生土长的地方，却是他跟妻子退休后颐养天年的最后归宿地。周边高楼林立，他居住的裙楼及前后花园却并未受到侵占，环境比以前更加优美，他很喜欢。

儿女怕他一个人生活不便，请了一个全职保姆。但他只让保姆做跑腿的事，几乎不让保姆进门，怕保姆坏了阿英营造的气氛。

他一直这么生活着，迷幻般地，回忆着过去的日子，仿佛在一寸一寸地触摸自己真实的灵魂，强烈地意识到了时间的缓慢。

乔爷从床上下来，窗外已映出绚丽的光。夏天日长，好像午夜刚过，已然黎明。他慢吞吞地把脚伸进拖鞋，摸索着抓起拐杖。一个人在家睡觉，但他穿得很整齐，女儿买回来的睡衣，不是很时髦，却很实用，有点儿绅士的派头。

现在他身体老化得厉害，除了中风腿脚不利索，身体所有的关节都疏松了，一点儿力气都没有，开冰箱门、洗刷菜锅都颤颤巍巍。他慢慢地走进厨房，煎了两个鸡蛋，然后烧水煮面。他一日三餐绝对正常守时，这让他感觉妻子仍然活着。

他听见地板咯吱咯吱的响声。大约来自楼上。他觉得是阿英又在跟他生气。阿英一生气就爬上楼去，这样就避免了正面冲突，两人都有冷静的空间。

"阿英，下来吧！"乔爷没有起身，喊道，"我不生气了，我也不再惹你生气了。我会重新爱你，就像第一次见面一样。"

地板又咯吱咯吱在响了。乔爷看见一道黑影从楼梯口掠了过去。他觉得可能是保姆，或者清洁工。他们两个经常来打扫、清理楼上家具，一定是儿子联系他们，让查找儿子寄放的一些旧东西。

除了疑心妻子还活着，乔爷不相信鬼神，从没想到父母会来看他，也不相信有田螺姑娘。

乔爷煎好鸡蛋，分别放进两个碗里，再煮好面，同样一式两份，倒上昨晚的剩菜。他把早餐端到餐桌上，轻轻地拄稳拐杖，转身拉过椅子，摇了摇，才坐下去。

天全亮了，第一缕玫瑰红亮晃晃地在高处飘荡。每当此时，乔爷总要痴痴地望一会儿，在心里祝福自己开始美好的一天。

坐了一会儿，见阳台仍没有动静，他拄起拐杖，走过客厅，拨开通往阳台的门闩，用力拉开门，清了清嗓子，声音温和地说："出来吧，姑娘，吃早餐了。"从小到大，他对三个儿女从来没有呵斥过。

仍然没有动静。

"我知道你躺在阳台里，姑娘，不用害怕，如果你想借宿，就礼貌地跟我打声招呼，老头子我这点儿度量还是有的。"

这两年，乔爷都是一个人住在这屋里，连只猫狗都没有进来过。现在，阳台里躲进一个大活人，他真感到惊讶。姑娘大约十七八岁，面目姣好，苗条清秀，却一副备受折磨的样子。两手拢在胸前，肩膀蜷缩着，浑身颤抖。半个月前，她就出现在隔壁大楼的平台上，偶尔翻进乔爷的阳台，似乎在寻找什么东西。

这次，终于让乔爷逮着了。原来她只是要找一个藏身之地。

"您好！"姑娘怯生生地说。

"天哪，姑娘，你会被蚊虫咬死的。快进来，吃点儿早餐，以后别再躲在阳台了。"

姑娘犹豫着，但是眼睛却盯着乔爷的早餐。乔爷看见她脸上写满了饥饿。他轻轻地关上阳台门，返身走向餐厅。即使拄着拐杖，乔爷仍蹒跚得厉害，风烛残年，老态龙钟。

"来吧，我刚煮的面。"乔爷客气地说。

"我……我……"

乔爷问："你叫什么名字，姑娘？"

"小琳，他们叫我琳琳。"

"来吧，琳琳。我早就知道你躲在那里，特地给你准备了早餐。我姓乔，叫我乔爷吧！"

姑娘没有说话，但她移动了脚步，缓缓地，移到了乔爷餐桌对面的椅子上坐下来。面碗散发出煎蛋和面条的香味。

乔爷将其中一碗推到姑娘面前，招呼琳琳吃了。接着，他又拉开冰箱，拿出一盒酸奶递给她。女孩喝酸奶时，他又找出一盒风油精。

"乔爷爷，"女孩说，"我得回去，不然就没有下次了。"

第五章

　　肖可语在派出所门口等着罗卫。

　　罗卫转出树荫，一道手电直射过来，晃得他睁不开眼睛。肖可语柔婉地叫了他一声，他才觉察打手电的是肖可语。现在的罗卫疲惫不堪，肚子很饿，心情很糟。

　　他向肖可语摆了摆手，没有靠拢去，转身走向自己的汽车。肖可语却没有放过他，迅速将他拉进她的汽车。车里空调开得很低，罗卫乍一进去，冻得一哆嗦。肖可语拿出一块面包、一瓶酸奶，还有一瓶水。罗卫毫不客气地接过来，也不问肖可语吃过没有，撕开包装就往嘴里塞，丝丝甜味让他精神一振。

　　"我刚吃过了，这些都是给你的。"

　　肖可语大概一直在车里听音乐。一名对音乐很执着的当红歌手的歌声从音箱里传出来。罗卫平时没有时间听歌，但不得不说这歌手不仅唱功了得，嗓音还超级好听，那歌词好像唱进了他的心坎里。不过，罗卫一上车，肖可语就关了CD。

　　罗卫撕了一块面包嚼着，问："等很久了？"他明白自己待了多久，但等待比办事难熬，何况是肖可语这种美女，他必须客气一句。

　　肖可语微微笑看着他，容光焕发，好像刚刚睡足了美容觉，化妆出来似的。她仍然穿着接待他时的套装，可看上去像精力充沛的模特，不像是派出所的教导员。她只是刚从一场走秀下来，准备着走下一场秀。

　　肖可语答道："你问了多久话，我就等了多久。"接着说，"只是中途去了一趟昼夜营业的超市，等待比办事总要轻松。"

　　罗卫说："那可未必。"

　　"问得怎么样？这个花花可是硬骨头。"这话可不像肖可语说的。她在梅阳分局号称"女警传奇"，没有难得住她的事情。

　　罗卫吃完一个面包，又撕开第二个，灌了一大口酸奶。事情不像想象的顺利：肖可语半夜打电话，让他过来讯问一个暗娼，然后一个人傻傻地等着，恐怕不仅是暗娼点名要见他，而是因为她自己啃不下来。罗卫想明白了肖可语的动机，却怎么也理不清刚才讯问的头绪，他被这两个女人搞糊涂了。

罗卫忍不住说："肖教导，谢谢你的早餐。可我不得不说这大半夜只是做了无用功，并不能帮上你什么忙，不知你还有什么需要我做的？"

肖可语笑起来，柔和的下巴舒展开来，在嘴角形成深深的两个酒窝。她的笑真好看，罗卫想起怀孕的妻子，她们都应该多笑笑。

"我有个预感，不知道可不可以跟你说说。"

罗卫没耐心听，但还是点了点头。

"我在派出所工作多年，对社区民警需要做好的'五知率'，履行得比较好，群众有事都喜欢跟我说……"

"肖教导，我也在派出所工作多年，派出所民警需要做什么就不用向我普及了。"

"哦……"

"接着说。"

肖可语又笑起来，眼睛滴溜溜地转，发射出光芒。"好吧，直接说。我感觉我们身边正发生着重大诈骗案件，有人出走，有人自杀，有人抑郁绝望……"

罗卫皱着眉头，继续喝着酸奶。"什么叫感觉？自杀跟诈骗案有关吗？出走？抑郁？这一切难道都是因为某一事件引起的？"

"可能就是如此。她们都是些家庭妇女，因投资失败，有的亏掉了抚养儿女的钱，有的亏掉了整个家产，所以出现种种情绪失控的状态。"

罗卫反驳道："投资有风险，入市需谨慎。这是每一个投资项目都提醒的话，谁叫她们不谨慎，贪图快钱呢！"

"你说得没错，这些人素质不高，却又贪图小利，而且容易轻信甜言蜜语。但正是这样才可怜。你说，一个家庭妇女，把家里积攒一辈子的钱，把丈夫在外面呕心沥血挣的钱，或者把变卖家产的钱，全都亏掉了，她们受得了吗？当然，你可以说她们咎由自取。但谁能说，她们不是受骗上当才入市的呢？只要有这种可能，我们为什么不帮帮她们呢？"

"你是个牧师，肖可语。"

"不，我牢记着'为人民服务'的宗旨。"

罗卫盯着肖可语。

肖可语说："你没有我的感受。"

"再给我一瓶水。"罗卫说完，伸手从侧面的杂物盒里拿起一瓶水。他并不是口渴，而是他两手不能闲着。

罗卫说："立案靠的是证据，不是感觉。好吧，社区服务确实是关怀、关心失意、失败人群，但刑警不能，我们各司其职吧！如果你想让我帮你，拿出证据来。"

"我正在收集，但是还不足以形成证据链。"

罗卫看了肖可语一眼。"是没有，还是未形成证据链，这是两个概念。如果有，请拿出来，一起分析。你说的一群家庭妇女，有名有姓、能找到住址、叫过来问话的有多少？如果能够收集一些问话材料，有同一指向，肯定会有发现。"

肖可语撇了撇嘴，说："有一群人，有同一指控，对象明朗，那还用你说？面对现实吧，她们是受害者，伤心欲绝，却羞愧难当。如果不是有人偷偷透露情况，别说警察询问，就是她们的丈夫逼问，她们都不会说。你一定懂得她们的心情。"

罗卫从肖可语的语气里听出了她的不满。女性的心态，确实有其独特之处。她们犯了错，可以自怨自艾，却听不得旁人的嘲弄和指责。犯错，可能是受骗，或者受人引诱，哑巴吃黄连，有苦自己吞。罗卫觉得，如果肖可语要帮助她们，可以从派出所的角度，他这刑侦大队案件压头，哪里顾得过来。

罗卫盯着肖可语，脑子在快速思考。他并没有责怪肖可语的意思，也不是不想帮她。"你们十二点多钟抓住李花花，却在两点多钟才打电话给我，这段时间你们在干什么？"

肖可语没有隐瞒的意思，只是对罗卫自嘲地笑笑。"你想得到。"

"我很笨的，书上说怀孕女人的丈夫会跟老婆一起变笨。"

肖可语鄙夷地偏了偏头，掩饰内心的想法。"得了吧，我不过先问了问。"

"呵呵……"

"如果上点儿手段，这位姑娘也许会漏点儿口风。不过，她一进场，就提到你，说只愿意跟你说话，否则就自残，你说可不可恼？"

"你难道不觉得她本质还是好的吗？"

"你怎么认识她的？"肖可语揶揄地笑着问，"老乡？朋友的女儿？还是受害人、当事人？"

罗卫很不耐烦，说："你真莫名其妙，可语。凭一小包'蓝精灵'，就逮捕一个在娱乐场所混的女孩，还半夜三更叫醒一个刚刚进入梦乡的同事。听起来，好像并没有什么特别重要案情要查证，与其这样为难一个逛夜店的女孩，不如直接把她送收容所。"

肖可语没有反驳罗卫，而是紧盯着窗外。她不笑了，脸上的表情严肃得吓人。

"怪我没有向你汇报清楚。"她直截了当地说，"半个月前，有人塞了一卷单据在办公室门缝里，没留什么纸条，只有四五张银行流水单，用一个简单的信封装着。"

"银行流水单？"罗卫想起刘群塞在砖墙里的东西。

"是的。工行的、建行的、交通银行的，真名实姓，都是妇女的名字。我核查了一下，你猜一猜发现了什么？"

"单据都是伪造的？"

"单据货真价实。"肖可语的语气变得沉重，"钱都是转入某个网络交易平台，但这个交易平台却查不到踪影。据知情人透露，这一个投资平台，可以出入账，但只要你一将资金出入账都搞清楚，那个平台就会自动注销。我怀疑这是一种诈骗行为，但所长不同意。"

罗卫不禁笑了。他认为所长不同意肖可语的意见是对的，注销的账户怎么还能在网络上查询到呢？

肖可语接着说："一周前，我在汽车里发现一个信封，里面还是四五张银行流水单据。这次核查出问题了，其中有张单据上的名字叫吴美凤，三十五岁，居住在本辖区，前不久自杀身亡了，她丈夫恼恨她败光家产，悄无声息地下了葬。"

"等等……其他单据上的人呢？"

"都查过。上次的三个和这次的其他两人，除一人没找到外，联系上了四人，都在外面打工或者随丈夫跑生意。问起投资的事吞吞吐吐，含糊其辞，不愿多说。"

"有些不妙，但你也没查出什么问题啊！"

"我也是这么感觉的，所以说服不了所长，也就不敢往分局报……"

"有了六个人的投资单据，应该可以初查。"罗卫说。

"可是，单据算不上案件证据。从专业的角度看，几张单据，涉及六个人，只有一人自杀，四人不肯透露情况，也可以说她们若无其事。派出所每天的事情千头万绪，根本顾不上这些莫须有的调查。"

罗卫"嗯"了一声。他想说刑侦队何尝不是如此。可是，他们就是干这个的，有案必查，有疑必清，是法律赋予他们的职责。

"两次递送单据，"罗卫沉思道，"说明有人想把这事儿捅破，想引起警察的注意，这是事情的关键。"

"我专门找痕检技术员做过鉴定，信封没有密封，也没有留下指纹等物证。这事儿，我还跟所里一名老人探讨过，他提出两种可能：一是恶作剧，看到别的投资人亏损，幸灾乐祸，拿他们的交易单据开玩笑；二是犯罪嫌疑人煽情，心理变态，炫耀聪明，故意招惹公安部门，吸引公众的吸引力。第二类，国外有很多案例，或许这又是一个典型的效仿者。"

罗卫摇摇头，"这位老人侦探小说看多了。不论是吸引眼球，还是傲慢吹嘘，耍小聪明，那都是愚蠢的杀人放火强奸犯干的，他们犯的案件本身就是重特大案子，不作不死。在钱上打主意的人，不会这么蠢。"

肖可语点点头："我也是这么想，有人想把这事儿捅破。这人是谁？受害人，还是分赃不均的同伙？"

"这些投资者之间会不会有一个联络人，是他陪同他们一起出金入金，而他却留了个心眼儿，收集了他们遗弃的单据。这个联络人或者也成了受害者，或者觉得后台老板给钱太少，想烂老板的事儿，揭他的底，所以就把这些单据装进信封，谨慎地交到派出所。既不暴露自己，又满足了自己的报复之心。"肖可语接着分析。

"然后看看没起作用，又送来其他的单据？"罗卫嘲弄地说。

肖可语说："别不相信，没准儿这人兼具多种身份：受害者、被胁迫者、不满薪酬的员工。"

罗卫皱着眉头，脑子里飞速地梳理着整件事情，但是有很多细节困扰着他，他不知从何处开始厘清。几张单据，只能说明钱的进出，而且金主在合法的程序上自愿操作，没有诱导和强迫的证据。涉及六个人，一人自杀，一人失联，四人外出，甚至没有直接口供材料，连单方面的控诉都没有。只有两个信封，装着诈骗的某个环节，骗子不会寄，难道受害人都害怕直接和警察联络？

想到这里，罗卫把这一切和李花花联系在了一起。这个因"蓝精灵"毒品而被抓的姑娘，提到一个懂投资的男人，却又声称有个同伴被这男人拐走或伤害了，而且坚持只跟罗卫说话。

李花花让罗卫很困惑。第一眼见到，他就有些厌烦。他从心底里讨厌好吃懒做的风尘女。他破过不少案件，但因破案上电视却是很久以前的事了，虽然记者每次都把他吹得神探似的，可像李花花这样的年轻姑娘，很少看新闻，怎么记得住他呢？

肖可语看着罗卫，"李花花和你说起什么有价值的消息吗？她有没有提到单据上的这些人名？根据她的口供，没准儿能把证据串联起来，达到立案的要求呢。如果能在刑侦大队立案，我自愿抽调过来，全力协助你们。"

"让你失望了。李花花只是编了一个漏洞百出的故事，根本没有说出任何有价值的消息，每句都经不起推敲，我怀疑她的名字都是编的。"

"我搜过她的身，确实没有搜到身份证，她又不肯说真话。"

"那她到底说了些什么？毕竟一起待了一个多小时，总有些收获吧"

罗卫再次打量着肖可语。那枚玉佩凉凉地贴着他的裤裆，李花花愿意拿出玉佩，说明她愿意配合警方的调查，说不定会有些价值。他决定先回去调查一番再说，暂时对肖可语保密。

"李花花没有提到单据上的名字，"罗卫说的是实话，"她说到一个凶恶的男人，说到同伴失踪，可能是男人挟持伤害了她。那人叫李娟，娟子，你听说过吗？"

肖可语摇摇头，拿出便笺本记下名字。"娟子这个名字太普通，不知如何对上号。

不过，不要紧，我已有四个出走女人的名字，我会下社区摸排，没准儿能找到她们的照片，对号入座，再查找原因。"

"你关注这事多久了，肖教？"

"半个多月。"肖可语若有所思地说，"接到第一封信开始调查的。"

"所长不支持你调查吗？"

"他手头的工作很多，我有我的工作。"

罗卫喜欢这份坚持和执着。"你的工作是什么？"

"关心辖区的每一个家庭。"肖可语答道，"尽自己的一份力，让每一个居民睡得安心，生活得开心，不担惊受怕，不受骗上当。"

罗卫知道肖可语说的是心里话，但他没再问下去，只是抬了抬腕。他拉开车门，玉佩又贴在大腿上，凉凉的。

"我上班去了。"

"李花花最后一次看见娟子是在哪里？"

"梅雁东路的'天天K歌'。"

"光大银行拐角吗？娟子长什么样？"

"不知道。"

"应该如何处理李花花呢？"

"你如果想展开调查，她应该还有些价值，放长线钓大鱼吧！"

第六章

他站在梅阳广场的盖亚国际大酒店窗户前，看着黎明时分的汉洲城，只见路桥起波，高楼嵯峨，真不愧为最新崛起的娱乐之都。

在这样一座娱乐至上的城市，每个人都在追求财富，寻找快捷的发财机会。眼前霓虹闪烁，似乎与黎明的阳光竞炫，正好体现出过度浮躁的人心。母亲说，父亲就是一夜之间在霓虹里消失的，让他一辈子失去了可依靠和信赖的人。

那年，他才五岁，父亲撇下他和母亲自行浮沉。大家都说他长得酷似父亲，是父亲的再版。但母亲并没有保存"混账丈夫"的照片，像与不像，他根本无从考证，所以对这一说法，他一直不以为意。

不过，他一点也不像母亲，那是一个身材瘦小，却已被生活的困苦蹂躏过的女人。他小时候个子就蹿得超过常人，一身嶙峋瘦骨。

在他所在的那个乡下小镇，有他这般身板的人往往会成为校运会上的健将。但他是个例外。他生性冷淡，对一切都漠然。一次，体育老师竭力想说服他去打篮球，他只是那么直愣愣地瞅着人家，直到老师走掉，都没吭一声。

往往只有成年人才会做出他这般反应。他那双深陷的眼睛深藏不露，如果他不愿意向你倾吐心声，你休想从里面查探到什么，仿若隔着一扇污迹斑斑的玻璃窗，向屋内打探，你只能在他那深陷的眼帘后面看到空洞洞的一片，除此之外别无他物。

然而，恰如立春后的积雨云，几道炽烈的闪电就可划破寂寥沉静的长空，使天地万物焕发出新的生机与活力，他那双静寂的眼睛，一旦被什么点燃，也会生机盎然。

他的父亲是一个酒鬼，同时也是个风月高手，据说是跟着一个富婆走了。邻居说他遗传了父亲的聪明劲儿，性格却比父亲好几百倍，而且比任何人都爱他的母亲。他母亲虽不是什么贤惠有智的人，但从此再未结婚，即使是家里最拮据的时候，都没有通过接触不三不四的男人来渡过难关。直到遇上他目前为之服务的恩人。

这个恩人，他从来都是讳莫如深，只字不提。

恩人在母亲面前十分规矩。只有一次——那时他才十二岁，提前一个小时放学回家——看到母亲倒在恩人怀里哭泣。

他呆滞着目光，紧紧地盯着紧抱着的两人，一边向后倒退了几步。还没等恩人回过神来，他拿起竖在屋角的扫把横扫过去，击打到恩人宽厚的背上。母亲猛地扑上来，从后面把他扳倒。他双肩不停地哆嗦着，恰如一匹撒野狂奔的野马的两肋。母亲不得不给他一记耳光，趁他发怔之际，夺下了他手中的扫把。

恩人铁青着脸，站起身，却转而舒缓下来，温和地看了他一眼，转身走出了门。

一连几天，他没有听母亲说过一句话。

一个月后，恩人才再一次走进他家门，那是在母亲跟他长谈过一次之后。恩人给他们送来很多吃的东西，并驾车将他送到一所中学，给他交了学费。

读书非他所好。他课余时间更多地逗留在体操场上。他也不刻意训练那一个项目，就是那些器械，玩儿出一身的钢筋铁骨和腱子肉。

初中毕业时，某边防武警的一个招兵军官打电话给学校，点名要他去部队。他本人不想去，可母亲坚持，他也就去了。只是，他在部队并不太守规矩，好好的转志愿兵的机会，让一次打架处分给报销了，灰溜溜地回了家。

恩人说，退役就退役呗，跟着我干还会饿死人？他也没有选择，进了恩人的公司。

可是，天有不测风云。他还没尝到上班的甜头，恩人破产出局，自己都不知道该到哪里谋取生路。他不得不又回到了家里。

他自认为早已过了游荡闲玩的年纪，却迟迟做不出何去何从的决定，结果网吧收留了他。但是，他进网吧，不仅是玩游戏，还着魔似的反反复复拆解、重组着电脑网络上的那些软件、程序，每每把网吧里的一台台电脑搞得死机又复活，复活又死机。

网吧管理员开始非常纳闷儿，怎么电脑一到他手里就死机，直到看到他不断地解析电脑的英文字母，才知道他在搞什么鬼，每见他进门就把他赶出去。

他没有进过电脑学校，但他对电脑位元、磁盘驱动器、虚拟内存之类的电脑术语，熟悉得像母亲手里的针线活儿似的。这时，他才知道自己智商不低，问题到他手里，只用看一眼，联想到哪儿跟哪儿有关，问题便迎刃而解。他孤僻冷漠的童年时代似乎赋予了他一种通至灵虚的能力，这种境界是其他人难以达到的。

如此闲荡了几年。不知什么原因，虽然他对电脑、网络的熟悉超过常人，而且他一直在往网络开发方面努力，但他一直找不到相关工作，直至恩人再次出现，让他再次跟着在新成立的商务公司效力。

他看了看表，机场巴士再过十分钟就会抵达。他拿起手提箱，再次在房间搜寻一遍，对可能接触的部位进行了处理，确定没有遗留物品，也没有留下什么痕迹。他推开房门，听见窸窣的纸张声音，低头看见地上散落着一堆报纸。

蓦地一惊，他迅速扫视走廊，见好几个房间门把手上都塞着相同的报纸，心里的石头才落了地。他弯腰捡起厚厚的报纸，报纸头版的犯罪现场照片映入他的眼帘。

等电梯时，他试着阅读报纸，虽然顶灯明亮，但内文字小，又都是些时攻要闻，看得他丝毫提不起兴趣。他翻到头版注明的政法案例页面。这时电梯门打开了，他想把这一大份报纸丢进两个电梯之间的垃圾桶，但电梯里没人，于是又留着报纸，一手按下一层按钮，继续看照片。

他的目光被照片下方的文字所吸引。一时之间，他几乎不敢相信自己的眼睛："七层小楼楼顶发现血迹""有人自曝亲人被达摩挟持，可能被害"。电梯晃了晃，开始下降。他明白了一个可怕的事实，而且十分确定。他脑中一阵晕眩，靠上墙壁，报纸差点儿从手中掉落，连面前的电梯门打开他也没看见。

最后，他抬头时，眼前是个黑暗空间，他知道自己来到了地下停车场，而不是酒店大厅。不知为何，他对自己的疏忽毫不在意。

他轻悄地走出电梯，没有惊动声控灯，在黑暗中坐了下来，试着把事情想清楚。电梯门在他背后关闭了。

CM9966 号航班九点过八分准时从梅雁机场起飞，前往武州市。飞机将在长江上空右转，设定东向航线，朝杭州市的导航塔飞去。

今天天气异常晴朗，因此大气层中的对流层升得很高，天空显得格外湛蓝，使得这架波音 747 飞到汉洲市中心上空，还十分显眼。如果他此时抬头，就会看见他本应搭乘的这架飞机在高空中拉出长长的飞机云。但他正站在盖亚国际大酒店前广场的树荫里，一边打着保密电话，一边汗流浃背。

他所有的计划都被报纸消息打乱。之前没有及时做出决定，机场巴士等了一会儿就走了。很快，就像前面描述的那样，飞机上了天。

但是，消息意味着给他另行分配了任务，他必须完成，必须留下来。

他早已把行李通过快递运往机场托运处，现在又需要重新拿回来。但不用过去，只要支付运费，一个电话就可以解决。但需要一个收发快递的地址——他在汉洲有一个固定住所，但从不将它跟任何公开活动发生联系——那就要一家酒店。

在这个人生地不熟的城市里，最不缺的就是酒店。不过，他决定换个地方，就去任务发生地附近，那是娱乐繁荣地，当然包括酒店业。

他在手机地图里录入报纸提到的某个地名，搜索酒店，迅速显示出十几家酒店名称。名称下面还显示有联系电话和网址。

他挑了一家看起来装饰豪华的酒店打电话过去。他跟热情洋溢的接线员说，他想到当地办理公安业务，请问酒店附近有没有公安分局或者派出所。

接线员回答："先生，你来我们酒店就对了。从我酒店东门出去，两百米就是梅阳公安分局，从西门出去，五百米就是梅雁派出所，真是方便极了。"

他接着说："其实我是有一辆车被人套牌了，想申请取消违章和帮忙打击套牌车。"

"那更没问题，我酒店南门前面就是交警大队车管所窗口，那里可以办理一切车驾业务。我还有亲戚在那里当交警呢！"

服务生热情地介绍道。

"我还正想跟你说呢，如果要去派出所办事，可能得排队。最近派出所很忙，死人啦，他们都在查案呢！也不知道怎么回事，这死人的事，刑侦队不管，就派出所在瞎折腾。"

他道了谢后，挂了电话。

背后有个东西伸到了他的肩膀上。他转过身去。

一只残破的锡碗，清楚地表示出持碗老人的目的。老人身上的 T 恤很破旧，粘着很多不明赃物，但脸上胡须刮得很干净，头发梳得十分整齐，眼神清亮，整个人看起来十分清爽。老人说了几句方言，他摆了摆手，但没有表示不耐烦，只是说自己不懂他的方言。

于是，老人微笑了一下，接着一口流利的普通话："对不起，我看你是个慷慨大方的老板，想向您讨今晚食宿的钱。"

听在耳里，这次他皱了皱眉头。够直白，简明扼要地说出了自己的诉求，而且加上了一句奉承话，想产生讨好的效果。此外，还付出了一个灿烂笑容。

他不喜欢乞丐。于是，摇了摇头，拔腿离开。但老年乞丐拿着锡碗挡在他面前："别这样，先生，我只要一个晚上的食宿钱，不多。难道你没有露宿街头的经历吗？在夏天，不堪蚊虫骚扰的夜晚，十分可怕。"

"我有，我当然有。"他突然有股疯狂的冲动，想跟老人说说他夏天住在地下涵洞、冬天躲进地下管道的经历。有一年冬天，城市竟然涨水，泗流的洪水漫进涵洞，瞬间便灌满了涵洞，几乎把他淹死。

"那你应该明白我的苦楚，先生。"

他缓缓地点点头，作为响应。他把手伸进口袋，捏起几张红色的钞票，但他没有拿出来，两眼看着乞丐胸前挂着的二维码。他掏出手机扫了扫，输入三位数，然后显示给老人看。"不论我给你多少，反正你还是会睡在街头，对不对？"

老人在手机上点击收款，点了点头，露出抱歉的微笑："我身体不好，得先买药吃。"

"那你平常睡在哪里呢？"

"对面，"老人伸手一指。他沿着干瘦的食指望过去，"也就是建筑工地。明年夏天，那里将变成一座现代化的地铁站。"老人又露出灿烂的笑容。

"我喜欢地铁，冬暖夏凉，还播放音乐。只是现在蚊虫太多，还有蛇蝎。"

"你没有碰到过吧？"

"我找到了一个更好的去处。"老人说，"一个老朋友住了医院，我当陪床。"

"是吗？"他打量着老人。只见老人全身上下还算整洁，笑起来会露出脱落了牙齿的牙龈，跑风漏气的嘴里发出干臭的味道。

他听着老人说话时，仿佛看见死神在微笑，时间侵蚀着青春的肉身。他叹了口气，踏上台阶，离开了盖亚酒店前广场。

和盖亚不同的是，赶到的那家酒店大堂内几乎看不到客人，但服务台后面站着一个中性人似的男服务生，两手平叠放在腹部，面带微笑。

"你好，我要订间房。"

"您好，"服务生说，"请问您需要什么样的房间？"说着，服务生进一步展开笑颜，恍然道，"我听过您的声音，您是那个要消除套牌违章的客人。"

他的眼睛眨了两下，不禁愕然，这意味着他很容易就能被人指认出来。

"对，就是您，您的声音很有磁性，很好听。"服务生说，"真的，您真受欢迎。"

"谢谢你，客气了。"他有点儿结巴，勉强露出微笑。

服务生大笑，把手放在他右手手背上。他没有刻意地抽开右手，却伸出左手把右手里的身份证抽了回来，放进口袋。他在服务生眼中看见一丝暧昧。

他分析对方的话是套近乎，并未起疑，或者警方还没来过这里，没有发现他的行迹。

"哦，暂不开房，我想先去一下洗手间。"说着，他抽出右手，往大堂后走去。

"洗手间？"服务生那对黑眼珠扫视着他的双眼，"您不需要寄存行李吗？我先帮您将行李寄存起来，免得提着不便。"

"不用。"他吞了一口口水。服务生令他感到十分不自在。

"您会走吗？"服务生说，"真可惜。"竟然发出一声孙二娘痛失人肉包子食材的叹息。

洗手间里空荡无人，空气中有清新剂的气味。他拉开一个小隔间，里面私密性很好，但并不能给他安全感，似乎没有自由的空气。他将男服务生留在服务明星栏里的信息录入手机，点击，发送出去。没多久，反馈回一条短信。

他揭开马桶抽水器的盖子，绿色的清洗液散发出刺鼻的气味。他卷起袖子，把手伸进水里，发现清洗液罐上面有一个灌注嘴，罐体是用螺丝固定的。

一个念头闪过脑际：这是最保险的藏枪之地。他抹干手，在行李箱里拿出油纸包裹的手枪，再次精心地拭了一遍油，包上，用橡皮筋扎了几圈，然后缓缓地将枪深入水里，用磁石固定在清洗液罐下面。缩回手，一道道绿色的清洗液滴落在白色陶瓷地上。

就在此时，厕所门"吧哑"一声开了。接着，有人推他所在的隔间门，并伴随着喊声。

"先生，您在吗？不会有事儿吧？"是男服务生的声音。

他诡秘地一笑，轻轻地拉开门，就在服务生猝不及防时，猛地将他拉进隔间里。一把小刀狠狠地抵在他的肋间。

"先生……"那服务生娇笑着，但一感觉到肋间的刀柄，笑容就僵在脸上。

"我知道你。"他压低声音，威胁道，"你住在梅洲花苑，家里有母亲和一个妹妹。妹妹在梅雁二中读高三。如果你将看到我的事说出去半个字，你就会收到你妹妹的手指。"

服务生吓得面无血色。

他将刀子收起来。"我会在这里待几天，你要像没有见过我一样。好了，去用别人的名字给我开一间房，房费不会少你的。"

服务生咕哝着说了声好的，战战兢兢地挤过狭窄的隔间门，感觉到对方急促的气息喷在他的脸颊，两腿几乎迈不开步子。

透过窗玻璃的投影，他看见背后有辆警车沿着街边行驶。他继续往前走，抑制想跑的冲动。大半天，他都在这一片街区步行，了解地形，熟悉进出通道，观察警备情况，特别是智慧城市监控，他要通过大数据分析，研究它的分布情况。

正在比对手机数据和实际布局，他在人行道上差点儿撞倒一个拿着手机的年轻女子。女子怒视一眼，径直往西朝公园走去，那边是一条条繁忙的街道。

警车的行驶速度几乎跟他的步行速度一样。他心里不安，看见一扇门，便推了进去。幽暗的光线，高频的音乐，仿佛进入一部20世纪70年代的美国嬉皮士电影，里面有红发女郎、披发少年，披肩、短裙，还有好多个年轻的猫王。音箱里流泻出来的音乐听起来像用三倍速播放的老唱片，服务生的上衣更像直接从走私唱片的封套克隆出来的。

他环顾四周，这是一家酒吧兼歌厅，招牌是"天天K歌"，里面高朋满座。

这时，他才发觉身边有个服务生在跟他说话。

"对不起，你说什么？"

"想喝点儿什么，先生？"

"黑啤？或者随便什么？"

"好的，德国黑啤。先生，你来对了，全市就我们黑啤最正宗。不过，你看起来需要一杯冰镇黄酒，有些五神不定。"

多嘴，他有股想掏刀子的冲动。"黑啤！"

"好呢。"服务生拖长的尾音里夹着的警笛声响起又停止。酒吧里的冷气令他汗毛竖起。刚才，在街头走动，毛孔里泌出大量汗水，但他又不敢脱下T恤，光膀子有损城市形象，也容易让别人记住。

酒吧里烟雾缭绕，衣冠楚楚又成了最引人注目的对象。他脱下T恤，靠窗找了个位子坐下，腰间的刀柄戳着他的大腿根。

街头的警车是什么意思？是常规巡逻，还是发现了什么异常？难道他不时地仰头观察被警方察觉了？

他喝了一口黑啤，带着炭烧谷麦的味道，说不上纯正。他心想，何必自寻烦恼地纠结于警车呢。现在虽然到处喊智慧城市，但没有哪个地方的大数据分析像他们一样精确。所谓的治安防控电子眼，大多还是靠着人眼去盯，查缉系统只对有前科的人有效。

他不可能成为谁的目标。以他们的数据分析来看，警方无法在短时间里发现他的踪迹。如今，他的疑神疑鬼只会让他的任务更加艰巨。不过，以他们的最大安全系数看，他在这座城市的活动已经到了必须考虑撤退的时候了。

他一口喝完杯里的酒。警方随时有可能发现他的蛛丝马迹。

他的手枪就是为这万一准备的。

他在酒吧里走了一圈，察看了消防通道和厕所——不错的藏身之地——从后门退出酒吧，转入背街的人行道，揉搓着双手，汗又流遍了全身。

他在上一桩任务中留下了垃圾，清除垃圾成了最重要的任务。一切都取决于这次任务。他对自己说，放轻松，他们不知道你是谁，回到原点，正面思考。

但是，他无法抑制脑海里缠绕的一个念头：到底是哪里出了问题？难道他们把几起自杀都联系在一起，难道有人告密？不可能，联系在一起又能怎么啦，没有证据，告密又怎么啦，同样是没有证据。

"不做无益的推测。"恩人告诫说，"做你必须做的，小心谨慎，又勇往直前。没有人能够战胜你。"

他侧身躲在一边，好让一对老年人在狭小的人行道上搀扶着经过。

"清障？"恩人对他的请求表示怀疑，但立刻答复同意，"只要你认为是对的就干。我万分信任你。但是，一旦发现危险立即预警，立即撤退。"

他扶着路边的行道树，双手紧抓着树干，仿佛害怕自己会倒下去。

第七章

在开车回家的路上，罗卫想着高媛的话。她说他凌晨出去，要到下一个半夜才会回来，真是说对了。内心的歉疚替代了这一天所发生事情给他带来的紧张和疲惫。他需要放松。如果不是刻意休息，他潜意识里会继续思考自杀的女人、莫名的银行单据和玉佩。但这可能是耽误时间，没有高度集中的注意力，哪能想出一些眉目来？

高媛看上去很疲惫，眼睛周围有了黑眼圈，五官也蒙了一层听天由命的阴影。这让罗卫很伤心。他希望自己能给她带来快乐。但是，他心里只有案件，调笑是段子手的事情。进卫生间时，他突击看了几眼手机，记下几个笑话。但高媛没给他机会。

"今天调查怎么样？"高媛倒显得很兴奋，仰起脸问。

罗卫哑了一瞬，接着热烈地说："她交给我一枚玉佩。你猜上面刻着什么字？'龙呈祥'，应该是定情信物之类，还有另一半'凤呈祥'不知在谁手里。还有一幅很小的鸳鸯戏水图片，图片里含着一个'李'字。"

"是吗？"高媛缓缓地啜了一口饮料。"这倒很稀奇。交玉佩给你的是个女孩，应该持有对方的玉佩'龙呈祥'，而且姓李。"

"嗯，还有更好的事呢。玉佩的背面刻着'金钰'两字，一定是出品厂名。"

"哇哦，你送我的玉佩都不是这家店出的。"

"那时，它不是没在汉洲开分店嘛。"

"开玩笑。"

"但玉佩的主人失踪了。昨晚那女孩似乎是帮失踪女孩报案的。我们正在集中查她们失踪或出走背后的原因。"

高媛削了一个苹果，切成两半，递了一半给罗卫。"找到他们的家，走访走访，没准儿事情就解决了。不过，还有一个更好的办法，有点儿馊，但强于挖地三尺。"

"什么主意？"

"上网搜。人肉搜索知道吗？祖宗三代都能搜出来。"

"她们大都是家庭妇女，看手机都怕耗流量呢。"罗卫说，"职业病。"

高媛耸耸肩。"别嘲笑我，上网比走访容易得多。"

"哈哈，算你赢。"

高媛知道丈夫并不服气。他反感网络信息的鱼龙混杂，只相信传统侦查手段的实在和精确。她没有再跟他争下去。"看看我给儿子买了些什么东西。"

罗卫拿起看了看，不知所以，但还是很认真地说："给女儿用也可以。"

"呸！"高媛假装不高兴。

"好吧，好吧，再说说那枚玉佩……"罗卫平和地说，"'金钰'业务很多，账簿厚得吓人。不过，他们的工作很精细。"

"工作不精细，这家店哪能延续百年呢？"

他们结婚时本来准备到"金钰"买首饰。名店手工，质量保证，那里出来的首饰不仅保值，越是收藏，越有价值。可是，那段时间恰恰发案频繁，他们没有时间到北上广或者香港去，何况对于警察来说，上班时间又不准佩戴首饰，仅为收藏，请假去购买，有些矫情。

罗卫说："过于精细，反而让我有些担心。那么多的账册，找一枚什么时候卖出去都不知道的玉佩，怎么查呢？这时，我心里想起了亲爱的夫人，猜猜想起你有多么好的效果，说出来你一定不会相信。"

"难道我的哪件首饰对你有启发性？"高媛充满希望地猜测。

"不是。我想到上网去找。录入'龙呈祥'，还有它的照片。一比对，在网上找到了。定制人叫李楚轩，汉洲人，原住址已经拆迁，街道不复存在。我还找到论坛晒的图片，晒图人叫李娟，晒图的目的有二：一是咨询价格，想卖掉；二是寻找相配的'凤呈祥'，希望持有'凤呈祥'的人主动跟她联系。这个信息跟李花花的供述对上了，那块玉佩还真是李娟的。只是论坛没有跟帖，'凤呈祥'玉佩没有露面。不过，仅凭一枚玉佩，足不出户，就查出这么多信息，网络真是强大。"

高媛说："看到网络的作用了吧！"

"但网络的毒害仍不容忽视。"罗卫说，"绝对不在女儿的房间装电脑，这是既定方针。成年之前，上网的监督是重中之重。"

高媛说："我倒是但愿我们的儿子永远不接触电脑。但是，随着科技的发展，我们怎么能控制自己的孩子呢。它可能已经成为生活的需要。"

"希望科技能阻止成瘾。"罗卫说。

"你真是一个严苛的爸爸。我只祝愿他快乐健康就行。"高媛一边收拾茶几上的果皮，一边岔开话题，"下一步准备怎么办？"

"你的意思是，我如此积极地调查这起案子，说不定无论找到多少证据，都无法让这起案子成立？"

"仅凭你说的事实，我是这么感觉的。"

罗卫不知道怎么回答。"肖可语比我更积极。"

"你不是在告诉我，是她在推动你这么做的吧？"高媛说，"她的敬业和忠诚没得说，出了名的'霸得蛮'，但工作方法值得推敲。"

"各有各的方法，可以理解。"

高媛点了点头，没有表示异议。

清新流畅、欢快明丽的旋律响起来。罗卫看了一眼高媛。高媛哼了一声，说："你的。"

罗卫叹息着站起身，说："整晚谈论着工作，看来工作来了。"

手机还在响，是在罗卫的手提包里。

他拿到提包，摸出手机，瞥了一眼屏幕，判断不出区号。乍一看，是个外省电话。他经常接到同事或领导打来的电话，但都是群内码，陌生号码基本都是诈骗电话。但罗卫还是摁下接听键盘。

"你好，我是罗卫。"

电话里传出干扰音。过了一会儿，传出弱弱的两字："救命！"

"请问你是谁？在哪里？"

"救……命……"

罗卫看了一眼高媛，示意她递纸笔过来。高媛急忙从抽屉里拿出纸笔摊在罗卫面前。

"我是刑警，请告诉我你的名字，现在在哪里，遇到什么事。我立刻来救你。"

"我……我，不知道，我找不到……"

"在哪个地方？告诉我。"

高媛疑惑地看着他。她听出里面传出女人的声音。

接着，电话断了。罗卫回拨过去，但不能接通。

他放下手机，急躁地在客厅里走来走去，困惑不解。高媛看着他，拿着纸笔不知所措。

"会不会是那个李花花？"高媛问。

罗卫说："应该不是，听起来像是另一个人。"

仿佛刚睡下，手机又响了。罗卫想都没想就坐起身，打开台灯，一边往床头柜抓录音机，一边拿起手机准备接听。

身边的高媛听到电话一响，也紧张了。她也一直在等着这个电话，始终睡不踏实。她拿起笔和笔记本，准备着随时为罗卫记录重要线索。她瞥了一眼钟，才深夜两点。

罗卫谨慎地看了一眼手机，屏幕显示的还是看不出区号的号码。他对着高媛点点头，然后点开手机的录音功能和免提模式，同时打开录音机。

"我是刑警罗卫。"

电话里什么声音都没有，也没有挂断。然后，好像演绎恐怖片似的，传来一阵似咳似喘的呼吸声，缓了好久，终于有了微弱的人声："哦……"

罗卫瞥了高媛一眼，将电话放在两人之间，耳朵靠近电话，手机里的声音却突然变大。

呻吟声、喘息声、皮肉撞击发出的暧昧声，还有低沉痛苦的呜咽。

高媛红着脸，扭过头去。罗卫呆住了。他们都知道那是什么声音，却又难以判断到底是自愿还是被侵犯。高媛也知道，作为警察，种种录音、录像都需要接触，特别是刑警，不能因隐私或污秽而难堪，也不能因不堪入目或不堪入耳而回避。

只是仅凭手机里的声音，他们无法确定是录制好的，还是现场直播。高媛想从中辨别其他杂音，却把肉体的声音听得越发清晰，胃里不禁一阵翻腾。

"啊……"一声尖利的痛呼。

紧接着，传来铁器的撞击声。坚硬的金属与金属的撞击，有可能是手铐与床头铁管的碰撞，是有人在拼命挣扎、反抗。然后，钝钝的一声"哂"，明显是匕首戳进了桌面，刀把儿似乎还在桌上摇摇晃晃地弹动。

罗卫意识到这个电话比预想的要糟糕得多。

他放下笔记本，迅速在上面写道："追踪它！"

高媛抓起自己的手机，跳下床，走向客厅。

"你很清楚我需要什么！"手机里传出一个男人的声音。

"啊……嗯……不！"

"只是要你愉快地给她们打电话而已。愉快，知道吗？就像这样……嗯，这样！跟朋友们说，帮她们赚钱，你不是已经赚钱了吗？钱，谁不喜欢呢？不用工作，只要投入一些资金，钱就哗哗而来，我保证你过得比以前好。"

高媛躲在客厅里给技侦支队打电话。"我是高媛，对对对，请求技侦支援。"

高媛说得很快，像拉风箱似的。

罗卫的手机里又传出一声尖叫。接着是长长的、痛苦的哀号。罗卫皱着眉头，仿佛那可怜的哀痛来自自己的亲人，来自自己的切肤之感。

声音更加清晰："啊……"

"准备好了吗？"

"我做不了……"

"嗵！"再次发出匕首戳进木桌的声音，接着是撕心裂肺的尖叫。

"我不想伤害你。但会不会伤害她，我就不知道了。"男人说，"你想听到她的尖叫吗？"

"不，不……求求你。"

"亲爱的，求人不如求己，知道吗？这世道一切都得靠自己！你做好了，你的亲人、你的朋友不都好了吗！你做好了，我高兴，老板也高兴，你得到的钱也多了，何乐而不为呢！否则，大家难堪，妹妹……"

女孩急促地说："求求你，别伤害她！"

"那好，做吗？"

"求求你，放过我吧，求你……"

女孩还在哭泣，时不时地发出歇斯底里的尖叫。男人则开始放声大笑，一次又一次地威胁女孩做事，还夹杂着肉体的撞击声、金属的碰撞声。

罗卫烦躁起来。高媛站在一边，神情恍惚，好像身临其境地看到一个软弱的女孩在苦苦哀求，一个疯狂的男人在磨刀霍霍。

又传来痛苦的一声"啊"。

高媛悄悄地躲出去。"对，有结果了吗？对，是打到我丈夫罗卫手机上的，梅阳分局刑侦大队副队长罗卫……"

"爽吗？"手机里的声音。

"啊啊啊啊……"

不知那男人又做了什么，手机里再次传出恐怖的尖叫。

接下来的声音，更加不堪入耳。

……

罗卫拿着手机来到客厅。高媛痴痴地靠在墙上，电话还挂在耳边，屏幕黑着，追踪还是没有结果。

罗卫摇了摇高媛，满眼忧虑。"算了，别追踪了。"

"挂了？"高媛心怦怦直跳，"结束了？"

"不，一切才刚开始。"对于罗卫来说，这件事比从警以来遇到的任何一件报警更令人感觉不安。他遇到了一件相当危险的事情，同时有了一个相当危险的想法，他要立刻投入工作，立刻全面调查电话里透露的情况。

第八章

她一定处于困境中。乔爷跟女孩琳琳接触几次后，心里的疑惑越来越重，但他不是个能够排疑解惑的人，他已没有这个能力。

不过，他了解人能够做出最坏的事情，他相信再残忍的事情随时都有可能发生。也许，琳琳背后就有这么一个人。

他阻止不了伤害的发生，但他决定帮助琳琳。

先要准备丰盛的食物。女孩体质太弱了，不多吃点儿怎么扛得住折磨。但他不擅美食，只能买现成的存着。他不想惊动保姆，决定自己上超市去。这可不是小事。过去总是妻子帮他清理衣物，后来是保姆，但保姆很不耐烦，所以他一年四季都穿着睡衣，没有穿过正式的衣服。

幸亏是夏天，白衬衣、西裤加皮鞋便解决问题。这对中度偏瘫的老人来说不是难事。这种服饰他有几套，都是妻子在时准备的。选择时浪费了一点儿时间。最后，他选了一套购置时间最近的，大约五年前购于阿波罗商场。妻子打理得很好，没有变色、变形，虽然过了这么些年，依然散发出妻子的香味。

他甚至找出一双丝光袜，很有年头了，但材质很好，清洁、崭新，穿起来凉凉的，很舒服。

接着，乔爷蹒跚着走进书房，书柜后面有一台保险柜，他的工资卡和儿女寄来的钱都放在这里。平日里也不用钱，他自己也没个数儿。他从中点出五百元，看着有几张绿色的零票子，也不知是多少，一把抓起放进裤袋里。

临走前，乔爷说："阿英，你好好地待着，我去买些食品，是给琳琳吃的。你放心，我没有任何异心，也不会出轨。她是我们孙女辈，理应关心，我是听你的话才这么做的。"

乔爷叮嘱着，抓起拐杖，扶紧门框，然后锁上了保险门。

妻子阿英最是乐于助人。有一次，家门口发现一个蓬头垢面的女孩，她带回了家，让女孩洗了澡，吃了饭，然后问明身世，联系警察。女孩在他家住了一晚，觉得他家条件好，不肯回乡下的家里去，赖着不走，还是警察带走的呢。

乔爷拄着拐杖走上了街头。

他住的这条街离阿波罗商场不远。二十年前，它高耸、豪华、气派，是汉洲的地标式建筑，锃亮的蓝色全幅式玻璃外墙，是乔爷看着建成的。时过境迁，高过它的大楼数不胜数。

二十年前，他居住的楼虽不气派，却还洋气。可如今成了别人的裙楼，而且设计很不合安全规范，主楼的阳台高出裙楼几分，轻易就可以翻越进来。不然，也不会有故事发生。

乔爷不了解建筑上的技术问题，也不经常和邻居来往，对邻居跟建筑商在这个问题上的争吵也没参与。退休后他给自己定的规矩是清静无为。

可是，乔爷知道女孩是从哪里来的。隔壁主楼设了好几家公司，有的挂了个牌，年长日久不见人；有的通宵亮灯，人来人往，电话吵得跟菜市场似的；有的豪车出入，人五人六的模样，也不知道做的什么生意。女孩就是从那家拥有好几辆豪车的公司里爬出来的。那个公司的老板像个农民，常抓个电话吆三喝四，手里的员工倒是服服帖帖的。

他绕过几辆豪车，车身很干净，但蓝墨似的玻璃窗里什么都看不见，不知藏着什么见不得人的东西。

走过过街通道，前行两百米便是阿波罗商场。不远处站着一名年轻警察。他走过去。

"警官，最近治安还好吗？"

警官答道："还行。您有什么事儿吗？"

"事儿倒没有，只愿国泰民安，你们年轻人能轻松闲逸。"

"谢谢大爷，我也希望这样。不过，我们有忙不完的工作。"

"这么说，治安不太好，警官，让我很担心。"

警官看着他，认真地说："你放心，大爷！在这片没人敢调皮。"

"那么，是不是所有的隐患，你们都能排查到呢？"乔爷较真儿地说。

警官深深地叹了口气，乔爷说到了点子上。乔爷也深深地叹了口气，接着说："是啊，有不满足的民众，也有刻意犯罪的群体，不是警察不尽力，实在是他们时刻都在寻找机会。"

"说得对，大爷。不过，我们会时刻注意的。"

"那就好，那就好……"

不等警官回答，乔爷转身走进了商场。

进门便是扶梯。地下两层是食品超市，鸡蛋、牛奶、面包都在他的购物计划内。他看到火腿肠、巧克力、薯片、果冻，还有杨梅、牛肉干、闲趣饼干。天哪，都是女孩喜欢吃的食品。他有些禁不住手，不断地往购物车里塞。他一个老头子，怎么会买这些东西呢？别人问起来怎么说。他得想好答案才行。

他仔细看了看价签。他不知道巧克力这么贵。怎么这么贵？过去他从不需要经手。

最后，他将拿到购物车里的东西一结算，六百多元，几乎比他平常一个月的生活费还多。收银员是一个小姑娘，一边看他往收银台拿东西，一边嘻嘻笑着，好像赞赏他的爱心。

"您家孙儿孙女挺多的吧？"姑娘问。

"呵呵，总得为他们备着。"

"都有保质期。爷爷您要看清。"

"没关系。"

"有的只能吃一个星期，有的放几个月没问题。"姑娘热心地介绍道，"如果家里人多，这里有即食性香肠，打特价呢，超划算。"

乔爷看了看香肠，考虑着，多些营养对她身体有好处。哦，那就整钱买吧。姑娘做了结算，将几根香肠一起塞进购物车里。

乔爷叹了口气，为难地看着一堆食品。姑娘明白他的意思，说："爷爷，您家住哪里？我这就开派工单，让人送您家去。"

"那太好了，姑娘，谢谢你。"

"不客气，爷爷。你可以随送货人的车过去。"

"没多远，不用车，让他们提着东西跟我过去就行。"

"好吧，如果你坚持走着就走着吧！送货的来了。"

乔爷看到一个粗壮的男子走过来，微笑着提起食品袋，冲他点了一下头，说："爷爷，就让我送你吧！"

有人护送，回家就快多了。到了楼下，乔爷坚持不肯让男子上去。再苦再累，也得自己提上楼，防止陌生人知道自己的房号，不能给任何人可乘之机。这是安全守则的条例之一。

只有一层楼，乔爷爬了好长时间才到家。他觉得身体有点儿不稳，越爬越颤抖。

回家喝杯水应该感觉会好些，天热闹的，体内缺水可不是好事情。他想坐在客厅里，像妻子在的时候那样，热腾腾的水送到手上，一边把玩，一边懒洋洋地躺着。

但是，打开门，乔爷发现面前兀地冒出一个人头，吓得他手里的食品全散在地上。是琳琳。这次，她没有待在阳台里，而是直接进了客厅，听到门锁响，走过来想看个究竟，却把主人吓了个半死。

两人全都一脸惊吓地盯着彼此，过了好一段时间，乔爷先缓过气来，弯腰捡拾地上的东西。接着，琳琳也帮着将食品装进袋里，在乔爷的指引下，放在餐桌上。

"姑娘，你知道不经允许进入别人家是犯法吗？"

琳琳勾着头，一枚玉佩从胸口溜出来，吊在前面晃晃荡荡，不敢吭声。

"下次准备怎么进来？"

"先……先敲门，得到您的允许后，再进来。"琳琳吭吭哧哧地回答。

"这就对了。"乔爷看着她的胆怯样，又有些不忍心。

"不过，我们已经是好朋友了，你就不必拘谨，我特许你自由出入。"

"我以后再也不会了。"

"我说可以就可以。"

"知道了，爷爷。"

乔爷点点头，接着将食品袋解开，对琳琳说："这都是给你买的，你先吃着吧，顺便给我倒杯水。我先去换件衣服。"

女孩的眼睛放出光来。

"我也不知道你喜欢什么，就随便买了，你将就些。"乔爷道。

琳琳急不可耐地拉开袋子。

乔爷艰难地绕过女孩，走进房间，假装没看到女孩感激的目光。

换好衣服，拉开房门。门外又兀地冒出一个人头，还是女孩。她手里捧着一杯热腾腾的牛奶，向乔爷递过来，说："爷爷，喝杯牛奶吧！"

第九章

"我知道，你认为那是一个伪造的现场，不错，我也怀疑过，可是没有证据……不论法医还是痕检都没找到可用的证据。谁能如此天衣无缝地伪造现场呢？"

胡志远滔滔不绝地说着，不给罗卫插嘴的余地。

"还有那几个半夜三更的电话，我已经问过市局技侦支队，手机来电显示根本没用，就是电子欺骗。你去上网查查，只要付几十块钱，想让你的手机显示什么号码就能显示什么号码，特别便宜，也很简单，还难以追踪，有电脑的小孩儿都能办到。"

"可是……"

胡志远根本不理会罗卫，转向肖可语："对于李花花，你们应该第一时间送到收容教育所去。一个胡言乱语的暗娼、吸毒者，拿着宝贝样，却什么都没问出来。"

"你对她说到的失踪女孩娟子有什么看法？还有那些投资失败出走或自杀的女人。"罗卫见缝插针，抢着问。

胡志远摇摇头。"这是两码事。有没有娟子这个人不好说，如果有，就有争风吃醋的可能。所谓的投资失败，自 2007 年股市走熊后，胡乱投资的人还少吗，岂是我们管得了的？"

罗卫不以为然。"这么说是不是太冷漠？"

胡志远瞥了罗卫一眼，说："我明白你的心情，我让技术部门安排一条专线追踪电话。"

"目前案子很多，安排专线会占有太多资源。"负责技术的教导员曾全提出反驳，"网络电话只能定性为骚扰，算不上案子。"

"可这确实是……"

"罗卫，我并不是不支持你。我想就事论事。对刑警来说，接几个无厘头的骚扰电话很正常，不值得大惊小怪。"

曾全深深地叹了口气，他带着抚慰的语气说话。罗卫明白，没有回答他。事实上，他俩对彼此都很尊重、很理解，这一点非常好，因为换成别的人，说这种话可能吵起来。

胡志远说："我再问你一遍，你还知道些什么情况？"

罗卫回答道："情况来源于三个方面。一是肖可语认为，一个不明身份的人正在引诱，或者利用别的人引诱无知的家庭妇女参与投资。这些妇女的投资都失败，甚至血本无归。现在，有人匿名给她寄了六个妇女的银行流水单据。这六人一人自杀，四人外出，一人下落不明。二是李花花告诉我，她的一个朋友，可能也是个暗娼，叫娟子，失踪了。一个月前，她看见娟子跟一个叫达摩的男人在一起，那男人似乎是个交易平台的经纪人。李花花在达摩车上发现了娟子的玉佩。我调查了，玉佩定制人叫李楚轩，他定制了一对'龙凤呈祥'定情玉佩，李花花捡到的这个是'龙呈祥'，'凤呈祥'可能在另一个定情对象手里。另外，就是我接到的两个骚扰电话，都是不明号码。第一个电话可能是那个人想测试他的设备，以便在半夜打第二个电话，第二个电话才是他的真正目的。但是，我目前还不能证明这一点。"

"你说，打电话的人不是李花花？"

罗卫不敢确定："我也请教了技侦的同志，他们说网站能为打电话的人提供声音选择，让声音听起来像是任何人。竟然有这么高级的功能……我怎么知道呢？"

曾全说："有些让人摸不着头脑。"

胡志远将情况记在笔记本上，对罗卫说："希望你没有先入为主地做出暗示和诱导……如果这样，三个情况还是有内在联系的。"

罗卫没有辩白，大胆地说："我觉得打电话的就是李花花，因为见面的时候我把手机号码给了她，没准儿她是想证明她说的话才这么做的。"

胡志远似有似无地摇着头。罗卫一大早向他汇报此事后，他已经听了两遍手机录音。不用说，他仍然没有将录音内容和罗卫汇报的情况联系起来。

他语气尖锐地质疑道："那么，遭受性侵、威胁的那名女性，到底是李花花，还是娟子呢？他威胁她带着微笑做事，是让她做什么事？还有对话里出现的妹妹……你能查证吗？"

罗卫肯定地说："总能调查出结果的。"接着，他却又感到底气不足，"我得找到李花花，找到娟子。只是李花花连身份证都没有，年龄、地址都是假的，调查需要花点儿时间。"

胡志远用怀疑的目光看了他一眼，转向教导员曾全："不遗余力地调查打进来的两个电话，网络电话总有网址，现场还是录音，可以辨识。"

曾全的语气仍然十分犹疑："网址调查和录音辨识有不确定性。"

"解释一下。"

"网络电话不是靠基站，它可以盗用任何一个 IP，地址没有确定性；录音辨识需要背景杂音，如果是在十分安静的场地里……"

胡志远没有听完，转头冷冷地看着罗卫。

"昨晚接听电话时，我觉得是现场传来的。但今天再听，却又感觉是录好的。"

胡志远有些不耐烦，转而问肖可语："你收到两个信封，涉及六个人，但没有跟其中任何一个人接触过，不是死，就是逃，或者失踪。联系到罗卫接听的电话，你觉得她们身上发生的事情，是不是就是电话里男子威胁女子去做的事？考虑到这些事情都已发生，电话里听到的会不会是几个月前的录音？"

曾全接着说："我说个大胆的估计：经纪人男子来到汉洲，找到并威胁电话里被性侵的女子，利用某个项目引诱妇女投资。投资妇女一个个血本无归，却又有苦难言。"

"猜测听起来合情合理。"

"可毕竟只是猜测。"胡志远耸耸肩，"现在大队负责的案子很多，好几个案子上级催办得紧。想要立一个莫须有的案件，必须有扎实的证据才行。"

罗卫说："刚才谈到的几个证据——"

"那都算不上证据，只是一些情况反映，需要证据证明。"

"那枚玉佩——"

"它不能自证是某起案件的证据。"

"李花花的供述呢？"

"都是些骗人的鬼话，你信了，我反正不信。"胡志远说，"这么说，够吗？"

罗卫皱着眉头，说："电话里的对话，不论是录制的，还是现场传来的，那场景总是真实的吧！一个女人被性侵、被威胁，还有一个被挟持的妹妹，我们能坐视不管吗？"

"我们这是坐视不管吗？"

罗卫呆呆地看着胡志远，"坐而论道有用吗？"

"不，我决定了，这事必须查。肖教导在这里，这事儿是可语先获悉的，那就交给她调查。调查投资情况，追踪李花花和娟子的下落。没准儿还能发现电话里的男人，顺利的话，抓获那个男人，很多事情可以大白于天下。不管怎么说，人和事都发生在梅雁辖区，先让派出所初查，理所应当。"

"但是李花花不肯跟肖教导对话。"

"她不是也没有向你提供有价值的信息吗。说不定，肖教导可以教教她怎么做一个合格的公民，而不是当没有素质的下流暗娼。如果我没记错的话，你手里还有四五起案子待查，抓紧时间，一起办了了结，我给你请功。"

罗卫恼火地低下头，不服气地说："如果技侦要监听我的电话呢？"

曾全看了一眼罗卫，说："我会按胡队的指示，给你一条专线，随时听候招呼。不过，资源是有限的，我们还要考虑市局技侦的配合。"

"嗯。"罗卫抬起头，看胡志远似乎首肯了教导员曾全的话，脸上浮起笑意。

散会的时候，曾全跟他一起下楼去。"高媛最近怎么样？"

"还好。"

"你的工作量很大，罗卫。既然高媛临近预产期，作为丈夫你要多给她一些关心，两者兼顾，会不会感觉吃力？"

"没事儿，高媛能理解的。"

"我是教导员，我得关心你的家庭。"

"谢谢，作为技术领导，支持我的侦查是最大的关心。"

曾全翻了翻白眼。罗卫快步走向肖可语的汽车。大队两位主要领导准许他与肖可语办理这个案子，他心里有了更进一步的侦查主意。

"我需要引荐人的名字。"

"'股市有风险，投资需谨慎'，我们公司时刻这样提醒投资者。因此，任何一个投资人赔与赚都与我们的工作人员没有关系。"

"吴经理，我这是凶案调查。我找引荐人，只是了解情况，并不是追究他的责任。"

"再重复一次，证券公司只是接纳所有公民自由投资，不一定介绍人，即使有，也不一定是我们的工作人员。"

"好吧，换一个人。请刘群的客户经理来见我。"

吴小毛，刘群炒股的梅阳证券公司经理，终于无法推托。他是一个矮小干瘦的老头子，焦黄的眉毛下一双老鼠似的眼睛，滴溜溜地，比老鼠还警觉。他穿着纯白的衬衣、笔挺的西裤和锃亮的皮鞋，但举手投足不论如何拿腔作调，总有些像卡通片里走出的人物。罗卫猜测他因吝啬被妻子踢过多次，或者家里有个低眉顺眼、抬不起头的老婆，年轻时还是个烟鬼。不过，现在讲究养生，已经戒绝烟酒、槟榔，但嘴里仍然喷出劣质烟的臭气。

罗卫确信自己一辈子不会跟这种人交朋友，甚至不想跟他打交道。但是，他现在只想找他手下的一个员工，或者了解那个员工的去向。

已经是上午十一点钟。罗卫的日程排得很紧，几乎两三个小时一个安排。他忽然毫无理由地越来越担心那几个出走的妇女。换句话说，他不喜欢这样虚度时间。

吴小毛叹了口气。没有托词外出，是因为听说前几天坠楼的刘群被警方重新提起侦查。现在，他很后悔这个决定。他从时髦的大板椅上站起来，将他那穿得引人注目的小身躯移到门口，牢牢地把门关上。

"请理解我的难处。"他讨好般地对罗卫说，"证券公司有金融隐私保护规定，员工也一样。理论上讲，我们对警察也不能提供有违规定的东西。对于投资者来说，这里延续着他们的梦想和生命。"

"也许，对于刘群来说，这里剥夺了她的梦想和生命。"

"对她的死，我也很遗憾。但跟我们没有关系。"

罗卫突然十分生气。"没有说跟你有关系，但你去过她坠楼的现场吗？从七层楼坠下来，脑浆迸出、鲜血淋漓。或者给你看看照片？你也体验体验利害关系。"

"不不不。"吴小毛断然摆了摆他那枯枝似的手，想离罗卫越远越好。

"你明白就好，吴经理。"罗卫说，"刘群的死一定有原因，你要帮助我找到那个原因。"

"也许，"吴小毛嗫嚅道，"我们可以私下里聊聊，不做记录。"

"可以。你请坐，随便点儿。"

吴小毛回到他的大板椅里坐下。罗卫掏出笔记本。

"你记得刘群吗？"罗卫问。

"是的，三年前她从另一家证券公司转过来，因为我们手续费低。"

"一定有介绍人吧？"

"是的。公司为了促进发展，当时设立了新人推荐奖。"

罗卫没有说话，只是盯着吴小毛。他接着说"她叫吴美凤，是公司最早的客户之一。"

"她们俩是什么关系？"罗卫心里一惊，这个名字很熟。

"看起来像是闺密。吴美凤是公司的首批客户，相当于公司的业余客户经理，设推荐奖的那几年，她拉了很多客户来这里。"吴小毛瞥了他一眼，"基本上是没有职业的家庭妇女。她们掌握着家里的财政大权，又无所事事，想着钱生钱……"

罗卫盯了吴小毛一眼。就在这时，他想起肖可语说的六人中有个叫吴美凤的，在刘群坠楼前坠楼死了，只是她丈夫安葬得快，没有惊动其他人。显然，事情越来越复杂，越来越惊人。他调查的路子走对了。

"你知道吴美凤的事情吗？"

"美凤？"吴小毛惊讶地看着罗卫，"她差不多有一年没来公司，户头空了半年多。半年前我给她打过一次电话，问投资的事。她说她已经洗手不干了。她出了什么事儿吗？"

"你不知道？"

吴小毛坦诚地摇摇头："我说的都是真的。"

罗卫不想吓他。"吴美凤不来公司，刘群常来吗？"

"也不是。刘群住在公司附近，有时见到，而且她的账户偶尔有交易，所以我关注着。"

"你可以看到她的交易？"罗卫问，"资金量大吗？"

"吴美凤离开后，刘群也把绝大部分资金抽了出去，我打电话给吴美凤就是问这事儿。她吞吞吐吐地说，行情不好，只亏不赚，不想炒了。"

"刘群呢？她为什么抽走资金？是不是有人介绍了更好的投资机会？"

"可能吧，她好像有搞投资的亲戚。"

"你认不认识她搞投资的亲戚，见过面，或者听人介绍过？"

吴小毛有些犹豫。罗卫盯着他。他拿起一匹紫檀马，用手指细细摩挲，应该来自东南亚，价值不菲。罗卫盯得更紧了。

"似乎有这么一个人。她刻意带过来的，但那男人好像不太愿意。"

"名字？长相？"

"达……达摩，怪怪的。"吴小毛迟疑了一下。"三十来岁，一米八上下，长得还挺帅气，身材可用彪悍来形容，强壮有力。"吴小毛一边说，一边炫耀地甩了甩短小却坚实的膀子，"听口音，他应该不是本地人，安徽或河南的可能忒大。"

罗卫皱着眉头，望着窗外碧油油的草地。这和他预料的不一样。"你确定是安徽或河南人？不仅仅是因为讲普通话。你确定跟着刘群来的就是此人？"

"相当确定。我走南闯北，哪里人没见过。以我的见识，此人不论讲洋文、中文、古文，他的淮北口音是无法改变的。我多次看到他们在一起。"

"那么，就是这个坠楼的刘群认识了一个淮北口音的、搞投资的帅气男子。她从你公司抽走资金是在认识这个男子之后？"

"这个不能确定。但从她给我介绍他的情况看，应该是这样。"

罗卫反而有些犹疑。"真有这么肯定？"

"我只能肯定她认识这么个人，投资的情况我哪里知道呢。不过，告诉你实话，我也就最初见过他一次。后来，她再没到公司来，我也再没碰到过。刘群出事后，我怀疑过她会不会是因为婚外情。"

"这是你对他们亲密程度的判断喽？"

吴小毛猥琐地"嗯"了一声。"如果你看到，你也会这么想的。男人的爱情就像春潮的波浪，晃荡到哪里，就爱到哪里，哪里有定准，只有傻女人才会中计。"

"还有其他人看到过他们在一起吗？或者，你还看到那个淮北人跟其他女人走在一起吗？过于亲密的。"罗卫想找人印证吴小毛的说法，还想知道有没有看到李花花或者娟子跟达摩在一起，但吴小毛摇了摇头。

"没看到过？"罗卫不甘心。

"你可能不是个炒股的人。现在的股民都在网上操作，根本不需要到公司来，公司管理者也不用出去，管理好后台便行了。所以，我其实是很寂寞的，几乎不跟外界打交道。"

罗卫又皱了皱眉头，知道达摩跟刘群在一起，他比以前更加迷惑。他仔细研究了一下眼前这个过于矮小且过于精明的男人。吴小毛似乎放下了心里的芥蒂，也迎着看他的目光，眼神竟然显得十分清澈、明净。线索够杂乱的。

罗卫抬了抬腕，快十二点了，接着还有更重要的事情。他站起来，握住吴小毛的手，尽力让他不要因为自己的离去而显得轻松。

走向门口，他突然回头问："你们三句话不离投资赚钱，对吗？"

"嗯。"吴小毛点点头。

"除了炒股，还有什么是一个普通投资者能做的？"

他犹豫了。

"刘群已经坠楼了，吴经理，你不会……"

"投资的项目多了去。期货、期指、股指、外汇、白银、黄金、石油……五花八门。说句不好听的话，这里面骗子可多了，有些是骗你进去赚手续费，有的纯粹是骗局。"

"投资骗局？"

"总有人相信天上会掉馅饼，罗警官。殊不知，高回报与高风验往往如影随形，所谓高额利润只是骗子的诈骗套路而已。他们有的从网上，有的从身边寻找利欲熏心的人，先建立感情，取得信任，然后以'投资顾问'的身份聊天，提出建议。一旦有人进入'圈套'，就把他拉入团伙成员群，其他同伙以'投资人'的身份继续骗，诱导投资。一旦钱投进去，他们就会耍各种花招，让人血本无归。这些'顾问'却在后台跟老板分成。"

本来想叫上肖可语，但她去市局办事还没回。罗卫在一家快餐店吃了个煲仔饭，就驾车往吴美凤家里去。他向肖可语打听了一下吴美凤的情况，知道她有一个读小学的儿子，丈夫庄鑫原来开了一家制鞋代工厂，因为接不到单，解散了工人，赋闲在家。

三十多岁的男人突然丧妻，又失了工，哪在家闲得住，于是在街坊茶馆跟邻居打小牌。打牌赋闲跟喝酒浇愁一样，只会愁上加愁。罗卫来到茶馆门口，庄鑫不用他多说，便推了牌局。他的到来让这位心情烦闷的丈夫感觉有了发泄的机会。

罗卫先是温和地笑笑，对庄鑫点了点头。庄鑫佯装镇静，但神情中有着深入骨髓的颓废。罗卫明白，任何人，如果其人生受运气支配，或者被魔鬼左右，遭到了命运的伏击，悲剧演出之后，都会如此吧！

庄鑫好奇地打量着他，倒是没有太大的抵触情绪。相反，似乎有种似曾相识的感觉。

"吃过了吗？我们去小店喝一杯。"说完，他又自嘲似的嘀咕，"哦，警察中午不准喝酒。"

罗卫点点头，说："如果你还没吃，我陪你去。"

"算了。"他说着，转头往一栋旧家属楼走去，"去我家喝杯茶吧！我虽然不明白你为什么找我，但我知道你们的套路，家是必定要了解的。我也喜欢在家里谈事，最近手头有些紧，外面的场所都是收费的。"

"说得对，充分用好自己的空间，利人利己。"罗卫说，这让他赢得了这个身材壮实、面相有些斯文的男人一个大大的微笑。

"家是好地方，我不会让你感觉我有愧于这个家……"

"那是，"罗卫气馁地说，"我一定赶不上你。"

"你是事业型男人。"他严肃地说。罗卫感觉相见恨晚。

他们进门，直接来到小厨房里。这是20世纪80年代修建的住房，小厨房、小厕所、小客厅，面积尽可能地放在卧室。客厅布置得像灵堂，悲惨的气氛让罗卫透不过气来。或许这就是庄鑫说的对得起这个家。他在让死亡的腐败气息延续。

庄鑫打开消毒柜，拿出一套精美的茶具，然后将一只茶罐递给罗卫。两人转过压抑的客厅，来到书房里。

树苑式实木茶桌占了书房的大半面积，带四根笨大的茶凳。罗卫看着这个十几年前流行的东西，真是哭笑不得。这么一摆放，还叫什么书房呢。不过，里面确实一本书都没有。

两人聊了几句茶艺，感觉熟悉起来。庄鑫对沏茶很上心，每一个步骤都中规中矩。但是，他动作僵硬且不自然，像机械臂似的，晃悠悠地吃力；喉咙里像堵着沙石，咽不下去，吐不出来，无论他怎么镇静都无济于事。

罗卫看到他眼里溢满了悲痛的泪水，不知这泪水是用以治愈他心灵的创伤，还是来自他对自己的憎恨。庄鑫觉得，妻子的坠楼，有他一份责任。他对妻子的疏于关心，近乎是他犯下的罪行；而在另一方面，在他大脑的某个黑暗的小房间里，那个支配他潜意识的可怕的小动物，也怨恨着妻子对财产的肆意挥霍。

罗卫理解他的心情，并不把喝茶放在心上，瞅着把谈话往正题上引。

端起第一杯茶时，罗卫切入正题："我来找你，没别的意思，你也别多想。我刚去了证券公司，听说你妻子在股市投资金额不小。"

"投资？简直是败家！"庄鑫很来气，"背着我将存款全投入股市不说，还卖了我以她名义新买的住房，不然我们怎么会还住在旧屋里？"

"哦，她在哪家公司炒股，或者做其他什么投资，你清楚吗？"

"我哪知道！都是背着我做的，近几年生意一直不太好做，我把心思全放在打开市场，拓展业务上，没有顾得上管她在干什么。"

罗卫同情地点了点头。很明显，庄鑫虽说无愧于家，恐怕只是满足于不断地往家里拿钱，对妻子的关心是很不够的。

"她干什么你不知道，卖房也不知道？"罗卫问庄鑫。

他弯下身子，把头埋在双膝下面艰难地呼吸着，仿佛腹部给踹了一脚。"如果知道就不会准许她那么做了，她也是有意瞒着我的。期间，我生意不好，几次向她要钱开支，她都不肯。那时，我就应该想到，但只以为她怕我亏钱，便没想那么多。"

罗卫拍了拍庄鑫的手，接着问："你认识她身边炒股的朋友吗？或者说，最有可能是哪个熟人拉她投资的，知道吗？"

庄鑫直起身，将眼睛里的湿气擦掉。他的心还在急剧跳动，但手已经稳了一些，灯光下，脸色阴晴难测，不过迅速调整了过来。

"你是为我打人的事来的？"

罗卫惊讶地看着他，实话实说："打人？我没听说你打人。"

庄鑫释然地端起壶，分别给两个杯续满。"那个娟子，这半年多一直往我家跑。开始我以为凤妹子一个人在家带崽，多结交几个朋友也好，后来听说她不仅暗地里做婊子，还到处骗人。凤妹子跳楼后，她假惺惺地来悼念，我就扇了她两耳光。"

罗卫疑惑地问："哪个娟子？长什么样，多大年纪？"

"还能有哪个娟子！狐媚风骚，二十五六岁，经常在梅阳路酒吧一条街拉客的那个李娟呗。我要早了解到这些情况，第一次就不准她们来往，见一次打一次。"

第十章

亲爱的妈妈：

这个程序出现了问题。

这么说也不完全正确，各地发生了一系列破产的小事故，影响着计划的进一步实施。特别是汉洲，竟然有两个参与人自杀，这难免在当地引起恐慌。父亲统计出一个数据，种种迹象表明，程序的瑕疵暴露了人性的贪婪，而贪婪彰显出更多的问题。

即使责任不在我，但程序是我设计的，我就得当好清洁工，我有充分的心理准备。

这几天，父亲处于一种歇斯底里、神思恍惚的状态之中，那个叫琳琳的姑娘很快弄清楚了自己的处境，千方百计地想要逃离，可她没这个能耐。她多次潜入隔壁老人家里，大约是寻求安慰。老人太老了，几十年的世故告诉他，沉默足以延长生命。琳琳自以为得计，却不知自己时刻处于我们的监控之下，真是滑稽。父亲忧心着自己的事，只要她不离开大楼，就给她自由活动的权利。

小心翼翼地处理好琳琳的事，我就可以安安心心地应对程序衍生的问题。特别是汉洲，娟子十分叛逆，我真怕她煽风点火，或者弄出别的动静，把警察惊醒。我的谨慎徒劳无功，继吴美凤之后，又有刘群，娟子内心一定在挣扎，试图脱离我们。

父亲的意思是让她见点儿血，最好是琳琳身体的一部分。我没有同意。让她来到这座城市，帮着我们做事并成为父亲的玩物，已经做得有些残忍，对她造成的身心伤害，我想她一辈子都不会忘记。首次获知我们的意图，她就尖着嗓子大叫，舞棍棒似的胡乱摇晃扭动着绑得坚坚实实的手臂，小小的身躯力气大得惊人，父亲一个人竟没能把她按住。

这一步本来就走错了。我原以为把她叫来，将整个程序跟她讲清楚，让她明白一切都是那么简单易行，再伴以金钱的诱惑，而且这事也于她无害，她一定会积极地配合。事实证明我的想法是多么单纯、愚蠢。一听到我们要她干的事，还要加上她的姐姐，她顿时变了脸色，紧抓住门框，拔腿就要往外面跑。

我尽力让她听话，但父亲觉得不会有任何意义，果断采取了措施。

之后，她比任何人都温顺，娟子也十分听话，事业进入黄金期，这使我比任何人都觉得惊奇，更受教益。我懂得了人性中更深层的一面。不知我的这个结论是否有科学依据，但我坚信这两个女人是真的屈从了。

看着她们兢兢业业地为我们工作，琳琳甚至心甘情愿地陪父亲睡觉，征服的信念迅速滋长，如同春笋唰唰拔地而起一般，却不知从此埋下了祸根。

我想起堕天使之五的亚伯汗，他被上帝封上了链条，又隔绝了与妹妹的接触。虽说他与妹妹的力量足以轻松建造一个与上帝抗衡的世界，但他只能受上帝所制，用扭曲的力量，让人类的灵魂死在自己的梦中。但是，他到底有多厉害，内心想怎么做，谁都不知道。他虽然待在上帝身边，却只是压抑着自己，也许在等待枷锁被弄开的那一天……

他虽有力量，却并没有消除恐惧，更未让人看到希望。但，或许他才是那个真正背叛上帝的天使，即使内心被撕碎，他也要做一回真正的自己。

琳琳的心里有一个亚伯汗，她在等待机会；娟子心里也有一个亚伯汗。不能串通，她们会勉力隐忍；一旦串通，她们会带来灾难。

不知她们是否已经串通，但是疑惑如影般绕身而来，不断地袭扰着我。在汉洲已经出现了那么一道黑雾，阴沉沉地罩在娟子的身上。

我是歇手不干，还是勇往直前呢？

父亲让我选择后者。我想听听您的意见。

第十一章

走出吴美凤家，庄鑫哀伤的模样并没有立即从罗卫的脑海里消失，而是慢慢退去，好像经年的漆块，在夏日的酷热里一点点剥落。罗卫相信，这个人很痴情，绝不像在他面前演戏，也没有在他面前说假话。

他明白隐藏在庄鑫看似坚定的眼神背后的自责和疑惑：为什么会发生这样的悲剧呢？

罗卫驾车回分局去，脑子里一边想着庄鑫，一边想着应该给妻子高媛打个电话，问候午安，关心关心她怀孕的身体，别像庄鑫一样，当醒悟自己关心不够时已经晚了。

但是，他没有这么做。脑子里反反复复都是李花花的话、吴小毛的话、庄鑫的话，以及玉佩和银行流水。这些证据都联系起来了。即使作为老侦查员，内心也不由得有些惊喜。整个路途中，他都用一种奇怪的状态在思考，案件牵涉很多普通家庭，很多希望过上美好生活的普通妇女，她们的追求、她们的欲望其实很简单、很纯粹：一个稳定的家和一个爱自己、让自己拥有应有地位的丈夫。

他终于拨打了高媛的电话——妻子跟她们是一样的人。

在接通电话的一瞬，他就后悔自己应该早点儿打的。高媛听起来很疲惫，语气平平，就好像已经没有了任何情绪。他以前从未听过她这样的声音。

"上午一直在办案，刚睡下。怎么想起给我打电话呢？"她软绵绵地说，"是不是案子有突破，或者需要我协助？"

"……我牵挂着你，问……问你感觉还好吗？"罗卫嗫嚅着，这种话对他来说确实陌生，也难怪高媛惊讶。

"嗯，谢谢，我真高兴。"高媛轻轻回答。瞬间提高音量道，"我跟你说，上午的案子说不定真对你有启发呢！"

"说说看。"回到案子上，两人随意多了。

"是这样的。十天前，新戎县某公司会计跑到公安局报案，说她当天在单位上班时，老板突然在QQ上加她，她同意后，老板让她跟与公司有合作关系的赵总对接工作。她打电话给赵总，对方说已经将39万元现金汇到了公司账号上。她挂了电话没多久，老板就在QQ上找她，让她把39万现金退给赵总，当时没多想，就根据老板给的账号通过网上银行把钱汇给了赵总。直到下班时遇到老板，她才知道根本没有这回事儿。QQ上联系她的，不是老板本人，是骗子。"

听到这里，罗卫觉得这事跟自己正在办的案子风马牛不相及，但他保持着足够的耐心。

"新戎县立即意识到这可能是一起电信网络诈骗案，启动侦查程序，并立即报到市局。反诈中心指派我们大队协助办理。39万元被骗，资金流向是关键，我们就抓住这一点，进行深度合成分析，在蛛丝马迹中调查追踪，查明了资金流向，锁定了犯罪嫌疑人。"

"你这么简单的几句话，一定费了很大的劲儿。"罗卫奉迎道。

"那是当然。使用了多种手段，动用了几个部门的警力，我觉得最有突破性的是查银行流水。正是资金去向让我们锁定了真正的犯罪窝点，包括网络服务器所在地、持银行卡人所在地、洗钱所在地等。"

"哦，那你一定辛苦了，休息吧！"

"罗卫，该案团伙组织架构之复杂，人员组成之多，涉案资金之巨大，涉及地域之广泛，真是令人吃惊，也给我们上了一课。"

"媛媛——"

"你真的可以考虑考虑。该案犯罪嫌疑人有20多个，使用账号100多个。他们使用钓鱼攻击，编制一个诈骗邮件，发送到非法盗取的QQ、微信或短信里。虽然绝大多数人有一定的警惕性，但是只要样本足够大，小概率事件也是会发生的。哪怕一百个人里只撞到一个人，撒下数百万的诱饵后至少也会有几千人上钩。"

"媛媛——"

"好吧，我休息。"她继续说，谈论案件掀起的声浪变小了，语气变得平淡。"目前，电信网络诈骗招数花样翻新、层出不穷，手段不断转型升级，骗子无孔不入，如果你不改变观念，即使你不被诈骗钱财，也会被诈骗钱财的犯罪分子蒙混过去。"

"好，好，好，虚心向你学习。"

"你经常说，每起案件都教会了你不少东西。我把这句话还给你。"

"好的，一定不负众望。"

高媛听罗卫油腔滑调，不说话了。她明白，有些道理，嘴上说教，永远不如事实给的教训，就让罗卫撞南墙去吧！

罗卫在等待着。电话那端，高媛的呼吸声慢慢地不再刺耳。他能感觉到她开始平静，变得温柔，又重新变成贤淑的妻子。这是她感到骄傲的——典雅韵致的江南小女人，他想，就如他需要表现出威猛的男子汉气概一样。这个领悟时不时地让他发笑，也让他感到惊奇。不过，实在地说，这让他们这个小家更加和谐温馨。

"那就这样吧。"

电话的嘀嗒声结束了高媛那句略带不满的话。罗卫抿着嘴唇，摇了摇头，缓缓放下手机。

找到相约的西餐店，肖可语正小口小口地撕咬着牛排，姿势挺优雅，左脸上却沾着紫红色的酱。虽然两人事先约好见面，但肖可语一定没想到他来得如此快。

罗卫看着肖可语的午餐，问："有意思，这块牛排可不像你一个人吃的。"

"嘿，我一个人吃怎么啦！女人就不能多吃些吗？"

"平日里都不亲自做饭吗？"

肖可语耸耸肩："中餐几乎没在家吃过。"

"我也是。"

罗卫坐下来，从提包里拿出笔记本。

"你不吃点儿吗？"

"我提前吃了。"罗卫翻着笔记本，一边用笔写着，一边说，"怕在吴美凤家耽误时间，离开证券公司首先解决了温饱问题。你儿子呢？"

"在他奶奶家。我几乎只负责生，没怎么带。他爸爸死后，他奶奶看得更紧，不仅丝毫不用我操心，我想单独带出去逛一逛，他奶奶都不肯。"

"怕你拐走？"

肖可语表情闪了一下，说："不论她怎么想，反正是我儿子。"

"那是。"罗卫不想打击她，也不想就这个话题继续说下去。他有很多话要说，但又觉得让肖可语先提更合适。从理论上说，她是这个案件的主办人。谁都不愿别人越俎代庖。

果然，肖可语埋怨起来："你很积极，罗队。但我把所有情况都告诉了你，你却只告诉我一个人名，似乎给了我极大的恩惠。我不知道你这是滥用职权，还是玩忽职守，玉佩背后的故事竟然瞒得我死死的。"

"你觉得我对你隐瞒了证据？"

"不是吗？李花花是我抓的，她提供的物证线索，难道我没有共享的权利？"

罗卫合上笔记，放下笔，无可奈何地说："瞧，我们还得一起追查这起案件，你却觉得我欺骗了你，因为李花花的话我没有如实告诉你；我也觉得受了欺骗，因为李花花指名要向我提供情况，你却从中横插一竿子，吓坏了她，让她什么都不肯说。"

"你强行插手案件，我强行询问证人，这说明咱们彼此彼此，都是执着于侦办案件的人，都应该值得信任。"

罗卫惊讶地看着肖可语，他没想到女人会首先妥协。"你说得对。"

肖可语开心地说："好，这样才公平。"

她把餐盘推开，用纸巾抹了抹嘴，但她忽略了脸上的紫酱。罗卫想都没想，就用手里的纸巾隔着桌子帮她擦了，擦完之后才意识到这个动作的暧昧性。他重新坐好，感觉有点儿尴尬。

"那个——"罗卫一边低头翻看着笔记本，一边说道，"李花花给了我一枚玉佩，说是娟子的。我查到玉佩的定制人是李楚轩，两枚相配，是定情物，但没其他信息。我今天去了证券公司，却得知吴美凤跟刘群是闺密。这半年，吴美凤又跟娟子在一起。"

"证券公司经理告诉你的？"

"吴小毛只说她们是闺密，刘群是吴美凤介绍来炒股的，但这大半年，她们已经把资金抽了出去。据说，刘群认识了一个搞投资的男人。但资金去了哪里，并不清楚。我跟几个认识吴美凤的股民聊过，没人说吴美凤认识刘群跟那个男人。"

"跟？"肖可语问，"你是说他们是情人关系？"

"吴小毛这样认为。而且，吴美凤丈夫庄鑫只说吴美凤跟娟子经常在一起，没说到刘群，甚至说一年多没见过刘群。她们的变故就出现在这半年里。"

"有道理。"

"庄鑫还提供了一个重要信息。吴美凤刚坠楼时，手机里有一个讨论投资的微信群，里面有几十人，当天晚上还有人发言，不知是第二天，还是第三天，那个群就莫名地解散了，甚至有很多人从吴美凤的好友里退了出去。"

"可能听说了吴美凤不幸的消息。"

罗卫摸了摸头，恍然地说："倒也对。"

肖可语问："群里是些什么人，他了解过吗？有没有他认识的熟人？"

"我问过。庄鑫说里面都是些稀奇古怪的网名，比如'凌晨四点的洛杉矶''忘情水''格桑花''失恋九天'等，不像我们不仅实名，还挂上单位，好辨识。"

"这就叫乌合之众。"

"还有一个群，里面只有八九个人。也有人提到投资的事，但更多的是吐苦水。聊天似乎共同提到一个人——娟子。"

肖可语睁大了眼睛。"娟子，说她什么呢？"

"说被她所害。但说得不太明确，既没说是怎么害的，也没说害了什么，更没透露为什么害，说得很隐讳，似乎害怕什么。我看了很多，但具体情况是怎样没有细说。"

"娟子的角色不明？"肖可语皱着眉头问。

罗卫再次打开笔记本，说："我推测是拉拢这些人投资，结果让这些人亏了本。"

"但是，据李花花说，娟子是个暗娼，而且一直被一个叫达摩的男人控制，她也是一个受害人，怎么去拉拢那些家庭妇女投什么资呢？"

"我也不太明白。如果我接到的电话录音是娟子的，她遭受的伤害不轻。正因如此，这一切事件就更值得思考。可以假设那个达摩是始作俑者，强迫她们投资。"

"这个假设好，疑惑可解了。"

罗卫摇摇头。"那个性侵录音电话呢？里面的人是谁，是被逼迫着做什么事？跟现有线索联系不上。如果录音里的情况真有其事，为什么能够录音当时却不报警。"

"没准儿当时被控制着，录音是偷偷藏匿在一边的手机录下的。现在有点自由了，便想起你这个孔武神勇的警探，向你求救……"

"也不是没有这种可能，但还是与李花花、娟子的事无法联系。"

不等肖可语说话，罗卫自言自语地质疑道："里面的女声怎么就不是娟子的呢？"

肖可语怀疑地问："你怎么肯定不是娟子？实际上，我们只能肯定那不是李花花。"

罗卫说："我让庄鑫听过，那个女声不像娟子的。"

"庄鑫下载并保存了两段娟子在群里的语音对话，虽然简短，但很清晰，音色和语速跟我电话里的录音女声完全是两个人。如果娟子被如此逼迫，她为什么不报警？庄鑫说她跟吴美凤在一起，有两次碰到小混混拦路，一边挺身而出，一边拨打'110'，倒把小混混吓坏了。庄鑫还说，据他了解，这个娟子被派出所抓过好几次，进出派出所像家常便饭似的。"

肖可语皱着眉说："那就应该有案底，我怎么在派出所没查到这个人呢？这种女孩进派出所，无非是卖淫、吸毒、携毒、赌博和诈骗，会不会在其他派出所有案底？"

"不排除在其他派出所有案底。但是，不论是庄鑫，还是李花花，说起娟子，她的活动范围主要还是梅雁社区。"

肖可语不置可否。"现在，娟子是关键。李花花说娟子是受害人，被达摩掠了去。她跟坠楼的刘群熟悉，跟吴美凤关系亲密，出现在吴美凤的投资群里。那么，接下来，我们应该找到她，调查她与其他投资者的关系。"

罗卫吹了声口哨，说："胡队说得对，这个案子就应该归你。"

"归我？"

"当然。严格说来，这案子不关我的事，我做这些只是出于帮忙。是你强行把我拉进来，胡队并不赞成我掺和。"

"是吗？可有人拿着我的证据不放手，还偷偷地跑到证券公司、关系人家里调查。"肖可语放肆地说。她估量着罗卫不会放手。刑警就这么怪，案件跟自己没半毛钱关系，却累死累活地查，谁不让查，他还对谁生气。

可罗卫轻蔑地笑了笑。

肖可语说："给我玉佩。我的案子，我的证物。"

罗卫说："在刑侦大队证据库里，我会让人移交给你。"

"所有的调查材料，一页都不得隐藏。"

罗卫嘲弄地点点头。接着，好像突然想起什么似的，郑重地说："呃，那个男人达摩，跟娟子在一起，又跟刘群很亲密，应该重点查。要找到娟子，他是关键；要揭开这一切的谜底，他是钥匙。"

"达摩？"肖可语疑惑地问。

"显然你对佛教和武侠小说不感兴趣。东方的达摩是禅宗二十八代祖师，原是南印度国的三王子，父王将王位传给了他而不是他的两位哥哥。当他父王病危时，大哥派人暗杀他并抢夺了王位。经多罗法师指点，达摩看破名与利，决心拜师修佛，对中国的佛教影响深远。西方的达摩则源自古希腊传说：狄奥尼修斯国王请他的朋友达摩克利斯赴宴，命其坐在一把用一根马鬃悬挂的寒光闪闪的利剑下，由此产生了这个典故，意指令人处于一种危机状态，'临绝地而不衰'。都有身处险境而自救的意思。"

肖可语好像被罗卫的话吸引住了。"体现着东西方不同的处世方式。"

"不一定像你想的那样深刻。"

"我好像读过这样的故事。就是说，那显然是化名。"

"网名。名字不过是代号，很多人将网名当真名叫，标示那个人而已。"

肖可语点点头。

"是不是觉得这个世界越来越变态了？"

"没什么奇怪的，走访中经常遇到这样的事。有时，某某改了网名，大家随即改新的称呼，很顺溜，丝毫不觉得有什么问题。因为大家在网上交流的时间越来越多，对网名更熟悉。"

"他是李花花的一个客人，娟子介绍他们认识的，豪客。不过，不总是出手大方，变态，让他满足才行。李花花说在他身上发现了娟子的玉佩。娟子的玉佩总是挂在胸口，当护身符戴着。李花花说娟子不可能将玉佩送人。"

肖可语呆望着罗卫。"达摩拿着娟子的玉佩，那就是说达摩已经杀害了娟子，或者绑架了她？"

"李花花就是这个意思。"

"那么，刘群跟吴美凤是闺密，刘群跟达摩关系亲密，娟子又跟吴美凤关系不错，这个四角关系不像想象的那样简单。"

"是啊。这里只有刘群跟吴美凤是长期形成的关系，其他关系只是产生于这小半年。娟子是一个暗娼，她为什么跟吴美凤来往密切，认识那么多家庭妇女呢？你知道，哪有一个家庭妇女愿意跟暗娼交朋友的。"

"我们在兜圈子。"肖可语唉声叹气地说。

"缺乏更多的信息。"

"我们现在知道有七个投资亏损的女人、几张银行单据、一枚玉佩，两个坠楼的女人是闺密，她们又或者跟达摩、跟娟子有关系，达摩和娟子又有着更深层的关系。我还漏掉什么吗？"

"娟子跟投资群里的人或多或少有些关系。"

肖可语叹了一口气，说："还有呢？"

罗卫看了她一眼，语气更加严肃地说："还有一个直接线索。"

"什么线索？"

"李花花。"

她现在有些明白自己跟他的差距在哪儿了。那种带着探索的、超常敏感的目光，还有冷静而富有灵性的眼睛。她有些不敢直视，把目光避开了。

第十二章

五点刚过，罗卫就离开了办公室，此时第一滴雨已重重地打在了挡风玻璃上。他看着空中厚厚的云层，它们已经完全遮挡了整个天空。风在耳边呼啸着，看来要有一场来势不小的暴风雨了。

汽车拐上梅雁大道，一道闪电划过天空。

罗卫想印证一个传闻。他没有时间猜测，更不想凭一个人的表情对他的忠诚和品性做出判断。庄鑫在代工厂养小蜜，吴美凤跑到工厂坠楼并被就地掩埋，这样的事情，想想便令人直打哆嗦。

胡志远并不希望罗卫去调查此事。代工厂在梅溪辖区，梅溪分局已做出了结论，兄弟单位提出质疑便是大忌，何况还跨区暗查。但是，罗卫不能告诉队长他不信任他，特别是不能在其特意为自己考虑而提出劝告的时候。他们两个都妥协了，但彼此都不是很高兴，这也是所有妥协的常态。

代工厂远在城郊，有些偏僻。罗卫特地带了手枪，还加了个弹夹，他打算在事情结束前一直带在身上。手机里的性侵录音时不时地在他脑海里跳出来，提醒他还有什么没准儿备好，让他尽自己最大的能力去准备一切。

他要改变这种情形。

风越来越大，旁边的树都被刮弯了。他不得不减速行驶，但是他不想在黑夜进入代工厂，他还需要取得证据。

罗卫对梅溪并不熟悉。汉洲发展得太快了，在他根本没有留意的时间里爆炸式地往郊外乡镇蔓延，或者说像一张不断编织的网，越织越大，吞噬着农村和山地。曾经的绿水青山变成了商场林立。但是，汉洲却很享受这种繁荣的发展。

罗卫独自思考着这个问题，手机导航播报汽车已经来到了代工厂附近。

所谓代工厂就是几所荒弃的民居，唯一的六层高楼像一管灰色烟囱，直指黑暗的天空。窗户被木板封着，院子里杂草丛生。

罗卫穿过便道，眼前变得干净起来，房子之间的草地修整得越来越整齐。他拐了个弯儿，花了大概十分钟才找到他要找的那个地方——吴美凤坠下的地坪。

听说她是从六层楼的顶楼跃下的。那时，代工厂早已停工，平日里只有一个保安守着几架少得可怜的机械。但那天，传言中庄鑫养的小蜜去了代工厂，因此吴美凤追踪过去。可是小蜜并未出现，吴美凤却坠下了楼顶。

罗卫开始设想各种可能。比如小蜜想转正，引诱吴美凤过去，在厂里埋伏杀手，然后引吴美凤上楼顶，伪装成自杀。也可能吴美凤本想将小蜜打一顿出气，却没找到小蜜，她越想越气，一时想不开，便冲上顶楼，一跳了之。

无论如何牵扯不到庄鑫。那天，他正在外地收一笔欠款，本来说好中午回的，但外地客户不仅爽快地还了账，还留他喝酒。结果，他醉得第二天才醒。

罗卫还有一个地方要去。天已经擦黑了，虽然很近，但吴美凤坠楼后，庄鑫变卖了加工机器，辞退保安，这里已完全废弃，显得寂寥且瘆人。他在茅草丛生的道路上穿行着，没费多大的劲儿就找到了准确的地点。一个赭黄的土堆隐约出现在黑暗里，几个破败的彩色花圈散乱倒在地上，纸质已经腐烂了，红色和黄色的奠幡在风中飘荡着。

他在一丈远的地方站住，先挺直了腰，然后慢慢地弯下去，行了一个恭敬的合十礼。

已经七点半钟。罗卫不迷信，但是周围的树叶飒飒作响，如泣如诉。他站在那儿，听不见过往的汽车声，也看不见远处居民区的灯光。雨已经停了，月亮并没有出现，唯一的光线来自自己汽车的两个前灯。那是他特意留着的。

很安静，一切仿佛都停止了。

人死如灯灭，这是一切生命都有的结局。

罗卫确定，这里就他和吴美凤两个人，一个站在地上，一个躺在地下。

他掏出警用手电，扫视着四周，茂密杂乱的灌木丛里，不时伸出几枝野花艳艳地红着；参差不齐的松树在黑暗里紧紧攒在一起。他能感觉到整个山野都在微微地颤抖，那是一份悲凉和孤寂，在夏夜的呼吸。

他能想象那幅情景：一个失意的妇女担心丈夫将收回的钱款送给小蜜，急匆匆地赶过来捉奸，但丈夫没回，见到的女人不承认是丈夫的小蜜，两人拉拉扯扯，一个往楼上跑，一个在后面追……山风带着啸声，吹过楼顶。

但是，罗卫不能想象一个女人独自来到这么偏僻的地方，无论如何伤心绝望，仍没有理由爬上顶楼，最后从楼顶坠下。

吴美凤一定知道自己爬上楼顶的结局。这一点罗卫很确定。

不远处传来一只猫头鹰的厉叫，两只夜鸟惊慌地冲进了夜空。看着夜鸟消失在黑暗中，罗卫照了一下来时的路，猫头鹰疾飞而去。

罗卫心慌了一下，不知为何想起了高嫒，以及高嫒肚子里的孩子。走了几步，站在悲剧发生的地点，他感到一股难以表达的悲伤。他想知道最为吴美凤伤心的人是谁？父母、儿子、姐妹，还是庄鑫？这个问题有些蠢，最感觉吴美凤不可替代的，是父母。

他想起自己的父母和即将出生的孩子。这个世界不仅有怪物，而且怪物无孔不入，有的有形，有的无形。而做父母的却只想告诉孩子：这世上根本没有怪物！

如果你正在享受美食或者玩乐，突然接到电话："抱歉，我们很遗憾地通知你，你的孩子……"你将怎么挺过去？

罗卫以前很少思考这些。以前也勘查过杀人的犯罪现场，看过鲜血淋漓的照片，那些残忍之事，都不像这次事件如此触动人心。

罗卫转过身，朝着汽车走去，把胳膊抱在一起想更真切地感受自己。

他刚走了两步，手机就响了。

他觉得天太黑，这里太静寂，他太孤独，脑袋里装满了各种不安的想法。吴美凤坠楼时发出了绝望的尖叫吗？刘群是有的，住得近的邻居做了证。但在这个荒野似的代工厂，竟没人记住她最后发出的声音。

刘群是幸运的。她的死引起了众人的关心，丈夫一直不相信她会自杀。

罗卫的手机又响了。他本来不想接。但他是警察，即使在最不该接电话的时候，他也不可能不接。

"我是罗卫。"他滑拨了接听键。

话筒里一片沉寂。

他以为还会有人发出"啊""哦"的声音，跟上次一样的被迫无意识的发音，折磨的声音。但是时间一秒一秒地过去，什么声音也没有

他看了看屏幕上的信号显示，又说道："我是刑警罗卫。"

仍像他静立的这荒野似的，寂寥无声。他又等了一会儿。这次，他好像听到了呼吸声，低沉平稳，不像悲剧的前奏，也没有传播危险因子。

他说："我是刑警，我会竭尽全力帮助你，有事请说。"

还是没有传来说话声。

"有人吗？我听到你的呼吸了，你是怕隔墙有耳吗？你一定听到了我的话,对吗？"

手机里仍然静悄悄的。

罗卫有些焦躁，拉着车门，却不打开，只是原地踱步。

"你遇到危险了吗？"

没人说话。

"只要你说出在哪里，遇到什么事，我就能赶过去保护你。别害怕，说话呀！"

终于，手机里传来微弱的声音，紧张、急促、无序，像来自失律的心跳："唉——"

"说吧，我需要你的情况……"

"他掌握了你的一举一动。"

"谁？"

"他什么都知道，你要小心。"

"告诉我名字，我会帮助你的。"

"他要针对的是你。"

罗卫不知对方在说什么，急迫地说："听我说——"

"他要扫除障碍，你是下一个。"

"你在哪里，我马上过来见你，或者你约个时间、地点？"

"小心，他可能偷偷地……"

手机里传来"嘟嘟"的声音。罗卫靠在车门上，握着手机，愣了很长时间，完全不知所措。接着，他警惕地看了看四周。

雨后的草丛、灌木丛里有萤火虫的微光，偶尔有夜虫哀鸣，远处的城市传来亮光。他强迫自己镇定下来，无尽的黑暗限制了他的视线，即使周遭有鬼魅之物，他也看不到。

左边的林地里忽然传来枝叶的喧哗声。他大力地猛拉车门，几乎将手柄拉断，才发现自己没有用钥匙遥控打开车锁。急急地找到钥匙，摁出"嘀咚"声响，拽开车门，钻进去，锁好，然后发动引擎。

但是，瞬间，他冷静下来。他是一名刑警，一名带枪警察，怕什么呢！

不过，他没再耽搁。在这寂静无人的荒地里，找不到有用的线索和证据。

汽车缓缓地转上大道，罗卫的思绪又回到刚才的电话上，是什么人？为什么要警告他呢？是李花花吗？难道坠楼女人背后有一个如此恐怖的犯罪嫌疑人，敢于跟警察叫板？

肖可语坐在刑侦队会议室里，左右还有罗卫的属下林立仁、她所里的副所长苏南。他们接到罗卫的电话，专程在这里等着，每人手里拿着一张当天的《汉洲晚报》。

晚报头版报道了刘群坠楼，附上刘群家新筑未装修的楼房照片，标示为坠楼地点，报纸内页还有两三篇相关报道。《梅雁都市报》比《汉洲晚报》更加详细，随机访问了刘群的几个朋友，并基于些许善意拼凑出刘群的性格特征和社会交际情况，称得上是她生前的写照。

"她性格刚强。""与邻为善、乐于助人。""太不幸了！"

肖可语极为仔细地读过这些报道。刘群丈夫老皮几乎将警方侦查中跟他交流的所有案情都透了底，包括神秘出现的娟子，以及刘群身上的血迹和顶楼的血珠。记者联系了刘群的父母，不惜以伤害他们为代价，用刘父的话"难以置信"四个字为小标题，打在刘家全家福的照片下方，照片中的刘群大约十五六岁，一脸灿然，笑靥如花。

但是，除此之外，肖可语从中找不到任何有价值的线索。

罗卫赶到会议室。肖可语首先向他传达了领导的最新指示。分局长黎政下午到梅雁派出所检查工作，肖可语抓住机会向他汇报了案情，直接将一系列莫须有的线索上升为诈骗案件，要求由罗卫来负责调查工作。

黎政当场拍板同意，并说暂由罗卫负责，查明情况之后，再决定专案组领导层次升级。肖可语没有细问"领导层次升级"是什么意思，满心欢喜。

胡志远不能违背分局长的指示，增调林立仁和苏南参加专案组。今晚他们聚在这里，算是专案组的第一次会议。

但是案件侦查到这里，仍没有任何转机。

第一，没有找到证人。没有找到投资亏损或者跟她们一起参与投资的当事人，知情人都没说出什么有价值的线索。两次坠楼没有现场目击者，查看了周边的视频，没有发现她们是如何上楼，是否有人跟随，或者是否有人埋伏在那里。

罗卫和肖可语在走访中，没人注意到任何异常之处，也没有其他人站出来提供线索。

老皮为妻子的死喊冤叫屈，但他提供不出为什么妻子不会自杀的有力证据，家里也没有遗书或者日记之类的文字，说明她受骗上当，或受到胁迫。他的话只是十分模糊的猜测和怀疑，并不了解妻子最近在干什么，跟什么人在一起。

第二，没有刑事鉴识证据。现场没有出现任何他杀的痕迹，只有两个不能相互印证的血迹样本，法医中心的鉴定专家证实两个样本来自不同的人，但比对没有找到确定的两个人。血样为什么一个出现在刘群衣服上，一个出现在楼顶，无法解释。

第三，如果是诈骗，具体地讲电信网络诈骗，招数手段不明。

案情就是这样，罗卫请三位各抒己见。

"中午跟您聊过后，我觉得吴美凤的投资群值得关注。"肖可语看着罗卫说，"随后我去找了庄鑫，拿到了吴美凤的手机。果如您所说，大群已经消失，只有一个小群，里面有九个人，除了两位死者，几位外出的妇女，终于找到了一位参与投资的人。"

缓了一下，肖可语接着说："此人网名叫'结巴小三'，怡宝超市的收银员。晚餐时我找到了超市老板，把'结巴小三'叫到办公室单独谈过。这女人智商不高，而且确实结巴，说话卷舌严重，含糊不清。"

"说起吴美凤的死，她非常震惊，说大家都喜欢凤妹子，因为她漂亮温柔，个性又开朗，很有魅力的一个人。她承认自己就是跟着吴美凤投资的，但投资什么，却说不清。只是她只跟着玩儿了一下，就把钱抽了出来，因为丈夫不同意。她认为，凤妹子很精明，难以想象她会受骗上当，在钱财上面栽跟头。"

"'结巴小三'虽然有些笨，但她的说法得到吴美凤其他熟人的认可。"肖可语说。

罗卫对这个信息不以为意。肖可语说话时，他一直用双手抱着后脑勺，脸上带着期待的浅笑，好像很欣赏肖可语的勤奋，等着她说出有价值的线索，但似乎什么也没等到，只是竹篮打水——一场空。

"你们说说看。"罗卫说，"结合上述信息，可以提出任何白痴看法，特别欢迎脑筋急转弯的想法。专家是怎么说的，有时不是科技打败你，而是观念让你故步自封。"

"电子商务、网络消费等已成为人们生活中的重要组成部分。"林立仁说，"很多不法分子瞄准了这一'商机'，设套布局，麻痹性、迷惑性很强。这些所谓投资亏损的女人会不会在投资不利时掉进了这种诈骗陷阱？"

苏南说："前不久，某地侦破了一起彩票网站投资诈骗案。几个90后年轻人在网上建立虚拟投资理财平台，通过微信撒网，在全国各地寻找'猎物'。'猎物'一旦入网，他们便把他拉进团伙成员的微信群，称自己是'投资理财顾问'，同伙扮演不同角色，对'猎物'轮番轰炸，诱骗其进行投资。'猎物'汇款后，他们通过后台操作，让'猎物'从虚拟的账户里看到自己的资金，其实诈骗的钱已经被犯罪嫌疑人转走。"

"你们怎么就认定这是系列电信网络诈骗案呢？"罗卫说，"并没证据表明有人从哪个渠道，或者就如你们所说，有人撒播'商机'，或者说设立虚拟投资理财平台。"

苏南清了清嗓子，众人朝他看去："家庭妇女是诈骗团伙紧盯的对象。"

罗卫注意到苏南脸色发红。苏南身材壮实，高中时曾是体能专业生，考入警察学院后，学的是网络技术，但一直留在基层派出所。他代表年轻一代的警探，傲慢又野心勃勃，是个机会主义者。

有一次，刑侦队想从派出所选调一名中队长，有人提到苏南。胡志远直言不讳地说，苏南很多方面像他年轻的时候，但缺乏对警察工作的特殊智慧和才干。

不知这话是不是传到了苏南的耳朵里，最近一段时间，苏南的自信不知怎么地蒸发不见了。这使得罗卫想到，也许苏南真的无法锤炼成像样的刑警。

"我赞成苏副所长的观点。"林立仁说，"而且，我觉得这不是一般的诈骗案件，或许除了普通诈骗案件里的花言巧语，这个更加贪婪，更加残忍。手段不仅停留在网上，还延伸到了线下，带着传统犯罪的因素。"

"很有意思的观点，立仁。"罗卫环视众人，观察大家反应，但三人的脸色都很凝重，使他玩笑的口吻显得异类。"呃，可语你说说吧！"

"我也赞成，"肖可语说，"'结巴小三'虽然说话不太利索，但她提供了一个信息，就是她跟着吴美凤进入投资群后，一个自称'投资理财顾问'的网友拉她进入一个小群，说是一对一小范围辅导。小群里虽然只有五六个人，但很热闹，每个人都在畅谈自己投资理财的'经验'和赚钱后的兴奋，不断有人鼓动：这样赚钱太刺激了，不如咱们多投资，赚更多的钱。她说她就是因为钱太少，达不到标准，而自觉退出来的。"

肖可语端起茶杯喝了一口水，接着说："由此可以看出，网上诱导这根线是成立的。李花花提供的情况，特别是罗副队接到录音电话透露的信息，我敢打赌，就是线下的传统犯罪。"

"为什么？"罗卫问道。

"录音里男人对女人的威逼，以及娟子与吴美凤交好，投资群对娟子的责备，联系在一起就可以证明。"

"有想象力。"罗卫略略一笑，靠上椅背。他想起高媛说的"钓鱼攻击"，肖可语表述的手法似乎更加高明，"我希望这一切不只是先入为主的偏见。"

"没错。"肖可语说，"即使是偏见，一定可以用来侦破案件，因为它们并非基于缺乏常识，而是根据事实和经验。在这间会议室里，我们保留每个人的观点，不论线索、证据或猜测，如果最后能排除种种偏见，就能修成正果。"

罗卫咧嘴笑了，这句话是他几天前对胡志远说的，可能成为圈子里的一条侦查准则。

回到家，过道的灯亮着，厨房灯也亮着。罗卫放下包，换了鞋，走进客厅，没有看见高媛。他探头到卧室看了看，梳妆台和床前空荡荡的。

他看了看茶几，还有厨房台面，没有留言条，心里莫名地发慌。高媛可能一个人散步去了，也可能去了同事家里。她有千百个理由不待在家里。

但罗卫心里的紧张超乎寻常。打电话的人既然知道自己的手机号码，会不会也知道自己的其他情况呢？特别是家庭。

"罗卫。"

罗卫吓了一跳，猛地转过身，双手无意识地缩向插在腰间的手枪。高媛端着水果盘从杂物间走出来，披着睡衣，可能是睡了一会儿，感觉饿了。

"怎么进杂物室还关着门？"罗卫一边埋怨道，一边把手垂下来，感觉太过紧张了。

高媛严肃地盯着罗卫，没有像往常一样走过来接受他的拥抱。

高媛忍耐着说："这么晚回来，还发脾气。"

"对不起，我们开了个碰头会。"

"我知道，肖可语说一直等着你开会。"

罗卫皱着眉头看着高媛，他不喜欢妻子的口气。"我先是在外面搞调查。如果你想找我，应该打我电话，而不是麻烦别人。"

高媛语带醋意地说："我想，你会跟肖可语在一起。"

罗卫烦闷地扭过头去。"工作，知道吗？媛媛，以前我也是这样工作的，跟各种人打交道，包括每个部门的同事。我也晚归，你从不这样发脾气。"

"你在办那起案子？"

"什么案子？"

高媛踮着脚趋前一步，满脸焦急的表情。"你知道我在说什么。李花花，还有个娟子，你牵扯到案子里去了？你明白你妻子怀孕六个月了吗？你考虑过儿子的成长吗？"

"我怎么没考虑！但我是警察，破案是我的工作。"

"不，破案是刑侦队的工作，不是哪个人的工作。全市有多少优秀刑警都可以处理这种事，比如胡志远，或者林立仁，还有市局、派出所那么多破案的警察。每个人都和你一样专业，甚至比你更专业，更尽职尽责。但全市的笔杆子有几个，他们比你能写吗，罗卫？市局需要你这样的人才。"

"嘿，我告诉你，昨天胡志远说了，这个案子我只是配合肖可语把娟子的情况弄清楚。李花花不肯跟肖可语说话，所以我没办法。"

"这就是你跟肖可语在一起的理由。"高媛淡淡地说。

这下罗卫知道麻烦来了。

他不想跟妻子吵架。妻子怀孕六个月了，要保持愉快的心情，那是生育一个健康宝宝的基本条件。可是，仅仅是哄是不够的，但除了哄，他没有别的办法。

"我说过，只是临时，搞清楚情况就撤。"罗卫耐着性子。

"临时？"高媛几乎爆发了，"你以为我不知道！我给肖可语打过电话了。她告诉我说，黎政亲自下令由你牵头办案。是吗，罗卫？你本来不相信肖可语能办好案子，但你觉得她是一个很好的副手，案子发生在她辖区。于是，你去找那些受害者家属，找那个小妓女，还帮小妓女找她的同伴，当白马王子。"

"我不是你说的那样！我开车去了庄鑫的代工厂，看了看吴美凤坠楼的地方。那里什么也没有，但确实存在很多疑点。"

"你的手机呢？那个小妓女没再打你的电话？"

罗卫紧锁着眉头，那个电话一直让他疑惑不解。

高媛用手拍打着桌子。"无话可说了？作为你的妻子，我从来都是顺着你。但是够了，如果你还坚持，我也会坚持。你明天就去政治部，说想好了，愿意到警令部去，那是全市所有年轻警察千方百计钻营想去的地方。"

"这只是一个小案子，很快就办完了。帮个忙，办完就去，综合科长空了这么久，也不在乎这一时。"

"罗卫，你还不明白吗？"

"明白什么？"罗卫有些不耐烦地说，他确实不明白。

"你以前问我对肖可语的看法，我说不错，很敬业，很忠诚。我那是拣好的说，其他的我没说出口。但我要你明白，你妻子怀孕六个月了，我不想自己的丈夫整天跟一个寡妇在一起。我要你多想想自己的孩子，多照顾自己的妻子。我不想深更半夜为丈夫担心。"

罗卫愣了一下。他不知道怎么回答妻子，伸手摸了摸高媛已经明显挺出来的腹部。显然，保护孩子，保护妻子都是借口，还有另一层意思……

是的，家室。结婚是成家，养育孩子是家的深化。真正用心的男人不仅爱家，还要不再跟外面的女人有另外的牵扯。但罗卫从来没有想这些，他也不可能想这些。他就是一个警察，他心里只想警察该想的事情。

"你不相信我……"罗卫说了一半停下了，他不知道接下来该说什么。

高媛终于平静了。她转身走进厨房，倒了两碗银耳莲子汤，摆在餐桌上。她自顾自地坐下来，用小勺小口小口地喝。罗卫心疼地走到高媛背后，弯腰搂着妻子的腰，头贴在妻子柔软的头发上，两手轻轻地抚摩着她的腹部。他感觉到宝宝在动，健康活泼，也许正像自己小时候一样，心里涌起一股暖流。

高媛停止喝汤，仰头靠在罗卫胸前。

两人这样抱了一会儿，感受第三个生命在他们之间跳动。他决不会让他们共同创造的生命受到半点儿伤害。

高媛说得对。他们的生活改变了。

"罗卫，"高媛的声音更加柔和，也有些疲惫，"这几年对我们这个家十分关键，对你的政治前途也十分关键。这一步走好了，你会是市局刑警的头儿，而不是在分局当刑警。"

"可是，如果我不懂得受害人的苦难，这颗心不能随着案件而跳动，我还当什么刑警头儿。"罗卫静静地说。

"警令部只是一个台阶，一个跳板。"

"你想让我一辈子跟文字打交道。"

"不是，我不是。"高媛的语调又高了，"搞材料跟破案确实是两个世界。但搞材料能让你更全面地掌握公安业务。全部业务，懂吗？不仅是刑侦，还有经侦、治安、禁毒，等等，特别是科技方面，你在分局刑侦队了解科信吗？了解网安、了解技侦吗？一碰到问题，还不是请求协助，甚至到底要请谁协助，还抓瞎。在警令部，却是跟着领导决策……"

"决策？"罗卫冷笑。

"参谋决策，那是没错的。"

"刑侦才是主业，媛媛。而且，我并不是拒绝到警令部去，我不企求以后当刑警头儿，不企求参谋决策，只为办完这起案子才过去。"

"但是，现在是最好的时机，不仅警令部需要你，这个家，还有我，最需要你。"

罗卫犹豫了，高媛说得不是没有道理，但不能接受，也许是他没能理解一个怀孕女人的需求。孩子是两个人的孩子，不是女人一个人的，他得分担。其实，他能想到，也想努力去做，却照顾不到。"你怪我没想到家，没想到你。"

"我没有那么说。"

"你就是这个意思。"

"你有毛病吧！"高媛发作起来，"那个什么案子对你就这么重要？是肖可语，还是那个小妓女？你已经有了孩子，你就不能跟我一样对待他？"

高媛说完，罗卫就感觉到她后悔了。但是，后悔也晚了，她已经说了，从她怀孕开始，一切都变了。是因为有了孩子，他需要付出更多的爱，还是因为孩子赋予她摆威风的权力？他不知道，但觉得她的话很伤人。

"罗卫——"

"很晚了，休息吧！"

"我说多了，但我希望你考虑考虑调动的事。"

"我没有做任何对不起你的事情，媛媛。我只是爱这个职业。我知道你需要我在家陪着你，陪着孩子一起成长，你说的所有话，都表达了这一观点。你需要一个听话的丈夫，一个以你为中心，跟着你的心情旋转的丈夫，我做得不够好。"

"好吧，以你为中心。"

"我不是这个意思。"

高媛把碗一推，不喝了，起身进了卧室。

罗卫赶紧将碗里的汤一口喝下，准备迅速收拾好，跟进卧室去。他俩就是这样：高媛顽固、骄傲，不肯低头，每次到最后都是罗卫哄她，偷着亲一下，她就笑了。

他一直这样哄她。但此时，罗卫感觉很糟糕，感觉自己以办案为借口，是不是很自私。毕竟高媛说得对，离开分局刑侦队，辖区案件一样要破。但自己不归家，怀孕的、需要丈夫搂着的妻子就只能孤独地搂着枕头睡。

但是，罗卫推门时，发现卧室被反锁了。他喊着妻子的名字，敲了一会儿，卧室里却丝毫没有动静。站了好久，最后他只得睡在客房里。

第十三章

罗卫望着匆匆跑进专案组的肖可语。

"我有一条线索，一个想法，你想先听哪一个？"

罗卫警醒起来，肖可语看起来有些冒失，但正是她发现血珠后，一句"清单落地了"的冒失话，让这起案件浮出水面。

"且慢慢道来。"罗卫调侃道。

"那就先说想法，请您打电话给省厅反电信诈骗中心的欧阳宁，她或许能帮忙。"

罗卫知道省厅反电信诈骗中心，市局也成立了相应的机构，只是没有单列，与网安支队合署办公，目的在于打击电信网络诈骗犯罪。但肖可语跟厅反电诈中心的欧阳宁是同学，为什么不亲自给她打电话呢？

"欧阳主任吗？我是梅阳分局的罗卫，想麻烦您帮我查一条线索。"肖可语听着罗卫用蹩脚的普通话跟欧阳宁说话，一边捂嘴笑得花枝招展，一边在纸上列出几句话："请搜索过去两年电信网络诈骗案件，关键词是'坠楼事件''男性杀手'等。"

"我在微信上等。"罗卫说。

过了一会儿，罗卫惊讶地说："这么多？"

他抓了抓下巴，在微信里请欧阳宁加上"胁迫"和"性侵"这两个关键词。

"十一条搜索结果？这十一起坠楼事件的受害人都是女性吗？呃，我知道抑郁症增加，自杀事件上升。但这是带着'性侵'和'杀手'字眼的搜索项吧，有当案件查处的吗？有嫌疑人姓名吗？没有……"

罗卫朝肖可语望去，似乎希望她能及时提示些什么，但肖可语只是耸了耸肩。

"哦，欧阳主任。"罗卫说，"再增加几个关键词试试。"他在微信里加上"投资""炒股"等词。肖可语听见欧阳宁在微信音频里"咯咯咯"地笑。

"好吧，欧阳主任，先这样，我们再联系。"罗卫放下手机。

"怎么样？"肖可语说，"她帮不上忙？"

罗卫点了点头，疲惫地靠在椅子上，但旋即又挺起身子，说："没线索是最好的线索，那我们就从头再来，我最喜欢在一张白纸上鬼画符。"

肖可语记起罗卫曾经说过，好警察和平庸警察的差别在于忘记的能力。好警察会忘记所有让他失望的猜测，忘记所有他曾经深信不疑却又让他无功而返的线索，打起精神，再度整装上阵，像面对新案子一样，燃烧起不曾消减的热情。

手机响起，罗卫接起来："我是罗卫……"电话那头没让他自我介绍，便立即说开了。

罗卫从办公桌前站了起来，肖可语看见他握着手机的手指指节渐渐泛白。

"等等，欧阳主任，我请肖可语记一下。"

罗卫用手捂住话筒，对肖可语说："欧阳宁非常认真，她一直在电脑里搜索，去掉了'性侵''男性杀手''胁迫'等词，只搜索'坠楼事件''投资'或者'炒股'，在综合应用平台近两年的案例里，出现了搜索结果。"

罗卫打开微信聊天窗口，输入："欧阳主任，这极有可能是我们要找的人。暂时，我还不能确定，但直觉告诉我是，而且我脑中的声音说在汉洲发生的这两起坠楼命案，绝对不是巧合，你还能提供其他细节吗？肖可语会记下来。"

肖可语看着罗卫诧异地张大嘴巴。

"什么意思？没有嫌疑人的外貌描述？既然他们查到出双入对的男人，怎么会没注意到其他特征？监控视频是干什么吃的。身材中等？说了等于没说。"

罗卫一边播放微信聊天语音，一边猛摇头。

"她还说什么？"肖可语低声问道。

"她说，各地案件的知情人供述之间有极大的差异。"罗卫低声说。肖可语写下"差异"。

"对，太好了，请把详细数据发到我的电子邮箱。谢谢您了，欧阳主任。如果您还有其他发现，像是串并案证据、嫌疑人画像之类的，请通知我，好吗？什么？哈哈，好的，我一定把她最光彩照人的一面发给你看。"

罗卫挂上电话，看见肖可语用疑惑的眼神看着他。

"老同学问候你，"罗卫说，"说好久没看见你了，想看看你在办案中的光辉形象。"

"你准备出卖我？"肖可语娇嗔地挥手拍了罗卫一下。

罗卫没有接招，又拨了一通电话，在等待电话接通时，他发现肖可语依然看着他，叹了口气道："可语，你的同学真的很牵挂你。"

电话没有接听。罗卫放下手机，盯紧肖可语："线索呢？"

肖可语撩了撩额发，咕哝道："果然心急！"她抬腕看了看表，"还有一个小时，等消息。"

林立仁提着快餐进来，稀里哗啦地往桌上摆。苏南跟在后面，不知从哪里听到只言片语，拉大嗓门说："这世上牵挂肖教导的人多了去啦！"

肖可语俏眉竖起，盯着苏南。他耸耸肩，接着说："当然，肖教导牵挂的人也多，比如辖区群众、案件受害人。"

肖可语撇了撇嘴，接着讨论案子："欧阳发来的这些信息跟我们遇到的案子好像没什么联系。难道我们的推测真有问题？"

"嗯，我们面临的说不定是两个案子，一个诈骗案、一个绑架性侵案。两个不法分子，只是受害人有联系。"苏南接嘴说。

"胡扯！"林立仁拉长声调，一边把一个加大饭盒递过去，一边驳斥苏南，"呈现出来的信息都是指向诈骗的，性侵只是诈骗者的附加行为。"

苏南还是坚持自己的意见，大声嘲笑道，"你以为是恐怖活动，边杀人边强奸？在我国，诈骗罪远不及强奸罪严重。诈骗犯有钱了，什么女人找不到，还去搞性侵？"

"不法分子是不以常人思维考虑问题的。"林立仁说，"他们也不是黑手党，犯罪还要讲规矩、讲程序。说不定他们就是要制造混乱，制造悬疑。"

"立仁兄，我怎么就没想到你可以去写电影剧本呢！"苏南说。罗卫无声地笑着，一如往常，不发表意见。

"你们两个应该去反扒队，最佳搭档一定榜上有名。"肖可语咕哝道。

罗卫拿起茶杯，缓步走向饮水机。林立仁迅速闪身躲开，让出一条通道，苏南从容拿起一包茶叶跟在身后。肖可语发现罗卫经常对同事产生这种影响。罗卫泡好茶，坐了下来，眉头依然深锁。

"一个小时很快就要过去了。"罗卫说。

肖可语疑惑地看着他："我心里有数。"

罗卫看着茶杯里一瓣瓣慢慢舒展的碧螺春，对着肖可语欲言又止，转而问林立仁："你手里有没有线索，立仁？"

林立仁收起嬉皮笑脸的模样，肃然片刻："可以说没有。上午，我去了电信公司，没找到技术部的主管，我打了电话给尤博士，请他给些建设性的意见。"

"他怎么说？"

"没说什么，他听起来……"林立仁找着适当的字眼，"不太高兴。"

"他是我们正儿八经的安全顾问，领着一份辅警工资的。"

"会不会觉得我去找他不对口。"

"他不想协助刑侦办案？"

"不知道，我没见着他。"

"他说了在哪里吗？"

"听起来喝醉了。"

罗卫把茶杯"砰"的一声放在桌上，绿色的茶水溅了出来。"尤博士在上班时间喝醉了？你在开玩笑吧！"

林立仁没有回答。

"会不会他身体不舒服，还是怎么了。"肖可语补上一句。

"肖教导，我知道喝醉的人说话是什么样子，我相信你也不陌生。我下午再联系。"

"不用了，立仁。你下午给他打电话，让他明天十点前赶到队里开会。如果他不来，你跟苏南一起过去，带上传唤手续。"

肖可语微微一笑说："你当真了，罗队？"

"当真？什么意思？"

"较真，你好像变得没有人情味了。我这还是头一次见你因调查不利而生气。心急吃不得热豆腐。苏南呢？说说你调查的情况。"

肖可语看着罗卫的脸色，后悔自己劝解的话还没说到位，就转换了话题。

"我调阅了高铁、机场、汽车站等客运企业在刘群坠楼前后几天的乘客名单。"苏南拿出笔记本。"我自作主张查找了姓'达'的旅客，并比对了达摩的画像，没有发现嫌疑人，甚至没有找到一个姓'达'的。"

罗卫点了点头，说："不知欧阳那里还能不能有所发现。她如果能找到串并案的线索，那就给我们省了很多事情。"

肖可语赞成："我们不能依赖这一捷径。除了尤博士，市局那边是不是可以想些办法，毕竟嫂子本人就在网安支队。或者，我去跟她汇报汇报。"

"到目前为止，我们还没有找到能够证明需要网安支队协助的证据，我不想像迪士尼卡通那样纯真无邪，以为有妻子帮忙，就可以享受免费午餐。"

"哦。"肖可语吸了一口气，转头望着窗外，"下面，我透露一条线索：有人跟我说李花花今天从新戎回汉洲，三点钟到站的高铁。我想把她抓回来。"

罗卫想了想，说："好吧，我们一起去。"

李花花一看见他们两个就撒腿要跑。肖可语飞身堵在前面，李花花想后退，罗卫一把抓住她的胳膊，拽了回来。她意识到自己跑不了了，开始辩解。

"我不能让人看到我跟警察在一起。天啊，饶了我吧！"

"你好像没有履行答应我的事，李花花。几进宫的人了，还怕跟警察在一起，你以为自己很单纯吗？"

"我答应你什么事了？我没犯法，才不会怕你呢！我是怕达摩。如果他怀疑我告密，我就死定了。"

"那好。"肖可语想唱红脸，"去我车上谈，我们开车四处走走，没人看得见。"

"求你了，他无处不在。"

"那我们亲密点儿，别人会以为我们俩是姐妹。"肖可语已经悄悄地挎住了李花花的胳膊。她用力往前面拽，强迫这个不听话的女孩跟着走。

肖可语说："像不像两姐妹在散步？那个达摩不至于阻止你跟你的闺密们聊天玩乐吧。来，大方一点儿，即使达摩到了眼前，又怎么样？遭殃的是他。"

"恨死你了。"李花花叫嚷着说，但还是跟着肖可语走了，"我毁在你手里了。"

"高跟鞋有八寸高吧！穿着这么高的跟儿怎么走路呢！你想显得比我还高吗？"肖可语玩笑着，把李花花拽到罗卫身边，两人夹着她穿过出站口的人流，然后堂皇地穿过人如潮涌的广场，朝停车场走去。

李花花还没有吃中饭，饥肠辘辘。肖可语将车开到一家绿意盎然的土菜馆。他们把她拉了进去，"扑通"一下塞进一个小隔间，接着递给她色彩鲜亮的菜单。罗卫和肖可语刚吃过，不用点单，他们也想省下这笔饭钱。李花花骂骂咧咧地叫嚷着，但是意识到不用自己掏腰包，就点了半只烤鸭、一份双脆、一碟青菜。

罗卫让李花花先吃饭。他指望着美食能架起友好交流的桥梁。吃人家的嘴短嘛！

"你是把我当线人吗？那我有没有奖赏呢？"李花花一边吃饭，一边不时地看时间。

罗卫说："不能，但这个中餐免费。"

狡猾的女孩紧紧盯着罗卫，说："哦，晚餐就要我数钱吗？我身上除了自己的器官，可什么都没带。"

肖可语严肃地说："少说痞话，不然让你明白耍流氓的后果。"

李花花挑衅地昂起头，转盯肖可语："你是我遇到的最讨厌的人。我希望你免开尊口，不然我一个字都不会说。"

接着，她用不容反驳的口吻对罗卫说："我们谈话，不要有她在场。"

罗卫说："这个你不用想了，她不在场，我不能开展工作，只能把你送收教所去。"

"呃——我怎么能容忍一个讨厌的人在身边……我说不出话。"

罗卫打断了李花花的话，隔着桌子抓过她的饭碗，扔进垃圾桶里。

"你给我闭嘴。记住，我不仅随时可以将你送收教，还可以拘留你，判你十年八年徒刑。之所以这样忍你，是因为看你还有些良知，愿意为受害的人说话，为警方提供有效信息。再要在肖警官面前作态，浪费我们的口水，我就对你不客气。"

李花花却丝毫没有畏缩，挑衅地看着罗卫。"你就是这样对你妈妈说教的吗？"

"我妈妈是一个良家妇女，而不是人尽可夫的妓女。"罗卫的话让李花花低下了头。

罗卫松开手，两眼狠狠地盯着她。李花花拿起一张餐巾纸，擦了擦嘴角的油，泪水无声地垂落在衣襟上。肖可语没有说话，心里涌起一股怜悯。

"李花花，你还要伪装到什么时候！"

李花花猛地抬头瞥了一眼罗卫，看上去很困惑，哑巴似的指了指自己。

罗卫接着问："为什么给我打电话？"

嘴巴张了张，李花花一副很惊讶的样子。"我？给你打电话？从派出所出来后，我再没见过达摩，为什么要给你打电话？"

"你把我的联系卡给了谁？"

"联系卡？给谁？我他妈的还没出门就扔垃圾桶了，谁知道哪个不要脸的捡了去。你给我警察的联系卡，我敢带着吗？那不摆明了当告密者吗？我不要命，我妹还希望我活着呢！"

罗卫打量着李花花，想判断她说的到底是不是实话。她用两个黄色的塑料钗拢着长发，披散在肩膀上，俏脸化了精致的淡妆，显得素雅、纯情而青春靓丽。

"去新戒是见什么大客户吗？为什么又回来得这么急？是谁在背后指使你，达摩吗？你为什么对他唯命是从？"

李花花目光闪烁，让罗卫觉得她在回避，在考虑怎么应对。

"你到底是怎么认识达摩的？"

"就那样认识的。"李花花倔强地顶了一句，昂头看着高高的天花板。

"你说娟子介绍你认识达摩，达摩后来又跟你在一起，那娟子到底去了哪里？你给我说实话，只有实话实说才能救你自己。你们认识多久了？"罗卫提高了声音。

李花花惊怯地低下头，瞥了罗卫一眼。"半年，或者四五个月，我不知道。就是过年后不久，他突然出现在我面前。"

她的话跟上次的供述前后矛盾。"你先认识他，还是娟子？"

李花花睁大眼睛，没有吭声，死死地盯着桌上的食物，腰背弓弯起来，像只虾子。

"李花花，"罗卫拖长音，"你肚子里的孩子是他的？"

"不，他才不是我孩子的父亲！"李花花突然激动起来。"我有相爱的人，我只会为我爱的人生孩子。我才不像你们男人，我只是需要钱而已。"

"那就回答我前一个问题。"

"娟子先认识他的。"李花花的声音很低。

"你们在一起半年了，为什么现在才告发他？"

李花花似乎又被激怒了，说："因为……因为娟子……"

"那刘群呢？吴美凤、老品姐、苟小妹呢？这些人你就对她们没有感情？"肖可语突然插嘴，吸引了李花花的注意力。听到这些名字时，李花花的眼睛忽闪了一下，显得有些惊悸。她一定跟她们熟悉。

"她……她们是谁？"

"'不如不见'？'结巴小三'？他们是你的朋友，还是达摩的同伙？"

李花花哭丧着脸看着肖可语，看上去欲哭无泪，悲伤难堪。"我不认识他们，真的。你要相信我，也许娟子认识。"

"娟子跟他们很熟？"

"不知道。我说也许。娟子活动能力强，认识很多人。不过……不过，这些人可能是达摩逼着她认识的。他好像说，认识她们可以赚钱。"

"赚钱？"

"是啊。我不知道，他怎么赚钱……这其中有名堂。但他不让我知道，我只是受害人，没参与其他的。"

"其他的是指什么？"

李花花苦着脸，说："我只是估计。娟子跟她们可热乎了，她有时在我面前吹牛皮。你说的那个吴美凤是不是头发卷的、有点儿姿色的中年妇女？你这么一说，我想起来了，我看见过她和娟子在一起。有一次，她们俩谈投资来着，说赚了钱，给娟子一份红利。"

"投资什么项目，你听清了吗？"

"没有，挺神秘的。"

"娟子是不是经常与人谈论投资？聊天中，电话里？难道她就没有叫上你？"

"她倒是想拉上我，但我没钱。不过，那些跟她谈投资的人，没几个有好结局，一旦陷进去，就会引火烧身，血本无归。"

"怎么血本无归？"罗卫问。

"亏损了呗！"李花花似乎恢复了平静，耸了耸肩，"听她们说，现在形势不好，钱捂在手里贬值，做什么投资又亏损，整天唉声叹气、怨天尤人。有钱人真好笑，还不如我做这个，赚一个花一个，既不贬值，又不亏损。其实我也想发财啊，只是没那个命。"

"她们一直只亏不赚吗？"肖可语问。

"应该也有赚的时候。一开始，我听她们欢欢喜喜，时不时地请客吃饭泡吧，只是娟子从不带我去。"李花花说得很实诚。

"除了吴美凤，你还看到哪些人跟娟子在一起？刘群、老品姐、苟小妹她们呢？"

李花花噘起嘴，不以为意地说："没见过。她们是什么人，你这样关心？"

"你为什么关心娟子呢？"罗卫问李花花，"你为什么觉得娟子跟达摩在一起是被伤害？说不定她是跟着赚钱呢？"

李花花着急地抢着说："不可能。我知道她很痛苦，她是被逼迫的。"

"你有什么证据证明？"

"我看到的啊！她人很好的，虽然周围的人对她有误会，但我知道，她为人老实，心地善良，从不做坏事。只是……她被人控制了。"

"你告诉了她家里人吗？"

李花花苦闷地摇摇头："她没有家人。"

肖可语在邻桌拿了一副碗筷过来，让李花花继续吃饭。但罗卫差点儿又扔掉她的碗，他觉得这个女孩在编故事。

"她没有父母，只有两姐妹相依为命。"李花花低声说。

罗卫盯着她，问："娟子告诉你的？"

"是……每次说起妹妹，她就流眼泪。"

"你呢？李花花。"罗卫转变语气，"你家在哪里，你的家人呢？"

李花花像突然惊醒似的，两眼直直地盯着罗卫。"我在请求你们帮娟子！领导，为什么总要岔开话题，说东说西呢？"

"如果你要提供线索，先要——"

"呸！"

"李花花——"

"该说的我已经说完了。你们请我吃顿饭，却不让我吃得安宁。"李花花说着，指着罗卫，"还有你，跟那些草包没什么两样，用尽一切办法得到你们想要的，然后把我踢进收容所去，连碗饭钱都不给我。老娘不跟你们玩儿了——"

李花花一边说，一边目光锐利地扫视着罗卫和肖可语。话未完，她突然掀起桌上的两个菜碗分别倾倒在罗卫和肖可语身上，身子一扭，钻出了小包间。

李花花飞一般地往饭馆外面冲，服务员目瞪口呆地看着一双不停交叉奔走的秀腿。

土菜馆老板紧张地跑过来，没拦住李花花，却堵在门口，慌张地看着罗卫。

肖可语甩出两张票子，说："老板，结账。"

老板赶忙接过钱，对照菜单算了账。罗卫调整了一下自己的情绪，对服务员说："对不起，我朋友脾气不太好。"

肖可语将钱扔在收银台上，追了出去。

第十四章

树桩后的侧影就是李花花。肖可语没有跟过去，只是密切地监视着。

出了土菜馆，李花花穿梭般地在小巷里跑来跑去，试图摆脱他们。但她毕竟怀着孕，还穿着几寸高的高跟鞋，不论路径如何熟悉，在经过专业训练的警察面前，哪里逃脱得了。

不过，罗卫半路改变了主意。既然李花花有顾虑，不愿意提供跟自己有关的任何情况，将她抓回来，也只会像屡次询问一样，难以获得有效信息。不如，改抓为跟，看她到底要到哪里去，干什么，说不定有意外之喜。

但是，肖可语太出众了，她又没个逛街样，在悠闲的人群里总是露出半个头；罗卫更加显眼，大热的天，街头根本没有一个像他一样的男人，只要他一现身，就显得鹤立鸡群。这样两个警察干跟踪，难免暴露。

两人跟了几步，便意识到了问题。于是，更加谨慎。

李花花低着头，双手抓着上衣的下摆，以免风一吹，便掀开来破坏淑女相。她一会儿小跑，一会儿又完全停下来，观察某个路口。

来到百步磴，她向左转，又回到街区的另一边。她是为了甩掉跟着她的人？罗卫这样跟踪着李花花，心里有些忧戚，她肚子里的孩子受得了吗？他想起妻子，高媛让他时刻待在身边，甚至让他换工作，心里像打翻了五味瓶。

突然，李花花从树桩后闪出来，朝停在路边的一辆奔腾 X80 汽车走去。罗卫感觉心沉了一下。她掏出了汽车钥匙，开了车门。

什么，她还有车！钥匙可能藏在树洞里。

罗卫连忙将自己的汽车钥匙扔给肖可语，说："快，你去开车，我盯着她。这里是小街巷，人多车杂，开车跟走路差不多。你快去，在前边巷口等我。"

肖可语接住罗卫的钥匙。这时，李花花的车驶了出来，罗卫闪身转入店铺檐下，径直朝着汽车前进的方向追，遇到十字路口，他就伴着非机动车道冲过去。

肖可语飞快地跑向汽车，希望自己不要拖了罗卫的后腿。

这是罗卫的私车，肖可语以前没有开过，对操控台的装置不熟悉，她手忙脚乱地插了半天，才找到点火孔。打着火，气喘吁吁地把车启动起来，甚至有些哆嗦。这可不像平时仪态万方、沉着冷静的肖可语。

她开着车出发，抢了另一辆垃圾车的车道，垃圾车横行惯了，司机狠狠地摁着喇叭，还吼了一句下流的粗话。

肖可语知道罗卫说的那个巷口，一手抓着方向盘，一手握着手机。罗卫果然站在那个巷口的街头，但接上罗卫，却再没看到李花花的奔腾。

"去哪儿了？"肖可语问。

"往西，可能上了梅阳大道。"罗卫气喘吁吁地说，"快点儿，找个地方靠边儿。"

肖可语找到一个出租车临时停靠点，罗卫飞快地换到驾驶座。两人分工，罗卫驾车并盯住左车道，肖可语盯住右车道。

前面很快出现了李花花的奔腾车。为了慎重起见，罗卫超过去，从后视镜里看清驾驶员，再慢慢地让李花花超过去，他和李花花的车一起夹在两辆汽车中间。

肖可语问："你觉得她要去哪里？"

"不知道。查到她登记的身份证是假的，有人提供的出租屋信息根本没有她这个人。她一直在撒谎，不论对谁。这个妓女的防备心太强了。"

"那她的指纹呢？"

"自动指纹识别系统里比对发现的信息就是她，可那些信息本身是假的。"

肖可语自我检讨道："这都是我们工作做得不到位。她多次被抓，每次都以各种借口逃脱打击，甚至没有留下准确的个人信息。真狡猾。"

李花花开始打转向灯。她开得小心谨慎，没有超速，没有做出丝毫违规行为，这样跟踪很容易。而且梅阳大道，罗卫很熟悉，昨天刚来过。

李花花转弯出了梅阳大道，岔入一条小路。罗卫跟了上去。

灰色奔腾驶入一个村落，在狭窄的村道上绕来绕去，好像在寻找什么。好一会儿，终于离开村落，进入一条县道。罗卫模糊地意识到自己好像走过，但是想不起来。道路变宽，是双行道，中间有分隔线。李花花沿着左边的车道快速行驶，罗卫紧紧跟上。

夜幕降临，但天气不错，有星星和月亮做伴。路上车流不小，车灯闪耀。罗卫对道路渐渐熟悉起来，因为上次也是晚上经过。

又转了一个岔路口，车流小了。刚开始还有五辆车跟着，慢慢地只有三辆、两辆，最后只剩下罗卫的车，当然前面还有李花花。

肖可语自言自语道："这是哪里？"

"嘘——"罗卫提醒肖可语，"现在又进入了村道，四野无人无车，她摆明了知道我们在跟踪她，但她没有停车，可能要告诉我们什么事情。"

　　李花花减速了。罗卫也跟着减速，他看着窗外，眉头紧锁。沿途杂草丛生，秋虫嘀鸣。他知道到了哪里。他们是从另一村道岔过来的，但这个地点没错。

　　这时，李花花急转弯进入一条小路。接着，前面出现废弃的房屋还有一栋六层高楼。

　　罗卫没有转弯，径直开过去，然后在另一个弯道处停下来，关了车灯。他对肖可语说："下车，我们从小路追过去。"

　　肖可语打开车上的储物箱，摸索出一支手电。"我们怎么不直接开车进去？"

　　"她去的地方是死胡同，跟进去怕会吓坏她。前面就是庄鑫的代工厂，吴美凤就是从那栋六层楼上坠下来的。我们暗地里进去，看她到底想干什么？"

　　肖可语有点儿明白了，睁大了眼睛。"这是吴美凤坠楼的地方？李花花为什么跑来这里？"

　　"快，我们去看看她干什么，或许能找到原因。"

　　他们各揣一支手电，但为了不暴露，都没有摁亮，只是借着星月的光亮看清土路，迅速往有房舍的地方走去。

　　这条土路已经很久没有人走，茅草丛生，荆棘纵横，时不时地绊住脚。肖可语自幼在山地长大，习惯山路，比罗卫走得还快。

　　罗卫看到前面有一束微弱的光线，是手电光。李花花已经下了车，打着手电往前面走。他突然觉得李花花可能是来这里和某人见面，而那个人很有可能就是胁迫她的达摩。如果真如罗卫所想，那么达摩极有可能带着凶器，十分危险。这种人可不会友好地接见不请自来的警察。

　　罗卫突然意识到，真相总是不合时宜地浮出水面。

　　他迅速盘算着如何不惊动对方。但是已经晚了，肖可语在前面走，背对着罗卫。寂静比任何声响更让人感到危机四伏。

　　此时，听觉似乎麻木了，令人窒息。罗卫双手紧握着手枪，好像这样他和肖可语就能逃离这一危险地带，进入另一个空间。

　　时间一秒秒过去，汗水汇成一条小溪从脸上不断地流淌下来。李花花仍在往前走，爬上了小山坡，脚步声清晰可闻。

　　要不要求援？接到报警电话，即使同时接收导航地址，赶到这里恐怕也要一个小时。求援来不及，要镇静。罗卫对自己说，肖可语毕竟也受过专业训练，不论达摩多么强大，二对一，胜算很大。还有李花花，在良知的选择面前……

罗卫观察了一下地形，决定与肖可语兵分两路。肖可语跟着李花花上山，埋伏在坡地，静观其变；他从侧面迂回，近距离接近李花花要会见的人。

　　一百米，八十米，五十米……

　　还有三十米。虽然他没打手电，还凭借着灌木丛的遮蔽，却已经不能再靠近。李花花完全出现在他的视野里。她站在吴美凤的坟前，手电光映照着，手好像放在胸口，肩膀在抽动。

　　罗卫蹲下来，仔细观察着周围。除了右侧一百米左右有一丛和人一样高的树丛，比较隐蔽，其他地方相对开阔，基本上不能藏人。

　　会面者怎么还没出现呢？

　　他给肖可语发了个信息，让她往左边移动，他自己往右边移动，形成包抄之势。

　　五米，十米，二十米……搜索的范围越来越宽，互相之间已经慢慢靠近，那丛人头高的树丛已经夹在两人之间，猎物藏无所藏！

　　最后，罗卫抄袭过去，什么也没有。

　　两人互相注视着，一切都很安静。

　　罗卫向四周看了看。这块坡地是附近最高的地方，除了灌木，就只有这几棵大树，聚拢在一起，就像一块黑黢黢的墓碑。

　　罗卫向肖可语打了个手势。肖可语扭亮手电，走出灌木丛，现身在李花花的身边。罗卫则拿着手枪，手指扣在扳机上，警惕着。

　　李花花惊恐地回过头，看着肖可语，默默地用手捂住泪水横流的脸。

　　肖可语轻声细语地叫了一声："李花花。"

　　李花花突然放声大哭。从她那发自肺腑的悲痛之声里，肖可语终于明白了。

　　"你是娟子？"

　　罗卫握着枪，飞快地闪身出来，虎视眈眈地盯着李花花。

　　"不——"一声尖叫，好似来自地狱深处，"我不是娟子，娟子已经死了。我是李花花，世上只有李花花。"

　　罗卫警惕地看了看四周，确认寂静无人。肖可语扶住她，带到灰色奔腾X80里，由肖可语驾车。两车会合后，接着一起驶进城市，在离梅阳分局不远的一家小饭馆前停下来。

　　找了一个包间，肖可语点了单，待服务员上齐菜，便反锁了门。现在，罗卫和肖可语让女孩独坐在一边，他俩从对面看着她。这个狭窄的小空间比平时的审讯室更封闭、更保密，在这里工作会更有效率。

　　罗卫问道："你是娟子，却为什么告诉我们娟子失踪了？如果你不想让我们知道这个名字，为什么还要告诉我们？"

李花花，或者应该叫她娟子，没有看罗卫。她低头看着自己的脚，两手夹在大腿之间，不停地揉捏着衬衣的下摆。

她小声地说："我不想再干害人的事了。一个接一个……"她突然抬起头，"我之前是说谎了。我有孩子了，我想我的孩子有个好结果。没有父亲……我需要安定，这件事必须马上结束。我觉得，如果我能够得到你们的帮助，摆脱恶魔。我要一心一意养育孩子。"

肖可语有点着急，但语气还算温柔地说："这件事是什么事？从头说。如果你愿意，我还是叫你李花花吧，告诉我们到底发生了什么事，我们一定可以帮你。"

娟子沉思着："我真是莫名其妙就被人害了。那天走在路上，突然有人喊我，声音是从一辆车里传出来的。我一看，一个年轻帅哥，便寻思这是谁呀，没印象啊？谁知他不仅知道我的名字，还熟悉我以前的事，而且自来熟地跟我套近乎。熟悉往事的人，我本来蛮警惕。但不知怎的，轻易就让他上了我的身……开始出手大方，接着就诈上了我，用各种手段打我、威胁我，让我跟着他，否则毁了我。"

罗卫和肖可语互相看了一眼。肖可语打开了录音机，罗卫问问题。

"那天指的是什么时候？"

娟子悲痛地说："前世。"

"是冬天、春天，还是夏天？哪个月？"

"刚过完年，二月。街上还沉浸在过年的气氛里，到处张灯结彩，闲逛的人很多，本来我很忙，但那天被鬼寻到，竟然心痒痒地只想上街，便碰上这个鬼。"

"今年二月吗？他开的什么车？牌照号？"

娟子皱着眉，好像在思考："走霉运大半年还不够吗？不过，当时觉得挺走运的，碰到熟客，开着一辆漂亮的途锐，又帅又有钱，说不定是张长期饭票呢！"

罗卫校正道："就是今年二月份，元宵节过了吗？"

"应该是元宵节后几天。"

"下午，还是晚上？"罗卫追问。

"中午，吃了中饭之后，两点钟左右。"

"是在……"

"梅府街中段的南正巷口。我在梅府街上走着，他开着车从南正巷出来，刚好拦在我身边，你知道……"

"你上了他的车？"

女孩咬了咬嘴唇。"他要我上车，我不肯。"她两手抓住餐桌，开始颤抖，几乎要哭出来，但她忍住了，"他说，反正我以后都会上他车的，何必装正经呢？我不信，转身就走了。但他一直跟在我身后。"

罗卫说："牌照号呢？你一定看清了。"

"那是一辆崭新的越野车，没有上牌。装牌照的地方贴着'全新一代途锐'，非常漂亮。"

"他是驾驶员吗？里面还坐着谁？"

"我说过了，就他一个人。新理的板刷头，戴一副墨镜，灰里带紫的猎装上衣，很挺括。你好像一直不相信我似的。这么不信任，还问我干什么呢？"

罗卫不理会她的话，既不认可，也不给她说谎的机会。接着问："然后呢？"

"他一直跟着。我就决定回出租屋去，看他能把我怎么样。"

"你一直没上他的车？"

"嗯。"

"到了出租屋后，发生什么事，李花花？"

娟子听到"李花花"三字目光呆滞，开始发抖，好像被打了一闷棍。缓了一会儿，她以轻松的口吻答道："他在楼下停好车，跟着进了屋，然后……你知道的。"

"就这些？"罗卫十分怀疑，"然后呢？"

"给了钱就走了。"娟子说，"以后就常来。"

"他打你，威胁你是什么时候开始的？"

娟子悚然地仰头看了罗卫一眼："第二天。"

接着，她好像在考虑怎么说，迟疑了一瞬，说："第二天上午，我还在睡觉，他神不知鬼不觉地闯进来。我记得睡觉前关了门，还打了反锁的，他是怎么进来的呢。我问他，他冷冷地看着我，威胁我以后别想逃出他的手掌心。我骂他，他就打我，威胁……我……"

"用什么威胁你？"

"用……"她突然号啕大哭起来，两肩猛烈地抖动，似乎伤透了心。肖可语想安慰她一下，抚摩着她的手。她猛地甩开，两手捂着嘴和鼻子，号哭转成了抽噎。

"用……"她抽噎着，不知是哽咽说不出话，还是在选择措辞，"他拿出手机，点击里面的一个音频，给我听了一段录音。"

"录音？什么录音？"肖可语感觉有戏。

"录在手机里的……是我妹妹的声音，拷打的声音。他让我一遍又一遍地听。妹妹在录音里不断地尖叫，尖叫，然后告诉他，我的名字，生活的城市，做什么工作，手机号码，还有我的过去。该死的，不知用了什么手段，让我妹妹那么痛苦……"

娟子哽咽得更加厉害，一手紧紧地捂着嘴，一手接过肖可语递去的纸巾，用力地擦鼻子。接着，她飞快地扔掉纸巾，两手按摩着隆起的腹部。可能是抽噎牵动了子宫，未出生的孩子在里面不安分了。

"你妹妹怎么了，娟子？"

娟子皱眉看着肖可语。"她被他们控制了，生死未卜。"

"她被控制在哪里，你知道吗？抓她的是达摩，还是另有其人？"

"不知道。我只听到录音。相信我，我说的都是真的。"

"然后呢？"

"你只会说然后然后吗？"娟子气愤地说，"他要我按他说的做，他列了一个名单，让我试着接触她们，他说可以从她们身上赚钱。"

"怎么赚钱呢？"

"我哪儿知道啊，我只从男人身上赚钱，哪里从女人身上赚过钱。"

"名单是些什么人？"

"就是你跟我说的那些人啊，刘群、吴美凤、老苟等等。吴美凤以前就跟我关系挺好的，其他人我都不认识，但他说起她们来，如数家珍，好像是老朋友似的。他知道她们的网名，喜欢干什么，聊什么，家里有些什么人，跟老公关系怎么样，手里大约有多少钱。奇了怪了，真不知道他是怎么知道的。

"我说，你跟她们这么熟，还要我接触她们干什么？他一听，勃然大怒，拿出一把小刀，'哗'地划在我背上。当时，我还没穿衣，我感到一阵刺痛传来，背上喷出一股热流。那个畜生，真歹毒，动手毫不留情。

"他仍没有把刀移开，而是留在伤口里，虎着脸盯着我说：'你还想划深一点儿吗？还想要我给你妹妹也划一刀吗？'他伤害我就算了，还要伤害我妹妹，我哪能答应。我立即跪下身子，对着他磕头，求他饶命，求他放过我妹妹。我越是求他，他就越兴奋，竟然不顾我背上的伤口，一把将我推倒，再次趴在我身上。我想在他高潮时借机杀了他，谁知他手里的刀子捏得很紧，我一碰，他便警觉起来，差点儿把我杀了。

"后来，我万念俱灰。想他不就是让我接触她们吗？那就接触吧。只要还活着，就有机会杀掉这个畜生，有机会救出妹妹。"

"他教你如何接触她们呢？"肖可语问。

"其实也没什么难的。"李花花说，"他将我拉进一个微信群，那些人都在里面，然后教我如何发言，争取赢得她们的好感，然后一个一个加她们的微信，私聊，再制造见面的机会。他自己也跟我同步在做这些事情，甚至自称我表哥，私下里跟她们约会。"

娟子挤出一抹笑容，继续说："他在我面前吹嘘，有好几个跟他发生了关系……"

肖可语不耐烦地打断她："你不是说，他是为了赚钱吗？怎么说到这个。"

娟子不满地看了她一眼，说："她们没比我高尚到哪里去！"

"他私下里约会过哪些人，你知道吗？"罗卫问。

娟子摇摇头。"没记住。他是在折磨我的时候说的，说得很含糊，说她们比我更有味。"

"老品姐、苟小妹呢，他有没有找过她们？"罗卫的意思是活着的人更容易固定证据。

娟子犹豫了一下，移开了目光。"我不确定。"

"不确定，还是不愿意说？快点儿，李花花，你已经说了这么多，还有什么可保留的。你只有把情况全说出来，我们才能帮助你。"

"他威胁过我，我要想跟妹妹一起活命，就闭嘴。"

罗卫说："你这是向警方举报，我们会保密的。再说了，你已经破坏了约定，如果让他知道，他早晚不会放过你，不如和盘托出。"

"我真的不知道。但他肯定跟刘群、吴美凤有那个……他说刘群饥渴得很，吴美凤是她自己跟我说的。她说既亏了钱又失了身，活不下去。"她突然抬起头。"她虽然这么说，但她不会跳楼的，我知道。你们应该好好查一查，一定是他杀了她。还有别的人，其他人离开汉洲，一定是害怕了，没人关心她们。还有我妹妹……"

罗卫问："她们是谁？多少人？"

"老品姐、苟小妹她们，一定还有其他人。"

"你还知道哪些名字呢？我们需要具体情况。"

"你不是神探吗？我第一次要见你，就是想给你提供些情况，让你去调查，谁知道你跟他们一样，什么都查不出来，只会找我的麻烦。"

"我不是找你的麻烦，只是需要更多的情况，以便调查。"罗卫盯住娟子，语调提高。娟子在他的目光下浑身不自在。

"我不知道。"

"他像对你一样对待她们吗？"

"可能吧。"

"威胁，拷打？"

"我不知道。我没有跟他一起接触她们。我不该把他带到出租屋，我想她们不会这么笨。"

罗卫接着问："投资呢，李花花？如果真像你说的，一个男人引诱女人，劫色又劫钱，那还搞什么投资呢？"

娟子看着别处，大声喊道："我不知道！那不是你们的工作吗？我为什么要什么都知道，我是神吗？"

"那好吧！"罗卫说。他站起来，走了几步，两手拢起来抱在胸前，"你说得对。你什么也不知道。肖教导，她没用了，把她送回去吧，就用警车将她送回出租屋吧。也许，那个恶魔已经死了，不会知道她向警察告发了他。"

"你想要我死吗？！"娟子尖叫道。

肖可语耸耸肩，对罗卫说："也对，她可不是一个善于说谎的人。"

娟子两眼通红，泪水无声地流淌。"我他×活着已经很不容易了，连警察都这么对我，你们还是人吗？"

罗卫猛地俯身过去，他的脸差点儿碰到了娟子的脸。他两眼圆睁，怒视着她。"你是娟子，还是骗子？说话遮遮掩掩、颠三倒四，让人摸不着头脑，我们凭什么相信你？威逼利诱、性关系、投资？自杀、杀人？你说得像程小青侦探小说似的，你以为我是霍桑吗？你不停地给我打电话，制造可疑迹象，有用的却不告诉我。"

"给你打电话？"娟子再次摇摇头，"我已经说过了，上次跟你谈话后，再也没有见过达摩，我为什么要给你打电话？"

"骗人吧，给我打电话，让我听那个男人伤害女人的录音。"

娟子防备地看了一眼肖可语，说："我没有。"她好像真的很吃惊，然后理直气壮起来，"你听了录音，应该知道他伤害女人是有的，杀人是可能的。我没有说谎，他确实控制了我妹妹，可能还控制了其他人，你应该逮捕他。"

"你是不是把我的手机号码告诉了别人，甚至达摩？"

"我没有。我说过了，如果他知道我身上有警察的联系卡，会杀了我的。我有毛病吗？我怎么会向他通风报信呢！"

"是谁给我打的电话？"

"我哪儿知道！"

罗卫再次俯近她，说："你知道。"

"不知道！"娟子说得斩钉截铁。

"这件事查清后，我饶不了你。"

罗卫回到自己的座位上，既郁闷又沮丧。娟子气呼呼地，把头扭向一边。罗卫向肖可语丢了眼色，该她出马了。

肖可语说："李花花，我们的目的是一致的。好吧，再说说吴美凤的事？"

娟子勾下头，肩膀塌缩，只看到一蓬头发。

"是我害了凤姐姐。"娟子伤心地说，"他拿出那么多名字，逼着我先从熟悉的人下手，这是命令。不知道他怎么晓得我跟我凤姐姐交好，让我找凤姐姐，然后是刘群。"

"是你向吴美凤和刘群介绍了他吗？"

"可以这么说吧。我没有带他们见面，但在微信里说过，他是我表哥。后来，他在我面前炫耀泡妞手段，说起刘群和凤姐姐。"

肖可语和气地问："她们……以前跟你做一样的事？"

娟子怒视着肖可语。"凤姐姐？放屁。她可纯洁了，一直是良家妇女。她并不知道我是干这个的，她看到我戴的玉佩，还以为我是富家小姐。"娟子用手摸着脖子，那里曾经挂着那枚定情玉佩"龙呈祥"。

罗卫说："你为什么要把玉佩给我呢？能证明达摩伤害你吗？"

"你说你需要证据。好吧，我给你了。你还听了录音。达摩伤害我，绑架我妹妹，还有可能杀了吴美凤、刘群。你去抓他啊，把我妹妹救出来。"

肖可语说："我们一定会把他抓起来。你告诉我他的真实名字，可能在哪里出现？"

娟子鄙夷地看了肖可语一眼。"你觉得我应该知道他的名字吗？真是疯了！他怎么会告诉我他的名字和住的地方。他神出鬼没，来找我都没个定准儿，车子也换个不停。他说过，别想抓住他，我的一切都在他的掌控之中。如果我报警，就捏死我，再捏死我妹妹。"

肖可语靠在椅背上，嘴里嘟囔着。一方面，是娟子主动找罗卫说事，想求得帮助，救她和妹妹；另一方面，她又隐瞒事实，不愿意告诉他们更多的信息。也许，在娟子看来，她已经够勇敢、够正义，但是这么长一段时间与达摩在一起，甚至助纣为虐都没有报警，心里是不是有鬼。半年多来，她应该知道更多的情况，比如他的家庭、他的交往、他常用的交通工具以及其他识别特征。

肖可语从娟子的眼神里看到敌意。她怀疑她并不是想帮助警方，也不是告密者，而只是个大骗子。她想搅浑水，让什么人从中渔利。

但是，正如罗卫所说，现在娟子是他们唯一的线索。

罗卫说："达摩绑架了你妹妹，伤害了你，逼迫你喊熟悉的人跟着一起投资，把钱全部亏损掉，还杀害投资亏损的吴美凤、刘群。你向我们举报他，是为了救你妹妹，为了摆脱他，为朋友伸张正义？"

"当然，我——"

"以前没举报他，是因为害怕。现在怀了孩子，良心发现，而且怕他伤害你孩子，所以无论如何都要把他送进监狱？"

"我第一次就跟你说了这个想法。"

"但是，没有姓名，没有住址，没有车牌号码，没有丝毫有用的个人信息……"

娟子啜泣起来。这次，她好像哭得非常动情，非常真实，没有丝毫作假。

罗卫没有急着开口，等娟子哭了一会儿，决定实施一个冒险计划。他说："好吧，如果这是你的真实想法。我是说，如果你真想将他送进监狱。"

娟子来了精神，追问道："怎么办？我该怎么做？"

"你一定听说过窃听器。"罗卫试探着说，"我们在你身上装上窃听器。你去与达摩会面，套出他的真话来。我们用他说的话当证据，把他送进监狱。"

第十五章

深夜一点钟，罗卫回到家里。他已在值班床上躺了一会儿，本想在值班室过夜，但脑袋飘乎乎的，心里一直牵挂着妻子，睡不着，终于起身驾车回家。

屋里很黑，高媛没有像平常一样留灯。茶几上有一张留言便笺，大约是以备他白天回来看的。上面没有笑脸，却是一束旁逸斜出的线条，线条顶端挂着几个椭圆。罗卫忍不住笑起来，那是一束和平的橄榄枝。

这是妻子决定讲和吗，还是赞同他的意见？

看来，高媛还真是善解人意。他心里浮起一丝暖意。

他应该主动跟妻子说声"谢谢"，无论多晚。毕竟是妻子主动求和，说明妻子已经理解了他不能放弃案子的缘由。这种事值得大肆庆祝一番。

他走向厨房喝水，心情还十分激动，但再次进入客厅，他的脑海又被案子充满了。李花花就是娟子。娟子是受害者……还是同谋，或者更可怕的什么人？

他猛灌了一口水，将杯子放在茶几上。

他盯着沙发旁的大躺椅，高媛的坐具，还有搁脚的板凳，这都是高媛怀孕后购置的。娟子也怀着孕，她能坐在这种大躺椅上吗？双脚还要往上面翘起。他在办案中遇到很多当事人：害人的，受害的，或者包庇纵容的。但他从来没有像关心娟子一样，从心底里，将她跟自己的亲人一起比对关心。

很多时候，办案者不应该让当事人的伤痛苦难影响自己的情绪。过分关注他们，容易产生先入为主的观点，影响案件的公正办理。

每每想到这里，罗卫很尴尬。他内心不想承认自己关心娟子，他狡辩所谓的比对，只是出于对妻子的执着和专注的爱情。

心里的那个警察罗卫却紧盯着丈夫罗卫。沉默是最好的武器，警察往往能熟练地运用这个武器。不过，警钟还是要敲的。

罗卫磨蹭了一会儿，走进卧室。

高媛看上去好像在睡觉，一只手搭在头上，另一只放在腹部，好像在保护着胎儿。

罗卫看了看妻子，忍着没有去吻。他走进浴室，刷牙洗脸，冲了淋浴，换上睡衣。然后，像记起什么似的，到客厅拿了一杯水放在床头上。

罗卫轻轻地滚上床。高媛"嗯"了一声。

罗卫柔声说："没惊着你吧？"

高媛睁开一只眼睛，很快又用手掌盖住。

罗卫欺身过去，在妻子脸上吻了一下："骗人。"

"我没有。"

"嚯，我看过你好多次装睡的样子。"

高媛没有反驳，睁开两眼，小心地看着罗卫。罗卫咧着嘴，满脸欢喜地注视着妻子。

"谢谢你的速写画。"他说。

"无心之作，不要放在心上。"

"心意满满，我领了。"

高媛突然有些不耐烦，说："我不是要跟你吵架。"

"我喜欢温柔的你。"

"我也不是担心你。但是，我想每天早上醒来都可以看到你，想让你意识到我们就要做父母了，你应该在工作之余陪陪儿子，而不是像其他刑警父亲一样，让孩子感觉陌生。我希望你能给他洗澡，给他喂食，抱着他转圈儿，让他意识到自己是父亲和母亲两人的结晶。"

罗卫心里涩涩的。

"你有没有想过这些事，罗卫？以我们现在的生活方式，孩子怎么养，怎么成长，怎么让他觉得我们是一对合格的父母，一抹黑。"

"慢慢适应就会好起来的。"

高媛坐起来，被子滑到了地上。她头发睡得一团糟，额上、脸上到处都有，但脸上的神色十分坚决，需要冷静应对。罗卫很少碰到这种状况。约会途中突然走掉；求婚的那天，接到案子，半途离席；新婚蜜月没有出去旅游，罗卫在参加一起绑架案的谈判……高媛从没像今天这么严肃、这么认真地表示抗议。

是高媛的支持让他走到今天，做该做的事，全身心地投入工作，才有他这个年纪轻轻的刑侦大队副大队长。所以，他全身心地爱着她。

罗卫对着妻子，温柔地把她的手抓在手里。他又忍不住谈起了案子："又抓住了李花花，原来她就是娟子。她说她被伤害、被性侵、被逼迫，为了活命，为了救妹妹，被迫拉拢一些家庭妇女，介绍给那个达摩认识，然后劫财劫色。她举报达摩绑架她妹妹，还害得那些妇女投资亏得血本无归，并杀害吴美凤等人。但她什么细节都说不出来，对达摩什么都不了解，没有任何确定的消息。我想，凭这些就足够立案了，我要抓住达摩，清除这个祸害。"

"清除了这个达摩，还有下一个达摩，你的案子办不完的。"高媛说。

"不会的，我办完这个案子就退出。或者，孩子一出生，我就退出。"

"结婚喜宴都可以不吃，要去办案，你会顾及孩子的出生？"

罗卫放开高媛麻木的手。他盯着床单，说："也许你说得对，我舍不得刑侦工作。但我更不会放弃婚姻，放弃你和孩子。"

高媛没有说话。罗卫觉得应该进一步显示坚定，拿出足够的诚恳。但是，他可以跟一个杀人犯促膝谈心，可以对一个骗子威逼利诱，此时看着高媛，心底里却只有胆怯。

高媛静静地说："如果你不愿离开刑侦大队，我决定辞去大队教导员职务，去当内勤。"

罗卫看着妻子，说不出话来。"但是，你是竞职上岗……"两人的正科级职务都是去年通过业务知识考试、技能考核和实战比武竞聘上来的，有破格提拔的味道。那是一次千载难逢的机会，仅仅因为怀孕而辞去，那就太可惜了。

"你难道不该感到高兴吗？"

罗卫机械地说："你怎么做出这样的决定呢？"

"为什么？难道你不懂吗？为了孩子，为了这个家，总得有人做出牺牲，不是吗？我们都是传统的人，那就按传统办，牺牲女性。"

罗卫不知道该说什么了，继续盯着床单。

坐着的高媛突然倒在床上，负气地捂着头。罗卫叹了口气，说："我知道你很热爱自己的工作，媛媛。你也很擅长自己的工作，过去的一年，虽然当教导员，但你破获了不少疑难网络案件，做得很好。你没必要因为我辞职。"

"我是为了这个家。"

"这个案子很快就会办完。你有产假，按现有制度，我也可以休产假。案子破了，我可以安安心心地陪你，假照休，职务还在。何况，那时我说不定已经调到了警令部，按时上下班，晨昏散步，多好啊！"

高媛还是捂着头，没吭声。

罗卫接着说："离孩子出生不是还有几个月嘛，案子现在已经有眉目了，没准儿一周内就可以见分晓。那时，我就主动去政治部。"

"你说了我正想说的两句话。"

罗卫见高嫒接话，觉得有转变，急忙问："是吧，我们还是心心相印的。"

"一句是按时上下班，晨昏散步，多好啊；一句是一周内主动去政治部。"

罗卫想说话，但是不知道说什么。他感觉自己被耍了，晕了。曾经，他们一心扑在工作上，互相支持、互相帮助，但是现在……两个人不是拆一方的台，就必须拆另一方的台。他的工作，她的工作，还有孩子，不可兼得。

终于，罗卫轻声问道："这是最后通牒吗？"

"我知道，你不会同意的，还是我辞职吧！"

"两者只能选其一吗？"

"当然。"

罗卫闷闷地垂下头。他很想点一支烟，放在嘴里狠狠地抽。他问道："今晚必须回答吗？"

"一个星期。按你说的时限办。"

罗卫想缓和气氛，转头望着高嫒："好吧！"

高嫒满怀希望地问："你会将就我这一次吗？"但是从高嫒温柔的声音里，罗卫可以听出她说这句话时没有丝毫自信和底气。

"下周吧，我会认真考虑的。"

高嫒严肃地看着罗卫。"我等着。但是，罗卫，为了我们有平等对话的机会，我希望你不要每天都这样早出晚归，甚至睡值班室。"

"放心，我时刻牵挂着你。"虽然罗卫这么说，但高嫒并不把他的话当真。

高嫒叹了口气，翻了个身，转向床头，关了壁灯。

罗卫将妻子搂在怀里，轻轻地抚摩着她的肚子。如果总是这样搂着，该多幸福啊！高嫒想，马上就是三口之家了，这对彼此相爱的两个人来说，是多好的赏心乐事。

高嫒很快就睡着了，可罗卫还睁着眼睛。

他想起叔叔讲的一个故事。那时，叔叔只有二十岁。十月的一个黄昏，叔叔跟着爷爷在山里打猎，他们是分头行动的。叔叔以为自己在树丛里来回追赶的是只兔子。一阵嘈杂声后，爷爷以为运气来了，碰上了一头鹿，迅速开枪射击，没想到射中叔叔。

叔叔并不怪爷爷。他说如果不是爷爷手快，他也瞄准爷爷所在的位置即将扣动扳机。当时他们都搞不清自己到底在追猎什么，兔子还是鹿？时常会有这种事情发生。

叔叔说，他后来不止一次地寻思：要是当时他们追赶的不是兔子，而是别的动物，比如说熊，情形会怎样呢？熊会嗅着血腥而来，然后结果了叔叔的小命，这种事情在猎区经常发生，差别只取决于你选择猎物时依据的标准。

破案也是如此。如果仅凭当事人所提供的零碎信息就能查出嫌疑人，那生活就简单多了。罗卫对娟子说的话几乎不抱什么信心，直觉告诉他，娟子的供述背后隐藏着一个巨大的秘密，必须由专业人员来揭露、推理和判断，否则会误伤自己人。

　　这几天跟娟子的周旋令罗卫十分不安。即使他们派出再多的警力，要查出达摩及他涉嫌犯下的罪行好像也力不从心。罗卫想等达摩出现，然而调查所有知情人，无人知道情况，他也毫无理由认定对手就会出现。

　　肖可语也认识到了这一点，不过她的反应过于天真。要击败追猎不到的人，最有效的方法是从暗处引他出来。但肖可语能做到吗？有谁能做到呢？

　　还有一种办法：挖掘。引不出，挖出来。从娟子提供的情况分析，达摩善于利用网络，那些妇女的情况一定是人肉搜索来的，诈骗的钱一定是从网上转走的。

　　糟糕的是，罗卫、肖可语，以及手下的侦查员对网络只略知一二，对网络软件知之甚少，对网络结构更是一无所知。

　　要想从网络上挖出犯罪线索，挖出犯罪嫌疑人，得有一个对网络了如指掌的人。

　　这时，手机猛烈地振动起来。肖可语来的电话。他悄悄地起身，躲进卫生间里。肖可语说，娟子寻找的人出现了，两人正在通宵营业的酒吧里接头。

　　凌晨四点钟，天还没亮，高媛睡得正香，眼角却莫名地挂着两颗泪水。罗卫明白她的烦恼，却也无奈。他没有惊动她，悄悄地来到客厅，喝了杯白开水，将高媛画橄榄枝的便笺条翻了个面，写下一行文字："媛媛，对不起。嫌疑人出现，我得赶过去。另外，请安排丁杨支援我。"

　　肖可语坐在一辆蓝色皮卡驾驶室里，一边盯着发光的仪表屏，一边仔细地听着窃听器音频。此车外观普通，看起来像刚运过建材，其实是经过伪装的监视监听技术车。

　　娟子身上装着窃听器，安静地待在"天天K歌"歌厅旁的酒吧里，等着达摩出现。林立仁扮成玩客，不远不近地监视着娟子。苏南也没闲着，蹲在歌厅门外，与保安聊天。

　　虽然娟子自愿在身上带窃听器，并熟记肖可语为她编造的故事，交流了自由发挥的方式。但肖可语仍不放心，并没有把警方的一切行动都告诉她，包括林立仁和苏南的监视。她知道娟子想挽救自己和妹妹的生命，却不一定完全按警方的指示办。

　　娟子的任务是让达摩承认杀害了吴美凤和刘群，或者承认与诈骗投资有关系。这样，肖可语就能正式立案，并逮捕达摩。

　　但是，几天过去了，达摩一直没有出现。肖可语非常着急，他们耗不起，再拿不出证据，这个组就要解散了。

　　肖可语左耳能听到娟子的声音，右耳的耳机和林立仁连着。罗卫赶到时，她正在跟苏南说话："这不是你考虑的事情，问题的关键是证据。"

苏南说："如果抓住他，得到足够的口供，没准儿也能找到逮捕的理由。不然，他的出现有什么用呢？难道他给娟子留下沾满血迹的手套？还有一个办法，移交经侦支队，让他们以扰乱经济秩序罪起诉他。这样，也能给我们的侦查赢得充裕的时间。"

"想法不错。"肖可语说道，显然她很吃惊。

苏南却没有听出肖可语惊讶后面的味道，还要说下去，却被肖可语打断了。"罗队来了，认真点儿，争取拿到可靠证据。"

肖可语取下耳机，对罗卫介绍道："娟子已经发现达摩神秘出现，但达摩还在观察她，没有接近。你说我们是现场抓，还是按原计划行事？"

"按原计划。"罗卫说，"看来，他已经对娟子产生疑心，我们应该有两手准备。"

肖可语同意罗卫的想法。"这个时候叫你出来，高媛一定不高兴吧？"

罗卫叹了口气，现在他不想考虑自己的私人生活。他和高媛每天的相互交流让两个人之间的紧张局面越发严峻。实际上，高媛已经规定了最后时限。他只有一个星期的时间去思考接下来怎么生活，但接下来的几天，他一定没有时间考虑那个问题。

高媛没有吵架、没有哭闹。罗卫觉得妻子的沉默比任何大吵大闹更令人紧张。

高媛不应该辞职。仅仅因为怀孕带孩子就辞职，真是笑话。她说得对，他们现在的生活和以前不同了，虽然两人都应该重视彼此的事业，而罗卫的调动既有利于事业，又有利于家庭，何乐而不为呢？真拿她没办法。难道为了下一步更好地升迁，为了家和孩子的成长，他一定要拿起笔，再做一回文职？

但是，如果他不那样做，是不是显得自私，情感上和政治上都显得不成熟？

林立仁的声音传了进来："他们开始对话了。"

罗卫和肖可语一下就紧张了起来，麻溜地打开耳机。

娟子的声音："我想跟你谈谈。"听上去，她既痛苦，又焦急。

一个男人问道："为什么要见我？不要命吗，还是想自找麻烦？"

娟子又说了一遍："我确实很麻烦，我得跟你谈谈。"

罗卫切换耳麦，给林立仁发了个消息："视频。录下整个对话过程，并且显示与娟子说话的男人正面像。"

林立仁回复了一句："收到。"然后，皮卡仪表屏上出现图像，和娟子的对话一并录制了进去。

"我要化验，要做孕检。"娟子的声音，很悲苦、很尖利，"我看到一本书。书上说做我们这一行的有得艾滋病的危险。"这是肖可语想出来的主意，"我怎么能保证我没得艾滋病？我的宝宝怎么办？如果他也得了艾滋病怎么办？你得帮我。"

娟子对面的男人，三十来岁，身高一米八上下，五十五到六十五公斤之间。留着板刷头，无须，眉目之间有股凶悍气，灰蓝色 V 领短袖 T 恤套装，模样有些潮。

"他×的贱人！"男人粗暴地骂道，"你是想找事儿吗？我看你是活得不耐烦了。"

"我需要钱——"

"不做事却向我要钱，你还要不要脸！"

娟子抱怨道："可我以前没少给你做事。那些人不都是我给你联系的吗？你可没少从她们身上赚钱？现在你却想甩掉我？"

"你为我做过事？腿都没张两次，就想靠我吃饭，没门儿！"

罗卫听见板凳摩擦的声音。男人想走吗？接着，娟子抓住了那个男人的胳膊。"我要和你谈谈。去外面也行。"娟子的声音很绝望。

罗卫和肖可语交换了一个眼神。

男人疑惑地说："谈？好，出去说，找个隐蔽的地方。"

"不能让他们出去。"肖可语说道。她早就预测到了这一点，命令娟子必须待在歌厅里。

罗卫呼了一声林立仁。

林立仁说："我会跟着的。"

娟子说话了，声音很大，好像是提醒谁："我们去你车上待会儿，像以前一样。"

男人没有回答。肖可语看到娟子拉着男人的手往外面走，离开了拥挤的人群。

"目标正准备从前门出去。"林立仁通过无线电报告，"出门去了。"

"吱呀"一声，娟子走了出来，看上去焦虑不安。她穿着往常的超短裙，上衣很宽松，长得几乎盖住了短裙，这是为了盖住内衣里的窃听器。娟子不停地鼓捣着胸部，移动了内衣的罩杯，耳机发出"嘎嘎"的噪声。

肖可语觉得接下来可能会有麻烦。罗卫说："她不会想扔掉它吧？"接着，耳机里又传来正常的声音，他才松了口气。

娟子身后出现一个男人。明亮的路灯灯光下，干净整洁，身材修长壮实，比在朦胧的歌厅灯光下时更显英俊，不像个杀人放火的土匪，更像是个有钱的富二代。

男人朝着大街上走去。娟子也不说话，只是挎着他的胳膊。一会儿，歌厅的前门又开了，林立仁出现在眼前。他点燃一支香烟，有意朝皮卡车弹了弹香烟，然后朝着娟子他们离开的方向跟去。

罗卫和肖可语互相看了一眼。

肖可语着急地小声说："完了，他们要去哪里？"

"先观察一下再说。"

"是不是收网算了。"

罗卫也有些紧张，说："别，先让林立仁跟一会儿。"

接着，他们戴上耳麦，一只耳朵听着娟子那边的声音，一只耳朵听着林立仁。

左耳传来了开车门的声音，又"砰"的一声关上了。接着是娟子放荡的笑声："你看，我们又在一起了，高兴吧！"

右耳传来林立仁清晰低沉的声音："目标和娟子进入了一辆灰色斯柯达野帝。新车无牌，脚踏板上有泥土，似乎刚从乡道进城。"

"继续跟着，看他们下一步如何行动。"罗卫对林立仁下达指令。接着，他回头对肖可语说，"我们不能因为这么点小事儿逮捕他。"

肖可语将手指竖在嘴上，发出了"嘘"的声音。

娟子说话了："怎么办？我亲爱的帅哥，是先说话，还是先做？"

"臭婊子，快说你想干什么？你这个小贱人。我来这里可不是为了找妓女。你想要钱没门儿，你会不会得艾滋也跟我没有任何关系，如果传染了我，我就杀了你。"

娟子慌忙说："不，我不是这个意思。我是想告诉你一件事情，危险的事情。"

接着，是一阵难堪的沉默。

"娟子，你最好说真话。你不是因为担心得艾滋这种事？"

"因为吴美凤，他们在找我。"

"谁？"

"警察。公安局和派出所的警察。他们说好多女人投资失败，不是自杀就是出走，这些人都跟我有关系。他们想知道到底发生了什么事。他们觉得吴美凤不是自杀。"

"这跟你有什么关系？你说什么了？"

"我不知道出了什么事情，甚至不知道哪些人出了问题，是吧？所以，我什么都没说。我想听听你的主意，如果下次他们再找我，我该怎么说，我害怕。"

男人追问："他们还提到其他名字吗？"

"不知道。"

"啪！"肖可语冷不丁听到这么响亮的一巴掌，有点儿害怕。看来，她真把他给激怒了。

"别对我撒谎。"男人怒吼道。

"我没有——"

接着又是手掌重重地甩在脸上的声音。肖可语听得脸都白了。这个男人真没人性。

"别对我撒谎！"男人说。

"真没有。哦，天哪！对不起，我真不记得了。他们一直在说，说了很多名字，我什么都没说，不想引起他们的注意。别……别打我，我没有撒谎……真的，我发誓……"

接着又是一阵殴打。娟子尖叫起来。

肖可语看着眉头紧锁的罗卫说："收网吧。否则，她会被打死的。我们的职责……"

但是，罗卫摇了摇头。"不，他这是试探，在考验她呢。他一定跟这事儿有关，他心里很虚、很担忧，所以认真了。等他乱了阵脚，就会说出我们需要的。"

也许罗卫是对的，因为耳机的另一边变得安静了。

"说话呀，你到底干了些什么？担心什么？给我惹了什么麻烦？"

又是一阵沉默，时间很长，也很紧张。

娟子突然大声喊道："是你给我惹了麻烦，好吗？我把我所有的朋友都得罪了，现在没人敢跟我在一起，没人跟我做事，我只是想活下去。"

"什么？"

肖可语疑惑地说："她这是怎么啦？没按原来的套路走。"

罗卫挺了挺身子，感觉有戏。他说："她正在努力。"娟子不再试图让达摩提吴美凤的死。她在努力让达摩把自己和她拉拢那些朋友投资联系到一起。

肖可语有些茫然，她想听达摩接下来会说什么，想这次行动大功告成，却不想娟子因此受到伤害。她不喜欢娟子这种坏女孩，但出于女性的柔软，不想娟子在警方策划的一次行动中丧失生命。

娟子伤心地说："我记得你给我看过的那张纸条，你让我组织的那个微信群。事后，你却又把我踢了出来……你到底对她们做了什么？我试着劝自己不要放在心上，我跟她们没有关系，但现在警察开始查了。"

男人冷冷地说："你做梦吧，哪有什么纸条，哪有什么微信群。娟子，你发晕了？"

"我只是想活下去……"

"你想活下去，就来敲诈我？你这个没有节操的妓女，五十元钱卖一次，发不了财，就想从我身上获得你需要的？"

"我没有……"

"哈哈，我知道了。现在暗娼很多，生活压力很大。我是说，虽然你很漂亮，但没人喜欢你。因此，为了竞争你杀了同行。现在，警察在找你，你想立功，想栽赃，想转移警察的视线，所以赖到我身上来。让我说，你这样的脏女人，就该送进监狱，就该送上断头台。不过，现在时兴注射死刑。将你捆在死刑床上，毒针管刺进你的血管里……"

娟子说："我恨你，恨你。你为什么这样？你太恶毒了。"

"你怎么这么失败啊，娟子？你当什么妓女，还被搞大了肚子！贱人，在我看来，你身上什么病毒都有。我绝对不会再找你消火了。"

"你是个怪物。"

"哈哈，我不是怪物，我是善良的人，你给我记住。现在，请你下车，别再打扰我。警察找不找你不关我的事。"突然，他加重了语气，"该死的，闭嘴才是你该做的，明白了吗？"

"你想杀了我吗？"

"姑娘，你没听见。"

"你杀了吴美凤，杀了刘群，是吗？其实，你杀了她们跟我没关系，但你要保证我的安全，保证孩子好好活下去，这样好不好？你给我一笔钱，让我和孩子好好生活。"

"你他 × 的是谁，疯子？"

"肯定是你杀了她们，是吗？我是说，你把她们扔下了楼，或者活活推下楼，或者打晕之后……不管你用了什么手段，你这么强壮，一定有办法的。我不会跟任何人说你的事，只要你给我钱，养育我的孩子……我什么都不会说的。"

肖可语紧张地轻声喊道："林立仁。"

男人突然警觉地问："你是不是带着窃听器？"

"什…… 什么东西？我听不懂你在说什么。"

"你是不是想陷害我？你是不是在陷害我？"

接着是痛苦的吸气声，是娟子尖锐的叫喊声。

肖可语对着耳麦发出了指令："苏南，你在哪儿？"

罗卫也站起来，思考接下来到底应该怎么办。

"那玩意儿在哪儿？放在哪儿，马上告诉我！"

"拿开！拿开你的手！疼死我了！你弄断我的骨头了。我只是想好好活下去，你难道不体恤怀着你骨肉的女人吗？我只是跟你说实话！你不同意，就算了。"

"放在哪儿……在哪儿，在哪儿？贱人，贱人……"

"放手，放手……啊……疼！哦，松开……"

罗卫移身转到车门前，手握住把手，准备把车门打开。左耳反复响起娟子的尖叫声。声音很尖，很毒，来自丹田，却有点儿虚弱。

这时，右耳传来林立仁低沉的声音。

突然的寂静，显得十分诡异。"嗨，听着好像在搞车震呢。这是搞车震的地方吗？"接着是一阵怪异的笑声，拍打车门的声音，"帅哥，这车不错啊！喜欢打野战吗？我带你们去一个地方，包你满意。"

"什么乱七八糟！"肖可语看起来好像被施了法术一样，一动不动，两眼直瞪瞪地看着前挡风玻璃。

罗卫在车门旁踟蹰了一会儿，决定过去支援。

男人恶狠狠地说："走开，不关你的事！"

娟子说："我很累，先走了。"

"哦，亲爱的，没事的，一起走吧！"男人接着对林立仁说，"滚开，别多管闲事，不然有你好看！"

林立仁继续装混混，说："好啦，好啦，别秀恩爱了。我是说，兄弟，在我的地盘上干这事儿，有伤风化，是不是……"

车门打开了。听起来有点儿混乱。接着是娟子受到惊吓的呼喊声，还有男人的咒骂声："你他妈给我滚开，不然别怪我不客气！"

"嘿，好吧，别充绝世好男友。"

"我才不是……从我车上滚出去！"

林立仁一定在等待增援。"好吧，没必要生气。我只是喜欢真皮座椅，让我想起女人胸部的细腻和娇嫩……"

"滚出去！"

"好，我出去，出去，别发火，开豪车的富二代，总觉得自己了不起。"

接着是扭打声。车门"砰"地关上，发动机咆哮着，越来越远。

"嫌疑人跑了，往北，转向遥岭巷……"耳机传来林立仁的声音，清楚而简洁。

听见林立仁的声音，罗卫跟苏南会合，肖可语的皮卡也跟了上来，却再没看到达摩的斯柯达野帝。

林立仁在耳麦里描述着野帝车的样子，向110指挥中心报告，请求对各个电子卡口进行监视，指挥路检查控。

隔着半个街区，肖可语终于看见了林立仁。他正拉着娟子在路上跑。娟子的脸上留着男人的红手印，她流着鼻涕，眼泪盈眶。

她一看见罗卫就尖声叫道："你他×的怎么派了这么一个人来？想害死我吗？"

"不，是保护。"罗卫柔声回答。

他扶着娟子上了车，环顾左右，观察了一下周边的动静。正是黎明前最寂静的时候，四下无人。他把车门关上。林立仁同时举起左右手。

"看看我的收获。"他说。

他先是挥了挥左手，一块白色的东西。"我拿到了他的手套。"他说着，又弯了弯右手指，"我抓伤了他，指缝里有他的DNA。"

第十六章

"你的房子可真大呀！"琳琳说着，把梨子切成一小块一小块，呈花瓣状摆放在碟子里，"我以前的梦想就是在镇里拥有这么一套房子。"

乔爷看着女孩跷着兰花指的手，嫩笋、柔荑一般，湿淋淋地沾着梨子汁。"这不算什么。"他说，"你有福气拥有更大更敞亮的房子……"

她等着他把话说完。外面，黑夜像蜘蛛网似的布满每一个屋角，起风了，风抽打着树木，传来一阵阵细碎的声响。

"人如其物。"他终于开口说，接过琳琳递来的小块梨肉，然后送进嘴里细细地磨。他牙齿几乎已经脱尽，只能靠牙龈挤压，吸些梨汁，"一个人喜欢什么东西，就可以看出他是一个什么样的人。"

"这是一个物欲横流的世界，"她说，"我的童年是在饥饿冰冷的家里听着父母的争吵声度过的。"

他把嘴里的梨子渣吐在废物盘里，抹了抹脸。"他们吵些什么呢？"

"贫穷是一切争吵的缘由。我的父母都是农民，他们没有出去打工，一天到晚在家里打牌聊天儿，偶尔去田地里劳作，收获一些东西回来勉强喂饱我们。他们俩就一天到晚吵架打架，直至我妈妈离家出走。"

乔爷皱起眉头。"她这是不负责任。你父亲呢？"

"前年，我考上大学后，他为了帮我挣学费，在建筑工地上打工摔死了，临死前却给我们姐妹留下两块玉佩。"

他抬起头，见她把玩着胸口的玉佩，很精致、很温润。"你母亲没再回来吗？现在的学费怎么解决呢？"

"母亲不知道去了哪里。"她用手背把遮住眼睛的头发拂开，"姐姐打工挣钱。她每月给我寄生活费，寄得比我需要的还多。"

他歪着头看着她。"你笑了。这还是我第一次见你笑呢！"

笑容僵住了，手也停了下来。

"你姐姐打什么工？这么赚钱？"

她耸耸肩。"我想还不错吧。我姐姐很聪明的，学什么都快，可惜家里没钱，只能送我一个人上学。"

他们这样东拉西扯地聊着。夜很深了，乔爷毫无睡意，女孩却打起了哈欠。

"今晚在这里睡吗？"乔爷问。

女孩咬着嘴唇，点点头。

"有人会担心你吗？"乔爷尽量说得委婉些，"你工作的地方，老板会不会找你？"

她小声地说："今晚我想在这里睡，睡地板也行，不需要特别的地方，我是说真的。"

"别说傻话了。孩子，我的客人可不能睡在地板上。你想在这里睡，我就得给你找个好地方。跟我来吧，我带你去我妻子的房间。"

女孩没有动，也没有说话。乔爷继续盯着她，他想让女孩知道自己并不像看上去的那么虚弱。

乔爷拄起拐杖，走过床脚，从女孩肩边擦过去。女孩跟在后面，十分顺从、胆怯的样子。乔爷领着琳琳穿过走廊，来到了他妻子以前的睡房。梳妆台上摆着不少化妆品，蒙着灰尘，有的还牵着蜘蛛网。床铺看起来倒是很干净，是新换过的。

"放心，虽然桌上到处是灰，但我交代过的，被子每周一换，我得保证妻子回来随时可以休息。但妻子不愿别人动她的化妆品。我希望你像保姆一样，不要动梳妆台，那里就算是禁地，请你回避。"

不过，乔爷还是把床上被子掀起来，折了两折，蹒跚着塞进柜子里，再从里面拿出一床薄毯，铺在床上。琳琳在乔爷的指示下，爬上床。垫席大约很久没洗了，又凉又脏，但琳琳忍着，不愿乔爷再费神。更脏的地方，她睡得多了。

不过，躺下时，她忍不住呻吟了一声。被人捏肿的背部挨到床席，便是一阵刺痛。乔爷关切地伸手想扶她一把，她害怕地向后躲了一下。

她低声说："爷爷，谢谢您。我没事儿，只是有点儿累。"

透过女孩的语气，乔爷明白，她不是累，是身心的折磨不堪重负，她想单独待一会儿，在一个宁静、安全、孤独的空间任由她放飞灵魂。

"好吧，你安心睡，不会有任何人侵犯你。"

女孩感激地点点头，抓住毯子，往上拉了拉，几乎把头蒙了上去。乔爷开心地笑了笑，为自己能做一件像样的好事而高兴。

"你需要睡多久，就睡多久没事儿的。"乔爷发自内心地说。

他蹒跚着出了房，越过客厅，回到自己的卧室。他沿墙走着，发现了女孩丢在垃圾桶里沾着血迹的纸巾。她哪里出血了？是受伤，还是生理周期？女孩不说，他不好问。

他驻足想了想，从医疗箱里拿出碘酒、红花油和云南白药，还有棉签、纸巾等，轻轻地返回闺房，轻轻地放在床头柜上。

女孩纹丝不动，他也没有说话，轻轻放下，转身离开。

窗外墨黑，没有月亮，路灯似乎也熄灭了，风却越刮越大，好像有暴雨要来。他在自己的破床上躺下，久久不能入睡。

应该是黎明前最黑暗的时候，客厅里传来脚步声，接着是开关门的吱嘎声。冰箱门开过，又有人拉动抽屉。他惊慌起来，喘息着，却没有伸手开灯。

"阿英，是你吗？阿英？"

乔爷轻轻呼唤着，声音在喉咙里打转，似乎怕惊醒了隔壁的琳琳。"对不起，阿英，我让女孩睡你的房间，是想有人陪你。"

他接着深呼吸，慢慢地、力求平稳地呼吸。不会的，妻子怎么会计较呢！妻子回来也不会发出这样奇奇怪怪的声音。

那会是什么呢？他在自己家里可不会害怕。但他滚动了一下，摸到了藏在卧床里侧的一把弹簧匕首。乔爷每周都会拿出来上油，以防生锈。那是儿子留下来的，特地交代过父亲，必要的时候可以用它防身。话说得有些吓人，但很实用。

他用手使劲儿攥着匕首，就像走路时用力拄着拐杖。

阳台上，女孩经常出入的窗户，一直没有上闩，此时被风吹得"砰"的一声打开了。他警惕地盯着窗和门。这么多年，他第一次意识到自己的房子太破旧了，木结构的门窗在狂风暴雨面前，不堪一击，更重要的是很容易被撬棍撬开。

他环顾窗外，花园没光，邻居家没有开灯，也没有野猫野狗在院里活动。但自从女孩进门，总有一双眼睛在外面盯着。

不知躺了多久，脚步声平息了。乔爷起身，一间房接着一间房地进行检查，除了妻子的房间，他检查了所有的旮旯和缝隙，检查了所有的门闩和锁。没准儿，是院外有东西，饥肠辘辘，正在寻找食物，充满怨恨。

乔爷现在开始颤抖，恐惧袭遍全身。他感觉手里的匕首很沉，胳膊一点儿力气都没有。他已经活了一辈子，今天才拿起一件像样的凶器。

突然间，乔爷为自己的胆小懦弱感到羞愧。他不是一个懦夫，他是一个寿星。虽然一辈子没拿过刀枪，但保护了一家的平静和安宁。

现在他也不需要刀或枪这样的东西。乔爷想，没准儿明天早上就有答案，家里并不是存在危险，只是自己不太清醒，疑神疑鬼。

是啊，家里还睡着一个女孩，他在为她担心。

他终于躺卧在了床上。他躺在上面，像昏过去一样。他罕见地一次睡了几个小时，这是妻子死后，第一次睡这么久，这么沉。

乔爷醒来的时候，卧室门开着，阳台的窗却合上了。他的匕首塞在枕头下面。

女孩琳琳不见了，垃圾桶里留下很多零食包装盒。

乔爷想知道，她还会不会来。不然，他得再上一趟超市，上次买的零食都吃完了。

第十七章

行动情况不太乐观，但正如他喜欢的那样，充满了挑战，越来越刺激。

他决定启用几年前的网名"雷神"。按照典型的黑客惯例，他的网名不是中文，而是汉语拼写，但用的是"N"，而不是"L"——故意拼错单词，是绕过对手利用过滤特定词汇追踪的办法。此刻，他驱车前往机场。在指挥了一场线下行动后，决定回到被他父亲命名为"硅谷"的公司去。

每次行动前，他都要忙一整天，甚至好几天。先是根据同伴提供的情况，扮演伪社会角色，进入某个特定的数据库、电话网络和密码系统，然后输入有关某人的信息，赢得系统的信任。这些系统真是忠诚，信息反馈得越是正确，它便越是相信你，越是有求必应。

他是干这事的老手，没有一点儿新奇。半年前，他利用这一手段，获取了汉洲投资人吴美凤的个人资料，几乎掏空了她的家底。接着，因为此人不再听话，又利用这一手段，搜集了她的亲友信息，指挥线下执行人装扮成她信任的同学乔岚的丈夫，然后让她神秘坠楼了。

想到这里，他脸上露出意淫般的微笑。执行人向他报告的整个事情经过真是有趣。

坐在咖啡馆等待闺密时，吴美凤焦急地拨打着手机，但屏幕上显示的却是：停止服务。她烦躁地看向吧台，想找一部座机电话。这时，执行人走了进去。

这几天，吴美凤不断接到丈夫庄鑫养小蜜的消息，准确地说，小蜜就是代工厂的会计小柔。今天，她又得到消息，丈夫下午收账回来，将在停工的代工厂里跟会计小柔见面。一方面，是两人抓紧时间苟合；另一方面，小柔将把收回来的钱卷走。

她打电话给丈夫，庄鑫不仅不承认，还痛骂了她一顿。于是，她约了闺密乔岚，决定事先赶到代工厂去等着，现场抓奸。

吴美凤看了看手表，两点一刻。乔岚已经迟到十五分钟了，电话也打不通，她平常不会这样的。一抬头，却见有位青年男人走进咖啡馆向她招手。她确信自己认识此人。他就是乔岚的丈夫高梓轩，汉洲监狱的狱警。帅气的飞机头短发，刮得十分干净却现硬茬的下巴，在她心里印象还是蛮深的。特别是靛蓝色的短袖衬衣，配灰白的休闲裤，既帅气又另类，正是昨天乔岚在微信里晒的恩爱秀装束。

只是，乔岚为什么自己不过来呢？

"高梓轩"——执行人——热情地向她招手。他从她眼里看到了信任。"美凤，你好。"他上前握了握她的手，直接在她对面坐下来。显然，他就是冲她来的。

"岚岚妈妈突然有急事儿叫她过去。"执行人说，"你的事我都知道了，如果信得过我，我陪你过去，保你一份安全。"

吴美凤有些难为情，既责怪闺密不该把自己的隐私告诉丈夫，又欣喜闺密夫妻如此重视她，把她的事当作大事来做。更难得的是高梓轩专程过来，显得如此真诚。

不过，吴美凤仍有些怀疑，想给乔岚打个电话。她偷偷地拨打过去。"……正忙，请稍后再拨。"她心里一咯噔，却听手机响了一声，传来一条信息："对不起，美凤，我这里不方便接听电话，只得给你发信息。十分抱歉，临时有事，不知你愿不愿意让梓轩帮你。"

丈夫偷情，已经难以启齿，却请闺密的丈夫帮着抓奸，那不是更让自己莫名难堪？吴美凤十分犹豫。

"叮咚"，手机短信提示音响起。她小心地瞥了一眼。来信人是代工厂的保安，那是她安插的亲信，最放心的人。

短信说："庄哥预计一个半小时后到，会计小柔已从城里出发。"

吴美凤慌了一下，手里的饮料差点儿泼洒到裙子上。执行人暗暗好笑，这一切都是"雷神"通过网络安排的。事先摸清了吴美凤的所有社会关系，编造她丈夫庄鑫的出轨谣言，通过乔岚将这一谣言以假乱真。然后，潜入电信系统，屏蔽了乔岚的手机信号，再假冒代工厂保安，不断地给她发送庄鑫与会计小柔约会的信息。

执行人假意叹息了一声，说："我很理解你现在的心情。"

咖啡馆里又进来几对情侣，模样十分亲密。吴美凤心里十分不是滋味。她跟庄鑫也曾有过甜蜜的爱情，风花雪月、卿卿我我，留下过美好的回忆。

现如今……她咬牙切齿地盯着窗外，迅速做出决定：去！一定要去！一定要现场抓住那对狗男女。带个男人去捉奸又怎么啦，这个男人可是狱警。警察是正义的化身。

"没事。对不起。"她收回目光转向他，暗暗高兴，"让你见笑了。"

"说哪里话，我最痛恨偷腥出轨的人。"果然是个警察，是女人的同盟军。她多么羡慕闺密，找了一个这么帅气正派的男人。

"高梓轩"继续说道："刚才，岚岚说起你的事，我就很气愤。本来她来不了，我也决定陪她回去，但她说闺密有事，得有人作陪，问我可不可帮你这个忙。我立马答应了。我要以自己的法律知识劝导你丈夫，以同为男人的感悟教育你丈夫，让他从此跟那女人一刀两断，从此一心一意对你。她一直在打你的手机，可怎么也打不通。她去妈妈家，让我过来告诉你一声，如果你觉得合适，我也可以陪你过去。"

　　"你太客气了。我……我其实只想证实一下。我相信庄鑫不会的，他是一个正派的男人。"吴美凤说出这话，自己都没有丝毫底气。

　　"是啊，你亲自看中的男人，怎么可能背叛你呢？你信任就好。夫妻之间最关键的就是无条件的信任。信任了什么事都没有，呵呵……"

　　这时，"高梓轩"见到一个朋友经过吧台，举手打了个招呼（汉洲虽然很大，说到底只是座城市）。他朝吴美凤说："我和岚岚本来准备在这个周末到你家玩儿的，你不妨跟庄鑫说说，让他一定在家，我们两喝一杯，谈谈心。"

　　"是呵，我跟岚岚是这么相约过。"

　　"高梓轩"停顿了一下，似乎有什么了不起的秘密要与人分享。随即他拿出皮夹子，翻开来，露出一张他、乔岚和长得高挑的儿子的全家照。

　　"看看，上星期，我们到武汉看儿子。他在那里上初中，教学质量还真不错呢！"他骄傲地说，"高朋现在比我还高。"

　　"噢，真幸福。"吴美凤轻声赞道。

　　"好是好，可惜与儿子各居一地，岚岚觉得很不放心，儿子也怪孤单的。你儿子呢？他在本地读书，成绩还可以吗？"

　　"他很好，成绩也还可以……不过，他也总是看不到父亲，跟他父亲很生分。我得告诉你，男人一旦做起生意，生活便完全改变了。"

　　"高梓轩"点点头，表示毫无疑问。

　　吴美凤再次看了看表，两点半。如果再不出发，就错过了。毕竟从这里到代工厂有一个多小时路程。保安说，小柔早就在路上了。"我……我们……现在还过不过去……"

　　吴美凤吞吞吐吐地说。随即，一阵惊恐猛地袭上心头。她把恐惧想象成对丈夫出轨的担心，更加坚定了捉奸的决心。

　　"高梓轩"用手势招呼服务生过来买单，并付了钱。

　　"你不需要这么做，"吴美凤说，"我请你来帮忙的，哪能让你破费。"

　　他大笑道："你已经付过了。"

　　"什么？"

　　"还记得去年夏天你告诉我的那只股票吗？你说你亏了一大半的那只。"

吴美凤想自己当时毫无顾忌地买进了一只生物科技股票，守了两个月，守得它跌破了底。当时，只有高梓轩看好它，让她坚守住，一定会回本。结果不出两个月，那只股猛涨了百分之七十，不仅把跌的涨回来，还赚了百分之三十多。

"我劝你坚守，同时抄了你的底，借钱狠狠买了一笔。于是就……多谢了。"他把柠檬水杯朝她歪了歪。随后站起身说，"你没事儿吧？"

"当然。"吴美凤嘴里应着，双眼始终不安地东张西望，心神不宁。别东想西想了，她宽慰自己。随即心里泛起平日时不时会涌上心头的想法：看来确实应亥给自己找份实实在在的工作来干了，就像咖啡馆里这些人一样。她不该闲在家里，满脑子想的都是自己。

肯定是这样的，视野窄了，多疑症作怪。

可是，倘若丈夫果真出轨，难道就这么轻易放过他，让那个小贱人卷钱而去？自己投资失利，正是需要钱的时候，虽说向那个劝她投资的微信群主提出了赔偿，并威胁对方如果不赔就报警，但对方真的会赔吗？报警又能怎样，难道能把损失追回来？说不定警察理都不理。

她不甘心，不论是丈夫出轨，小贱人卷走钱款，还是投资亏损，对她来说都是十分窝心的事，她都不会轻易放过他们。

"高梓轩"走出店门，帮她撑开太阳伞，专门举在她的头上。她心里一阵感动，却想到对方毕竟是闺密的男人，不好意思接受，便抢过伞自己撑。

似乎已经决定往代工厂去。可是，在走向汽车的路上，吴美凤猛然想到：倘若丈夫出轨，被捉奸坏了好事，一定对她怀恨在心，把闺密男人也卷进这场危险是否太自私了？眼前这个男人虽然是警察，可也是闺密的男人，是人夫，也是人父，得照顾妻儿。这么做对他似乎不太公平。

"有什么不妥吗？""高梓轩"问道。

"没什么。"

"真没什么？"他穷追不舍地问。

"是这样，我想再打电话确认，如果没事儿，我们就不用过去，如果有事儿，那就麻烦你了。"

"高梓轩"咧嘴笑了一下，表示同意，"是应该确认。"

吴美凤拿出手机拨号，保安手机却不断地回复："不在服务区。"那个鬼地方，信号确实不好，一不小心就不能接听。

但没过一秒钟，她手机却发出响声，是短信："过来了吗？"保安大约接到了她拨打电话的信息，却苦于信号不好，无法通话，只得换发短信。

这时，"高梓轩"正在拨打乔岚的手机，仍然是无法接通。不一会儿，他的手机也收到乔岚回复的短信："我还在 ICU 里，不能接听电话。你们过去了吗？一定要保护好美凤，别让她受伤，别让她伤心。"

他将手机短信给吴美凤看。吴美凤十分感动。

她想了想，说："走，我们过去。只是……耽误你的时间了。我们尽快把那边的事弄清楚，然后一起去看望岚岚母亲。"

"高梓轩"微笑道"好的。没什么事最好，如果真碰上了，我有经验劝解的，你放心。"

她竟然心情很好地笑起来："谢谢你。"

他们顺着餐馆外的人行道往前走。他们商量着开吴美凤的汽车过去，她的车比较普通，不容易引人注意。那种乡间土路出现一辆奔驰跑车，可不是一般的引人注意。

吴美凤的车，"高梓轩"驾驶，一路无话。吴美凤更多的时间是沉浸在幻想和恐惧中，她时不时感到阵阵战栗，空洞茫然的眼神不知落在哪里。

"是这里吗？""高梓轩"问，吴美凤从幻想里惊醒。

她点点头。两人穿过一小片灌木丛，来到代工厂的六层高楼前面。

厂区寂寥安静，没有一个人影。

吴美凤继续拨打保安的电话，还是没有接通。"不在服务区"。

过了一会儿，又有短信进来，是保安的，他让吴美凤先上六层高楼的顶楼去，庄鑫两人进入状况后，他会及时发短信提醒。

暂时只能按保安的主意办。到了这里，"高梓轩"似乎也没了主意，一切听吴美凤的。

难道除了顶楼，就没有空房间可躲吗？想到这里，吴美凤脸红了，自己与闺密的男人，孤男寡女共处一室，像什么呢？别跑来捉奸，却被奸捉了。

他们将车驶入楼后面的车库藏起来，然后绕回来，从楼梯上去。到了顶楼，他停了停，环顾了一眼楼顶空地，她也跟着望了一眼，四周空空荡荡。天有些阴沉，没有阳光，却仍闷热。这不是人待的地方。

"高梓轩"朝她一瞥，说："你一定对炒外汇感到绝望透顶吧！"

"炒外汇？"

"对。"他说，"你不是要告那个带着你操作的人吗？要赔偿，要送他进监狱？"他的声音完全变了样，显得含混不清。他仍在微笑，但面部表情此刻已完全不同，换上的是一副饿狼扑食的模样。

"你这是什么意思？"她不动声色地问，恐惧却在内心轰然炸开。她突然想到自从进入咖啡馆，就一直只有短信联系，所有电话都打不通，那是切断了她了解真相的途径。

"不过是让你明白任何的威胁都是要付出代价的。"

哦，菩萨救我。吴美凤不由得想起《西游记》里的镜头，在心里呼喊。三十几年，她从没有这样无助过。"你……你是谁?"

他直视着她,捕捉到她内心的恐惧。"我侵入你的微信,分析了你发布的所有信息,得知你最好的闺密是乔岚,最大的软肋是害怕丈夫出轨。之后,便编造谣言引你上钩。没想到乔岚还真配合,主动要求跟你一起去捉奸。之后的事,便是由我来做了,利用病毒侵入电脑系统,控制你们几个人的手机。你便只能乖乖地跟着我来这里。"

吴美凤用耳语一般的声音绝望地问:"你难道不是乔岚的丈夫高梓轩吗?"

"像不像?我选择乔岚,还有一层考虑,那就是她丈夫很像我。我的意思是,虽然你跟乔岚很熟,但一定不熟悉她丈夫——但至少要让你自以为自己熟悉他、信任他,否则,我是绝对没有办法把你孤身一人弄到这儿来的。"

"可是……"她绝望地耷拉着肩膀,一边抽泣一边说,"你是谁?为什么要这么对我……"

"不对,美凤。"他低声回答,一边端详着她痛苦的模样,那副表情就像一位傲慢的象棋大师细细观察手下败将,"你不该因为亏了点儿钱,就心生怨恨,不该想着把我们送进监狱。没办法,只能让你闭嘴。"

情急之下,吴美凤想跑,却有一股甜丝丝的雾气喷在脸上,瞬间什么都不知道了……

随后,执行人抹除痕迹,丢弃了所有的伪装,包括帅气的飞机头假发套、粘贴在下巴的模拟胡须硬茬,以及靛蓝色的短袖衬衣、灰白的休闲裤,那是他假扮乐于助人的乔岚丈夫高梓轩时穿的。

此刻,他完全是另外一个人。

他是一个只有达氏父子认识,甘愿当达一路替身的人。

达一路,二十九年前出生于雁南省新戎市某个小镇。不,这时的他是他自己创造的十几个伪社会替身角色中的一个。这些替身如同他的一群好友,拥有驾照、员工卡、社会保障卡,以及所有当今各种必不可少的证件,一应俱全。他甚至给这些不同角色配上不同的口音和举止,并虔诚地反复练习。

你想当什么人?

对这个问题,"雷神"的回答是:世界上任何一个人。

此时,回想起对吴美凤的行动,他不免觉得,杀掉一个自称"与诈骗分子对抗到底的强大女性"简直轻而易举,而且杀鸡儆猴的效果十分好——其他附和者看到"强大女性"暴尸荒野,一个个噤若寒蝉。

看来,父亲的这个决定是对的,是对人性最准确地把握。

达一路驾驶着奔驰跑车,随着拥挤的车流慢慢行驶在以风景秀丽著称的雁麓机场高速上，西面的雁簏山笼罩在团团大雾之中，雾气朝着梅雁湖涌动。

近年来，全球变暖，长江沿岸的"火炉"城市数量越来越多。不过，这个夏天的大部分日子——比如今天，却阴雨天居多，草木生机盎然，碧绿一片。但是，达一路对眼前这些无处不在的美景视而不见。他正在专注收听 CD 机里播放的欧美最新流行音乐。这是他最大的爱好，偶尔他会跟着音乐吟唱。

两个小时后，他在落地的机场停车场取了自己的另一辆车，驶往他自己营造的小家。那是一栋居民生活小区的豪华别墅楼。独门独户，很宽敞，位于城市的高科技开发区。

他没有开灯。这里是高档小区，保安尽责尽职，若是有灯光，他们就会过来，说一些欢迎他乔迁新居的话。他们会在门前一眼看到客厅，里面的摆设无不在表明这是一个中上等收入的殷实家庭，这家人和城市里的中产阶层一样，靠各种便利条件赚取大钱，过优渥的生活。

"嘿，认识你真高兴……上个月刚搬进来，还请多关照……对，我在开发区成立了一家实业公司。公司新创，大部分时间住在公司，妻儿要年前才会过来……照片上就是他们。还是去年夏天在海南度假时拍的。儿子五岁……准备着明年生二胎呢。"

家里的茶几上、电视柜上、梳妆台上，以及价值不菲的茶桌上，四处可见达一路和一位奶茶妹的合影。他们或躺在花园草地，或在海边沙滩嬉戏，或在马背上奔驰，或在高山上相依相偎。还有一些是和孩子一起拍的全家合影……

"需要你们关照的地方多着呢！知道吗，我本来想到物业公司拜访的，可是公司刚刚成立，忙得没日没夜。妻儿都过来就好了，那时有的是见面机会。"

"你客气了，物业和安保是我们必须做好的。有什么需要，尽管指示。"

"好的，再见，多联系。"

他说得更多的是社交辞令，而不是考虑到对方的服务关系。所以，保安会觉得他很有素质，很有品位，对他也就更加热情。

他们怎么也不会想到，这是一场前所未有的高明骗局，从本质上说整个情景如同电影场景一样虚假无真。

就像执行人给吴美凤看的照片一样，家里的照片都是在电脑里制作的：他把自己的面孔安在某个男模特儿身上，将某位女模特儿的脸进行一番改头换面，显得更加大众化、奶茶化。不过，这房子可不是一种布景，客厅、餐厅和卧室里家具齐全，且都是货真价实的高档红木。还有电脑，都是高档的东西……内存强大，但里面储存的东西，绝对不可展示与人。

像这样的房子，他在好几座城市都有，都是父亲达方成所不知道的。他并非防着父亲，只是觉得是自己应得的，也就没有告诉他。按理说，父亲只有他一个儿子，父亲的也就是他的，但父亲太嗜女人，他觉得父亲总有一天会死在女人手里。

所以，每做一单生意，他就从中抽出他那一份。父亲不懂电脑，更不知道网络上的钱如何流转，只要看到自己日进斗金，便笑得合不拢嘴。

他不仅购置房产，还将大笔钱花在爱好上。他的房子里堆满了他的宝贝硬件、平日收集来的古董计算机、身份证件印刷机，以及大型电脑部件，还有世界各地的唱片。

说起唱片，他肯定不能一张一张地听了。因为，他这半年多收集买的唱片，够他听几辈子的，但他仍在收集，美、英、法几家唱片公司定期向他寄发最新单曲。

睡了半个小时，他走进书房，在桌旁坐下，打开一台电脑。

屏幕跳出一朵玫瑰，流畅地飘舞，创世纪般划开彩幕，呈现湛蓝的桌面。随着桌面展开，达一路从死气沉沉的状态一下变得生龙活虎。

你是谁，你想成为什么人？

此时，他不再是达一路，也不是高梓轩或者安东，或者章清莹，或者随便其他什么他创造的角色。此时的他是"雷神"。他不再是那个整天戴着顶假发、身高一米七五、身材壮实的年轻人，装模作样地出入于现实世界的办公大楼、商场、地铁、飞机、逶迤的水泥公路、绿色草坪，以及混迹于无处不在、多如蚊蝇的人群中……

显示器里，才有他的现实世界。他在这里如鱼得水。

他敲进一些指令。随着心跳加速激发的肾上腺素涌动，他听到电脑主机发出松涛般一波盖过一波的嘶鸣，程序响应就像好朋友聚会，拥抱、击掌、欢呼，发自内心的感动和热情。

不过，这种声音也表示程序的缓慢。不是他用不起好机器，也不是他编制的程序不行，而是他只能忍痛割爱。对他来说，能够闻风而动，并且在像空气一样互联互通的网络光缆里藏匿自己的行踪，远比速度来得重要。

联通网络后，他进入一个自己设置的伪社会角色邮箱。信箱里没有叫"不如不见"的来信，否则他会立刻打开。其他人的信不急，可以待会儿看。

他点击"硅谷"图标，键入另一个指令，屏幕上立刻出现一个菜单。这个"硅谷"就是父亲公司的后台软件，最高机密。他将它挂靠在某些机要部门的程序里，并设计了游离功能，也就是说，一旦机要部门的技术员触及它，它就会第一时间隐身，嗅到追踪的危险，便会迅速逃离，让人找不到它的踪影。

客观地说，这个软件源代码来自"梭哈族人"，一个多年前认识的香港网友。这个网友想将软件拍卖，但因为漏洞太多，特别是只能固定安装在某一台主机上，容易被人追踪、捕捉，所以在黑市拍卖中无人问津。

达方成听说这一软件后，十分动心，极力撺弄他跟香港朋友合伙开发。他答应了。

但他答应之初，就打定主意，不是合伙，而是盗取。即便拿到源代码不能使用，他也要把软件专利据为己有。

香港人哪里懂得他这份歪歪心思，看他虚心上门请教，便慷慨地让出储存软件源代码的电脑给他使用，一来二往，软件源代码就到了达一路的手里。

一个月后，香港人的问题在达一路手里解决了。他不仅设计补丁堵塞了漏洞，还增设了游离功能，让软件像鬼魅一样无迹可寻。

达方成虽然不懂软件，但听达一路介绍，立即懂得了其中蕴含的巨大"商机"，迅速注册了一家商务公司，以香港商务投资有限公司合伙人的身份开始营业。

儿子设计了整个经营模式和经营流程，父亲进行管理。

不过，达一路并没有轻信软件，虽然他设计时就把安全、方便、好用放在首位，但人心是最大的变数，他父亲早早就想到了这一点，做好了安排。

"硅谷"图标像花一样绽放，然后像水纹一样淡化，现出满屏的文字：

> 虚拟仓主菜单：
>
> 希望继续上一次会话？
>
> 修改 | 编辑后台文件？
>
> 创立新文件？
>
> 寻找一个新目标？
>
> 翻译 | 破解密码或文本？
>
> 退出该系统？

他将鼠标光移到菜单第四行，双击鼠标左键。

等待圈旋转片刻，菜单消失，屏幕上出现另一行文字：

> 请键入目标的相关信息。

凭着记忆，他键入一个网名并附加了一些个人资料（因为同网名的人太多），按下"确认"。不到十秒钟，他便连接上了一个新目标的电脑。接下来，他可以在对方毫无防备的情况下搜索对象的所有信息，并实施即时监视。

接着，他将信息复制、保存，关键资料抄录在笔记本上。这些信息不再是为他个人行动提供服务了，因为各地不断出现同类情况，父亲派出了几个执行任务的人。

他搜索的这些信息一旦发送出去，将改变"目标"的人生轨迹。

第十八章

从值班床上醒来，罗卫马上感觉到专案组平静表象下的激动不安。刘群坠楼案的调查工作先前几乎没有什么进展，却在肖可语的坚持下，由娟子引出一个可靠线索——达摩。

此人虽然没有承认自己杀害刘群或者吴美凤，也没有承认设计投资诈骗，但是不管听上去还是看上去，他都不像是清白无辜的。他们正在努力调查，今晚的录音会帮助他们。

不过，路卡值班民警没能拦下达摩的野帝越野车进行交通检查。对于这一点，罗卫并不感到意外。达摩外表粗蛮，但内心细腻，既冷酷又奸猾。即使约会交往半年的女友都会易容，并取掉汽车牌照，他从不会放松警惕。罗卫觉得他从遥岭巷逃走时，一定会格外警惕。

他们已经发出了通告，希望接下来有人认出那辆汽车。另外，苏南已经对昨晚的视频进行截屏，并请来画家，结合其他时段看到达摩的目击者的描述，对达摩进行画像，还原他的本来面目。手套化验和 DNA 鉴定正在进行中，他们希望在一周内查清达摩的姓名和相关资料。那时，真正的游戏才刚开始。

接下来，他恐怕真的没时间回家处理跟妻子的问题了。不过，他还是需要坐下来跟高媛推心置腹地谈一谈，把时间再往后推一推。

罗卫简单地洗漱一番，走进专案组，看到市局网安支队的丁杨独自坐在圆桌前，翻看着侦查材料。苏南蜷缩在沙发角落，手里捧着一本案卷，但是很明显已经睡着了。

罗卫走进去的时候，只有丁杨站了起来。

他激动地招呼道："嗨，老朋友，什么风把你吹来了？"

"从肖可语整理的案卷看，我觉得你早就应该请我过来。"丁杨简单地回答。他说话一直都这样干脆利落。

罗卫想起来了：昨天凌晨离开时，在橄榄枝便笺条上的留言。他感觉有些不好意思，这么做有些不正规，但高媛及时把人安排来了。他本应该起草一个协查报告，正式地盖上分局的印章，然后一路往上面呈送，市局领导签批给谁，谁便过来。

"这个案子很有意思，我要马上进入工作状态。"丁杨接着说。

"什么时候到的？吃东西了吗？没有人接待你吗？让你一个人等在这里，真不好意思。"

平静的丁杨依然在圆桌前坐着，手里拿起案卷，安慰罗卫道："我好着呢，你不用操这些心，肖可语给我买早餐去了。你立即给我介绍情况，安排电脑。"

"我们的调查是从刘群坠楼开始的。然后发现刘群跟另一名坠楼女子吴美凤一样，是个参与某项投资失败的人。调查得知，辖区参与这项投资的人不少，但都找不到人，有的出走，有的失踪。接着，有个暗娼娟子举报一名叫达摩的男子伤害虐待她，并逼迫她建立微信群，拉拢女性参加这项投资活动。我们昨晚的行动就是准备诱捕达摩……"

"调查经过就算了，案卷上有。"丁杨盯着罗卫说，"细节。我要他们交往的细节，特别是涉及关键信息的细节。"

苏南和林立仁围过来，买早餐回来的肖可语跟丁杨贴身坐着，插话道："据我对吴美凤坠楼前的调查。那天下午，她约好朋友乔岚在咖啡馆见面，乔岚没来，却有一个男子自称是乔岚的丈夫高梓轩跟她搭话，并带她出了门。我找到乔岚，她说自己根本没有跟吴美凤约会，她也没有让丈夫高梓轩去跟她见面。说明约会的信息是假的，跟她见面的男子，也是假的。但是，吴美凤认识高梓轩，嫌疑人是如何装扮成高梓轩，并骗过吴美凤的呢？除了相像，一定还有其他原因。"

肖可语看了一眼丁杨，接着说："咖啡馆监控显示，嫌疑人不仅和高梓轩长得十分相像，而且知道关于吴美凤的所有情况，包括她的朋友、家庭，去过的地方、做过的事，以及投资情况。他甚至似乎朝餐馆里的某个人打了个招呼，但我查问了那天的大部分顾客，没有发现有人认识他。所以他有可能是假装打招呼，让她放松警惕。"

"他利用网络，设置伪社会角色搜索了她。"丁杨说。

"什么意思？"林立仁问。

罗卫知道这个术语的意思，但他让丁杨去解释，只听丁杨说："这个词指的是假冒他人来欺骗某人。黑客用这种方式来破解密码，从而侵入数据库、网络和通信系统。"

"嗯，吴美凤自以为她跟乔岚约过，其实根本没有，但她打电话给乔岚，却又始终联系不上，就是因为嫌疑人侵入了通信系统？"

丁杨点点头。"他由通信系统控制了她的手机。"他皱着眉头说，"也可能封锁了整个基站，整个片区都无法通话。"

肖可语点点头说："移动公司说，26号基站突然停机半个小时，他们正在抢修时，却又莫名畅通了——有人输入了关机和重启的代码。"

丁杨眯起眼睛。罗卫发现肖可语的话激起了他的兴趣。

"这么说，"丁杨思忖着。"他把自己装扮成她信任的某个人，然后引她到一个安全的地方杀了她。他是通过侵入她的常用社交工具获得资料后做到这点的。"

"应该是。"

"她跟朋友的日常交流都是微信、QQ和短信吗？"

"她就是一普通家庭妇女，不外乎那些东西。"

丁杨无奈地摇摇头。现在的智能手机就跟电脑一样，而使用一台没有安装坚固防火墙、没有定期自动更新操作系统和杀毒软件的电脑，无异于在自家门口放上一支上膛的手枪，任人伤害自己。普通使用者根本不懂得这些。

"要得到她的资料真是太容易了。一个伪社会角色就能看到她留在通信系统和网络上的所有信息。"

紧接着，丁杨盯着肖可语，好像她就是吴美凤似的。"当然，他也可能使用一种病毒，将它侵入到她的手机微信或QQ里，只要她点击一次，就会扎根在手机系统内部。之后，不论手机对外有过什么联系，都会发送到嫌疑人的信箱里。"

"可是，我们检测过她的手机，没有发现这种新病毒。希望你能帮忙看一下。"

丁杨点点头，眯着眼转头望向绿意盎然的窗外。罗卫注意到他的手指头正在轻微、快速地凭空敲打着。罗卫有些惊讶，以为丁杨是麻痹性颤抖或患有某种神经性痉挛，但随即意识到这个网络天才在做什么。他正在无意识地敲击一个看不见的键盘——神经性的动作，或者出于思考的习惯。

丁杨回过头，看着罗卫说："你们用什么软件检查她的手机系统。"

苏南抢着答道："我使用了上级下发的公安网络侦查软件，包括文件管理软件、杀毒软件、修复软件，以及文件配置分析软件。我还试过全面搜索软件。"

丁杨疑惑地看了苏南一眼，嘲弄地笑了一下。"所有的软件都用过了，居然没有查到任何东西？"

"没有。"苏南说。

林立仁鄙夷地看着他，撇了撇嘴。

"既然能用的软件都用到了，都不能找到，我又怎么找得到呢？"

"你是我们的领导，又是公安部挂号的专家。全国只有三四个像你这样的专家，你一定有比我们更先进的代码，或者你有办法组合各种代码，自己编写一个先进的软件。"

丁杨迟疑了一下，问罗卫："你这是私人请我帮忙，还是公务安排？"

"这有区别吗？"林立仁以前跟丁杨不熟，感觉他有些拿腔作调，心里很是不满。

"当然有区别，私人帮忙有私人感情的说法；公务协查有公务职责的奖励。你们没搞绩效一网考核吗？"

"你这自以为是的家伙。"林立仁大为不满，"有两名妇女被杀，好几位妇女因此出走呢，在你心里，除了奖励，难道没有一点儿人性吗？"

"我为她们的死感到伤心。"丁杨回敬道，"但是，私人感情不能跟工作职责混为一谈。如果要我帮你们破案，那是需要组织安排的。"

罗卫问道："说说看？"

"私下帮忙的话，我可以提些建议，设计编写新软件却是要收费的；如果是公务协查，你们得办手续，征得领导同意使用市局的计算机系统。"

说实话，丁杨的要求一点儿都不过分。但是，此案还处于初查阶段，分局不可能拿出钱来购置侦查软件，市局也不可能专程安排网安专家为一起初查案件服务，而且层层报批需要时间，不是一时半会儿就能把菩萨请过来的。

"时间很紧。"肖可语插话道，"我们所里先拿一部分工作经费交给丁专家，算是前期开发软件的费用。请专家帮助我们先把工作开展起来。我们再按程序呈报分局、市局，请求协查。"

"批示下来之前，我不可能时刻盯在这里。"丁杨说，"我在支队还有一摊子事儿，就算高教导不找我，上面还有支队领导管着。"

林立仁嘲笑道："你就是不想参与这起案件，感觉自己拿不下来。"

"你要这么说，也行。"丁杨说，看起来像有意较劲儿。

罗卫明白，丁杨今天专程跑过来了解案情，纯粹是高媛的面子。"我先向你们支队领导口头申报借用，行吗？"

丁杨犹豫了一瞬，说："也行。"

"这可不是一天两天，口头说行吗？"肖可语难以置信地反问罗卫。罗卫瞥了一眼丁杨，希望他主动表示帮忙，但是这位黑客专家两眼茫然，手指敲击着虚空，只是沉浸在自己的世界里，根本没有顾及罗卫的感受。

罗卫没有回答肖可语。他对丁杨补充了一句："我保证，只要你解析了吴美凤和刘群的手机，拿出全面的报告，我一定能求得立案侦查，并批下请您协查的报告。到时，你就是我们专案组的成员，能够没日没夜地跟我们混在一起。"

"好。"丁杨说着，两眼兴奋地发光。"说实在话，这个案子我有兴趣。"

"我们已经拿到了她们所有的通信记录，这就让人送过来。"

"不，"丁杨说，"我只要她们原封不动的手机。我也不能在这儿工作。"

"为什么？"

"我需要进入主机，还需要技术资料和软件，可能还得依靠支队的侦查系统。"

肖可语看着罗卫，后者似乎对丁杨说的话置若罔闻。

"这有什么了不得的，难道还要对我们保密？"林立仁说。他从一开始就对这个所谓的专家看不惯，他又是一个直性子，心里有什么话便直接说出来。

正冷场时，走廊里响起脚步声。接着，门"咔嗒"响了一声，众人转过头去，眼前是位二十四五岁的男子，乱糟糟的头发，苍白的皮肤，瘦小的身材，穿着一套很不合身的辅警制服，脚蹬一双沾着泥灰的黑色凉皮鞋。

罗卫热情地说："尤博士来啦！"

男孩点点头，走进房间，逐个地跟组里的男警握握手。轮到丁杨时，尤博士迟疑了一下，恍然大悟地大喊起来："丁……您是丁老师！"

"他叫尤思博，我们都叫他尤博士，电信公司的员工，就是刚才东南介绍情况时提到的安全顾问，他在我们这里拿一份辅警工资。"罗卫向丁杨介绍道。

尤思博目不转睛地盯着丁杨的脸好一会儿。随后目光转向罗卫，又转向丁杨对着空中做着强迫性敲击动作的手指。

罗卫解释道："我们感觉案件牵涉电信网络诈骗后，就联系了尤思博，请他协助我们调查。前几天他出差在外，今天才回来。"

罗卫说完。丁杨转过头来，轮到他好好打量尤思博了。

新潮时尚的名牌墨镜，很可能是一时冲动买下的，它让他女性化的白脸埋在一大片阴影里。倒是墨镜后面那双小眼睛格外惹人注目，显得十分尖锐、灵敏。

丁杨看出来了，他对自己跟肖可语贴身而坐，流露出醋意。尤思博圆脸无须，制服看起来像是新的，却似乎跟他很不相配，身上有股浓重的香水味。这种香水味要是放在婚宴社交场合，可能是种时髦。

头发柔软，染成深褐色，大约到了需要修剪的时候，刘海儿飘到了眼睑上，常常要甩甩头，才能不挡住视线。但尤思博习惯将下唇突出来，往上抿，吹口哨似的，吹一口气，将刘海吹开。他或许觉得这个动作很帅，但在丁杨看来流里流气。

客气地握手寒暄后，尤思博又做了一下那个流里流气的动作，开口道："有丁老师出马，这个案子绝对没问题。"

所有的辅警对正式民警天然地抱着一份敬重和客气，尤思博也不例外。而且，丁杨确实是他们的领导和老师。丁杨的职责，就是负责对通信部门的系统员及网站管理员的进行管理，所有的业务培训都是丁杨安排并亲自授课。

尤思博继续毫不遮掩地阿谀丁杨："丁老师的专业能力是行内顶尖。网络公司的技术员，不论是硕士还是博士，不论他自夸如何懂得计算机科学，都没人敢与丁老师比肩。"

"这话背着我说说就行。"丁杨无所谓地说，"当面讲，听起来有些刺耳呢！"

尤思博恭顺地点点头，说："我多嘴，但我是发自内心地敬重您，发自内心的……"

罗卫觉得很有趣。平日里尤思博不是这样的，在他们这些传统警察面前，不仅话很少，而且有些趾高气扬，但他对丁杨居然如此不顾脸皮。

不过，丁杨的感觉不一样。他在尤思博的声音里听出一丝油滑，而且感觉这段话听起来似乎经过反复练习。他猜想这可能是因为尤思博是个辅警，在执法机关他无法获得平等的执法办案权力，无法接触一些涉及机密的东西，因而更想获得他的支持。

"就别卖弄什么尖端科学了。"林立仁说，"这里的案子用不着什么尖端的技术。"

尤思博说："林队，要是平常，我不会反驳你。但联系你发给我的那些案件材料，我倒觉得这个案子不仅需要尖端技术，还要黑客技能，常规操作势必找不到犯罪者的踪影。"

"对方用的就是黑客技术。"苏南点头道。

"还有平台，那个平台一定很高明。"

罗卫沉思道："平台？你是说她们参与投资的平台是犯罪工具？"

尤思博耸耸肩，说："我不知道。"

"就你们提供的情况看，有这种可能。"丁杨说，"但是，到底如何犯罪，平台有什么功能，要试着接触才知道。"

"那就顺着这个思路查查。"罗卫说，"如果是在网络上设置平台犯罪，那一定不仅在梅阳，在汉洲，有可能涉及全国其他地方。我看可以分两线进行，你们从网络入手，我们向兄弟单位发布协查令，看看最近在其他地区是否有和这个案子类似的尚未破获的案件。"

"同类案件是有的。"苏南紧接着说，"我跟雁北的同学联系过，上个月15日和22日，有两宗疑似自杀案，但家属宁死不肯下葬，认定是他杀。和这里十分相似，两个死者一个是上吊，一个是跳河，都没有留下遗书，但又找不到他杀的证据。两人均为女性，听信谣言，参与某项投资，造成巨大亏损，有无颜见亲人的可能，但她们的亲人和朋友都认为死者个性很强，不是那种轻易自寻短见的人。"

罗卫很凶地看着苏南。"参与投资失败？"

"对，"苏南理亏地说。接着他解释道，"我也是刚接到雁北朋友的信息，正准备向你汇报呢，看到丁专家在便打断了。"

"案件发生在哪个市？承办人是谁？"

苏南答道："还没来得及问得这么细。"他是昨晚听了罗卫说的串并案后，想到跟同学联系的，没想到那边还真有同类案件。

"好，"罗卫说，"这条线就由你来调查。如果有必要，可以申请以市局的名义协查。"

这时，丁杨打开了公安综合应用平台，输入关联信息后，后台开始搜索同类信息。

罗卫俯身盯着屏幕。也许丁杨输入的关键词太模糊，信息弹出来不少，但真正有联系的案件极难辨认。

"这条信息应该可以串并。"罗卫说，开始阅读屏幕上的文字。

"录入了应用平台，是已经认定他杀立案了吗？"苏南惊愕地问，手里茫然地点击着手机信息。雁北的同学说他们那边没有立案，没有录入平台，目前无法查询。

"这是两个月前，一名三十多岁的妇女和一名五十岁的男子午夜时分，同时从辰河桥上坠落身亡。据查，这名妇女跟男子是情人关系，妇女投资失利，心情郁闷，约情人出来散心。男子在约会过程中，向朋友发出过求救信息……此案值得索取更完整的资料。"

罗卫说着，突然转头看着苏南，问："雁北的案件是什么时间？"

"上个月 15 日和 22 日。"

罗卫站起来，将这个日期写在白色书写板上，又在下面写上辰河桥案的发案时间。接着，他转身看着丁杨："你觉得有串并价值吗？"

"发案时间十分接近，手段类似，特别是起因惊人的一致。"丁杨答道，"如果查知她们投资项目一致，无疑可以串并。"

这时，林立仁在一边头点得鸡啄米似的，表示赞同。

"这么说，他是为了防止投资项目泄密，或者有人报警而杀人。"肖可语说。苏南在一边抢着说："这意味着他还会继续杀人。"

丁杨面前的电脑主机里轻轻地发出一声"嘀"。苏南焦急地俯身向前，腰间的左轮手枪撞在椅子上，"咣啷"作响。他皱起眉头，说："这是怎么回事儿？"

只见屏幕上出现一行字："此文件根信息已经删除。"

下面是一段没有针对性的系统情况说明。

罗卫本想看看说明，丁杨拦住他，摇了摇头。"上传综合应用平台的有关辰河坠河案的源文件已经被人删除。系统管理员的说明是针对所有删除文件的，没有说明这个文件为什么被删除，即使上诉公安部网站管理员，他们也说不出所以然。"

尤思博咕哝着，与丁杨交换了一个眼色。

肖可语睁大眼睛，说："你们不会以……我是说，他不可能攻击了公安部的综合应用平台吧！这种事好像从来没有发生过。"

罗卫对丁杨说："返回搜索项，做精准搜索，看看其他省市还有没有同类事件？"

片刻后，丁杨抬起头。"没有找到搜索目标。也就是没有同类案子的任何记录。"

罗卫和肖可语疑惑不定地对视了一眼。

"是不是说明这个案子变得有点恐怖了。"肖可语说。

罗卫沉思了一下。"我们找准他的软肋了，可他真以为自己是'天下第一黑客'吗？"

"黑客？真该死。"林立仁咕哝着，盯着丁杨和尤思博。"可我们这里也有人自以为是计算机操作技术上的第一。"

"他不是黑客，是暴徒。"丁杨冷冷地说。

"那有什么区别？"林立仁丝毫不怕得罪丁杨。

丁杨没有兴趣教育这个电脑网络盲。他扫了罗卫一眼，罗卫歉意地笑了笑。丁杨说："'黑客'是一个褒义词，它用来指善于创新的程序设计员。一名真正的黑客闯入别人的系统只是为了证明自己能够办到，查阅别人的资料，仅仅出于好奇。黑客是讲究道德规则的，是只看不碰。闯入别人的系统窃取资料的人，是'计算机盗贼'，闯入别人系统窃取资料，又以资料为依据杀人害命的，那是'网络杀手'，跟现实杀手一样。"

"他们都是'犯客'，"丁杨接着说，"是'罪客'，是实施严重违法犯罪行为的黑客。"

"犯客、罪客。"林立仁咕哝着，"听起来有些别扭，不过跟犯罪联系起来，也就跟犯人、罪人差不多，就这样把黑客洗白了。"

丁杨不想反驳，转过头去。

这时，分局技术中队长申思走进专案组，拿出一张纸递给罗卫，说："我们对手套进行了全面检验，取出了一些汗液、一滴血迹及两个模糊指纹。"他用手指了指那张纸。"不过，你们最好不要指望指纹能给你们提供证据，太模糊了，没有可靠性。至于汗液、血迹，以及林立仁指甲里的皮屑提取物，要等一天才有结果。"

接着，他拿出两个证物袋，那是吴美凤和刘群的手机。

"里外取证已经完成，不过，我们没有开机。如果你们要启动，得防止嫌疑人万一在内存或主板上安装某个陷阱软件，导致数据毁坏。这些道理你们应该都清楚，我只是强调一句。"

"那我们开始吧！"丁杨接过证物袋，淡漠地耸耸肩。

尤思博转身往外走，说："跟我来吧，电脑房在那条走廊边。"

丁杨紧随其后，走了几步，回头对罗卫说："我想有一个助手，但不是他。"他眼睛在室内的几个人里转了转。"可不可以请肖教导员协助？"

肖可语摊了摊手。"我可是电脑盲，也许所有人都可以协助你，但真的不希望是我。"为什么选我，你神经吧！她在心里补了一句。

"懂电脑未必帮得上忙。"丁杨朝肖可语说，"我要的是基础性工作，自以为懂行的人，往往先入为主，越帮越忙。"他朝尤思博走去的方向摇了摇头。"比如他。"

肖可语不太高兴，但还是默默服从了。不过，丁杨注意到，她没有朝门外走，而是返身进了隔壁办公室，拿着一叠厚厚的案卷走出来。丁杨心里暗笑，你这哪是准备帮忙，赶工吧。不过，只要你在我身边就行，我喜欢这股认真劲儿。

走进电脑机房里，丁杨先是检查了一下里面的仪器。他不用回支队了，配置跟支队机房是一致的，只是规模小很多，少了全市性的监控而已。

他没有马上去动吴美凤的手机，而是先坐到一台工作站电脑前，开始编写一个凑合应急，却足以解决临时实际问题的软件程序。几分钟后，他完成了源代码的编程，并把该程序命名为"嗅鼠"。然后拷贝到自己带来的一个启动盘上。

他把U盘插入工作站主机，驱动器随之响起熟悉的启动声，令他顿感心旷神怡。

丁杨灵巧的手指迫不及待地滑到触感滑爽的键盘上，自如地定格敲击键盘。多年不断的敲击已使他不用眼睛看，就可准确触摸那些英文字母。他敲击出一行指令，启动盘绕过电脑的操作系统，直接进入更加简洁的磁盘操作系统——他自己编写的，屏幕上立刻闪出一个白色字母加冒号——"C:"。

光标不断跳动着，催眠似的，使他的心脏急剧跳动。

接着，他两眼离开屏幕，拿起吴美凤的手机，拆开，拿出电话卡，插进读卡器里，插入USB接口，在键盘上敲了另一个命令。该指令将使其成为可执行程序。

在计算机里，时间和空间与现实世界大为不同。在丁杨敲入那个键后不到千分之一秒的时间里，便发生了千变万化。

所有的变化生成另一种代码，送入电脑适配器。图像适配器再把代码转换为数字信号，在显示器上生成出来。在接下来的那一秒时间里，丁杨敲击那个指令的延伸部分，然后用右手的小拇指敲击"回车"键。

屏幕上出现更多文字和图像，很快，就像沙里淘金似的，很多杂质被洗去、剥离。然后丁杨开始小心翼翼地探查吴美凤手机卡里残存的信息。

接下来，他还要检查手机硬件。这就是一个现代人交流最多、留存信息量最大的东西了，也就是这个东西，带着主人的温热，保留着主人的记忆，帮助人们了解她是谁，她在短促的一生中都做了些什么。

第十九章

半个小时后，忍不住好奇的罗卫踱进了机房。尾随而进的苏南抢着问："那么，天下第一专家发现什么了吗？"

语气虽然热切，但这种诘问显然令丁杨十分气恼。刚刚批评林立仁对专家不敬的罗卫不禁心生怒意，究竟是什么原因使得他俩有意跟这个网络专家过不去？尤其是他还是自己请来帮助破案的，而这个案子又是他俩束手无策的。

丁杨没有理会半桶水的同行，转身面对罗卫，打开笔记本。说话时，他看了一眼肖可语。"确实有人侵入了她的手机。那人编写了超级用户权，而且……"

"说通俗点儿。"罗卫告饶地讪笑道，"发现了什么？"

丁杨解释："谁成为网络终端的超级用户，便意味着他完全掌控了这个终端，不论是手机还是计算机。"

苏南插了一句："成为超级用户后，便可以在终端里重写程序，删除文件，随意添加或去除特许用户，并假扮他人登记上网。"

丁杨继续说："但我不知道他是怎么做到这点的。手机里只有一些乱码文件，看起来像是加密的病毒。但到底是什么样的病毒软件使得她的手机被人为所欲为地控制？这方面一点儿线索也没有。"

他看了一眼罗卫，接着解释道："比如，我可以在你的手机里安装某种病毒，使我成为控制你手机的超级用户，随时随地无须密码便可以自由使用你的手机。"

"不过，为了让这些病毒发挥作用，我得设法确定把软件安进你的手机，并将它激活。比如，我可以通过邮件附件的方式把它发送给你，在你对附件内容一无所知的情况下打开它时，即同时激活病毒。我还可以拿到你的手机，直接把它安装进去，然后我自己去激活它，可是显然他不可能这么明目张胆地做。不，他一定是通过其他办法控制她的手机的。"

罗卫注意到丁杨的表情很生动。他的两眼因全神贯注和兴致勃勃而显得神采飞扬，这副模样他曾经在许多执着专注、富有闯劲的年轻人身上见到，包括那些因犯罪而接受审讯的犯罪嫌疑人。当他们激情澎湃地向警察供述他们的"辉煌"过去时，实际上多多少少是在炫耀自己的聪明才智和勤奋努力。

"可你怎么知道他完全控制了她的手机？"肖可语问。

"我编制了一个临时软件。"他指了指手里的U盘。

"你用它寻找有异于手机操作系统的东西？"尤思博问。他的职业好奇心被激发起来，苏南也一样，几乎要伸手抓过U盘。

"我把它命名为'嗅鼠'。"他对不懂计算机的罗卫和肖可语做着解释。

"手机跟电脑一样，联网或接通通信信号时，操作系统会把程序的某些部分储存在驱动器上。那些文件在何时何地储存有其规律。"他指指软盘说，"它让我看到那些被搬到硬驱动器上的部分程序，肯定有某人从其他地方进入了她的手机，只有这样才说得通。"

肖可语不得要领地摇着头。

倒是罗卫问："你是不是说，盗贼趁你不在家，偷了你的东西。你回家时，虽然盗贼已经跑了，你还是知道家里进了贼，因为他把家具搬动过却没有照原样搬回去。"

丁杨点点头。"就这意思。"

尤思博拿过丁杨的 U 盘，钦佩之感油然而生。内心里，他觉得自己的电脑才能与丁杨不相上下，当他看到罗卫请来丁杨协助破案时，心里产生过一丝丝嫉妒。

他比丁杨先介入案件。读到林立仁发给他的信息，心里有过两个念头。首先就是一定有人非法控制了死者的手机，但如何控制，或者说如何破解，一定是个黑客秘密；第二个念头纯粹是得意，感觉这个案件一定非我莫属。纵观梅阳分局，包括半桶水苏南，让他们辨识一些简易、单调的编程还差不多，要有效处理这种高难度的病毒入侵，无人能做到。

但相比丁杨。他既没有那份丰富的想象力，又构想不出精致的临时程序软件。心里不禁对丁杨给出最高赞赏：这是一个真正善于创新的程序设计员。

罗卫注意到苏南心不在焉地东张西望，显然心思又跑到别处去了。他不禁心想，是否该换一个刑警过来，即使不能参与网络侦查，至少要是一个专心工作的人。

他转向丁杨。"这么说，起码有一点可以肯定，嫌疑人通过一种未知的软件或病毒进入了她的手机系统。"

"对，可以这么说。"

"关于嫌疑人，还发现了其他线索吗？"肖可语问。

"我想，你们应该都已经知道了。"

"什么？"罗卫打断他。"你说我们已经知道，你指的是什么？"

"他犯的错误啊！"

"什么错误？"

丁杨皱了皱眉头。"嫌疑人进入她的手机后，曾经发出了一些指令，翻阅她的内存信息。可那是他自己编制的指令，他本不该犯这个错误的，因为他应该首先想到她的手机运行的是安卓系统。你们一定已经在手机里看到这个错误了。"

罗卫用询问的目光看着苏南，很显然，他是最先分析死者手机的人。

苏南不安地说："我是注意到有一些特别指令。可我只想到是她胡乱下载下来的。"

"她是个普通用户。"丁杨说，他没有使用专业术语。"我怀疑她甚至不懂安卓系统，更别提知道那些指令了。"

"对不起，我没想到。"这位半桶水终于认了错。他似乎对丁杨的批评心悦诚服，但内心的真正想法谁都不知道，或许在他看来，这只是鸡毛蒜皮，小事一桩，没必要横加指责。

这么说，苏南又犯了一个错误。罗卫心想，自从苏南加入到专案组，成事不足。这几年，在派出所，甚至在大队经办的一些网吧清查案件中，苏南总是抱怨说，整个分局就他一个人包揽涉网证据材料的整理和呈报。他常常自夸能力比别人高一筹，连分局长黎政都要对他青眼相看。这次，是不是使他的真正水平浮出了水面？

"那些指令对我们有什么影响？"肖可语问，"我是说他懂得编制新的指令，甚至让我们的技术员难以发现？"

尤思博回答说："当然是很不利了。使用普通系统指令干扰操作的黑客大多无关紧要，真正厉害的黑客通常使用自己编写的程序。"

丁杨表示赞同。他补充道："侵入死者手机的指令显然具有相当的攻击能力，别说一部普通手机，就是大型服务器和路由器都不在话下。"

这时，罗卫手机响了，他拿起接听。

只见他看看四周，就近在一台电脑工作桌前坐下，边听边飞快记录着。

肖可语注意到，他坐的时候身子笔直，完全不像平时那样随意。

打完电话，罗卫说："有了一些线索。我们的一个'朋友'打听到了一些情况。"

丁杨知道，所谓"朋友"就是线人。

罗卫接着用低沉、不带情感的声音说："有人在刘群家附近的网吧看到达摩跟一个名叫钟健的年轻人在一起。此人擅长打网络游戏，开了一家电脑游戏厅，崇拜黑客，平日里喜欢在论坛里参与黑客讨论。"

罗卫将情况书写在白色留言板上。"监控发现，此人一小时前跟人联系，约好明天在西苑公园后山见面。"

"那是一片野坟荒山，没做任何建设的。"肖可语说，"开发商只建设了公园面向公路的一小部分。"

罗卫点点头。他很清楚那个地方，因此当肖可语解释时，他一点儿也不觉奇怪。那里本来就是一片坟山，因为城市扩展，公路延伸，政府才决定改造那一片荒凉野地。

尤思博默默站在一边，记下了那个地方和那个叫钟健的年轻人。

罗卫继续说："达摩的汽车可能也会有线索。他是从遥岭巷逃走的。走访中，找到了一个早起的环卫工，他注意到了那辆车，看到它转过街角，往梅阳大道方向去了。他认为汽车出了城，至少是去了郊区。我们正在扩大询问调查范围。"

肖可语对罗卫说："西苑公园的约会怎么办？"

"先监控，等具体消息再安排。"罗卫又看了看他的笔记，然后朝丁杨点点头，"我们在寻找其他参与投资亏损的当事人，要不要把她们的手机都收集来供你分析？"

丁杨摇了摇头，说："如果能拿到她们的手机，找一个样本就够了。"

他注意到苏南好奇的神情，耸耸肩，没有接着解释下去。他觉得苏南学信息技术，真是走错了门，恐怕他在计算机方面缺少天赋，幸好他喜欢配枪，着迷于传统的侦查工作，安心待在派出所。否则，他会是网安支队获得白眼和鄙夷最多的人——哪有一个网络警察成天配着手枪咣啷咣啷地晃呢!

尤思博说: "既然他出现在网吧,我们是不是解析一下网吧的主机?"

"不。"丁杨说,"一个真正的黑客,不会在网吧留下蛛丝马迹。我想,你们提到的达摩不会是这个入侵软件的编制人。"

"怎么……"罗卫愕然地看着丁杨。"你是说还有一个嫌疑人?"

"为什么?"肖可语问。

"我刚才已经说过了,真正的黑客不会到网吧去,在网吧编写不了这样的程序指令。达摩的背后还有一个指使人。"

尤思博信服地点点头。罗卫将这一条记在笔记本上,然后将之在手机里录成信息发送了出去。丁杨知道,罗卫背后还有一个基础调查团队。

丁杨接着说: "如果没什么其他事的话,现在我想上网查看一些黑客新闻讨论组和聊天室。嫌疑人如果是黑客,他肯定会在这些地下场合活动。"

这是下逐客令。

罗卫站起来,双手握着丁杨的右手掌,郑重地摇了摇: "拜托了!"

罗卫带队走了出去。尤思博看罗卫没有安排他工作的意思,磨蹭了一会儿,踅进机房角落一个光线很差的工作站隔间里。这里距丁杨较远,却非常安静。

机房里除了仪器运行的"嗡嗡"声,显得寂然。丁杨盯着屏幕上闪动的光标,把椅子转得靠前些,双手在黑色键盘上猛烈敲打起来。

他熟悉键盘上每个字符和符号的位置,如果仅以汉字计算,他每分钟可以打出一百七十多个字,而且毫无差错。高中迷上电脑时,发现八个手指太慢,自己发明了一套新型打字法,让大拇指除了管空格键,还管其他的打字键。

他虽然迷恋电脑,却不似别的"瘾虫"瘦弱,他的身板强壮,前臂和手指特别充满力量。不论如何入迷,他时刻坚持上两个小时网,便锻炼休整半个小时,特别钟情于俯卧撑运动,这为他一往情深的计算机保持一副状态良好的手指。

此刻,他的手指就像拈花点穴般地起舞晃动。

他进入的不是花里胡哨的商业或者娱乐网站,而是一块荒芜、原始之地,黑客们殚精竭虑设计的无人之所。

在这里,远程的指令、复杂的密码已经应用到极致。一旦进入,如同穿越黑洞的星际飞行器,以名副其实的光的速度,畅游整个世界。

这就是丁杨此时正要做的事情。

不过,开始之前,首先要解决一个问题。就像战士上战场前擦枪、检查弹药一样,网络高手一样得先做好准备。网络的无形无影、无所不能、无所不包使黑客练就一种本能，那就是藏匿的艺术。不论是上网的踪迹，还是他使用的软件，都不会留在硬盘里。

特别是他编制的软件，既不会将备份磁盘放在家里，也不会留存在自己的电脑中。他将它们藏匿在距离遥远的计算机里，这台计算机跟他没有任何联系。

一般的黑客让图书馆、博物馆的资料系统当保管员。因为谁都知道，这些馆藏资料很少有人清理，更谈不上网络安全管理。可致力于自己的软件研究的黑客高手不会这么做，因为他们知道越是危险的地方越安全，他们的私密软件往往储存在保密级别很高的系统里。

丁杨当然有自己得天独厚的条件，常用软件有自己的保密系统，但他更喜欢遇事从头编写代码，并不断修正现有软件以适应自身需要。

他转过头四处看看，确认没有人，随后键入一个指令，将分局网安侦查组的计算机与市局的另一台计算机连接。片刻之后，屏幕上滚动出下列三个字：

"用户名？"

他随即打入"金枪鱼"这个名字。一般来说，网民认为选用与其实际生活有任何关联的网名或用户名是不明智的做法。在这件事上，他也不例外。

接着，显示器上问：

"密码？"

他敲入"天堂背负的美好事物20140404"。这个密码和用户名完全不同，体现出完完全全、不折不扣的黑客风格。但这句话并不难记，只是它很难被别人猜到，即使猜到，它还有一个长达十五个字符的二级密码。

光标闪动了一会儿，屏幕换了内容，这回出现的文字是：

"欢迎你，金枪鱼。"

他的手指飞快地闪动。"金枪鱼"户头下的许多文件很快生成：攻击分析器、通信软件、覆盖软件、入侵软件、解密软件、窃听软件等等。这些既可以让他获得网络控制权，任意进入各种计算机和网络，又可以让他进入别人计算机后，不留丝毫痕迹；既可以在他人计算机里探寻用户名、密码和其他有用信息，又可以把窃听到的数据传回给他。此外，它们的净化处理功能最终会自动删除邮件或清除留言，这样对方就无法追踪丁杨。

然后，丁杨退出与市局网安支队计算机的连接。他歇了歇，活动了一下手指，然后又俯向屏幕。他再次带着猎豹般的灵敏稳健地敲击着键盘，链接进入互联网。

他首先来到游戏室，因为嫌疑人动机明显——聚敛财富，他玩的是最受欢迎的《国际财富排行榜》游戏的现实世界版。不过，里面的玩客太多，丁杨接触了几个人，却谁都没有超越初级阶层。走了十几个房间，没有找到一个高阶玩客。

不过，离开时，丁杨还是取得了一些线索。

接着他借助搜索软件，进入到一个新闻讨论组。他一边滚动，一边浏览，一边剪贴。又进入到在线实时交谈室。在线实时交谈是未加管制、不受任何限制的相连网络。在上面，可以看到兴趣相近的人们正在进行实时讨论。你只要键入自己的看法，按下"确认"键，输入的信息便会同时出现在所有参与者的电脑屏幕上。

他登录谈论黑客主题的交谈室。

这是他非常熟悉的交谈室，他的编程技术从这里启蒙，从这里起步，又从这里得到提高。曾经，他没日没夜地与世界各地的电脑爱好者们一起交流信息，争论问题，相互开战。

随后，丁杨开始搜寻公告栏系统……

接近十二点钟的时候，丁杨下了线。临出门时，为了缓解久坐的麻木，他在狭窄的隔间走廊里做了四十个俯卧撑，直到浑身血液调整了运行规律，才步履平和地走出机房。

专案组里，肖可语正直瞪瞪地看着他进门，林立仁正在与苏南说话，罗卫站在白色书写板前，仔细研究上面的线索。

看到丁杨，肖可语立刻站起迎接，罗卫扔掉了手里的粗水笔。

"中餐时间到了吗，我饿了。"丁杨说，随手将一卷打印文稿递给罗卫。

"这就是你的发现吗？"肖可语问。

"先用简单的话说说，"林立仁不耐烦地道，"究竟发现了什么？"

"简单地说，就是发现了一个人，找到了一个虚拟平台。"丁杨回答，"那人是一个网络高手，却新启用了网名叫'雷神'。只是，这还不是我感觉真正棘手的问题。"

"雷神？"罗卫问，"新启用的吗？"

"对，只不过它的开头字母拼 N，而不是 L。这是黑客们的习惯做法，区别在拼写……"

"他的真名是什么？"肖可语急切地问。

"不知道。似乎没人了解他，他也不太跟人打交道，或许是个孤僻的高手，但所有晓得他的人都对他十分惧怕。"

"这就是你说的难题吗？"

丁杨指了指罗卫手里的打印稿，说："我查到的线索都在这里。'雷神'编写了一个搜索软件，命名为'绞肉机'。在互联网，'绞肉机'指的是为便于随时处理软件内存问题，而在系统里设置的垃圾清除软件，它可以让软件持有人无须经过密码验证程序直接进入系统。但他这个软件实质却不尽相同。这个软件可以进入任何一个人的电脑或手机，通行无阻。"

"'绞肉机'？"罗卫沉思地说，"相当于掠夺器。"

"对，是一个名副其实的掠夺者。"丁杨重复道。

尤思博问："它将怎么工作呢？"

丁杨正准备用专业术语向他解释，但望了望罗卫和肖可语，又改变了主意。

"简单地说，"他拿过一张白纸，一边写一边说，"手机信息传送跟网络一样，不论是电子邮件、音乐、下载的图片、语音或者短信，都会留存信息包。用户以为用过后删除就是，事实上，你的删除只是快捷键，信息包仍在。"

"它可以重新找到留存的信息包？"

丁杨回答："它本来是一种消除信息包、清理内存的软件，但在他手里变成了一种掠夺软件，可以设法侵入对方的系统或硬件，放进嗅探器。"

"我想，"罗卫说，"那一定是用来搜寻所需信息的软件。"

"不错。"丁杨继续说道，"它通过某人的网名或者手机号码确认。一旦嗅探器发现了它所等待的信息，就会将它们转送到'雷神'的邮箱里。'雷神'收到后，就会针对信息，采取一些对付信息主人的措施。"

尤思博点着头。他白得面团似的面孔露出惊讶又佩服的表情。因为敬畏，他的声音显得有些沙哑："还从来没有人这么改造过'绞肉机'。"

苏南说："不论是电脑，还是手机，不都有防火墙吗？它们阻止不了吗？"

丁杨解释道："它高明就高明在这里，它可以藏匿在用户所需的数据中，防火墙也拿它无能为力。"

尤思博问："有没有办法知道它究竟在不在你电脑里呢？"

"会有一些小小的异常，主要表现为键盘会显得有些反应迟钝，有些图像看起来会模糊，如果玩游戏，反应没有平日那么快捷。这些症状，都不是太明显的，一般人注意不到。"

"他就是这样掌握受害人情况的吗？然后一个个对症下手？"罗卫将谈话扭向正题。

"接下来，我要说投资的事。"丁杨说，"这个软件让他掌握了对方是否参与炒股，股本多大，平时都跟些什么人交往，然后分析渴望赚钱的欲望多重，也就是是否贪婪，能否下手，如何下手，如果钱被掠走，对方会有何反应，等等。"

"他专门针对女性下手？"罗卫回到案件主题。

"不排除男性。"丁杨说，"我刚才之所以说他搜索的情况主要是投资方面，是因为跟它相联系的软件正是投资软件。结合发生的案件情况，我大胆预测，嫌疑人正是通过这个软件侵害受害人的。"

"什么软件？"肖可语问。

"也可以说，是一个软件机器人。"丁杨说，"那就是我感觉真正棘手的问题——一款名叫'硅谷'的投资软件。软件里肯定设置了期货或外汇投资平台，但我进入不了，因为外面包裹着一个守护软件。两个软件打包运行，共融共生，只能通过唯一指令激活，却懂得复制，晓得隐藏，能从一个网络跑到另一个网络，还会感受到危险，自动删除自己，消灭自己。"

苏南紧皱着眉头，以讨教的口吻说："你说的是不是'守护神'软件？据说也有机器人功能，不过，平时只做一些操作时钟、自动备份文件等工作，没你说的那么可怕。"

"'守护神'我知道，但这个比'守护神'干的事可怕得多。一旦它进入用户电脑或手机，就会修改操作系统，并在用户上网时，将其与'雷神'的主机连接。"

"使它完全受'雷神'控制？"肖可语说。

丁杨朝她点点头："完全正确。"

"能有这么可怕吗？"林立仁阴阳怪气地说，"可别是危言耸听……"

肖可语淑静地挨着丁杨，两眼显得既专注又忧虑不安，仿佛在聆听一个恐怖故事，嘴里喃喃自语道："这么说，我们的猜测是完全正确的，必须立即向黎局长汇报。"

罗卫说："先把情况听完再说。"

林立仁插嘴问："那你在吴美凤和刘群的手机里怎么没有发现这两个玩意儿呢？"

"我发现了。不过，只发现一些被粉碎后的残骸。'雷神'在它身上设计了一种自毁软件。一旦它感觉到用户在寻找它，就会自动重新编写，把自己化为垃圾。"

"你是怎么发现的呢？"罗卫问。

丁杨耸耸肩膀。"我将那些残骸拼凑起来，然后上网搜索。"他从罗卫手里拿过打印稿，翻开一页：

　　　"收件人：论坛新闻组

　　　发件人：梭哈

　　　听说你在索要"绞肉机"和"硅谷"改进版软件。劝你别这么做，就当
　　从未听说过这个东西。我了解雷神，他是危险人物。听我的。

"'梭哈'是谁？"林立仁冒失地问，"能不能找到他，跟他谈一谈。"

"网上的人谁知道他的真名是什么，住在哪里呢？"丁杨说，"不过，种种迹象表明，他可能跟'雷神'有些关系，或许很了解对方。"

罗卫翻看着打印文稿，每一页都详细描述或捕风捉影地提到"绞肉机"。"梭哈"两字也在很多页上出现。

肖可语轻声问："能不能从发件人着手找到什么线索？"

丁杨解释道："论坛里的帖子和邮件规定必须落款，理论上说，它标明发件人的

信息和位置。但稍有些电脑知识的人，都不会使用自己的真实信息，为的是不让任何人找到他们。我查过了，发件的 IP 信息是假造的。"

"这么说，无法查了？"林立仁嘟哝道。

丁杨忍无可忍地白了他一眼。"我刚才只是说那条信息是假的，还可以关联搜索，只是需要更加仔细。"丁杨说着，指了指打印稿。"然后，我准备编写一个机器人软件，让它专门搜寻所有提到'雷神''硅谷''绞肉机'或者'梭哈'的文件。"

苏南说："给省厅反电信网络诈骗中心打个电话吧！看看他们是否听说过此事。"

这是个很好的建议。市局反电诈中心设在网安支队，丁杨是工作人员之一，他不知道此事，只能问省厅。省厅技术更先进，管控范围更广，特别是对病毒和其他计算机危害信息有一套专业的监控程序，负责向全省公安机关通报即将发生的黑客攻击。

罗卫点点头。"是要通报省厅，不过得请示黎局和市局之后。"

苏南却没管那么多，直接拨通了电话，找到那里的一个熟人，简单交谈几句后，他挂上电话。"他们从未听说过'绞肉机'或者类似'硅谷'的虚假投资软件。希望我们能送案卷过去给他们看看。"

罗卫摆摆手，表示以后再说。

林立仁盯着尤思博，又转头看看丁杨和肖可语。只听他忧心忡忡地低语道："这么说，以后用手机都不能保证安全了。"

丁杨瞥了一眼林立仁，看着肖可语黑溜溜的眼睛说："只要稍微有些黑客技术，就可以发现某个用户手机里所有的秘密，还可以给他安上一个子虚乌有的情人，往他妻子的手机里一封接一封地发送情书，甚至让他丢掉工作。"

林立仁的脸色越来越难看。

第二十章

亲爱的妈妈：

我本不应该这么快给您写信，不仅是因为上次征求您的意见，您没回（您以前就很任性，从不给我中肯的建议），而且时间相隔太近，我不会一周内给您写两封信。但我得知了两件令我十分震惊的事，情难自禁，不诉不快。

我还是先从跟您无关的事情说起。

真不敢相信，警察这么快就发现了我的程序。他们触碰了我的"守护神"，还向我的敌人发出了合作邀请，使敌人更加得意忘形，竟然向我勒索股份。

为什么警察没有直接上门呢？答案很简单。一是他们根本破解不了我的程序，这或许也是他们求助于"梭哈"的原因；二是他们想放长线钓大鱼，将由更高层的警察控制这次案件调查。不过，第一个理由的可能性更大，不是我蔑视警察的权威，我编写的一个路由跟踪程序画出了整个网络，没有发现追踪信息。并且，我已经准备好合适的手段，扰乱他们对案件的调查。

我怀着前所未有的信心，在俱乐部狂欢了一整夜，现在坐下来给您写信。感谢老天，我早就预料到警察会发现它，却永远找不到它。我的程序无法破解，源代码埋藏在特别的文件中，一旦有人破坏，它爆炸的威力足以使任何一台电脑失灵。

既然警察还在求助，那答案不言自明，且看我如何实行下一步措施。

说完这事，尽管我力图保持平静，但此刻血液已经在加速流动。

我猛地站起，又克制地坐下，极度压抑的感觉笼罩着我，乱糟糟的书柜加重了我的焦虑。那是我自己对它造成的严重浩劫。柜里的东西，无论廉价，还是昂贵，都被随手扔了出来。就连跟了我十二年的古董照相机也躺在地板上，上面还压着旧书信、旧日记。

问题就出在日记上。

翻开第一页时，我心中纳闷儿，不知它何以放在我少年时代的恋爱书信里，那是我珍藏的一段记忆，谁知看到的却是您最痛苦的日记。

不可能是您夹在那里的，因为您离开后，我们已经搬过两次家。一次是被扫地出门，一次是年前终于东山再起。这事我不知情，那就是父亲干的。

他为什么要把这个东西塞在我的记忆里呢？这与他一直向我标榜的形象不一致呀！

我阅读了几页，心头空荡荡的。潮湿变色的纸上，碳素水笔的字迹还算清晰。接着，我怀着一种熟悉的歉疚感，将您的日记打开，一口气读到封底，思绪忽而飞到从前，忽而又回到现实，将父母的隐私掏个底朝天，这是一件多么奇特而可怕的事。

您在日记里记述了父亲的过去。父亲是独子，十二岁便失去了父亲。二十岁，奶奶在一次交通事故中丧生。那时他正读高三。像所有孤儿一样，在种种打击面前他离开学校，开始在社会上闯荡。奶奶有些积蓄，还有一笔不菲的赔偿，加上他的生意头脑，父亲做起了生意，并注册了一家商务贸易公司。

您就是这时认识他的。您够大方，也够坦诚，竟然在日记里说喜欢他，是因为迷恋他的身体。看到这一段时，我在心里预测您是开始便跟他发生了关系，还是纯粹喜欢他的身材模样？不过，看过几页，也就是几天后的日记，您详细记载了两人毫无顾忌的性爱过程，如同两个正在燃烧的男女，里面的描述几乎把我吓坏了。

你们很快结了婚，并有了我。这个过程似乎丝毫没有影响你们的激情，只是近距离接触，您发现了父亲很多秘密。在一次公司聚会上，您误入一间包房，竟然看到父亲抱着一个烂醉如泥的姑娘，一丝不挂地躺在沙发上呻吟。您凝视了一会儿，怒火中烧，却竟然忍了，狠狠地摔上门，走了出去。不久后，您去他办公室，看到他正在脱去一位姑娘的裤子，直到对方害怕地逃了出去。第三次，您正在家里睡觉，他竟然把女人带了回来。

此后，您对他产生了恐惧心理，不再跟他亲近，更不愿让养育孩子的苦差事妨碍社交生活。而他则以种种方法在家庭之外缓解他异乎寻常的性需求。

这些日记解释了为什么自我懂事起，只有你们整天吵架的记忆。

我上初中那年，父亲第一次被警察带走。那时，我真不知道是什么原因，家里没人说起，同学也无人嘲笑我。看到日记，才知道是父亲公司的值班床上死了一个女人。她服用了过量的兴奋剂，死前跟父亲在一起。父亲在派出所待了两天，就回来了。对我来说，仿佛什么事都没有发生。

当然，事情的发展并不是我能知晓的。据您日记反映，公司从此开始走下坡路，每况愈下。父亲的浑蛋变态却变本加厉，以至于您每每在日记里言辞尖刻地哭诉、谩骂、指责，甚至预测他不会有好的结局。

此时，早就远离公司的您开始记述父亲坑蒙拐骗的行径。

一桩桩，一件件，令人发指。

诈骗无法挽救父亲的公司，他把一切归咎于您的诅咒！他怪您为什么不撒手而去，他怪自己为什么没有勇气丢下一切，去爱所爱的女人。你们的争吵从唇枪舌剑升级为拳打脚踢，几次惊动邻居，数次让父亲被警察带去。

这是一段我亲身经历的日子。我很奇怪您在日记里只如实记录每一次"战争"，却从没阐述原因，甚至再也没有发表长篇议论。

此时，父亲注定要走一条与众不同的路。

您在日记里说，他想赚快钱，传统的诈骗手段已不足以让他满足。他搅进了一个期货投资公司。公司没有任何货物，账面上却囤积着各种进出口商品，自称与日、美、欧沟通着东南亚及非洲的货运，不需出门，就可以进行大笔交易。

父亲欣喜若狂，当掉公司所有值钱的东西，获准申请了一个贵宾账号，进驻贵宾室，并且接受期货交易专门训练。对父亲而言，这是毕生事业的顶峰，就在他热切地领略期货交易最幽晦的奥秘时，公司最高层却在策划一个巨大的阴谋。

公司由三人合伙注册，一个是外贸商，一个是房地产商，一个是软件开发技术员。前两个喋喋不休，却不断把钱转走，后者沉浸在后台操作，寡言少语，只看到钱的数字，却没有真正到手。事情败露后，前两者买通杀手，将技术员沉了江。

技术员莫名消失，公司一片混乱。前两者以前只会拿钱，不知公司的运作程序，慌乱之下，卷款潜逃了。

父亲瞬间跌入了绝望的深渊。

妈妈，您的日记到此结束。不知道您是因为父亲的彻底破产，而砸碎了精神镣铐，还是因为已无法从父亲那里得到生活资源，终于下定决心，远走高飞。

您以为，您是趁着我熟睡时离开的。但其实我醒着，我听见您向父亲坦陈了自己的心愿，而父亲跪在地上，哀求您留下来，说我还未成年，只有您能够教育我成才。您看了一眼我的卧床，哈哈大笑。我深感屈辱，愤怒且尴尬，但依然装睡。

好一会儿，您平静下来，冷笑一声，拖着皮箱毅然走了。我想，走出大门，您的脸上一定带着如释重负的笑容。

您走了，我终于明白了金钱的厉害。

父亲公司没了，房子被抵押了，我们被扫地出门。我失学了，看到别人吃烤饼，只能砸吧嘴，以前我觉得吃那东西下贱；每天待在网吧里，除非因欠费被赶出来，后来应聘在网吧当管理员……

我一直觉得您是因金钱而离开父亲的，看了您的日记，虽然父亲很多事对不起您，但我还是觉得您是因金钱而离开这个家的。现在，我们有钱了，有了很多很多的钱，甚至觉得那些钱只是一个数字，您想要什么，可以随便买，如果您想云太空遨游，哪个航天局愿意承接，我都可以送您去。

可以满足您所有心愿！

唯愿您能回到我的身边，我需要您的爱、您的陪伴、您的建议，特别是您跟父亲对抗的勇气和能耐。他的所作所为，我也看不过眼，却制止不了。您行吗？

第二十一章

乔爷错了，她还没哭完。

自从昏睡中醒过神来，他数度以为她已经没有眼泪可以再流，却还是有。她大哭了好多次，身体疲惫，眼睛酸痛，却仍挤得出眼泪。

她哭得身体拒绝再哭，甚至呕吐。她哭得睡着，因为实在太累了。醒来又继续哭，而现在又哭了。

其实，她终于睡了一个安心觉。终于有了一个可以倾诉苦楚，安心寄托的人。她要把噩梦骚扰，要把与魔鬼打的交道都哭出来，松弛紧绷了半年的神经。

琳琳放声哭泣。

乔爷带了个马凳靠在床边坐着，枯槁的手轻轻地拍着她的背。自始至终，他未发一语。她在哭，她在诉，或者无声地抽搐。他知道自己赢得了信任，他只需要倾听。倾听是长久压抑直至崩溃之后最好的心灵安慰。她说：

坟墓里很冷，有股气流吹过，但她不知道风从哪里来。光线阴暗，远远的穹顶上有一线灯珠，将每一道影子都拉得很长。脚下是厚厚的灰尘。靠在角落的是什么？箱子、柜子、袋子，里面全是钱……是不同的时间扛进来的吗？

还有一把铲子，长长的黑色铲把。她以为用不着这种东西，纸钞不用埋进地里。为什么会放在这里？

她闻到新鲜的泥土味，朝气味的来源转身，不远的角落有一堆土，形状正如墓地。

不……

一只手掩住她的嘴。

她尖叫。她想要尖叫，那只手掌把她的尖叫压回喉咙里。她拼了命地挣扎、扭动，却只能紧紧贴上那具丑陋的躯体。没人能够帮她。

"琳琳，我一手扼住你姐姐的身体，一手抓住她的脸，这样玩弄，然后两指插入她的喉管。我本来想为你现场表演，谁知她等不及。你要现场体验吗？"

她无助地啜泣。她自始至终被人玩弄，被人控制。现在他要对她做可怕的事。

她感觉到他的手臂在背后移动。一块黑布蒙住她的双眼，遮住所有的光线，切断了她与外界的联系。

她恐惧地呻吟着。

嘴里却被塞进一团臭烘烘的东西。他松开手，任由她跌坐在地上。

"我叫你遵守我的规则，但你就是不听，对吧？琳琳，你要知道，不随意走动，不窥探秘密，你和姐姐才是安全的。"

他一把扯起她，拖着她在脏兮兮的地板上滚。转过一条角落，闻到刺鼻的气味。除了土，一定还有别的东西，刺激性的、腐败性的东西。她胃里一阵翻滚，作呕声却被堵在嘴里。

"没错。这才是真正的坟墓。只要轻轻一推，你就会掉下去，落入墓穴里。想知道下面谁会陪伴你吗？"

他将她提起来，吊在虚空，她尖叫，却仍然只是含在喉咙里。

他又把她提回来，猥琐地抱她在怀里。他在她耳边奸笑："不急。我先让你见识一些其他的东西。"

他抓住她的手，强迫她摸向前方。她心里有种莫名的恐惧，边喘边哭，发出"嘶嘶"的哀求声。他要让她触碰的东西，一定是不祥的东西，她不想碰。

她的手先是进入一个玻璃容器，没入黏黏的液体，接触到两颗圆圆的、润滑的物体。

"你姐的眼球。"他低喃，"我把她的眼球摆在这里，让她看着你。"

他抽回她的手，塞进另外一个容器中。头发。又长又柔顺，粘着黏稠的东西。"我把她的头发连头皮剥下来了。"他嘶声说道。

他再次抽回她的手。她什么都不想触摸了，她的心脏抽搐起来，两手紧握成拳头。他却不管三七二十一将她的拳头塞入下一个容器。湿软、油腻，在她拳头周围扭动、缠绕。

"内脏。你姐的内脏。"

她的喉咙缩紧，她的心脏蹦跳。她相信自己的心脏很快会骤停。

但他强迫她松开拳头，用手指去握住那团东西。

他因兴奋而加速的喘息喷洒在她的耳畔。

"你不了解我的为人。琳琳，你完全不知道。"

她深信眼前就是地狱，深渊敞开在面前，她知道自己接下来会跌下去，再也不用害怕了。

这时，他松开了手，将她往另一个方向拖。遮眼布扯了下来，眼前金星乱冒；嘴里的东西被取了出来，空气涌入她饥渴的肺叶。

她转过身，清清楚楚地看到了他的脸。那张邪恶的、冷酷的脸庞。她害怕、恐惧，身心的惊悚使她抬不起腿。

这是个五十多岁的男人。那双布满血丝的眼珠里盈满了狰狞的笑意。

琳琳猛然从呓语中惊醒，尖叫声来到唇间，却戛然而止。她握拳抵住喉咙，奋力吸气，豆大的汗珠沿着她的脸颊滑落。

她稍一停顿，紧接着从乔爷抚摩的手下滚开，跳下陌生的床铺，怔怔地跟乔爷隔床相看。她打开每一盏找得到的灯。房里没有多少灯具。她需要更多的光亮，只有足够充足的光亮才能驱散在角落潜行的暗影。

她终于确认对面站着的乔爷，苍老孱弱、手无缚鸡之力的男人。她做了一次又一次的深呼吸，直到身体不再颤抖。

"这是我的家，不是地狱。你很安全。没人会伤害你。"

没有浸泡在液体里的眼珠，没有心脏，没有湿滑滑的肠子。

她跌坐在地。

她找不到任何解救的办法。

另一段回忆，另一道暗影海潮般地铺天盖地袭来：

她怀着甜蜜的梦想下了火车，由微信里视频过的年轻恋人接了站，上了一辆做梦都没想过会拥有的高级轿车，进入一栋高耸入云的大楼，拥进一套新装的住房。接下来呢？年轻恋人走了，出来一个五十岁的男人……

他双手握住她的喉咙，缩紧，放松，磨蹭，爱抚，害得她喘不过气。真相一层层揭开，她成了他的玩物，成了他赚钱的工具，在威逼利诱下，她交出了自己的姐姐。在她这里，姐姐成了她的软肋，成了威胁她的筹码；在姐姐那里，她成了姐姐的软肋，成了威胁姐姐的筹码。五十多岁的男人录制了虐待她的音视频，也给她播放了虐待她姐姐的音视频……

"想哭，你就尽情地哭吧！"乔爷静静地坐在对面。

她紧闭双眼，弯腰倚靠着梳妆台，手臂和双腿抖个不停。她尝到自己的胆汁，她尝到了绝望的滋味，比死亡痛苦千百倍。

她冲向大门，那里没有禁闭她的锁。她冲进了卫生间，在洗手台前狂吐。

她听到拐杖落在地板上的声音，轻微的酸甜味随之而来。他停在门口，远远地看着，枯槁的手笔直地伸向她。她敌对的反应令他脸上露出不满的神色。

乔爷说："喝一点儿吧！这东西可以抑制呕吐，比自来水好喝得多。"

她吐了口气，舀水往脸颊和脖子上拍，让自来水流入嘴里，又吐出来。这水确实带着浓浓的铁锈味。

然后，接过乔爷手里的饮料瓶，猛灌了几口。

"好些吗？"他安静了一会儿，才开口。

"拿去。"

"什么？"

"毛巾。姑娘，你看起来糟透了。"

她迟疑了好一会儿，才迅速地从他手中抽走毛巾。即便他什么都没做，什么都不能做，她忽然怕得要命。根据她的回忆，在男人面前，特别是孤男寡女的情形，女人总处于弱势地位。这半年的遭遇，冷却了她对整个人世的温情。

不过，这个男人看起来亲切多了。

除了以前偷偷潜入他家里，这次她大白天带伤翻过阳台，在他家里已经待了二十多个小时，昏天黑地地睡，昏天黑地地哭，没有遭遇任何不测，床边还摆着各种零食。

倘若他有任何不轨的倾向，她应该会察觉到。

可是，她跟那个年轻人在网上相识，网上相恋，仅仅几天就答应约会，上了他的车，进了他的家门，伤害到来前一直在轻信。

她揉了揉额头。她想要成熟的自己，想要认清现实的情形。从进入这座城市被关进这栋大楼到现在，已经过了小半年，但她仍旧无法确信铁一样的事实。

"你想吃些东西吗？"

"我梦见自己一直在吃。"她低声呢喃，"一直在吃了吐，吐了吃。"

"哦？我一直梦见自己在逃跑，跑到了天涯海角。喝些粥吧，养胃。"

他拄着拐杖往客厅走，她意识到这是要让她跟上。她抬头看着老人慈祥的面容。一般来说，天使和恶魔都有两面性，与人为善的天使并不有利于成长。父母一辈子与人为善，一直想着富养她们姐妹，却没有善终，留下她们无辜地遭受伤害。

如果早年遇到的都是恶魔，或者父母就是恶魔般的存在，或许她不会有今天。

自己的想法太过荒谬了，她忍不住心痛起来。有人说，谁都不是天生恶毒，或者善良的；有人说，人之初，性本善。过去她是个单纯善良、毫不设防的学生，而现在则成了恐惧、焦虑，对谁都不敢相信的女人。在乔爷眼里，她是什么呢，行尸走肉吗？这样就好。她只需要一个暂时安放身心的处所。

她跟在他背后，来到了餐厅，窗户灌进来的热风扑面蒸腾出一身热汗。乔爷似乎浑然不觉。他"啪"地坐上一张木椅，揭开桌上的砂锅，盛出一瓢瓢稀粥。

她环抱着自己，将胸口的玉佩捧在手心，侧头望着窗外炽烈的阳光。家乡此时跟这里一样炽热，只是空气中多了乡野绿叶与庄稼的浓厚气息，来自峡谷的清风舒爽沁人。她很想知道姐姐现在在做什么。真的被杀了吗？还是像自己一样躲着？或者，安安稳稳地坐在餐桌前，痴痴地腾空自己的思绪，享受善良的照顾？

闭上眼睛，脑海里映现出姐姐姣美的面容。

姐姐，我爱你。

"先给你吃小半碗，好吗？"乔爷关切地说。

"为什么？"

乔爷给自己盛了一大碗，自顾自地喝起来。他双眼盯着她，愉快地咽下一大口。"你饿得太久了。"

"你猜错了。我中途偷吃过你的零食。跟你说，如果你发现家里少了什么食品，那就是我吃了。"她大言不惭，"至少这段时间都是如此。以后有机会，我会还给你。"

"我从未想过要你还债。"

她尽量保持尊严，问道："你对所有人都这么大方吗？"

"不。"他不耐烦地看向阳台，"但你是第一个逃进我家门的人。"

"你会对所有逃进你家门的人都这么好吗？"

"不。如果有人胆敢对我不轨，我会报警，警察会把他抓走的。"

"你会叫警察抓走我吗？"

"如果你是骗子的话。"

"不对。"她坦言，"我不是骗子，但是逃犯。如果我留下来，会给你带来灾难。要是你报警，嗯，那就替你省了麻烦。"

"我早就发现了这点，姑娘。你仔细看看窗外，我可不是随便收容灾难的善人。"她恐惧地看了他一眼，然后看向窗外。死亡的阴影再次回到她的心里，她想逃进卧室去，果然梦魇时刻守着她。

"你第一次潜进来的那天，"乔爷黯然地说，"我就懂了你的需要，但也接受了你的无奈。"

"你跟他是一伙儿的？"

"别太早下结论。时间会摆事实，说道理，告诉你一切。你如果觉得这里好，就安心待着，我不会给自己找麻烦，也不会给你威胁。"

"俗话说，'眼不见为净'。至少这里还有一个好处，不会给你肉体伤害。"

"这不重要。"

"很重要。"乔爷说。

"那你是承认跟他们一伙儿的了？我承受的一切你都知道？难怪你听了我的话无动于衷，难怪你盯着我的一举一动？你是代他们看管我。"

他喝完碗里的粥，拄起拐杖，走向她。

她开始感觉到他的气势。他却在接近她时，熄灭了气焰。

这人不敢反抗，没有冲劲儿，说不定真的一辈子都在逃避。他的怒气稍纵即逝，面对争斗逃遁、避让，忍气吞声，甚至被人打了左脸，可能送上右脸。他无论怎么看你不顺眼，也不会当面说出来。有麻烦，有群架，他不会围观。

他的拐杖转了弯，她感觉到他的衰老。

"琳琳，忘掉它。"

"不可能。"

"该吃吃，该喝喝，睡觉才能安稳。"

"……安稳很重要吗？"

"那就吃一顿大餐，补偿自己。"

"但别再这样下去了。"他突然转身抓过她的手。看见她微微退缩，他摇摇头，"因为这样对你没有任何好处。只有强大才能对抗，像你这样一具皮包骨，一阵风就能把你吹倒。"

乔爷话里的深意，她听出来了，但她仍然无法理解。

第二十二章

丁杨真是太废寝忘食了。

"肖教导，耽误你休息了吧？"端起盒饭，丁杨低头谦恭地对肖可语说，接着抬头跟罗卫解释道，"发现情况，需要有人帮我记录，我请肖教导帮忙，行吗？"

肖可语不好拒绝，罗卫当然不能反对。他不明白，丁杨为何总是黏着肖可语，是两人以前有过交集，还是因为他来专案组，是肖可语第一个接待的？也许，这两点并不重要，重要的是丁杨的神色，那份亲昵，只能用爱慕和追求来解释。但据罗卫了解，丁杨可是"钻石王老五"，他怎么会追求一个丧夫还带着拖油瓶的女人？

丁杨可不管别人怎么看，径直带着肖可语进了机房。其他人手头都有一大摊子事，分别自顾自地埋头工作，只有尤思博快速消灭掉饭盒里的剩饭，悄悄跟了进去。

看着尤思博进了角落的隔间，丁杨有意大声跟肖可语谈论自己的网名。他入警前使用的网名是"如若初见"，今天就用"如来不来"。此时，这个名字出现在黑客论坛里，潜伏在暗中，只看不说——在搜索某人前，首先要尽可能多地了解对方，这样才不会被识破。

"这个给你。"

丁杨扭动转椅。肖可语递给他一杯速溶咖啡。"私藏的，他们没有。"

他好喜欢这种私密性，想说点儿亲密的话，却脱口而出："谢谢。"

"上次我去你办公室，看你抽屉里有这个。"她说。

他差点儿说，入警前，口袋里时刻都塞着几条速溶咖啡，每天就靠它维持精力。但是，这种逸事尽管显出他如何刻苦用功，却也暴露出他似乎有些弱智低能，没必要急于表白自己的技术靠的不是天分，而是汗水。

她在他身旁坐下，靠得很近。他闻到一股十分宜人的香气，不知这种特别的香味是她的体香，还是她使用的香水味。她拉了拉衬衣的下摆，既像整理着装，又像怕丁杨觊觎她胸口的样子。然后一手拿起便笺本一手执笔，摆出记录的架势。

丁杨注意到她投在他脸上的目光。

"我并不比你小。"他解释道，"成天待在机房里，或许比外勤民警看起来苍白些。"他与她对视了一眼，然后盯着屏幕，浏览倏忽飘过的字幕。

他说："可是电脑的辐射对人体有一定的损伤，特别是脸庞，容易生皱纹。"他在"皱纹"两字上稍稍加重了语气，却分明与他要标榜的老气背离。

肖可语好笑地说："我看你就是一个小年轻。"

"以前我也这样想。可是……"他说着，停顿下来。肖可语以为他发现了什么重要信息，抬头看他，却正好与他转过来的目光相遇，怔怔地盯在一起。

"那天……你从我办公室离去，看着你的背影，我突然意识到自己是个快三十岁的老男人，生活中除了网线和电脑，没有一个可以说话的人……我决定改变生活方式，虽然我不是很喜欢运动，还是坚持每天到健身房锻炼。"

肖可语原本觉得他前后的话驴唇不对马嘴，忽而醒悟……或许他应该在调情上下点儿功夫，起码要像去健身房一样做一些练习。

"嗯，你确实比以前强壮了些。"肖可语言不由衷地称赞道。

"谢谢。"

"而且，你敲键盘的手指轻捷灵巧。"她说完，接着问，"你有女朋友吗，要不我给你介绍介绍？"

"谢了。我有自己的……"说到这里，他停下来，专注地看了她一眼，观察她的反应，接着说，"目标。"

早晨在专案组走廊相遇时，她从他惊喜的目光里就捕捉到了爱慕，只是当时理解得比较单纯。不过，她不知道他被自己所吸引是什么原因？

她有自知之明，结婚生子，磨蚀了青春。脸蛋和身材已经没办法跟那些妙龄少女相比，也许可以称赞她拥有聪明的头脑，对警察事业的怀抱着满腔热情，但这种中性的赞美，更像是对一个女人女性魅力的贬斥。

别把时间浪费在我的身上，帅哥，她心想。我可是桩没有定数的交易。与此同时，肖可语还是明显感到了他对自己的兴趣，知道他其实很了解自己的境况。

想到这里，却令她想起了前夫，顿时情绪一落千丈。她不再说话，只是点着头，听丁杨叙说他在网安支队的经历。他反复强调，网络战场比她所能想象的要刺激得多。他还谈了混迹在论坛聊天室的生活，谈他如何与黑客较量，谈他设计吞噬病毒软件的经历。

她矜持有礼，眼神茫然地听着。十分钟后，他的计算机响亮地发出"嘟"的一声，肖可语忙随丁杨朝屏幕望去。

搜寻结果："梭哈"。

位置：论坛聊天室。

他浏览着，每当注意到什么蛛丝马迹，就喊出声，让肖可语将自己的看法记下来。

聊天室针对各个领域的主题发表专题讨论，不同的网络新闻组设置成一个个分支。眉首的提示语明令禁止讨论黑客、性和毒品等话题。可是，聊天高手却有种种手段规避这些禁令。

丁杨传输了超级搜索软件，开始畅游所有的新闻组。

他找到提及"梭哈"的那个组，仔细查看屏幕。一个名字叫"达摩克利斯之剑"的网民发了个帖子，提到了"梭哈"，附件里还有张照片。

丁杨追踪的对象正是"梭哈"。

他由此追溯到更多有关"梭哈"的信息，了解到此刻"梭哈"正在香港与深圳之间，可能在深圳湾一带的某条小街上。他曾提到附近一家酒吧的快乐啤酒节，抱怨台风带来的暴雨——根据"气象频道"的预报，深圳湾正遭受台风的侵袭。

"梭哈"活跃的IP区域也始终是这一带。他是个资深网虫，可能受过高等教育，语法和拼写非一般网民能及，完全不像一个少年朋克。而且他对流行语十分熟络，说明他待在网上的时间多，且涉猎广，几乎没出过错误。

他可能在临街的窗口前上网，刚才提到两个妙龄女郎走进维多利亚商场的内衣部，甚至可以看到女郎选购、试穿内衣。

此人在论坛里辈分很高，交谈室里的人大都称他大哥，并不厌其烦地向新手们传授黑客技术的艰深知识，对自称高手的人则不屑一顾。

有了这份认识，丁杨准备就绪，决定对"梭哈"进行追踪。他输入一条信息，敲下"确认"键。

于是，在论坛的交谈室所有参与者的电脑屏幕上，同时出现了一条信息：

"如来不来：你好梭哈兄混得如何？"

此时，丁杨在装扮别人——一位十几岁的少年黑客，肚里没多少墨水，却年少气盛，喜欢胡说八道。为了扮得更像，他有意句子间不打标点，在语法和拼写上出错。

"梭哈：还不错，小如来，我看你躲在一边很久了。"

只要登录进入交谈室里，即便不加入交谈，别的人也可对他一目了然。"梭哈"这是在提醒丁杨他很警觉，言下之意是：别糊弄我。

"如来不来：我在一个公共场所上网，周围老是有人走来走去，烦死了。"

"梭哈：你在哪里？"

丁杨看了看网上最上沿的天气栏目。

"如来不来：在义乌，风刮得呜呜乱响，吵得简直不叫人活。你呢？"

"梭哈：相隔不远，都是在大陆。"

"如来不来：大陆？有的冰天雪地，有的酷暑难当，太空泛了吧？"

丁杨转头看了一眼肖可语，说："准备好，我要单独约他谈了。"不知怎的，他每看一眼肖可语如花的脸庞，心里便狂跳不已。

肖可语点头表示同意。他感觉到肖可语似乎脸红了，心跳几乎与他同步。她羞涩什么？

丁杨键入一行字，敲击"确认"键。

"如来不来：梭哈兄 DT 如何？"

"DT"即单挑的拼音简写，就是指一对一相互发信息聊天，别人看不到他们的谈话。"如来不来"要求"DT"，说明他可能有什么非法或隐秘的东西想与"梭哈"分享。

这种事，没几个人能够抵挡。

"梭哈：为什么？"

"如来不来：不能在这里讲。"

瞬息间，丁杨屏幕上跳出一个小窗口。

"梭哈：说吧，小家伙，别无聊骚扰？"

"梭哈"做出响应时，丁杨便打开了超级跟踪软件，屏幕左下角跳出一个窗口，里面是一张中国地图。随着"梭哈"发送的小窗口的出现，跟踪软件从分局所在地向"梭哈"一路跟踪而去，窗口地图上出现了蓝色线条。

"如来不来：谢谢老兄。事情是这样的，我招惹了一个家伙，他要找我麻烦。听说你是真正的高手，或许你知道一些事情，能够帮我。"

丁杨理解黑客的虚荣心，无论怎么奉承也不过分。

"梭哈：什么事，小家伙？"

"如来不来：他的网名叫雷神。"

久久没有回音。

"快回答，快点儿。"丁杨在心里催促道，"千万别消失。我是一个被吓坏的小孩儿。而你是真正的高手，救我才能体现你高超的能耐。"

"梭哈：什么事？我是说，事情。"

丁杨看了一眼屏幕上的地图窗口，上面显示着超级跟踪软件确定路径计算位置的前进路线。"梭哈"的信号跨越整个中国东部地区。终于，它在最后一个目标停下来，确实是位于深圳湾的某个网络服务分公司，就在海湾入口边。

"找到他的网络服务所在地了吧！"肖可语也看出了门道。

"还只是一个大概地址。"丁杨说。这意味着即使告诉对方城市警方，也无法追踪找到对方真人。

"如来不来：我听说有个叫雷神的编写了一个非常强大的软件，我是指非常非常……我看到他上网就向他问起这个软件，可他不肯说。这以后我的私人空间就开始接连发生怪事。我听说他编写的这个脚本名叫'绞肉机'。现在我整个人变得疑神疑鬼。"

停顿了一会儿，然后——

"梭哈：那么，你想知道什么？"

"他很害怕，我能感觉到。"丁杨对肖可语说，"他为什么害怕呢？"

"如来不来：这个叫'绞肉机'的玩意儿，它真的能随便进入别人的计算机，看到别人所有的垃圾，我是说所有的一切，而被看的人却完完全全被蒙在鼓里吗？"

"梭哈：我认为它根本就不存在。就像是一个魔鬼传说。"

"如来不来：老兄我觉得它是真的，我分明见到我他妈的文件全都被打开而我压根儿啥也没动……"

丁杨一边打字，一边感觉到键盘凝滞了一瞬。他对肖可语说："他在反追踪。"

不出丁杨所料，"梭哈"此时开始运行他自己的超级跟踪软件，核查"如来不来"的来历。但丁杨编写的匿名软件应该能让"梭哈"的电脑误以为"如来不来"是在江浙一带。对方一定是接到了报告并信以为真，因为他并未退出。

"梭哈：你为什么要害怕？你用的是网吧电脑。他没办法进入你的文件。"

"如来不来：我今天才到这里来，因为我成绩下滑，父亲收走了我的手提，一周内不许我使用。在家里上网时键盘突然发神经似的停顿，然后文件就一个个自动打开。我吓坏了，我是说，真的吓坏了。"

一阵长长的停顿。终于对方回复道：

"梭哈：你被吓到一点儿不奇怪。我认识'雷神'很多年了。"

"如来不来：是吗，怎么认识的？"

"梭哈：是从聊天室交谈开始的。他帮我排除软件脚本的漏洞。有时也交换一些商业软件资料。"

"这个人可真的有用。"肖可语说了一句："能不能问问他是否知道'雷神'的地址，他一定知道的。"

"不行。"丁杨毫不犹豫地否决，"会把他吓跑的。"

没等丁杨回答，接着屏幕上出现一行字："梭哈：等一会儿。"

"难道他发现什么了不成？"肖可语问。

"没有下线。"丁杨说，"也许只是上个厕所什么的，别担心。追踪软件正在确认他的最终地址和常用 IP 信息。"

他疲倦地往椅背上一靠，椅子很响地发出一声"吱嘎"。时间过去好一阵子，屏幕上仍然毫无信息，他在干什么呢。

"等一会儿。"

丁杨瞥了肖可语一眼。只见她打开笨重的手提包，拿出一本讲授网络知识的书，找到有关追踪软件的页面，认真地读起来。

光标恍惚地闪动，屏幕上依然静静地等待着。

罗卫花了二十分钟时间把肖可语的记录稿仔仔细细看了一遍，没有发现有用的线索。丁杨继续在工作站电脑前编写代码，设计能为他继续搜索网络的机器人软件。

突然，他停下手，抬起头。"我们得先做一件事。'雷神'迟早会发现我们雇了一名黑客追踪他，那时他肯定会想方设法反追踪。"他转向罗卫问，"这里还有其他外联网络吗？不要跟机房的光缆有牵连的。"

"有的。"尤思博代罗卫回答。

"是隔离网络吗？"

"不是，就是普通的互联网。"尤思博说，"用户可以在任何地方远程登录，只是需要输入密码。当然，穿过防火墙是必不可少的。"

丁杨说："这样的话，我们得切断与它的连接。"

"嘿，为什么？"苏南惊讶地问。

"不为什么。"这不是网络课堂，丁杨不想多作解释。要是"雷神"用"绞肉机"进入这个网络，他会直接封杀那些联机电脑，控制所有与它联网的终端，酿成一场大灾难。

"可我们每天都要用到这个网络。"林立仁反驳道，"信息共享系统都是通过这个网络实现的，包括案件信息发布、案件当事人联络等。"

罗卫轻轻地点了点头。

"此人一定多次非法侵入过其他网络，"丁杨说，"我们不能冒这个险，让他嗅到我追踪他的信息。然后，殃及鱼池，让他进入你们的执法系统。"

"太可笑了。"林立仁说，"我们不能因为害怕而断掉自己的网络，然后驱车到其他分局去登录执法数据库。这样会留下笑话的。"

苏南想说什么，又咽了下去，只是与尤思博对望了一眼。

罗卫看看肖可语，沉思片刻后说："就这么办，任何人都不要再使用其他联网电脑。"

林立仁叹了口气。

"'梭哈'与'雷神'的关系情况不明，他没有及时回复我，一定心里有鬼。"丁杨说，"因为我已经惊动了'雷神'，他一定会发动反追踪，并使用'绞肉机'。你们都察觉不了的。"

"怎么察觉？"时髦的林警官尖刻地质疑道，"靠风中颤动的敏感神经吗？"

丁杨语调平缓地说："有道理。具体地讲，靠键盘的感应、鼠标的迟缓以及硬驱动器的声音——我先前提到过的那些迹象。"

尤思博和苏南不满地摇着头。

"不懂没关系，那就先观察一下，"丁杨道，"如果你们了解这个黑客的手段，就会理解我的用意。"

苏南抚摸着他的左轮手枪枪柄，那样子仿佛他已不太在意网络，而是把心思更多地放在如何才能干净利落地一枪结束嫌疑人的性命上。

这时，面前的电脑响起"嘀"的一声提示音，"梭哈"出现了。

丁杨迅速看了一眼聊天窗口，心里一惊，却立即平静下来，若无其事地接着回复"梭哈"。

苏南却从丁杨的脸上看出一丝玄机，打开手机的摄像功能，将丁杨跟"梭哈"的聊天记录传送给了省厅反电诈中心的朋友。

一刻钟后，他的手机响起回复音。

他一边接听，一边在纸上记录着。一会儿，虽然脸上没有露出明显的笑容，表情却渐渐生动起来。几分钟后，他挂断电话，看着大家说："我们不需要再称呼他'雷神'了，他的真实姓名叫达一路。"

"你是怎么查出来的？"肖可语惊讶地看着苏南，"你认识他？"

"不，他是网安部门挂号的黑客。不过，已经有好多年没有音信。省厅监管的领导还以为他消失了，或者已经离开网络，改邪归正了。"

苏南对着大家说。

"找到他，应该感谢丁杨在聊天记录里提到查找'雷神'地址的话。他再如何飘忽不定，四处游移，就像纲举目张一样，必然有一个纲抓着。我将'梭哈'提到的一些前科信息发给了省厅反电诈中心。经过比对，省厅在综合应用平台查到了他的情况。"

罗卫拿过他的记录，念道："达一路，29 岁，现居雁北，父母离异，高中肄业。先后在网吧、网络公司做过临时工，负责网关管理、人工智能和软件研究改造等，技术让就业的单位很满意，但多次非法侵入政府公务类网站，非法篡改系统，受到训诫、罚款等处理。"

"典型的屌丝小混混。"林立仁概括道。

罗卫点点头，接着念道："但他在网络技术上算得上一个大 V，常常通宵达旦地进行黑客攻击，还建立过网上帮派'后羿追日帮'。"

"'后羿追日帮'？"尤思博怔疑地看着罗卫，忧心忡忡地说，"那可是多年前一个臭名昭著的网上帮派，里面都是些危险人物。他们在网上的黑客帮派大比拼中拔得头筹。后来，不知道怎么回事儿，自动解散了。"

"这个'后羿追日帮'我也听说过。是几年前造成多家电信公司通信瘫痪的罪魁祸首。"苏南说，"好像还犯过几起轰动的案子，帮派解散，一定是有人受到了公安打击。"

"这种人就应该永远关在监狱里。"林立仁吐出一句。

罗卫继续说："达一路以前不叫'雷神'。他的网名是'不如不见'。"他问丁杨，"这个网名倒跟你的网名十分近似，你认识他吗？"

"听说过，喜欢上网编程的人都知道他。几年以前，他曾位居电脑奇才榜榜首。"

苏南说："这个人够狡猾，几次被抓，每次供述都不一样。直至警察深入调查，才发现他说的家庭身世都是假的。他甚至杜撰了自己的一生。他聘用到哪个公司，就盗窃所在公司的电脑部件售卖，还远程窃取、出售某网络开发公司的软件。警察调查了他先前待过的网吧、网络公司，似乎他在每家公司都故技重演。四年前，他在雁北某市被抓，取保后消失踪影，之后完全失去了音信。"

林立仁说："我们可以发函请雁北警方将他的卷宗寄过来，里面一定有关于他网络犯罪的证据可以参考。"

苏南摇了摇头，说："省厅的朋友在网上查过了，没有关于他的卷宗。关于他的信息，都是通过关联查询发现的。"

"要有原始信息，才能产生关联信息呀！是有人删除了吗？"林立仁板着脸问。

"还会有其他什么原因吗？"苏南讥讽说。两人好像约好一唱一和似的。

不过，林立仁又要开口时，罗卫制止了他，转向丁杨说："能不能把你的超级搜寻软件改一改？将'不如不见''梭哈'或'达一路'的名字加进去？"

"当然可以。"丁杨开始敲击起来。

罗卫开始给雁北警方打电话，某市正好有他公安大学的同学，经过几番转折，找到了经办人，交谈了一会儿。挂断电话后，他对大家说："那边的同人说，马上将达一路盗窃案的案卷复印一份，以机要件寄过来。"

"传输图片可快得多。"林立仁咕哝道。

罗卫白了他一眼，继续说："他会先将达一路的照片、指纹及DNA信息先发过来。不过，为防此人发现，中途截取，并沾染病毒，给我们的网络造成危害，他会将这些信息混在其他资料里一并发送。"

"难道他真是如来、菩萨，有这般法门？"林立仁再次咕哝道。

罗卫抬腕看看表，已经四点多钟，说："我们得尽快行动了。以他的行事风格，分分钟都在谋财害命，还不知道他锁定了多少目标，那些人因产生告发的念头将被封口呢！"

他回到专案组，用彩笔把记录本上的内容抄到白板上。写到"如来不来"时，他迟疑片刻，又心事重重地抹去。

林立仁走进自己的办公室，发现尤思博悄悄待在里面。

"你不觉得那个丁杨警官有些奇怪吗？"尤思博说，"他让你们关闭所有网络，却在搜索中只录入那个嫌疑人的网名做关键词。"

"你怎么这样说？"林立仁反问。

"我有依据。"尤思博登把肖可语的一张记录稿推到林立仁面前，"幸亏肖可语记录详细，你看她写的搜寻指令。"

记录稿上写着：

搜寻地址：在线交谈室、黑客网、信息服务系统、技术公告栏系统、文档传输服务站……

搜索对象：雷神或达一路、不如不见或梭哈，但不包括如来不来、金枪鱼或者丁杨。

林立仁摇摇头，说："我不明白。"

"他这样写，"尤思博说，"他的超级搜索软件就会搜索所有与'雷神'、达一路或'不如不来''梭哈'有关的信息。但是，同时提到丁杨或'如来不来''金枪鱼'时，那些信息就会被忽略。"

尤思博继续道："他在回避跟达一路的关系，但恰好暴露了他跟达一路或者'梭哈'有关系，而且不是一般的关系。同时，他让我们不要上网，就是怕我们看到肖可语的记录后，在网上搜索，发现他们的关系。"

"那你在网上发现什么吗？"林立仁迫不及待地问。

"你过来看。"尤思博说着，示意林立仁来到屏幕前。

林立仁坐在电脑椅上，一边用鼠标滚动浏览网页，一边有些担心地说："我们这是在上非隔离网络，而丁杨叫我们不要从这里上网。"

"他当然要这么说，"尤思博讽刺地应道，"知道为什么吗？因为他害怕我们发现这个……"他指着屏幕说。

"你仔细看这一页下面的备注文字。论坛里确实有很多人叫'金枪鱼'这个网名，但丁杨这条'金枪鱼'却是达一路的同伙。就是他这条金枪鱼与'不如不见''梭哈'一道组织了'后羿追日帮'。"

"该死。"林立仁气冲冲地说，"他居然乔装打扮，把我们都给骗了！"

尤思博低声咕哝道："丁杨和达一路多年前就已认识。所谓'绞肉机'和'硅谷'软件很可能就是他们联合开发的，目的就是捞钱。只是，他没想到会发展到连续杀人的地步。"

"不，"林立仁声音很轻，"这不可能。"

他虽然对丁杨有着或这或那的偏见，但对罗卫记录在白板上的信息是信服的，那都是丁杨的发现。如果此人是达一路的神秘同伙，他这么卖力协助侦查，目的是什么呢？

第二十三章

"他一定是故弄玄虚，别有所谋。"

尤思博脸上带着尖酸的笑容，显然根本不相信丁杨。

他说服林立仁，从刑侦终端侵入了执法系统的主机，使他能够像变魔术般拥有超级用户权，对黑客常常活动的聊天室翻了个底朝天。

互联网的初衷是建立一个大型学术网络，促进研究成果的交流和共享，而不是互设障碍。防火墙、加密封锁，只是政府组织和商业公司进入网络应用后，大肆推行的安全防范措施。

尤思博是安全顾问、辅警，对执法系统十分熟悉，他点击桌面网络图标，屏幕上立即显示出一个小窗：

"用户名？"

尤思博敲击二字"警察"。

"密码？"

回答："警察。"

这都是自以为安全系数很高而偷懒的做法，并非设计者的初衷。安全验证依然通行。屏幕上立刻跳出一行文字：

"欢迎你，警察。"

"哼，看来在安全方面你只能得个'D'的分数。"尤思博在心里挖苦林立仁。他浏览了一下电脑的根目录，随即发现了总 IP。林立仁虽然不懂电脑和网络，但经过初级培训，平时工作中登录系统还是得心应手，只是所有痕迹都留在电脑里。

他上载了自己编写的解密软件，开始从执法系统出发，利用丁杨提供的路径，走上搜索黑客聊天室密码的艰苦劳动……

"×的，什么破玩意儿！"尤思博诅咒着，嘴里蹦出丁杨难得骂出的话，他在责怪林立仁的终端机。他认为一线警察都不懂电脑，积累大量垃圾却不懂得清理，最容易造成死机。

这种情况他在公安部门见得多了，当面不敢说，心里却很恼火。这不，他刚进入黑客聊天室，输入"寻找梭哈"几个字，电脑莫名其妙地显得凝滞了。对计算机了如指掌的他，不明白何以会发生这种停格卡住现象。时间过得很快，怕丁杨发现执法系统在运行，他可没时间处理电脑的崩溃，至少现在不行。不过他还是把这个凝滞现象飞快地记在自己的笔记本里，就像任何一位出色的程序设计师一样。然后重新开机，重新上网。

他查看了执法系统的总 IP 机，发现即便在他这边电脑关机的时候，那边仍在继续使用他的解密软件搜寻有关"梭哈"的聊天记录。

这是怎么回事……

"尤博士，尤博士，"林立仁悄悄地打开办公室门，"罗队要带我出去，你快点儿走，别再猫在这里。"

尤思博闻言，吓得心里一激灵——罗卫掌管对他的考核权，如果他猜测的事做成了，当然会得到奖励，如果得知他不听丁杨的话，随意使用执法系统，可是会开除他的。

但他还算镇定，伸手按下隐藏在办公桌下的一个转换键。紧接着，脚步急促的副大队长罗卫便来到他的身后。

屏幕切换成公安专网的显示页面，一篇有关开展夜查行动的通知替代了他非法窃取他人数据软件的详细信息报告。

"尤博士，该立仁呈报的情况，让他自己呈报，不要惯坏了他的懒劲儿。"罗卫说。

"好。我只是学习学习上级精神。"尤思博慌不迭地点头。

精明的副大队长俯身看了看屏幕。"哦，学习学习业务是好的，不过要注意保持纪律。"

"放心吧，罗队。"尤思博应道，"我算是警队的人，规矩还是懂的。"

"我跟立仁出去办事，你在专案组守着，有事电话联系。但是，我得提醒你，最好待在机房里，好好跟丁专家学习。你要尽快提升自己，缩小跟他的差距。"罗卫这话说得不很客气，但出自真心。如果尤思博跟丁杨一样，他就不必给妻子留言求援。

"好，我一定虚心学习。"

"再说，这是跟他拉近乎的最好机会。走吧，尤博士，给他打打下手。如果你能取代肖教导，我们出门就可以多一份力。"

"这可难啰！"他抬头朝罗卫挤挤眼，颇有意味地说，"男女有别，我可取代不了。"

"我可不是跟你油腔滑调。"

尤思博缩缩头，说："好。可我得先关掉电脑，过几分钟就去。"

罗卫走到门口，回头喊道："我希望回来后，看到你跟丁杨有说有笑地待在一起。"

"放心吧，罗队。"尤思博嘴里应着，尽量不流露出失望至极的心情，他真不愿意跟一个讨厌自己的人在一起，何况他还霸占着自己喜欢的肖可语。

再次按了下"切换"键，公安专网的通知视窗退去。尤思博开始敲击详细信息显示指令，想看看究竟他的解码软件对黑客聊天室的信息搜索工作进行得怎么样了。

突然，他停下手，眯起眼睛盯着屏幕，发现有些异常。显示器上的字迹似乎比正常的模糊，鼠标的光标仿佛也闪烁不定。

还有，他敲击键盘上的字母键时，它们的反应也有点儿缓慢呆滞。

难道，真如丁杨说的那样……出了什么问题。

他让自己像黑客一样去思考。如果自己的机器被病毒入侵，程序都会命令机器通过即时消息系统向攻击者报到。他载入诊断软件，发布了一条消息，但是什么回应也没有。

他猜想麻烦应该源自终端机的老化，以及垃圾未清理造成程序反应迟缓，也可能是图像加速器出了问题。有空时，他会首先检查它。

不过，有那么一瞬间，尤思博脑海里闪过一丝丝恐惧：模糊的字母和字母键缓慢的反应完全不是操作系统的毛病，而是真如丁杨所说，是某个黑客发现了他的踪迹，在捣蛋作怪。

这个黑客侵入了他的执法系统，对尤思博搜索的信息恼羞成怒……

在达一路超强电脑屏幕的左上角，有一个小小的对话框：

绞肉机监管状态

目标："梭哈"行动，及跟"梭哈"有关的搜索活动

状态：联网

下方的屏幕上，达一路此时所看到的内容与一千公里之外的汉洲市公安局梅阳分

局里尤思博在林立仁的电脑屏幕上看到的内容丝毫不差。

自几个小时前，"梭哈"告诉他有人高价搜索他的情况，达一路就对叫"梭哈"和"金枪鱼"的角色产生了浓厚的兴趣。

达一路花了许多时间浏览黑客聊天室里搜寻"梭哈""绞肉机""硅谷"的软件资料及记录，了解到搜寻者的大致位置及软件的基本情况，令他大吃一惊。

他确定搜寻者来自雁南。

搜索软件的源代码十分高深，他似曾相识，可能来自某个故知。

"梭哈"虽然向他通报情况，却遮遮掩掩，目的是勒索，似乎知道搜寻者是谁，却不肯透露，好像对方比他更出得起价钱。

搜索的路径十分巧妙，对虚拟环境实时游戏聊天室熟悉，却又不常登录。

这些情况对他而言，似乎暗藏玄机，令他胆战心惊：有人发现了他的"硅谷"软件！

他的软件游移无踪，潜在的商业价值捉摸不定，对方是如何发现的呢？追踪的目的何在？如果跟"梭哈"一样，他们应该联手才是，而不是"梭哈"提高价码。

"梭哈"固然是一位天才并善于创新的程序设计员，这个软件有他的创意所在，但没有他"雷神"的改进，分文不值。那么，新冒出来的搜索者是谁呢？他跟这个软件有关系吗？

新搜索者给他带来的恐惧远胜"梭哈"，他恨不得除之而后快。

结合当前的情况，达一路得出结论：新搜索者才华横溢，想象力丰富，但防范能力并不强，敏感脆弱，却任性妄为。

这是一个智商前后矛盾的孩子，或者是没有发育成熟的黑客。

达一路如同许多了不起的电脑高手一样，心思缜密，却又不乏神秘主义的思想。他可以将一个对象分析得如同玻璃人，却又会怀疑对方的透明只是一种假象，就像计算机有种难以言传的超自然特性，一个跟网络融为一体的黑客，自然会拥有超乎自然的表现。

因此，达一路会多疑也就在意料之中。他在怀疑别人的同时，既自负，又对自己做出的结论和即将做的事情摇摆不定。过去的几个小时，随着他使用"绞肉机"漫游在黑客聊天室，试图捕捉"金枪鱼"的线索，他的疑心越来越重。

必须阻止"金枪鱼"，必须阻止一切可能与"梭哈"合作、阻挠他使用"硅谷"软件赚钱的行为。达一路计划用一种绝对有效的方法阻止他。

此时，他滚动浏览了更多信息。这些资料提供了搜寻者所在的位置，以及他使用的网络系统的详细数据，是"绞肉机"解密的结果。

这个网络系统使用十分广泛，享有很高的监管地位。

不仅如此，更重要的是，它在安全方面给达一路提出了巨大挑战。要是任由它活动，他将面临极大的崩溃风险，让前面的工作毫无意义。

对方使用的竟然是政府部门的执法系统！

如果不是对方主动参与搜索解码，他要单方面攻击可谓障碍重重。它的安保措施非常严密，因为政府的信息屡屡泄密，造成政府失信及国际间谍事件，因此政府加强了防范。

达一路瞥了屏幕一眼。哦，不，别这样。对方竟然长驱直入，门户大开，任由"绞肉机"搜索系统源代码及解密其中的高等级锁密信息。

不过，紧接着他又叹了口气。对方的电脑跟他一样再一次崩溃了。十分钟前才发生过。一定是那个隐藏在"绞肉机"软件中的程序错误在作怪。有时他的电脑和被侵犯的电脑会莫名其妙地停止工作，双方都得重新启动、重新开始、重新上网。

当然，这个程序错误耽误的时间也就是几十秒，但对一个黑客来说，却是不可容忍的重大瑕疵。软件必须设计得完美无瑕。他曾试图修补这一隐藏的缺陷，但因为父亲急于投入使用，至今都没有时间沉下心来解决。

片刻后，他和他的对手重新回到了网上。达一路发现对手在搜寻他的地址。

他是要绞杀我吗？达一路在心里默想。

他的屏幕上出现一个小窗口，"绞肉机"程序问："回避还是设置陷阱？"

回避那是一定的！

陷阱？达一路想起执行人提到的西苑公园后面那片荒山。他将选择键移后一格，按下"是"键，眼前屏幕立刻出现另一个小窗口：

"内容："

他键入："西苑公园的约会提前到今晚九点。"

窗口隐没。黑客聊天室出现"不如不见"的聊天窗，他在跟一个电脑"嫩仔"对话。

嫩仔：师傅，教学何时进行？

不如不见：发发短信如何？

嫩仔：我喜欢被打手板心。

不如不见：可我往后几天都没时间。

嫩仔：今晚，今晚如何？

不如不见：真拿你没办法。

嫩仔：真希望美妙的时间尽快到来！9点钟我在西苑公园北门等你。准备享受一番广场舞的旋律吗？

不如不见：……

尤思博在机房门口停下脚步，恍惚间看到一个"小"字在丁杨头上盘旋。

他环顾着空荡荡的机房，只有丁杨和肖可语两人挤在一个隔间里，他原来待过的隔间电脑没有关闭电源，屏幕右下角闪着幽幽的蓝光。他不会再去使用那台电脑，也不想关闭它，该知道的他都已经搜索到了。

关于丁杨，网上还真有不少东西。不过，除了些许怪癖，倒没有多少负面的信息。一篇家访日记，记载了他上初中时班主任跟他妈妈的对话。

班主任问："足球、排球、篮球和乒乓球，丁杨更喜欢哪一类？"

妈妈回答说："哦，他不喜欢运动。只喜欢拆东西，手工是他的唯一爱好。"

接着，班主任观看了丁杨的拆卸活，将他的手工定性为强烈的求知欲。他的这种欲望似乎在逐年按指数增长。幸运的是，班主任发现了他的这一天分，将他往物理知识上引，培养了灵巧的双手和聪慧的头脑。他的所谓拆东西就是为了弄清事物原委，而做到这点的唯一方法就是：将其拆开。到了丁杨手里的东西没有一件能够幸免于难。

小学时，他妈妈为了帮助他长身体，买了一台豆浆机。下班回家，却发现小丁杨坐在客厅里，怀里抱着那台小小的机器，兴致勃勃地仔细研究着部件。

"你知道这东西值多少钱吗？"她恼火地问。

丁杨懵懂地看着她。不知道，不在乎。

反正已经拆破了，那就任由他当玩具吧，妈妈想。可是十分钟后，它又被重新安装妥当，运转正常，并没有因为被肢解过而变好或变坏。

妈妈向班主任介绍说，对家里各种器具进行解剖，早在他五六岁时就开始了。开始确实破坏了不少东西，但是，很快他就既能拆卸，也能成功地拼装。而且拆卸对象由小件往大件发展。在弄清楚玩具中的滑轮、车轮、齿轮和发动机原理后，他对这些东西厌烦起来，兴趣随后转向电子。

初中三年里，他折腾了音响、收录机和一台废旧电视机。拆开，再装起来。没过多久，真空管和电路板的神秘感便在他内心荡然无存，求知欲开始像饥饿感一样被重新唤醒。就在这时，他发现了电脑。

十三岁生日那天，他做生意的父亲，从外面收了货款回来，带着他到一家超市让他自己挑选礼物。"想要什么尽管挑。"

"随便什么吗？"丁杨放眼宽阔的商场，摆着成百上千种分类分区的商品。

"想要什么尽管挑。"

他径直走向电器区。父亲以为他会挑最近出来的放录机。但父亲想错了，他越过了那个区域，挑了一台电脑。

那时，家庭电脑还不是十分普及，而且价格不菲。父亲沉思了一会儿，同意了他的请求。对一个求知欲强烈的男孩来说，这个选择真是再好不过了。它强大的储存功能、无限的知识储备和创新能力……那个空间广袤深邃，错综复杂，小到分子，大到仍在不断扩展的宇宙。在那里，求知欲可以永远自由自在地徜徉。

谁知，电脑一到手，丁杨首先将它拆卸开来，先看它的元件构成。这时的丁杨已经不是蒙头求知的年龄，他的拆卸显得更理性。从拆到装花了整整一个星期，

但是，天有不测风云，就在丁杨的求知欲达到高峰时，父亲死了，是被人杀死的。母亲四处求告，几乎发疯，家里的钱财耗尽，他为了照顾母亲，失学回家。

就在他情绪处于最低点时，父亲生前的一位好友了解到他的情况，把他送到一所职业技术学院学计算机，拿到了本科文凭。在学校里，他语文课和历史课根本不上，英语课和政治课勉强忍受，数学课和物理课占绝对优势。每天的绝大部分时间，他和好朋友没完没了地讨论计算机领域的种种问题。

就是在这里，他完成了一个天资聪颖的电脑爱好者到黑客的进化。

尤思博还搜到丁杨一些同学的校园回忆。他们忆起在职业技术学院度过的所有时光，在充斥着馊水味的食堂里，在自修室里，在绿色走廊上，他们讨论着中央处理器、显卡、公告栏、病毒、虚拟磁盘、密码、可扩充随机存储器，以及他们的酋长"梭哈族人"。

"梭哈族人"似乎在学院无人不晓，充满了传奇色彩，又好像是黑客的通用户名。

随后，尤思博搜到了丁杨唯一一次因为攻击政府网站被抓的经历。奇怪的是，多年后，丁杨参加录警考试，此事不仅没有影响到他，反而因为录警领导就是当年的办案人而将他特招录入了汉洲市公安局，

被抓时，丁杨才十七岁，是职业技术学院三年级的学生。大三，基础课程已经学完，有点想法的学生开始为自己的就业谋划，丁杨没什么打算，就整天待在网吧里，起了个"如若初见"的网名，在黑客聊天室聊天。这时，他认识了"梭哈族人"。

"梭哈族人"是沿海某地的一个程序设计员，日复一日进行简易、单调的编程，十分厌烦，便时刻潜伏在黑客聊天室里，像一条蛇在自己的洞里等待猎物。这么说，不表示聊天室无人聊天，而是他不屑于跟令人扫兴的"菜鸟"徒费口舌，懒得给他们做义务教育。丁杨的出现，无疑让他感到棋逢对手，从此相见恨晚，整天黏在一起

尤思博看到这里，再次利用关联搜索，发现了更多的秘密——"不如不见"，也就是达一路出现了。他加入了"梭哈族人"和"如若初见"的"舌战"，并迅速聚集了一批，聊天进行得如火如荼。一上线，随随便便就可能持续五六个小时。

"不如不见"首先意识到他们已不知不觉在网上结成了一个团伙。"梭哈族人"是头领，是真正的老大哥；"如若初见"在线时间长，宛若大哥的代言人，而且很有思想，有时"梭哈族人"还要听他的，在软件编写方面也与"梭哈族人"几乎不相上下。

"不如不见"虽不似他们那么出色，疯狂程度却差不多，在网上什么事都愿意干。

他提议结成帮派，并将他们的理论付诸实践。"梭哈族人"积极响应，说需要有

个名字，"如若初见"就想到了敢与日月争锋的后羿，提议叫"后羿追日帮"。

最初，他们尝试着侵入一些小型公司的初创网站。随后，把尝试经验付诸对网络公司的解密实践，成功盗取了某新媒体阅读平台的源代码，完成了被他们称为"试水"的黑客攻击。此后，他们发现，要发起对一个公司的计算机系统进行攻击的行动十分容易。

那时，他们十分单纯，把攻击的情况在聊天室公布。很快，更多的黑客来找他们，然后拜倒在他们的脚下。

直至他们分散后的很多年，"后羿追日帮"的名声仍传遍黑客世界。一些公司主管只要听说是这个帮派的成员，都愿意招揽到手下。因为他们都是熟练的软件编写员，对自己的许多软件甚至根本不需要编辑，把未经加工的源代码转化为软件，即可操作。

就在这时，丁杨在学校被警察带走。

他的同学在网上吐槽，负责网络监控的警察不仅没有处罚丁杨，反而夸奖说，看了他编写的程序，令人想到贝多芬的交响曲，只有天使般的头脑才能把软件构思得如此美轮美奂。

想到这里，尤思博不免有些沮丧，上千张影像从记忆深处陆续跳出来。他清楚地记得"后羿追日帮"活跃的时光，他也是这个帮派的追随者，只是始终未能进入帮派的核心。即使如此，他在之后的工作中，与人谈起编程时就会论及"后羿追日帮"，以及"梭哈族人""如来不来""不如不见"等网名，自夸跟这个帮派的渊源。

他把这些回忆放在一边，走进专案组给自己泡了一杯咖啡。组里只有他一个人。他取出记录本，犹犹豫豫地看着，对偷窥来的"不如不见"信息有些难以确定。

第二十四章

石锋睨眼看着那只脏兮兮的手套。

"这东西送到我这里也没办法。"他冷冷地对罗卫说，"我基本赞成分局痕检的看法，针织手套留不住指纹，吸汗却留不住汗，只要几天就找不到有价值的东西了。"

林立仁已经厌烦了分局痕检的啰唆，听省厅专家又是同一口吻，心里很不是滋味。他不懂技术，但对技术十分敬重，侦查中无论拿到什么东西，都会虔诚地送往鉴定中心。但这次，他真的有些怀疑，分局的技术员难道都是吃干饭的？

手套是他亲手从达摩车上拿的，皮屑是他从达摩身上抓的，怎么就没有价值呢？可是，皮屑的 DNA 不仅没有在网上做出同类比对，甚至不能证明手套是达摩的——手套上没有有效检材，检不出有效证据。

林立仁明白有效证据的确凿含义，但不明白好好的手套为什么不是有效检材呢？听说石锋是全国著名痕检专家，他才跟着罗卫巴巴地赶过来。不然，他才懒得到省厅来。他觉得自己就是一匹基层驴子，配不上机关老爷。

幸运的是，罗卫跟石锋很熟，一口一个老师地叫着，唤起了石锋对他们的兴趣。随着年龄的增长，石锋越来越好为人师，想找个得意弟子。他觉得罗卫有点儿潜质。

罗卫腾空一张检验桌，把经过分局初检的东西放在桌子上。旁边摆着种种检验工具。

石锋首先阅读分局的初检报告。物名、品牌、材质、表面花纹，还有新旧程度、缺口破损、表面附着物、内容物、浸透物。他看过报告，却并不轻信，接着戴上乳胶手套，拿起工具，细细地拆卸沾染秽物的织物，翻来覆去地辨识细微颗粒。

痕检员一生都必须保持足够的耐心，保持艰苦的研究精神。要分类，要研究，然后还要收藏，所有的一切都是为了所谓某天或许用得上。但是，罗卫和林立仁不想等着某天的到来，他们现在就想知道答案。如果石锋给不了他们，恐怕再也靠不了别人。

"手套很特别吗？"罗卫大胆地问了一句，右手拿着一把金属镊子，准备帮忙。

"特别无用。"

罗卫耸耸肩，但他的耐心比林立仁要强。

一个小时过去了，什么也没有发现。但石锋逐渐把罗卫当成了助手，说："放大镜。"

罗卫递给他一把放大镜。

"一杯水。"

罗卫环顾四周，看到器具柜里有玻璃杯，便乖乖地拿起接了一杯水，递过去。

石锋没有喝水，而是用滴管吸了几滴水挤进一个小玻璃瓶子，然后放入附着在手套上的微粒污渍，接着又加了点儿水。他晃动玻璃瓶，把那小粒污渍稀释了，接着又把稀释的污渍小心翼翼地倒进另一根玻璃试管里。

"看这个，这些都是微小的反射颗粒。"

石锋举起第一个小玻璃瓶，现在里面已经没有污渍了。"这种东西里，有彩色的微量元素，应该是污染的化妆品。给我一只显微镜。"

"化妆品？"罗卫一时没反应过来，紧锁着眉头，"我没看到有显微镜。"

石锋说："我来找。"

罗卫怔怔地看着石锋晃动的身影。石锋取来显微镜，将瓶里的污渍又漂洗了一遍，倒出一滴带色彩的样本，小心地滴在载玻片上。

在显微镜下看了一会儿，石锋嘟囔着说："口红、唇膏，或者就是粉底。不外乎化妆品。"

"真的吗？"

"当然。"石锋从显微镜旁直起身子，回到手套旁边，又仔仔细细地清理微末似的污渍。"得感谢他们没有把手套浸进水里，粗心有时也会办好事。"

林立仁感觉有戏。

"不怪他们粗心，是我不准他们做更多的检验。我想把重头戏留给您。"罗卫说。

石锋白了他一眼："讨好，还是讨打？"

林立仁没想到石锋熟络起来还蛮有童趣，迫不及待地问："有什么结论吗？"

"应该可以帮你们找到一个女性嫌疑人，或者关系人。"石锋又调整了一下显微镜，然后把第一个样本拿出来，换上了第二个、第三个。

他眼里突然闪出光来。"这个要做活检，看上去像皮下组织。我敢说你们这个对象最后一次戴这个手套时用了大力抓握东西，没有受伤，却带脱了手掌角膜。"

"被人带离时，抓东西反抗吗？"

石锋弯腰看着显微镜，问道："那可无法判断。"

罗卫有些沮丧，手机不识相地响了。是胡志远。

他快速地报告说："我和立仁在省厅刑科所，请石老师看一下这只手套。石老师发现了不少东西，确定女性使用过，上面有她的化妆品，可能还有皮屑，准备进一步检验，或许可以确定一位嫌疑同伙，或者女性关系人。对，我们发现的女性关系人太多了，所以这对我们来说不一定是好事儿。"

胡志远迟疑了一下，说："给你打电话有两件事。"

罗卫"嗯"了一声。

"黎局长还是不同意我们的提议，拒绝抽调经侦、治安、网安等部门警力成立专案组。他认为我们的证据不足。"

"但是，那些单据的查证需要经侦介入，还有涉嫌电信网络诈骗——"

"缺乏过硬的事实根据。"

"银行流水单据、达摩和娟子的谈话呢，还有电话录音。我们现在已经开始在网上追踪，而且发现了不少有用的东西。"

"那就欢迎你整理成册，提交给黎局。"

"什么？"罗卫更感觉沮丧，"他到底还想要什么呢？"

"杀人现场，相关的目击者。能证明那些女人是他杀而不是自杀的证据，能证明那个达摩是杀手、娟子是目击者的证据。"

"这就是我为什么要成立专案组的原因呀！那样我们才能详细调查，找到证据，那样我们才能抓住达摩。"

"我知道。"

"况且，娟子还一个人在外面闲逛呢，没人保护。她可是已经惹怒达摩了，随时有生命危险的。"

"我知道。"

两人都沉默了一会儿。胡志远突然伤感地说："我就是这样经历过来的，沉住气。领导的认知站在更高的高度，但我们的坚持不一定是错误的。"

罗卫不知道怎么说。

胡志远清了清嗓子。"我会派人协助你跟踪保护娟子，查找她的真实地址。达摩那边有另一个组在查。今晚会有一个全市性的集中清查行动，看看会发现些什么。"

胡志远没有说安排罗卫参加晚上的行动，但罗卫知道今晚绝对又是一个通宵，心里觉得对不起高媛，高媛还等着他回家商量重要的事。也许，还有他闻讯赶来的父母亲。

胡志远的语气里有些不放心的意思。"我想，达摩可能被惹毛了。那种人，一旦明白了娟子的意图，绝不可能把她当游戏对象……是你让她去监视、监听达摩的，现在仅仅安排跟踪，恐怕不是办法……"

罗卫说："我想放线钓鱼。"

"好吧，如果你坚持——这是我教你的。"

"别说风凉话。"

"我知道。我只是说达摩很生气，娟子很危险，说不定会发生什么。要不然你以为我派出那么多人是为了什么？我和你在一起努力。毕竟，我们已经发现了证据。哦，雁北那边发来了有关一个黑客网虫的个人信息。"

"包括 DNA 吗？"

"是的，指纹和 DNA。"

"快发过来，我请省厅专家分析分析。"

石锋心不在焉地接口说："我不是你们需要的法医，检验 DNA 得另请高明。"

"我就找您。"

"为什么？"

罗卫媚笑着说："我知道，您是法医的老师，而且最近您老正申请一项发明专利。"

石锋没有任何表情地看着他，突然灿烂地笑着拍拍罗卫的头。"小鬼头。"

罗卫迅速打开一台公安专网电脑，登录平台。下一刻，石锋面前的液晶屏幕上出现了一系列数据。石锋瞥了一眼内容，立刻瞪大了眼睛。

罗卫和林立仁低头看着他。

石锋皱眉沉思了一会儿，以令林立仁眼花的速度操作起计算机来。先是输入一系列指令，然后键入罗卫提供的标本数据，计算机进行推理解析。接着，石锋敲击键盘打字。

"性别：男性；年龄：二十五岁至三十五岁。血型为 B 型，Rh 值阳性，身高一米八上下，体格强壮，长期锻炼体质。头发粗硬，有一点儿天然鬈。国字脸，眉毛和体毛都很浓密，眼睛的颜色较深，偏黑色，视力好，不容易近视。鼻梁挺拔稍尖，方嘴、薄唇。牙齿很健康，下巴显方，声音低沉。喉结比一般人突出。没有先天性疾病。"

林立仁看着，目瞪口呆。他很想问石锋这是什么，但他明明看着石锋刚才键入了他抓在指甲缝里的皮屑的检验数据——达摩的 DNA 数据。

那么，这就是传说中的罪犯侧写。竟然通过 DNA 综合信息解析罪犯侧写？！

罗卫笑眯眯地看着，心里乐开了花。石锋的这一发现，还在研究和申报中，并未公之于众，虽不能作为法庭证据，但对于侦查却有极强的指导性。

"这些特征都正确吗？"林立仁忍不住质疑。

罗卫在桌子底下狠狠地踢了林立仁一脚，谁叫他说出这么马大哈的话来。

"哈哈……"石锋开心地说，"别说你这个小年轻不相信，老夫我刚研究发现时也颇为怀疑，但几年前美国就已经开始研究这种侧写。其协破功能已得到印证。"

"我曾经听说过，但没想到竟然可以解析得这么详细。"罗卫感叹道。

"人的特征都是由 DNA 决定，任何人都无法违抗这一点，科学早就得出结论。由 DNA 分析出这些人体特征又有什么可惊奇的呢？"

"近视是一种体质吗？"林立仁问。

"当然，是否近视取决于眼球的形状，当眼球的形状严重扭曲，水晶体就不容易调整，即使后天进行矫正，也无法充分改善，容易发生远视或者近视。"石锋说，"也就是说，眼球容易变形的，就是近视体质。"

"原来是这样啊！"林立仁语带佩服地叹息了一声。

罗卫和林立仁接二连三地发问，石锋胸有成竹地做了回答。这简直就是一个新型侦查方法的发布会。林立仁终于明白了眼前的状况，对科技将会如何提升办案能力，更加钦佩。

罗卫紧接着问："那么，以后我们不需要询问目击证人，就可以根据 DNA 罪犯侧写的结果，将凶手的容貌图像化，形成 DNA 合成照？"

石锋点点头，继续敲击着键盘，进入模拟成像系统，一片脸模在屏幕飞舞，很快拼接出一个国字脸的男人。林立仁发出了"哦"的叫声。

根据刚才的分析内容合成的男人板刷头，浓眉，两眼深邃，鼻挺、嘴方，显示出一股英武之气，完全就是林立仁看到的那个达摩。

"发型不一定准确。我只是考虑到他的发质，结合了时下的流行和脸型的搭配做出估计。他随时都有可能改变。"石锋补充道。

"太厉害了！石老师好像看到过他本人似的。"林立仁再一次发出叹息。

"是啊！"罗卫沉吟着点了点头，"神似多一些，脸部的丰满层次不如视频里的人。"

石锋沉默地看着他们。

"这就是DNA罪犯侧写与根据人的记忆拼凑出五官的罪犯合成照的区别。听你们两人的话，你们应该看到过此人，这就是说我的侧写还是基本准确的。"

"图像是很出色，但是，这样描摹凶手的印象没问题吗？"林立仁说。

石锋似乎没听懂他的话，侧头疑惑地看着他。罗卫用手肘捅了捅他。

专家却没有生气的意思，问："有什么问题吗？"

"我们在办案中一般避免使用合成照，而是重视用素描画罪犯肖像，原因是目击者一旦看了像照片一样明确的图像，就很难再对其他的脸产生反应。维持某种程度的模糊，效果更理想，这是常识。"

石锋点点头，露出了苦笑。

"我理解你的意思。"他转头看向罗卫，"所以，目前我的发现没有付诸司法实践，但如果侧写照片的正确性没有问题，将成为侦查极有力的武器。"

林立仁咧嘴笑了笑。

"可是，光凭这些信息对我们破案还是没什么帮助。"林立仁用下巴指着电脑屏幕。"我们原来就有这个人的视频。"

"那就只能怪你这个人性急。"石锋说，"我的侧写还没做完呢！"

"还有更多的信息？"

"容貌描写是次要的，接下来才是重点。"石锋瞥了一眼两人，"真正的研究成果在这里。"

石锋敲击着键盘，屏幕上出现一行文字，是对象的性格特征。

"对象的性格谨慎多疑，善防卫，忍耐力强，喜怒不形于色，战斗型人，可能成为团伙首脑，也可能独来独往，反社会等级较高。"

键盘的声音噼里啪啦地在室内回响，林立仁陷入了沉默。

"可以请您解析一下另一份数据吗？"罗卫说。另一份指的是从雁北省发过来的"不如不见"的血样。

石锋看了他一眼，似乎有些无可奈何的样子。

"这个人年龄、身高、体质跟前面那人差不多，血型一致。高额，细眉，眼小显得有些阴鸷，椭圆形脸，俗称马勺脸，阴沉多虑，善谋划指挥，执行力不如那人。”

林立仁翘起了嘴角。

“书上说每个人的DNA是终身不变的，但我仍有些怀疑。”罗卫说，“这也许是一个愚蠢的问题，但我真的有些怀疑。经过七八年的成长，一个人的DNA数据真不可改变吗？”

石锋饶有兴趣地看着他。

林立仁更来劲儿。“是啊，长相差不多，血型一致，性格难道不会随着磨难挫折、人生变故而变化吗？DNA数据难道不会因输血之类的而变化吗？”

距清查行动还有几个小时，罗卫决定回家陪陪高媛。正是下班高峰，路上车很多，很挤，他听着爵士音乐，一边哼着小曲，一边用手指敲打着方向盘。周围是一大群高档轿车，他的奔腾夹在中间显得有些寒酸。他暗暗自嘲，任您车子多好，在这样的下班途中，反正无法踩下油门，看着里程表上的数字飙升。

车速上不去，可罗卫的思绪却在飞奔着。

上级仍旧没有同意成立综合侦查专案组。丁杨援助了几天，虽然发现不少关键的数据，但并不能跟汉洲发生的自杀案件联系在一起。达摩没有承认自己涉嫌杀人或者诈骗，但无论如何都不会是清白无辜的。

网上飘忽不定的“不如不见”，有重大犯罪嫌疑的达摩，提出控诉又胆小怕事的娟子，或自杀，或出走的投资亏损妇女，以及……种种线索、情报到底能否联系在一起呢？

获取了达摩的DNA，却没有查获他的姓名和相关资料，即使有他的性格解析又能怎么样呢？他跟林立仁提出达摩和“不如不见”会不会是同一人的疑问，却遭到了石锋的大肆嘲笑。

他继续应和着爵士乐，哼着小曲，用手指打着拍子。

突然间反应过来前面的车已走出老远，后面响起一片喇叭声。他想飞快地奔回家，钻进自己的小窝。真的，他现在只想回家，陪着自己怀孕的妻子。

案件不顺，夫妻间无聊的争执真的够了。他其实可以立马解决这件事。他可以请调到警令部去，上班与妻子楼上楼下，下班与妻子同进同出，即使加班，也可以在一起，材料是可以在家里写的。顺应妻子，没什么不好，更有利于下一步职位提升。

然后，妻子会更加温柔，更加体贴，更加琴瑟和鸣，举案齐眉。高媛心情好了，更有利于孩子发育。他们会建成一个真正的“五好”家庭。

终于到家了。高媛的小MINI车不在。他走进客厅，空空荡荡，没有灯，没有饭菜香味，连水杯都是空的，茶几上的便笺没有字迹。

七点多钟，他打通了高媛的电话。这期间，他四次拨打她的手机，都是占线。他亲自下厨，做了两菜一汤，蒸好了米饭。

　　"回家吃饭吗？"罗卫控制着自己，"晚上要搞清查行动，可能回不来。所以，晚上要吃好点儿，把能量补齐。要不要我来接你。"

　　"不用了，我也一样参加行动。管好你自己。"

　　"我做了你最爱吃的酱汁鱼，还有西红柿蛋汤。"

　　"吃不完就留着吧，我会料理自己。"听口气，高媛有点儿生气。罗卫明白高媛的意思，不说话了。高媛也不说话，沉默持续着。

　　"丁杨忙了几天，案子仍没有突破。"罗卫小心地说。

　　"我知道。今晚没有安排他参与行动。"

　　"谢谢你……"

　　"案子重要，早点儿去，别等我。"

　　沉默了一会儿。

　　"我们不能一直这样，你懂吗？"高媛突然说，"你工作到很晚，我工作到很晚。就在半夜见一面，或者十天半月不见面。这过的是什么生活呀？"

　　罗卫轻柔地说："我们以前就估计到了这种生活。"

　　"是的，你有道理。但有的时候要能学习选择更好一些的东西。"

　　"我不是已经答应你了嘛，只是还需要些时间而已。"

　　"哦，你这么有耐心，是想显得我不讲道理。"

　　高媛声音里带着赤裸裸的敌意，罗卫很震惊。他又不敢说话了，感觉自己好像进入了雷区，根本不知道应该怎么办。

　　"就按你的意愿办吧！"高媛尖声说道，"我很忙，就这样。"接着就挂了电话。

　　罗卫胃口全无，坐在沙发上生闷气。

　　手机响起的时候，他想都没想就接了。他觉得可能是高媛。她也许觉得刚才的话太伤人，静了一会儿打过来向他道歉的。

　　但是，电话那头没人说话。

　　罗卫明白了。

　　他急切地起身，找到纸笔，然后又在手提包里摸索，想找到小录音机。

　　"你为什么放过罪犯呢？"电话那头问道，声音尖利，音量却很低。罗卫觉得电话里传来的声音仍然是网络变声，或者经过了电子设备处理过的声音。

　　"说吧，有什么要提供的。"罗卫慌乱地打开手机的录音功能，又找到录音机打开。

　　"我以为你们会抓住他呢！"声音显得十分暴躁，显露出说话人的性格特征。"你们为什么不采取行动呢？"

罗卫冷静地说："你是谁？你和我见一面吧。面对面谈出你的想法，我会帮助尔。"

他忍着没有问："你是娟子吗？"他估计对面是娟子，但也可能另有其人，甚至就是罪犯。

"'这一切都是我的。'他说，'谁妨碍我夺取，我就杀了谁。'他们掌握着最新的科技，他们是这个社会最顶尖的人物，就该拥有最好的。"

"告诉我你的姓名。我需要你的地址、电话。我会把你列为最能干、最有力的线索提供人。我会帮你保密，给你最高的奖励。"

但是，对方根本不听罗卫说话。

对方好像更加生气，好像在自言自语，对方的声音变得更加尖锐："你为什么不努力去找，去抓他们呢？你不是经常谈职责吗？他们犯下滔天罪行，你却不管普通人的死活，放任他们逍遥法外！你不抓他，他也不会放过你的。别说我没提醒你。"

"吴美凤、刘群。"罗卫谨慎地说，"还有其他女人……我知道他都干了些什么，但是我需要证据。他到底对她们做了什么？他是怎么做到的？如果你帮助我找到证据，我就能阻止这一切发生。"

没有回答。好一会儿，罗卫在电话里听到的只是沉默，只是一些急促刺耳的干扰声。当罗卫就要放弃的时候，电话里说："我会消失的。"

他犹豫了，然后下了一个赌注："你是说像吴美凤、刘群那样？"

"不一定！"电话里传来了哭泣，"他要我跟他一起来报复你，还有你们的人。我不知道该怎么办。但我知道，他一旦下定决心，你阻止不了的。"

"那你和我见面，告诉我他要怎么报复。帮助我也是帮助你自己。"

"不行，太晚了。你救不了我。但我希望你把握住机会，一定要抓住他，杀了他。"

"我不明白你什么意思。"

"在他动手前杀了他。"

电话里的语气突然充满了期盼，充满了感情。"我知道爱的滋味，我也想有个好家庭。他在调查，他说你有个好家庭，他要让你伤心，让你破碎。他亲口对我说的，我不希望这样的事发生。我希望你救自己，或许你救了自己，就能救下我。我想活命。"

"来吧，让我们见上一面，告诉我更具体的信息，我会好好感谢你！"

"不用了。"声音变得很低，像远去的潮音，终于挂断了。

罗卫给高媛打电话，问她在哪里。高媛正在支队机房里。他让她注意安全。她说她不用出外勤，待在机房比国家元首还安全。

罗卫听出高媛的不满和嘲讽，想想自己去支队也没用，说不定引得高媛更加生气，便出了家门，坐电梯到负二层停车场去。

停车场很安静，他沿着狭窄的人行道走，到处是压抑的承重廊柱，程控灯忽明忽暗，留下一块块暗影。不知哪里吹来的风，带着一股子闷热。罗卫看了看身后的影子，加快了脚步。

寂静，真是太静了。他掏出车钥匙，有意弄出哗啦声响。

影子越拉越长，一直跟到了停车场的奔腾小轿车旁。他右手放在腰部的枪柄上，检查了轿车里面，又检查车后座和后备厢，然后放松下来。

他钻进驾驶室，关上车门，第一时间锁上所有的车门。他能感觉到自己的手在颤抖，心里想的却是高媛的安危。

驾车来到路灯辉煌的大街上，罗卫拨通高媛的手机，却又不甘地挂断了，想给她支队领导打个电话，却又怕引起更大的反感。忍了忍，悄悄地对自己说："没事儿，也许只是一个威胁电话。这种电话你接得还少吗？高媛是安全的，一切都很正常。"

但罗卫不知道自己到底是在安慰谁，是在安慰高媛还是安慰自己。

第二十五章

晚上八点半，达摩终于发现了娟子。

令他吃惊的是，她正在勾引一个老年男人。要知道，她已经怀孕二十多个星期。

他一直在找她。各类娱乐场所，各种她这种人可能待的地方，甚至跟踪监视与她同类的女人。他去了偏街小巷，在一些茶座、咖啡馆一坐就是几个小时。他一边搜寻，一边在想娟子是否跟他一样，躲在暗处，也在寻找他呢？只是她的背后可能带着警察。

要是这样，他决定首先逃命，如果不能就袭警，他没有别的选择余地。过了一会儿，他来到车站广场背后的花园里。这里花树成荫，灯光迷蒙，三三两两的男女卿卿喁语。

接着，他发现了娟子。

一开始，他怀疑自己看到的事实。一根双人木凳上叠坐着一对男女。男的斑驳白发，妙龄女人坐在他的大腿上。男的很拘谨，两手抓着凳沿，激动得慌里慌张，不过还是在慢慢往女人身上移。

男人的手一挨到女人腰，女人便嘻嘻地扭过身，似乎在向男人索要东西。达摩看到了女人的脸——娟子——那张脸的主人他非常熟悉。

出门时，达摩化了妆，几乎化老了四十岁，这意味着娟子认不出他来。但他必须让娟子认出他，把她吓得逃走，这样他才有机会。可是，他知道，在车站广场这种人群聚集的地方，要追上一个女孩更不容易。如此，达摩就会输掉这一轮游戏。

这是他绝对不能接受的，酒吧遭遇再也不能重演。

倘若让娟子无意中发现他，而他装得让娟子认为他没有被发现，而后，娟子想悄悄溜走，而他却悄悄地跟在身后，显然这是有可能的，而且是他成功抓住她的最大概率。

他正在考虑如何实施这一计划，怀里的手机"嘀"了一声，一个信箱图标闪现在屏幕上。这是在提醒他有重要邮件。

他猛地感到一阵激动，每次有重要邮件他都会这样。这种反应在他看来意义非同寻常，它是"雷神"——不，应该是达一路——事业发展的重要里程碑。

他在一个冷漠缺爱的家庭长大，然后像累赘一样跟着别人生活，这样的成长环境，使他养成了冷漠、疏远的性格。对任何人都一样对待，包括家人、同学和为数不多的他曾经试图建立关系的人。可是达摩对达一路的深厚感情表明，他并不是一个感情麻木的人，在他内心深处有一个巨大的爱的源泉。

因为急于看短信，他躲进一棵高大的桂花树下，点击手机屏图标。

眼前跳过一个个清晰的字眼。突然，笑容从他脸上消失，他呼吸急促，脉搏加快。"哦，什么鬼。"他喃喃自语道。

邮件的大致内容是警察追踪他的速度远比他预想的要快得多。警方不仅认定两起坠楼并非自杀，而且发现了他与娟子相处的深层原因。

随后，他看到了"西苑公园"几个字，脸上闪过阴鸷的光，真是想什么来什么。

对他来说，这是一个前所未有的挑战。

达摩从桂花树下闪出来，飞快地跑过老男少女缠绵的木凳，来到停车场。

他开的是一辆刚从某小区地下车库偷来的丰田。他知道该车主人最近不会使用它，决定借用后再还回去。每到一个地方，他都使这一招，这样不会暴露自己的踪迹。他打开装着私人物件的驴友背包，从里面拿出一把黑色、生锈的军刀。然后坐进驾驶室，就着挡阳板的小镜子修改了自己的化装，变回了年轻人。

十分钟后，他开着偷来的丰田佳美，往西驶上了梅阳大道。

夏日黄昏的霞光逐渐远去，变淡，褪成一个模糊的不愉快的影子缩在记忆的角落。

尤思博骑着电动车，在宽阔的梅阳大道上奔跑，两旁鳞次栉比的高楼像不远处的雁麓峰一样起伏。离立秋只有几天了，白昼已经大大缩短，他下班时离开分局，刚走了一半路程，夜雾便笼罩了城市，他的感受和乘飞机穿越夜空一样，忐忑里有一分期待。

尤思博此行的感觉就像一匹受到猎豹威胁的狐狸，自觉选择奔逃，却又是茫然向前，迫不得已。这种做法他小时候十分熟悉，他自负、自傲，容不得别人比自己强，不自觉地选择跟别人攀比，不自觉地自我加压，盲目努力。

他超过了一群群骑车下班的民工，身旁汽车呼啸，放眼看见了雁麓峰下又一座小小的蓝幽幽坡地，那就是西苑公园背后的山林。

他生平第一次骑电动车走这么远的路程，自东往西，自黄昏到黑夜，几乎欣赏了整个汉洲城。随后，他顺着急转弯的岔路口离开梅阳大道，朝梅苑路开去，建造在山腰上的一座座豪华山庄早已取代了早年的农舍。但在这瑰丽的景色中，尤思博只想着一件事，他将见到那个传说中的黑客"不如不见"。

此人的故事影响了他近十年的生活。他更没想到网警丁杨就是"不如不见"的同伙，他们曾同是"后羿追日帮"的三叉戟之一。从内心里讲，他有些妒忌丁杨，却又对发现丁杨是嫌疑人的同伙而感到欣慰。

要揪住丁杨跟"不如不见"同伙的尾巴，要揭开丁杨跟"不如不见"协同犯罪的罪恶真面目，首先就要抓住"不如不见"，让"不如不见"来揭发，更有说服力。这就是他一意孤行赶往西苑公园的原因。

然而，随着他往前行驶，透过迷蒙的夜色，望见前方西苑公园背后的荒凉山坡时，对此行的胜算顿然消失。说是公园，却只对公路沿线的树林进行了修整硬化，装上路灯，再往坡地进去，仍是一片荒芜的原始次森林。

夏末的公园前坪，汇聚了很多散步、跳广场的中老年人，再往里走，虽然仍可以看到寂寂的凉亭，却已是空无一人。

他停好车，戴上墨镜和一个黑色口罩，那都是林立仁从自己购置的装备里送给他的。他疾步穿过草地，脚下不时地惊起蚊蝇。他很失望，因为眼前根本不存在向黑客讨教的年轻人。不过，在公园南端，有两座灯光暗淡的凉亭，坐着两对卿卿我我的情侣。

可等尤思博走近，却发现那情侣，已不年轻，再过去已是人迹寥寥。

他停下脚步，俯身环顾四周。北面还有两人，一位是遛狗的老妇，另外一个是中年商人，正在用手机跟人聊生意。他们显然都不会跟黑客有关系。

尤思博想起黑客聊天室里的对话。讨教的年轻人显然不会进入荒芜的树林，任谁都要防备陌生人的攻击。他决定在草地里潜伏下来，如果能看到讨教的年轻人，再追踪黑客，应该轻而易举。

南北凉亭的情侣和老妇、商人渐渐散去，四周一片沉寂。

不知道是否因为闭着眼睛，他发现其他感觉变得敏锐了，灰尘的味道似乎变得很强烈，微风的声音也传入耳朵，还可以听到虫鸣声，感受到夜色的清冷。

尤思博认为也许这就是和自然同化，平时因为周围充斥了太多信息，所以才会无法察觉周遭的大自然如何变化，对很多事情视而不见，充耳不闻，摸而无感。

就在此时，尤思博发觉附近有人走动。

五十米开外，一个年轻人正鬼鬼祟祟地穿过灌木丛向南凉亭走去。他神色不安，一副疑神疑鬼的样子。

尤思博弓身躲进一片迎春藤下，心脏像老式拖拉机一样吭哧吭哧地扑腾。他知道，这个人可能就是那个讨教的年轻人，黑客说不定就跟在后面。

讨教者果然不到二十岁的年纪，红色 T 恤，蓝色牛仔裤，脚蹬运动鞋。

接着，北面的灌木丛里闪出一个青年，二十七八岁，灰色衬衣，黑色长裤，看不清面目。板刷头一丝不苟，胡须剃得干干净净。

案卷上说他善于化装。那么，此人说不定也只是伪社会角色……

接着，青年的衬衫被夜风掀起，尤思博看到他长裤的皮带上鼓鼓囊囊地突出，那一定是短刀柄，甚至手枪柄。青年很快把外衣拢紧，继续往北凉亭去，走进幽暗处，向外张望。

尤思博继续隐蔽在原地。

他紧急拨打梅阳分局指挥中心"110"，自称刑侦大队的林立仁。接警员有些迟疑，再一次核查他的警号。

"010869。"尤思博小声说出林立仁的警号。"发现了一桩凶杀案的疑犯，请求增援。地址是西苑公园西侧树林，有南北两座凉亭。"

"收到，869。"接警员回答。

"嫌疑人是否带有武器？"

"我看到他腰部突起，不是手枪，就是短刀。"

"驾驶车辆吗？"

"这是公园深处。"尤思博回答，"如果他驾了车，大约停在公园门口。"

接警员请他密切观察，切勿轻举妄动。尤思博盯着青年，紧紧地眯着眼睛，似乎那样便能将对方盯死在原地。他小声催促接警员："最近的处警队赶来要多长时间？"

"稍等，正在紧急联系。好了，他们会在十分钟后赶到。"

"没有更近的快警平台吗？"

"西苑公园在西郊，派的已是最近的快警。你能跟住他吗？"

"好的，我能。"

就在这时，青年离开了南凉亭，沿着灌木丛躲躲闪闪地向年轻人走去。

"嫌疑人在不断移动，指挥中心。他正从公园西侧的南凉亭往北凉亭走。北凉亭还躲着一个年轻人，我想他们是同伙。我会跟紧他，并随时向你们通报。"

"收到。请注意安全，快警已经出发。"

借着树林和灌木丛的掩护，尤思博轻轻地往北移动，离开原来的灌木丛，往北凉亭靠近，却又不能让罪犯看见。他是要跟年轻人会合吗？他们到底是什么关系？

尤思博看了看腕表，时间刚过去两分钟，青年却跟年轻人只有五十米的距离。他想再打个电话，告诉指挥中心，请快警从南北两侧悄悄包抄。但他并不知道，处理这类事应该有些什么程序。林立仁应该是清楚的，如果请林立仁一同过来，他就不至于如此担心。

但他害怕林立仁不相信，更不会让他参与。他只是电信公司派驻的网络安全顾问，无权参与侦查，也没有现场自我保护能力。

他低头瞧瞧自己捏在手里的橡胶警棍，那也是从林立仁办公室拿的。临出门时，他给罗卫写了一张字条，告诉他心里的猜疑，以及自己此行的目的。如果自己遭遇不测，那一定跟他在网上发现的嫌疑人有关系。虽然这一切不是他的职责，但他觉得自己应该这么做。

接着，透过迷蒙夜色，他看到隐隐的手机屏幕亮光。青年从口袋里掏出手机，正在看微信，然后点点画画，大约写了一段文字，发送了出去。

接着，青年收起手机，回头朝南凉亭方向走去。

什么鬼，他要返回到哪里去？尤思博想。难道有人通风报信，要从我的眼皮子底下溜走……

尤思博决定孤注一掷。他要做一件以前从未做过的事：跟踪追击，伺机偷袭抓人。

罗卫在集中行动途中，碰到前来督查的分局局长黎政。他抽空汇报了怀疑吴美凤坠楼涉及电信网络诈骗的情况，特别详细介绍了他接到的几个匿名电话。

作为刑警，收到死亡威胁是常事，但黎政听了罗卫的汇报，脸色凝重了。他倒不是担心罗卫受到的威胁，而是意识到了威胁电话背后的复杂性。

黎政的问题仍像往常一样实用："了解打电话的人吗？"

"我揣摩着是娟子，但真的无法确定。"

"废话。那就继续调查啊！你和那个人已经通过三次电话，有了三次调查机会。"

罗卫现在明白了：局长是个凶悍严厉的家伙。"嗯嗯，打电话的人使用了网络变音，能熟练地操作电脑，来电显示使用了欺诈软件。"

"还有呢？"

"打电话的人很熟悉汉洲的情况，知道公安机关的常用报警号码，这个并不难，除了110，电视报纸公布过举报电话。但是，"罗卫考虑了一下，"打电话的人怎么知道我的手机号，外人不容易弄到。"

"还有别的吗？"

"我之所以不能确定是娟子，是因为语调听起来像个男性，但也有可能是电子变声的原因。不管怎么样，一定是喜欢上网的年轻人。对话中常出现一些网络流行语。"

黎政点点头。"有见地。"

"虽然经过电子变声，但可以听出地方特色的方言用语，我判断是当地人。时间上，傍晚、后半夜都打过，今天是吃晚餐时间。所以这人可能是自由职业者，或者工作有计划的人，或者无业人员。"

"这和你猜测的上网青年是吻合的。"

"嗯。"

"他的动机呢？他为什么要打电话？为什么要给你打电话？"

这个问题罗卫翻来覆去想过很多遍。

"第一次，打电话的人让我听了虐待要挟某个女孩的录音，当时估计受虐者是李花花说到的娟子。但事后证明，李花花跟娟子是同一个人，我认为受虐者跟娟子一样有重大关系，她本人就是一名受害者，想提供线索，想吸引我们的注意，让达摩受到惩罚。第二个电话像是警告。应该还是想提供帮助。我怀疑她就是往肖可语车上和办公室投信封的人，他一直想帮助我们，想用账单提示我们。"

"今天的电话呢？"

"埋怨。"罗卫不假思索地说，"自他提供线索以来，我们的侦查工作让他失望了。或者是他觉得自己尽力了，我们却没有抓到达摩或其他嫌疑人？他仍然在提醒我们，罪犯在要挟他，要伙同他以我或我的家人为目标……"

黎政的脸上露出了一丝淡淡的笑容。"听上去确实像个孩子。"

罗卫点点头，没有吭声。

局长没再说话，好像在沉思。

"打电话的人有没有可能跟嫌疑人混在一起？他的威胁是混淆视听，干扰办案？"

"不排除这种可能。"

"但他说的是破坏你的家庭，没准儿针对你的妻子或父母。但不知这是罪犯的意思，还是打电话人的臆测。如果罪犯要杀你，他怎么可能告诉一个可能告密的人？如果打电话的人是要转移视线，他的阴谋是什么呢？"

"我是案子的承办人，"罗卫慢慢地说，"从一开始，就是我在查坠楼的事情，打电话的人一定知道，甚至隐约知道娟子的事情。所以，我觉得他说这话是有针对性的。如果说转移视线，那他针对的人是谁呢？肖可语吗？"

"你说你把联系卡给了娟子？"黎政接着盘问。

"她原来自称李花花，请求我救她的朋友娟子。她知道我的手机号码，知道这件案子的很多内情，但她似乎有难言之隐。而且，"罗卫想了一下，"考虑到我们利用她引诱达摩出现，却又没有抓住他，让她置于危险之中，她完全有理由埋怨我。但是，她多次跟我见过面，不管她想解决什么问题，采取匿名电话的方式似乎不可取。"

"但是呢？"

罗卫耸了耸肩。"隐藏来电显示，本身是一种欺诈。电话里说的都可以当面告诉我，何必这样遮遮掩掩呢！"

"不好意思？"

"怎么可能。"

"害怕被人查询？"

"电话联系确实比当面告诉我风险更大。不过，像她那样的女孩，性情难以捉摸，你又怎么揣测她的心思呢！"

"你觉得她是认真的吗？"黎政很淡定，"你觉得你家人有危险吗？"

罗卫思考着，他当然不怕什么，要是以前，他也不用太过于为高媛担心，但她现在怀着孕。"威胁对我没用。"

"我会跟网安支队说，请他们关心高媛的安危。"

"谢谢局长。不过，伪造家庭妇女坠楼自杀的事件，跟杀害一名警察不一样。我总觉得这是有人在耍花招……打电话的人、幕后罪犯，是不是把我当成了他们棋盘上的一颗棋子。我认为他们在下一盘大棋。"

"你这是正式向我汇报吗？"

"算是吧！如果你不怪我越级，我明天可以给您一份书面的，附上相关证据。"

"你想要我做什么？"

"我只希望，您能同意成立专案组，增派其他专业人手。"罗卫期待地说，"打电话的人，不管他是谁，都透露出了很多构成犯罪的信息，谋杀吴美凤、刘群、电信网络诈骗、绑架要挟、预谋袭警等。如果抓住他，没准儿能帮助我们找到线索。因为娟子吞吞吐吐，她害怕、逃避，似乎认命了，我在她身上挖不出证据。"

"我喜欢这股子冲劲儿。"黎政说。

这句话比任何表扬更有用，罗卫终于松了一口气。

罗卫接着严肃地说："我觉得丁杨一定能查到关键线索，我觉得达摩还会继续伪造自杀事件。娟子还在外面活动，她很危险。现在，我们需要找到她，将她保护起来，并通过她寻找达摩。达摩恐怕还不是这个案件的始作俑者。"

"好，你准备一下。明天一早我来刑侦大队听取详细汇报。"黎政说，"我还希望能跟丁杨见个面。"

"好的，他今晚可能整夜待在分局的机房里。"

尤思博沿着低矮的灌木丛匍匐前行。

那个黑客在沙石小路上快步往南走，猫着腰，两手却插在裤兜里。很好，尤思博心想，两手受到限制，就没那么容易做出防卫。

接着，他又担心起来。如果他捏着手枪放在裤兜，怎么办呢？

留神点。他叮嘱自己，面临危险走为上策。

别忘了他是穷凶极恶的坠楼案制造者！他的阴谋诡计，他的强悍，或者还有其他不为人知的协助工具。

或者，他可能突然转身撒腿逃走。对此，尤思博还没有想好采取什么对策。追当然是必要的，但他不一定追得上。

他没有参与过抓捕罪犯，虽然听过很多同类的故事，看过电视、电影，里面的追捕者每次都是九死一生，至少是伤痕累累。

受伤他不怕，说不定因此立下大功，特招他正式加入警队。

这时，尤思博朝黑客靠近了一些，脚下是厚厚的青草，掩盖了脚步声。

两人分别走在小径绿化带的两侧。借着高过人头的灌木掩护，尤思博小心翼翼不让对方注意到自己。偶尔透过灌木和缝隙，他斜眼打量黑客的脸，心中感到十分的好奇，这个青年不像十分聪慧的人，他凭什么成为拔尖的黑客，还犯下这一系列可怕的罪行。这种好奇心好似他钻研软件代码，或为刑侦队调查案子苦苦思索时产乍的好奇心，不过，此时的好奇心更加强烈。因为，即便他深谙计算机技术，而且了解这门科学所可能导致的犯罪行为，眼前这个人对尤思博来说依然是个难解之谜。

如果不是那把刀，还有那把可能存在的、可能被插在裤兜里的手攥着的枪，这个人看起来倒憨厚可爱，几乎称得上是老实人。

尤思博在裤腰上擦去手心的汗水，把警棍握得更紧。眼前这次行动完全不同于追踪潜伏在公共网络机上作案的黑客，那里最大的危险不过是系统崩溃，或者烧坏终端机。

近了，更近了……

再往前面走出十来米，他们脚下的小径就要交会在一起，尤思博将无处隐蔽，采取行动势在必行。

有那么一刹那，他几乎丧失了勇气，停下脚步让对方过去。他想起正在追求的女朋友，想起父母和正在读初中的妹妹。这不是他的职责，他对此感到陌生、茫然和束手无策。

他想：只要跟着这个黑客就好，等着快警赶来，一切就完了。

但尤思博随即想到吴美凤、刘群，那有其他可能没有查证的惨死在罪犯手上的几条人命，如果今天不叫他落网，他还会非法掠夺更多的财富，导致更多的人丧命。

这也许是抓住他的唯一机会。

他想再次拨打指挥中心"110"，但已经来不及。前面几步，他脚下的小径就将与黑客凶手脚下的路相交在一起。

五米……

四米……

三……

他的肾上腺素急促地分泌。

先警告，再吓唬，趁他麻痹时，用林立仁的警绳将他捆起！

但更要加倍小心他插在兜里的手。尤思博提醒自己。

一只野猫蹿出灌木丛，黑客闻声一惊，转头一看，自我壮胆似的发出哈哈大笑。

此时，尤思博无处可藏，从树丛里一跃而出，拿警棍当枪举起，大声喊道："不许动！警察，把手举起来！"

那人猛地转身面对尤思博，小声嘟哝道："妈的，我去。"

一时间，他的动作有些迟缓。

尤思博背着远处的路灯而立，朦胧中那人看不清他手里的东西。

"举起双手，不要动，否则我打死你！"

那人乖乖举起了双手，尤思博紧张地盯着他的右手，手心好像攥着什么东西！

那是什么？

尤思博立刻紧张起来。随后，他看清了，那是一串挂着橡胶玩具的钥匙。

"扔在地上。"

那人照办了。然后，两手仍然乖乖举起，脑袋不停地转着，胆怯地看着尤思博，嘴里喃喃说道："我去，你是怎么发现我的？"

尤思博仍然紧张地盯着，努力不让对方看出自己大大松了一口气。"趴下，伸直双臂。"他学着电视里的台词，发布命令。

"这怎么趴？"那人唠唠叨叨地说，"你是不是警察？怎么随便抓人？"

"听从命令！"尤思博颤声喝道。

青年顺从地蹲下身，准备往地下躺，却分明做出防卫的架势。

尤思博纵起一步，将对手推翻在地，紧接着，一边用警棍对着他的脖子，一边按住他的双手，掏出警绳笨手笨脚想把对手捆起来。

试了好几次，终于把那人的手腕缠上了警绳。然后开始搜身，搜出他身上的匕首、手机和皮夹。尤思博把所有东西堆放在旁边的空地上，然后掏自己的手机。

"你到底是什么人，为什么抓我？"那人莫名其妙地问。

尤思博没有回答，双手因为激动而颤抖着，只是目不转睛地瞪着自己捕获的猎物，对自己所做的一切由最初的震惊转为兴奋。

这是一个多么刺激的故事！他的女朋友会喜欢的，该给他的追求加多少分！

以后，他还要把它讲给自己的孩子听。噢，不过，得等上几年，那时他的孩子会以他为荣，甚至孩子的孩子……

他从兜里掏出了自己的手机，按下"重拨"键。可不知为什么，久久地没有传来声音。他看了看屏幕，上面显示没有信号。

见鬼了！他喃喃地咒骂着，指挥中心说十分钟就会赶过来的快警应该早就到了，怎么还不见动静。

"警官，你是想求援吗？"头顶响起一个男人的声音。

尤思博抬起头，往发声处看了一眼。是那个躲在北凉亭的年轻人，只是靠近了看，显得不是那么年轻，应该跟他差不多的年纪。

"需要呼叫同伴吗？我有手机。"

"不！没事儿，一切顺利。"尤思博没有意识到危险，心里反而涌起一股自豪感，继续重拨自己的手机。

奇怪了，手机没信号是什么原因……

此时，如果尤思博是一个职业刑警，他怎么都不会在执行逮捕时允许身后站着陌生人，特别是一位他对其毫不知情、二十分钟前还怀疑跟地上的人是一伙儿的年轻人。

就在那一瞬间，尤思博突然感到恐惧至极。

但为时已晚，年轻人抓住了他的肩膀。尤思博感到后背迸发出剧烈的疼痛。

他惨叫着跪下，那人将匕首反复刺入他的身体。

"不……"他叫道，"不要……求你……"

那人将他推倒在灌木丛里，捡起他的警棍，嘴角露出轻蔑的笑。

接着，他走到那个被捆住双手的年轻人身前，将他反转身，移到尤思博身边。

"老师，真高兴你来了。"捆着手的人说，"不知这家伙发什么神经，还真以为我是坏人。快帮我解开绳子，好吗？我……"

"嘘……"那人做了个让他安静的手势。

尤思博仍然清醒，正用全力试图触摸自己后背可怕的创痛。似乎只要能触摸到，那灼痛便会消失。

杀人者在他身边蹲下。

"你才是那个黑客杀手。"尤思博拼尽全力说，"是你杀了吴美凤、刘群。"他瞥了眼捆着手的人，"他是谁，你的学生？"

"我没有这么愚蠢的学生。"那人嘲弄地说。

然后又问："你是丁杨？"他的嗓音里真真切切地透着敬畏之情。"没有想到，你会在这么短的时间里找到我，并敢于一个人跟踪我。我的意思是，你应该待在电脑机房，而不是在侦查现场。真是令人惊奇……丁杨，你怎么会没想到我们会干扰移动通信，拦截你的电话呢，你还是不是那个电脑奇才呢？"

"不……我……"

没等尤思博说完，凶手接着做了一件奇怪的事。

他拿起匕首，塞进尤思博已经孱弱无力的右手里，然后用力捏着尤思博的右手，猛地刺向捆着双手的青年，匕首没入了青年的左胸。

青年惨叫一声，在地上挣扎。凶手嘴角挑起笑意。"不要怪我，不是我杀的你。我这就帮你解开，给你还手的机会。"

他掉转身，解开青年手上的警绳，将匕首放进青年的手里，导引着青年将匕首刺向尤思博。青年嘴里冒出血泡，只有出气，没有进气，任由他摆布着。

"求求你……"孱弱的尤思博发出微弱的声音。

凶手顿了顿，象征性地将青年手里的匕首在尤思博身上划了一下。此时，两人都已濒危，看上去却垂死纠缠在一起。

第二十六章

"毅力，"胡志远说，"还有勇气，这是我希望在大队每位同志身上看到的特质。"

罗卫认真地听着，没有附和，也不打断。

黎政要来听取案情汇报，胡志远早早集合了大队民警，趁黎政到来前给大家训话。罗卫正经地坐在他常坐的那把椅子上，环顾四周，却发现除了老套的大队长训示外，专案组里的一切都变了样。

散乱的打印用纸、随手可以拿到的袋装槟榔、法律文书、刑法解释，林立仁的口袋漫画书也不见了。漫画是林立仁的爱好，他不看电视，不听音乐，也不看文学作品甚至笑话段子，但口袋里随手拿出的纸片都可能是从哪份报纸上剪下来的漫画插图。

现在，干净的专案会议桌上只有电脑显示器、键盘、两叠堆积成凵状的案卷，人手一只的水杯罕见地按座位整齐摆放着。胡志远没有坐在警徽下面，而是偏左手下坐，浓密眉毛下的那双眼睛正好直视着罗卫。

"不过，还有一项特质十分重要。"胡志远突然加重语气说，"立仁，你知道是什么吗？"

被突然点到名的林立仁愣了一下，漠然答道："不知道。"

"纪律。"胡志远语含不满拖长了音，"纪——律。"

罗卫明白胡志远刻意地将"纪律"二字拆开说，显然是话中有话。林立仁却比他更敏感，毕竟点到的是他的名字，显示出明确的针对性。

"胡大，你这话是什么意思？"

但胡志远却摆摆手，抬起下巴，眼睛依然看着罗卫，仿佛只是在责备罗卫辖下不严。罗卫并不觉得自己做错了什么，也不知道林立仁哪里有违纪律。

"这事我会跟你单独谈，澄清几个事实。"

"澄清？"罗卫莫名其妙。

林立仁霍地站起来，说："不用澄清。我再说一遍，昨晚我始终坚持在清查一线，没有玩失踪，更没有玩什么假报警。"

"但指挥中心留下了你的呼叫号，核对了你的警号。这事组织上并没有追究，我也只是顺便一提而已。"

"谢谢您顺便一提，胡大。我喜欢光明正大地说事。"

"你是说我不够光明正大？"

胡志远瞪着林立仁，林立仁面不改色，于是他继续看向罗卫。

"我在这里强调纪律，并不是针对哪一个人。有史以来，纪律才是军队决胜的法宝。最近，我看了一本写缅甸战争的书，罗卫，里面写到日本军队如何抓纪律，其实在中国战争或太平洋战争中，日本人都是那么做的，但这次看到，对我触动很深。"

"哦？"罗卫顺着胡志远的话附和道，"说说看，给大家一些教育。"

胡志远神色飞扬，对罗卫的话很满意。

"1942 年，日本只派了 10 万军队就征服了缅甸。缅甸面积是日本的两倍，当时是英国的殖民地，英军在人数和武器上都胜过日军。"胡志远竖起粗壮的食指，"但日军有一点胜过英军，并以此打败了英军和印度雇佣兵，这一点就是纪律。日军进军仰光时，军队每走四十五分钟，睡十五分钟，就睡在路上，士兵们背着背包，脚指向目的地，这样他们醒来时才不会走进沟渠或走错方向。方向非常重要，罗卫，对吗？"

罗卫隐约知道胡志远接下来要说什么。

"我知道，他们因此走到了仰光。"

"是的，他们每个人都走到了，因为他们听从命令，服从指挥。但中途有一个插曲：日本军官当场射杀了一个在喝水时间以外喝水的士兵。你们明白这么做的目的吗？这样做并非因为他是虐待狂，而在于纪律，在于一开始就清除纪律的肿瘤。我说得够清楚吗？"

其他人都默不作声。

罗卫看了一眼林立仁，不明白他昨晚到底做了什么出格的事，让胡志远如此借题发挥。

他正准备说话，苏南插了进来，说："胡大队长，你说得很清楚了。我很佩服你看书认真，而且善于思考，不过，有一点不明白。"

"苏副所长，什么事？"胡志远似乎并没有因为苏南拍马屁而高兴。

"嗯，我在想，第二次世界大战，日本不是战败了吗？"

胡志远的脸沉了下来。"战败是大势所趋，民心所向，并不能说明他们的纪律不行。"

会议室响起窃笑声。

"明说吧，何必浪费时间呢！"林立仁黑着脸，"我没有违反纪律，更没有莫名其妙地报警。我始终坚守在自己的清查岗位。"

"但愿如此。这事已经结束了，指挥中心和快警平台认为不需要追查责任，我当然会遵从上级的指示。但我要重申一下大队的纪律，不容许再发生同类问题。"

罗卫点点头，制止了林立仁的异议。"好的，按大队长的指示办。"

这时，胡志远霍地站了起来。罗卫顺着他的目光看去，着装整齐的黎政出现在大门口。

跟他一起进来的是梅平分局的两名同志，一个是主管刑侦的副局长段巍，一个是刑侦大队长曾旭。三人面色冷峻，径直走到警徽下方。

胡志远站起身，对段、曾两人点点头，面对黎政唤了一声："黎局长。"

黎政招呼两人在左右坐下，又对全场招招手："大家坐吧！"

一听黎政说话的口气，罗卫立刻就预感到他带来的是让人悲痛的消息。他的目光扫过胡志远、肖可语、林立仁、苏南，他们和他一样心有同感。

"梅平的同志带来一个血腥的消息。清晨的时候，在西苑公园发现了尤思博的尸体。经查证，昨晚以林立仁名义报警求援的就是他。"

胡志远的脸一下子变得阴沉。他嘴里自言自语着什么，罗卫听不清楚。

"啊，"林立仁哽咽着，用手掩住嘴巴叫出了声来，"怎么，尤博士……怎么会？"

刚才胡志远训话时，肖可语一直都和丁杨坐在一起，探讨有关网络黑客入侵软件的事。丁杨虽然知道他说的技术，肖可语未必能听懂，仍反复殷勤地讲解着。肖可语更是虚心地讨教着。这时，她惊讶地看着丁杨，变了脸色。"昨天……昨天他发现什么吗？"

丁杨闭起眼睛。过了好一会儿，才用颤抖的声音说："怎么回事儿，我怎么就一直没有注意到他呢？"

会场上，数林立仁最为悲痛，泪水像泥石流似的瞬间淹过他的双眼。"你们告诉他父母了吗？哦，他刚开始谈女朋友，正筹备着结婚生孩子呢！"

"政工部门已派人前往他家里，侦查工作由梅平分局在做。"

"究竟是怎么回事？"胡志远问梅平分局的曾旭。

曾旭说："现场发现两具尸体，一个是尤思博，一个也是年轻人，二十多岁，叫钟健。尤思博被从背部捅了四刀，刀刀皆可致命，但最后刀子握在尤思博手里，钟健是被捅中胸口，伤及心脏而死。从现场情形来看，似乎是钟健袭击尤思博，然后尤思博抢过匕首，捅中钟健，两人同时死亡。但是，后来在现场找到一位目击者。是一个在公园里遛狗的老妇女。她说杀人现场还有一个年轻人。那人从后山逃走了。"

"是那人杀的人吗？"胡志远说，"一定是他伪造的现场。"

曾旭继续说道："要等详细的现场勘查情况出来，才能下结论。不过，从掌握的情况分析，像是尤思博先抓住了年轻死者，并制伏了他——因为他手上有被捆绑的痕迹。也许，这时凶手出现了，从背后袭击了尤思博。不过，这一切都只是估计，遛狗妇女并没有目击杀人，她是之后才看到那个人逃走的。"

"她怎么当时没有报警？"林立仁问。

曾旭皱了皱眉头。"她自称并不知道杀人的事。"

黎政说："昨晚指挥中心接到了尤思博的报警，也派出了快警前往支援，但在西苑公园门口，遇到一个人，说是他报的警，事情已经处理好，结果快警就此返回了。梅平的同志调取了尤思博的手机通话记录，发现报警的人其实是他。先后两次拨通了指挥中心的电话，但最后一次拨打指挥中心持续了三分钟，指挥中心却没有接到这个电话的任何记录，也没有任何接警员和他说过话。"

"一定是他！又是这一套。"丁杨在一旁插嘴道。

苏南补充说："凶手攻击了通信交换台。"

"你就是丁杨吧，您好！"黎政起身离开座位，走到丁杨面前，跟他握手，"辛苦您了。"

接着，他虚心地问："'攻击了通信交换台'是什么意思？"

"他一定侵入了移动公司的计算机，使尤思博打出去的电话或者转移，或者无人接听等。也可能直接转移到他的手机，然后他伪装成接警员，骗尤思博说快警已经驱车前往现场增援，然后停止尤思博的手机服务。这样，尤思博就无法与他人联系、求援。"

黎政慢慢点着头。"他竟然有这种能耐？我们正在查的这一系列案件就是他做的吗？那些坠楼、那些银行流水，还有亏损的投资？他究竟是个什么人？"

"他是我所知道的最高级的黑客。"

"他妈的！"林立仁不满地朝丁杨瞥了一眼，"都是你，是你勾结那个狗屁黑客，杀害了尤思博，你是他的同伙，是你！"

罗卫抓住林立仁的胳膊说："不要乱说，他是我们的上级。"

"上级？"林立仁失控地反问，"他才是真正的罪犯。尤思博说发现了他的犯罪证据。"

"证据？"曾旭问，"他发现了什么？"

"他就是跟那个'不如不见'一起创建'后羿追日帮'的黑客'如来不来'，就是'金枪鱼'，他是同伙。"

罗卫的目光缓慢地从丁杨身上扫过，转到肖可语。"关于那个网络帮派，你们后来还发现了什么？"

"昨晚之后一直在追查其他情况，没有查帮派资料。"肖可语说。

正说着，林立仁冲出了办公室。苏南随即跟了过去。

没人关注他们的动静。

黎政皱着眉头，问："帮派？什么帮派？这一切到底是怎么回事？"

"黎局长，那是一个网络帮派。据丁杨调查的资料表明，那是六七年前，他还在学校读书时，一些网络爱好者结成的同盟。"罗卫答道。

罗卫的话说得很委婉。但黎政并不满意，看着丁杨问："是这样吗？你跟那个嫌疑人都是发起人之一？"

丁杨动了动身子。罗卫看看他，正要说话，林立仁和苏南一阵风似的冲了进来。

"遗书，尤博士果然留下了遗书。"林立仁扬着一张纸，大声喊道。

他跑到黎政身旁，将纸条恭恭敬敬地呈在局长面前。

黎政看完，沉默良久，将纸条递给胡志远。胡志远看了一会儿，递给了罗卫。

罗卫看完，缓了缓，说："丁杨同志是我请来咨询有关网络技术的客人。他事先根本不知道我们在办什么案子，也一直待在机房里没有出去，我相信他不会有什么嫌疑。"

胡志远不满地看了他一眼。

"这样吧！"黎政说，"先送丁杨同志回支队，余下的事，我们再商量。"

丁杨惊疑地看着一切，涨红了脸，霍地站起来说："我不能回去。"

"什么？"黎政脸色平静地问。

"我不明白你们为什么怀疑我，但我知道你们需要我。"丁杨说，"如果说我有什么嫌疑，我愿意留下来自证清白。我这就自己向支队申请。"

黎政朝他挥了挥手，不再理他，转向胡志远："我批准成立吴美凤谋杀案专案组，我亲任组长，你任副组长，从经侦队、特警队抽调经济犯罪专家和战犬专家配合，仍由罗卫带领的小组牵头侦查。"

接着，黎政转向苏南："你负责跟电信公司联系，以局里的名义，请他们增派一名安全顾问过来，接手尤思博的工作，负责这个案子的电信网络部分，你好好配合学习。"

"没问题，局长。放心好了。"

"这样吧，"黎政转头对丁杨说，"我正好要去市局开会，我亲自送你回去。"

"黎局，听我说。"丁杨抗议道，"不要这么不明不白地送我回去。"

黎政看着他的眼睛。

"你们需要我……"

"黎局，与其请求电信公司派人援助，不如留下丁杨。"罗卫在一旁强调说，"我们更需要他的协助。"

可黎政却把眼睛瞥向坐在左手边的胡志远。胡志远以前没跟丁杨打过交道，跟他不熟悉。他起身走过去，一手挎进丁杨的腋下，半搀半拖地将丁杨拉了起来。

"不，"丁杨反抗道，"你们不知道那个人有多么危险！"

这个举动只是换来黎政的又一个眼神。胡志远用力将他推向门口。丁杨请求肖可语。肖可语或许感觉人微言轻、无可奈何，眼神茫然地盯着地板。

"我们过来的目的是想调阅原来的侦查案卷，"丁杨听段巍对罗卫和肖可语说。

"此案的难点是网络和通信侦察部分。听说你们前期在这方面做了大量工作，我想从中得到些启发。初步调查发现，两位死者之所以赶到现场去，都是上网时得到相应信息。在现场，他们的手机信息又出现异常。显然，这两者都是受人操控引过去的。我想尽快把这点查清楚。另外，我还有一个积极方案，调查杀人动机，跟你们原来的调查有直接联系……"

"等等！"即将被拖出门的丁杨大喊了一声。

段巍住了口。

黎政脚步未停，对胡志远打了个手势，让他接着走。可是丁杨飞快地说："段副局长，我愿意跟你们去调查，这一切我都知道，包括他们的动机。"

"怎么说？"段巍问。

"只有我能抓住这个人。"丁杨加重语气说，"他作的案显然不止这几起，还有其他地方一定也发生过凶杀案，只是没有串并。"

一时间没有人开口说话。

黎政看着丁杨说："你是罗卫私人请来的，这本来就不合规矩。如果你在尤思博案件里的嫌疑不能查清，我们无法对网安支队交代。我想，还是先请你回去。"

"你这样送我回去，支队势必换人。"丁杨不满地说，"但我不甘心。"

黎政依然摇摇头。"听着，我没有针对你的意思。虽然我是分局领导，但我不能枉法，不能得罪你们支队，让自己的工作陷入困境。"

他朝胡志远挥挥手。胡志远把丁杨带出了专案会议室。

丁杨感到胡志远把他抓得很紧，也许感受到了他的失望。肖可语叹了口气，摇着头，在丁杨被带出门的时候，悲哀地朝他笑笑，向他告别。

段巍接着与罗卫讨论案情，随着丁杨下了楼，他的声音很快便听不见了。

不知什么时候开始，天下起了雨。胡志远一手挽着丁杨，一手打着伞。伞全打在丁杨的头上，似乎自己淋点儿雨没关系。他说："对不起，我也是迫不得已。"

不知他是指强制将丁杨带出专案组，还是指打雨伞的事情。

来到警车旁边，胡志远伸手开门。

丁杨看着漫天的雨雾，身子靠在湿漉漉的车门上，倾听着雨点滴滴答答地打在车顶，声音沉闷、空洞。

他感到自己失败极了。

事实上，他已经与真相近在咫尺……

他想到，一旦黎政将他莫须有的嫌疑通报给支队领导，领导即使不停止他的工作，也会限制他的活动，即便最后查清他与尤思博的死毫无关系，他与正在侦查的案子也已擦肩而过，他所有的计划准备，全都化为乌有……

车门打开了。

黎政走过来，制止了胡志远请丁杨上车的手势。

黎政没有打伞，雨水滚下他的脸颊，在他的鬓角上闪闪发亮，弄湿了他的衬衫。珐琅架眼镜像浸在水里似的，好像被加厚加宽，只能看到对面灰蒙蒙的人影。

"请教你一个问题，专家。"

专家？

丁杨问："什么事？"

"那个……你说你知道凶手的动机，而且不仅在汉洲作案？"

"是的。凶手的动机就是满足他无尽的财富欲望，不惜草菅人命。"

"一个集团吗？我是说，在全国各地？"

"我想可以这么说。他已经超越一般的黑客，自创了一个网络世界。他笼络了一批人在这个网络里，利用某种平台掠取财富，如果有人违抗，便杀人灭口。"

黎政回头望了望办公大楼，又问："他们说你跟那个家伙曾经一起组织过网络帮派是真的，对吗？"

丁杨说："六七年前，那时我还在读书，狂热地泡在网络里，然后跟一群人聚在一起探讨网络技术，其中就有他。严格意义上说，我们只是聚集在一个虚拟的聊天室，称不上帮派。一年后，我离开学校，也就不再登录那个聊天室，再没与他有过交集。"

"嗯。"

"昨天，我在分析案情时发现熟悉的手法，才联想到他，并由此找到了当年聊天室的领头人。为了不暴露自己的痕迹，我特意在搜索时隐藏了自己跟他们的联系。"

黎政想起尤思博在遗言里说，丁杨在进行网络搜索时有意隐去自己网名。

丁杨的话也许算是对此的解释吧！

"你说只有你能抓住那个人？"

丁杨看了看对面的胡志远，两眼浮起水一样的迷雾，他扶着车顶的右手指开始神经质地敲打起来。他再次开口时声音里的那份自信使黎政吃了一惊。

"对，我是唯一能阻止凶手的人，黎局。"

他瞥了黎政一眼，接着说："我是经过认真调查，并慎重考虑才这么说的，我一生所受的训练都是为这个时刻准备的。你可以上楼去看看我搜索的那些资料，也许你看不出它与案件的具体关联性，但至少可以看出案件的特殊性。这个人太与众不同，是一个新型的罪犯，这个案件表现为一种新型犯罪。"

"你不是说他只是为了满足财富欲望吗？"

"对。他杀人，就是基于聚敛财富的掠夺欲。只不过，他的欲望已经表现出不同程度的变种而已。黎局，您也知道，不管怎样，不论哪种动机，几乎一半的犯罪都是基于欲望，这位变态黑客就是世风日下的浮躁社会里的欲望杀手。"

"你如此坚信？"

"我以前了解他，现在又研究了他一天一夜。罗卫他们找不到侦查方向，是因为他们犯了一个习惯性的错误，以为凶手只是个凭借力气杀人的魔鬼。这个黑客可不是受过精神创伤的杀人机器，不是被社会淘汰的残渣。他也许入了魔道，但他比杀人机器更为高明的是，他在利用他的头脑。"

说着，丁杨突然沉默下来，显然是陷入了某种沉思之中。

"这一次，"他仿佛在自言自语，"我要做出一番公安局里谁也没做过的事，也没有哪个警察曾经这样做过，我想亲自捕获这个凶手。"

黎政正面迎接丁杨的目光。丁杨说话时所倾注的情绪令他大为震惊。

"除非……你把我送回去关禁闭。"丁杨说，"我相信，关完我的禁闭，你们对案件依然无从措手。"

这话说得有点儿自大，但黎政没有驳斥。

"不过，我也只是刚摸到一点儿门道。"丁杨接着说，"我刚才谈的只是黑客个人，但各种证据表明这是一个团伙作案，也就是为什么尤思博怀疑我有参与。我要为自己辩白，只是我也怀疑，内部恐怕确实存在奸细。"

"你发现什么了？"黎政急切地问。

"你会发现的。我正在仔细研究每次发生坠楼事件时的通信阻断和信息传递的情况，我坚信我能找到他的活动规律。"

黎政使劲儿去琢磨丁杨的话，其中的暗示太复杂了，他一时半晌还回不过味儿来。但他开始真正欣赏这个人，这份欣赏需要智慧和勇气。

"尤思博一定是被人引诱到西苑公园去的，或许中途还有人传递消息，报告他的行踪，那个跟他一起遇害的年轻人就很可疑。"丁杨补充说。

"我明白了。"黎政挺了挺身子，抖落一身的雨水，然后对胡志远说："把丁专家请回专案组吧，网安支队我去说明。"

胡志远看看黎政，又看看丁杨，重重地点了点头。于是，他走过来，拍了拍丁杨的肩。

丁杨打伞往回走，却见胡志远走到黎政身边，小声对他说了些什么。黎政的最后一句回答是："万一出什么差错，全部责任由我承担。"

这位身材高大的大队长转头看向丁杨的眼光变得敬重，嘴里吐出几个表示同意的词。

黎政登上前往市局的警车。胡志远跟丁杨站在一起目送他离去。

"我们对你心存怀疑，你怎么还要留在这里，就不怕犯下更大的错吗？"胡志远问。

"我不在乎你们的怀疑，我也不怕犯错。不是因为这个。我只是想早日抓住这个罪犯，不让他掠夺平民手里仅有的一点儿钱，不想再有人死在他手里。"

胡志远听懂了他的意思，朝驶去的警车扫了一眼。"黎局长决定把你留下来，是因为这个案子超出了我们的能力，需要精通这方面知识的专家协助。"

"我知道该怎么做。"

胡志远叹了口气。

"接下来，将由我接手这个案子。我想问一句，你说罪犯的目的是掠夺财富，那我们现在已经惊动了他，会不会吓得他中止犯罪，收手藏匿起来呢？"

"不会。"

"他应该已经赚了很多钱吧？"

"我知道，像他这种人，挣钱没有够的时候。"

胡志远疑惑地看着他："你怎么知道这么多？很熟悉……他吗？"

丁杨停下脚步，盯着雨雾弥漫的天空。"他叫达一路，父亲是一个孤儿，母亲原本喜欢父亲的帅气，不料，刚结婚生子就发现了他父亲的外遇。可以说，他是在父母吵架的口水里长大的。父亲原来做生意，却在他上初中时破了产，全家人吃了上顿没下顿。"

"就这样，他觉得钱很重要吗？"

"不仅如此。"丁杨说，"后来，他父亲又做起了期货、股票，而且似乎翻了身，大把大把地往家里拿钱。他再次泡进了蜜罐里。"

胡志远靠近丁杨，等着他说下去。

"但好景不长。没一年，他父亲再次破产。这一次，母亲走了，从此再没回家，父子俩被债主赶出了家门，到处流浪。他觉得自己沦落到这一步，都是因为钱。是金钱在支配他的人生，是缺钱使他失去了母亲。"

"你是怎么知道的，他以前跟你谈起过吗？"

"如果这是你的人生记忆，你也会在聊天中，忍不住时不时地提起。"

胡志远点点头，认可他的说法。

丁杨思索片刻，在水渍里走出几步，接着说："我们都是在大环境里长大成人的，虚荣的繁华情形下，财富的攀比感染了每一个人。忽而富得摘星揽月似乎都不在话下，忽而因物质上的困顿被剥夺一切，这样的切肤之痛，足以完完全全地改造一个人。"

"听你的口气，你似乎也有同样的经历？"

丁杨摇摇头。他跟胡志远接触不多，但明白他容许变通，却不喜躲藏、不喜拐弯儿，凡事光明磊落，直来直去，才容易取得信任。

"我的家庭没什么起落，一直在贫困线上挣扎，我结识的大部分人对于拥有大量财富意味着什么，也没有什么确切的概念。他们知道财富榜、贫富差距这码事，但他们唯一能联想到的是豪车豪宅、鲜衣美食。所以，我的家庭、我认识的人就像那些受骗参与投资亏损的妇女一样，渴望发财，渴望暴富，一旦受到什么诱惑，就会以一种狂热的激情投入进去，根本不懂得顾忌什么风险、危机。这些人大都鼠目寸光，除了每天口袋里的进款再也没有什么深谋远虑。你问我是否有达一路的经历，没有。我是同情受骗上当者。"

"你参与破案，就是为他们主持正义。"

"见笑了。您难道不是这样教导每一个新入警的属下吗？"

"教导是一回事，践行又是另一回事，像你这样有着强烈责任感的人一定有着更深层次的原因。"

"是不是责任感我并不在乎，这是性格使然。我想，达一路走上犯罪道路也是如此。"

"这怎么说？"

"某个人做出某一件事也许不能得出什么结论，但纵观他前几代人的经历，就可以看出遗传基因中的个性偏执是否从中作祟。这一点我从自己父亲的经历里有所思考，也从达一路的家庭波折里得到些许论证。我想，这跟达尔文进化论中关于遗传基因的论述是一致的。"

"某个人做生意失败，接着东山再起，然后又一败涂地，这难道是遗传基因给予他的选择？跟社会趋势、后天教育的关系呢？"

丁杨仰了仰头，看向别处，好像在回答他的问题。

胡志远接着说："就达一路来看，他父亲六七年前就已经破产，他那时就已经熟悉网络，很适合做目前这样的诈骗勾当，而且那时的管控更加松懈，但他为什么现在才开始做这样的事情呢？"

"我不知道。"

丁杨的声音如钟摆般摇晃不定，却暗含嘲讽。

胡志远有些不满地说："我想，你一定知道。"

"不论是罪犯，还是科学家，都有一个漫长的成长期、准备期。"

不知是谁在家属区楼上拉小提琴，有音没调，紧弦慢弹，就那么轻轻松松毫不费力地把一个个音符奏成调子，仿佛没有调准音弦，又像是一个上了年纪、患有关节炎的老人闭着眼在瞎拉，根本没有在乎是对是错，就那么由着性子在一个个音符之间跳来跳去，却也给这临秋的雨天奏出一种伤感的气氛。

胡志远碰了碰丁杨的手臂，往前面走去。

"我听罗卫说，这个达一路爱好音乐，你对他的天赋似乎十分肯定，但音乐是浪漫的，是情操和素质的体现，他为什么如此现实而龌龊呢？"

"这种说法未必是普世的。"丁杨说，"音乐是天赋的反映。有些人把它当作浪漫情怀，但对有些人来说是一门数字艺术。我倒觉得是懒惰的本性让人现实而龌龊。"

"这是什么意思？"

"懒惰往往是罪恶的温床。"

"这个观点倒是饶有趣味。"

胡志远顿了一下，接着反驳道："不是所有的懒惰都制造罪恶。"

"这不是什么观点，是活生生的现实。就像一半的案件都涉及对财富的非法掠夺一样，绝大部分的侵财犯罪都源自罪犯的懒惰心理。"

胡志远终于首肯地点点头。

"你的一席话令我受益匪浅。我真想了解一下你的成长经历，它一定给你极大的影响。"

"我们不是一直都在谈家庭与成长的话题吗？"丁杨看胡志远的脸色舒展开来，感觉已经赢得了他的信任，一边拔腿往楼上走，一边笑着说，"以后不会再给您这个机会了。"

"我不会放过你的。"

丁杨听到大队长爽朗的笑声。

第二十七章

罗卫感到疲惫极了。

这时，他很想喝一杯热气腾腾的牛奶，冲个淋浴，然后爬到高媛的床上。在刑侦岗位上，通宵蹲守或者长途驾驶是常事，有时连续熬几个不眠之夜都根本不算什么。

可是，刚过去的这十五个小时让他真的筋疲力尽，衣服湿过几遍，中途他又不得不换了一次衬衫。每次坐进车里把冷风打开时，身上散发的汗臭让自己都皱起眉头。

他的腰开始痛起来，脊椎像卡齿的枢纽，稍一扭动就"哗哗卟卟"地响，这是他大学骑自行车时留下的旧伤。他尽力让自己不要频繁地去摩擦它们，他并不担心林立仁会注意到这一点。林立仁跟他一道出来的，此刻正坐在副驾上耷拉着眼睛。

若论通宵工作和节假日加班，警察的工资和付出的劳动远远不相称，但上级和群众还是不太满意。因为总有种种影响社会发展和祥和的因素存在。

现在是清晨七点，自昨天下午，他和专案组所有人一直都在忙着。当然，对于一个人命关天的案件来说，这样很正常。不过，从目前来看，案子节奏趋于放缓，甚至处于暂停阶段。

丁杨一直在追查达一路。奇怪的是，达一路突然消失了。罗卫有一种预感，此人在凌晨会出现，只是可能已经发现了丁杨的追踪。他跟曾旭两组人一直在大海捞针，达摩无影无踪，另一个死者钟健已查明身份，但他仅有的亲人——哥哥阿倔却闻风而逃，罗卫和林立仁亦步亦趋地跟在阿倔后面，总是慢了半拍。

如此追下去，别说林立仁在副驾会睡过去，就算罗卫能够全天候工作，严重的睡眠缺乏也会让他丧失战斗力。

他计算了一下追与逃的节奏。侦控组每两个小时查获一次阿倔的行踪，他们赶过去，发现阿倔已经离开；接着，又是两个小时发现行踪，接着又发现阿倔已离开……这猫追鼠的游戏，似乎变成了鼠戏猫的角力。他怀疑这就是罪犯牵制警方的策略。阿倔倒是休息好了，补充了能量，却把他们拖得疲惫不堪。

他忍不住打了一个哈欠，朝右拐上一条蜿蜒的小路。这里仍然是城乡接合部。雁麓山下，曾经是蔬菜基地，肥沃的土地和茂密的森林让当地经济状况不错。但随着城市的发展，征地拆迁的补偿让他们十分眼红，蔬菜不再种了，也懒得上山伐木，整日里等着政府往他们的土地上画红线，谈补偿，靠当钉子户，一夜暴富。

一方水土养一方人，古贤的话不再靠谱。

汽车经过一座村庄，两个老人坐在路口，饱经风霜的面孔、清瘦的身躯，由于年轻时过度操劳，弯腰驼背。几个早起的孩子成群结队地玩耍着，旁边的楼里传出麻将声，一条脏兮兮的猎狗忠实地守在门口。

罗卫太了解这一切了。他几个堂叔父仍住在郊区，读书不多的堂兄弟以前在外面挑砖、刷墙，近几年都回了家，每天不是麻将就是跑胡子，通宵达旦，比他当刑警还辛苦。

对罗卫来说，城郊的侦查是最艰难的工作。看着一栋琉璃瓷砌的楼房，推门进去，却是斑驳不堪的地面和简陋的墙壁，出来搭话的不是七十岁的老头老太，就是未成年的小孩，罗卫要向他或她解释个两三遍，才会得到一句词不达意的"嗯"或"啊"。

他知道自己必须问下去。黎政就碰到过这种问题，胡志远也是这么过来的。生命就是这样轮回的。随着年龄的增长，罗卫越来越相信并非所有的问题都有答案。

这时，手机发出"嘀"的一声响，罗卫瞥了一眼，汽车突然碰上一块横陈路口的大石，剧烈的颠簸把沉睡中的林立仁震醒了。

"到了吗……"林立仁清醒过来，拿过罗卫的手机。

罗卫朝他笑了一下："睡得还香吧？"

"对不起。"

"没事。必须要有一个人保持精力。应该就是这里。"

他把汽车停在废弃的仓库前面，侧面有一棵大树，旁边还停着一辆皮卡、一辆挖土机。挖土机已锈迹斑斑，似乎已经坏在那里。各种各样的大件垃圾，包括家具和家电，不甘示弱地依靠挖土机堆放着，一副遭受过巨大灾难的样子。仔细查看，可以发现垃圾与挖土机之间，停放着一辆大排量摩托车。

这辆摩托就是阿倔的交通工具。

监控显示，自昨天下午，阿倔骑着它离开网吧，就在打圈儿。

罗卫先从车里走出来，皮鞋踩中一扎铁丝，弯弯绕的铁丝不止一个截口，飞速地在他脚踝上划出几道血印。林立仁看着罗卫没他幸运，竟然无意地露出一丝丝笑容。这个举动让罗卫有些恼火，他狠狠地瞪了他一眼。

这时，从目标的房子里传来一阵声音。罗卫抢先一步靠过去，亮明了身份。没人开门，没人站到透明的窗户前，只有一句不知道从哪里发出的："什么事儿？"

"请阿倔出来见我。"

里面的人虽然不喜欢警察，却也不愿意跟警察作对，明白警察这么喊，必有缘故。沉默一阵后，阿倔出现在窗前。

"嗨，阿倔，我是罗卫。昨天中午跟你联系过的，我们想耽误你一点儿时间，一起聊聊。"

"我没时间。"

这人虽然不是很聪明，但是在生存之道上却很有一套。

"拜托你了，阿倔。外面正下着雨，我们跟了你一天一夜，浑身都是泥水。你知道我脾气好，并不代表我的同事跟我一样好脾气。"

"不行。"

"好吧，看来情况不大妙。"林立仁吃惊地看了窗内一眼，他示意罗卫躲开，一脚踢向门前的一根圆木，圆木"哗啦"一声倒向挖土机，发出轰然巨响。

罗卫继续说道："看来我们不得不申请国家赔偿，对收容你的楼房搞些破坏。不过你放心，破坏不会很大，时间也不会很长，抓住你为止。"

侧面的一道房门打开了，阿倔站在门口，一脸的胡子拉碴，绿色 T 恤外面套着一件蓝色衬衫，下身是条沙滩裤。这是罗卫迄今为止见过的最搞怪的装束。

"不要碰任何东西。"

罗卫打量着他。实际上，阿倔很年轻，如果能认真生活的话，其实是一个相当不错的小伙子，个子高高的，一头黑发，身材像运动员一样。电脑技术不错，他的网吧从内部布置到配件维修，都是他一个人，开始做得很好。可惜好酒、赌博、打 K，一年里没几天待在网吧里，也没过几天清醒的日子。

罗卫认为阿倔能够轻而易举地发家致富，还是那句话，如果他能清醒地改头换面的话，其实是很讨人喜欢的。

罗卫走到门廊边，朝昏暗的屋里看了几眼，试图发现点儿什么，比如赌博、打K现场，谁知道呢，可是房屋主人躲起来了，只有陈旧的家具和一地的生活垃圾。

"有逮捕证吗？"

"你值得我逮捕吗？传唤就行。"

"传唤？"他犹豫了一下，"那就是说我可以不去啰！"

林立仁抢上一步，右手搭上阿倔的肩膀。这是一招锁臂动作，让阿倔不得不随着林立仁的身躯贴过去。阿倔虽然身高不低，但在林立仁面前却像一只大鹅面前的鸭子。

罗卫顺势从后面控制他，并堵住门外的通道，以防有人偷袭。

看来阿倔在这里人缘不太好，直至被押进汽车，并没有人出来制止，只有附近楼房的几个窗户伸出观望的脑袋。

阿倔归案，让机房低迷的气氛活跃起来。从他身上搜出的手机果然有与达摩联系的电话号码及QQ、微信，从微信里找到了达摩给他的几个IP地址。

丁杨利用自己的超级搜索软件，对这几个IP地址里的信息进行搜索，发现阿倔在这几个IP里传递了以下几个信息：

一是发现尤思博前往西苑公园的信息；二是让他弟弟前往西苑公园的信息，其中包括让他弟弟在公园里怎么活动的详细指示；三是提醒他弟弟注意，尤思博已在公园深处出现。

这些信息的接收人都是阿倔的弟弟钟健，但从何处来，阿倔却只说是一个神秘人。

神秘人是谁呢？

会有谁知道尤思博去向呢？林立仁？有可能，因为尤思博一直待在他的办公室，还给他留了纸条，或许到达西苑公园后，也可能跟他有过联系。

丁杨？他一直在网上活动，神出鬼没，无人可知，或许正是他在网上发送信息引诱尤思博前去。他要知道尤思博到了哪里不是不可能。

罗卫想着这一切，神情阴郁地独自阅读着丁杨的网上搜索笔记，心里懊恼自己的无知。这时，他的手机响了，是梅雁派出所打来的。

阿倔的网吧起火了，大火从网吧主机开始烧起，毁灭了网吧所有的电脑。

烧毁的网吧里发现汽油，但起火原因是电线短路。据阿倔说，他的网吧里从没储存过汽油，以他的电工水平更不可能出现电线短路状况。网吧浇上汽油，并搭线起火，只能有一个原因，那就是销毁罪证。

罗卫带着丁杨和苏南赶到现场，发现大火把主机烧得可谓干净彻底，没有留下任何有用的线索。

网吧周边的监控视频倒是完好无损，里面多处发现了达摩的身影，包括进入现场和逃离现场，但除了显得向警方宣示挑战之外，已没有任何用处。

罗卫走到白板前，示意林立仁给他彩笔。林立仁把笔扔了过去。罗卫将这些细节都写在板上，可正要写"视频"时，他停了下来。

达摩的身影、长相……

燃烧的网吧……

不知为什么，这些事实让他感到困惑不解。他在想，为什么会这样呢？罗卫用手指按摩着太阳穴。

这说明什么呢？

他敲了敲白板。

"有什么不对吗？"肖可语问。林立仁和苏南都望着他。

"这次达摩没有破坏监控视频。"

在吴美凤和刘群的死亡现场，都没有出现视频，有监控的部位则出现人为破坏，即使是跟娟子约会，也精心化装，小心翼翼地不用真面目示人。可前去烧毁网吧时却满不在乎。

"这说明，他已经知道我们摸清了他的真实身份。"肖可语说，"还有网吧。烧毁它的唯一理由是他知道我们已经抓住了阿偬。这么短的时间里，他是怎么知道的？"

罗卫偏着头，看向别处。他是真不忍心怀疑谁。

"我们内部有人通风报信，你是这样认为的，对吗？"肖可语直言不讳。

罗卫的目光再次投向白板，盯着达摩"不如不见""雷神"几个网名，他们可能是同一人，也可能不是同一人。他敲着几个名字，问："我们所有的情况，都来自丁杨在网上的侦查。我们有没有办法开辟另一条侦查路径？"

肖可语说："现在我们手里有两个知情人，但两人都只是棋子而已。"

曾旭耸耸肩，插话道："肖教导说得对，内部有人通风报信。我们是不是先从这里查起？"

"会不会另有人关注着我的侦查，比如网络主管部门的监管专家，或网安支队执法系统的后台管理员？他们要插手也很容易。"林立仁提示。

"不，只有一种可能，"苏南气冲冲地说，"丁杨就是内奸。"

罗卫转身看着苏南跑到了白板后面的电脑前。那台机子联网执法系统。

"你说什么？"肖可语陡地发出尖声。

"你们过来。"苏南说着，示意大家来到白板后面。

电脑显示器正展示着一个页面。苏南坐下来滚动浏览鼠标，其他人挤在他身后。

肖可语看着屏幕，心里起了疑虑，说："你这不是通过执法系统上网吗？丁杨叫我们暂时不要从这里上网的，你怎么不听！"

"哼，他当然会阻止我们从这里上网。"苏南罕见地顶撞肖可语。"知道为什么吗？因为他害怕我们发现他的秘密。"

他接着滚动鼠标，指着屏幕说："大家看，丁杨就是'如若初见'已经毫无疑问，他与'不如不见''梭哈'一起组织了网上帮派——'后羿追日帮'。"

"这都是老皇历了。"林立仁小声咕哝道。

"不，"苏南声音很轻，却很坚定。"他原来利用'梭哈'跟踪'不如不见'是假的，他其实是在利用'梭哈'当中间人，传递警方的信息。你们看，他把尤博士的死告诉了他。"

罗卫俯向屏幕，显示器上是一个对话窗。

> 梭哈：为什么告诉我这个？
> 如若初见：你可以告诉他。
> 梭哈：我告诉不了他。
> 如若初见：我知道你在跟他联系，看到我给你的信息，他一定会厚待你。
> 梭哈：我知道他用它害人，那家伙是个变态，我才不想从他身上捞点儿什么呢？
> 如若初见：不用在我面前装……

肖可语皱着眉头看完，说："这能说明什么呢？"

罗卫深思不语。丁杨到底想干什么呢？祸到临头，还在跟不该联系的人联系，而此人又神龙见首不见尾，这不更加重自己的嫌疑吗？他闭上眼睛，靠在摇摇晃晃的白板上。丁杨不可理喻的行为深深地触动了他，和那个黑客凶手的可怕一样锋利。

"谁执行了非法操作？谁……"一声猛喝冲进专案组里。

罗卫看到丁杨气冲冲地跑进来，背后跟着黑脸的胡志远。

在满屋诧异的目光下，丁杨不管不顾，一眼发现了闪着蓝光的显示器，抢上一步，伸手切断了电源，瞪着眼睛说："你们……原来是你们……"

胡志远盯着罗卫。"这是干什么！整个执法系统都为此感染了病毒，就像第二次世界大战的马其诺防线一样崩溃，什么追踪任务也做不了了。幸亏丁杨提前申报市局查找原因。"

罗卫感到一股奇寒袭入身体。

"不用查了，就是专案组的机子遭到了黑客攻击。"丁杨对着手里的手机说。

白板后面传来哈哈大笑，笑声中透着傲慢："黔驴技穷了吧，丁杨。一秒钟前我们还在查看信息，系统正常得很。你是发现我们正在查看你的聊天记录，想掩盖事实真相，而耍出让系统崩溃这样的小花招吧！"

丁杨回头看着胡志远。

胡志远瞪了一眼苏南："你要是再不懂装懂，我就申请禁闭你。"

在一尘不染的宽大办公室里，达一路正舒舒服服地坐在手提电脑前。他沉浸在计算机世界里，漫游在刚才成功侵入的网络系统中，同时构想晚些时候的攻击计划。

忽然，电脑话筒里传出"嘀嘀"提示音。与此同时，屏幕右上角出现一个红色小窗。窗口里出现三个字："有敌情。"

他倒吸了一口气。惊讶有人入侵他的计算机，企图从中下载文件！在他自建的网络世界里，这种事过去从未发生过。

他目瞪口呆，双手在键盘上急速地敲打，浑身冒汗，头发好像经历过一场淋浴。在系统里一番搜寻，他终于知道了原因：几分钟前收到的那份投资人信息其实是"如来不来"发来的，只是为了夹带一份"寒流"病毒。

这个可恶的"如来不来"，竟然买通了"梭哈"，找到了他的系统路径，此时此刻正潜行在他的网络里！

达一路伸手按向电源开关，就像汽车司机驾车途中，突然遇到断头路，本能地踩下刹车迅速掉头一样。

但是，他眉头一皱，紧接着缩回手，脸上浮起阴冷的笑。

他决定将手提换一座城市，换一个临时的处所。但他自己却不能跟着过去，他要去临近的一座城市，去他存放所有重要物品的地方，那是他的精神仓库，是他的永久居所。

如果有一天，他将居所掩埋，千年后有人掘开这个蛛网遍布、满是尘埃的地方，那时的考古学家们会以为发现了一座早期的计算机圣殿，会在这里发现这个时代最齐全的电脑和网络科技产品。

这里还是他真正的工作室。他在这里策划各种所需扮演的角色，制作各种配套身份。这里有各种改装、易容用品、常用的安全身份通行证，以及制作改装易容用品、身份证明的相关机械。里面的安全设施、监控设备当然不可或缺，一般的盗匪想要入侵没那么容易。

最多的当然是计算机。他经常操作的那台是去年出产的，是当时最为先进、超容量的机器，同时配有打印机、解码器、移动硬盘，保存着进入某些高度设防场所的通行密码。这台机器可以侵入到一些重要管理机构、各类学校以及掌管重要档案的部门网络系统。通过侵入这些官方系统，他可以随心所欲，摇身一变成为任何一个他想成为的人，并且成功地杜撰相关证明文件。

距离他父亲的"硅谷"公司仅有一个小时的车程。

此刻，他端详着自己的装备，从电脑桌上方的书架上拿下一部手机、一台功能强大的手提电脑，然后上载了一个压缩图像文件。

因为得知"如来不来"就是"如若初见"，并成为他的对手而感到的惊愕和沮丧，此时已经云开雾散，展现出来的是充满紧张刺激的兴奋感。

曾经让达一路激动不已、信心满满的工作，发生了戏剧性的大逆转。就像一部电视剧演绎到了中场，一个小高潮紧接着一个小高潮之后，情节发生了过山车般的逆转，曾经的猎手变成了遭受追捕的猎物。

达一路的软件不知疲倦地运转起来，像潜行在浩瀚海域的海豚，时而靠近小海湾嗅一嗅人气，时而进入深不可测的海底寻觅。时而冒出水面，时而在海底藏匿。

电脑音响里传出达一路喜欢的摇滚音乐。

奥斯卡·王尔德说，若要描绘出爱情的妙处，只有两种方式可供选择，一是科学语言，一是吉他语言，但这两种方式都不能充分饱满地传达出爱情的幽微精妙之处。然而，摇滚乐的出现使这两种方式各自具有了不同的内涵，自此之后两种语言便有了不同的分工，这就是摇滚音乐能经久不衰的原因。

此刻，达一路听着的摇滚音乐就传达着一种不能言传之意——暴怒、焦躁、孤单、枯寂等等，许多诸如此类的情绪都从音乐里都巨细无遗地传达出来了，排遣着他内心里种种难以排遣的思绪和情结。

可是，俯身在手提电脑前的他仍有些心烦意乱，集中不起精神。

"寒流"病毒的入侵让他深感恐慌。七年前，他跟"梭哈""如若初见"创建帮派时，帮里真正的操心人就是"如若初见"，是"如若初见"在主导帮派的倾向。如果是他的话，当时就已侵入某个金融机构，把一笔无人监管的钱转入自己的银行卡里。但是，"如若不见"发现未设密的银行账户，却主动通知银行，让他们尽快锁码。

几天前，"梭哈"提醒有人在找他，他还不相信。直到"守护神"被碰，他才知道强中更有强中手，一个警方黑客正在侦缉他的软件。这个人就是七年前的"如若初见"。

"如若初见"究竟是怎么发现他的？

虽然内心恐慌，但他能有今天，战略上的深谋远虑本就是强项，一环失控，马上就想到用另一环来锁扣。当敌人暂时得手时，只有一件事可做：那就是再次出击，自救并打乱对手的部署。

他决定选择警方的人作为攻击对象。他将了解到的专案组成员信息输入"绞肉机"，驱动软件进入网络展开人肉搜索，一个名为"专案组"的文件夹迅速建立，里面不断充实着有关胡志远、罗卫、肖可语、苏南等准攻击对象的信息。

他快速浏览那些零零碎碎的文章：有报道英勇事迹的，写他们如何抽丝剥茧，寻找线索，跟嫌疑人斗智斗勇，将真正的罪犯抓捕归案；有举报他们徇私枉法的，写他们在案件中如何收受嫌疑人的钱财，放任犯罪者逍遥法外……

信息倒是详尽，但攻击谁更富有挑战性，更能打乱他们的部署呢？

正在他看得起劲儿时，一声尖利的"嘀"声突然响起。电脑屏幕上出现一个红色窗口，跳出一行行红色的文字。

他倒抽了一口冷气。

监控信息显示，网名"如来不来"的丁杨正在网络里追踪他的"硅谷"软件平台。

达一路像触了高压电一般。他不得不停下手头的活儿。

如果让"如若初见"抓住这个平台，同在链条上的其他平台将被全部扯出水面！

没想到"如若初见"会追得这么紧！一时间，很久以前"后羿追日帮"的回忆再次泛上心头，出神入化的黑客攻击、长达数小时的网上疯谈、拼命创新的软件构想……

"如若初见"下山猛虎般旺盛的求知欲和坚韧不拔的性格使他对任何新事物都是一个态度：不弄清楚决不罢休。

"如若初见"在编写软件方面的出色才能与"梭哈"不相上下，比他略胜一筹。目前，虽说"梭哈"已不如他，但不一定"如若初见"不如他。

他的生活说不定会毁在"如若初见"的手里。

但要干掉专案组刑警，特别是"如若初见"，并不容易。他是一个宅男，日复一日地待在机房里。那就从专案刑警的家属下手，不能伤其身，就要伤其心，牵制他们的精力。

屏幕上再次跳出红色窗口，"如来不来"居然进入了他正在使用的超级计算机……

达一路气得差点儿憋过气去。他蹦跳起来，在室内来回踱步。

更让他暴跳如雷的是，入侵他计算机的是一个初级入门软件，几个简单的符号，连没读书的网吧小虫都能识破的编制程序。

他重新在电脑屏幕前坐下来，着手更改了计算机的身份和网址。丁杨如果想再次侵入，就得再次进行大范围的搜索，仿佛大海捞针。

但让达一路坐立不安的是，丁杨到底发现了些什么。虽然他的超级计算机里没有储存任何平台资料，不可能让人找到"硅谷"软件的相关信息，但里面有很多有关他目前和将来攻击计划的信息。

丁杨看到"下一步计划"文件夹了吗？看到了他的自救程序吗？

自救行动已经计划妥当……事实上，它已经在进行中了。

放弃下一步计划，实在让他难以忍受。但是，如果让警方识破他为之投入无数时间和精力的平台计划，则无异于杀死他。平台毁灭，会逼得他们父子从此永远只能过地下生活，从此不见天日。这一切比下一步计划不再实施更让他感到屈辱难忍。

挑选一个攻击目标自救！

只有自救，才能重新开始。

他在"专案组"文件夹里专门挑出"罗卫"，修长的手指在塑料字母键上飞舞。"高媛，罗卫之妻"。高媛的资料很少，却关联上一个超市支付信息。她在这家超市使用过"刷脸识别支付"的付款方式，不仅有人脸，还有电话号码。

达一路一阵惊喜。他将高媛的人脸作为子目展开搜索，关联上一家医院。高媛近期在医院刷脸就诊，并在医院资料库里保存着就诊视频。视频里，挺着大肚子的高媛穿着难看的病号服躺在检查台上。她睁着圆溜溜的大眼睛，是在环顾米黄色的手术室屋顶，还是对妇科医生久久没有到来感到烦躁？

他闭上眼睛，如同一位正在思考如何窃取展览馆里最贵重珠宝的盗贼，让思绪任意驰骋。

第二十八章

琳琳问："您的妻子呢？"

她坐在乔爷的起居室里，喝着橙汁。她黄昏时就翻过来了，帮着清洗了客厅的沙发垫、窗帘和空调罩。乔爷理所当然地看着她做事，给她一些副食吃，时不时给她纸巾擦汗，有一搭没一搭陪着她聊天。

她没有说上次的事情，乔爷也没有提。上午他和往常一样去了超市，然后一个年龄跟他差一大截儿的女人两手提着装满新鲜香肠、鸡蛋，还有橙汁、巧克力等副食的食品袋送到他家门前。老女人什么话也没说，放下袋子就走了。他只是口头表示一句感谢，没让她进门。

简单的言行，让事情变得更简单。

他看着女孩费力地帮他将窗帘晾上衣架，想将它扯得整齐。她纤细的手臂几乎支撑不住。有的时候，乔爷还看见女孩撩自己的额发，脸上露出自嘲的笑容。他什么也不问，她也什么都不说。这样一个天高气爽的秋日黄昏，他们更像一对祖孙。

琳琳变得漂亮，也变得活泼健康。每当乔爷看着她的时候，就好像看到生命的力量在他眼前绽放。这就是见证，生活不总是肮脏和不幸的，有时也会绘人意想不到的礼物。

"我的妻子死了。"过了一会儿，乔爷答道，"很多年前就死了。"

"对不起，她发了重病吗？"

乔爷耸了耸肩膀。"发了病。不过也算寿终正寝了。每个人都会死的。"

琳琳说："人们的寿命越来越长了。"

乔爷嘿嘿地笑了。"有质量的生命越长越好，没质量的生命不如不活。我觉得自己也快死了，但我不能让你哪一天翻过阳台，却找不到人聊天。"

女孩肃然地看着乔爷。

她突然说："你是第一个认真陪我聊天的大人。"

乔爷不笑了，拿起妻子的梳子，梳理着几乎沾不到梳齿的头发。"你父母呢？"

"他们死了。"

"对不起。"

"没什么。"她面无表情地说，"我以前有父母，后来有一天他们都走了。就是那样。我姐姐一直陪着我。她很乖，很能干。总是为我买这买那，满足我一切需要。我其实对她很不好，骂过她，说她脏，却不断地花她的钱。姐姐从来不骂我，生过气又主动跟我和解。我反而认为是她自己不好。她就躲着哭……"

"我以前也有一个这样的妹妹。"

"她懂事吗？你是不是对她很好，给她很多钱，她却嫁走了，不再回来看你？"

"我们关系很好。她嫁出去后，经常往家里跑，却从来不说婆家的好坏。怔有一天，她死了。"乔爷实话实说，"她是割腕自杀的。我赶到时，她还躺在自家的床垫上，手腕上有切割伤，血和尿浸湿了她的睡袍。她丈夫是吸毒鬼，她是被丈夫逼死的。"

"真可怜。"

"世上不如意事常八九，孩子。妹妹死后，她丈夫还倒打一耙，说是我们逼死她的，说她总是往家里跑，一定往家里拿了很多东西，我们应该还回去。"

"真是大坏蛋。"

"人性使然。"

"可能吧。我觉得父母也是被逼死的。他们死后，也有坏人上门，但我太小，不知道发生了什么事情。有时，我试着回想他们的模样，但脑袋里乱七八糟的。"

"你姐姐呢，孩子？"

她吸了吸鼻子了。"她……跟坏人在一起，不知道怎么样了。"

现在，他们谈到了危险的话题。乔爷虽然不明白，但还是能感觉得出来。他第一次见到这个女孩的时候，就断定她肯定来自一个不幸的家庭，遇上了不幸的事。

接着，乔爷不得不思考一下。他想谨慎地选择接下来要聊的话题。

"你还有其他亲属吗？我是说除了你的姐姐。"

女孩皱起眉头，看着乔爷。"你是说叔叔伯伯、舅舅阿姨吗？"

"算是吧，也包括那些无私地关心帮助你们的人。"

她停顿了很长时间，乔爷不确定她会不会回答自己的问题。接着，女孩慢慢地摇了摇头。"有一个叔叔、一个舅舅，好像还有一个阿姨。但没有关心帮助我们的人。爸爸说，不要依靠别人的帮助。"

说着，女孩咯咯地笑了起来，似乎带着泪花。"妈妈临死时对我说，世上只有自己的双手才是亲人，什么都靠不住。"

女孩的眼神很真诚。她说的话让她看上去更渺小、更脆弱了。

乔爷犹豫着，不知道自己这样跟女孩聊天对不对。不过，思考让他感到更累，他觉得身上的每个关节都疼，很酸。初秋的傍晚有了凉风，冷气钻进了他皱巴巴的肌肤里。他知道自己剩下的时间不多了，需要加以利用才是。

他问道："你母亲是告诉你，人生靠努力才能成功，这世上还是有好人的。"

女孩好奇地看着乔爷，好像特别困惑。

乔爷接着说："你人生的路还长得很，活着是第一要务，不论经历怎样的苦难，对你以后的人生来说，都是一份财富。"

女孩说："我的财富够多了。"

乔爷想坐回床上去，然后继续跟女孩聊天。他的大脑又飞快地运转起来。他明白这个女孩的处境，却不知道她的处境到底是什么。他真希望自己以前多出去走动走动，多了解一下自己的邻居。他想打听打听楼上到底住着些什么人，打听这个女孩到底是什么时候住进隔壁的。

这个女孩遇到不幸的事，他很确定这点。他会探寻到更黑暗、更危险的事情。

乔爷轻轻地问："和你住在一起的，还有些什么人，孩子？"

女孩又摇了摇头。

"告诉我，没关系。我是个老头子。你知道，老头子是最能保守秘密的人。"

女孩看了看窗外，又看看乔爷，悄声地说："我觉得我们不应该谈论这件事情。"

"你告诉我的名字是真的吗，孩子？"

女孩坦然地看着他，没有说话。

"你多大了，哪一年哪一月哪一日出生的？"

"这不重要，我不会请您给我庆祝生日。"

乔爷还是不肯放弃："跟你在一起的，还有哪些人？孩子、大人，或者养了些什么宠物？告诉我。我只是有些好奇。"

女孩转着手里的杯子，橙汁早已喝完，却一直舍不得放下。她望着窗外，绿意盎然的花园沉浸在昏黄的灯光里。乔爷从床沿上站起来，坐到摇椅里，跟女孩一起看窗外。迷蒙的天空慢慢聚集起乌云，大约有一场暴风雨，这是转秋的前兆。

他没有再说话。只要赢得女孩的信任，该他知道的事，女孩会主动说的。

女孩说："你知道得太多了，他会杀了你。"

乔爷摇着头，说："胡说。只有老天爷能让我死，其他没人能够让我死。"

"你太老了，不知道现在的世道人心。"女孩的话很老到，很尖锐。

真的刮风了，似乎夹杂着些许雨点。乔爷挣扎着起身关窗，隐隐地响起暴雷，接着迅速划过一道闪电。女孩制止老人起身："我要回去。"

"乱说。又是风又是雨，今晚就住在这儿吧！"

"爷爷？"

"退后点儿。"

乔爷态度很坚决，果断地关上了窗户。女孩缩了回去，怯生生地坐在椅子上，看着乔爷的一举一动，小心翼翼地，带着恐惧的情绪。

"把你遇到的事情告诉我。"乔爷变得蛮不讲理，"说不说是你的事，让你回到隔壁受苦，放任你继续受到伤害，会让我良心不安的，这是我的事。"

"我说过，他会伤害你的。我不能连累你。"

"哼，他敢伤害我？他有几个胆儿呢，我都这年纪了，他还能做什么？如果他想对付我，尽管放马过来。因为我正要找他呢！"

乔爷蹾着拐杖，激动地从摇椅上站起来。但是女孩不是傻瓜，他也不是。他不知道隔壁有些什么人，不过他心里清楚，从琳琳所受的伤害来看，绝不是好人。

"乔爷，谢谢您。"

"你不需要这样，孩子。世道自有公心。"

"不！"

女孩尖锐地说，眼睛瞪得滚圆，显然很慌张。这下乔爷心里明白了，他与女孩的沟通不是信任问题，而是能力。

"你不相信？"乔爷问。

沉默。

"那好吧！至少你可以留下来，我们一起吃饭，晚些时候，再喝杯牛奶。这样，不会让窗外的暴风雨影响到我们的心情。是不是住在这里，你自己选择。"

女孩睁大眼睛看着乔爷。乔爷从来没有见过这种眼神——恐惧、胆怯、希望、憧憬。她双唇紧抿着，忍着没有说话。

过了一会儿，她终于张开嘴说："谢谢您。"

乔爷注意到女孩的身体放轻松了些，可他知道女孩并不开心，也没有如释重负，仿佛一只战败的公鸡。

乔爷把女孩领进餐厅，关上了阳台门。

女孩走向厨房，从冰箱里拿出现做的菜。豆大的雨点落在花园的树叶上，发出噼里啪啦的声音。乔爷快速地关好窗户，假装只在意可能飘进来的雨水，而并没有注意到对面窗户里闪烁的灯光和晃动的人影。

第二十九章

继系统崩溃后，罗卫承受着一系列坏消息的轰炸：对阿偃的询问，没有获得有价值的线索；治安组找到刘群微信里的几个好友，她们却不承认参与投资；娟子明知危险，却不愿意接受警方的保护。

他两天两夜没回家，没时间陪高媛去医院产检，高媛不再接他的电话。

罗卫尽可能地保持冷静，告诉自己一切仍在掌控之中，他还有机会从容面对。

正这么想着，机会来了。监视娟子的民警报告，一个成年男子忽隐忽现地接触娟子，娟子看起来很害怕。罗卫决定亲自过去。抽调到专案组的特警驾车在楼下等着，罗卫坐上后座，在林立仁身旁，跟前座的特警打了个招呼。驾车的警察是个肌肉发达、表情冷漠的家伙，车门一响便加速往前面冲。

"跟踪的还有一辆车，三个人。"林立仁介绍说。

"所以，除了司机，只有五个人？你负责联络和带人包围路口，守住可能的逃脱路线。武器都带了吗？"

林立仁和特警检查身上的装备。

罗卫倾身到前座之间："你们谁想跟我一起去近身接触凶手？"

"我！"副驾驶座上的年轻特警立刻回答。

"那就你了。"罗卫朝后视镜缓缓地点了点头。

几分钟后，车子停在梅阳区的汉阳路街尾，他们仔细打量着"天天 K 歌"的大门，早些时候监视民警就是在这里发现情况。"跟踪的同志还咬着吗？"罗卫问道。

"他们就在邮政银行对面。"林立仁说，"中队长叫大雄，一人守在前门口，一人守在后门口，一人跟在歌厅里，他们用耳麦对讲，联系是即时性的，应该不会错。"

罗卫点点头，打开车门。"我先去看看，一会儿就回来。"

一会儿，罗卫回来，对司机说："把对讲机给我。"他重新进行调频，接着在对讲机里下达了迅速有效的命令，指示他们到达他指定的位置。但话里没有提到街道或建筑名称，以免被好事者或罪犯从频道里识别，泄露警方的行动。

"走吧，"罗卫转头望向副驾驶座上的特警，接着对驾驶员说，"密切关注动向，跟指挥中心保持联络，有事就用刚才的频道向我报告，清楚了吗？"

驾驶警察耸了耸肩。

罗卫迈上歌厅的台阶，一位媚态十足的女迎宾朝他们走来。林立仁拿出达摩的画像，用冷淡的语气问："看到过画上这个人吗？"

迎宾可不是傻子。她看看画像，又看看罗卫，接着又看了看画像，然后耸了耸肩。

林立仁加重语气说："你明白我们的意思吗？"

迎宾停顿了一下，思考着，仍旧拦着他们没有引路的意思。

罗卫亮了一下警官证，说："你可能见过他和一个女人在一起。那个女人先进歌厅，没多久他便黏了上去。"

迎宾纠正了罗卫的说法："是暗娼。我看见过他和那暗娼在一起。前几个月，他还带其他女人来，年龄似乎都不小了，却叽叽歪歪的，没个正形。"

林立仁收起手上的画像。"你知道他和她们的名字吗？"

"不知道。"

"可以看出她们是本地人吗？"

"女的应该是本地人吧。男的经常来，特别是上半年。见过他六七次，每次都带着不同的女人。有一次，那个暗娼还吃醋，被他打了一巴掌。那男人看上去不像正经人，但是他经常给我们带生意，给钱还大方，总不至于赶他走。"

三个人如获至宝，盯着女迎宾，迎宾却仍旧挡着前面的路。罗卫问："能说说今天的情况吗？"迎宾耸了耸肩。"暗娼是来勾引其他男人的，没想到老情人会出现。"

罗卫点了点头，从腰里掏出手枪上膛，并向林立仁示意。

"你们这样进去会惊扰客人的。"迎宾说，"当然也会惊动你们要找的人。"

"好，我们听你的。他在哪个包房？"

"688，二楼走廊往左最后一间。"

罗卫快步向前，特警贴身跟上，林立仁与迎宾一起脚步沉稳地往楼上走。

罗卫爬上楼梯，才转过走廊转角，就听见吱吱声。他非常熟悉这种声音，知道是无线电对讲机的声音。抬头一看，就见走廊尽头的消防栓的暗影里躲着一个男人，那是先前监视的便衣。右边的包厢里走出一名老年男子，端着果盘，穿着服务生衣服。罗卫想躲开，却已经太迟。服务生对着他职业性笑着点了点头。

走到688号包房门口，然后跟便衣对了个眼神。便衣迅速踮脚过来，同时伸手扭动门把手，特警持枪冲了进去。

"王八蛋！"罗卫冲便衣吼道。包房里响彻震耳欲聋的摇滚音乐，却空无一人。

"会不会是刚才走过的那个服务生？"特警说。

罗卫望向特警，没有说话。但他的耳麦响了起来。"一个穿服务生服装的家伙匆匆下了楼，正往对面大街走去。"罗卫吸了口气，房间里隐约有种黏须膏的香味，他认得这种香味，是易容用的。

"就是他，"罗卫说，"我们被耍了。追上去。"

"就是他。"特警也在耳麦里说，接着就跟随罗卫奔出了房门。

那名穿服务生衣服的男子，就是达摩。他熟知所有出口的位置，他第一次来这里消费就把出口的位置都摸清楚了。转眼间，他就来到通往后院的门口，但想到从这里出去实在太过明显，除非他判断错误，否则一定有警察守着。如此看来，从大门逃跑成功的概率最高。他走出大门，随即左转，直接朝警车走去。这条路线上只有跟罗卫来的那名特警，只要他能摆脱特警，就能走进对面的市场，或者转角的公园，没入喧哗的人群之中。

特警早就接到指令，一眼便看到了男子。"他来了，我去拦住他。"他对着耳麦说道。

"不！"罗卫回答，"不要下车，用车堵他！"

跟随罗卫的特警用耳麦复述了罗卫的命令，却只传来一阵干扰的嗞嗞声。

达摩看见警车的车门打开了，路灯灯光下，一名持枪的健壮特警下了车。

"站住！"健壮特警喊道，双腿张开，拿枪指着他。

经验不足，他一眼就看得出来。两人之间隔着一条大约五十米宽的街道，但特警不如楼上下来的罪犯精明，目标的逃跑路线还没有明确就现了身。

达摩看到特警亮出手枪，并没有转身逃跑，而是快速冲向年轻的特警。

"站住！"特警又喊了一声。

两人之间的距离缩短到三十米、十五米。达摩举起了手枪。

但他高估了射中对方的机会，虽然只相距十几米，子弹只击中警车的挡风玻璃，玻璃瞬间变碎，街道上响起猛烈的火药爆炸声和子弹击中玻璃的坍塌声。

年轻特警没有经历过实战。他脸色发白，就地一滚，躲入车尾，双手紧握着七七式手枪，在满地锋利的碎屑里寻找击毙罪犯的机会。

罗卫三人冲下楼来。年轻特警仍然跪在警车旁的地上，手枪指着前方。远处街道上可以看见一个身穿蓝色衬衣的背影，正是他们在走廊上见过的那个人。

"就是画像上的那个人。"年轻特警喊道。

罗卫转头望向跟在身后的特警："给我微冲。"

特警有些不情愿地把冲锋枪交给罗卫。"弹夹是满的。"

罗卫已经冲了出去，他听见林立仁跟在后面。达摩远远领先，已转过街角，奔上烈士公园外围的街道。

罗卫单手握着冲锋枪，注意力放在呼吸上，尽量用有效的方式奔跑。接近转角时，他放慢脚步，把枪端到射击位置，试着不想太多，超过转角探头往右望去。

转角处空无一人。

达摩这类杀手不可能笨到跑进单门独户的小院，因为那跟跑进鸟笼一样，只能坐等警察关上笼门。罗卫朝公园望去，只见一丛一丛茂盛的树林里透着暗淡的灯光，公园里看不见任何可疑的动静。

罗卫继续往前面跑出几步，除了一群群闲逛的老人和小孩，达摩消失在黑暗中。他停下脚步，弯腰休息一会儿，感觉心脏在肋骨之间剧烈跳动。

"你跑得这么快，都让他溜掉了？"林立仁气喘吁吁地说，"那人真是飞毛腿。"

罗卫白了他一眼，说："我们回去吧。"

歌厅前面停着三辆警车，还有几辆采访车。两个挺着长镜头的男子从人群里钻出来，冲到罗卫面前，不搭话，先是一阵"咔嚓""咔嚓"拍照。

"没什么事。"罗卫一边说，一边钻进警车，"让你们白走一趟了，对不起。"

警车启动，拐了个弯儿，来到歌厅后门。罗卫让特警下来。林立仁还没反应过来，罗卫就猛地打开门冲进里。他隐约听见一个女人的抗议声。接着，罗卫抱着一个女人来到警车旁，林立仁很识趣，赶紧下车帮忙，帮着将女人塞进后座，原来是娟子。

娟子一直使劲地哭，罗卫铁青着脸看着，轻轻地拉过她的手，她没有反对。

他没有说话，不用说话。他们生活在同一个世界，他理解她的心情，理解她的遭遇。在这个世界上，恶魔是真实存在的，好人会受到伤害，会感觉不知所措。自小，他就决心尽自己最大的努力阻止坏人的恶行。

罗卫模糊地意识到，身边的娟子仿若高媛，两个怀孕的女人，一个颠沛流离、居无定所、食不果腹，一个呢，虽然不像娟子这么惨，身边却也无人陪伴。他想到自己此时应该跟高媛在一起。他既要保护像娟子这样的人，也要陪伴妻子。否则，高媛也会哭的。

好一会儿，娟子终于停止了哭泣，然后轻声地说："他是本地人。"

罗卫问："谁？"

他侧身盯着她，眉头皱起，两眼斗鸡地立在一起。他看上去又着急又生气，本来会吓到娟子，但是她明白他的愤怒——他在尽最大的努力，但受保护的人却不肯说出所有事情。

"那个达摩，他是当地人。一定是。他亲口跟我说，即使警察抓了他一个，还有无数个他会来报复我的。"

"娟子，都说出来吧！你让我们瞎子摸象，害的是你自己。这样东躲西藏，身心疲惫，什么时候才是个头呢？"

"我知道的都说了啊，你怎么就不相信我呢！我可是信任你，才找你的。其实，他昨天就在路上拦截了我，但半路杀出个英雄，我又跑了出来。他在拦我时，说了几句话，我听出是新戎方言。你知道吗？那里的方言挺难懂。我还听他接了个电话，听口气是从河南打来的，对方很急，似乎年纪不小，来不及网上联系，便打了这个电话。"

"电话里说什么了吗？"

娟子摇摇头。

"你知道他的电话号码吗？我们可以查通信记录。"林立仁说话了。"还有，新戎方言，你肯定吗？是北边的，还是南边的？南新戎人可是说潭戎话的。"

娟子皱着眉，沉思了一会儿。

"很正宗的新戎话，好像梅山教的咒语。"

他们几个几乎同时喊起来："双戎铺人！"

林立仁说："难怪他功夫了得。双戎铺尚武成风，既重视轻功，又重视硬功夫，大部分男人力可举鼎，那里出来的人大都是吃力气饭的。怎么就出了个电脑奇才呢？"

"又不是认定他就是那个黑客。"罗卫厌烦地说道。

换上病号服的高媛退去了原来的飒爽英姿，孕肚全露了出来。样子够难看的，她心想。两天前，她已经做过检查了，今天来拿结果，但医生说要复查。到底是复查什么呢？

她数着衣服上的蓝花点，心不在焉地在检查室里踱着碎步。

黄一鸣医生还没来。这时已经是十一点半了，医生迟到总有千百个理由。

做完复查，她该去哪里呢？逛街购物，还是回枯燥的机房办公。最近，领导已经减少了她的工作量，很多案件都不让她插手，支队政委特别交代过，教导员姓教，要管队伍上的事，把政治建警和党建工作管好就万事大吉了。

几个人的大队，又都是些高素质的网虫，队伍上能有什么事情。

当然，她更多地想到罗卫。对丈夫没有同来感到无比庆幸。

罗卫那人简直是个极端矛盾体，成天想着案子，想着抓捕凶犯，让他离开刑侦岗位，铁齿铜牙，就是不肯，让他陪着去医院产检，也不回，但一听说她身体有问题，急得热锅上的蚂蚁似的，时刻打电话催问。她有意躲着不回，他一连在手机里发了几十条问候短信。

直到这个上午，她到医院拿结果，闲着没事，给他回了几条短信，他感动得要哭了似的，问明情况，才安心地出去抓什么人。

其实，高媛没有说真话，虽然不知有没有问题，但需要复查就说明还是存在疑问。她不敢告诉他复查的事，懒得听他反复追问。她相信自己不会有毛病。

她明白罗卫对自己的爱，虽然他全身心地投入工作，但她在他心旦的地位，无人可以替代。她也一样，爱罗卫，对谁都没这么爱，对谁都无法这么爱，一闲下来，就想着两人牵手走在一起。但高媛此时却对丈夫不在身边充满感激，她不想让他担心。

不论复查出什么病症，她一个人可以承担。

当然，她很快就会知道结果。

她又抬腕看了看表。黄一鸣医生干什么去了呢？她不怕检查，甚至不怕动手术，但讨厌等待，特别是莫名的，对未知疾病结果的等待。也许可以用手机看看网文或者电视剧，听听音乐，可她以前从来看不起那些无聊到盯着手机不放的人。她的手机除了通信，没有启用任何其他功能。

这时，一位身材壮实的女护士推着一辆手推车进了病房。

"您好。"女护士说话带着浓重的北方口音。"是高媛吗？"

高媛点点头："对。"

"黄一鸣医生让接受一项产检复查，是不是？"

"嗯。"

护士勉强地对她笑了笑，拿出一张处方单看了看，然后示意高媛躺到病床上去。护士打开床头的重要生命机能检测仪，将一些感应器连接到高媛的手腕上。轻柔的嘀嘀声有节奏地响起来，护士调试了一番，又拿起一张打印单仔细看了看，在一大堆药品中翻找着。

接着，她又看了看高媛套在手腕上的塑料袋，确认名字无误。高媛会心一笑，揶揄地说："我这么不值得信任吗？"

护士说："逐项核对是医疗条例规定的，知道吗？我出生于偏远农村，读书出来不容易，我可不想因此丢了工作。"

高媛收起了笑，心想这护士逢人就说这种话，是博同情吗？

她注意到护士撕开一个包装袋，拿出一管注射器，然后"啪"地敲掉一支药水瓶尖，抽了一些清澈液体到皮下注射器里，不禁问："是黄一鸣医生吩咐让打针的吗？"

"对。"

"我只是来做复查的。"

女护士又看了一眼打印单，点点头，说："是他开的处方单。"

高媛瞥了一眼那张纸，但字迹模模糊糊，完全看不懂上面的文字和数据。

女护士用酒精棉签在她手臂上消了毒，把药水注射进去。针拔出来后，高媛感到手臂针眼四周一阵透心的凉，并传来一股很奇怪的刺痛。

"黄医生马上过来。"女护士收拾好东西。

高媛没来得及开口问刚才注射的是什么，护士就离开了。这一针让她有点儿忐忑不安。她已经怀孕六个月了，身边所有的朋友和医生告诫她谨慎用药。

但转念一想，又觉得自己大可不必有任何担心。黄一鸣就是产科医生，她是来做产检的，病历上清清楚楚写着她已怀孕。这里的医生、护士怎么会做损害胎儿的事呢？

"只要知道对方的手机号码，他在方圆一公里的范围内拨打电话，保证能第一时间追踪到打电话者背后，不会相差几米的距离。"

说这番话的人叫龙仓健，身高不到一米六，却很胖，腰肚圆滚滚的，整个一只螃蟹模样。穿着特制的花格衬衣和沙滩短裤，大约是模仿香港影星。

龙仓健是汉洲移动通信有限公司安全部主管。

丁杨在分析追踪达一路的过程中发现了他发送的关于移动电话服务的邮件，里面将汉洲移动通信公司的不足和缺失分析了得很透彻。丁杨认为，汉洲发生的一系列案件中截断通信的事故都与此有关。于是，胡志远给经常与刑侦大队合作的龙仓健打了电话。

龙仓健看了邮件，大为惊骇，同时，信誓旦旦地保证，公司将竭尽一切技术力量配合警方侦破此案。龙仓健朝丁杨抱了抱拳，表示感谢。丁杨点点头，他这会儿正忙着和支队赶来的技术人员恢复执法网络系统

"我们支队同事上周还谈到你公司，说应该把你们移动公司改名为'汉洲易盗电话公司'。这个名儿怎么样？"

龙仓健嘿嘿地赔着笑。

罗卫问："既然现在已经发现达一路窃取移动通信的途径，以后只要他故技重演，是不是就可以随时追踪到他，并避免用户受到他的技术影响呢？"

"如果他上网使用的是手机，只要知道他手机的电子条形序列号就行。"龙仓健回答。

有过盗打电话经验的丁杨，自然知道电子条形序列号的意思。他想揭穿龙仓健的话说了等于白说，却又不忍心再伤他，毕竟刚才的玩笑，龙仓健没有反驳，还是给他留点儿情面。

龙仓健继续说道："或者掌握他的手机号码，同时这部手机又在距监控机站不太远的地方使用，就可以利用无线电定位设备追踪到距离打电话者几米的方位。"

罗卫虽然不懂通信技术，但一听龙仓健的话，就发现了破绽。"可是，我们怎样才能查到他手机的电子条形序列号，或者他的手机号码呢？"

"嗯，这个有点儿难。"龙仓健不得不承认。"大多数情况下，只有集团用户在公司登记了电子条形序列号，或者实名登记的我公司用户。可这个家伙显然不会是集团用户，更不会使用我公司手机。如此，他才会肆无忌惮地窃用我公司网络。"

"假如他拨打的对象是集团用户，或者你们公司的手机呢？需要多长时间追踪？"

"这样的话，绝对快捷。一定比驾驶亮着警灯、开着警报的汽车追踪要快。"他开玩笑地说。

罗卫释然地说："这至少解决了一个问题，如果电信诈骗中的受骗人报警的话。"

肖可语表示赞同："是啊，现在盗打电话成风，利用盗窃移动电话进行诈骗已成为新世纪最大的刑事犯罪种类。"

"除了刑事暴力犯罪。"林立仁没好气地小声插了一句，眼睛盯着自鸣得意的龙仓健。

这时，丁杨朝大家说，专案组的临时执法网络系统已经恢复，并开始运行。他检查一遍后，吩咐苏南将新近录入的数据备份一份，拷在U盘里，并反复交代不要再将这台机子与公安专网连接。他在最后的检测中发现病毒并未完全清除。

丁杨的手机响起"嘀嗒"声。他朝屏幕看去，心想会不会是高媛给他发来短信。但不是。那声音来自一个小窗口，是他连接在黑客聊天室的账号提示他有封新邮件。

他飞速地跑到机房。

邮件是"梭哈"发来的。

苏南站在丁杨背后，大声念出邮件标题："发送一个文件给你，事关我们的朋友，丰富的内容值得你深入考虑。"

丁杨抬起头，眉头锁得很紧。他没有埋怨苏南口快，似乎也对他前面犯错不计前嫌，却以商量的口吻问："邮件使用了一种商业型公用钥匙加密软件，你熟悉吗？"

苏南在键盘上搬弄了几个指令，摇摇头，退到一边。

"他没有把打开文件的解密钥匙发给我。"丁杨皱着眉头，接着问："专案组有人接到过'梭哈'的电话或短信吗？"

众人都疑惑地摇摇头。没有谁跟"梭哈"有联系。

"难道你把我们的电话号码给过'梭哈'吗？"胡志远问。

"凭他的黑客水平，专案组的电话号码需要有人告诉他吗？"

众人一齐沉默。

丁杨坐回椅子上，仔细地研究了一下邮件，突然大笑起来。理解系统逻辑所带来的智力挑战是第一位的，其次才是和黑客们战斗的惊险刺激。

"哈哈，我知道了，这是不用解密钥匙破解的。"

这时，罗卫不想看丁杨的独角戏，自个儿走到一边拿起丁杨赶在嫌疑人终止下载程序、给文件重新加密之前，从"雷神"的"下一步计划"文件夹中下载的材料。

他一边看，一边在白板前书写，计划里一些汉洲地名吸引了他的注意力。"你看，计划里提到停车场、保安室、食堂、物管处、人事部。"丁杨对肖可语说，"都是些与设施管理有关的部门，这说明，他的下一个目标是一个大机构。"

肖可语俯身跟他一起看着。

"唉，医技楼、护士站……都是些医疗服务项目。"肖可语说，"医院，他的下一个目标难道是医院？"

罗卫疑惑地盯着打印纸。"医院？为什么是医院？难道一个投资亏损对象住在医院？"

"极有可能是一个投资亏损住院的人，说不定住院期间情绪激动，说出什么不利于他的话来。"

随后的纸张上有很多英文字母和数字，并没有汉字标明是哪所医院。肖可语指着上面一排英汉组合的文字。

"HZSTT***HZSDHRSS账户号第18区间。"

"这是什么，读起来似曾相识。"

在这组文字下面，是一长串像是身份证号的数字。

"HZSTT"肖可语一个字母一个字母地念着，脑海里在努力回想。"这好像是那个招牌上的字母，之前我听到过这个名称。"

接着，肖可语突然叫道："罗队，想起来了，是汉洲市第二人民医院的英文简称，果然是医院。"

罗卫拿起电话，拨通了汉洲市第二人民医院医务处。他把那一组英文汉字组合的文字念给医务处处长听，询问它们都代表了什么。

他一边听着对方的解释，一边在白板上记录，然后抬头对肖可语说："后面是人力资源和社会保障厅的英文缩写，连起来就是指医保处的报账资料号码。"

随后他又对着话筒问："第18区间是什么意思？"

他听了对方的回答，慢慢地挂断了电话。片刻后，他皱起眉头说："第18区间是指汉洲市公安局。就是我们。下面的一排数字果然是身份证号码。也就是说，那一组文字标明了我们局里的某位民警的住院报账资料。"

"噢，不！"

肖可语听到一声短促的惊叫，叫声显得惊恐万状，异常痛苦。

如果她不是清清楚楚地亲眼看着它从罗卫的嘴里吐出来，任谁转达，她都不会相信罗卫的嘴里会说出那两个字。

大家一齐转过身，惊讶地看着罗卫，只见他大张着嘴，满脸恐慌，手指着记录在白板上的一长串数字。

"怎么啦，罗卫？"

胡志远扶住他，生怕他突然惊悸倒在地上。

"第二人民医院，他的攻击对象是第二人民医院的病人。"罗卫囫囵地吐出这几个字，"……是高媛，数字是高媛的身份证号，她正在医院做产检。"

左等右等，不见黄一鸣医生，高媛有些不耐烦起来。

这时，一个身着保安服的健壮男人走进了检查室。

高媛从电视访谈节目上移开目光，盯着来人。电视是女护士帮她开的，说是让她打发等待黄一鸣医生的时间。

她等候的是黄一鸣医生，可不是一个愚蠢的保安。在高媛的心目中，保安都四肢发达、头脑简单。她不喜欢跟没有思想的人待在一起。

"高警官吧？"保安的普通话说得不错，大约在北方当过兵。

"我是。"

"我叫李海，是医院的保安。你丈夫，也就是梅阳分局的罗卫队长打来电话，让我待在你身边，直到他赶过来。"

"为什么？"

"他没说。但他警告我，病房里如果进了除警察和黄一鸣医生以外的男人，我的保安职业就到头了。"

高媛觉得罗卫不是那样的人，皱眉看了保安一眼："他为什么不直接给我打电话呢？"

李海紧了紧腰带，好像是检查装备袋的虚实。"医院旁边的机站刚才出现故障，罗队长电话打不进来。他是通过救护车的对讲机交代我的。"

高媛的手机放在手提包里，但她进入检查室就调到了静音状态。因为墙壁上有一条警示，禁止使用移动电话，因为移动信号会干扰生命机能检测仪的工作。

保安在病房里绕了个圈儿，便拖了一张方凳坐到门口。

虽然只是眼角的余光，高媛能感觉到保安正打量着她，目光在她身体上不安分地游走，似乎有意无意停留在她的胸部，计算她使用什么型号的罩杯。她转过头，对他怒目而视，但他提前把目光移开了。

这时，黄一鸣医生走了进来。他五十多岁的年纪，高挑的个子，消瘦得竹竿似的，头发显然刚染过，黑得有些失真。

"你好，小高，感觉还好吗？"

"好。"医生既然来了，她也没必要埋怨。

黄一鸣注意到了保安，扬起眉毛，质疑地看着他。

保安谦恭地点了点头，说："是高警官的丈夫罗卫队长让我来陪她的。"

黄一鸣医生打量着他，问道："你是医院安保部的？"

"是。"

高媛想尽快结束检查，帮着说："罗卫办案中遇到些小麻烦，他希望谨慎些。"

黄一鸣点点头，恢复友善的面孔。

"好吧，小高。那我们现在开始检查。我先告诉你接下来做些什么、检查内容。"他注意到她手臂上的红色血点。"这是护士来过了吗？已经抽过血了？"

"不，是打针留下的。"

医生皱起眉头，问："怎么回事？"

"半个小时前，一个护士进来，说是你吩咐的。"

"我并没有安排打针。"

"可是……"高媛猛地感到一阵恐惧，惊颤袭遍全身——冰冷、刺痛。就像刚才打完针后手臂的感觉，"可是，那个护士是按照一张打印单的医嘱做的。她说那是你亲手写的处方。"

"打的什么药水，知道吗？"

高媛呼吸急促起来，小声答道："不知道！"

紧接着，她急促地问："黄医生，那我……我的孩子怎么办呢？"

"不会有事的，"黄一鸣安慰道，"那个女护士叫什么？"

"我没注意她胸前的卡片。但她个子很高，强壮，说普通话。"高媛说着，几乎哭出来。

李海脸色肃然，俯身问："发生什么事了吗？"

两人没有理他。

高媛紧张地看着黄一鸣的脸色，他惶恐无措的表情，越发让她忐忑难安。他从口袋里掏出医用手电，俯身掰开她的眼睛看了看，又量了量血压。然后抬头看看生命机能检测仪的显示器，说："先别紧张，没什么大问题。我去问问是怎么回事。"

他冲出了病房。

先别紧张……高媛越发紧张忐忑起来。

保安起身关上门。

"别关……"

"对不起，"李海以标准的军人声音回答道，"是你丈夫的命令。"

他转身把椅子拉到病床前，挺直身子坐下。"电视遥控在哪儿？我想改变一下室内环境。"

高媛扭身没有回答，表示抗议。

保安兀自找到电视遥控器，开大音量，换到一个选秀频道，却又不看，两眼盯着窗户。

先别紧张……

高度紧张中的高媛总感觉有一只眼睛在盯着她，是谁呢？是保安，只有他！

但高媛这时顾不上理他。她心里压着两件大事：第一是肚子里的孩子，第二还是肚里的孩子，因为那针疼痛可怕的注射关系到孩子。

她闭上眼睛，一边祈祷一切平安无事，一边抚摩着肚子。里面那个六个多月的胎儿正聆听着母亲惶恐不安的剧烈心跳。这声音会不会影响到小生命以后整个的人生？

第三十章

罗卫的汽车堵塞在解放路的车流中。

没人通报交通设施故障，前方也没有交通事故，但路口就是繁忙，车流就是不畅，让人无法不生气。医院仍联系不上，也无人给他反馈消息，使他越发担心和焦虑。

"我们这是游街闲逛吗？"罗卫吼道，同时想起跟高媛上街的情形。高媛总喜欢把车开得很慢，一边开还一边品评两边的商店，包括小吃、服装、家饰。解放路是女人最喜欢的地方。

"二医院位于市中心，走哪条路都一样。"曾旭答道。

罗卫一心只想尽快赶到妻子身边，离开得太匆忙，便随机抓了曾旭的警车。曾旭不放心，亲自驾驶陪着过来。

"放心吧，医院是公共场所，不是谁想捣乱就能得逞的。"曾旭安慰他。

失败的一天里，这是第一句令罗卫振奋的话。

曾旭接着说："我一直在想，不管是黑客还是凶手，或者他们本来就是一人，他的目的不是挑战警察，他不会为了逃避而去杀一个无关的人。"

"感谢你这么说话，但袭击病人计划并没有被否决。"

"我是说阿偎的网吧。如果他愿意的话，他本可以把整栋楼房夷为平地。"

罗卫想了想。"从表面看，这能说得通，但在更大的阴谋里其实没什么不同。他在烧毁网吧时，实际上已经替自己在死亡簿上签了名。如果我们找到他，他不束手就擒，就是死尸一具。同样的道理，他也会拼死顽抗，滥杀无辜。"

曾旭往前面移动了几步。"医院不是他最好的选择。"

"不，你不了解他。"罗卫说，"丁杨说过，还是很多年前，那时他们经常在网上聊天，达一路讲了一个少年时代的故事，让丁杨一直记在心里。"

曾旭直直地看着他。

罗卫说："达一路从小就不愿跟人交往，没有多少好友，一些年龄大一些的家伙恨透了他，因为他聪颖过人，在学校经常故意捉弄他们。十三岁那年夏天，他和一个要好的朋友在菜地小土丘上找蚂蚱。菜地后的树丛里有一个土坑，四周围着等腰高的木桩做围墙，顶上盖着废旧的木片，平时坑里积着水。他俩正攀着木桩察看土坑里有什么东西，突然四个大孩子骑着车尖叫着冲来，到了跟前便开始取笑他们，尤其是达一路。达一路就说了句玩笑话，结果跟大孩子斗了几句嘴。

"接着，领头的家伙扬言要教训达一路，说土坑里有蛇，除非达一路承认他父亲是个嫖客佬，不然就把他扔到土坑里去。达一路怕死，却并没有顺从，因为领头人的话伤害了他父亲，让他愤怒了。但是，尽管他拳打脚踢，声嘶力竭，拼命挣扎，最后还是被强行推进了狭小黑暗的土坑里，并不准他在天黑前出来。

"这下糟了。朋友想帮他，可是大孩子威胁他朋友如果那样就把他也扔进去，只能等他们离开。这时，土坑里传来一声惊叫，接着是令人毛骨悚然的嗤嗤声。原来，坑里确实有蛇，却不是水蛇，水蛇只咬人，没毒，而且不会发出声音，坑里是条响尾蛇。大孩子们一看坏了，要出人命，眨眼间便跳上车逃之夭夭。

"他朋友在上面喊，却看不见达一路，只听到坑底发出微弱的哭泣声。朋友掰断两根木桩，俯近坑口边，小声叫他，但还是只听到他呜咽个不停，却看不到蛇。十三四岁时已经学过生物，知道响尾蛇有剧毒，看不见东西却可以感受热量。但他朋友还算讲义气，鼓起勇气，缓慢地把手伸了进去，顺着泥巴慢慢前移，摸索了好久，感觉有个把小时，终于探到了达一路的衣服，抓住他的胳膊使劲地把他拉了出来。

"这时，达一路已经吓得尿了裤子，哭得没有人样，浑身抖得像一个癫痫病人。

在地上躺了一会儿，达一路终于平静下来，对他朋友狠声地说，总有一天，那些杂种会对他们的所作所为后悔不迭的。"

"后来呢，后来怎么样？"曾旭不等罗卫缓口气，追着问。

罗卫看着他，忍住没有一口气说出来。

"几年后，那个带头的家伙已经开始谈恋爱。这下，出事了。领头人一年里被蛇咬了四次。最后一次不走运，治疗不及时，一条腿被截肢，成了废人。"

曾旭一边紧追慢赶地在车流里穿插，尽量快捷地往第二人民医院走，一边假装兴趣勃勃地跟罗卫聊天儿，化解他的焦虑。

"怎么搞的？怎么就截肢了呢？"

"那时，领头人在商业技校读书，开着他父亲的老款长安之星。下午的时候，他刚钻进车里，蛇就顺着他的脚踝咬了起来。不知蛇是怎么跑到车子里的，蹲在热乎乎的驾驶座下面。知道被咬，车已开出一段距离，前不着村，后不着店，没死已算命大。"

还是望不到二医院的尖顶招牌，曾旭看了一眼罗卫，问："你是说，是达一路把蛇放进那人车里的？"

罗卫说话很谨慎："丁杨说是达一路自己供认的。警方参与了调查，发现达一路在领头人的汽车附近出现过，手里提了个编织袋。"

"哦，这跟他被推进坑里隔了多少年？"

"应该是六年之后。此人很记仇的，谁得罪他，他会一直耿耿于怀。他得意地跟丁杨说，他仅仅是以其人之道，还治其人之身而已。"

曾旭将车开进一条小巷，这里的车流不大，但很狭窄，不过毫无疑问要快捷一些。然后他把车开进了砖砌的人行专用道，跳过一段拥堵路口，驶向医院的正门。

"罗队，"曾旭突然打破沉寂，"你认为黑客跟凶手不是同一个人，我们这两条腿走路会不会走偏了，怎样才能弄个水落石出呢？"

"并不只是怀疑，是石锋教授鉴定分析的结果。"

前面又堵住了，空转的发动机声音低沉。罗卫说："种种迹象表明，如果是黑客独自作案，他不可能这样分身有术。"

"是的。黑客在一个地方指挥，凶手在汉洲杀人，或许不止一个凶手，还有其他配合者。就像丁杨说的，其他地方或许也有同类案子呢！"

"恐怕不能排除。"

罗卫抬头看着天空，仿佛思绪飞到千里之外时那种恍恍惚惚的模样。如果真是一个集团犯罪，小小的一个分局刑侦队能够破获这样的大案吗？罗卫的回答是肯定的，不过这只是他个人立功心切的本能反应。

转而一想，黑客达一路生性孤僻，从小没有朋友，长大后怎么网罗别人为他死心塌地卖命呢？他自己说过，领头人遭蛇咬伤后，警察曾怀疑过他，但警察咬定一系列蛇伤人事件，应该是一伙人干的，所以到他家访问后，发现他从来都独来独往，没有一个朋友，也就没再把他当作嫌疑人。其实，一系列纵蛇伤人事件都是他一个人干的。至于如何做到，他却闭口不谈，自称是秘密。

这不能不让罗卫转而怀疑自己的猜测和石锋的分析。

医院的招牌尖顶终于出现在视线里。曾旭开车更加卖力，使出了更多的穿插花招。罗卫的心思回到妻子的身上，惊觉妻子正处于不确定的谋杀之中。

他拿起一瓶水，扭开盖子，喝一口盖上，又扭开，喝一口又盖上……看起来既疲惫又紧张。曾旭不安地瞥着他。他一次又一次地挥手回应。这时他不想说话，所以，继续吧。

他不禁在想，如果他答应妻子的要求，一个星期前就去警令部报到，不知现在怎样。他扭盖喝了一大口矿泉水，假装不知道自己的手在颤抖。

他理解同事们此刻的关心，他更希望妻子此时没什么大碍。医院是公共场所，有专门的护士、医生，还有来来往往的病人和陪护。他只是关心则乱，身心交瘁，结合对妻子的愧疚，几乎到了崩溃的边缘。

他对妻子不只是想念，他的内心也不仅仅是焦虑、怀疑和痛苦。他发觉，因为这个案子，夫妻之间出现了问题，不是因为爱，而是因为爱得太深。

有人说，男女警察能够在工作中认识，却不可能在工作中结合在一起。这是所有警察家庭的硬伤。他们不能幸免，但他并不以为意。他认为自己会做得很好，除了工作，他时刻都陪着妻子，记住她的每一个爱好、每一个怪癖，像爱护自己眼睛一样爱她，像珍惜自己的舌头一样珍惜她。

那时的高媛却不需要这些，她不要烛光晚餐，也不需沙滩漫步，她配合他办案，利用自己的专业协助探寻线索，认定证据。她驾车到分局门口，迎接出差回来的罗卫，车上带着换洗的衣物，勒令他在见到她半个小时后，即焕然一新。她曾是一个有轻度洁癖的女孩，车上时刻备着痱子粉、湿纸巾和消毒水。

每年的结婚纪念日，罗卫都会将她的爱车装饰一新，特别是将痱子粉放在显眼的位置。她看到后，就会孩子般地大笑，然后把它收起来，留待孩子出生。

"我不需要痱子粉了，"她故意取笑他。"因为我的爱车只搭乘一个完美的男人。"

这就是他们的夫妻经，不仅同事们羡慕，他们自己也十分满意。

但是，如果今天真的是一个噩梦，她会恨他吗？她会因为这个失败而责怪他吗？也许她能够理解这一切，她也是一个警察。

罗卫心里清楚，打败你的不是过去。而是虚无缥缈的将来，是在未来无数的日子里，你再也找不到自己可以在乎的人。

曾旭闯过医院大门，"嘎"的一声在医技楼前停下车。罗卫拉开门，任由它敞着，就跳下车往前冲。

跑到大楼廊柱边时，他才恍然想起，不知道产检是在哪层楼里，猛地收住脚步。这时，他听到一个女人的声音："八楼，罗队。"原来是肖可语。她怕曾旭一人照顾不了罗卫，便交代林立仁和苏南守在专案组，带着特警驾车紧随曾旭而来。

电梯口很多人，罗卫等不及。他沿着消防通道一步两梯地死命往八楼跑。在护士站，十几个病人分两行排队在等候，他冲到队伍的最前面，来到柜台边，里面四名护士，两人紧盯着电脑屏幕，两人手里捏着药盒，对照着处方单，一一核对，谁都没有立刻抬头看他。

她们全都皱着眉头，时而紧张地小声讨论，时而轮流在键盘上捣鼓。这是干什么呢？丢下十几个病人不管不问，一定是出了什么问题。

"对不起，我是警察，来办案的。"罗卫掏出警官证，一边伸进柜台，一边说，"我要知道一个叫高媛的产检病人在哪里？"

其中一个护士抬起头，瞟了他一眼，不客气地说："对不起，警官。电脑系统发生故障，无法查询任何病人信息。"

"我必须找到她，立即。"

护士注意到他痛苦而焦躁的表情，走到他跟前。"是住院病人吗？"

"什么？"

"她来几天了，晚上住在这里吗？"

"不。她只是过来做一次产检。几个小时就可以完成，是跟黄一鸣医生邀约的。"

"哦，是妇科的门诊病人。"另一个护士听明白了，头也不抬地说。

"西区。往左走，转一个弯儿就是。"站着的护士用手指指，嘴里还说了些什么，但罗卫已经一个箭步向西区冲去。身旁扬起一团白色，他低头一看，原来是碰到了护士站的一摞材料。他已经顾不得那么多，向随后赶来的肖可语打了个帮着收拾的手势，便脚步不停地继续跑着，一边观察门牌上标识。

大约十几步的距离，但他仿佛穿过了一条几公里的长廊，终于来到了西区。

在走廊中段，一个小护士告诉了他检查室的位置。

小护士一脸稚气，满面惊愕。究竟是因为她知道高媛发生了什么事情，还是被他的鲁莽和过于关切的表情吓着了，罗卫不得而知。

他跑过走廊，冲进病房，差一点儿撞到一个坐在床边的保安身上。保安十分警觉，起身躲开，迅速掏出枪来。

"罗卫！"高媛一滚从床上跃起，向他扑过来。

罗卫一边抱住高媛，拍着她的背，安慰她没事，一边对保安说："我是她丈夫。"

保安退到一边。

高媛大哭起来。罗卫从来没有看到她这么脆弱过，心都碎了。

"一个护士给我打了一针。"她哭诉道，"我看到她对着一张处方单打的，可是黄医生说他没有吩咐过。不知打的是什么药，对孩子会不会有影响？"

他朝保安看去。那人立即立正转身面对着他，并扬起胸牌示意自己的名字叫"李海"。他回答说："是我来之前发生的事，罗队长。医院正在寻找那名护士。"

不管怎么说，罗卫非常庆幸有保安在这里。

之前为了联系医院安保部门让他们派人到高媛的房间，真是费尽周折。黑客攻击了医院所在的通信机站，手机全都瘫痪，对讲机信号极不清晰，他甚至连那头接话人说什么都听不清。现在看来，医院方还是准确收到了信息，又见这位保安还携带着随身武器，不像医院里普通的巡逻保安。罗卫稍许放了心。

缓了缓，高媛终于平静下来，追问道："出什么事了，罗卫？"

"对不起，是我正在办理的那个案子。黑客攻击了执法网络系统，然后发现你在医院做产检。我们分析他可能对你不利，就紧急赶来了。"

肖可语一路小跑进来。保安正在拦她，见罗卫打了个手势，大约明白她是同行，便放了她进来。两个女人相互认识，曾经还关系不错，肖可语一进门便拉过高媛，两人抱在一起。

"怎么样，没发生什么事吧？"肖可语问。

罗卫摇了摇头。高媛答道："我被莫名其妙打了一针，不知道会不会伤害到孩子。"

"不是黄一鸣医生吗？医生怎么说？"

"他也不知道！"

罗卫温柔地看着高媛。"不会有事的，放心。"

肖可语听了事情经过，也感觉不妙。不过，她露出真诚的微笑，正对着高媛的眼睛，用过来人的口吻，坚定地说："没事的，媛媛，我们这是在医院里，一管药水算什么，他们一定能够查明原因，妥善处置。"

高媛点点头。

"不论是误会，还是真有人对你做了什么不该做的事，都会有办法的。"肖可语将高媛双手捏在手掌心里。她与高媛差不多年纪，但孩子已有两三岁，经历过丈夫出事的风雨，看起来比高媛老练成熟得多。"这里的专家是全国最优秀的，我生产时，羊水破裂没有发现，最后引起羊水缺乏，母子危险至极，但他们积极采取措施，我这不是好好的。"

高媛擦了擦眼睛，点点头。她似乎不再那么紧张。罗卫也松了口气，很高兴自己能分享这份安慰。与此同时，心里不断涌动着另一个念头：要是妻子或孩子受到任何伤害，达一路或者那个达摩都别想善终。

曾旭不愧为刑侦队长，他进入医院，却没有随罗卫上楼，而是将达摩照片分发给各个路口和楼道口的保安，请他借此辨认。不过，到目前为止，还没人表示见到过凶手。

突然，床头的重要生命机能检测仪发出很大的响声。显示器上的各种图像显示剧烈地上下波动起来。

接着，屏幕上不断地跳出一行行红字：

心律不齐……

心跳过速……

血压……

高媛倒吸了一口气，瞥了一眼屏幕，转头望着罗卫，惊悚地抱紧肖可语。

"王八蛋！"罗卫喊了一声，赶忙抓住呼叫按钮，死命地往下摁。

曾旭冲到走廊上，大声呼喊："医生，这里需要医生！紧急情况，快点儿来！"

随后，显示器上的线条一下变成一根直线，刚才的警示音转为刺耳的尖啸，屏幕闪出无数灰点之后又跳出一行字：

"警告：心脏病突发！"

"啊，怎么回事？"高媛哭喊着。

罗卫紧紧抱着妻子，完全不知所措。高媛全身颤抖，泪珠不断从脸上滚落，但神志十分清醒，身体没有任何异状。

肖可语也冲到门外，高声喊道："医生，怎么还不见医生过来！"

过了一会儿，走廊里响起杂七杂八的脚步声。科主任和黄一鸣医生率先冲进病房。黄一鸣查了查屏幕，又看了看病人，释然地笑了笑，伸手关掉了仪器的电源。

"救她！"罗卫不知所措地喊。

黄一鸣医生拿出听筒，认真地听了听她的心跳，又看了看她的眼神，量了血压，随后轻轻拍了拍高媛的肩，说："没事的，放心。"

"没事？"罗卫焦急地反问。

曾旭似乎比罗卫还担心，那表情好像要吃了医生似的，盯着他的领口，狠狠地说："是不是再检查一遍？"

"她什么事都没有。"黄医生告诉几位警官。

"可……可是这仪器……"罗卫哆哆嗦嗦地说。

"故障！"黄一鸣说，"是我们的计算机系统出了故障。医技楼里的所有显示器都出现了同样的问题。"

高媛闭上眼睛，身子重重地倒在病床上。罗卫赶紧俯下身抱住她。

"那一针药水，"黄医生继续说道，"我已经查过了，不知怎么回事，中央药房接到给你补充液体钙的医嘱。应该是虚惊。"

"液体钙？注射？"

罗卫如释重负，禁不住浑身乏力，硬挺着才没有流下泪水。

黄一鸣对高媛说："这一针对你或胎儿都不会有任何伤害。"

接着，他摇摇头，苦恼地道："不过，真的很奇怪。医嘱竟然是以我的名字发过去的，不管是谁干的，都得有我的密码才能核准。但我的密码只藏在我的心里，谁能知道呢？"

曾旭看了黄一鸣一眼，嘲讽地说："说不定就有人是你肚里的蛔虫呢！"

这时，一位西装革履、腰板笔挺的男人跑进病房。他一眼便认出了曾旭和罗卫，微微弯腰打了个招呼，说："对不起，两位领导，我是安保部主管康乐宁，来迟了。"

随后，他又自我表功，说一接到罗卫的呼叫，便迅速挑选了一个最好的保安，配备最好的武器赶到病房执行保卫任务。一旁的年轻保安李海，点头像鸡啄米似的。

末了，他说："这里没什么事儿吧，领导？"

罗卫感谢他操心，并把妻子和仪器的事告诉了他。

康乐宁说："我们已经发现一种特别病毒攻击了我们的计算机机房，但具体问题还没有完全查清。公安和电信部门的专家正在赶来的路上。我想请教一下，眼下我们能做什么？坏人会藏在什么地方呢？"

罗卫沉吟片刻，说："他肯定还在医院里。"

接着，他指了指生命机能检测仪。"他费尽心机把我们的注意力转移到高媛的病房和这个病区，意味着他的目标是另一位病人，或许在另一个病区。"

"另一个病人？"康乐宁疑惑地重复。

曾旭加了一句："或者是医务人员。"

罗卫说："对，这个嫌疑人又是攻击通信机站，又是攻击网络系统，还亲自赶到检查室注射药水，他一定还在医院里，说不定就在某个谁都注意不到的地方。"

曾旭补充道："也不一定是注意不到，或许是最难进入的地方。"

黄一鸣和康乐宁想了想，异口同声地说："手术室！那里才是严格限制进入的，进去的人如果伪装成医生，肯定没人会注意。"

"有道理。"

"手术室在哪里？"曾旭问。

"几乎每一栋外科住院楼都有手术室，它是分科室类别的。"

肖可语脑瓜子灵，说："虽然进入手术室的医生、护士都戴着口罩、穿着手术服，但前来检查室打针的那个护士应该留下了视频，赶紧调出监控视频，查找同等身材、模样的人。当然，不一定局限于护士，他也可能改扮成医生。"

黄一鸣和康乐宁相对点点头。

"赶快查一下，这个时候，哪个病人正在动手术。"

黄一鸣医生笑起来。"哪个病人？你知道医院有多忙吗？即便是中午，这会儿一定有二三十个手术正在同时进行。"

接着，他转向高媛说："你等一会儿，我马上安排检查。"说着，他走了出去。

"马上联系医务科，列出手术室位置，立刻开始搜索。"罗卫对康乐宁说。

他抱了抱高媛，带人出了检查室。

没人对年轻保安李海交代什么，等所有人出去，他把椅子移近床边，转身关上房门。罗卫听到了落锁的声音。

康乐宁紧张地打着电话，调集来四组人手，四名警察一人参与一组，摸清正在进行手术的手术室位置，分头赶过去清查。

罗卫跟康乐宁迅速穿过走廊。他始终把手放在枪柄上，两眼四处张望，似乎走廊里每一个人的长相都与达摩相像。

他们经过一座天桥，准备走向另一座大楼，罗卫突然想起什么，表情恐慌地回头朝高媛的方向望去。他想起达摩高超的扮演伪社会角色技巧，担心地对康乐宁说："那个嫌疑人的年龄、身材跟保安十分相似，你能肯定李海就是医院安保部的保安吗？"

"李海？"康乐宁好笑地看了罗卫一眼，缓缓地点头道，"像肯定我自己一样，肯定他就是我的手下。"

"是吗？"

"他是我看着长大的，是我外甥。"

第三十一章

亲爱的妈妈：

我已派人赶到那个追踪者的门外，清除只在即刻间。

当然，这是预料之中的事情。我并不是害怕此人会找到我，只是有他在，发展客户得格外小心。我应该想到警察部门有这种人存在，或者出于侦查需要从网络科技部门聘请。后者，我早就已经想到，谁出面，谁将成为系统崩溃的目标。我已经准备了所有的系统漏洞。

或者他们会自己修补漏洞，也许国有公司会竭尽全力协助警方，他们以为这是自己应该做的，而且当作什么惊天伟业对待，因为这是申请增加投资的资本。总有一天，我会叫他们瞧瞧，得罪我付出的代价不仅仅是增加投资能够解决的。

写到这里，我可能有些得意忘形。不得不说，这几天，是您离开后，我过得相当糟的时段之一（以前有过很多这样的日子）。我的地下室散发着臭味。床单、脏衣服……每件东西都散发着臭味，还有几天没洗澡散发的汗酸，整个阴沉的房间里都有这种味道。屋角堆着副食垃圾、水槽放满没洗的碗筷，蟑螂、臭虫在地板上乱窜。

我有些跟自己生气。如果仅仅为了生存，我有无数的谋财机会，比如破解"刷脸支付"的面相代码、收集朋友圈"砍价"个人信息等，只要稍施手段，跟那些信息绑定的银行卡里的钱，就会哗哗地流入我的口袋。但我没有自己选择的机会，因为您离开了我，一切只能全凭父亲。

屋里响着空调和电脑的嗡嗡声，桌面上下载的资料足够看上一个昼夜，软件还在源源不断地收集信息。这些信息不只涉及客户的情况，还有警方的侦查方案、进程、结果，专案组组织成员及家属的活动轨迹。假设我是一个法官，它们就是审判证据，我将依据危及父亲目标实现的严重程度，裁量他们的徒刑。

发展客户的工作基本停顿了，只有部分尝到甜头的老客户，仍在不断地往账户里投放资金，就父亲的收割计划而言，这种投放不会持续很久了。

我所担心的是"硅谷"软件的命运。这几天埋头研究，终于从混乱无序的状态中捋出了一种新的关系，像综合衍射图一样，指向了最大的对手。我的智力可能在分析如何对敌方面显得无能为力，面对这些不断危及软件安全的信息，我的思维仍停留在病毒攻击……无法把自己放到合适的距离来客观地研究，也许这是我偏离父亲旨意的原因。

父亲也没有能力处理好这个问题。他的能力在于组织和管理，发号施令。而我不得不像孩子一般摸索。奇怪，智力是在实践中提升的，特别是伤害和痛苦的感受越是强烈，对需求的理解越深，越容易拨开敌人的神秘。

我发现，我的确明白了父亲和我需要干什么，我们需要的是复仇。

但是，复仇要等到敌人接近自己，举起长矛，向自己投掷而来时才能实施。摸清敌人的目标和方向，是首要条件。不过，我的逻辑很有道理，足以把握问题的尺度。"如若初见"已经毫无阻碍地干了一段时间。在网络世界，只有我——因为网上的一些波动——意识到他邪恶的动机。我反应虽然迟了，不过终究有反应，而且通过反应创造了良机。

现在，"如若初见"无法躲藏了，而我还有无数种可能隐蔽自己。每个城市都是一个旋涡，每个城市都是能够毫无痕迹地吞噬成千上万人的大旋涡。网络也是如此，鼠标就是大海的航标，席卷而去的千百万人只如浮萍，我躲在这块浮萍里，凭着鼠标直指"如若初见"。

我看着下载的资料，知道同样的大海什么地方有个人也在看着这些资料，不一定有这么齐全，但带着不同的情绪。

我几乎可以听到他嘴里讲的话，一个感叹词、一个祈求或者一声怒骂。我惬意地移着步子，知道没有航标会把敌人引向我，他可以安然地做恐怖的活计，甚至奚落追杀者。我知道，唯有意外事故才会现出真相，我给自己起了一个最后的网名：该隐的儿子。

我尽自己最大的努力保持冷静，决定走出房间，去干一件冒险的事。

我想起了七年前那个开心的男孩。我以为我们在一起能够发财，摆脱暂时的困境。我不知道那件事是怎样的结局，没准儿是他与"梭哈"从此改变了命运。

想起来我就很生气。我抓起枪，将弹夹装填进去，那声"咔嚓"让人惊心动魄。

电脑守护神警示窗口，不断跳出提醒的红字。

他已经成功追踪到"硅谷"软件，触碰到"守护神"，探索到软件功能，但不了解它靠什么源代码生成。术业有专攻啊！

我恨死他了。

他又在进攻，超级搜索软件像章鱼一样放出无数的探角。一个在追，一个在逃。"绞肉机"哆嗦了一下，僵住了，像受欺侮的小孩儿，一动不动地待在那儿，眼睛里含着泪水。

突然，我仿佛看到他在对着我得意地大笑。

"小子哎，看你还往哪里去？"

这一刻，我明白了，"如若初见"必须死。

第三十二章

苏南渐渐有些信服丁杨了。

罗卫冲向医院后，肖可语留下他跟林立仁陪着丁杨，说是留守，其实监视。丁杨到底还是没有完全取得信任。但他一边看着丁杨上网，一边阅读丁杨下载的资料文本，敬仰之情不断攀升，叹息自己的技术在丁杨面前够不上业余水平。

不一会儿工夫，丁杨已经通过侦查服务网络发现了一个命名"硅谷"的投资软件。这一次，丁杨铆上了劲儿，因为查清"硅谷"，似乎有可能洗刷掉他的嫌疑。

但追踪了一个小时，依然没有更多的收获。苏南担心丁杨会感到厌倦，罢手不干，但交流几句后，他发现丁杨像一名出色的海军陆战队士兵一样，即使几天几夜不睡，只要咬着目标，就能一直精神抖擞。

坚持了一会儿，他眼睛酸了，几乎昏睡过去。

林立仁本来负责盯住专案办公室，却时不时地来到机房，假惺惺地跟苏南打招呼。这一次，他刚喊出一声"喂"，丁杨转身举起手，示意他不要打扰苏南。但林立仁不管那么多，直接将苏南摇醒。

"查出什么了吗？"苏南边揉揉眼睛边问，坐直身子。

林立仁却走了出去。

"'雷神'刚刚进入了黑客聊天室，"丁杨声音单调地说，"他同时使用'不如不见'呼叫过'梭哈'，但'梭哈'没有回应。"

苏南挺直了后背。"他说什么了吗？呼'梭哈'什么事情？"

这时，苏南已经非常认可丁杨的主导地位，语气显得谦敬。丁杨意外地看了他一眼，随即改变了自己的态度，温和地回应。

"'雷神'似乎表现出一种非常的自制力。"

"哦，你现在是不是决定等着？"

丁杨点点头。

但没等多久，对话框里闪现出"梭哈"的一个疑问号。

"不如不见"急促地打出一行字："老友是不是还在跟你联系？他是不是在对我进行移动追踪？我告诉你，我对他实施了定点追踪，发现他是汉洲的。我想请你居中调停，你的条件我可以答应，另外给你一笔钱，由你把他摆平。"

"老朋友，他是代表警方追踪你。"

他没有回答。

"再说了，""梭哈"接着说，"你干的是一宗大买卖，我那点蝇头小利根本不值一提。目前，最现实的问题是你的人身安危，我都为你担心，你却还在考虑自身的经济利益。告诉你吧，警方已经查到了你的窝点附近，他们已经具备了追踪你的能力。"

苏南俯下身，仔细看着对话框。还是"梭哈"的自言自语："一周前，我就提醒过你，不要追踪'如若初见'，那是惹火上身。"

"哈哈……""不如不见"的回应。

"梭哈"继续说："他们几次可以拦你的车，将你逮捕，但他们有更长远的计划……"

"不如不见"打断"梭哈"的话，语气露出轻蔑的神情。"拦我的车？凭什么？就因为我带着便携式电脑和移动电话四处转悠？别幼稚了。"

"难道他们不会研究你的电脑内存，不会恢复你的使用和登录情况，你真以为自己是'天下第一黑客'？"

突然，对话框消失。丁杨查了一下聊天室。"'雷神'退出去了。"

苏南正看得起劲，骂道："浑蛋！你觉得那人是不是真的发现我们追踪到了他呢？"

"也许吧！"

"这正是我的感觉，丁杨。我有一种第六感，他发现我们了。"

"怎么发现我们呢？我可没发一言。"

"不知道，我就是这感觉。"

丁杨若有所思。他感觉心底透亮，说："对，这人在耍弄'梭哈'！以他以前的做法，他不至于在聊天室里跟他说那些事情，还说得那么直接。还有'梭哈'，他的答话像个白痴，为什么？他还是'梭哈'吗？"

"耍弄人？耍弄谁？"

"他有其他图谋。一定的，他想做出人意料的事情。"

苏南干着急的样子，思绪一片混乱。"什么事？"

"也许攻击医院的事就是个圈套。但他确实拿出了潜入医院的计划。你知道，我拿到的那份报告，目标似乎直指高教导。"

"对啊，这时罗卫一定带着大批特警包围了医院，或者潜伏在医院周围。如果'雷神'就是达摩，而在那里出现，或者在罗卫赶到前没有走掉，他必死无疑。"

"但是，我知道'雷神'的思维方式与别人不一样，七年前就是这样。现在不会变。他不会穿着印有靶子的衬衫去的。罗卫他们一定找不到他。或者，他让人看到，却提前溜掉，然后让特警们白忙活一场。"

苏南咬着下唇。"这人真是鬼。"最后他说，"丁专家。"

"什么？"丁杨对这个称呼有些别扭。

"如果'雷神'……没有去医院，该怎么办呢？如果他在跟踪别的人，该怎么办呢？"

"你是指？"

"或许对象是另一个投资者。"

"不会。"丁杨说得斩钉截铁。

但顿了顿，却难堪地皱起眉头。"我们追踪'雷神'，却没有掌握他的其他情况啊！"

“我有些蒙了。”苏南说，“我们将‘雷神’‘不如不见’以及达摩混为一谈了，他们是不是一个人呢？”

丁杨摇摇头。他也搞蒙了。“不知道。不过，你记得我提到犯罪团伙理论吗？此人也许以‘雷神’‘不如不见’的身份上网，却以达摩的身份跟娟子约会。但也有可能跟娟子约会的和在汉洲杀人的是达摩，而他幕后还有一帮人，比如‘雷神’‘不如不见’等。幕后的人一直在对达摩遥控指挥。”

苏南拍了拍脑袋。“这很荒唐，我想不出一个合乎逻辑的解释。”

“你不是有雁北的朋友吗？他不是在雁北犯过案吗？让他们协助查询一下‘雷神’的网上活动规律。他不可能一手杀人，一手发送聊天信息。”

苏南噘着嘴，全神贯注地想着。“有道理。”

接着，他拨通朋友的电话，将情况做了说明。“我要你检查一下侦查记录，马上。”

“为什么？”

“没听我这么急吗？”

“但是……”

“如果你不抓紧时间，我就给你老婆打电话，讲个故事给她听。”

接着，他转移到另一个隔间，在公安专网电脑上打出一份简短的电子邮件，发送出去。“我告诉他情况紧急，但可能还是要等一会儿。”他对丁杨说。

丁杨明白他说的故事内涵，暗自叹息一声，却说：“谢谢你。”

他们沉默不安地坐着。几分钟后，丁杨看了看专网电脑屏幕，但雁北没有传来信息。

他抓起手机，突然感觉心提到嗓子眼儿。

“你想干什么？”苏南问。

“提醒罗卫。”

“是不是再等等雁北的消息？”

“没多大意义。”

罗卫的电话占线。丁杨放下手机，闭紧双眼，似乎看见达摩跟一个受害女人在一起。

“没有明确的信息，不宜打扰罗队。”苏南固执地说。

丁杨不喜欢争论，但还是说：“我们在谈论生死攸关的问题，如果错失时机，这个该死的浑蛋就会多害死一条生命。”

苏南看着丁杨，争论归争论，他感觉自己跟丁杨的关系已经十分亲密，心底暗喜。这时，林立仁出现在门口，说：“隔老远就听到你们的声音，吵什么呢？”

苏南大笑着驳斥道：“我们吵什么，你又听不懂，瞎操心。”接着，他看了看表，又说：“这么晚了，你怎么还没安排饭呢？快去。”

"去就去，看着点儿，我就回。"林立仁摇了摇头，显然很恼火，转身出了门。

苏南对丁杨眨了眨眼睛，显得很得意。他开心地回到自己的隔间电脑屏幕前，显示器上有一条雁北发来的信息。

他把贴着"饿了吗"字样的电动车泊在专案组楼下，提着一叠"饿了吗"纸盒，急匆匆地钻进专案组办公楼的主走廊。他头戴"饿了吗"遮阳帽，身穿一件污渍斑斑的"饿了吗"马夹。马夹下藏着匕首和仿制手枪。但这两件武器他不准备使用，他还有另一件武器："饿了吗"纸盒下有块板砖，在递过纸盒时，使用它，更加趁手。

你要当什么人？

一个能让警察深信不疑的人，一个大摇大摆走在他们当中，让他们熟视无睹的人。他想当的就是这样一个人。

"饿了吗"望望四周，很惊讶堂堂分局刑侦楼远不如电信公司警备森严，简单的铁门闩，第一代密码识别系统，东西向贯通式上下走廊，撤离线路可选择。

他停了停，确定了一下自己的位置，然后继续轻轻地朝专案组的中心控制区走。再往西，他听到了猛烈的键盘敲击声。

专案组里如此空空荡荡，让他感到惊讶。原以为这里起码有三四个人在，因此才带了匕首，还有迫不得已使用的仿制手枪，并多带了弹夹。现在看来，显然全体警员都出去了，有的去了医院，有的出了外勤。高媛的那针液体钙将在一定程度上给她和跟她亲密的人带来精神创伤，还有尤思博的死和网吧火灾，够刑警们忙活的。

他曾经考虑过索性杀了高媛，这对他来说轻而易举，只要将指令修改成大剂量的心脏起搏剂便可办妥。但不到万不得已，他不想滥杀无辜。这并非善良，作为牵制性的角色，让她惊恐地活着，承受精神伤害，对他更有用处。

假如她死了，罗卫认为她就是攻击目标，就会迅速组织更多的人展开侦查，各级公安领导都会聚集专案组。而此时，警方却只会认为目标仍在医院。

事实上，他的目标在别处。

既不是汉洲市第二人民医院的病人，也不是医生，而是一名警察。他就在此地，在专案组里。是他的老朋友，名叫丁杨。

他相信，这时目标就在距离他十几米远的那个噼啪作响的机房里。

倾听着丁杨富有节奏、速度惊人且充满力量的敲击声，心跳越来越快。他能感觉到自己内心深处的改变，越来越阴暗，像一头不停生长的野兽，滋生出无法控制的心魔。

他调整了一下手中沉重的纸盒，让板砖更加顺手，慢慢靠近隔间。

对医院的攻击计划，"雷神"蓄谋已久。没想到丁杨很快侵入了"硅谷"网络系统，看到了他们的"下一步"计划。既然这样，"雷神"就修改行程，指示他不再照计划潜入医院手术室里杀害病人，而是去报复一个可恨的人，一个可能阻碍自己前进的路障。

这个人就是丁杨。

当然，他们考虑到，丁杨有可能会同其他警察一道上医院去。为防止这一点，"雷神"假扮"梭哈"，自己跟自己对话，测试丁杨的位置，奏效了。

在他看来，这一轮攻击简直天衣无缝。对"雷神"而言，指示他进入专案组不仅意味着真正意义上的对抗，而且，倘若顺利得手的话，可以最终消灭"雷神"寻找多年的仇人。

他再次观察走廊周边的动静，侧耳倾听。

整层楼里大约除了丁杨，什么人也没有。而且这里的防范措施远不像他想象的那般严密。但是，他很得意自己费尽心机所做的准备——外卖的电动车、外卖员的服装、外卖的纸盒包装，伪造的"饿了吗"员工证货真价实。

他觉得为此怎么小心都不为过，尤其这个对手又恰好隐蔽在公安局最保密的机房里。

这时，他跟对手只有几步之遥。那人惨死的样子在他心里已经想象过很多遍，他还准备好用手机照相，"雷神"要把对手惨死的样子贴在黑客小贴吧里。

他有些兴奋，成功的喜悦包围着他。以前每一项计划执行到这一步，他从未失过手。

不过，他仍旧不断地强迫自己保持警惕和清醒。他专注地聆听着周围的声音，紧紧地靠墙移动。他希望压迫感能让自己保持警觉，让他在举起板砖时不丧失思考的能力。

前面就是机房的铁门。他停下脚步，倾听着里面持续不断的嗒嗒声响，然后深吸一口气，再一次想象着如何快速冲进去，重重地抡起板砖……

在机房小小的隔间里，苏南疲惫地伏在电脑桌上。几周来为这个案子连轴转，睡眠严重不足，稍有松弛，大脑便涌起睡意。

丁杨并不欢迎他待在旁边，他一个人待在隔间觉得无趣，又兼丁杨的键盘声委实吵人，便开启音乐，戴上了耳机。歌声唤起他平时竭力压制的回忆，一些洒满阳光的怀旧画面，一段段令人着迷的插曲，那充满欢笑、甜蜜的爱情和无忧无虑的大学时光……

他暗暗想，等这个案子侦破后，他一定好好休一场假……

是什么声音？

苏南睁开眼睛，仿佛突然被惊醒。他感到一击重锤落在颈椎上，一阵刺痛，几乎喘不过气来，甚至发不出呻吟。他伸出右手摸索着自己的手枪。他应该懂得危险的，应该时刻保持警觉，打起十二万分精神，但一切都迟了。

又是一击拳头。

他来不及发出任何声音，便倒在电脑桌上。腰间的枪被人迅速拔走。

面对挨挨挤挤的隔间，他把板砖高高地举过头顶。

"不！"他低声吼道。

发出键盘敲击声的隔间里空无一人，声音是电脑扬声器里发出来的。超出预想的变故，让他有一瞬间的发蒙。但他迅速调整了过来，扔掉板砖，准备从马夹缝里拔出手枪。

不过，他快，丁杨比他更快。板砖还未落地，刚从可怜的苏南身上拔来的枪对准了他的脑袋。同时，丁杨一把夺过了他手里的仿制手枪。

"别动，老朋友，我等你很久了。"丁杨一边沉声喝令，一边搜查了他的口袋。一个U盘、一串车钥匙和一个袖珍皮夹。接着，拔掉了他腰间的刀子。

"厉害，真不愧是老朋友！"他嘲弄般地说道，"你把自己敲击键盘的声音录下来，制成循环播放，干得好，甘拜下风。"

丁杨退出两步，在键盘上击打了一下，扬声器关掉了。

"转过来。"

他苦笑着转过头。

丁杨疑惑地打量着对方。不，不对。虽然他们从未谋面。但是，之前他们曾经交换过无数秘密，商讨过无数计划，虽然七年过去，时过境迁，但真的不相信面前的人就是他心目中的那个黑客。这个人太强壮了，面目俊气，却透着一股难以掩饰的凶蛮和粗野。

他太不像一个典型的黑客，世上没有哪个黑客愿意用电脑时间去换健身房里的哪怕十分钟，长年盯着屏幕的双眼更不会像野狼一般的血腥。

"伪装得不错。"丁杨朝"饿了吗"马夹点点头，随即拿起U盘，朝着窗外扔了出去。

"别！"他尖声喊道，可已经迟了。"那是我制作的'蚊血'软件，一种威力强大的病毒，足以毁灭你们所有的电脑，而且没有解密钥。"

丁杨冷笑。

他接着说："你怎么知道我要来？"

"我本来也以为你真的准备对医院里的某个人下手，特别是高媛。但是，我收到了一封加密邮件，是它让我茅塞顿开。我想到，你肯定是担心我进入你电脑时看到了什么东西。于是你改变了主意，把其他人全都支开，专门冲我而来。"

"为什么？"

"得知你发现我进入电脑，我便猜测你可能会改变计划，邮件让我坚信了这一点，而且知道你是冲我来的，加密只是为了让我待在这儿。但你不知道，自从你杀了尤思博，'梭哈'就醒悟了过来，决定尽一切力量协助我，但因为你的'绞肉机'，他不再用网络联系，一律只用电话，而且只拨打我的内线。正是你伪造的那段对话，让我进一步认定你改变了计划，知道你正奔我而来。"

"但现在我知道了，他就得死，包括你。"他恶狠狠地说，"只要阻挡我们的事业，就得死，特别是像'梭哈'这样的蜥蜴。"

"先想想你自己怎么死吧！"丁杨用枪捅了他一下，以为他会畏缩或害怕地叫起来。但没有。他反而转过头来，冷峻地正视着丁杨的眼睛，接着说，"我死不足惜，很快就会有人替代我赶到汉洲来，清除你这样的角色。"

"什么？"丁杨吃惊地问，"谁会赶过来？是谁指使你来的。达一路吗？你一定不是他，他在哪里？是他指使你的？你是达摩！"

"在网络世界里，谁是谁并不重要。重要的是谁是主角，由谁来控制这个世界。"

丁杨继续问："'雷神'是怎么回事，'不如不见'算什么呢？"

他脸上暗了一下。"可笑你竟然不理解这些。"

"他们是一个人吗？"

"这与你无关。"他心怀叵测地回应道，凶蛮的眼里闪过阴鸷的光。

过了一会儿，他继续半含半露地说："好啦，丁杨，只要你放了我，我们携起手来一起干，我就告诉你这一切。我知道你想了解'绞肉机'的详情，想知道'硅谷'平台是怎么工作的，总得拿点儿什么来交换吧？"

有那么一瞬间，丁杨的头脑在编写软件的程序里滚动，他破解过"绞肉机"，一触及核心，屏幕就出现一片空白；他也追踪过"硅谷"，可只要探摸到"守护神"，它便溜得像一阵烟。他感觉自己眼看就要被强烈的好奇心吞没。

噢，真的，他确实渴望看到源代码。

太想了。

但丁杨脱口而出的却是："把手举起来。"

入侵者脸上重新带上饶有兴味的表情，低头望着丁杨手上的枪。"这枪不是配给你的吧？你就不像个配枪的人。"

丁杨知道他这是无赖拖延的伎俩，相信他必定也在很多场合用过。一个人被贬得越低，越难维护自信，他这是想瞅准空子反击。

"如果你想了解我的枪法，那就逃跑试试？"丁杨说，"你不可能真的蠢到以为我不会开枪吧？还是你真的这么想？也难怪，像你这种智商只达到智障水平的人，确实只配给人当枪手。"

他把丁杨的话当成耳边风，只换了一副哀求的模样，情绪激动地玩无赖。"兄弟，你我都是黑客，生来就是绑在一起的，干吗不跟着赚大钱，却要为这点儿工资卖命呢？"

"虽然我是黑客，但我为正义而战。"丁杨脱口而出，"而你不是，达一路更不是。你们是一群害虫，是一群跟着魔鬼杀人越货的角色。"

"哈哈，电脑、网络如同音乐，音乐无国界，也无党派。我们都不过是凭着网络赚钱。"他不对自己是不是达一路进行辩解，反而有意混淆身份。

"可达一路不只是买卖技术。他没有仅限于此，他是利用技术侵害别人，掠夺别人的钱财，而且变本加厉，指使你——达摩——对不服气的人动手，伤害他们的生命。"

丁杨愤怒地朝隔间墙上指了指，墙上赫然粘贴着刘群和吴美凤坠楼惨死的照片。"你杀人夺命。她们已经倾家荡产，她可能只是提了些意见，发了牢骚，并不能真正地伤到你们，可你却活生生地将她们扔下楼。"

他不怒，反而哈哈大笑。"弱肉强食，物竞天择。你难道连生物界最基本的食物链逻辑都不理解吗？难道你也是傻瓜，丁杨？"

"哦，你自比生物，难怪如此没有人性。"

他第一次怒目圆睁，露出化装前达摩的本相。"没有人性？谁讲'人性'了？你知道这一切是谁造成的吗？"

"你这话什么意思？"

一阵苦笑。他继续以达一路的身份说话："你倒忘记了我曾经跟你说过的那些痛苦经历。你在'后羿追日帮'里不太说话，但我知道你在静静地看着，可你有丰富的想象力，我知道你不会忘记的。"

丁杨从口袋里掏出一副手铐。这也是他打晕苏南后，从他身上取来的。他自己没带武器装备，却又考虑到苏南可能成事不足，败事有余，便将他打晕，一个人来对付这个杀手。

他对这次袭击感到非常内疚。

手铐扔在达摩面前。达摩冷静地接过手铐，却没有将其扣在自己的手腕上，反而久久地盯着丁杨，说："我再问你一次，为什么要跟我作对？"

"手铐，"丁杨大声喝道，"戴上去！"

但达摩置之不理。

"我知道你理解我的生活，"他突然变得很是哀伤，"我经受的苦难足以获得目前的一切。因为这本来就是我的，我只是把我曾经的失去拿回来。"

丁杨听着他的声音，浑身起鸡皮疙瘩，不得不拿出相当的意志力。丁杨讨厌他说话的方式，他的腔调传达出的丑恶，以及这种口音令丁杨产生的厌恶，笔墨难以形容。

丁杨把他的口音和他杀人的残忍联想在一起，感到阵阵反胃。

达摩继续说道："你是个黑客，兄弟。我也知道你的过去，若论你以前的作为，真是跟你的职业不搭边。而且……"

他没有接着说下去。丁杨不知道他的用意是不是要吓唬他，使他乖乖就范，还是他忍不住要作践他，但达摩泰然自若的模样使他十分震惊。

他再一次喝令道："把手铐戴上。"

达摩看了一眼墙上的钟。

丁杨也在时不时地看钟，因为他知道苏南迟早会醒来，罗卫等人迟早会回来，在这完全掌握主动权的地方，时间每过一分钟，便为自己赢得了强援。

但他惊恐地发现，达摩也是在拖延时间。他在等什么呢？

丁杨来不及细想，皱起眉头威胁说："把手铐戴上！否则，我就开枪了。"

达摩应道："你没必要这么对我，这是你的地盘，你有的是主动权，只不过……"

他又打起了哑谜。丁杨追问道："你到底想说什么？"

"我要说的是……"达摩慢条斯理地说，"你看对面的钟！"

话音未落，时钟走到了 12 点 30 分，专案组里电源突然中断，封闭性的机房立刻陷入一片黑暗。这显然是达摩事先的预谋。之前，他便将病毒放进了电力公司的控制计算机里，预设的时间一到，病毒开始发作，电源就会自行中断。

达摩先人一着，趁着熄灯的瞬间，挥起拳头朝丁杨脖子砸来。丁杨稍一分神，立刻意识到不对，机警地往后一跳，举枪欲射，却不幸被黑拳打中颈脖的晕穴。

"哗啦"一声，丁杨倒在隔栏上。对面的显示屏滚翻在地，摔得粉碎。黑暗中，达摩不辨东西，不知是丁杨开了枪，还是苏南已经惊醒过来。他不敢侥幸，恐慌地抓起自己的钥匙和皮夹，便慌不择路地往门外逃去。

第三十三章

胡志远对丁杨接下来的记忆如他说的那样模糊不清，心存疑虑。但室内的搏斗痕迹，他身上、地上的血迹，无不证明了当时惨烈的情景，及他在对敌中的英勇无畏。

"你没事吧？"肖可语问。她已经为他包扎了脸上的伤口，那是他倒地磕上电脑主机方角留下的，刮去了好大一块皮。

"我没事。"他说。

但她不相信，仍旧拿着棉签帮着涂紫药水。并拿出湿纸巾帮他擦洗眉头和脸颊上与达摩搏斗留下的伤痕。他闻到她身上散发出来的芳香，心里甜滋滋的。

她让他捞起裤腿，脱去衬衣，仔仔细细地查找还有哪里受到伤害，但凡有点滴可疑，便清洗一番。细心弄完后，才放心地对他笑了笑。

她这是改变对我的态度了吗，丁杨想，还是她对每一个受伤战友都是如此关心？无论怎样，这样的女人都最惹人喜爱。

"还有哪里痛吗？"

身体仍有多处痛得像针扎一般，但他不想表现得那样脆弱。"没有了，谢谢。"他说。话说出口，却又害怕她因此跑到别处去。

幸好所有人都出去了，没有肖可语需要关注的。胡志远偶尔露一下头，也是想从丁杨嘴里获得更多的线索。半小时前，他们从医院赶回来，当时苏南已渐渐苏醒，丁杨却是听到苏南的尖叫，才恢复清醒，正看到胡志远发布展开搜捕的指令。

一张电脑椅滑到丁杨的对面。胡志远筋疲力尽地坐下来。他的脸部表情说明，搜捕没有任何收获。

"你再好好想想，他跟你的对话里还有没有透露其他信息？"他问。

"没有。什么也没有。我抢到了他的 U 盘，扔出窗外，结果被他打晕了。"丁杨朝胡志远摇了摇头，犯罪现场痕检组对现场进行了勘查，发现嫌疑人在机房里没有留下有价值的痕迹，包括他的个人物品。

"你是什么时候发现他进来的呢，当时他站在哪里？"

"他就站在我所在隔间的侧面。"

"他怎么就越过你，先打昏了苏南呢？"

丁杨耸耸肩。嫌犯如何打昏苏南，一直是胡志远心中最大的怀疑。

"你离门口最近，他钻进来，先打倒苏南，你怎么会毫无察觉呢？"

丁杨仍然摇摇头。"他若打定主意要先干倒苏南，一定会想尽各种办法。"他回到自己的英勇事迹上。"我一抬头，恍然看到有人准备向我袭击，我一边闪身躲避，一边扬手自卫，竟然把他手里的枪打脱了，我扑身抢枪……"

"你留着做笔录吧，我已经听过一次了。"

"事实就是这样的……我对刑侦楼的格局不了解，他如何发现我在这里，如何知道专案组的楼层，不在我的想象范围内。我想，对付区区防盗门锁，对他来说，没什么困难。"

胡志远继续问："请你努力回想一下，丁专家。"他耐心地说，"你对苏南挨打的解释确实留下了疑点，如果我在你的位置，无论如何，在苏南挨打时，一定会有所反应。据我观察，平时你很醒神，任何时候，任何人到机房门口看一下，你都提防着。嫌犯进门即使没惊动你，那他出手打苏南时，一定发出巨大的声响，你不可能没注意。"

胡志远说着，仔细地观察着丁杨的脸部表情，发现他像石柱般直挺挺地坐着，脸上惊慌的感觉反而慢慢地沉静下来。

苏南到底跟胡志远说了什么，丁杨不知道，但他不信苏南会把事情的经过说得比他更清楚。苏南如果说出任何细节，那都是他以过度活跃的想象力杜撰出来的。

"我没办法相信，丁专家。你是个足智多谋的人，你没有察觉嫌犯进来，却能急中生智，先发制人，而且抢过对方手里的枪。但最后，却又被对方打昏，这根本说不过去。"

"这有巧合，也有他的设计。"丁杨顿了顿接着说，"我对他的底细知道很多，所以我们有对话的机会……但他进来时便设计了刑侦楼断电，情急之下，我准备开枪伤他，却没想到他手快，趁黑还击。只是他慌忙中没有再把枪抢去。"

苏南从走廊进入专案组。原先一丝不苟的头发被剪得乱蓬蓬的，精神状况倒还可以。他受到袭击后，觉得有点儿脑震荡，就被送去了医务室。此时，脑袋上缠着一条很宽的白色绷带。

"你感觉如何？"丁杨幸灾乐祸地问。

苏南恶狠狠地盯着丁杨，反问道："为什么我的枪柄上只有你的指纹？"

"我想我早就回答了你这个问题。"

"哼，别想狡辩。"他翻脸无情的样子，"只有你知道我在那个隔间里。我想，一定是你早就知道他会来，又想有件武器，于是从我这里抢了去。"

"可事实并非如此，我在工作，你也在工作。"丁杨说着瞥了苏南一眼，对方气哼哼的样子让他好笑又不敢笑。不过，他无话可说。

"要是让我发现是你……"

胡志远抹了一把脸，没好气地说："是不是你让他觉得更有机可乘？我倒觉得你该感谢丁杨才对，如果不是丁杨在场，他或许会直接杀了你。"

苏南哑了，当时他确实在睡觉。但他仍不服气，直直地瞪着丁杨，企图从气势上压倒他，但最终还是回过头，慢慢地走到一张沙发上坐下来。

"小心点儿，丁杨，我会时刻监视你。"

"欢迎监督。"丁杨坦然地说，"今天是我们头一次合作，就闹出这么个不良结果，我想你恐怕并非我的最佳搭档人选，你说呢？"

对苏南的疑问，丁杨早已盘算好，没什么可担心，只是达摩闯入的阴影就像一股恶臭萦绕在他的头顶，挥之不去。他已经从达摩的话里，猜测出达摩并非"雷神"，那个老朋友的存在才真正令他如芒在背。

胡志远接了个电话，挂断后说："追捕组发现了嫌疑人的踪迹。出大门后，他往西进入了梅阳大道，但在第二个岔路口，扔掉了'饿了吗'电动车，从此没了踪影。"

"他是如何进来的呢？在楼里的活动情形呢？"肖可语问。

胡志远摇摇头。他看到罗卫进门，便转移了话题："你们在医院发现什么没有？"

罗卫介绍，他们在龙仓健的配合下，检查了医疗中心的计算机系统，虽然明显是"雷神"攻击了计算机系统，却看不出他是从哪里入侵的。

"系统管理员打印了这些资料。"他递给丁杨厚厚一沓打印文稿，"是过去一周的情况报告。我想你也许能从中发现些线索。"

丁杨浏览了一会儿，说："是'刷脸支付'惹的祸。"

"怎么啦？"罗卫追着问。

"他获取媛姐'刷脸支付'留下的资料，掌握了她的孕检日程，从而……"

"刷脸？"胡志远盯着丁杨，"怎么可能……"

"对于黑客来说，已经真正进入了无隐私时代。如今，人脸、声纹、虹膜、指纹，甚至是步态都已经成为重要的个人身份信息，随着生物特征识别技术在生活中的广泛使用，这些资料都可能成为个人隐私的泄露方式。既然媛姐使用过'刷脸支付'，我建议打电话让她立即查查银行卡。"

罗卫迟疑了一会儿，转身走了出去。

胡志远环顾专案组四周，皱起眉头。"哎，林立仁呢，哪里去了？"

肖可语说："回来后，我压根儿就没见过他。"

"是啊，他去了哪里呢？"苏南说着，两眼疑惑地望着丁杨。"十二点钟时，我让他去买中餐的，以后就没见过他，是不是出了什么意外？"

丁杨头也不抬地说："我不知道。"

"怪了，中餐没买回来，招呼都没一个，他这是怎么了呢？"苏南说着，拨打林立仁的手机，没有应答，于是又在他的短信和微信里留了言。

监控室在一楼消防紧急出口旁，虽然有接待窗口，但罗卫下楼便直接打开了旁边的门。里面有他的人正在查询。

"发现什么了吗？"

室内是不足十平方米的狭小空间，对面墙上镶嵌着一整排监视器屏幕，两名坐在屏幕前面的年轻警官一齐站起来朝他点了点头。其中一名戴着眼镜的警官答道："西头的监视器一定发生过状况。"

"监视器？"

"对。"眼镜警官调出一段视频在屏幕上播放，"这栋大楼的走廊、楼梯口都安装了监视器，按照规定，有两名警卫在这里监视所有画面，只要有可疑人员进入，就会立即前往盘问。"

罗卫伸长脖子看着画面，的确看到了楼梯和各楼层的走廊。影像很清晰，也显示了时间。"哪里显示不对？"

"就是这个视频。"眼镜警官指着右侧最上方的屏幕，显示着一楼门禁系统。"这是大楼办公民警常用的出入门禁，从这里进去，可以到达所有的楼层。所有进出这道门的人，都会出现在视频里。"

"这个时间没有人出入啊！"

"没错，这里显示没人，但苏副所长说，这个时间正是他指使林立仁下楼买中餐的时间。这个视频里应该有林立仁经过才对，所以我仔细对它进行了辨认。"眼镜警官用鼠标对另一帧视频键出一个指令，屏幕上显示出一条空无一人的走廊，"凡事经不起认真。一对比，我就发现了问题。"

"什么问题？"

"我原本也以为这个视频是正常的，凭目测确实无法看出异状，事实上，这只是一帧图像而已。正常的视频，即使无人经过，视频也是有动感的，而这一帧视频没有任何流动性。"

眼镜的话已经说中了要害，罗卫明白了。

"你去查看情况了吗？"

"对，我去查看了，这里让申城监视着屏幕。"

旁边的年轻警官申城点点头，接着说："确实很蹊跷，王越过去时，视频是正常的。"

"摄影机没有任何异常吗？"

"负责监控的保安老张陪我一起过去，他很熟悉这套监控系统，同时负责防盗门门禁的保养和维修——所有保安里只有他的资料输入在内，他进行一整套常规检查后，却没有发现任何异常。"

"嗯……"罗卫沉思了一会儿，接着说，"你查看了其他监视器的视频画面吗？同一时间里有没有在其他视频里发现异常，比方说，林立仁是不是在其他监控里出现过？"

申城稍微放松了脸上的表情。

"如果发现任何异常，我会马上报告。领导如果有时间，可以在这里一起看看，我估计如果有异常，应该会出现在接下来的一段视频里。"

"何以见得。"

"我们正在按林立仁离开的时间和路径查看。"

申城面对屏幕，开始操作前方的开关和旋钮。好几个屏幕同时变成了静止画面，随即开始反向播放。

不一会儿，一直没有影像的三楼监视器屏幕上出现了画面。申城按了暂停。

"你看，是十二点十分。"他指着右下方说道，"然后影像就消失了。"

罗卫点了点头，确认了其他屏幕。虽然有些楼层有人走动，但看起来并没有异状。在那个时间点，没有人走进通往西头的通道。

"可不可以再看看更前面的内容？"

"可以啊，只要转动这个旋钮就好，你可以转到你想看的地方。"申城指着操作盘说道。

罗卫看着屏幕，小心谨慎地转动着旋钮，但是没有人从西头通道前往三楼的专案组，只有四楼以上有人走动，五楼以上一直都是无人的状态。

继续查看似乎没有大的意义。正当他这么想的时候，空荡荡的三楼走廊上突然出现了一个人影。罗卫回放了影像。一个男人走出专案组，沿着走廊来到西头深处的一道门前，打开门走了进去。

他再度倒带。

"这……"罗卫忍不住发出低吟。

现在可以明显看到男人的侧脸，五官棱角十分清晰。

"是立仁。"罗卫一眼认出了走进狭窄的消防栓里的那个人影。

"那是一个放置消防器材的隔区，仅容一个人身体。"申城说。

"他进到那里去干什么呢？"罗卫耸了耸肩。"真让人想不透原因。"罗卫说，"打电话给苏南，让他把立仁拉出来。"

"里面没人！"申城说。

罗卫疑惑地看着他。

"我已经查过了，每一个可以容身的地方都查过，刑侦楼不可能有我们找不到的人。"

三个小时后，罗卫陪着省厅科研所派来的特别鉴定小组负责人大树走进了专案组。大树个子不高，但姿势挺拔，看起来很威严，说话表情和微微上扬的下巴充满了自信。

"调查发现，一至三楼的监视器之所以出现静止画面，是因为电缆线上被人安装了一个控制盘。这种特殊装置，可以阻隔流过电缆的电力信号，使屏幕始终停留在原来的某个画面上。就是这个。"大树把一个黑色小盒子放在专案组会议桌面上。

"窃贼想要行窃装有监视器的房子时，在潜入房子前，先装好这个，然后设置定时器，就可以在想要行窃的时间阻隔信号，也可以远距离操作。网络上可以买到这玩意儿。"

"网络上净卖一些乱七八糟的东西。"苏南抱怨道。

现在还在说这种话。罗卫很想对他吐槽。十五年前，犯罪嫌疑人就比警察更能卓有成效地利用网络。

大树继续说："分析保安室的监视影像后发现，在一至三楼的屏幕没有影像的期间，只有林立仁在十二点十分出现，然后消失在消防栓里，之后他去了哪里？一定走出了消防栓，可是无人知道，也无监控视频。"

"静止画面出现了多长时间？"胡志远抱着手臂问。

"应该十五分钟吧。"大树说，"这是一段除了专案组，刑侦楼里没有其他人活动的时间。保安显然就是这么想的。所以看到静止画面，也就见怪不怪。"

"袭击机房的犯罪嫌疑人就是这段时间进来，并逃走的？"罗卫问。

"嫌犯进入和离开正是这段时间，他预谋好了这段时间，甚至设计了断电病毒，使他逃生更容易。"大树答道，"监视器的影像正好证实了这一点。"

"林立仁会不会是在这段时间走了出去？"罗卫说，"他可能并没有进入消防栓，只是恰好走到消防栓门口，视频就消失了。"

这种分析似乎很合理，只不过没有什么可以佐证。

大树摇了摇头，站起来。"一旦视频消失，说明嫌犯已经进入大楼，如果林立仁此时没有进入消防栓，而是下楼去，那他一定会遇上嫌犯。那时，他一定会与嫌犯遭遇。"

罗卫的视线从屏幕上移开，双手按摩着眼睛。不断地使用快进或倒带，尽管只看了三四个小时，眼睛却十分疲劳。

他将胡志远面前代替烟灰缸的空罐拉过来，拿起烟盒。桌上的几包烟，已有大半空了。

"对，这一点我很赞成。"

"林立仁跟嫌犯有过近身接触，不论嫌犯如何化装，都逃不过他的眼睛。"

问题是林立仁就此消失了，期间发生了什么事情呢？

视频消失了十五分钟，十五分钟可以发生很多事。"如果嫌疑犯袭击了林立仁，保安一定会听到声音，因为同在西头楼梯间里。而且生要见人，死要见尸体，楼里已经搜查过多次，没有藏人的地方。"申城说。

罗卫点点头，却提出另一个疑问："立仁会不会确实进了消防栓里，在里面查看了一番，结果跟达摩错身而过，达摩进了机房，他便下楼去。此时正是控制盘起作用的时间，如果立仁不刻意跟保安打招呼，谁知道他出去了呢！"

胡志远摇摇头。如果林立仁仅仅是跟达摩错身而过，应该早就回到了专案组，手里一定还提着三个人的中餐。

原本低头看资料的丁杨这时坐直了身体，把打印文稿在桌面上叠整齐，说："还有一种可能，他跟嫌疑犯是一伙的。"

同伙？

这倒提醒了在座的各位。侦查工作不是不时发生泄密吗？林立仁不是死死咬住丁杨是同伙吗？现在，丁杨遭到达摩袭击，不正好反证了林立仁的嫌疑。

或许，正是林立仁配合达摩进入了专案楼层，但因为脸熟，不好出面，便让达摩一个人下手，事后两人一起逃走。

仅仅为了配合嫌疑犯进入专案组机房吗？达摩已经破坏了监视器，只要林立仁不从中作梗，他就可以轻轻松松地上楼，保安室的人根本发现不了他。

难道林立仁不知道监视器被破坏吗？但他应该知道，一旦他明目张胆地接应达摩，保安便会立刻发现，刑警会迅速赶到。他们如此大费周章，到底要干什么呢？是林立仁另有任务，进入了另一个视频监控不到的地方作案吗？

其中有太多的不解之谜。

虽然达摩的阴谋没有得逞，但林立仁的失踪留下重重疑云，令胡志远伤透了脑筋。每一种分析都好像让他看到一线光明，微芒似的光却像萤火一样扑朔迷离。

这时，罗卫叫来协助调取监控的申城悄悄拉了一把苏南。他径直离开专案组，来到寂然无人的机房里。

"你在这里被人打晕？"

"嗯。"苏南莫名地看着申城。他隐约想到了什么，低声说："机房也应该装上监控，不然一点儿安全感都没有。"

"听你的口气，怀疑并不是那个达摩打的你？"

"你有什么发现吗？"苏南心里的想法一闪即逝。

"发现倒没有，但有一件事提醒你。记得西头的训练场吗？丁杨似乎对那里情有独钟，每天上下班、中午休息都要去那里。你知道，除了周五和周末，队里同事并没那份闲心。"

"那是你管理的，你最清楚，有什么特别的吗？"

"我陪他训练过，他对其他器械不感兴趣，但特别喜欢爬墙，说是敲电脑特别需要手劲儿，而云梯是最好的训练工具。他甚至通过云梯爬进了三楼里。"

"训练墙上的那道窗不是封死了吗？"

"是的，"申城吞吞吐吐应着，继续说道，"因为他说训练能够缓解上网的疲劳，时不时要去训练场，这几天我把那道窗打开了。"

"所以，丁杨随时随地可以从三楼进入训练场，不用走楼梯便离开刑侦楼，不论上班下班，在监控显示器里都见不到他的影像？"

申城点了点头。

丁杨是市局过来协助办案的，他的名气在申城眼里可谓振聋发聩。用训练缓解疲劳这点要求，当然在情理之中，申城乐于促成。

"这能说明什么呢？"苏南自言自语道。

这能说明什么呢？好好想想，他在心里一再使劲儿。

申城见苏南没能明白其中的缘由，也就不再提醒。"我就了解这么些情况，不知道能不能帮到你。"说着，他转身离了三楼。

莫名其妙，苏南望着申城的背影在心里说。林立仁怎么就莫名其妙消失呢？

接着，正如有时会发生的那样，当两种想法同时出现在心里时，第三种想法便随即产生。

莫名其妙……

他猛地拔腿往林立仁办公室跑去。

第三十四章

"如若初见"再一次比达一路智高一筹，让他深感震动。

从专案组逃出来，达摩急于逃到隐秘的地方藏起来，骑着"饿了吗"电动车一路往西狂奔。一边走，一边不断地从后视镜里望着后面的车辆，他的速度几乎赶得上汽车了。

他总结自己失败的原因，确如丁杨所说，达一路不该冒充"梭哈"，一定是自作聪明的聊天室对话暴露了他的意图，让丁杨将他出现的时间计算得十分精准。

因此，他不能再打电话回去，也不能让网络再次成为警方追踪他的工具。他听见后方有汽车接近，强迫自己不回头，只能仔细聆听。那辆车并未刹车，而是驶了过去。随之而来的一阵风卷起细微的尘土，喷在他未被口罩覆盖的鼻孔里。警方已经看见他身穿这件"饿了吗"外套，骑着"饿了吗"电动车，这表示他不再是隐形的。他考虑过丢弃这套装备，但不穿上衣，显然更加令人怀疑，甚至会让他找不到其他可靠的交通工具。

他环顾四周，已离开城市进入郊区，再带着这套装备也会引来怀疑——在偏僻郊外，是没有人叫外卖的。经过一个岔路口，往西南方向是一栋两面涂满黄色广告的小楼，他的目光被上面画的一个词吸引过去"佳美"。

是不是说前面不远就到了佳美服装城？繁茂的行道树外，依稀有几栋平房砖楼，窗口晒出的衣服像招展的万国旗，也许这是个换装的机会。

根据指令，他还有一个攻击目标，是一个服装厂的职工。虽然她损失并不大，但她在公众场合扬言报复，影响十分恶劣，他要以之为目标，以儆效尤。

前往服装城是一个很好的契机。这将是一次轻而易举的攻击，不会像杀吴美凤、刘群那么富有挑战性，但此时此刻，他需要获得一次胜利。

袭击丁杨的失手动摇了他的自信。同时也令他变得更加多疑，他又朝后视镜瞥了一眼，不错，确实有人在跟踪他！那人独自驾驶着一辆瑞风汽车，正盯紧了他。

他放慢车速，目光在车道上扫了一圈，接着再瞧一眼。

刚才看到的车，或他以为看到的车，却只不过是一个影子或反光。

不，等等！它又回来了……不过这一次开车的似乎是一个女性，副驾驶座上还坐着一个，目不转睛地望着他，也是位女性。

当他第三次扫视后视镜时，却根本不见什么驾驶人。上帝，难道出现了鬼魂，或者根本就是自己眼花了。

是，不是……

有人说，当网络成为支撑你的唯一生命，当计算机成为驱除让人窒息的无聊烦闷的唯一崇拜物的时候，你会分不清网络与现实的界线，往往把虚拟的角色当作现实世界的人。

这些角色，有的是朋友，有的是敌人。

有时，你会看到他们开车跟在你身后，有时会在前方的小巷里看到他们的身影。你会看到他们藏在你的车库里、卧室里，看到他们用陌生的眼光盯着你。夜半时分，当你仍坐在电脑面前，你会在显示器的反光中看到他们。有时，他们仅仅是幻觉。可有时候，当然，他们确实存在。再一次往后视镜看一眼。

夏日的风将绿化树吹得左摇右晃，飞速奔驰的汽车影子也在车道上跳起舞来。他希望自己的速度再快一些，逃离这些幻影，但动力不足，只能尽量保持平稳。

一辆执法车疯狂地奔过去，车顶的对讲机吱嘎作响，传出说话声。驾驶员挺着身子，目视前方，对着对讲机愤怒地吼叫着，对讲很清晰，说的是前面有一辆汽车的司机喝得烂醉，为逃避设卡检查，正疯狂奔逃。但他看不出前面哪辆属于醉驾。

执法车开过去，仅剩下"沙沙"的汽车轮胎滑过的寂静之音。他不知道执法车会在哪个地方逼停醉驾司机，但他意识到了往前走的危险性。前面还有一个岔路口，离服装城更近了，他决定在那里扔掉"饿了吗"电动车，如果有机会找到合适的衣服，再换下"饿了吗"马夹，洗掉脸上的易容物，使自己变成想要成为的另一个人。

前面就是高架桥，桥下无人，偶尔经过的汽车给他丢掉装备腾出了机会。

减速、滑行，他费力地转动车身推着前进，进入一个桥洞里。

他刚在桥墩上给电动车打好脚撑，一辆汽车呼啸着驶了过去。

正是第一次从反光镜里看到的，司机独自驾驶着的那辆瑞风……

林立仁根本追不上那辆见鬼的电动车。

他驾车绕着刑侦楼转了一圈，像个疯子般地伸长脖子到处看。他在这里工作了几年，对每一个垃圾堆都十分熟悉，根本不用想都知道哪里可以藏人，哪里足以藏下一辆电动车。

但大门外的那个槟榔店老头就是说没看到"饿了吗"电动车过去。这年头，连最熟悉的人都不值得信任。

他买了快餐走到刑侦楼下，一个"饿了吗"身影从旁边晃过。咦，好熟悉！他抬腿准往楼里去，突然第六感涌上心头：达摩！那个身影一定是达摩。

他没有犹豫，转身便往停车场跑。

他启动自己的瑞风，将快餐扔进后座，掉头便往楼外追。汽车驶上梅阳大街，在路口停下来，转头看了看，哪里还有"饿了吗"电动车的影子，不过他无所谓。这一带任意找一个人都可以给他提供线索。

但问了几个人，都说不出"饿了吗"的样子，外卖车太具隐蔽性了，他只能靠自己。向西，向西，临决定的时候，林立仁想起西边的几起案子都跟达摩有关，这次他一定还会往西去，那里一定有他藏匿的窝点。

他默想了一下，如果罗卫处于这种情况会怎么做，毫无疑问，追击。他回想了一下路径，往西驶过梅阳大街，过红绿灯，上梅阳大道。才几分钟，便看到了"饿了吗"的绿背心。

林立仁没有急着堵截达摩，他想循踪找到此人以及同伙的窝点，挖出他背后的指挥者和策划者，为群众追回损失。

如果能做到这一步，那将是大功一件。

他想起那次跟罗卫干追踪。

那是一次谋划好的行动。罗卫在他身上绑好跟踪器和对讲耳麦，然后让他一个人开车出门。但是，还没有驶出停车场，他的手机就响了起来。

"我们在屏幕上看着你，定位系统一切正常。"此时，罗卫的无标记货柜车先他一步驶上前往目的地的大街。

"好，知道了。"林立仁紧紧地抓住方向盘，他强迫自己的手放松下来，不停地提醒自己深呼吸，保持冷静。罗卫说每一次追踪的过程都无法预料，而现在只是开头。

"如果跟上对方，你必须重复他做的每一个动作，他说的每一句话，"罗卫在办公室这样指导他，"耳麦的声音会有变化，重复才能确保我们听清。"

"我知道了。"

"不用怕，我们随时都在你左右。如果两人能够对上话，你就给我们一个信号。在汽车上就用双闪，走在路上就把手放在背后，伸出两根手指，我们会看到的。"

"双闪，两根手指。"

"不过，事情不能尽往好处想，我们无法保证一直跟踪到你，也不能保证对方只是一个人，黄雀在后随时都有可能……"

罗卫没有说完，他知道林立仁明白他的意思。"不要让自己陷入不必要的危险中，"接着，罗卫更加亲切地说，"你一定要保护好自己，你是你父母亲唯一可依靠的人。"

这话是罗卫，也是胡志远对每一个独自执行任务的人都会说的，来自人道主义规则。

这时，达摩到了一个十字路口。电动车打开了左转向灯，可能想驶往小路。林立仁却在直行道上，如果变道跟上去，就会暴露出自己的行踪；如果不跟，则需要绕到前面路口掉头。到时候，他会失去这个目标。

宁可跟丢，不可让对方察觉，这是为了防止对方反跟踪，或者监视报复。

"无论我们对追踪对象了解多少，也无论知道他多么幼稚，我们都必须以老江湖对待，拿出最老到的跟踪经验。"罗卫曾经这么教导。

"我明白。"林立仁在心里默念。

电动车临下岔道时却又转了回来，快速地往前面冲，甚至很快超过了林立仁的汽车。两辆车接着朝相同的方向驶去。

真狡猾，原来真的只是在检验是不是有车跟踪。林立仁腹诽道。他想给罗卫打个电话，跟他说说这个事例，但想想又放下了。罗卫正在医院忙得不可开交，自己没帮上忙，还是别瞎捣乱。而且，这次跟踪是他临机做出的决定，如果失败了，就算他自己瞎忙活，如果报告领导，就得拿出成果。

电动车一直走"之"字路，引得后面的汽车响起一阵阵尖利的喇叭声。林立仁明白达摩的意思，深深地吸了口气，不动声色地跟着。

现在，他留了个心眼儿，在宽阔的梅阳大道上时不时地变换着车道，让达摩无法从反光镜里找到他。

但是，还没过两分钟，前面又出现一条岔路，林立仁在心中默默倒数，然后将车挤进靠右的车道，减速，跟电动车的距离越来越远。

电动车没有任何预兆地突然转弯驶入了岔路口。

"哼哼，果不出所料！"林立仁心里得意，加速往小路驶去。

驶下斜坡，眼前却哪里有电动车的踪影，向前向左向右都是高架，阻挡了视线，林立仁无从判断电动车的去向。

"啊啊，"他焦急万分，不停默念着，"怎么办呢？谁告诉我啊？"

这个时候，只能靠自己了。

林立仁匀速往前面驶去。他不能减速，更不能停车。否则，如果达摩就躲在桥墩后面，他就全暴露了。他冲过桥墩位置，有意让汽车的制动出现问题，几次猛烈的油门和刹车交替后，汽车吭哧吭哧地往前奔突了几下，趴在路中不动了。

这只是一个随机的障眼法。林立仁手心冒汗，呼吸越来越急促。如果罗卫遇到这种情况，会怎么办呢？他心想。有时候不管你是不是队长、所长或者局长，不知道就是不知道。

如果他因此发现达摩的去向，从而进一步找到窝点，他一定对罗卫吹嘘自己的机智。

但是，他已经超过桥墩位置很远，却一直看不到该死的电动车。

难道达摩发现他了吗？难道这正是达摩反跟踪的计谋吗？林立仁下车很响地拍着引擎盖，开始考虑下一步的行动。

他转了个圈儿，让自己先冷静下来。高架桥上车流很大，桥下却寂静无声，他正这么想着，就被一辆需要直行的小货车打断了思路。

他不耐烦地扬扬手，示意对方：车坏了，无法通行。小货车司机似乎在考虑怎么走，久久地没有倒回去。这时，小货车里下来两个男人，他才发现自己好好的汽车，却要两个人将它推到边上去。两个男人很卖力，他刚挂上空挡，汽车便往前面移动，几分钟后，腾出了两个车道，可以任由大拖挂车通行。

累出一身大汗的男人不等他打开车门道谢，便上车"呼"地走了。

按常理，他得打电话喊人维修才行。林立仁假装一边拨打手机，一边走下车子，尽力让自己不要显得过于机警。但这种自以为是的想法没有维持两分钟，他突然涌起一种不好的感觉——有双眼睛正盯着他看呢！

不过，他是一名优秀的警官，做了三年基层派出所工作，又在刑侦干了四五年，他有能力对付这种压力，至少他是这样告诉自己的。

他借着引擎盖的遮挡，检查了一下藏在裤腰带里的手枪，枪所在的位置很容易就能拿到。接着，他打开驾驶室，将车钥匙插在点火孔里。这个动作可以理解为追击，也可以理解为脱身，作为一个刑警，不论哪种应对的方式都是必要的。

林立仁退出驾驶室，左右看了看，专心想着自己的任务。在最后一刻，他才反应过来。高架桥东侧的公路边撑着一辆山地单车，有个男人闪身去了桥墩下。他仔细打量着那人，身高一米八左右，瘦削的身材，黑色皮靴上满是泥水。他右手插在裤兜里，摁下重拨键，那是罗卫的电话号码，可是耳机里传出忙音。

他紧盯着那根藏人的桥墩，盘算着如何通知其他人，寻求支援，但他站在阴处，又一定要保持冷静，不能暴露自己。

走到汽车尾部，想借打开尾厢的机会，观察四周的情况。然而，当他再次转头观看时，那个男人已经不见了。

他没再开尾箱，退回驾驶门前，仔细巡视着各个桥墩，完全没有那个男人的踪迹。不过，这也没有太大意义，因为高架桥下面是一个巨大的开放空间，呈田字格，真正四通八达，是走是留，无法从一个方向判断。

就在这时，他感到脖子上的汗毛竖起来了。没错，一定有什么事情即将发生，一定！

从他假装汽车坏了停在这里，到现在已经过去了几十分钟，林立仁预感到站在公路上无济于事，终于准备采取行动。

但是，当他再次看到那个男人出现时，一切都太迟了。

盯梢一名刑警，而且要"不留活口"以便不露痕迹。在这样一个空旷的野地，藏住自身都难，怎么避开周边的车辆行人，采取行动呢？

这个中午够失败了，刚从失手的谋杀里逃出来，驶上大街，刑警又跟上了他。他怀疑自己之所以顺利出逃，是警方的一个阴谋，目的是发现他的藏身之地。

警方会有多少人跟着他呢？

一有空闲，他便启动了网络系统，发出了被警方追踪的消息。

手机立即收到了回复。

"冷静应对，你仍在天网的守护之内。必要的时候，果断灭口。"

这时，在高架桥巨大的桥墩掩护下，追踪盯梢已经意外反转，变成了一出猫捉老鼠的死亡游戏。所幸桥墩呈双品字形，中间虽然都是通道，却互为遮挡，像迷宫一样。他发现像他这种扮惯了伪社会角色的人，一对一地在桥墩之间捉迷藏，十分便捷。

蹲在桥墩下面，他不经意地往东边看了一眼，公路上停了一个人，正贼头贼脑地盯着他看。他霍然起身，人顿时凉了半截儿。那是一个男人，头戴草帽，高大魁伟，似乎比他高出一个头。在短暂的一瞬间，两人对视了一下。紧接着，他就像捕食的猎豹一样，身手敏捷地越过相隔的桥墩，扑了过去。

猛地，周围飘起一股浓烈的尿臊味。他停下脚步，紧盯着眼前的猎物。男人突然蜷缩着倒在地上，既惊恐万状，又束手无策。裤子湿了，地上淌过一股尿流。

他轻轻地踢出一脚。那人"哎哟"一声往旁边滚了滚。"你……你是什么人……我……我犯了……"男人结结巴巴地战栗着说。

"我是什么人，你就不用知道了。"他根本不关心男人遇到了什么事，答道，"碰到我，只怪你运气不好，必须让你闭嘴。"

这时，男人气喘如牛，浑身直冒冷汗。突然双眼外凸，双手抓挠胸口，开始上气不接下气，显然病症越发严重起来。

不会吧？他面带微笑地想。一看到我，就心脏病发作了？

男人的身体乱扭着，脸憋得通红，眼睛里透出乞求的目光，两手一边抓挠脖子，一边抓挠胸口。最后，倒在脏兮兮的地上，脸贴着泥土浑身颤抖。

终于，男人一动不动了。

他蹲下来，摸了摸男人的脉搏。一点儿跳动都没有了。

随后，他站起身来得意地笑了。"碰到你这样的，我的活儿就好干多了。"

说完，他机警地四周看看，那辆瑞风依然停在那里，驾驶员装模作样地检查着，似乎并不得法。他冷笑一声，闪身跃到桥墩下面，仔细观察周边的情形。

你想等待增援，就别怪我速战速决。他想。抬起头注视着前面巨大的墩柱，面露喜色，因为他已经想出了袭击计划。

男人的山地单车依然撑在原地。他拾起一块石头，远远地抛过去。

"哐当！"

"谁？"瑞风驾驶员果然中计，迅速环顾四野，确认四下无人后，便往桥墩下一撒身，直往山地单车方向迅速跑去。

他掩饰着内心的高兴劲儿，故意弄出一点点动静。接着，他应和着对方的脚步声，悄悄折回到驾驶员所在的桥墩后面。他听见驾驶员自言自语地小声说：

"奇怪，人呢？"

他强迫自己又憋了几秒钟，确保对方更接近一点儿之后，纵身跃了过去。他看到暴突的眼珠里闪烁着强烈的恨意……

第三十五章

正要开启林立仁办公室电脑时，丁杨眼角的余光却看见罗卫的脸扭曲得变形，拳头攥得紧紧的，对着窗外高耸的绿化树狠狠地骂出一句"蠢货"。

"你看看这个，"罗卫对丁杨说，"不知道可信度有多高？"

他肯定的语气里透着实在不敢相信。毫无疑问，他说话时并不期待会得到什么答案，但丁杨揣摩了一会儿，肯定地回答："应该不会有问题。"

那是一份罗卫自己草就的电话记录。电话来自政府外事部门，该部门网络管理员报告，系统里两份新增的电子护照跟半个小时前警方发布的通缉令和寻人启事比对时，产生了照片同一性。护照是同一人申报，用的都是假名，比对发现，扫描进入系统的照片，一张是达摩，另一张是林立仁。

"林立仁以假名申办了护照？"肖可语不解地问，"他跟达摩是一伙儿的？"

胡志远和苏南在林立仁办公室搜查他的桌子。

"我不相信。"苏南说，"一定又是'雷神'的把戏。故意扰乱我们的视线。"

"可林立仁似乎对电脑并不在行啊？"胡志远问。

前期侦查中，林立仁一直十分卖力，还亲自抓伤了达摩，抢到手套，非常关心两件物证对侦查工作的价值。他怎么可能是达摩的同伙呢？

丁杨启动了林立仁办公室的执法系统终端，尤思博就是在这台机子上网发现达摩的去向，循踪跟踪过去的。

屏幕上出现输入密码的提示。丁杨试着采用硬进入的方法——猜测性地输入可能用于密码的文字和数字，如生日、名字和警号等，但全无效果。

丁杨回到机房，拿来上载了自己的解密软件的 U 盘。几分钟后，密码被破解，进入了林立仁的计算机。他很快发现该单机跟达摩、"雷神""不如不见"等网名目标联系的痕迹，其中有登录黑客聊天室，给达摩发送邮件等。邮件均为加密文件，但从文头上看，林立仁的真实身份确定无疑。

苏南说："可是，'雷神'那么出色，跟他比起来，林立仁完全是一个外行啊！"

"伪社会角色。"丁杨恨恨地说。

罗卫表示同意。"他故意装出一副迟钝的模样，让我们不会对他起疑心，同时源源不断地给达摩通风报信。"

苏南怒声骂道："难道尤博士的死就是因为他？是他精心策划的！"

胡志远也咬牙切齿地说："我们在这里艰苦侦查，他在一边通风报信。"

"外事办网管知不知道护照是从哪里申报的？"丁杨问。

"不知道。"罗卫答道，"我特地问过，他说对方用的是虚拟账号，用过就被抹除了。"

胡志远疑惑地看着丁杨。

丁杨说："这是完全可以做到的。只是不知道，两份护照以前是否用过，或许他们预备出逃，做出了好几手准备。"

苏南疑惑地说："这怎么可能？"

这时，胡志远手机响了，他一边听，一边点头。挂断后，他说："派去寻找林立仁的同志说，他的车不见，他家收拾得干干净净，没有任何贵重物品。只不过，家里手提电脑挺高级，还直接连通了国际互联网。"

他问罗卫："你知不知道他还有其他藏身之处，汉洲有没有什么家人？"

"没有。以前，我觉得刑侦就是他的全部生活，"罗卫说，"八小时之外，也总是待在办公室里工作。"

"把林立仁的照片拿去复印，发布到网上，请各派出所散发，查找这个人。"胡志远说到林立仁名字时，口气都变了。他问丁杨，"电脑数据已经解密了，对吗？"

"嗯。"丁杨朝屏幕点点头。

"我来看看能找到些什么。"苏南抢着在林立仁电脑面前坐下来。

胡志远点点头，丁杨让到一边。肖可语提醒道："他会不会在机子里设置陷阱？"

"我会小心慢慢来。首先关掉屏幕保护器，从那里开始。我知道他会在什么地方设置陷阱的。"苏南坐下来，把手放到电脑键盘最无害的"shift"键上，关掉了屏幕保护器。因为单靠转换键不能发布指令，也不会影响电脑里存储的软件及数据。

可是，苏南刚刚敲下那个键，屏幕便出现一片空白，接着出现文字指令："批量删除开始。"

"糟糕！"丁杨喊了一声，"赶紧关闭电力开关。"

可是，也许电脑埋伏着控制电力系统的软件，电源开关毫无反应。他抢过去按电源插座，但插座设置在电脑桌下面。不到一分钟，硬盘中所有内容全部删除。

"可恶……"苏南气愤地连连拍打着电脑屏幕，"这是阴谋，阴谋。"他说。两眼凶巴巴地盯着丁杨，仿佛一切都是丁杨造成的。

胡志远站起身，慢慢走过来。他看看丁杨，又看看屏幕，此时，那里已是空空荡荡一片白色。接着他又扫了一眼苏南，问："这么说，一切线索都被删了？"

"一定有人提前一步做了手脚！"他离开座位，却紧盯着丁杨。

办公室里每一个人都明白苏南的意思。

胡志远说："那就继续做我们的传统侦查工作。"他拿起林立仁桌上的案卷，打开，从里面翻出知情人送给肖可语的银行流水单据复印件。

他把单据一张张摊开，写下流水号。"罗卫，给银行打电话，一家家查，看看这些钱到底是怎么流转的，即使网上转账，最终总要往银行卡里去。"

罗卫开始给几家银行打电话，通过单据号查询开户行，再给开户行打电话。他的电话不断地被转给这人或那人，又不断地让他等候，如此这般折腾了好长时间，还是没找到一条能帮得上忙的途径。

就在罗卫与电话那头的人争执的时候，丁杨坐着转椅旋转到附近一台电脑终端前，敲响键盘。片刻之后他站起身，打印机吐出一卷卷打印稿。

这时，罗卫正恼火地冲着话筒说："一周后，我们已经申请国家银监局让你关门，你不用再给我资料了！"丁杨把第一页打印稿递给他。

"资金流转路线图……"

手机贴在右脸上，罗卫说了一句"算了"，便将电话挂上。"你从网上查出了这个？"他问丁杨，随即摇摇手。"网上的事我不问。"他脸上展开一抹顽皮的笑，接着说，"就像胡队刚才说的，你搞你的新型侦查，我当我的传统警察，各自做好自己的工作。"

"我还背负着嫌疑呢！"丁杨不依不饶地说，把手里的其他打印稿一并递给罗卫，"你再看看这个，传统警察也需要动起来了。"

罗卫俯在桌子上，仔细阅读着。打印稿是"梭哈"发过来的资料，大都是些图片，标识着收集途径、出处和地址。罗卫抓起电话，分别给市局、分局鉴证中心和雁北的朋友打电话，并列出几页稿纸交给苏南，让他加紧联系。

传统警察真正开动了起来，"梭哈"的资料分成两部分，一部分传真雁北，一部分呈送汉洲市局鉴证中心。

市局鉴证中心对图片分门别类，逐项进行了鉴识，很快送来了详情报告。

罗卫一边翻看，一边惊讶地瞥着丁杨。

"太好了，鉴证的同志真不愧是行家。听听这段：室内挂机是一种雁南公司生产的小型中央空调，型号为 QWD5200。这个型号首批出产日期是去年二月，在新住房开发区很受欢迎，通常在两到三层独栋别墅中使用，不适合高楼或复合式楼房。技术人员还利用计算机放大了图片显示的窗外广告，发现那是一帧创文标语，落款是'梅平区双清社区'。"

"独栋别墅，位于双清社区？"肖可语说着，把线索写在白板上。"两到三层楼高。"

罗卫轻笑一声，钦佩地扬起眉头。

"还有这个。技术人员发现室内墙壁坑坑洼洼，瓷砖排装极不规整，由此判定图中房子是地下室，或者未经装修出售的，瓷砖是由房主人自己铺的。"

肖可语将这段话补充在白板上。

"还有。"罗卫接着说，"房主生活极简，室内除了电脑没有其他物件，甚至没有扬声器，吃的基本是副食，屋角发现一大堆副食包装垃圾。他们还放大了垃圾堆，发现其中有一张烧饼包装纸，是本地一家烧饼店的专用包装纸，此店在双清社区有一家分店。"

苏南说："那就去找这家店，再围绕店铺找别墅区。"

罗卫点点头，转而看着肖可语，说："你不是在梅平区有一个规划局的朋友吗？请他协助，立即查找那边的小区规划设计。"

"好。"肖可语立刻拨打电话，询问近年来双清及周边社区建造的独栋别墅开发项目的审批名单。过了几分钟，肖可语将手机夹在下颊与肩之间，抓起一支笔，开始书写。十几分钟后，她放下笔，名单长得让人泄气，在以双清为圆心的四个社区里，有十五个建有独栋别墅的住房开发区。

"这可能需要我们全市刑警调查好几天，这些开发商真是够能折腾的。"

罗卫拿起住房开发项目名单，拍成照片存在手机里。这时，他的手机响了，是梅平的曾旭。他一边接听一边点头，然后挂上。

"曾旭已经找到了那家烧饼店。老板认出了达摩，说他在过去的几个月里频繁地上店里购买烧饼，但每次都是驾驶不同的车子过去，并不清楚他住在哪里。"

罗卫把"烧饼店"圈起来，用指头轻轻叩击着，然后写下"创文广告语"和"双清社区"，再次圈起来，并拍成照片，一并发送给曾旭。他要曾旭发动全分局的民警都上街去，帮着找那块宣传标语，特别盯住那几个新开发住宅区。

但这种查法仍然需要大量时间。足有十几分钟，大家情绪低落地盯着写满证据线索的白板，对如何缩小搜查范围七嘴八舌地提不出任何有用的建议。

"报告！"

一个保安出现在门口，身后跟着一个怯生生、意想不到的人——娟子。

"你来了，娟子。"罗卫微笑着朝她招呼。"他没找你麻烦吧？"

"有你的人跟着，我还想他来找麻烦呢。"她抬头望了望室内诸人，罗卫鼓励地朝她点点头。她走到罗卫跟前。"我照你说的做了。"她说，像变了个人似的看了肖可语一眼。

肖可语没听懂这个女孩说的是什么，但她还是客气地跟她点点头："你好。"

女孩从兜里掏出一个手机递给罗卫。"就是这个。那个坏蛋的手机。"

罗卫接在手里，朝女孩点点头，"太好了，娟子。你帮了我们的大忙，这就是我们一直在寻找的突破口。"

"何以见得？"胡志远问，"一个丢掉的手机，有什么用吗？"

罗卫点点头，又对苏南说："给龙仓健打电话，用免提，让丁杨跟他说话。"

电话接通了。龙仓健问过好，接着说："找到什么通信线索吗？"

"通过手机里的代码，可以查出手机曾使用过的电话号码，并查出它在哪些地方使用过，是吗？"丁杨问。

"呃，这要看手机使用频率多高。如果使用量大，查询工作量可就大了。"

罗卫得到肯定的回答，便让他不要啰唆，快查。

龙仓健说："别挂，马上回来。"

丁杨向大家解释道，手机接收电话和拨出电话都是由机站控制的，不论什么手机，不论在哪个地区登记，在哪里打电话，使用哪里的机站信号，都可以定点到几十米的范围内。现在拿到了达摩的手机，查到他在哪些地方通过话，便可判断他的活动范围。

五分钟后，神似香港影星郑则仕的安全部负责人发出声音。"算你走运，"龙仓健语气轻松地说，"查到了。"但紧接着他又用疑惑的口吻补充道，"很奇怪，这个手机只使用过六天，打出八个电话。"

"别啰唆，"罗卫说，"你说，这个手机在哪些地方使用过，使用次数最多的是哪里？"

"八个电话，分别拨打过三个号码，一个号最多只用了三次。通话次数最多的在双清2号基站，也就是曹家坳台柱。"

"这么说范围还是很宽，是不是？"胡志远泄气地问。

"对。"龙仓健肯定道。

不料，丁杨却耸耸肩膀，说："哦，我想到已经找到他在哪个小区了。曹家坳机站最多两三家新建开发小区。告诉我那个地方的地理坐标。什么街道多少号？"

罗卫走到地图前。

"没问题。"龙仓健飞快说出四个道路交叉口，罗卫用线将其连接起来。这个梯形图形覆盖着双清社区的中心区域。

"他就在这一片中的某个地方。"罗卫敲击着地图说。

根据梅平区规划局提供的名单，这片区域内，有两个新开发的住宅区。

比起十五个，情况好多了，但还是让人高兴不起来。大规模搜查容易惊动嫌疑人。不过，结合烧饼店和创文广告查找就容易多了。

"还有一个情况，不知有没有用？"龙仓健说。

"发现什么尽管说，越详细越好。"

"这个手机没什么问题，但在通话过程中，偶尔有断线的情况。跟你说，我们那边的基站是新建的，信号很好，不可能出现信号连接不上的现象。"

"会不会是对方的电话断线？"

"不是。检测发现是他的电话时不时地发生程序冲突错误。理论上说，应该是程控的主机电脑瘫痪引起的，但我们的主机不可能这样，否则会引起骂声一片。"

"主机电脑瘫痪？"丁杨惊讶地问。他看了罗卫一眼。罗卫对着免提的手机说："你们是通信老大，谁敢骂你们。"

"现在谁敢称老大，还不死得快。通信中出现一点点问题，顾客立马换号。"罗卫似乎可以看到龙仓健说话时摇头无奈的模样。

胡志远盯向丁杨。"这是什么意思？"

丁杨解释道："有一种情形会引起电脑瘫痪，那就是计算机试图同时进行几件不同工作而无法应付时。"

苏南点头表示附和。"不过，通信公司的电脑操作系统，其开发的功能就是为了让它能够同时运行多种软件，所以一般不会见到因致命错误引起的非正常关机。"

"是的。"苏南的话，龙仓健在免提里听到了，"我们的系统是非常先进的，从未出现过这种错误。"

丁杨沉吟道："嗯……可能是偷盗通信系统的一方存在漏洞，也就是说'雷神'的'绞肉机'并不像他说的那么完美，而是存在漏洞的。"

黄昏临近，窗外爬进一线暗影，如幽灵般鬼鬼祟祟。胡志远两手抱在前胸，听着晦涩的电脑语言，心绪陷入极度焦虑绝望之中。林立仁失踪仍不见人影，"雷神"或者达摩的掠夺及杀人活动仍在不断进行，多耽误一秒，便多一份意想不到的危害。

罗卫的手机发出一串尖利的呼叫。他大约如胡志远一般心情，竟浑然不知，直到被一屋眼睛盯着看了几秒钟，才意识到声音来自自己的兜里。

他接听几声，头频频点着，脸色舒展开来。随后，对胡志远说："好消息，有一个居民认出了达摩。搜索目标越来越近了。"

大家立刻紧张地行动起来。

胡志远向黎政打电话，简单汇报了情况，请示特警队支援。罗卫叫曾旭带人赶到双清社区附近与他们会合。所有搜索警察全都便衣，两人一组，化装成各行各业的人，潜入到街巷小区，以防跟达摩直接撞见。

丁杨一起随行，带着便携式电脑，随时掌握网上消息。苏南则在专案组留守，以防万一需要资料，可使用专案组电脑查询。

枪支装备检查到位，胡志远首先往楼下冲。罗卫正要跟上，手机又响了，是高媛。

"忙什么呢？"高媛问。

"正要出警。"

"发现那个网络魔鬼了吗？"高媛话说得很快，"也许我可以帮你？"

"你在家养着，如果要帮忙，我再请你到单位遥控指挥，你的专业对我帮助更大。"

"罗卫……"她似乎欲言又止。

"什么？"罗卫好像看到她质疑的眼神，声音听起来很不耐烦。不过，他只想到她怀着孕，挺着个大肚，"你好好在家养着吧！"

"连听我说句话的时间都没有吗？"

罗卫瞪大了眼睛，有些不相信自己的耳朵，高媛的嘴巴什么时候变得如此尖酸刻薄？"不，不是。我这正要出去，案子的事你还是少打听。静静地躺着闭目养神才是每一个孕妇最需要的。"

"我知道，真正的问题不是怀孕。"她又开始抗议，语气有些慌乱。这话更让罗卫听着感觉胡搅蛮缠，很不舒服。

"你安安心心在家待着，我办完事就回来。"

"你的事永远办不完的。"她坚定地说，"我今晚值班，可以帮你，别忘了我是网警。"

"不行，我这是出外勤。"

"你就是怪我唠叨，不想听。好，我闭嘴，你以后求我说，我还不说呢！"

"我爱你，媛媛。"

"鬼话，爱就是接受。罗卫，你根本不能接受我。"

"我说过，就这一个案子。你也看到了，这个案子有多可怕，差点儿祸及你，我一定要抓住他，请你理解我的感受。"罗卫以为她又要说调动的事情。

"你又来了！你总认为我一直在假装理解你，我只是……"

"好了，我知道。"罗卫说，"我急着出去，办完事我到单位去看尔！"

"罗卫，"胡志远喊一声，"叫他们快点儿跟上。"

罗卫抬起头，把手机搁在耳边，继续安慰了一句，挂断后随胡志远沿走廊出去。

丁杨耸耸肩，看了肖可语一眼，悄声说："你怀孕时，也这样吗？"

"什么？"肖可语茫然地望着他。

"我问你，胡队是不是把我跟你搭档在一起？"

肖可语盯着他看了一眼，以为他胆小。"放心，没什么可怕的。"

双清社区因双清公园而得名，北临梅雁河，南连雁洲路，距主干道梅阳大道只有几公里，原是老工业区，商业也因此兴盛。传统厂房往郊区搬迁后，这里或是棚户改造，或是商改民宅，开发出好几家大型住宅小区。沿着梅雁路往北走，传统平房住宅就渐渐看不到了，换上新近开发的高楼和林木掩映的别墅。

这一带聚集着高科技公司，财富遍地，寸土寸金。

在离公园一号小区不远的停车场里，停着五辆公务车、一辆特警运兵车和一辆图传指挥车。这个停车场属于梅平分局双清派出所，很高的围墙围着，从梅雁路和双清路都看不到里面的情形。

丁杨坐在奔腾X90后座上，身边是肖可语。罗卫一声不响地坐在副驾，盯着车窗外一棵棵在燥热的微风中婆娑摇曳的桂花树。胡志远坐在前面的红旗 H7 里。

曾旭先到了，独自站着，低头听着对讲机。

两处合并，简单地对接了一下，便分头行动。刑警们都做好了各式化装，有的是闲逛夫妻，有的是挑担客，有的是卖翻货的……他们人手一张照片，既默记在心里，又收起在口袋里，准备着出示给居民辨认。

时间在一点点地过去，暂时没有任何进展。

天完全黑了，图传指挥车里的众人怀疑龙仓健的监控和丁杨的分析有错，达摩根本不在这个小区，或者号码没错，但他与丁杨搏斗后，带着林立仁逃离了汉洲。

这时，胡志远的手机响了。只见他一边接听，一边频频点头，笑容满面，随后对罗卫和曾旭说："好消息，找到了一个邻居，指认我们找的人住在公园一号 8 号别墅里。"

"好！"罗卫扬起左拳头在右手掌里一击，然后指示车里的技术员接通监控仪器，及无线电定位器设备。接着给龙仓健打电话，把地址告诉他。

片刻后，龙仓健回电说："他在里面使用移动网络通信，是数据传输，不是声音传输。"

"他在上网。"丁杨对罗卫说。

搜索刑警已经靠近 8 号别墅。罗卫发现车库门大开着，里面停了一辆斯柯达明锐，正是火烧网吧的视频里出现过的汽车。别墅挂着厚厚的窗帘，从外面看不出里面是否有灯光。特警分队已形成两道包围圈，即便达摩发现了警察也插翅难逃。

曾旭拿出一张规划平面图，圈出别墅建筑样图来给罗卫看。罗卫递给后座的特警队长。这位队长十分年轻，理着平头，不苟言笑，十足的军人派头。

特警队长说："这座房子带西欧风格，前门带栱，后门通向院落，二楼有露天平台，约三米高，可以跳跃而下。没有边门。车库前后通透，既可从前院进，又可以经过厨房，从后院出。我建议兵分三路，实施强攻。"

罗卫说："如果他正在电脑面前就被惊动，他可能在几秒钟内销毁磁盘及他接触过的任何内容。但我们需要那些信息调查他的犯罪证据和杀人目标。"

"那就将他从电脑面前调开。"曾旭说。

"明白。"特警队长回答。接着，他用对讲机下达指令："一队往前门，二队往后门，三队往车库。三队抽两人埋伏在平台附近，以防他跳楼逃跑。"

他顿了顿，扫了一眼罗卫和丁杨，好像下定决心地喊道："好，抓捕！"

罗卫带丁杨退往东面的高坡，正好可以观察别墅里的动静。图传指挥车悄无声息驶过来，靠在高坡旁，胡志远走下来。特警们正猫着身子，借助树丛的掩护向前移动。

胡志远转向丁杨，拉着他的手，说："丁杨，不论结果如何，没有你，我们走不到这一步。像你这样甘冒生命危险，亲临一线的技术员，实属罕见。你是一名真正的刑警。"

"真正的刑警"，这是对一位警察的最高评价。

"是啊，"肖可语附和道，"我们以前错怪他了，胡队。"

她转身看向丁杨。他欣喜地捕捉着她黑溜溜的眼睛，眼神里传达着丰富的内涵。她有心开个玩笑，说："丁杨这是当大领导的素质，以后可要多关照我们哎。"

丁杨搜肠刮肚想说点儿什么，却不好意思，只是满含笑意地痴痴看着她，不知所云地点头。

曾旭闪身过来，报告道："特警看不到屋内的动静。里面温度很高，似乎没开冷气，红外线扫描仪什么也接收不到。他还在上网吗？"

丁杨"噼噼啪啪"地在手提电脑上敲打着，答道："手提持续接收着他传输的信息。"

"好，"曾旭说。接着，他用对讲机下达指令，"准备强攻。"

正在这时，与达摩别墅一墙之隔的地下车库里驶出一辆 MINI 双座敞篷车。所有人都盯着那个司机——老年妇女，六十五六岁的样子，头发已经斑白。

两名着装特警闪身拦住她，简单地检查了一番，这车实在没什么可查的，没有尾箱，座位敞开，尽收眼底。特警示意她快点儿离开。

攻击开始，丁杨看到十几名特警分成三组沿着围绕达摩别墅的树篱匍匐前进。肖可语在他耳边柔声说道："希望他来不及毁掉自己的电脑。"

瞬息间，特警们猛地从藏身之处一跃而起，朝别墅冲去。

紧接着发出两声巨响。丁杨惊得跳起来。曾旭在一旁说："只是攻击门锁，他们进去了。"

丁杨紧张得手心出汗，屏住呼吸，等待着枪声、爆炸声、尖叫声、警报声……

肖可语纹丝不动，敏锐的目光继续盯着房子。就算她内心紧张，表面上一点儿看不出来。

一阵长长的寂静，小区里只听到微风吹拂树叶窸窸窣窣的声音。

突然，车载对讲机响了起来，把大家都吓了一跳。一队队长报告："他不在里面！"

"什么？"胡志远惊愕不已。

"我们正在四处搜查，不过看来他已经逃跑。"

"怎么回事？"胡志远无缘由地质问。

队长继续报告："我们分别搜查了一、二、三层及地下室。根据红外线扫描仪探测结果，五到十分钟前，他坐在地下室电脑前的椅子上。"

胡志远不甘心地说："他在里面，他不可能不在里面。他一定是躲起来了。仔细搜，刨地三尺给我挖出来。"

"胡队，除了椅子上留有他的体温，红外线扫描仪没有探测到任何其他活动的东西。"

胡志远的身体瘫软在车门上，如鹰般锐利的目光里布满了绝望。

别墅里井井有条，一尘不染。

与丁杨料想的截然不同。黑客住处往往十分脏乱，电脑部件、插座、电线、书籍、资料、U盘、副食包装袋、食物残渣、一次性杯碗等等，以及乱七八糟的杂物。

达摩的起居室乱是乱点儿，只是一个单身男人的懒散凌乱，缺乏收拾，却没有电脑部件、插座、电线、书籍、资料等，甚至不像一个电脑爱好者。乍一看，丁杨怀疑自己是否走错了房子，但紧接着便看到许多照片，里面有达摩的面孔。

"看，好幸福的一家三口。"肖可语指着墙上的挂框说，"那女人多像电影明星，"然后又看着另一张照片，"他们还有孩子？"墙上的照片很多，张张显露着富裕殷实的家庭生活。

是啊，住在这令普通人梦寐以求的房子里，必然带着舒适惬意……

胡志远说："把照片收集起来，发协查令……"

罗卫摇摇头。

胡志远疑惑地看着他。

罗卫看着丁杨，问："那不是真的，对吗？"

丁杨取出一张照片，递给胡志远。那不是照相常用的亮光纸，只是彩色打印纸。"照片都是他在电脑上PS的，女人和孩子的照片在网上多的是。"

客厅里，有一个现代风格的镔铁黑架座钟，指针已接近8点。响亮的嘀嗒声不断在提醒警察们，这次行动失败了，除了收缴这座别墅，打草惊蛇，可能毫无意义。

刑警对附近居民做了调查，竟然无人知晓别墅里住着什么人。物业公司登记的业主叫吴吉亚，但人口系统查询没有这个人，联系电话是空号。

别墅的其他房间全是空的，因为拉上了窗帘，从外面看不出来。浴室里只有极少几件基本生活用品，包括普通牌子的剃须刀、洗发水和肥皂，另外还有一些常用生活品。

达摩的主要活动地就是起居室，他的电脑就摆放在这里。丁杨望望屏幕，坐下来查询达摩最近操作过的程序。

"你们看。"丁杨指着屏幕上冒出的窗口说，"离开前，他一直在跟人联系。"

胡志远和罗卫俯过去读着屏幕上的文字：

发件人：RRBJ

短信内容：2 — 37，凿壁借光

收件人：双清公园一号别墅08号

"这是什么意思？"胡志远说，"37，我们出动的警力不就是 37 人吗？要是他没有收到这个短信，我们就抓住他了。"

"2－37，可能是指我们两个单位联合，37 正是警力数。"罗卫说，"这可恶的 RRBJ 到底是谁？"

"可恶的 RRBJ。"肖可语跟着骂道，"还用上了成语。"

一名特警在背后喊："找到他的逃跑路径了，在这里。"

众人一齐转过身去，紧接着沿着一条简易楼梯往地下室去。丁杨停住脚步，认出这正是"梭哈"提供的照片里的地下室，贴得十分粗糙的地砖，未上油漆的墙板……

他跟上去，与胡志远、罗卫等人一起查看边墙上的一道小门。它是移走书柜后露出来的。一名特警举起手电往里面里照了照，说："它通往隔壁房子。"

胡志远和罗卫互相盯着对方。只听罗卫大喊一声："那个老年妇女，开 MINI 车的！他就是从隔壁车库里开车出来的。一定是她！"

曾旭抓起对讲机，命令特警冲进隔壁的房子。胡志远给黎政打电话，报告情况，请求启动紧急预案，对那个老年妇女和 MINI 车展开围追堵截。

几分钟后，曾旭和胡志远的电话同时响起。特警报告隔壁房间是空的，没有家具，什么也没有。路查民警报告，那辆 MINI 车已找到，在一个超市停车场里，离这里不到两公里，车后座上有一整套易容用品。对超市周边进行了盘查，谁也没注意到车主是怎么离开的。

房地产经纪人也找到了。据他说，房主购买两栋别墅都用的是现金。当时，确实有些奇怪，但出于商人的本性，他并没有深究。不过，前去搜索的民警报告，这两套房的销售记录都不见了，电脑里只留下被偶然删除的痕迹。

大家面面相觑，却又心知肚明，只是嘴里冒着酸水。

胡志远说："把相关东西都打包带回去，作为物证调查，特别是所有电子产品。"肖可语带人前去清理。

胡志远转头对丁杨说："接下来，你有得忙的。"

罗卫走过来，对丁杨说："刚才那个信息，我想请你帮忙调出详细资料看看。"胡志远要走，罗卫一把拉住他。"一起过去看看。"

胡志远疑惑地看了罗卫一眼，没有反对。

丁杨坐到电脑桌前，掏出 U 盘上载了自己的破密软件，接着屏幕上出现一系列字母、数字和符号，一共十五个字符。正在收拾物证的肖可语以欣赏的语气说："密码可真够复杂的。"

解密之后，屏幕上显示出发件人网址：执法系统 FTRJKI4658

"这是什么？"肖可语惊讶地说。

罗卫紧盯着丁杨，强硬地问："可不可以给我们解释一下，还有那个'RRBJ'和'如若不见'网民是谁？"

胡志远疑惑地望着罗卫的脸。罗卫嘴里吐出"如若不见"几个字，他便看懂了"RRBJ"的意思。那正是"如若不见"的拼音头字母。

肖可语则像吓傻了似的，不知所措地在三个人之间看来看去。

"你这是什么意思？"罗卫恨恨地问。

丁杨回答时声音中带着无法抑制的鄙夷。"哼，这是无耻的栽赃和离间。申请一个似是而非的网名，借道其他专用网站系统发在他自己的电脑里，这是最简单、最基本的黑客手法，难道这一点，你们都看不明白……"

罗卫突然一拳狠狠地锤在桌子上，欺身到丁杨面前，说："丁杨，你太让我失望了。这件事如果不能给我们解释清楚，我不会放过你。我怀疑这一切从头至尾都是你搞的，你就是他的同伙，我请你来，结果给了你坏我事的便利。从现在起，你不要离开我半步，否则，我就以畏罪逃跑嫌疑击毙你。"

胡志远愣了愣，说："罗卫，你冷静点儿，你不能这么做！"

丁杨一脸轻蔑。"哼哼，他设下圈套引你上当，你还真无知地往里钻！"

罗卫掀开衬衣，露出手铐。"你现在伸出手来，跟我铐在一起。丁杨，下一步，我会好好考虑你的行为。否则，我们就将你送到监察委去。"

丁杨涨红了脸，愤怒地盯着罗卫，慢慢地抬起双手："你都铐上吧！"

第三十六章

罗卫此时处于困境中。

胡志远没有让他将丁杨铐起来，更没有报告市局监委介入调查，反而勒令他回家休息。不巧，高媛值晚班。他不想独自坐在漆黑的房间里，一人猜测没有事实依据的事情。于是，他没有回家，直奔网安支队。

他突然想全面了解丁杨的情况。参与丁杨的招录并一直担任上司的高媛应该是最了解丁杨的人，就算她有所偏颇，他会对她提供的信息进行分析，这是他的方式。

不过，真正困扰他的，还有诸多关于达摩的疑问。

一是达摩背后可能还有一个更厉害的黑手，一个绝无仅有的黑客，他设计了以投资为名的掠夺软件，一旦引起被骗投资的人的警觉，便派遣像达摩这种的杀手，杀人灭口。

二给达摩通风报信的人也许并非什么警方内奸，就是这个厉害的黑客，他监控了网络，控制了所有通信方式，预先探知了警方的行动。

三是娟子也许仍然没有说出全部真相，甚至充当了达摩的传声筒，引诱警方上当，是她抓住一切机会干扰警方的行动。

还有，或许尤思博的死只是偶然，他只是跟钟健有私怨，两人发生争斗，然后双双被杀。从后山消失的年轻人只是出于贪财，拿走了他们的东西，离开时被遛狗妇女发现。也许，达摩正是利用了这一点，让警方的侦查失去方向，或者谋划开始下一个计划……

不用说，疑问一旦进入谁的脑海，就像打开了潘多拉魔盒，总会纠缠他好一段时间。

不过，对刑警来说，不怕有疑问，就怕没疑问。只是罗卫觉得面临的疑问，有的太浅薄，有的太无聊，有的太冷酷，不应该这样或那样。他已经在案件里陷入太深，伴随前期的调查，习惯于对任何人、任何情况都提出质疑。他了解到网络上的人能做出的最坏的事情，他甚至相信再残忍的事情都有可能通过网络发生。

他曾经不相信网络侦查真的能帮到什么，觉得高媛待在这种虚拟的地方挺好，轻松自在。现在，他决定真正虚心向高媛求教了。

罗卫猛地打了一盘方向，汽车飞速地飘过他应该转弯的十字岔道。在不眠不休一个通宵后，他做了一个非常完美、非常大胆，也是非常严重的违法大飘移。从左转道直接右转插进自己想要去的街道。

这里的道路很宽阔，路边有优雅而曲折的人行道，还有无数新种的白玉兰、桂花树。他转进了一个死胡同，尽力让眼睛不要瞪得太厉害。巨型碉堡似的楼房在广阔的青翠的草地上耸立着。那么大的房子，那么大的院子，四周有栅栏围起来，还有带关卡的车道。

他掏出警官证亮了一下，保安指引他往里面一直开。他沿着标号的车道走到底。绿意簇拥的假山后面，一栋看起来不太显眼的砖房隐藏在路边。不看挂牌，罗卫便知道这就是网安支队办公楼。这是唯一一栋周边没有任何灌木丛的房子，看来为了防止各种入侵者藏身，防止有人安装隐藏的电子产品，警方把它们都移走了。

罗卫看着光秃秃的小楼，叹了一口气。"高媛，高媛……"他喃喃自语，"你应该休假了。"

他把车开到黑色熟铁大门旁的泊位上停下，按了一下对讲按钮。现在是晚上九点，他并不期待楼里马上回应，所以当他听到刚响了一声就有人在说话时，感到很吃惊。

"哪位，有什么事？"一个男人平和地问。

"嗯，我是罗卫，梅阳分局刑侦大队的。"客观实在，没表明与高媛的私人关系。

"请对着摄像头，出示你的身份证件。"

他是因私来看望妻子的，这么正式，罗卫真想逃走。但他闭口不说话，选择了勇敢地看着那个摄像头，亮出自己的警官证。

过了一会儿，大门轰轰地响起来，然后缓慢地向两边滑开。罗卫锁好车，看到门首站着一位高个子男人。短袖衫、牛仔裤、凉皮鞋，一脸严肃。罗卫向前走了一步，感觉不妙。

男人不到三十岁，一米八左右，僵硬地站着。罗卫觉得他看起来并不像一个警察，更不像一个网络技术员——这段时间跟网络打交道，让他对整天面对电脑的人有所了解——某种程度来说，他看起来像一个保安。挺胸、昂头，罗卫向前走到入口处。

"请问，你是谁？"他问面前看起来有些阴沉的男人。

"这话应该我来问你。"

"我已经在摄像头里给你看了证件。再说了，我先问你的。"男人之间的决斗往往是从客气对话开始的，但这话已带着火药味。

男人笑了，但是看起来却带着冷酷。"哦，梅阳分局……可没有市局领导签字，你是不允许进入这里的。"男人掏出自己的证件挥了挥。"我是今晚的值班员。"

罗卫皱起了眉头，努力想弄清楚到底是怎么回事。

"我来这里看望高媛。"他说。

"什么事情？"

"这是高媛的私事，和你没有关系。"

"可这是公务场所，你知道的，机要重地。"

罗卫有些恼火，没有立即回答。他重新别有兴致地看了看那个男人。他所看到的让他觉得自己很渺小，感觉不是很好。不再是严肃的外表，而是一件时尚的衬衣，用来隐藏手枪：不再是古板的发型，而是很适合击倒罪犯；不再是阴沉的面孔，而是刚毅里透着聪慧，来自一个聪明的百分之百经过良好专业训练的警察。

这是高媛的世界。罗卫觉得自己是个入侵者，心里感到很难过。

男人嘴角边又露出一丝笑意。这让罗卫对他有了一个新的解读，他对人第一印象的判断似乎正在走下坡路。

他本该放弃，却选择继续坚持。

他给高媛打了一个电话。高媛对他到了支队楼下感到十分惊讶，经过一阵争吵，最后她妥协了，同意在楼下的会客室见他。

几分钟之后，高媛的脚步声响起。她看起来有些紧张，见到他之后一点儿都没有表现出高兴。有关团聚的场面，两个人张开手臂奔向对方，这些都没有。相反，她只是领着他走到两张相对而立的沙发前，然后分头对面坐下，用会说话的眼睛看着他。

"你怎么擅自跑到这里来了？"

"我没想到你们对自己人都这么戒备森严。"

"罗卫，这里是技侦和网安支队。我们有严格的程序和规定。如果每个人都能走进来，那这里就会被破坏掉。"

"我知道了，下次我要请谭副市长亲自陪同过来。"

高媛立马变了脸，迅速扭过身去，鼻孔里发出一声冷哼。

罗卫坐在沙发上，一动不动，完全被她冷漠的声音所震惊。当震惊慢慢退去，他才缓缓抬起头，直视着她。

"你到底是怎么啦？"

高媛起身端起茶壶，走进隔壁的开水间，泡了两杯绿茶。泡茶时两人都没有说话，但依然没有平息他的火气。"好，"她刚坐下，他就开始了。"媛媛，你到底怎么啦，对我这样？"

高媛吹了吹自己的茶，上面冒着热气。这时他能够清楚地看到她的黑眼圈又加深了，脸上的表情看起来那么空洞，这是一个没有睡好觉的人的样子。

真有意思，他想。这段时间，他忙得像只无头苍蝇，以为高媛会轻松闲逸，以为他不在身边，她完全有能力照顾好自己，不用考虑两人的关系。

"有事说事吧，是不是关于丁杨？"她直截了当地问。

"你知道了？"罗卫挪了挪身子，似乎为了更好地思考。高媛的问题打消了他的气焰，让他不得不慎重对待自己的脾气，"媛媛，我并不是想打听什么秘密。但我确实想对丁杨有个简捷快速的了解与把握，你知道，如果我能断定他与本案无关的话……"

高媛不耐烦地摇摇手。"老掉牙的理由就不用说了。"低沉的调子，透露着对他的不耐，没有丝毫平日的关爱，令他心里泛出酸水。

"丁杨的过去没什么不好，但他曾经跟我说过，不想让更多的人知道自己的过去，不想因为自己的过去，影响到他未来的生活，他要做命运的主人。"

"听起来有些高大上，但个人经历的透明，更能赢得信任，这也是上级不停地让我们填报个人事项报告表的原因。案件无非就是复杂的人事。"

"你说得对。"两人的谈话似乎进入了公事公办的正轨，但罗卫很不习惯高媛的语气。他静静地看着高媛，她却又久久地迟疑不语。

最后，罗卫忍不住问："还有呢？"

"和大多数人一样，丁杨上过大学，修完了与网络技术有关的全部课程。就是那时，他结识了你们正在调查的黑客，因为少年心性，口头上建立'后羿追日帮'，其实就是一个黑客聊天室，经常在各个网络系统里驰骋，和那些年轻不经事的爱好者争强好胜。大学毕业后，他找了一个工作，却被我们翻出了老底，工作丢了，还要送进监狱。"

"这样的人怎么得到特招呢？"

"因为他有更深的老底。"

罗卫看着高媛，没有接着问下去。

"调查中，有些事情推翻了对他有罪的认定。"

"发现了什么？"

"事情得从二十多年前说起。"高媛一边看着窗外，一边陷入回忆中，"我们首次讯问丁杨后，在综合应用平台录入他父亲的名字丁建中，发现丁建中牵涉几起诈骗案件。我们调阅了旧案卷，发现丁建中二十多年前便主动协助警方调查诈骗案件，先后在新戎县、汉洲市连续协助侦破了多起案件，直至十二年前惨遭杀害，也就是写入课本的'5·18'抢劫杀人案，你应该也是学过的。"

罗卫点了点头。"达方成抢劫杀人案。"他轻轻地说，好像背书一般。也就在这瞬间，他想起了那个死者的名字——丁建中。

"就是他，"高媛继续说，"二十多年前，丁建中还是一个年轻后生，在新戎县做服装生意，从广州、杭州、上海等地贩运服装到汉洲、新戎等地，跟各式各样的人打交道。那时，搞贩运的，大都靠坑蒙拐骗赚钱。尽管如此，丁建中却恪守买卖的规则，对败坏市场规矩的人深恶痛绝，不断地向工商和公安举报不法行为。这时，公安机关找上了他，聘请他担任线人，并交给他几条相关线索，请他暗中调查。"

"丁杨满十岁那天，丁建中不管三七二十一，决定邀请所有跟他有过生意往来的人到他家做客——"

罗卫皱了一下眉头，问："'不管三七二十一'是什么意思？"

"这时，丁建中已经查实了公安交给他的几个犯罪嫌疑人的犯罪证据，但苦于他们一时难以聚在一起，公安机关难以一网打尽。于是，他不顾公安的反对，决定利用办生日酒的机会，把所有人都请到酒楼——不管好的坏的——喝酒，请警察包围酒楼，瓮中捉鳖。"

"说下去。"

"这一天，那些人真的都来了，丁建中盛情地款待他们。诈骗分子不知是计，还想拉他入伙，并推举他当老大，不用他跑腿，分成却占最大的份额。那些不参与诈骗的，以为丁建中也是诈骗分子，远远地躲在一边。这时，警察冲了进去，不用一个个辨认，便将所有诈骗分子一网收进了看守所。丁建中做得很老成，请了很多人出面讲情，并签了保释书，才被释放回家里。没有人怀疑到他的头上。"

"嗯。"罗卫频频点头。

"这次成功，让公安机关看到了丁建中的侦查潜质，从此，频繁跟他合作，又破获了几起案件。但是，世上没有不透风的墙，那些几进宫的家伙，看到丁建中屡次拉拢都不入套，却又喜欢跟他们套近乎，怀疑上了他。有人捕风捉影，说他可能是公安的暗桩，吓唬丁建中，让他的生意做不下去，但他根本不理那个碴儿。不久，一个钢材商人刚结算货运费，在汉洲郊外的火车货运站被人捅死。"

"那个案子我知道，商人身无分文，却伪装成抢劫杀人。应该是十五年前。"

"是的，死者是丁建中最要好的朋友，曾参加过对Y还击战。丁建中对在战场上为国拼命的人相当尊重。当时，他已经成了大老板，手下有很多人为他跑生意，不用他亲力亲为，完全可以和别人一样，对犯罪行为视而不见，但他了解到朋友的死，其实是几个投机者对正经做生意的同行的报复，十分愤怒，公开表示要查出凶手，将之绳之以法。他这么说，也这么做了。他有他的路子，有比警方更多的地下渠道，很快查出了凶手，并移送警方，舆论一片哗然。这样，他就跟某些势力公开结下了深仇大怨，招来更多的恐吓。"

罗卫被深深地感动了，说："他完全可以做得隐秘些。"

"那段日子，丁杨母亲整天活在战战兢兢里，坐等大难临头。结果有惊无险，一切平安无事。毕竟，丁建中是给公安做事，犯罪分子不敢马上报复，这事对他的生意也没产生多大的负面影响。过了三五年，所有人都以为事情过去了，至少他家里人不再把它放在心上。"

"但被判入狱的人却忘不了。"罗卫插话说。

"不管怎么说，事情已过去了很久，连警方都有些淡忘。丁建中跟警方的关系一直很好，甚至向汉洲的几个分局和派出所捐献过警车，还为几起大案提供过悬赏，警方对他的家庭和生意都特别关照。既然如此，那也就没什么好怕的。一些黑道上的人物不是躲着他走，就是特意巴结他，送他一个'红顶商人'的称号。你明白这是怎样的一种情形吗？"

"新世纪初期，那是一种特别的荣光。"

"但是，特别的荣光容易给人风光的幻觉。丁建中这时就活在一个幻觉中，认为自己的生意做得好，财富足够，在社会上的地位高，足以自保，也就失去了警惕性，不再把黑暗势力当回事，只顾着四处奉迎。这样，危险一步步地接近了他。

"丁杨上高三那年，潜伏已久的危机终于爆发。前面十来年里，因为诈骗入狱的几个穷凶极恶的人，陆陆续续地出了狱，不论他们的入狱跟丁建中有没有关系，他们都听到一种说法，丁建中是公安的暗桩，丁建中是靠出卖他们发家致富的。这种谣言当然同时传到了丁建中的耳朵里，但他没当一回事。但丁杨母亲慢慢咂摸出了其中的滋味，积怨像病毒一样浸染着他们的生活，再要防备已来不及。"

高媛摇了摇头，继续说："以后的事情你可以想象得出。其实，他们一家一直活在战战兢兢之中。那天，丁建中外出收账，接到一个熟人的电话，便应约而去。丁建中刚应酬完，他醉眼朦胧地看到对方走过来，好像是一个穿着警服的熟面孔男子。他本来可以看清楚再接近，不等与他相认，挥刀便刺，一刀捅进了他的胸口。"

"丁建中死后，他的财富真相也就暴露了出来。他的经济状况早就捉襟见肘，一日不如一日，靠着向银行抵押贷款过日子。以后的事情你可以想象得出。银行不仅收走他家公司，还拍卖了他们的房宅，对家里所有值钱的东西进行了拍卖。一家流离失所，母亲受不了打击，差点儿疯了，丁杨失学，每天在网吧里打发时光。"

"很抱歉，我真的不知道丁杨遭受过这么大的磨难。"罗卫深受震动地说。

"但这还不是我们特招他的理由。"

高媛接着说："丁杨离开大学后，一直毫无目的地四处游荡，许多黑客朋友拉拢他，请他一起开发黑软件，沿海一些公司需要，但他没有失去理智，毅然回到家里照顾母亲。他留言说，如果他的技术跟那些浑蛋黑客一样，跟着为扭曲的黑技术糟蹋，为那些败类公司所利用，他会终生不得安宁。"

"抓他是什么时候？"

"也就在这之后不久。"高媛说，"回到汉洲，他既没后台又没钱，找不到合适的工作。这时，一家公司找上了他，许以高薪，条件是使用大学里组织'后羿追日帮'时的网名，拉拢水军，为公司所用。"

"水军？那有什么用？"

"一时跟你解释不清。你只要知道以后的事情就行。"高媛看了一眼网络盲的罗卫，接着说，"为了生存，他答应了。公司老板知道他是一个凡事极讲原则的人，什么事都瞒着他，只要他的名气，并不让他参与具体的事情。这样干了一段时间，他终于发现不对劲儿，他招募的兄弟一个个发达了，只有他仅仅拿死工资。盛怒之下，他并没有马上去找老板发泄，而是悄悄地跟兄弟们套近乎，终于发现了公司的秘密。"

"什么秘密？"

"老板在利用水军干违法犯罪的事情。"高媛不愿多作解释，罗卫也不好多问。"丁杨心思缜密，从不打无准备之仗，他将方方面面的事情全都摸清，然后把计划付诸行动——不是敲诈老板，而是向公安机关举报——递送了一封证据确凿的举报信。"

"这是好事啊，你们为什么抓他呢？"

"信中并没有具名，我们一介入，便查到水军们都是奔他去的。老板很狡猾，把一切都推得干干净净，吃亏倒霉的成了举报者本人。"

罗卫笑了起来。

"当然，我们不是这么傻的。口供一对，就发现了蹊跷，再把他叫来一审，不仅发现这家公司的问题，还挖出了'后羿追日帮'的问题。只是，因为追逃存在困难，没有深挖下去。"

"这其中难道就没有他一丁点儿问题？"

高媛骄傲地说："没有。在案情汇报会上，谭副市长都大吃一惊。至今我都记得他对丁杨的评价，他说，'这个小孩的原则性足以成为我们在座每位同志的楷模'。"

"这故事是真的吗？怎么听起来像是《美妙人生》中的情节？"

"是有点儿离奇，毕竟生活中能如此坚持的人不多。但这全是事实，没有半句虚构之言。"

罗卫点头，表示赞同。"从你嘴里说出来，不能不让人相信。是啊，生活并没有强迫过任何一个人，不能坚持的，只是每个人的本性。"

"之后，局里就呈报人事部门启动特招程序。一应手续办齐全后，我亲自开车将文件送到他家里，放在他母亲的面前。她呆呆地盯着，足足有一分钟的时间。最后她抬起头，问我那是不是真的。当我告诉她，她不是在做梦时，她几乎崩溃了。她只是不相信儿子能够当上警察，那超出了她的承受力。她浑身上下颤动不已，流着泪，拥抱了我一把，又推开我，将儿子拥在怀中……那时，我明白了，她是一个什么样的母亲，她是怎么教导儿子的。她说：'儿子，你做得对，老天爷不会辜负任何一个走正道的人。你是父亲的儿子，你父亲没白死，我看到他了，他真正地在你身上复活了。'"

罗卫静静地想着高媛的话。"归根结底，这位母亲让人油然起敬。"

"确实是这样。所以，怎样的结局都有一定的前提条件。丁杨会怎么做，你自己考虑。"

罗卫"嗯"了一声。"是我错了。"

"如果你像丁杨一样，很显然，网络上的那些坏蛋也会恨你。"

罗卫叹了口气，把手插进头发里。"我本来一直很喜欢他的。今天，我把过去几天里发生的事情都梳理了一遍，并给所有与嫌疑人有联系的情况建了一个数据库，却发现枝枝蔓蔓都跟丁杨有关系，所以才这么犯蠢。"

高媛怔了一下，脸色和身体都舒缓开来，仿佛有一股春风融化了她心头的寒冰。"我喜欢你这一点，罗卫。敢于承认错误的能力。"

他心不在焉地点了点头。"媛媛，这个犯罪嫌疑人构建了一张非常复杂的网络，不论警方做什么，都在他的预谋之中，而且都能把丁杨算计进去。"

"这说明，他在把丁杨作为目标，反之，谁会把丁杨当作目标呢？这个人就是你的目标。别管他什么原因，只有你坚定信心，我们才好帮你，丁杨才好帮你。"

罗卫把头转到别处。他喝光了茶水，把空纸杯揉成一团，扔进垃圾桶里。他不想听她说教，她知道这一点。然而，她同时做不到，她的说教跟她的温柔一样，时不时地冒出来。他和高媛还有一点很相同：他们更倾向于阐述事实的细节，每一个细节都蕴含着深刻的道理，值得深入地分析。

"你说得对，"他很快说道，"谁会将丁杨作为目标，只有他自己说得清。"

"他说了，是那个跟他一起组建帮派的人。"

"但没有证据佐证，"他答道，他的声音听起来带着坚定。"侦查的第一要义是不要急于得出结论。可以说，直到现在，我们还没有直接接触到为首的犯罪嫌疑人。"

"达摩只是替身，或者杀手而已……"她替他说。

"至少，幕后指挥另有其人，而他的手下可能不止达摩一个人。"

"真的？"高媛看起来非常吃惊。她皱起眉头，用手揉擦着太阳穴。他肯定她在怀疑自己对幕后者的判断，因为她的表情显得很茫然。

"据分析，像吴美凤、刘群类似的案件，不仅发生在汉洲，还有雁北省，那边的案件已经确认可以串并，那么，一定还有其他地方发生的同类案件，只是没有互通信息，难以进行串并确认。而且，达摩之所以没有离开汉洲，不是因为他只在汉洲犯案，而是这里还有他需要清除的对象。"

"那他为什么没杀我呢？换一种更具毒性的药，对他来说轻而易举。为什么？"

罗卫感受到这是她发自心底的疑问。为什么杀掉尤思博？为什么放过高媛？又为什么急匆匆地对付丁杨呢？难道仅仅是因为丁杨懂得网络技术？

"你以为他只知道我是你的妻子，查不出是丁杨的上司？"

网络是那么不受控制，那么不合理，似乎一切都不是传统刑警所期待的。

"我被耍了。"罗卫慢慢地说，"所谓切断基站，入侵医院配药系统，其实是声东击西，他还有其他侵害目标……"他挺直身子，"王八蛋，我被这王八蛋耍了！"

高媛眨了眨眼睛。"离开医院后，我也认真思考了这个问题。他通过'刷脸支付'系统找到我，一定'人肉'过我的资料，侵入过我的QQ、微信。他利用'理财群'诈骗杀人，何尝不会利用'孕妇群''育儿群''月嫂群''购物群'，乃至朋友圈的点赞投票系统诈骗杀人呢？这些群圈里透露的个人信息，不正为他提供了可乘之机？"

"媛媛，我这是跟你谈案子，别扯没用的。"

"没用？我正跟网信办、妇联合作，建立网管机制，维护像我这样的妇女权益呢！"

罗卫正要反对，却害怕引起一场战争，赶紧说："不，我只是就事论事，并非不保护你。"

"罗卫，我是说认真的。这个案子，似乎让你变得是非不分了。"

他摇了摇头。

"罗卫——"

"怎么了，媛媛？"他用一种新腔调问她，"你还是不能忍受我将案子办下去？"

她从沙发上站起来，在她知道自己想做什么之前，她的手紧紧握成了拳头，她的心脏在胸膛里怦怦直跳。"你这么说是什么意思？"

"经历了自己受到侵害，经历了丁杨差点儿被害，你仍然没有改变主意？"

她知道罗卫一时无法理解，自己不应该拗下去。她也知道自己改变不了他，但她就是拗不过自己的脾气。她不能在他面前服输。

她瞪着他，说："对。"

罗卫也从对面沙发站起来，看着她，眼神比她感受到的更加沉着。他就是这样，即使心里背负着无尽的压力，总能很好地控制自己。

"你知道哪里出问题吗？"他清晰地说，"为什么我们开始的时候处得不错，现在却出现分歧呢？不是柴米油盐，不是钱，而是抱怨陪伴，抱怨相守。我可以告诉你原因，媛媛。这一切是因为你缺乏信仰。因为孩子，因为你自己的孤独，不再认真地对待工作，不再想别人所想，不再想案子需要我，心里只装着你自己。"

"我缺乏信仰？"她大声反对，"我只想着自己？这句话竟然来自我爱的男人嘴里，他所做的一切就是信仰，我做的一切就只是为了自己？"

罗卫很快后悔了。他知道自己的话太尖锐，太伤人，特别是对一个警察妻子来说，信仰和感情向来是一对矛盾，是个敏感话题，不能触碰。"对不起，我收回我的话。"他喃喃地说着。他的表情逐渐隐藏起来，想要挽回。

但是，高媛不会让步，绝对不会。"在你扭曲的观察视角里我什么都不是，罗卫。而你是一个超人，就是钢铁炼成的。老天，跟你这样的超人在一起真荣幸，我也应该成为一个超人，那样才能配得上你。"

"我只是说你不要——"

"是啊，不要自私自利。"高媛尖叫道，"我请你放尊重一点，不要对我进行心理分析，不要像个治疗专家一样。你去外面充当圣人！"

"高媛——"

"我就是个没有信仰的人。"她继续说，好像没有听到他说话一样。"你去查你的案子，我做我的普通人，跟你没有关系。现在，该知道的，你都知道了，请你离开。"

"媛媛，我知道现在我不是你理想中的样子。"

"我并没有那样要求！"高媛怒视着他。罗卫只是摇了摇头。

高媛转过身，向装着门禁的楼道走去。罗卫知道自己应该说些什么，但是无论说什么都没有太大的意义。

"晚安，罗卫。"她脚下不停。

现在，该他来付出努力，一切都是公平的。有意思的是，之前他从未想过这些，但是在他的家庭里，没有人被鼓励停下来。

"你怎么这样呢？"他用自己的方式保卫自己。但是高媛已经关上门禁，噔噔噔地往楼上走去，没有听到他说的话。

第三十七章

丁杨很快破译了达摩电脑里的数据。

结果发现，这台机子并非早先他原来攻击的那台。它不能算真正的热机，只有操作系统、"绞肉机"复件和一些"雷神"寄给达摩的信息资料。资料多数都是关于汉洲的，是达摩在汉洲的目标任务所必需的指示。现在机子落在警方手里，"雷神"一定会更换接收地址。

但是，计算机里没有提到达摩接下来的清除对象。

胡志远跌坐到转椅里，双手交叉，盯着天花板，沮丧至极。

"我能试试吗？"苏南小心翼翼地说。他在丁杨身旁坐下，浏览着目录。"他可能删除了一些文件。你有没有试过用修复软件来恢复一些内容？"

"没有。"丁杨答道，"他临走时，使用了销毁软件，灭除了所有资料。"

"他确实非常小心谨慎。"苏南说，"他知道你能够侵入他的电脑，所以事先做好了准备。"

苏南开始运行修复软件。片刻后，屏幕上出现了达摩过去几星期里删除的内容碎片。他浏览一遍后，说：“没有提到下一个目标，也没有关于投资平台的事情，只有一些收入钱款项目的收据碎片，大多数数据已被损坏。”

丁杨转身过去，说：“我来看看。收入钱款，那就应该有资金流转地址，表明这些钱从哪里来，到哪里去。”

苏南站起身，丁杨坐回原处，浏览剩余的被删文件的残片件，大都是一些数字垃圾。他摇着头，滚动回到内容支离破碎的收据上。胡志远俯身过来，指着屏幕说：“这些英文字母或许正是某家金融公司的名称和地址，是不是有地点记录？”

“或许正好显示洗黑钱嫌疑。”丁杨说，“倘若真是如此，他们又会矢口否认，说对达摩的事一概不知道。”

胡志远说：“如果知道牵涉这么多命案，我保证他们肯合作的。”

“也可能更不合作。”丁杨带着怀疑的口气说。

胡志远加了一句：“洗黑钱本身就是一个重罪，销赃或者协同掠夺、杀人，更足以让他们喝一壶的。要是不想去监狱，这是一个很好的合作机会。”

丁杨将那一组英文字母复制、整理，排列成公司名称，地址果然是雁北省。

胡志远右手抹了一把板刷头，身子前倾，拿起手机。他拨通省公安厅反电信网络诈骗中心，希望接电话的是一个副主任以上领导，或者恰好是熟人，而不是其他中心成员。听到对方是欧阳宁，他不禁松了口气，欧阳是副主任。

胡志远说：“欧阳主任，我是汉洲的老胡，说话方便吗？……有事儿需要您帮忙……那是，打电话就是来求你办事的……好，帮个忙，查一下雁北省××计算机产品公司……好，我不挂断，等着你。”

不一会儿，胡志远一边歪着头倾听，一边缓缓点头。

“好，我明白了，谢谢。我们认为这家公司涉嫌为我们正在侦办的一起重大案件犯罪嫌疑人洗黑钱。我们打算找那里的人谈谈。有什么发现会告诉你。当然少不了请你们指导。”

他挂上电话，对苏南和丁杨说：“那家公司暂无违法记录，而且是一家老牌电脑公司，在全国各地都有连锁分公司。即使达摩给他们公司打过钱也不足为奇，只能说明他从那里购买了什么，也一定不清楚它是赃款。不过，我会派人过去。”

“最好我跟着过去，”丁杨说，“我会翻出他们所有的老底。不过，我还要清理其他的东西，看能否找出些更有利的证据。”

“好，那你先看看吧！”胡志远说着，手机响了，他躲到一边去接电话。

丁杨示好般微笑了一下，在键盘前坐下。很快，他脸上的笑容消失了，注意力回到闪烁的显示器上，双手开始猛烈敲击起来，脸上带着无比专注的神情，仿佛全部身心都离开了现实世界，进入了网络里。

迈进罗卫的汽车，胡志远仔细打量他，皱眉、沉郁，情绪没有丝毫舒展，但他不好多问。反之，他倒是特意做出一副开心的样子，甚至开玩笑，请他评判自己衣着是否得体。其实，他仍然穿着褐色T恤和麻灰的牛仔裤，即使站在空空荡荡的马路上，也不会引人注意。

罗卫也是如此，纯麻的衬衣看起来十分廉价，样式很旧，胡子拉碴，头发有些乱，表情里透着精明。在任何一个生活小区都不起眼。

他们向东朝着雁洲区驶去。罗卫开车很小心，好像时刻关注着背后是否有人。

"你说阿倔突然有证据要提供，为什么不自己送到公安局呢？"胡志远说着，把手伸到脑后，调整了一下汽车的头靠，"他这是在保释期，不时地到公安局冒头说得过去，这样神秘倒让人猜测另有所谋。"

"所以，我才叫上您，而不是随便带一个人去。"

胡志远抱歉地一笑。"哦，如果他觉得我是他的保险单，他应该打电话给我才对。他约见面的人是你，我可不好出面替他求情。"

"那要看他提供线索的价值，我是案件承办人，你只要签字就行。"罗卫的眉头一直没有舒展开来，说话一板一眼的，"听他的口气，似乎有些急，安全似乎受到了威胁。"

胡志远对阿倔这路人打心眼儿里瞧不起，这一点罗卫心里明白。

"希望他的线索有助于抓住达摩。"

"他是这么说的。不过，我不抱太大的希望。但他能信任我，我会公平地待他。"

"你打算如何见他，我们可不可以再过一遍？"胡志远提议。

"他希望跟我一个人在雁阳大厦地下停车场见面，所以你就留在入口处。我开车到地下停车场找到车位，你步行跟上来，待在楼梯附近，留心观察进来的车辆和行人。我看到阿倔就给你打电话，描述他开的车。你在确认没人跟踪后，马上给我回电话，我就过去找他。"

胡志远点点头。这是常规做法。阿倔是一个天生谨慎的人。达摩烧他网吧，也就可能杀他，至少会派人盯梢。他一定会提防着。

他们把手机调到振动模式，又各自输入对方的号码。然后，罗卫在大厦外面的路边停了车，胡志远扯了扯衬衣，悄悄地走到暗处。罗卫继续开车往地下停车场去。

半个小时过去。停车场有三辆车驶离，又有五辆车开进，只是全都停在离罗卫较远的另一区域，其他区域还有一半空位。差五分钟，就是晚上九点的时候，一辆银白色的长安驶了进来，罗卫认出方向盘后阿倔苍白的面容。他迅速按下了手机快捷键。

“给我两分钟。”手机里传来胡志远压低的声音。

阿倔把汽车停在离他最远的角落里，罗卫看见他在关闭长安的引擎和车灯时抬腕看了一眼手表。

接着，手机里传来胡志远的声音：“他被人跟踪了。”

“那就取消见面，”罗卫说，“在人行道上等我。”

“尾巴我来处理。你去找他吧！”

“不。不能给他带来危险。离开这里。”

“没事儿，阿倔的尾巴碰上点儿麻烦，他在入口处被保安缠住了。你有五分钟时间。”

“你对他做了什么？”罗卫悄声问。

“控制住局面而已。快去吧！”电话挂断了。

罗卫环顾四周。没有人来往。当他接近那辆银色长安时，看见司机一侧的车窗摇了下来。阿倔坐在车里，看上去瘦小枯干，惶惶如惊弓之鸟。

“这个给你，”他说，声音有点儿颤抖，“装出付我钱的样子。”他递过来一个小纸袋，罗卫把手伸进口袋，假装递钱进去。

“自称达摩的人，”他急迫地说，“到处找我，听说他还想买凶干掉一个警察。”

“买凶的事有线索吗？”

“只听说在跟黑道联系，没听说具体的目标。不过，他已经找了些人，干跟踪和盯梢的事，前两天我背后就总是有尾巴。另外，娟子很危险。我不知道她具体在哪里，但你们必须将她转移。”

“还有什么？”

“情况都在我给你的纸条里。现在快点儿离开吧，求你了。”

罗卫绕过银色长安，在停车场里转了个圈儿，再走回自己的汽车。胡志远已在出入口急不可耐，跳上副驾座，便问：“他告诉你什么啦？”

“我还没来得及看。”罗卫转动方向盘，将纸条交给胡志远，往大路驶去。“应该是关于达摩的，这人贼心不死，依然在打丁杨和娟子的主意。”

胡志远瞄了一眼，急吼吼地说：“快！往梅雁派出所，全速开！”

罗卫拿出一个活动式警灯，啪地拍在车顶上，呜里哇啦地嘶鸣起来。汽车突然加速，像脱缰野马一般，在繁忙的车流里穿越。

阿倔在纸条里写道，达摩通过截取肖可语在“孕妇群”里的发言，查到娟子跟肖可语住在一起，请了几帮街头混混在附近盯梢，一旦完成西郊的任务，他就会对娟子下手。

西郊？也即梅平区。胡志远刚接到曾旭发来的通报，辖区发生一起妇女坠楼案件。

通报正好印证了阿偎的消息，并将他们推向了十万火急！

罗卫玩儿命地加速，警灯红蓝交替的光晕迅速变成了一个耀眼的光球，看上去像朵小型蘑菇云。达摩为什么一直留在汉洲？终于给出了答案，但罗卫竭力想抛却它。他不愿相信此人敢顶风作案，不愿相信自己将娟子推向达摩疯狂的烈焰，又因为自己拒绝接受妻子关于"孕妇群"的潜在危险，而将她暴露在凶手的枪口之下。

汽车像一架潜行在暗夜里的火箭，以不可思议的速度到达了梅雁。

眼前，已是混成一片的蓝光、红光。车道两边停着许许多多车辆，"110"巡逻车、"120"救护车、"122"疏导车等，包围着小小的派出所。

车还没停稳，他和胡志远就已经钻出车门，冲向家属区里。

肖可语家，他们都去过，那是她丈夫因车祸身故的时候。这时，屋里又洒出令人心悸的强光，罗卫一阵心惊胆战。

"站住！"突然，楼道里有人喊道，接着闪出两个年轻警察。

"什么人，不准靠近！"两根枪管一齐对准了他们。

胡志远瞥了一眼稚嫩的面孔，亮出警官证，年轻警察立即"啪"地敬礼。

"发生什么事？"

"报告队长，有人被杀了。"年轻民警说，"'110'的同志正在等你们。"

"怎么没有接到报告？你们所长呢？"胡志远还在询问，罗卫疯狂地挤到前面，往肖可语的住处跑去。

"肖教导！"背后传来一个疯狂的叫声，"可语，你怎么样了？"是丁杨的声音。

"丁杨？"一个熟悉的女性声音。

罗卫放下了心。丁杨迅速越过他，推开门口的民警冲进门厅。

"丁杨，队长他们呢？"肖可语从沙发上站起来，一个女辅警搀扶着她。她白色短衫上沾满了血，眼睛滞钝无光，从未如此茫然过。丁杨奔过去，紧紧抓住她的手臂。虽然听到她在询问队里的情况，但他毫不理会，只顾在她身上查找伤口。她的肌肉依然富有弹性，这让他略微安心了些。

"你受伤了吗？"丁杨问。

她用力摇了摇头，却似乎动弹不了。"没有。快打罗卫的电话。"

罗卫走进去，一手搀着她，让她坐回沙发上，问："发生了什么事？"

她一下子崩溃了，身子突然塌成一团，仿佛支撑它的骨架全融化了。"娟子死了。"她的声音像西伯利亚寒风掠过石洞发出的尖啸。

罗卫的身子滞了滞。"……怎么可能，我刚刚接到报告……"剩下的话堵在喉咙口说不出来，因为他看见肖可语身旁的辅警点了点头。

"有一群人在楼下闹事，"肖可语结结巴巴地说，"我下楼看一下，就一眨眼工夫……我无能，我没能保护她。"

阿偈的话闪过罗卫的脑海。

"罗卫，"门口一名警察说。他认出是梅雁派出所所长，"必须让可语平静下来。她已经做了一番陈述，但她过于自责，也不接受治疗。"

"他一定还在附近。"肖可语突然说，"罗卫，如果你在的话，他一定逃不了。"

"你尽责了！我们都努力了。刚才我正好接到线报，说有人要谋害你们，所以快速赶过来，没想到还是迟到了一步。"

肖可语摇摇头。这时，她盯着丁杨，对罗卫说："保护好丁杨，他也是凶手的目标。"

"让他放马过来！"丁杨挺了挺腰说，"可惜上次没能杀了他。"

罗卫瞪了一眼。丁杨似乎醒悟到罗卫的意思，接着说："可语，你一定受伤了，伤在哪儿？让我们看看，让医生看看。来，我们去医院。"

说着，丁杨推开辅警，两手架在肖可语的腋下，却听肖可语"哎哟"一声，刚刚弯腰站起来，却直接倒在沙发上。丁杨跪在沙发的阴影里，轻柔地撩起她的裤腿，看到她两条小腿全部红肿充血，显然受到严重撞击。

罗卫从未见丁杨如此伤心痛苦，与达摩正面交锋，摔得头破血流；被他冤枉锁上手铐，他一直显得沉着果敢，现在，他却像个破布娃娃。

此时，丁杨心里纠结着几万个紧张兮兮的问题，但任何一个问题说出口都会令他胆战心惊，会使肖可语感觉达摩二次降临。他脸上呈现出痛惜怜爱的表情，趁她没有挣扎之际，一把抱起来，便往楼下冲去。

这时，楼下奔上一群人，法医、痕检、技侦纷纷拥上来。"快，快，放在担架上。"一个霸道的声音在身后响起，丁杨却不管三七二十一直接送进了"120"救护车里。

医生立即过来处理。丁杨温存地拉着肖可语的手，正要说些安慰的话，突然想起了什么，轻轻放下她的手，说："好啦，听话，接受治疗。我想起来了，我不能待在这里，我得去配合罗卫抓那个人。"

"你怎么配合抓人？"她问。

"他不是想杀我吗？我得让他来杀啊，看是他杀我，还是我杀他！"丁杨咬牙切齿地说。

肖可语盯着他，感到一阵莫名的恐惧。她说："不，你不能去当诱饵。"

丁杨无暇理会她的劝告。他脑海里只有一个想法：既然达摩的主要目标是自己，既然他一直没有离开汉洲，是因为自己还活着，那他一定还在附近盯着，只要自己现身，他一定会不择手段地扑过来。

"你去医院安心治疗，"他柔柔地说，"这边的事儿一完，我就去看你。"

肖可语紧紧地拉着他的手，脉脉地看着他。她明白，此时，什么话都是多余的。

走进派出所会议室，罗卫马上感觉到平静表象下的紧张不安。疑似诈骗杀人案件的调查工作进展到关键时刻，犯罪分子竟然冲进派出所杀害举报人，气焰是何等嚣张，案情性质是何等恶劣，不能不引起上上下下的重视。

罗卫和丁杨的出现，集中了所有的目光：兼任市局局长的谭副市长、市局主管刑侦的副局长、刑侦支队长、分局的黎政局长。正在翻看着笔记本进行案情汇报的胡志远岔开话题，作了简单介绍。谭副市长摆摆手，让他们坐下，继续听汇报。接着是工作安排。

这是胡志远辖下的谋杀案件，方方面面都在他的掌握之中。他认为罗卫负责的专案组应该继续原来的工作，新抽调的刑警负责组织搜查、堵截和追捕。

谭副市长正要做最后讲话，罗卫举手发言。他将刚才丁杨跟他说的"诱饵"计划亮了出来，因为要击败追猎不到的敌人，最有把握的方法是从暗处将他引出来。

罗卫没有详细说明整个计划。他的潜台词是新抽调的刑警虽然不都是愚蠢之辈，却因为不了解前期情况，一定非常冒失，只能起到恐吓、唬人的作用。如果把嫌疑人逼急，可是什么事都干得出的。即使警方拥有先进设备，要查出达摩的去向，恐怕力不从心。

但是，把达摩从暗处引出来，有谁能做到呢？

经过前段时间的周旋，罗卫知道，达摩是个最执着、最强有力的对手，有着线上和线下两条信息渠道，却又不是直接在网上联络的人，任何一种单线引诱，都可能失败。要将线上与线下结合得完美无缺，就必须对此人了如指掌。

能做到这一点的，只有罗卫和丁杨。

不过，最强有力的原因，罗卫没有说，恐怕是连胡志远都没有掌握的。那就是：丁杨才是达摩和那个幕后犯罪团伙最想清除的对象。

丁杨是真正的诱饵。

方案就这样定了下来。丁杨感到肾上腺素分泌渐渐地加快，有种失重的感觉。散会后，他单独跟罗卫走在一起，他能看得出罗卫也同样紧张激动，同样全神贯注。

丁杨考虑，单方面的追踪恐怕一时难以奏效，何不争取更多的协同合作？既然一些毫无组织的网民可以一起对热点人物进行人肉搜索，翻出他们祖宗十八代的事情，汉洲的网民同样可以像侦探一样找到警方要找的人。这就是公安的群众工作，在网络的汪洋大海里，只要激发出网民的道德责任感，更能掀起正义的巨浪。

他拿出手提电脑，稍事设置了一下，让搜索功能保持开放性，让更多的网民参与进来，贡献自己的时间和专业技能，便跟着罗卫加入了搜索的队伍。他们搜的是达摩经常出现的几个点，网吧、歌舞厅、咖啡馆，大都是通宵营业的场所。他用手提进入了黑客聊天室，并开通了定位功能。

午夜的"天天 K 歌"，依然热闹，但那份热闹显得有些孤独，寂寞的音响，炫目的灯光，彰显了楼上网吧、洗脚城、咖啡馆的另类。娟子曾经在这里跟达摩幽会，但她已经被达摩杀害了，没有娟子的"天天 K 歌"还能引来达摩吗？

"一定能找到的！"丁杨说。

罗卫瞥了一眼丁杨凶狠的神色，没有发问，乖乖地跟在身后。从丁杨遇袭到娟子被害，他已深刻领教了达摩的无所顾忌和穷凶极恶，只要是他确定的"清除"目标，不论跑到哪里，他就会跟到哪里，不达目的绝不甘休。

简单地说，他已丧心病狂地盯上丁杨，自然时刻关注着丁杨的动向，不论线下还是线上，一旦逮着时机，就会像饿狼一样扑过来。

果然，丁杨的手提在散播出自身定位的同时，不断接收到来自网民的信息，捕捉到了搜索它位置并向这个位置扑来的对手。"他并不在歌厅，可能去了上面的楼层。"丁杨说。

这时，两人正待在歌舞厅的独立电梯里。要上网吧、咖啡馆或更上层的写字楼，只能攀登消防通道，但楼上的场馆和公司都已经打烊。丁杨管不了那么多，径直下了电梯，钻进消防通道，消失在黑暗之中。

可怜丁杨是近视眼睛。他在黑暗中只能一点点地向前挪动，尽量让眼睛适应远处透来的暗光。罗卫让一名特警扶着他前进，自己迅速往楼上爬去。

"这里有人！"走出几步，罗卫发出惊呼。

丁杨猛追几步，在楼梯间溢出的光线里看到罗卫双膝跪地，俯在一个倒伏在地的保安旁。

"只是昏迷。"罗卫说。

简单地施救后，保安悠悠地醒来，但他惊恐地蜷缩着，指着上面说："鬼……鬼……"

在不远处的黑暗中，突然传来一阵"嚓嚓"的脚步声，以及激烈的打斗。紧接着，没等他们反应过来，一声近距离射击发出的震耳欲聋的枪声突然响起。三人不约而同地倒退了一步。"快跑！"楼上传来一个痛苦的声音。

接着是第二声枪响，然后是"扑通"一声。毫无疑问，有人摔倒在地。

罗卫让特警保护丁杨，只身往消防通道奔去。他一边在黑暗中观察动静，一边绞尽脑汁地考虑究竟发生了什么事。是达摩吗？他为什么滥杀无辜呢？但答案一定只有一个，那个人就是达摩，他是跟着他们进来的，只不过被保安发现后，在有意把他们往楼上引。

突然，一束明亮的手电光照在通道中间，然后绕成弧度来回扫视，并渐渐往这边移来。罗卫知道，只需几秒钟，手电光就能照到他了。

手电光所照之处，便是子弹的标靶。

丁杨紧随着跟了上来，手电光越来越近。罗卫突然向右一转，发现他们已处于楼梯间的门洞里，丁杨跟着躲了进去。

手电光在楼梯扶手上停留了好一会儿，然后变得越来越亮。

他朝这边过来了！

黑暗中，罗卫一动不动。他听到丁杨屏气凝神往上爬的声音。转过身，他抬头看到一丝极其微弱的光从采光孔中照射进来，仅够他看清周围狭窄的楼梯消防井。在压抑的狭窄通道里，罗卫觉得自己的双腿绷得紧紧的。

不行，不能让丁杨接近。置身消防井，就是让自己置身明处，随时可能成为达摩的靶子。想到这里，他腿上的肌肉因紧张而有些痉挛了。

丁杨越过他，往楼上爬去。

"丁杨，不行。"特警说着伸手拉住了丁杨。

罗卫欣赏地对特警点点头，示意他将丁杨拖进楼梯间，并电话联系其他搜索力量。

他靠着楼梯内墙，弯着腰偷偷看了一眼中心轴。老式楼房的消防井竟然是一个一眼看不到底的黑洞，护栏只有腰臀那么高，一失足，就可能栽下去。罗卫强忍着一阵眩晕。

但是，这么待着也不是办法，等待援军，只可能错失良机——如果既不能给达摩得手的机会，又不能拖住他，他就可能随便从哪个通道逃走。

绝对不能再让他逃掉。拼死一战在所难免，等待已不再是生存本能的选项。

上面某处，罗卫听到沉重的脚步声缓缓地移下来。接着，声音进入了楼梯间，手电筒时不时地往下照射楼梯井的中心轴。

不行，不能再等。罗卫戴上一副跟丁杨鼻梁上一模一样的眼镜，拿过丁杨的手提电脑，俨然就是丁杨的翻版。然后，他悄然蹑足溜进消防井。既要藏身，又要尽快向上。爬着爬着，罗卫突然发现墙上有个豁口。这是一个观察窗，他扫了一眼汉洲的万家灯火，头顶微弱的光线一下子亮起来。他飞快地冲过采光孔，一阵凉风扑面而来。

上面的脚步声越来越近。

他转身在消防通道里站稳脚跟，面对着螺旋楼梯。上方的手电光越来越近了。他背靠墙壁凭借阴影往上爬，等着手电光照到他上面的台阶上。

越过了一道楼梯弧线。

突然，他的视野里出现一个黑色人影，两手往前伸着，一手握着手电，一手握着手枪。

罗卫本能地做出反应，突然一个凌空飞脚，猛地踹了过去。人影也看到了他，举起了枪。但罗卫的脚后跟已经以强大的冲击力踢在他的胸口上，那人一下子撞到消防井墙上。

接下来的几秒钟，一切都模糊了。

罗卫摔了下去，身子像轳辘一样在楼梯上滚动，头部疼痛难忍。

杀手蜷曲成一团向下滚了好几个圈，手电筒"哐啷"沿着台阶往下跌，最后落在一级台阶上，正好映照着一柄黑色之物——手枪。两人同时朝手枪扑去，由于罗卫更接近些，一把抓在手里，抬起枪口。那人躺在上面的台阶上，恐惧地看着罗卫。

借着手电光，罗卫看清了那人的真实面目——达摩。

罗卫用枪指着达摩的脑袋，食指扣着扳机："你以为我就是丁杨吧？"

达摩虽然上气不接下气，却还是恶狠狠地答道："我是要杀丁杨。但我是在报仇。是他和他父亲害得我家和我养父全家家破人亡的。"

达摩大口大口地喘着气，试着给自己的身体输送氧气，但一呼吸就感到钻心的疼。罗卫蹲在他下面的楼梯上，笨拙地用手枪指着他的胸膛。

这时，达摩受过的训练发挥了作用，他开始判断眼前的形势。对他不利的是，敌人手持武器，援军很快到达；对他有利的是，对手是警察，不会轻易开枪，而从他握枪姿势看，受伤不轻，可能支持不了多久。

他不会向我开枪的。达摩断定。他用枪指着我，只是想胁迫我不要逃走，等待援军过来。楼下楼上的叫喊声告诉他，这座大厦已经被包围了。

我必须马上采取行动。

达摩举起双手，然后慢慢转动膝盖，做出完全服从和投降的样子。

让对手觉得他已经完全失去了对局势的掌控。

达摩虽然摔下楼梯，但他感觉到别在腰带后边的匕首还在。他希望自己能安全脱身，他猜想罗卫大概已伤得难以应付目前的局面。

达摩在考虑要不要迅速从腰带上拔出匕首，抢先甩向罗卫。但他估计自己大概只有五成胜算。对手毕竟是一个警察，即使在暗黑里，即使受了伤，扣动扳机的反应还是有的。

如果我的动作干净利索……

楼下的叫嚷声越来越近了。

我是来执行任务的，我必须完成任务。达摩提醒自己。干掉眼前的对手，才有可能对付丁杨。

罗卫拿枪指着达摩，喝道："你说丁杨害得你们几家家破人亡，你撒谎。丁杨根本不可能害人。"

"你说得没错，但他比害人者更可恶。"达摩说。

关于丁杨及其父亲害人的秘密，达摩是在一周前从养父打给他的电话里得知的。"我的今天就是丁杨的父亲丁建中造成的。"养父说，"包括你父亲的出走，都是因为丁建中，你不是一直想报仇吗？完成心愿的时候到了。"

"父亲不是跟别的女人走了吗？"达摩问。

"孩子，"养父低声说，"我很遗憾把这个消息告诉你，你父亲是因为被丁建中害得破产，无颜见你母亲而出走的，他如果不出走，丁建中会将他送进监狱。"

达摩的第一反应是根本不相信。他搜索过丁杨的资料，丁建中是一个做服装生意发家的商人，被人报复杀害了；丁杨是一个无辜的学生，因为精通计算机当上了警察。

"孩子，你涉世不深。"养父道，"你不知道江湖的险恶。有一句话，'资本家来到世间，从头到脚，每个毛孔都滴着血和肮脏的东西'。他这话说的就是像丁建中那样的商人。为什么丁建中被人杀了，因为他害人。他的致富，是因为掠夺了你父亲的财富，掠夺我的财富，我和你父亲破产了，他发家了。"

"被他害的还不止我和你父亲。"养父继续说道。接着举了几个常跟养父往来的朋友的事情，他们或者破产，或者坐牢，那是他亲眼看见的。

"而现在，丁杨又要害得我们家破人亡，要将我们都送进监狱。"养父最后说，"如果你还不相信，查看弟弟发给你的电子邮件吧！"

打开收件箱，达摩惊讶地发现了一大堆文件。这些文件大概讲述了十年前丁建中犯下的"恶行"，包括巧取豪夺、近乎敲诈的威胁，以及跟黑警察合作，迫害合法经营等。

达摩对邮件中的信息百思不得其解。丁建中怎么有这么大的能耐，致使十几二十个商人或者破产，或者投进监狱呢？

更吸引达摩注意力的是最后一个文档。那是达摩父亲写给养父的一封信，达摩认出笔迹确实是父亲的。父亲在信里自称被丁建中逼得走投无路，为了不坐牢连累妻儿，只得远走他方，可能再也回不来了。看到这里，达摩恨不得立马手刃仇人。

父亲流离失所，我和母亲养无所依，都是因为丁杨的父亲。

此刻，在黑咕隆咚的消防井里，达摩低头注视着罗卫，他想这个人可能就是跟丁建中合谋的警察，却没想到他是否年轻。

是不是他根本不重要。达摩心想。他跟我一样，只是个走卒而已。狭路相逢勇者胜。

罗卫离他只有几个台阶，举枪的手显得无力。他受伤不轻！达摩一边想着一边将脚悄悄地挪下一个台阶，扎稳脚跟，眼睛死死盯着罗卫。

"我知道你很难相信。"达摩说，"但丁杨父亲害死我父亲。这就是证据。"

达摩手里出现一张照片。当然罗卫什么都看不清，却产生了预期的效果，转移了罗卫的注意力。

就在这一瞬间，达摩猛地扑向罗卫的左手边，试图利用弧形外墙让自己躲开子弹。果然，罗卫一枪走偏。巨大的枪声在狭窄的消防井里回荡，达摩感觉到子弹擦肩而过，飞向了砖筑的消防井壁。

罗卫重新瞄准，但达摩来了个空翻。就在他下落的时候，两拳朝下猛击罗卫的手腕，打落了罗卫手中的枪。手枪"哗啦啦"沿着楼梯掉了下去。

达摩跌落在罗卫身边的台阶上，阵阵剧痛撕裂着他的胸肋和肩膀，但肾上腺素的涌动倒让他更加专注。他把手伸到身后，猛地抽出匕首。

他瞄准罗卫的胸口，又稳又狠地扎了过去。

"哐啷"。

匕首发出的不是插进肉体的"噗噗"声。达摩立刻意识到失手了。当他看到罗卫已经抢先站起来时，他再次凶恶地向罗卫扑过去。

两人在极其危险的旋梯内侧边缘拼命地扭打起来。

达摩明白自己已经赢了。两人都手无寸铁，他想，但我的地形更有利。

他往上爬时就观察过消防井中央的矮护栏竖井，一旦滚过护栏掉下去必定丧命。此刻，达摩一条腿撑着井墙，借助强大的支撑力拼命把罗卫往竖井里推。

罗卫极力反抗，但达摩的有利位置让他优势尽失。

人生中最重要的决定——那些涉及生死存亡的决定——往往是在一瞬间做出的。

这时，罗卫绝望地看了一眼背后的黑洞，圆形竖井非常狭窄，直径不到三尺，但如果他垂直掉下去，这个宽度已经足够了。

掉下去绝对丧命！

达摩歇斯底里地吼了一声，拼命抓住罗卫。罗卫意识到他只有一件事可做了。

他不能跟达摩角力，只能借力。

达摩在向上向墙外推，罗卫只能俯下身，两脚在楼梯上扎稳。他是一个被人打趴下的摔跤手，虽然趴下却仍然顽强地预备着弓身跃起。

他从趴到蹲，突然爆发，向空中一跃，拱起背从空荡荡的竖井上飞了过去。就在他向外飞跃的瞬间，他感觉到本已经做好准备将他推进竖井的达摩，由于力量突然发生逆转，完全失去了重心。

达摩想赶快缩力，但他挥舞着双臂，却寻找不到平衡。

罗卫在后空翻飞出去的时候，默默祈祷自己能飞得足够远，越过空荡荡的竖井，落到下一个平台上……但他用力显然有些过分。掠过半空时，他本能地把身体蜷成球状，然后重重地落在平台下的阶梯垂直面上。

玩砸了！

罗卫的头撞在尖锐不平的阶梯上，差点儿没撞昏过去。但也就在这时，他意识到自己已经完全越过竖井，先是撞在楼梯对面的墙上，然后落在阶梯尖角上。

背后还有警棍！罗卫一边努力保持清醒，一边想往身后拿出警棍自卫。他知道，只需几秒钟，达摩就会掉到他的旁边。

但为时已晚。眼前一黑，晕了过去。

只是在他意识清醒的最后一瞬，依稀听到一个奇怪的声音，"啪、啪、啪"……就像一条不幸跳到河岸的大鱼，垂死地蹦跳着，越来越无力。

第三十八章

达摩死了。从通信中断的那一刻，他便闻到了噩耗的血腥。他不断地呼叫，发送信息，以求得到回应，但专属那个达摩的电脑屏幕窗口，始终安静。

他坐在黑暗的起居室里，一时间快要窒息了。

难道这种感觉就是悲痛？难道悲痛就是心里难受压抑，呼吸困难，强烈得想要大声尖叫吗？他用手指死死地压着眼窝。但是，悲痛的感觉丝毫没有缓解。他甚至能感觉到房子都要压到他身上了。

不知道为什么，他想到了发送给达摩的那些资料，以及达摩反馈回来的照片，那些被达摩清除的女人，血肉模糊的样子。他的喉咙燃烧起来，肩膀颤抖。他憎恨所有关于这些事的东西，憎恨心中的悲痛，憎恨自己可怜的眼泪。

达摩的清除活动没有留下任何痕迹。父亲时不时地上网查过信息。女人们就是坠楼自杀，就像所有失意、失败、伤透心活不下去的女性一样，就像丈夫外遇的吴美凤，还有亏掉了儿子学费、无颜见人的刘群一样。每年有很多女性自杀身亡。

父亲说得对，愿赌服输，亏了钱想扳回本很正常，但试图通过告密的手段弄回来就该被碾成灰烬。这是父亲几十年的经验。弱肉强食，适者生存，丛林法则是这么说的。

终于要轮到自己了。他能感觉到。

前几天，那个达摩传来的消息就很不妙，警察追查得紧，清除对象久久不能得手；过去的三个小时，他一直在联系达摩，并收听来自汉洲的消息。没有消息就是最坏的消息。达摩失败了。警察先解决了他，谁知道是什么情况呢？

一定是那个娟子。是她出卖了他。女人最擅长做的就是背叛。

现在是凌晨四点零五分。他碰巧瞥了一眼时钟，瞬即意识到自己得睡一会儿，即使是他这样的夜猫子，保持良好的体力是必要的，那就得保证睡觉时间。

但是，他总睡不安稳。到处是警笛，是枪声，是爆炸，是一团漆黑，是黑团爆炸，迸出两眼眩晕的亮光。

亮光的中心又是一片漆黑，并微微闪烁，那是枪口，是子弹，子弹旋转着，追杀过来……他终于霍地坐起身，告诉自己这是在做噩梦。这确实是一个噩梦，不过是由噩耗带来的梦。他走到桌子旁无精打采地靠着，汗流不止，怒不可遏，同时深感绝望。他茫然地望着四周，看着自己精心布置的一切，心里清楚，丁杨和警察正对他紧追不舍，要想肆无忌惮地继续帮助父亲施行这个掠夺计划已不再可能。

承认这一点异常痛苦，因为他把这个计划视作践行个人理想和孝道的一个非常特殊的方式。就像研读《孝经》一般，虽然书里精华与糟粕共存，他却要履行得完美无缺。

可事实证明，警方，还有"如若初见"丁杨，比他料想的要强得多。

这样他就别无选择。他要卸载平台软件，再换一种身份，立刻离开，与父亲一起搬到一个新地方去，甚至移民。现在，他们有这个条件，日本曾经是他计划要去的地方，不过到了那边，只能坐吃山空，这是父亲无法忍耐的。

那就隐姓埋名，或者到东南亚去，东山再起。不过，丁杨很有可能已经破译"硅谷"平台加密软件，发现了虚拟投资平台以及潜在欺诈的有关细节。

或许他可以继续修补漏洞，或者重新开发一个更加隐秘、更加强大的软件。

但他迫不及待地想要报复，等不了那么久，他一心只想帮着父亲掠夺得更多，清理更多的将他们推向悬崖的反抗者——他用网络游戏里的词语定义那些投资失败的人。

他要将手里原有的资料全部放出去，要突然扩充平台容量，放大投资量，对不知情者加大吸纳力度。如果进账猛增，父亲一定会高兴得手舞足蹈。

他仍然无法平息内心的怒火，恨不得拿一挺机关枪，杀他十来个人，让警察好好忙上一阵。不过，机关枪毕竟不是他心中的理想武器。他在电脑前坐下来，他要做一件事。如果是别人，他才懒得去费这个心。可他的对手是丁杨，因此，他要购买一些计算机时间，要设置一颗系统炸弹。他一旦离开，就将引爆。

门口出现一个黑影。他用手指使劲儿擦了擦头皮，让血液流通。他感觉自己似乎又睡着了，或者半梦半醒，刚才做了什么都记不清楚。

黑影穿过门厅，朝冰箱走去，拿出一杯酸奶转过身——原来是父亲，酸奶递到他手里，他脑海里依然乱糟糟的。

"头疼？"

他点点头，似乎拿不出说话的力气。

"今天累了？"

父亲拉开抽屉，找到感冒药。他看着绿色药盒说："承欢死了。"

"你跟我说过了。"

"这么说，你想好退路了。"

"你觉得他们了解多少？"父亲问道。

"我认为他们已经完全查清了我们的情况，"他想了一会儿，说道。他们两人都说着方言。"链条上的薄弱环节是那个女孩，她可能就在警察手里。"

"她对我们一无所知啊！我对她妹妹说的一切都是假的，最多是控告我伤害罪。"

"您给了她太多的自由。自由是个好东西，但要看就什么而言，比如网络，我可以自由来去，为您创造利益，但对我们的对手而言，他的自由就会直接伤害到我们。您也许觉得她软弱，但她绝对是个报复心很强的女人，一旦给她力量，就会追您到天涯海角，决不会放弃。"

"你害怕了？"

"参与追查的是我的一个老熟人，他算得上是他们中的精英呢！"

"哦，我们走着瞧吧！让他们派最好的人来吧。我也不是任人宰割的。"

他皱起眉头，在凳子上挪了挪身子。"您是什么意思，您靠什么挡住他们？"

"扫清障碍，让他们找不到我们。"

"继续杀人？您疯了！"他突然很不顾孝道地吼了一声，用一只手肘撑起身子，"不能再做傻事了，那样只会更加暴露我们。"

父亲耸了耸肩，尽管他知道这个姿势几乎难以察觉。"我不会像你想的那样。"父亲说。

他恼火地轻轻吐出一口气，背对着父亲，好像在思考，又好像生闷气。现在说什么都晚了，但父亲不会妥协，过去几十年，他体验过更糟糕的感觉，还有更恶劣的环境。

"他们杀了我的人，"父亲说，半开半合的眼睛里幻化出倒在血泊里的吴承欢的样子。"既是回笼资金，又为了报复。这是必要的，不是一个需要权衡的问题。"

"我现在和我昨天早晨醒来的时候不一样了。"

"你现在更有力量了。"

也许吧。如果思考也是力量的话。他很纳闷儿。那种醒时做梦的感觉？那种与现实事件之间凝固的距离感？也许是吧。

"除了承欢，还有其他执行者吧？"他问，"您让我给很多人在网上起名达摩，我都有些混乱了。承欢的死告诉他亲人了吗？"

"他的亲人都在天堂里等着呢！"

他有些不可思议。父亲每月给吴承欢打一大笔钱，难道不是汇给他的亲人吗？但父亲的声音里有某种东西——一种无诚意并略带讥讽的成分——让他不能肯定。

"他家到底发生过什么事情呢？"他问。

父亲沉默不语。透过暗黑的背影，他觉察到父亲对自己的问题产生了一种强大的抵触情绪。"事情已经发展到这一步，"他说，"想必跟我详细谈谈也没关系？"

"他父亲二十多年前就死了。"父亲说。可这是他早就知道的信息。

"不久前，他母亲也死了。"父亲最后加了一句。

"怎么回事，病死的吗？"

父亲再次陷入了沉默。

"有什么不能说的吗？"他问，甚至在开口的时候就意识到这个问题问得欠妥。

父亲没有理会，他无助地望着窗外树荫里的灯光碎片。他从未感觉到他们之间的距离有这么远过。由于他们今天罕见地说了这么多话，似乎适应了父子关系，很容易便忘记了他们以前仿佛来自两个截然不同的世界，要多不同就有多不同。

"跟我说说为什么。"他催促道，心里感到在某个层面上，尽管父亲表现得不情愿，但父亲想要跟他说话。

父亲站在原地转了转身子，有那么几乎一分钟的时间没有出声。

"你真想知道吗？"

"我想知道。"他说。

漫长的几分钟里，他倾听着父亲的呼吸声。

"我跟吴建平，还有承欢妈妈王芳都是中学同学。"父亲开口了。

"那时时兴早恋，王芳很早就跟我牵了手，辍学后两人一起上街摆摊，如果不是吴建平从中插了一腿，王芳就是你的妈妈。但吴建平油嘴滑舌，又会东奔西跑搞贩运，我们摆摊的货都是他贩过来的，赚的钱比我多，没一年，王芳就跟我提出分手。直到他们结婚，我才知道，她跟的人是吴建平。我心里的怒火可想而知，但我没说，反而送去一份贵重的贺礼。

"之后，我就碰到你妈妈。儿子你也别怪我，当时我就为一时之气找的你妈，也就只那么深的感情基础……当时，改革开放没多久，内地人不识货，只要胆子大，生意很好做，我跟着吴建平跑了几年，钱赚了不少，仍不满足，我们看到别人炒期货来钱快，就跟着进去，开始赚了两波，两人眼都红了，便把手里的货都变现，一起投进去。

"期市有起有落，而且当时一点儿都不规范，结果可想而去。我们二十几块买进的期货，几天工夫跌得只剩几块钱。吴建平这个人阴险奸诈，背着我，拿着票据套现跑了路。"

"他就这么跑路没再回来吗？"他好奇地问。

父亲脸上的表情闪了一下。他立即看出了蹊跷，追问道："为什么？"

父亲晃晃头，闪烁其词地说："你知道，当时全国都在打击诈骗，吴建平其实就是一个诈骗团伙头目，死有应得。"

他明白了，是父亲报复杀害了吴建平，恨吴建平抢了初恋爱人，恨吴建平带着炒期货，又拿走全部票据。如果换成他，也会这么做。

"王姨呢？"他问，"她怎么啦？"

"王芳的死，怪不得我。她太贪了。"父亲说，"我按月给她和她儿子一大笔钱，足够他们用几辈子的，可她还不满足。不知她从哪里打听到二十年前我跟吴建平的事，竟然拿出来威胁我，让我拿钱送她和儿子去国外。我哪有那么多钱？这十几年，我供养着那么多孤儿寡母，给他们吃，给他们用，还送这些孩子上学。现在，这些孩子长大了，都在帮我做事，我都支付着高工资。对于王芳母子，我觉得已经够好了，但她仍然为吴建平守身如玉，还不知满足，真是人心不足蛇吞象。"

他没有说话。他无话可说。他知道父亲养着好几个孤儿，那都是或者进了监狱，或者被判死刑的骗子的儿子，这些人网名都叫"达摩"，现在都在为他做事，为他赚钱，甚至帮他杀人，吴承欢只是其中之一。

前几天，父亲还在跟他一起伪造吴承欢父亲的信，没想到，仅仅几天，父亲却杀了吴承欢的母亲，那么，其他"达摩"的母亲陆陆续续地死亡，会不会也是父亲杀的呢？

有时，他觉得自己心理算阴暗的，但跟父亲比，还是小巫见大巫。他自懂事起，便听母亲咒骂父亲一辈子坑蒙拐骗，一辈子害人，不得好死。他以为那只是母亲骂人的话……

"儿子，有时候，人生有很多不得已。谁都不想做坏事，但在生存的选择面前，你不得不做，这是一个很古老很古老的生存法则。希望你不要恨我。"

达一路摇摇头，接着又沉默了，自己手里也沾满了鲜血。他努力使自己和父亲的呼吸保持一致。可是，父亲太平静，而他太焦心。

过去的事情，谁能判断孰对孰错呢，他对自己说。即使是将来，谁不是在为生存而拼死拼命地挣扎着，也许，活下去才是唯一正确的选择。

第三十九章

上午八点三十分，梅阳分局刑侦大队异常忙碌。

罗卫在机房里找到丁杨，却见他桌旁的打印机里吐出一份文稿，衔头是省公安厅。

"丁杨，发生什么事了？"

"省公安厅已全面接手案件，来函要求调取全部案卷，胡队打电话召回所有刑警按照省厅要求重新编队，我也要回市局去，参加大专案组。"

丁杨的语气十分激动，罗卫一听，就知道这反映了今早整个大楼的气氛。知道局势无法扭转，他不再打听，便在丁杨面前坐下来，问他昨晚发现了什么。

"嗯，"丁杨说，"只是找到了达一路的照片。"说着，屏幕上出现了一名头戴旅游帽的男子神采奕奕的肖像。

"这就是达一路？"他说道，"那么，达摩跟他完全不是一个人，达摩为什么极力护着他呢？几乎是在充当替身。"

"他们就是幕前幕后的关系。像达摩这样的人，达一路掌握在手里的恐怕不是一个两个，而是有多个，分布在全国各地为他卖命。"

他眼睛紧盯在屏幕上。"你怎么知道？你还发现一些什么情况？比如全国各地是指哪些地方，有没有明确消息？"

"昨晚就得到这张面孔，别的什么都没有，达一路控制的人分布在哪些地方，正在搜索中。真正的贡献是你，差点儿抓住了那个达摩。省厅领导就是因为达摩的行动轨迹及他的枪支来源引起重视，决定亲自介入办案的。"

"哦，丁杨，昨天对不起。"罗卫说，但瞬即他又转换了话题。"我昨晚不该去医院。"

丁杨微微笑望着罗卫，懂得他的心思，却也不接那个话题。"你昨晚不去医院，那现在就该躺在医院里。"丁杨怜恤地说。转而看着显示屏上那个身材瘦小、面部棱角分明的形象。"看起来很英俊呢！这种人应该有不少女朋友的。"

"我也想知道。"罗卫无趣地说。他突然感觉很无力，案件的侦办再也由不得他控制了，他只是指挥棒下的一个小兵。"省厅应该已经颁发通缉令了吧。像这种宅男，可能得有更深入的办法。这个办法何不由我们来想呢。如果再次分组，我要求你跟我一起。"

"嗯，这个可以争取。"丁杨点点头。

以前屡屡埋怨上级不重视这个案件，上级重视起案件来，却又担心自己人微言轻。

罗卫起身想要离开。丁杨叫住他："不等我的搜索结果了吗？"

"我倒想待在这里，但早晚会有人找我……"没等他说完，兜里传来一阵低沉的嘟嘟声。罗卫一把掏出手机，看也没看来电显示，便喊道："胡队？"

"呵，看来你的心另有所系。罗卫，听着，我是高媛，看在你亲自来支队请教的份儿上，打个电话告诉你一声。我也抽进你们专案组了，不是你拒绝得了的，哈哈……"

她还不知道昨晚罗卫遇险的事，话说得轻松而得意。

"的确。"罗卫回答道。

"嗨，昨晚怎么样？怎么惊动了省厅？"

"追捕中的那个杀手摔死了，缴获了他的枪。"

高媛依然娇笑了一声，丝毫没有感觉到危险和压力："要不要跟我一组？上级决定将网警跟刑警混编，侦捕一体分赴各地，你有什么打算？"

"跟你在一起当然最好。但不知上级会不会有回避规定。"

这话没错，但在高媛听来，却很刺耳，很生气。她不知道罗卫的疲惫和担心，更不明白罗卫的用心。她没有说话，直到她发现罗卫也有了同样的感受。刚开始，隔阂好像并不是最大的问题，但是现在好像有点儿令人害怕了。

罗卫开口道："晚上值班没什么事吧？"语气刻板，无话找话，并不像平时的罗卫。

"你知道，和平时一样。你呢，很惊险吗？"

"有点儿。我们追捕他到了一栋大楼里，沿着消防通道一直往上跑。那种老式的消防井，你见过吗？他想在那里杀丁杨，结果自己摔进了消防井里。"

高媛温柔地问："丁杨和你都没事吧？"

"没事，丁杨就在这儿呢？"

丁杨拿过罗卫的手机，他的话让他们两人都吃了一惊。"媛姐，罗队只想着保护我，让特警和我躲进了楼道里，他一个人跟达摩搏斗，结果两个人差点儿一起摔进消防井。后来，罗队虽然攀住护栏，翻上了台阶，但他伤得很厉害，晕了过去。当即送进了医院，但他又不愿在医院待，清早就跑了出来。这都怪我判断不准，我以为达摩就是黑客，想以身引诱他，但他不是，他只是一个杀手，是幕后组织者聘用的杀手之一。据我在网上调查，那个达摩也是诈骗的受害者，我们本可以挽救他的，虽然他杀人，但他是被蒙骗的。我真恨自己，真的，案件结束后，你处分我吧。不受处分，我会……惩罚自己。"

高媛沉吟了一会儿。"别这么说，我们都不是神。要论过错，娟子的死我也有责任。我料到了他会侵入'孕妇群'，却任由肖可语将她拉进来，而没来得及编制更强大的防火墙，结果聊天记录泄了密。"她说，"你们在哪里，我开车过去。"

罗卫一把抢过手机，说："没事，别听他的。你值了通宵班，先睡会儿，马上要出差。"

"你是在医院，还是在单位？"

"单位。但分局距你不近。"罗卫说，他自己吃了一惊。

"十几分钟就到，让丁杨一起等着，我会给你们带来好消息。"

"媛媛……你真的应该去睡觉。"

"出差路上可以睡。罗卫，多想想我和儿子。"

挂断电话，罗卫站在隔间里，想弄明白自己到底是紧张还是担心，是害怕还是困惑。他感觉到自己的脉搏、脖子上的血管超乎寻常地暴跳着。他想起高媛高挺的肚子，肚子里的孩子，他能以此制止高媛参与吗？不能。高媛说，正是为了孩子，她要跟他在一起；正是为了孩子，她要参与到侦查队伍里。他能说什么呢？

"孩子，对不起。"

他眼角看到胡志远走进机房。队长的眼里闪过一丝惊疑。罗卫压制住内心的叹息，有意舒展了一下双臂，向队长走去。

胡志远问："检查没问题吗，有没有跟高媛联系？"

罗卫耸耸肩，正要用油嘴应对队长的严肃，肖可语和苏南从外面进来，背后跟着龙仓健。

龙仓健抢先说："凌晨开始，'黑基站'和'呼死你'活动猖獗。我想一定跟你们侦办的案件有关系。我给一个建议，找罗队夫人，她一定可以帮到我们。"

原来如此。罗卫明白了胡志远的问候——高媛是这方面的专家。当然了，队长并不总是这样。但一旦需要，便毫无选择，他得把工作摆在第一位。

高媛没有让他们干等。几个人交流了一会儿信息，她就到了。高媛打开一台电脑，输入密码，进入她的专用侦查用户。不到半个小时，就找到了他们需要的东西。

"你说对了，"她抬起头，对胡志远说，"这些'黑基站'都受同一个软件控制，'呼死你'软件则来自同一个平台。只是，它不在本地，而是位于雁北省境内。"

"呃，意料之中。"

龙仓健佩服地看着高媛。他在高媛操作电脑时，手写了一份记录，上面大都是些地址，那是"黑基站"和"呼死你"的出现区域。"黑基站"出现在沿海三个特大城市，"呼死你"则遍布了中西部多个省份。

罗卫皱着眉头，从名单里看出些许窍门儿。"黑基站"所在地就是骗子所在地，或者说骗子虚拟的伪身份所在地，"呼死你"对象则是受骗对象。

"完全正确。"高媛表示首肯。

"结合前期侦查情况，基本可以肯定那个平台IP地址就是幕后者常住地，应该可以跟资金流转的最后归宿地画上联系。"

"见鬼了，"胡志远低语道，"你是对的。你可能太对了。"

他从龙仓健手里取过名单，用手机拍成照片，立即传给黎政，并请高媛立即起草一篇说明文字，以情报简讯的形式传送到专案组微信圈里。

"我这里还有个情况，"丁杨说。他迅速地打开一个文档，"给我五分钟，它或许能揭开一个谜题。"

如果说昨天晚上的追捕显得紧张而刺激，那这个上午就更激动人心了。两台冷冰冰的电脑，几双火辣辣的眼睛，还有高速运转的大脑、怦怦狂跳的心，深潭下的狂涛漩涡比瀑布急流更加惊心动魄。

"答案出来了，"丁杨说，"通过银行流水追踪和网点排查，达摩汇付的收款者是同一个人，同一个地址，那人叫王芳，地址是雁北阳洲市，距省会武州市不到五十公里。"

"王芳？"罗卫冷静地说，"阳洲市，这个名字太普通，同名同姓者不知多少。"

丁杨停顿了一下。"对，我明白你的意思。这里有身份证号码，还有居住地址。"

"立即给省厅反电诈中心打电话。"胡志远说。

他正站在一边抽烟，刚抽完一支，就着未熄的烟头点燃了下一支。罗卫拨通电话。省厅反电诈中心已经接到黎政发给他们的地址，并看到了高媛发在群里的情报快讯，将梅阳的情报提升到了优先级。罗卫话音刚落，便响起"噼噼啪啪"的键盘敲击声。

"谢谢。"罗卫挂断电话，接着扭转身来，朝着丁杨点了点头，给了他一个灿烂的微笑，并且紧握拳头当空扬了扬。终于突破了，他心想。很关键的突破口。

他正想夸奖丁杨几句，还没酝酿好，手机又响了。竟然是雁北武州的区号。雁北省公安厅的同志亲自打来电话。罗卫打开免提。

"王芳的儿子吴承欢在汉洲犯案，对吗？你们有没有吴承欢的照片，请发电子邮件给我们，以便进一步核对。"

"好的，你给一个邮箱号，我马上发给你们。"

对方报出专网邮箱号码，接着说："王芳是一个寡妇。很显然，她儿子已经好一段时间没有回阳洲了，也没有跟她在一起。不过，我们已经电话指示阵洲方面悄悄搜查她家，并准备立即派人过去，进行过细的调查。"

显然，王芳的儿子吴承欢就是摔死的达摩。

"所有的情况我们都需要，"罗卫抑制住内心的惊喜，平静地说，"朋友、交往、同学……她和儿子的整个生活。"

"这个我知道，"雁北领导说，"我们会尽量详细的。你就继续关注电话和邮件吧！如果你还有什么需要，可以直接跟我联系。"

"好的，辛苦你们了。王芳是一个重要突破口，将决定我们下一步侦查方向。"

"放心吧！"

罗卫挂断电话，手指悬在屏幕的数字键上方，迟疑了一下，放下手机。他将电话内容向胡志远做了汇报。黎政和省厅反电诈中心那里就交给胡志远了。

省厅牵头的专案动员会议正在进行中。罗卫大腿"嗞"地麻了一下：是手机振动，有电话进来了。他偷偷掏出来瞄了一眼，又是雁北武州的区号。他俯下身子，轻轻地"喂"了一声，话筒里反馈来急促的声音："王芳住处发生火灾，人被烧死在家里。"

这个消息非同小可。罗卫僵了一瞬，然后用左手捂住话筒，转身面对主席台举起右手，得到领导同意后，简要地报告了电话内容。

原有的议题停了下来，几分钟之后，会议决定由罗卫任组长，带领丁杨、肖可语、苏南三人前往雁北省阳洲市。

飞机落地，他们首先赶到王芳家。阳洲警方怀疑当地一个精神病人是纵火犯，但罗卫坚决反对。对王芳的调查报告已经出来了，她的初中同学里除了她丈夫吴建平，还有一个初恋情人叫达方成。此人丁杨熟悉，就是他的老朋友、老对手达一路的父亲。

罗卫一边观察周边的环境，一边权衡着火灾发生的细节。他宁愿相信只有精神病人才会对这个可怜女人看不顺眼，才会对她下毒手，但事实可能正好相反，这事一定是达方成干的。

不一会儿，搜查民警报告，在前往武州的公路上，发现一辆黑色现代汽车，与王芳家纵火案发生前后出现的车辆特征相符。"现代"停在高速互通口的岔道附近，尽管下着雨，引擎还是热的。痕检技术员已前往勘查。

目击者证实，走进王芳家，并与她发生激烈争吵的老年男人，便是驾驶黑色现代汽车过来的。目击者说，他亲眼看到男人迈出汽车，神色阴鸷地敲响王芳家门。但对老男人的长相，几个目击者却发生了分歧，附近没有监控视频可以提供佐证。

罗卫向胡志远电话通报纵火案情况的时候，高媛在不断地给他发送有关"黑基站"和"呼死你"的调查情况，专案组已派出多支小组分赴各地开展工作，移动通信企业和银行方面都提交了对吴承欢前期活动情况的常规报告。

罗卫给她回复了问候信息。"我最需要的是达一路和达方成的地址，如果你能绕过他的'绞肉机'和'硅谷'的'守护神'，破解软件源代码，那就是大功一件。"等她将短信发送完毕，他在手机里跟她说。

"我怀疑，所有'黑基站'和'呼死你'只不过是他的下线而已，他真正的藏身地可能跟所有呈现出诈骗线索的地方没有关系。"

"这正是他的狡猾之处，"高媛答道，"不过，综合丁杨留下的资料，重点是雁北省。黎政局长带了两个小组去了武州，你可以跟他取得联系。"

"好吧，这边你可以放心。如果你在网上发现线索，要随时跟我联系。"

"一定。"

稍微停顿了一下，高媛又说："罗卫？"

"什么事？"

"在外面一定小心。"

他沉沉地"嗯"了一声，又点了点头，仿佛她就在眼前，然后挂断了电话。

事态的发展已远远超出了他的预计，黎政来了武州，而据他所知，案件还涉及上海、杭州和广州、深圳，那些地方一定也派出了重要人物。眼下，侦查变得艰难起来，危险在所难免，他必须表现出老牌侦查员的状态，掌握侦查的先机。

他猜测，更高层一定也在监督着案件的办理。如果形势被认为足够严峻的话，那么案子就会上升到部一级了。

罗卫在辖区的后街派出所里与丁杨、肖可语和苏南一道熬了大半夜，研究阳洲警方收集的有关王芳和吴承欢的消息，关于前者有大量的消息报上来，而关于后者却寥寥无几，只有阳洲第十中学送来一份学生名册，十二年前，叫那个名字的男孩在该校上过初中，他登记的母亲名字就叫王芳。

事情很棘手，他们最终都疲倦地眼皮发沉，可罗卫一直坚持挺着。

大约凌晨五点钟，四人回到了酒店，试图睡上一会儿。可是，罗卫喝多了派出所的茶，脑袋直发飘。他躺在床上，把空调开到最低温，蒙上被子，仍强烈地感受到灰蒙蒙的晨光慢慢地照亮了窗帘间的缝隙。

终于，他渐渐地几乎就要沉入梦乡，却就被高媛打来的电话拽回到现实之中。她在电话里提醒他，让丁杨接收她发送在邮箱里的信息。

为了节省开支，他们三个男警睡一间房。罗卫接电话时，丁杨就醒了，罗卫索性开了免提。丁杨睡眼蒙眬地打开笔记本电脑，调出最近的邮件。

邮件先是通报了专案组的前期侦查情况，告诉他们，犯罪集团已经被惊动，最初活动猖獗的"黑基站""呼死你"大都销声匿迹。接着，高媛说她将目标对准阳洲时，找到一条重要线索：纵火案发生前后阳洲出现过"黑机站"的踪影。

急需！重复一遍，急需"黑基站"在阳洲传递的电话、短信及使用网络情况。丁杨在键盘上敲着。电话号码？ IP 地址？联系内容？请电信公司无条件配合……

罗卫冲了淋浴出来，看了信息和丁杨的回复，接着带丁杨三人一起在酒店餐厅里静静地吃早餐。七点半，他们回到派出所。尽管下着大雨，肖可语带苏南按照计划去临近的几个社区调查，随身带了一捆吴承欢和达一路的印刷肖像。

丁杨一直待在派出所机房，临时专案组里只有罗卫和阳洲市公安局的一位副局长唐道生。唐副局长手边那只堆满了烟头的烟灰缸表明，罗卫五点钟离开后，他一直没有回家。

他们坐下来，一起盯着 A3 打印纸上达一路的大幅照片。这是丁杨从网上搜来的旅游照。达一路头戴旅游帽，脸色略显苍白，双眼分得很开，目光热烈，神采奕奕，显示出一个聪慧却性格乖戾的年轻男孩模样。

"我有一个这么大的男孩儿。"唐道生说。

"在哪儿读大学？"罗卫问道。

"住在家里，给我们添了一屋子的麻烦。不过，不是这类麻烦。"他耸耸肩。

罗卫点点头。"据我所知，这个人非常聪明，却视生命如草芥。"

"聪明？聪明不是做坏事的理由，更不是视生命如草芥的前提。"

他直视着达一路二十多岁的目光。"我感觉他也是历尽苦难来的。苦难是把双刃剑，自己走不出来，却把责任推给社会，推给别人，是最可怕的。"

唐道生噘起了嘴唇。他那整齐的牙齿，罗卫注意到，已被尼古丁染成了黄色。他看起来一副精疲力竭的样子。

罗卫看着他不断地接听电话，听不懂阳洲方言，只从他严肃的表情里辨别他派出去的侦查小组取得了成绩，还是造成了失误。

唐道生时而走到一比一万的军事测量图面前，在阳洲市郊各区插上一圈大头针，共有二十几根，每根代表了一个路障。罗卫估计，阳洲方面的追踪目标自从抛弃了现代汽车，并很可能强抢了一辆新车后，从阳洲开出去，即使上了高速公路，不会超过二十公里。

唐道生根据这个判断布下了圈套。"我们出动了三架无人侦察机和唯一的直升机。地面有四个机动小队配合增援，"他对罗卫说，"我们很快就会抓住他的，不用等着省厅来人。这个嫌犯走的不是武州方向，来人也没有用。"

"你不希望省厅来人指导办案吗？"罗卫充满好奇地问。

"来人当然好啊，"唐道生说，"不过，他们人生地不熟，要做出准确判断，还得从头了解情况，可是战机稍纵即逝呀！还不如由我来抓住这个丧心病狂的东西。我会在他可能毁灭更多生命，引发更多绝望和不必要的悲伤之前抓住他。"

但雁北省公安厅专案领导小组很快就到了。

黎政小组刚到武州，也随行来了阳洲。他与唐道生见面就握手拥抱，原来他们是政法大学的同学。雁北省公安厅带队的负责人叫雷晓宇，大家叫他雷总，强悍务实，没有半句废话，立即召开案情分析会，排出两条最具价值的线索，请各方面的技侦专家会商诊断。

罗卫听见手指在键盘上快速击打的声音，对面幕墙上闪现出无数的光线，勾勒出一个人影。"这是出现在阳洲的老男人视频截图，不知在座的哪位熟悉？"

"我感觉姿势神情有些眼熟，可是……"罗卫贸然地说，听见自己语带迷惘。

"再继续往下看。"操作键盘的是雁北省厅的技侦专家。

画面中的老男人进超市买了一瓶水，然后走到现代车旁仰头喝了一口，露齿而笑。那是个假笑，背后的含义跟笑容正好相反。

专家回头看了一眼罗卫，接着问道："还熟悉吗？"

没人回答。专家在键盘上敲了几下，屏幕上出现另外两个画面，其中一个正是通缉令上的达一路，另一个则是神色阴鸷、迈步走动的年老男人。

"我选这两个画面作对比，是因为他们的脸大概在相同的方向。这样比较容易比对，两个画面的神色也有类似。你们看出来了吗？"

"看不出来，"罗卫若有思地说，"看来我对这个不在行，我连这两个画面中的人是不是同一个都看不出来，甚至对那两个老男人画面都有些难以分辨。"

"很好，你能这样说，说明你看出了端倪。"

罗卫一头雾水。

"这是达方成的大头像，"专家按了一下鼠标，屏幕上出现一张照片，是一个架着副黑框眼镜的中年男子。

"这是我们从网络上搜索来的一张照片。"屏幕上又出现一个中年男人。

专家问道："你们看得出这是同一个人吗？"

"呃，看不出来。"

"我也看不出来。"专家说。

"你也看不出来？如果你也看不出来，那就表示这不是同一个人吧！"

"不对，"专家说，"这表示我们面对的是所谓超弹性脸的案例。这种脸，极易化装、易容，甚至不用整形，就可以改变他的容貌，也叫'千面人'。"

雷晓宇待所有人都沉默后，说："现在我们知道，要追查的是一名男子，一名拥有'千面人'能耐的男子。汉洲的同人提供他的个人信息，名叫达方成。不错，达方成是一个老男人，而且达方成确实拥有'千面人'的能耐。但也有人提出可能是达一路，他们是父子，会不会达一路也有'千面人'能耐呢？除了汉洲同人提供的这一张达一路照片，我们没有其他照片可以佐证。那么，我们暂时先叫他达方成。"

专家将达一路的照片跟达方成的大头照并排映现在屏幕上。

"仔细看，还是可以看出父子相似的痕迹来。"罗卫听出这是黎政的声音。有人表示认可，雷晓宇回头看着他。

"黎局观察非常细致。我们的大脑用来辨认面孔的区域，叫梭状回，对于细小的改变或者类似都非常敏感，因为它的功能就是区分成千上万张在生理结构上非常相似的面孔。脸部肌肉即使做了调整，骨骼轮廓却难以改变，相似的本质不能改变。"

接下来是一片沉默，只听见投影机的嗡嗡声。

雷晓宇继续说："每个人脸部肌肉的弹性或活动性不尽相同，有的人可能来自遗传，但有的人可以靠训练来提高。训练甚至有可能超过遗传，可以独立运动每一条肌肉，就好像钢琴家那样。不过，基因遗传还是很重要的因素，只是脸部弹性非常高的人通常患有人格障碍，或在成长期间经历过严重创伤。"

"也就是说我们面对的人可能是个疯子。"专家补充道。

"关键是怎样才能抓到这个怪物呢？"追捕组的一个领导提出问题。

"是啊，追捕民警总得有所依凭吧？"又有人附和道。

雷晓宇跟专家交换了一个眼神，咳了一声。

"动机，抓捕线索就是他的作案动机。"他说，"下面，请汉洲专家丁杨同志介绍情况。"

"动机是钱，"丁杨清了清喉咙接着说，"这对父子确实是两个有心理障碍的人，他们怀着极大的贪欲，也就是扭曲的妄念，妄想钱就能改变一切，甚至改变自己。"

"钱？"追捕组领导看着丁杨，"这是最普遍的犯罪定律。"

丁杨朝着灰蒙蒙的屏幕看了看。"找到钱，追踪它的流向，钱总是可以苛你找到答案。"

罗卫从未听过丁杨用这种语气说话，说得这么坚定，这么无奈，仿佛他宁愿不曾拥有这种洞察力。

接着，丁杨解释了在网上追踪达一路的过程，从中分析出这对父子最根本的目的。他介绍了搜索到的几则信息，死者王芳和她二十多年前死去的丈夫都跟达方成是同学，她和达方成还是早期的恋人。任何不顾一切也要逃避规则的人，往往也是最容易谋害伙伴的，为了钱，他更不会因为早年的恋情而手下留情。

雷晓宇点了点头，对着会场，煽动性地说："追踪钱的流向，同志们。散会，都去做你们该做的事情。"

步出会场，黎政对罗卫扬了扬手，问他肖可语两人怎么没有出席。罗卫正要回答，手机响了，正是肖可语打来的。他借机向黎政解释了两人的去向，黎政示意他先接电话。

"我们拿到吴承欢的初中照片了，"肖可语说，"有几张合影，据指证，里面有达一路，不过变化很大，我们都没认出来。"

"做好标记就行。关于他们的过去，打听到什么细节没有，比如性格、爱好、小动作或者小故事、打架斗殴什么的。"罗卫问。

"都有。"

"好，见面详细说。"罗卫说，"黎局长过来了，问起你们呢，跟他打个招呼吧！"

手机到了黎政的手里。"看来你们的工作卓有成效。"他说，"不过，我还是要说一句，工作一定要走在雁北警方前面，要沉下去。"

"大家都很努力，黎局。"罗卫说，心里隐隐有些不快。

"这不是批评你们，我是从雁北的同人身上看到了紧迫感。我们已经追到了这里，我不希望果实落在雁北手里。我敢肯定，今天分析的这一对父子就是罪魁祸首，但抓他们的主动权似乎不在我们手里。"

罗卫终于理解了黎政的担心。

"您觉得他还在搜索区吗？"罗卫话里有话地说，"我也许没办法追踪到他，但丁杨一定行，他一定逃不出我们的掌心。"

黎政走进楼坪里。天气显示出放晴的迹象。雨几乎停了，天空里浓重的铅灰色已经有所缓和，变成了颜色更浅的一片朦胧灰。

"一定能找到他们的。"丁杨自信地说，"我想了很多很多，以他们的性格，几乎不可能放弃，一向如此。那么，他们一定会犯错误的。"

"我们要等着他犯错误吗？"黎政反问。

"不，但他们一定会，我可以肯定。"

"你怎么知道呢？"

丁杨说："我能感觉到他是什么人，而且明白他是如何行动的。我要做的就是让他开始感受到每时每刻的压力，觉得自己不能休息，不能停下来，甚至不能思考。我想在达一路已有的压力上再加上他对母亲的孝与罪的矛盾感。"

"他内心里有这种矛盾？"

"相信我。虽然我从没见过他，但我知道，他内心里正在遭受精神分裂，这就是使他变成危险人物的力量。通过网络暴力，向自己证明什么的必要性，证明他已经全身心地走上了……孝敬长辈，特别是孝敬母亲的路。"

黎政露出一丝疑惑的笑。"这么说，我们都是旁观者，一切都是你们两人在较量？"

"不，我只是在牵制他的内心。某国外军事家说过，在任何战役中，你必须占领的首要堡垒是敌人的意识。"

黎政不由得竖起大拇指，说："他是苏联的军事家，克格勃的创立者。看来，你把他当成了精神导师啊！"

丁杨耸耸肩。"我只做些粗浅的考虑，哪及局长您。"

停顿了一下，黎政点点头。"先给你们介绍一下今天收到的情况，省厅派出六个小组分赴各地，其中三个小组根据'呼死你'针对的目标，找到三家投资公司。但都已人去楼空，据知情人介绍，这些公司只是网上联系的代理商，只是帮助那个投资平台吸纳客户，按照投资额度收取佣金。其中一家公司负责人已经抓获，他显然完全明白那个平台是骗局，但利欲熏心，还是跟幕后老板勾结在一起。"

"无论如何，他们逃不脱胁从诈骗罪。"

"不仅如此。省厅要求各个小组对摧毁的窝点进行彻底清查，不管它是什么，不论是另有所谋，还是只是无知代理，都不能放过。不管是哪一种情况，都要以经营者的眼光看待这个平台及其赢利模式。"

"领导从其他摧毁的几个窝点得出了什么结论呢？"

"从代理商的联机方式看，这个虚拟平台跟其他投资平台没什么两样，资金进账出账、外汇交易页面及交易波动看似十分正常，只是后台密码几乎不可逾越。据抓获的代理商说，他也是一个懂电脑的人，试图破解密码进入客户的账号，几乎完全没有可能。他的第一念头就是，这家平台的软件设置非常缜密。可是，当他发现自己的客户屡屡亏损，甚至血本无归后，仍然帮着平台吸纳客户，还显得心安理得，关键在于幕后人给出高额代理费。"

"任何安全密码都能攻破。"丁杨说，"除非根本就是一个空账号。"

黎政似懂非懂地看着他。

"窝点的联网电脑上还有平台吗？"丁杨问，"电脑里有没有储存下载的源文件？文件还能生成系统吗？系统还能生成账号，或者看到行情和委托吗？"

"不能。每个小组都有省厅反电信诈骗中心的技术人员，临走前每个人都认真看过你留下的资料，并且做过相关培训，应该都会做这些操作，但没人做出这方面的回应。"

"电脑有自毁软件爆炸痕迹吗？"

"有的，这个问题在报告里都有记载。不仅平台被毁，文档里所有客户信息，能够引导我们找到知情人的信息都没有了。"

"这就说明，我们的侦察方向是正确的，不把希望寄托在平台上、网络上。犯罪嫌疑人之所以有恃无恐，原因也在这里。他知道我在找他，但他赌我只会从网上追踪他，他赌我绝对找不到他。但他不知道，我们会用两条腿走路，会从线上线下找他。"

黎政脸上浮起惯常的微笑，伸了一个懒腰，说："你的话让我充满信心。"

第四十章

亲爱的妈妈：

我感到危险已到门口，真的应该撤退了。刚才爸爸冒雨到了这里，浑身透湿，不知是从哪里过来，我跟他说了撤退的意思，他也跟我吐露了很多秘密，令我惊骇的秘密，但这些都已不重要了。爸爸却仍不死心，一次又一次地嘀咕"我不想错过机会""我不想错过机会"。

我跟他说，钱是好东西，眷恋无罪，却要懂得取舍。但不知他是否听进去，他反复交代我先走，他随后跟我会合。临走时，将我紧紧地拥在胸前，父爱宽广。

妈妈，爸爸虽有很多做得不对的地方，但时过境迁，您就原谅他吧！毕竟，好多事实都可以证明他是为我、为您好啊！您想，如果他不是为了这个家，他赚那么多钱干什么呢？刚才，他还说等这事过了要把您找回来，一起移居国外，一起终老。说到这，他眼中泪光闪烁，确实动了真情。您还有什么事抹不过去呢？

我送他出门，大雨已经停了。他不时地扭头看我，作势拥抱我，与我四目相对。显然，他很清楚当下潜藏着的险恶迹象。他像等候宣判的罪犯一样，强打精神勇敢面对恶的降临。

我不住地战栗着，忽地对自己深恶痛绝起来。以前，我竟然任由母亲在外面流浪而无力找回；现在，竟然又要因为我编制的软件失败，连自己的父亲都保护不了，竟然……酿成如此悲剧，只能眼睁睁地看着父亲灰心丧气。

过道黑咕隆咚，我没有开灯。楼外透出点点灯光，映着路面的积水，仿若朦胧月色，远处机场上的指示灯更显清幽。这儿距父亲的公司其实很近，可对我却宛若隔世之遥，因为父亲刚才说过让我不要再过去，那是否意味着我再也见不着他了？

　　妈妈，您会原谅我吗？这件事对您一定也是很大的打击。但您一定比父亲更坚强，尤其是在目前这个当口，家人都需要您的慰藉，您懂得这个道理。但父亲不一样，我能感觉出他情感上的脆弱。

　　我常常纳闷儿，他会不会认为这是超出他承受限度的事呢？有可能，声音清晰得如同有人在对我耳语。几个星期，甚至几个月前，他就知道可能失败。因此他派出好几个人出去，说是组建新公司，其实是清除障碍。他不了解为什么造成障碍，但他知道作为父亲应该做的事情，也知道有了问题该怎么解决。

　　我意识到自己像染上了毒瘾一般，老以为网络上的事不完善、不严谨不会对生活有何不利，可现在它正吞噬着我的生活。

　　它会彻底将我打垮。

　　我干吗要将这样一个不完善的东西拿出来向父亲炫耀呢？是金钱的诱惑吗？难道是继承了父亲的基因，生活中方方面面都安分守己，却只有这唯一的例外？我甚至一直以为是被父亲推着这么干的。

　　早知如此，我为何不在计划实施前将这些缺陷向父亲坦言呢？就像小孩赢得小红花，不敢告诉父母是因为抄袭一样，我害怕看到他欣喜若狂地以我为荣，却又一次次失望，甚至一次次破碎。

　　上了大路，父亲转过背去。我分明看到了他的眼泪像断了线的珍珠，从掌缝中溢出，闪亮地跌入他的怀里。

　　我的时间概念紊乱了。觉得自己坐在库房门前弹奏音乐，一把音没调准的吉他，就那么轻轻松松毫不费力地把一个个音符弹成调子。我只是闭着眼瞎弹，根本不去在乎是对是错，就那么由着性子在一个个音符之间弹来弹去，因为不懂乐谱，只是想象着那些缓慢忧郁的流行歌曲，不识乐谱照样可以弹奏出那种气氛。

　　父亲拧着脸走过，一瞬间，变幻出甲乙丙丁四个陌生人，怪腔怪调地说道："学这个。"

　　您立即挡在我眼前，不让我看见父亲的脸。"我儿是个浪漫主义，应该有个快乐的人生。"

　　"变脸本身更具浪漫气息。"

　　"不是的。只有音乐才是这样。"

　　"至少我是。我的变脸就洋溢着一种浪漫的情调。我能够描绘出爱情的妙处，不论是音乐，还是科学，都不能充分饱满地传达出爱情的幽微精妙之处。然而，变脸的出现使这两种方式各自不能表现的内涵，表现得淋漓尽致，这就是变脸能经久不衰的原因。此技法还能传达出不能言传之意，如暴怒、焦躁、孤单等，诸如此类的情绪都能在脸上细致地传达出来。当然——"

他突然压低声音，似乎在对着您悄悄私语，其实我都听在耳里。"但变脸的目的是勾引，因为它表达的是因性爱和欲念衍生的种种难以排遣的思绪与情结。"

您因为这句话而泪如线珠。晶莹的泪水里饱含着悔恨、痛苦与绝望。这样的情景我已回忆过不下数百次。您是悔恨自己的轻信，痛恨父亲的背叛，对自己的一生感到绝望。

从此，我再没有看见过您面带千金难买的微笑。

为了博您一笑，我从此刻苦练习，并自己谱写曲子，进入俱乐部摆弄音乐。我暗自发誓，我决定不再像父亲一样生活，更不允许父亲来操纵我的命运，我要做命运的主人。

可是，高三那年，一切都变了。父亲身上的悲剧反复重演，终于不可收拾，连您都无法忍受，从此不见了您亲爱的身影。

我看过你们的眼泪，可你们何尝见过我的眼泪。自您悄悄离去，我每天都以泪洗面，只是羞于在哭泣时见人。

我一路推着父亲往前面走，直至走到了"硅谷"公司楼下，尽管是黎明前最黑暗的时候，里面却灯火通明。附楼周围爬满了墨绿色的常春藤，湿漉漉的，在灯光映照下熠熠发光。我要送他进去，他却转身抱了我一把，在我头顶轻吻了一下，然后推着我后退。

我惊讶地盯着他，不明白他要干什么。他刚才的亲吻仍在我脑中萦绕，渐渐幻化成您的最后一吻。伴着这种幻觉，您的话在我耳边回响，令人毛骨悚然的是，我似乎体验到了死是什么滋味。

我一贯这样回忆着您，装作万事大吉的样子。每天赚的钱都给您留了一份，然后想象着您看到钱欣喜若狂的样子，以免对您的回忆走样，却从未曾考虑您到底在哪里。天堂，是不是算另一个见面的地方。

我对自己的想法十分恐惧。父亲转了身。紧握着我的双手，四目相对。他并不询问我，便推着我向前走，面向离开的方向，慨然地走，低着头，仿佛想让我躲避沉重的一击。

这使我联想起高三那一年，父亲第一次承认您失踪的流言是事实时，他也是现在这个姿势。上千个理由一齐涌上心头却不知如何说起，喉头刺痒，憋得十分难受。我在心里对父亲骂出无数攻讦的话，质问他是不是杀了您，如果他说是，我也一定会相信。

他的目光稍稍移向远方，又重新收回。刹那间，他眼中的晶莹消失了，代之而起的是一层警觉的隔膜。雨点再次砸在地上，噼噼啪啪地响个不停。

这时，他唤来了司机，车门"吱呀"一声开了，映入我眼帘的是灯光照耀下他后脑勺模糊的轮廓。

"爸，让我去公司陪您。"我恳求着。

在明亮的路灯光下，父亲稍稍停了一下。就像突然受到极大施舍的乞丐，眼里似乎又涌起泪水。他右手举起挡住灯光，扭头看了看我。

"赶快收拾东西，按你自己的谋划做好转移。"

我双手紧扒车窗，似乎害怕失去父亲，眼里满是恐惧而复杂的表情。

汽车停了一会儿，慢慢启动，从我身边驶离，驶上大路，驶向远方。我努力不让它从我的视线中消失。我的手指牢牢抓着路灯杆，看着他的汽车渐渐消失在湿淋淋的雨幕中……

第四十一章

雨停了，太阳露了一下脸，便扔出大团大团灰色的云笼罩整个地区。琳琳就在这个黄昏的最后时刻潜入了乔爷家。乔爷默许她进入妻子卧室，一盏灯也不开。他拿出沙琪玛和橘子汁给女孩吃，自己蹲在客厅的防盗门边保持警戒。

随后，他们齐心合力挪动一个大衣柜封住了阳台，因为乔爷觉得紧靠大楼的阳台，是他家防备最弱的地方。他指使琳琳将所有的窗户都上了锁，没有防盗铁栅的窗户，放下窗帘，用箱子、柜子顶住，做成封闭状。

乔爷不想让外面的人偷窥他们，不想让外人看见他们的行动，不给外人计划攻击他们的机会。如果外人试图打破窗户闯进来，乔爷希望箱子、柜子能够纠缠他们一会儿，给他和女孩宝贵的逃生时间。

一刻钟，抑或一小时？乔爷不能确定，他和女孩从这间屋子跑到另一间，要重新加固，重新布置。他突然意识到，他们匆忙布置好的防线，可以阻挡外人进来，同样也会困住他们。

他没有告诉女孩这一点。他将防身的匕首用袜子绑在大腿上。他觉得自己已经做好了思想准备。

他没有拨打"110"，也没有麻烦其他朋友、熟人。因为他知道，女孩不敢跟穿警服的人说话。而且，警察来了，他也说不清危险在哪里，如何向警察汇报可能发生的犯罪？

但是，他明白自己和女孩都处在危险之中。他们知道面临的敌人是谁，清楚这场战斗即将来临。

乔爷从来没有遇到过住在隔壁大楼里的那个男人。当然也从来没和他说过话，从来没有和他四目对视过。他害怕第一次看见，就会成为最后一次见面。但乔爷可不是个服软的人，这是他家，他手里有刀。他相信自己和女孩会笑到最后。

天色暗淡，花园里亮起了路灯，乔爷打了一个哈欠。即将到来的是一个漫长的夜晚，接着白天也许更加漫长。他多么渴望躺在客厅心爱的椅子上，让这把疲惫的老骨头好好歇一歇。

如果妻子在，一定会让他躺一会儿。但他们在一起的时候，从来没陷进过争斗和麻烦里，阿英恐怕拿不出更好的办法。但他知道哨兵是轮流休息的，他们得这么做。

女孩一边吧唧，一边盯着乔爷，等着看他接下来做什么。

乔爷说："你先睡一会儿。睡醒后，我们打起精神一起对付他。"

"我还不想睡。"

"不，孩子。即使是战士都得睡觉。如果我们俩都不休息好，接下来怎么办呢？明天哪里还有精力？"

"他随时可能找到我。"

"但是他现在还没找来。睡觉吧，孩子，你需要睡眠。"

女孩皱着眉头，但是乔爷的话很有道理。也许，女孩比乔爷想象的更累，她缓缓点了点头，摇晃着身子进了阿英的卧室。

"我会时刻关注着，"乔爷在女孩身后温柔地喊，"一有风吹草动，我就叫你。"

女孩感激地看着他，说："我会很警醒，睡两个小时就换您。"

"至少六个小时。到我这个年龄，睡不睡觉已不重要。我的睡眠自己能掌握，安心睡，一切我都掌握着呢！"

女孩没有跟乔爷争辩。

乔爷看着女孩垂了头，佝偻着腰，像个七老八十的老太婆似的往房里走，精神委顿。乔爷知道女孩做好了最坏的打算。她说过，自进入那扇门，每晚上床睡觉的时候，都认为自己也许不会再睁开眼睛。

乔爷想知道女孩如此绝望有多长时间了。如果他们撑过今晚，阳光灿烂的早晨对女孩来说，意味着什么呢？乔爷觉得如果女孩告诉他这些，他会将自己的故事讲给她听。

乔爷想，如果妻子还活着，她一定愿意收留这个孩子。女孩半夜尖叫着醒来的时候，妻子会紧紧地抱着她，温柔地抚摩她的头发，在她充满黑暗回忆的时候，妻子会握紧她的双手。那些不堪回首的事情不是她的错。

世界上只有像阿英那样的人，才会因认识女孩而感到自豪。

乔爷从来没有如此希望妻子活着。他是一个唯物论者，生老病死看得很开，对妻子的死虽然悲伤，却能顺应自然。乔爷甚至开始祈求神仙显灵，因为夜晚即将降临，因为他爱这个孩子，因为他明白，自己无法对抗女孩的敌人。

他祈祷神仙能让自己年轻，变得强壮，拯救这个女孩。

乔爷打了个盹儿。他有意这么做的，因为他必须打个盹儿，以便应对接下来发生的事情。

响起敲门声。乔爷吓了一跳，几乎从躺椅上滑下来，瘫软在客厅的地板上。

接着又是有节奏的敲门声，仿佛在跟他对暗号。乔爷用手拄着椅脚，费劲儿地站起来。好奇心驱使他越过换鞋走廊。他穿着一条旧睡裤，小腿帮捆着一把匕首，宽松的法兰绒裤腿将它罩在里面。

敌人难道要正面进攻？这超出了乔爷所有的想象和计划。他忽略了最重要的一点，这个女孩并不属于他，他甚至并不知道她是什么身份，如果女孩所谓的敌人带着警察名正言顺地过来要人，他该怎么办呢？

想到这里，乔爷心里发虚。

他走近防盗门，小心翼翼地从猫眼偷偷向外看了一眼。并没有凶神恶煞的男人，一个嘴里嚼着泡泡糖，手里拎着一只宠物狗的小男孩讨好地看着他。

宠物狗有些眼熟，好像是楼上阿婆的。大约是走失了，小男孩看到，误以为是他养的，给送回来。但他不认识这个男孩，这怪不得别人，他出门太少，而孩子成长很快。乔爷真希望认识他，知道他是哪家的，父母是谁，这样他就有开门的理由。

男孩又抬手敲门。好像有些不耐烦，乔爷打开了反锁。

乔爷开了一条门缝，男孩把狗塞了进来。

宠物狗畏畏缩缩的，男孩子踢了它一脚，狗惨叫了一声。

"这是你家的狗吗？"男孩的口气十分不善。

乔爷想关上门，但狗在门里。

"是楼上阿婆的。"

"我看到你养着它，怎么成了他×的阿婆的？你想推卸责任。"

"小狗很可爱，难道有什么得罪你吗？"

小男孩皱着眉，看着乔爷，好像根本把乔爷的话当回事，从门缝里挤了进来，追着去抓宠物狗。

"如果狗不是你的，那我就把它带走。如果……"

"乔爷——"

声音从乔爷背后传来，很轻，乔爷差点儿没有听见。他转过身子，看见了走进客厅的女孩。从她脸上的表情看，乔爷知道自己犯错了，犯了一个致命的错误。

男孩对着外面喊："嗨，大叔，美女真的在这儿。"

说完，小男孩一把推向乔爷。乔爷后退了一步，绑着匕首的小腿颤抖了。乔爷想挺住，但把持不了，屁股像垂直落体似的，摔倒在地，脆弱的盆骨裂开了。

乔爷忍痛对着女孩无力地喊道："快跑，快进卧室躲起来！"

女孩撒腿就跑。

男孩对乔爷撇撇嘴，手里拿着两张老人头示威地对他挥了挥，头也不回地走了。

门外进来一个高大的男人。

他一言不发，冷静地掏出一根绳子把乔爷的手腕、脚腕绑住，然后用他家的抹布塞住他的嘴。"死老头，做好事是要付出代价的。"

接着，男人"啪"地一脚踢在阿英的卧室门上。里面传出尖叫，然后是一番挣扎，最后什么声音都没有了。

乔爷躺在地板上，臀部的疼痛蔓延到全身，一动也不能动。第一次和坏人较量就这样莫名其妙地失去了战斗力。

随后，响起男人的脚步声、关门声，临走前他把乔爷的钥匙也摸走了。屋子里漆黑一团，乔爷的眼睛特别疼。他感觉自己失败极了，绝望极了。但他咬着牙，忍着剧烈的疼痛，开始慢慢向前爬。

他小声说："阿英，亲爱的，帮帮我。他还会再回来的，帮我挺过今晚，护住那个女孩。我就可以去陪你了。"

第四十二章

午餐是在去武州的大巴上吃的。不知是快餐的品质太差，还是患感冒失了胃口，罗卫只狼吞虎咽地吃光米饭，半盒子菜一片未动。

刚接到消息，新戎县公安局找到了曾跟王芳和达方成一起上过学的十几个人，尽管多数人还记得王芳或者达方成，可近十年没有人与她或他有任何实质性的联系。两个落魄的人，这是大家的共同判断。他们都漂泊在远离家乡的不知何处。

新戎这样一个中西部县，初中同学大都各奔东西，分散在发达的沿海各地，如果不是衣锦还乡凑巧碰上，平时难得取得联系，罗卫清楚。从物资贫困年代过来的成年人，以经济层次划分精神层次，是一种通常的交际交流方式。

侦查员还说，王芳和达方成在新戎几乎没有相近血缘的亲人，他们出生地的邻居有的甚至不知道有这么个人，不能给警方提供任何帮助。仅凭报告的只言片语，罗卫有些怀疑侦查员是否真正调查过，但他不能这么说。

另外，尽管阳洲出动了几个搜索队，进行了广泛的搜捕行动，雁北警方还是没有找到纵火杀人犯。最新的推测是，虽然他在高速路口扔了车，人却根本没有离开阳洲，而是藏匿在某个秘密的地方，事实根据是，排查了他扔车时段的所有车辆，没有一辆可以载他离开。

唐道生怏怏不快地汇报说，搜捕范围已经扩大到了两百平方公里，几乎覆盖了整个阳洲和武州市东面的几个郊县。

罗卫环顾四周。雁北省厅的雷晓宇和黎政头挨头凑在一份材料面前，商议着。他发现，苏南与雁北的专家聚在一起，此时正对肖可语刚刚说的什么话放声大笑。

丁杨不知什么时候独占了副驾位置，虽然与客座隔着一段很远的距离，仍像个以独处为最大乐趣的人，避免被招惹似的，蜷缩着埋头在手提电脑屏幕里。

罗卫转身往车尾走，想找个宽敞的地儿睡一会儿。

"请过来一下。"身后响起丁杨的声音。

罗卫回转头。丁杨正抬头望着他，双眼充血，眼睑下面的眼袋呈紫灰色。与之形成鲜明对比的，是他的眼睛烁烁有神，仿佛案子展开了，露出追查很久的真相。

罗卫心痛地说："你怎么不睡一会儿呢，看把你憔悴的。"

"我没关系，你是不是要去睡？"

"可不是吗？但你一出声，我就没了睡意。"罗卫玩笑似的说。他跨进副驾驶位。

"有什么新发现吗？是不是比瞌睡虫更有吸引力？"

丁杨疲惫地看着他。"我想请你问一下纵火案的勘查报告和尸检结论。所有的一切，每粒纽扣，每个刀片，每一根头发丝，还有尸检。我特别想知道尸体上有什么痕迹。"

正在跟肖可语套近乎的专家闻言抬起头，答道："你想知道的都还没有结论，我刚刚和阳洲鉴定中心通过话。他们还在做勘验清单……"

丁杨置若罔闻地转过身，对罗卫说："如果没有阳洲方面的结论，很难判断王芳被杀与原来那些案件的真正联系。"

"你想到什么了？"

"不论是汉洲，还是其他地方发生的清除案件，都出现抹除视频或阻断通信的情况，也就是说处处有高科技手段痕迹，但这里不一样，既没有网上信息指示，又大摇大摆地出现在监控里，如果不是发现死者与达方成是同学，谁会怀疑到达方成和达一路呢？"

车厢安静了下来，所有人都望着丁杨。

雷晓宇的目光与黎政碰了一下。"你想说明什么问题？"他用平板的声调问道。

"这起案件达一路没有参与。"

雷晓宇的眼睛从一个身上转到另一个，感到大惑不解。

"在这个问题上，父子俩存在分歧。"丁杨解释道，"不论是达方成亲自干，还是派人做的，这事一定背着达一路。因为达一路可能与王芳很有感情。"

"意味着什么？"雷晓宇问。

丁杨摇了摇头。"目前还不知道，希望能给我们带来机会。"

"可你不那么想？"

"我没用，还没有想到更多。"丁杨说，"但是，我们的行动一定惊动了他们，我们已经没有多少时间了。"

黎政对着丁杨点了点头："我们的打击行动四面开花，不可能不惊动他们，只是没有想到他们连身边人都不放过。"

雷晓宇耸了耸肩。"你也许是对的。或许我们把事情想得过于复杂了。也许王芳的死只是因为得罪了某个人，或者有人贪占她的钱财，然后……"他右手做出一个杀鸡姿势。

雁北方面的警官们发出很大的哄笑声。

"但我会向你们领导推荐记功的，"雷晓宇说，"我说，要不是你，我们到不了这一步。"

丁杨摇了摇头。"这是我自己的案件，做什么都是应该的，而你们则是协助，我得感谢你们。何况我没做到哪一步？到了雁北，却只是躲在房间里，似乎在等待一个疯狂的杀人集团行行好，赶快自己现身，而他们还在继续掠夺和杀人。"

雷晓宇默默地注视着他。丁杨似乎满怀对自己的怒气，"噼啪"地敲打着键盘，可他好像已经丧失了所有的感觉。他最想做的事就是钻进网络里，沿着脉冲传输，追踪那个敲击着键盘的敌人，一把扭住，把他送进监狱。

还有太多的事没有查清。他知道，很多线索苦于隔空无力，无法追查下去。但"黑机站"是确定的，虽然线索虚无缥缈却逻辑分明。如果不是因为控制软件在这一带的话，高媛不可能追踪到这里。达一路可能按照自己的意愿尽可能地虚张声势，可事实是，丁杨的追踪软件比达一路缜密，咬定武州，一定意味着有一个关联固定在这里。

"我们组织过无数次全城搜捕，丁杨。"雷晓宇说，"设卡堵截，挨家挨户盘查……传统的侦查手段，我们的民警熟络得很。你跟我们的反电信诈骗中心配合，不相信找不到他。"

丁杨在键盘上敲打着。他的眼睛盯着雷晓宇。"这跟以前不一样。达氏父子是两个伪社会角色，我们摸到的信息，跟他们在武州活动的面目对不上号，您能查谁？"

"总会有办法的。"雷晓宇脸上挂着宽容的微笑。从阳洲出发时，他已经以省厅的名义，部署武州全城大搜捕。按丁杨的说法，那不错得离谱了吗？

丁杨放下笔记本电脑，不去正视那些追随着他的眼睛，回到自己的座位上。他掏出手机，沉吟了一下，转而让罗卫给远在汉洲的高媛打个电话。

"我正要给丁杨打电话呢，"电话里响起高媛紧张的声音。"有什么话，快点儿说。"

"就是丁杨让我跟你联系，"罗卫平静地说，"我们很快就会赶到武州，你那边有没有查获确切消息？"

"你让丁杨接电话。"

罗卫失落地撇了撇嘴。

"我抓住他的狐狸尾巴了，"高媛说，"具体搜索路径发在你的邮箱里。但已经惊动了他，因此，不建议你用笔记本追查。接下来，我们也不要利用网络联系，他随时可能追踪到你的方位，加速逃走。"

"等一下，他的伪社会角色……"键盘敲击声。"一定注册了带商务、贸易或者投资字样的公司，不要被他的真名所误导。对……在王芳家没有找到相关资料……怀疑王芳知道他的伪社会身份，因此……"

"你的判断是对的，他确实注册了一家商务贸易公司，利用这家公司做掩护，实施诈骗，王芳一定知道名称，或者王芳留下了公司有关字据，这就是他纵火的原因。"

罗卫听着，感觉到自己的手握紧了，几乎想抢过话筒自己提问。

"公司的具体位置有明确吗？"丁杨说，"或者能不能找到'黑机站'的发射方位？"

"恐怕得跟当地警方对接一下，有没有一个叫作西村坊的地方？具体地图标识发在你的邮箱里。"

"等等。我跟领导汇报一下。"

电话里传出一阵键盘的低沉敲击声。丁杨把问题向雷晓宇提出来，雷晓宇接着询问身边的同志。一阵短暂的静默。

当地警方的十几个人都拿出了手机，打听起"西村坊"来，声音冷静中带着急迫。

"我在武州二十多年，从基层派出所干起的，但从没听说过这个地方，如果是周边的一个村，倒也不一定……"一个老刑警说。

丁杨没再管他们，继续跟高媛通话："嗯……请龙仓健配合，对我和罗卫的手机进行定位，利用网络和通信进行双线追踪，查找嫌疑人的准确位置。"

挂上电话，丁杨四下里看看。仍没人得到西村坊的位置消息。

人脸识别专家提出质疑："会不会是地名的文字有差错呢？"

一阵尴尬的沉默。

丁杨的眼里带着强烈的敌意。

他打开邮箱，说："西村坊。她标示出是一个老地名，可能在商业开发中消失，但一定存在于某些商铺或公司名称里，这就是被搜索发现的原因。这个地方位于武州东郊。我想请问一下，东郊是不是有高科技开发区？"

雷晓宇的眼皮跳了一下。他的目光突然变得锐利，从丁杨移向当地警官们身上。左首一名身材高大的警官第一个做出反应，他叫杨昆山，武州市公安局特警支队长，拨了一个内线号码。"请特警队赶快集合，马上行动。重复，特警队集合，准备出发。"

离高新区政府不远的绿化带转角处，立着一个近两米高的长方体铁盒，里面装置着辖管方圆三公里的网络调制解调器，它是武州电信公司网络转拨枢纽之一。

此时是下午四点半，辖区干部群众的网络通信因为这个盒子正常运转而传进送出。其中一个重要用户是当地交警大队临聘的一位红绿灯维修工通过电话拨号发出的数据信息。他在交警设施科工作多年，直到最近才勉强同意服从上级制定的要求，在工作中通过手提电脑上网掌握整个辖区交通设施中出现问题的地点，接受派工，并且在维修完成后向科领导报告。

这位四十五岁、身材矮小的维修工过去一直认为电脑是件高级的东西，害怕学不会，如今却迷上了，时不时倒腾着里面的程序设计。

这时，他发给交警设施科的是一封交工短信，报告刚刚完成了一条交叉路口的红绿灯调试任务。

但是，这次他发送的信息，出乎意料的活跃，不仅交警设施科接收到了他的信息，同时，那条信息还主动跑到了武州市公安局指挥中心。

在矮小的维修工用粗短的手指敲出来的内容里，增加了一些别的东西："绞肉机"程序及其"守护神"。

收到这条信息的电脑便被植入了这两样东西。

不到十公里的某别墅地下室里，达一路坐在自己的计算机旁，随即控制了交警和指挥中心两处网络系统。他飞快地滚动浏览着，查找需要的相关指令，并将它记录在便笺本上，然后又迅速回到根目录。

他输入一些参数，按下"确认"键。

接着，达一路销毁了手动操作程序，重新设置了根目录密码。这个密码谁也别想猜得出来，即便是电脑高手，用大型计算机来破译，至少要花大半天工夫。

他下了线，将打包准备好的东西全部搬上车。接下来，他应该从这座城市消失，即便警察在这里发现他的痕迹，也无法查找他去了哪里。这一刻，种种念头涌上心头，却不知如何是好：亲情不复存在的失落，热爱一去不返的痛苦，从此沦落天涯的悲怆……

他发动汽车，慢慢掉转车头，向着他藏身之地的相反方向驶去。他深深地出了口气，像叹息，但比叹息更沉重，令人无法体会其中的分量。

墨绿色吉普车驶过财富大道十字路口，正对着杨昆山的警车呼啸而来。

两车相撞事故即将发生，饶是勇猛无畏的特警支队长，也面露惊恐。

"哎，老兄，留点儿神！"丁杨喊道，本能地抓紧了手柄。眼看着镔铁铸就、浑身棱角的车前护栅飞快地向自己逼近，他不禁把头偏向左边，闭上了眼睛。

"知道。"杨昆山镇静地回答。

也许是出自本能，也许是历经百战的驾驶技巧在起作用，杨昆山没有选择刹车。他使劲儿把油门往下踩，让奔腾汽车朝着迎面而来的吉普侧滑过去。

这一招奏效了。两辆车仅差几厘米擦身而过，吉普车"砰"的一声撞到警车后面的一辆卡车前挡护板上。杨昆山滑行一段后，刹车停住。

"十字路口怎么突然双向变成了绿灯？"杨昆山一边低声埋怨，一边用对讲机报告事故。

"又有两辆车相撞！"丁杨向后看了看，路口到处冒着汽车浓烟。

对讲机里声音嘈杂，全是发生事故和交通指示灯失灵的报告。

"红绿灯变幻莫测。"杨昆山大声说，"整个区域都是如此。会不会是人为破坏？会不会是他，破坏了我们的指挥系统？"

丁杨苦笑了一声。"一定是他攻击了交警设施指挥系统。这是他的惯用手段，以便为他们逃跑赢得时间。"

杨昆山重新启动汽车，翻上人行道，想强行向前走。但走了不到五百米，前路完全堵死，车顶上闪烁的警灯完全不起作用。杨昆山在各种鸣笛声中扯着嗓子对讲："交警，交警什么时候才能疏通前面的路？"

罗卫转头看着丁杨，说："可是，他在全城造成交通堵塞，自己也跑不出去啊！这么做到底是何目的？"

"要么他已经先行离开，要么他的藏身之地就在高速公路入口附近。对，他就藏身在高速入口附近。各地的清除行动，有时是遥控指挥，有时是亲自参与，藏身在高速公路入口附近最为方便。"

罗卫沉思着。"你说得没错，但他注册的公司搬不走。特别是他父亲的钱一时半会儿带不出去，他父亲不会甘于失败的。我们还是按原计划执行。"

两人决定弃车步行。罗卫一路捏着手机，关注有没有电话进来，丁杨端着笔记本电脑，用定位信息与高媛保持联系。

他们小跑着，心急如焚。达一路父子一定还在城内，否则不会制造交通堵塞；他们一定正在做逃遁准备，否则不会堵得如此巧妙，刚好将警察拦在路上。

高媛的电脑屏幕上，追踪点几乎与被追踪对象重叠在一起。

罗卫和丁杨停下脚步，靠在路灯杆上，大口喘气。面前是一栋摩天大楼，摆着威武雄狮的巨大门厅前挂着十几个公司牌匾。

达方成的公司一定就在这栋霓虹闪烁的财富大厦里。

马路上，响着刺耳嘈杂的汽车喇叭。不知什么时候，大楼前飞来一架直升机，盘旋的螺旋桨发出巨大的隆隆声。罗卫抬头看了一眼机身的警用标志，疾步走向大楼的旋转门。

大堂服务台前，圆脸女服务员正在为一个老男人办理什么手续。男人背对着罗卫，看不清模样，身材中等，但敦实强壮，不像一个久坐办公室的人。

服务员见丁杨两人急匆匆走近，抬起头。

"对不起，美女。"罗卫一边招呼，一边亮出自己的警官证。"打扰一下，我们想找一家商务投资公司，不知在哪一个楼层？"

男人闪身躲到一边，依然背对着他们。但罗卫明显感觉到，男人正透过厚厚的眼镜，乜斜着眼打量他亮出的警官证。

"商务投资公司？这里有很多家。"她说。

丁杨有些躁，问："有没有涉及网络投资的？"

"有啊，哪也有好几家。你们到底要找哪一家？'硅谷''原子能'还是'腾讯'？"

"硅谷"？丁杨脑袋一炸，那个投资软件不就叫"硅谷"吗？就是它了！

"就是'硅谷'公司，有人在吗？"

"有的，公司经理刚才还在办理物业管理的事情呢？"她一边说着，一边用眼睛到处找人。"唉，他到哪儿去了呢？我还没有开收据呢！"

罗卫逡巡了一遍大堂。"谁？"

"就是刚才站在台前的那个大叔。"女接待转身往电梯口看去，"哎，大叔，有人找你！"

罗卫脸上的笑容消失了，迅速冲了过去。丁杨留意到他的举动，反身追上。男人停在电梯口，警惕地盯着他们。

罗卫站住，举起警官证。

一时间，三人谁都没有动。

突然，男人右手一晃，亮出一支手枪来，丁杨弯身闪开。罗卫来不及拔枪，直接扑上去，一拳击中男人，打掉他的枪，并将它踢开。这时，男人近身扭住罗卫拔枪的手臂，挣扎中抄起角落的花瓶，抡起来，狠狠地朝罗卫头上砸去。接着，听到"砰"的一声，花瓶发出令人魂飞魄散的巨响。

罗卫短促地叫了一声，便倒下了。男人接着又朝他后脑勺砸了一下，然后扔掉瓶子，伸手去抓地上的手枪。

丁杨情急之下，蹲身一个扫堂腿不着，扑上前抓住男人的衣领和手臂，使他够不着手枪。

"达方成！"

达方成狞笑着，没有回答。回身挥舞起拳头，猛击丁杨的脸和脖子。丁杨死死地扭住他，进而箍住他的腰，使达方成的拳头对自己造不成多大伤害。

两人扭打着离开电梯门，滚到大堂中央，女接待尖叫一声，不知所措地待在原地。

几年的警体训练，使丁杨紧抓男人的手十分有力，然而达方成也非常强壮，丁杨占不了什么上风。两人就像摔跤运动员一般，扭斗撕打着，在水石地板上翻滚。

"达方成，我们已经掌握了你所有的犯罪证据。"丁杨喘着气说，"我们知道你的计划，知道你的儿子，知道你们派出杀手杀了很多人。你逃不了啦！"

达方成没有回答。他嘴里咕哝着，把丁杨用力推到地上，摸索着去抓近旁的大盆栽。丁杨挣扎着将他从盆栽旁拉开。

两人你打我一拳，我打你一拳地厮缠着，僵持着，足足有几分钟，越来越没了劲儿。突然，达方成挣脱开，一个翻滚抓起盆栽，就朝丁杨扫来。丁杨拼死寻找武器，看到旁边有一根茶凳，顺手拖起来，猛地推向达方成。

盆栽在空中横扫，茶凳在地面滑行。

茶凳借着水磨石的平滑，飞速撞向达方成的两腿，"啪"的一声，将达方成砸倒在地。

丁杨顾不上达方成，疾步扑向电梯口。罗卫还躺在那里，头上冒血，呼吸微弱。丁杨抓起罗卫的手枪，转头对准达方成，只见他正缓慢地从地上爬起来，脸上露出恐惧的神情。

"投降吧，你没有退路了。"丁杨喝道。

达方成不管不顾地站起身，同时用手擦了擦潮湿的眼睛。他甚至好像没有注意到丁杨手上有枪。他嘴里狂怒地吼叫着，拖起地上的盆栽。

"站住，否则，我开枪了！"

达方成横眼盯着他，没有退缩，反而哗啦啦地拖动盆栽，好像有意制造噪声。

不好！丁杨立即识破了达方成的诡计，闪身回头。但已来不及，只觉脑袋一懵，一个圆筒状的东西撞击到他的头上。钻心的疼痛从头部开始，一直弥漫到胸部。他大口喘着气，跪倒在地，手枪落到地上。

"快，往这边。"丁杨背后传来一声呼喝，大约是在叫达方成。他伸手要去找枪，但眼前发黑，只听一阵脚步声越来越远，却又越来越近……

第四十三章

一切都是他的错。他应该警惕地防备着才对。

罗卫从昏迷中醒过神来，紧握着拳头，锤击在地板上，打得指节破皮，接着又是一拳。真是耻辱，就像一只羔羊，一只献祭的羔羊，闷头愣脑，便被人打晕在地，留下丁杨一个人对付，还靠着丁杨救下他的生命。

他愣愣地望了望四周，杨昆山带着几个特警围着，似乎刚对他进行过施救，丁杨躺在肖可语怀里，脸上、衣服粘着血迹。他猛扑过去，肖可语叫了一声，吓得后退了一步。

"没什么大问题，真是不幸中之万幸。"杨昆山说，额头上泛起波纹。接着，他转向肖可语。"肖教导，麻烦您在这里等救护车，有事儿喊一声，门口有我们的人。"

肖可语点点头。罗卫正要开口说话，楼上传来一声枪响。杨昆山偏偏头，大堂的特警飞跃而起，四人一组分扑电梯和消防通道而去。

罗卫强迫自己站起来，试了试身体，真没什么事，不过两花瓶而已，不是铁锤。他身体状况好，受这么点儿伤真的不算糟糕，他心里明白。丁杨也已清醒，对着他笑了笑，接着跃身而起，有些眩晕，却仍然稳稳地站住了。

再没有枪声。大堂陷入一片寂静。

肖可语不敢掉以轻心，拔枪做掩护状。罗卫发现自己的枪被人捡了回来，放在兜里，便一手掏枪，一边拽住丁杨，靠墙站着，仔细观察着四周的动静

楼上又传来一声枪响。罗卫将丁杨护在身后，与肖可语互成掎角之势。

"我没问题，你伤得重不重？"他问丁杨，"我一定要抓住他，让肖教导在这里陪着你？"

"我要去！"丁杨说，"大家有个照应。"

肖可语本想劝解几句，却忍下了，她明白罗卫蒙受奇耻大辱的心情。罗卫用手枪指了指消防通道，两人听从他的指挥，朝他指的方向奔去。

罗卫坚信达氏父子还藏在大楼里。特警来得很快，所以达氏父子来不及对他和丁

杨下手，也来不及往楼外逃遁，否则他们早就没命了。

罗卫和丁杨破坏了"硅谷"计划，达氏父子一直怀着对他们最深刻的仇恨。

又传来了枪声，远处。

罗卫停下来。他不敢对远处的枪声妄下判断，可能是声东击西、调虎离山，但他决定用有别于特警的方式搜索，每一个空间每一个空间地逐一排查。敌在暗，我在明，但敌人在做孤注一掷的反抗，只要他们认真仔细，敌人就无处藏身。

天黑了，疏散中的大厦逐渐恢复了平静，没人开廊灯，消防通道有如黑色眼窝，幽邃而无法捉摸，显示着可怕的阴森。

达氏父子可能在哪里呢？罗卫扫视前方的暗影，缓缓地垂下手枪。他的手指听从命令，放松了扣在扳机上的压力。在这样的大厦里，谁都不可能知道刚才的枪声距离究竟有多远？只知道开枪人一定还在大厦里。

寂静，风在通道里轻轻掠过，大自然的呼吸也变得缓和。

又响起了脚步声，一群人有序地从楼上下来，两三名群众之间穿插着一名全副武装的特警。罗卫三人贴墙站着，逐个打量下楼的人，谁低头，谁手不规矩，谁脸上神色有异，都看在眼里。

他问特警将这些人送到哪里去。特警告诉他，杨昆山说了，先送出大厦统一留置，再一个个辨识身份。要从一群人里清查出能够变脸和化装的嫌疑人，这恐怕是唯一途径。但愿能做好群众工作，赢得理解和信任。

二楼走廊也聚着一群人。罗卫仔细查看一张张脸，不是太老、太年轻，就是性别不对。他闻到一股甜腻腻的气味，带着垂死者的衰败。靠厕所的门口站着两名白发老者，看见罗卫持枪走过，大声抗议："我们也是警察，我们……"

"什么？"一名特警冲过来，高声喊道，"是退休警察就更要好好配合。"

"警察有什么了不起，"一名老年妇女拉高嗓门，却见她耳朵后方连着根电线，好像在对着衣领说话。特警伸手便扯了下来，原来只是助听器。

"对不起，我们正在找一个人。"特警立即认错。老年妇女的巴掌扬起来，毫不留情地落在特警的脸上。特警一动不动，妇女终于把第二巴掌收了回去。

罗卫将注意力放在一名年轻女子身上。她低着头，肩膀上下活动，仿佛在包里找东西。她低头站了几秒钟，接着转过身来。他的视线跟随着她，感觉她的行为有些怪异——"变脸"成女子无疑是达氏父子最好的逃遁机会。

她挤过两名老者，停下脚步，似乎在静等逃跑的时机。仿佛弹指之间，身影消失了。女子进厕所了吗？老者右手边有个衣饰类似的女子正在玩衣角，左边有两名女子时蹲时站地望着窗格发呆，前面两个小女孩东张西望想找人说话。

他确认刚才的女子不见了，正打算去找，却听见右侧传来奔跑声，一转头看见一名双颊泛红、双目圆睁的高大男子朝他疾冲而来。是特警。他知道特警也发现了情况，蹒跚后退，靠上墙壁。特警的手握上他的肩膀，突地抓住厕所门把，猛力拉开，消失在门内。

他保持着警惕，然后缓缓转头，却看见特警羞愧地退出女厕门口，睁大着眼睛，平举起手枪，脸上露出焦急的神情。过了一会儿，女子淡定地走出来。特警走上前去，将女子推出门，用手枪对着她，并用缓慢而清楚的声音说："在这种场合，请遵从警察的命令，否则别怪我枪支走火。"

罗卫看见女子目光一沉，瞳孔因恐惧而涣散，身上掉落一个手机来……

疏散工作紧张而有序地进行，走廊里的人越来越少。罗卫三人贴着通道口，正要往楼上去，一个老妇人倾身过来，她似乎对肖可语特别有好感，低沉却清晰地说："他刚刚离开，从西头的消防通道，窗户……"她强调"窗户"两个字，显然认为警察防守这么严，那个人只有可能翻越窗户。

罗卫奔入通道，一二楼之间只有一个通风口，装着铁栅栏，不能供人翻越。他冲进大厅，跑下通往前门的台阶，看见外面站着两名特警，便在门口上大喊："特警！"

左首的特警转过头来，看见罗卫开门出来。

"刚刚有没有一个一米七五左右的人从西头经过？"

特警摇了摇头。

"嫌犯可能翻越窗户或者像壁虎一样沿墙而下，"罗卫说，"发布警报。"

特警点点头，拿起对讲机向外围警卫组通报情况。

罗卫奔回前厅，看见圆脸服务员被两名特警控制着，问她除了前门之外，大楼是否还有其他出口。

"还有两个紧急出口。"圆脸服务员说。

"嗯，她已经带我们察看了所有的紧急出口，那边的门都关着，而且有监控设备，现在已经有我们的人把守着。"特警答道。

罗卫站在电梯口，把大堂从左到右看了一遍。达氏父子真的没有离开吗？圆脸服务员会说真话吗？他一边想着，一边上了楼。二楼的人都疏散了，但他再度在空气中闻到了那股甜腻腻的气味。似乎是那两名白发老者，或者其中一人身上发散出来的。

那群人已经被特警带往特定场所进行辨认，难道老者还藏在附近？他立刻明白，事情在哪里出现了差错。

拉开厕所门，夜风从开启的窗户吹了进来，里面是女厕。他低头往楼外看去，并用拳头猛捶着窗台："该死的！"

一个隔间里传出挣扎的声音。

"嘿！"罗卫吼道，"有人在里面吗？"

挣扎声再度传来，听起来还伴随着啜泣。罗卫扫视一眼隔间门，靠外墙的一个隔间显示出红色"使用中"字样。他蹲下身，看见一双穿着女鞋的脚。

"我是警察，"罗卫吼道，"你有没有受伤？"

啜泣声停止了。"呜呜……呜呜……"一个女性声音。

罗卫猛地撞击厕所隔间门。"咔嚓"一声，一个女孩战战兢兢地坐在便桶上，满脸泪水，嘴里塞着袜子，手脚被裤带绑着。

隔间靠墙有一扇小窗，玻璃拆掉，露出一个刚巧能钻过一人的窗洞。他转头看了一眼女孩，女孩急切地说："不，不，我什么都不知道。"

罗卫伸头往外一看，黑洞洞的，什么都看不到。夜色哪里去了？城市的灯光哪里去了？适应黑暗后，罗卫终于看清，这是旧楼外墙与新楼外墙之间的一个封闭空间，这个空间在二楼产生了一个平台，不知能否贯通东西。

他一手握枪，一手攀住窗沿，爬上窗洞。背后传来女孩"呜呜"的呼叫声："大……大哥，帮我解开，帮我解开！"罗卫心有不忍，回身帮助女孩，却闻见她一身浑臭，原来惊吓之下，屎尿全留在了她身上。

这时，丁杨和肖可语奔进了厕所。罗卫将女孩交给肖可语，迅速钻了出去。接着，他听到丁杨尾随着跟了过来。平台四面不透光，很黑，宽度尚可容一人从容经过。罗卫小心翼翼地摸索前进，一方面担心嫌疑人就藏匿在里面，突施黑手打黑枪，一方面，看不见脚下的地板，担心突然出现豁口。

"你看，那里透出光线。"丁杨伸手指向前方右侧的墙面。

罗卫用脚蹬了蹬地板，试探着往前跃了一步，再朝丁杨所指的右面墙摸去。

是木制窗枋。

再往前则又是封闭的墙面。

难道犯罪嫌疑人从有窗枋的地方钻出去了吗？

"里面有声音！"丁杨低声说。是扭动的"吱呀"声，但是不是人在挣扎，却很难判断。

罗卫侧耳听了听，里面却又静了下来，静得掉根针都可以听见。他摇了摇窗枋，木框好像在晃动。他们已走到了附楼。这是一栋20世纪90年代的旧建筑。

他掏出铁片，插进木框，只听"咔"的一声，窗枋裂了，拉开一条缝来。里面又响起轻微的扭动声，接着听到脚步声，液体飞溅的声音。

他的第一念头是这户人家有人睡在床上，有人在卫生间里。第二个念头突然闪出主人可能被人绑了起来，而绑匪正是嫌疑人达氏父子，或许正在卫生间方便呢！

罗卫告诉自己要小心谨慎，否则达氏父子一定会伤害房间的主人。其实，他没必要猜测，就凭窗枋的松动，便明白犯罪嫌疑人一定闯了进去。

他轻巧地钻入室内，感觉全身冒汗。落地是一个狭窄的阳台，窗户上挂着很厚的窗帘，除了他们钻入的窗洞，其他地方用柜子顶着，难怪平台里看不到光线。丁杨跟着钻入室内，蹲下没动，仿佛在等待答案。他看见左侧有一扇门，门缝里透出亮光，里面便是卧房了，但很静，没有发出任何声音。

水龙头继续流着水，似乎有人在洗手，洗得非常仔细。水龙头关上，接着响起脚步声，有一道门"吱啦"地叫了一声，门锁发出"咔嗒"声。

罗卫小心地蹲在阳台门边，把手枪平举着，对准门里。

这时，室内再次响起扭动声，拖动重物的声音，还有挣扎着喘息的声音。

罗卫明白了，回头看了丁杨一眼，俯到他的耳边说："犯罪嫌疑人绑架了这家主人。我准备攻击救人，你在这里待着，无论发生什么事，没有我的示意，你不要出来。"

接着，室内又恢复了平静。罗卫不知嫌疑人在搞什么名堂，伏下身一动不敢动，只是睁大眼睛，屏住呼吸，心脏怦怦狂跳。他曾在《动物世界》上看到，肉食动物的耳朵听得见猎物恐惧的心跳，这是它们找寻猎物的方法。他不明白自己的心跳，是恐惧还是紧张激动，也不知道敌人是不是能听到，四周一片寂静。

他睁大双眼，感觉自己集中了精神，视线似乎穿透了房门，看见房间陈旧的装饰和凄冷的景象，看见嫌疑人将这家主人按在地上，看见主人的眼泪。

然后……

罗卫感觉一股气压扑面而来，有那么一瞬，他以为是自己跃身而起，破门而入了。但他瞬即清楚了状况，小心地将丁杨护在身后，对着黑影射出一枪。

枪声撕裂了室内的寂静。

黑影就地一滚，缩进了室内，随即手里的枪对着门外。罗卫侧身内墙，谨慎地端着枪，阳台门锁处只剩下破裂的碎片，门板往左倾倒，斜斜地倒伏着。室内男子衬衣敞开，露出干瘦的鸡胸和两排肋骨，脸色狰狞，眼里冒着血色，年纪大约五十五六岁。

那不是达一路。不，那模样也没有化装或刻意变脸。

难道自己追错了人？或者根本就是其他在逃犯看到特警搜捕躲进了这里——以前的追捕中，这种事常常发生。

不论他是谁，一定犯了重罪，做了什么见不得警察的事。

罗卫举着手枪，紧盯着对面男人，右脚悄悄踢了踢丁杨，暗示他报警。丁杨给了他一个沮丧的眼神，晃了晃手机——没信号，拨不出去。

难道达一路还在楼里，难道这又是表示达一路故技重演？如果特警听不到枪声，或者不能辨明枪声的来源，他们必须自己解决这里的问题。

"把枪扔过来！"对面的男人沉声喝道，"否则，我就打死她。"

罗卫这才注意到地上还躺着一个人。是个成年女孩，穿着原白色花点的睡衣，蜷缩着，战战兢兢，手足被捆，嘴里塞着布卷，只从喉咙里发出低低的啜泣。

他心里一凛，怒火中烧，恨不得当即一梭子过去。那人已把枪口收回，按在女孩的头顶上，罗卫一旦有所举动，可能造成女孩当即香消玉殒。但是，他不会接受犯罪嫌疑人的威胁，只有影视片里才有那种为了人质的安全而放下武器的愚蠢行为——结局是两个人都落入犯罪者的手里。

罗卫缓缓地退了一步，将门框当作掩体，吼道：

"我是警察，把枪放下！"

男子并未放下枪，却再次用枪按了按女孩的头，用带有雁南口音的普通话说："嘿，你是罗卫还是丁杨，我可是一直在等着你们呢？"

"我是警察。"罗卫再次提出警告，"你已经被包围了，放下武器，争取宽大处理。"

"包围？哈哈，如果有人包围，还用你鬼鬼祟祟地躲在阳台上跟我玩捉迷藏吗？哄鬼去吧！你赶快放下枪，否则，我一个个处决他们。"

"你手里沾染的鲜血还少吗？"罗卫口气严厉地试探。

男子身子一僵。随即放肆地大笑起来。"哈哈，我是杀过很多人，你要怎么样？"男子说，"你凭什么认为我杀了很多人？哈哈……"

"因为阳洲的火场里有你留下的痕迹，因为王芳死都不会放过你！"

男子再次僵住了，目瞪口呆地盯着罗卫。

过了一会儿，他缓缓点了点头。"原来如此。那你就是丁杨了，只有丁杨才能找到我。好，好，你们父子一辈子跟我阴魂不散，那我只有先杀了你，让我们有个了断。"

男子猛地将女孩一提，拦在身前，一枪射向罗卫。

罗卫凭借阳台内墙闪身躲过。他明白追踪对了人，对面就是达方戎，达一路的父亲，只不知达一路躲在哪里，为什么这么久没有露面？还有，他说丁杨父子"阴魂不散"是什么意思，难道他跟丁杨父亲的死有什么关系？

"丁杨，你这个缩头乌龟。如果你还有骨气，出来啊！躲在墙后面算什么英雄，躲在电脑网络里算什么英雄？我们真刀实枪的干啊，你好像没有继承你父亲的基因？"

丁杨蠢蠢欲动，罗卫按住他，劝他先隐忍，待探明情况再做决定。

现在不是逞强斗狠的时候，丁杨当然明白这个道理。他缩了回去，心里一直嘀咕着："他认识我父亲，他认识我父亲，难道父亲是他杀的？"

"丁杨？"达方成喊道，"没想到你真是缩头乌龟，难道你不想知道你父亲是怎么死的吗？他死得可惨呢！"

罗卫站起来，手枪平举，紧紧地盯着达方成。"我出来了，达方成，快说。"

达方成狞笑着，枪口移到女孩的后颈脖，但他时刻瞅着对罗卫开枪的机会。他用激将法激丁杨出来，目的就在这里，当年他就是用这一招引丁建中现身。他越过女孩的头顶，和罗卫四目交接，奇怪的是对方的眼神有些愤恨，却十分冷静。看来自己的话还没能让丁杨真正明白，没有激起仇恨，他想。

"哪一年不用我说了吧，那一定是你记忆最深刻的。"达方成说，"当时，你父亲得罪的人可真多啊，他们在酒店聚会，谈到丁建中就一个个咬牙切齿，恨不得将他活剥生吞。哈哈，杀死你父亲只是顺应天理，因为有这么多怨恨，他不死老天都会发怒的。"

说起过去，达方成越来越兴奋。他想说，他要倾诉，那些事压在心里太久了。这时，他竟然没有其他更想做的事，只想把一切都说出来。

他眼前浮现当日景象。聚会的人酒足饭饱之后，商量怎么干掉丁建中。有人提议凑钱买凶，立即得到所有人赞成，他们觉得这样能够一起进退，又不会都赔进去。但如何买凶，大家却没有主意。这时，达方成站了出来，他生意做得不好，期货需要补仓，手头正紧，而且他跟丁建中熟，容易找到下手的机会。

但要杀掉一个人，不同于跟那人说几句话。两人虽熟，丁建中对他并不信任，达方成心机很深，既想杀人，又想保住自己，制造不在现场的假象。打定主意，他便幽魂一样时刻关注着丁建中，直到一天获悉丁建中去南郊收一笔货款。那天，他买了一张去雁北的火车票，并大张旗鼓地让人送他上车。

但他仅坐了一站就下了车，接着以变脸的形象，赶到南郊，激将丁建中在郊外的林地里跟他见面。

"你这个卑鄙小人！"听到这里，罗卫狠狠地骂道。

激怒，正是达方成需要的。他嚣张地说："哈哈，我不仅卑鄙，而且残忍。"

丁建中一出现，他便从后面冲出来，挥起小刀，不断猛刺，但一直没有刺到颈动脉，反而受到丁建中激烈的反抗，几乎将他打翻在地。

恼羞成怒之下，他抓住丁建中的双臂，像甩布娃娃似的扭身过来，最后一刀刺进胸口。丁建中的身体像泄了气的皮球一般，垂软下去。但他仍不放心，凶残地猛刺数刀，几乎肢解了尸体。接着，他贪婪地搜走货款，伪装成抢劫的模样。

"血债必用血来还的！"罗卫恨恨地说，枪口却丝毫没有偏离。

"丁杨！我杀了你父亲。"达方成嘶哑着喊道，犹如死前的哀鸣，"我杀了你父亲，我像杀鸡仔似的杀他，我也要像杀鸡仔似的杀掉你。"

"做梦吧。多行不义必自毙，该死的是你和你儿子，今天你别想逃出去。"

达方成摇摇头，对面的警察太镇定、太冷静。"你不是丁杨，今天我死也要拉着丁杨垫背的。你不是丁杨，我跟你废话什么呢？"

"你如此卑鄙，没有资格拉丁杨垫背。"罗卫激将道，"也难怪，你生出那么个卑鄙的儿子，他根本没办法跟丁杨比。达方成，现在放下武器，还来得及，否则，你们父子都会死在这里。达方成，自己选择吧！"罗卫举枪的手臂有些酸痛。

"选择？哼哼……"达方成说，"我的选择就是先杀了你，再杀她，再去追丁杨。"

敞着鸡胸的达方成扳动击锤，金属活动声和弹簧拉紧的声音在寂静中无限放大。

"我是丁杨，我要跟你拼了！"

丁杨突然从背后跳出来。罗卫吓了一跳，猛地扑身过去，将他再次拉回。

"丁杨？"

"对，我就是丁杨，你不是要我吗？你开枪啊！"丁杨在罗卫背后挣扎着，突然换了一种口气。"你有种，就拿我当人质，换那个女孩！"

"哈哈，哈哈……好啊，好啊！"

罗卫跳到喉咙口的心平静下来。他明白了丁杨的用心，但仍没放丁杨起身，免得给达方成可乘之机。"别动，他真会对你开枪的。"

"让我换下那个人质吧，她是娟子的妹妹。"丁杨说。

"不行……"罗卫正要制止，看见女孩吊在胸前的玉佩，跟娟子交给他的证物一模一样，那一定就是"龙呈祥"了。他终于理解了娟子的苦心，她是要请他们寻找她妹妹啊，可惜她再也见不到了。

必须保护好这个女孩！罗卫手一松，丁杨猛地挣脱，跃身跳了出去。

达方成的枪口冒出耀眼的火星。

第四十四章

"他会杀了你的！"

罗卫将丁杨扑倒在地，枪口仍没忘对着达方成。刚才，他本来有机会开枪，但丁杨的挣扎造成了他分神，让达方成抢住了千分之一的战机。幸好，达方成也有些操之过急，枪口失准，子弹不知飞去了哪里。

"不，他需要人质。他不会的！"

"他会的。"罗卫说，"我们不能鲁莽行事。他说那么多，就是在激将你，想趁机打死你，你一定清楚，不能做傻事。"

丁杨哼了一声，退后一步。

罗卫死死地盯着达方成。无论如何，这个人必死，但光凭莽撞无法办到。达方成很聪明，这是骗子的天分。不过，残酷的现实证明聪明既可为福亦可为祸，聪明过头，则会伤及自身。所有人的神经都绷得紧紧的，空气像凝滞了一般，房间里变得一片寂静。

时间在一秒秒地逝去。对罗卫他们来说，时间拖得越长，机会也越大。他准备好打持久战，右手握枪，左手抓住破烂的阳台门，慢慢转动，横亘在房门前，做成掩体，并给举枪的手一定的支撑。他相信自己手上的酸楚，一定存在于达方成的手上，心里掠过一丝忧虑，害怕达方成紧张疲劳之下，持枪走火伤及女孩。

"汽油！"丁杨突然吸了吸鼻子，轻声说，"是汽油的气味！"

他说的没错，刺鼻的汽油味正从对面房里飘过来，大约是厨房的风吹进来的。

达方成开口说话了，语气冷静得惊人。"汽油流淌出来了，接近火源只要五分钟。时间一到，我们都得死。"

"你吓唬人。"罗卫说。他显然没有想到达方成还有这一招，尽管他对达方成跟他一起耗时间的冷静感到惊奇。但他的枪口依然保持瞄准达方成的眉心。他想起进来时的流水声，原来那是达方成灌注汽油的声音。

丁杨茫然地嗅着，有些失措。"让我跟他谈谈！"他央求道。

罗卫觉得丁杨有些孩子气，跟达方成谈判无异于用双手去堵行将崩溃的江堤。

"他在用计，这跟网络一样的，你不用跟他多费口舌！"

丁杨有些丧气，委顿地坐在地上。"怎么办呢？我能做些什么呢？"他声音嘶哑着说。

如果必要，罗卫真想让他闭嘴，但他首先得对付达方成。闻着慢慢浓烈起来的汽油味，胃部几乎要痉挛了。

"哈哈，你闻见汽油味越来越浓了吗，丁杨？"达方成说，"你想这美丽的女孩和房里的老头，跟你一起变成油锅里的煎饼吗？"

"去你×的！"丁杨骂道。他深吸了口气，真想这是自己今生最后一口气，然后扑上去跟达方成同归于尽。然后，防止汽油燃烧，保住女孩和罗卫等人的安全。但罗卫挡在前面，他什么都做不了。

"达方成，你是我的杀父仇人，我破坏了你的计划，我们一对一决斗，如何？"

罗卫的心怦然一动，猛地转身。丁杨涨红着脸，一副豁出去的表情。

"好啊，丁杨。出来吧！"

"罗卫不放我出来。他认为我一出来，你就会开枪，或者企图在打死我后，点燃汽油，再跟他同归于尽。"

"我们都在拿生命作赌注。你明白的。"

"好，我出来。我把命交给你，但你要保证女孩的安全。我愿意做一次尝试，你呢？女孩跟你无冤无仇，没必要费那份心，对吧？"

"别耍花样了，丁杨。我的耐心是有限度的。"

"我这就从侧面过来开门，然后沿着西面的墙向你靠近，这样你能看到我，也不妨碍我同事瞄准你。我们公平交换。"

达方成没有作答。

"你想干什么？"罗卫不能阻止他换下人质，却仍有些担心。

丁杨向罗卫招手，将手机和蓝牙递到他手里。罗卫不清楚丁杨在做什么。但是，每挨过一分钟，杨昆山和特警发现他们的可能性就更大。他接过丁杨的手机，发现他手机连接着蓝牙，屏幕上的首拨号码是雷晓宇和"110"。他点击重拨，里面仍然传出没有信号的回音。

"电话可以再打，现在的主要任务是换人。"丁杨在他耳边轻轻说。

"准备！"丁杨催促道，"我要创造机会，让你一枪毙了他。"

"他警惕性很高……"

"只管做好准备就是了。"

"丁杨，磨磨蹭蹭，还想打什么鬼主意？"达方成问。

"我得看到你的诚意。"这话说得精妙。

达方成发出一连串"嘘"声，继而一阵大笑，"诚意？你这小孩还真滑稽。"

"我要过来了，达方成。"丁杨站了起来。

罗卫喊道："站住！等一等。"

丁杨一怔，焦虑地瞅着罗卫，似乎在问：你想干什么？

虽然罗卫的神经高度紧张，他还是强自镇定下来，示意丁杨俯下身来。丁杨俯下身，却没等罗卫开口，低声说："他方寸已乱，就要输了。我一旦出去，他就会开枪，只是你一定要抓住机会，在他开枪之前先杀了他。"

"什么？"

他瞪了罗卫一眼，好像在说，别犹豫了，照我说的办！"我走出云，他如果想打我，就意味着枪口会离开女孩。这时，你就开枪，一定要准，明白吗？"

罗卫想争辩。但丁杨的右手已抓住破烂的门框，掀开来，将门扇一下拉到西墙边，两人都暴露在达方成的枪口下。

"这样满意吗？"丁杨对达方成说。

达方成没有搭腔。他不会说满不满意，因为他的精神高度集中着，寻找完胜的机会。

卧室里只有一盏顶灯亮着，昏黄的光从头顶照下，在每个人身边落下一片阴影，衬托出脸色的阴晦。达方成肯定恨不得抢身过来，一把将丁杨拽到枪口下。但丁杨相当强壮，而且相隔不是一两步的距离，想扣动扳机前抓住丁杨具有相当的难度。他也知道罗卫的食指时刻扣在扳机上。

"达方成。"丁杨诚恳地喊道。

依然没有回音。

虽然隔了间卧室，汽油味依然很浓烈。也不知汽油流到了哪里，是需要达方成亲自点燃汽油，还是设计好了火源？丁杨冲动地想跑到达方成身后去，亲自探寻如何控制汽油火情。显然，达方成更清楚这一点，他的枪不是吃素的。

"举起手，慢慢走过来。"达方成突然说道。

丁杨一只手扶着门框，稳住身子。他一直从容应对，罗卫简直以为他确如所表现的那般自信。可事实绝非如此。听到达方成的话，丁杨似乎六神无主，说不出话来。

但慌乱就只一瞬。"不用担心，达方成不会伤害我的。"丁杨对罗卫说，"他也没有这个胆量。就像达一路连他父亲都不要，自顾自地逃跑一样。"

达方成没有中计，吼道："那你为什么还没过来呢！"

"我这不走出来了吗？可我怎么知道你不会伤害女孩呢？"

"我不知道会不会伤害女孩，如果你还这样拖延下去，汽油就会流进卧室。你说，我该怎么办呢？"达方成说这话时，脸上露出狰狞的笑意，"是你逼我采取冒险行动的！"

"等等！别乱来！"丁杨喊道。

达方成没说话。

"我这就走出来！"

达方成没有回答。他的注意力仍留在女孩头上，只用眼角的余光关注对面的动静。人质是他唯一的保障，他没有傻到为丁杨的话分心。

依然没有动静。

"我现在就沿着内墙过来。"

仍是沉默。

"别想耍花招，达方成，将女孩脚上的绳子解开。"

"不。"他的回答让丁杨大吃一惊，达方成答应得好好的，这会儿又反悔了吗？

"你不是要换人质吗？我是你的仇人，又是警察，才是最合适的人质，你可以拿我威胁领导，借机逃出去。"丁杨迅速恢复了镇定。

"琳琳脚下的绳子不用解。"

"那她怎么站起来跟我交换呢？我走过去，她得走过来。你一个人也控制不了两个人质啊，难道你想伤害她？"

"不会。"

达方成看似十分听话，回答却出奇简洁。丁杨等了一会儿，又问："你真不会食言？那我就过来了啊！"

"我看着的。"

丁杨双手做投降状，平贴在内墙上。

"没有时间了。"达方成突然急促地说，"你必须快步过来，我不会开枪的。"他的话如此诚恳，如此陌生，再次让丁杨吃了一惊。

他警惕地停住脚步，好像看到达方成的身后有个隐约的黑影在移动，是有一道身影，横亘着沿门洞位移。身影变成了一个在地上滚动的人影。汽油味越来越重了。

"你怎么就没死呢！"达方成恶狠狠地说。他把女孩抓在胸前，跌跌跄跄地退了两步，像狗撒尿似的，朝后面踢了一脚。地上躺的正是衰弱不堪的老男人乔爷，脸上带着鲜红的印记，鲜血糊满了脸和衣襟各处。

乔爷早先就挨过打，挣扎中又经历了难以想象的磨难。女孩盯着乔爷非常伤心，泪水扑簌簌往地上滴落，恨不得立即扑过去，可手臂被达方成勒着。

"你这个老不死的，给你灯芯当扁担，是嫌没早点儿见阎王吧！"达方成谩骂着。一边紧紧地扣着女孩，枪口从未离开她的脑袋，一边不停地踢向乔爷。

乔爷不屈地弓起身子，被捆绑的两手徒劳地扭动着，似乎试图抓住达方成乱踢的脚，有那么一两回，他还真的抓住了脚，但他太衰弱了，脚轻易便甩开了他，并留给他更重的伤害。乔爷不得不勉强地躲避，往客厅里退缩。

"我怎么和你说的，灾星！不要想反抗，你会没命的。"

乔爷什么也没说。他的脸苍白委顿，毫无表情。罗卫能感觉到乔爷的心情，竭尽所能地拯救，哪怕只能尽到一点点的心力。

达方成好像也知道这一点。"你再靠近试试，我叫你当场丧命。"乔爷没有回答，但他的身子接着又往卧室里扭动。

罗卫紧盯着达方成，以为他会用腿踢乔爷，甚至掉转枪口。但他只是迅速扫了一眼房间四周，目光仍落在了罗卫和丁杨的身上。

"滚开，老不死的！"

达方成突然飞起一脚，踢在乔爷骨裂肉绽的臀部。乔爷身子抽了一下，无处不在的疼痛几乎令他发疯，他要瘫了。

"你自找的，浑蛋。你私自跟琳琳接触，看我没惩罚你，便日益嚣张。我早就想警告你了，就你这把老骨头，还想英雄救美，真是不知死活！"

他说着，又拖着女孩往后退，一腿踩到乔爷身上，用枪指着女孩的脑袋。"说再见吧。哈哈，看来两人培养出感情来了，我发一次善心，让你们说声再见吧！"

"住手！"丁杨一声断喝。

达方成冷冷笑着，好像罗卫和丁杨不复存在似的，脚下开始用力。

乔爷闭上眼睛。他听见了自己骨头断裂的响声，想象着最后一根肋骨刺入心脏，迫停心跳的感觉。他尽力让自己的脸色显得平静，他想让女孩看见自己的脸。他想让女孩知道自己死得很安宁，很满足，他愿意为她去死。

"哼哼，我让你觉得我很愚蠢，很仁慈，让你觉得我会轻易放过你。"

时间模糊了，凝固了。

女孩吓蒙了，吓得手足发软，动弹不得。罗卫大张着嘴巴，瞪着她的空当儿，突然意识到她的眼里好像有所暗示，在让他快点行动。罗卫更用心地盯着达方成：他在说出报复乔爷的话时，脸兴奋得发光，眼睛如黑暗中的幽灵。

"不要啊——"

丁杨一声大叫。罗卫向女孩的头顶瞄准。她用力甩了甩头，拼尽全力往下低——

第一枪击中了达方成手里的枪。

第二枪的回声高远悠长。

达方成颓然委顿下去。

"啪、啪。"

不知从哪里飞来两颗子弹，打灭了卧室顶灯。罗卫愣了一下。房里立即陷入一片黑暗。

"丁杨！"罗卫大叫一声，扑了过去，反身朝子弹射来的方向打出一梭子。瞬间，四周死一般沉寂，甚至连风也不再轻吟。

罗卫在地上趴了一会儿，和丁杨匍匐着向客厅爬去。他摸到了乔爷，轻轻地解开他手脚上的绳子。乔爷还活着，发出沉沉的呻吟。女孩被达方成的尸体压着，丁杨将她翻出来，取掉嘴里的袜子。女孩"嘤咛"一声，猛地扑到乔爷身上，大哭起来。

黑暗中，罗卫检查了手枪，弹夹空了，其余的弹夹装在包里，包在肖可语身上。他想起达方成的枪。稍停一下，爬着在卧室里摸索，如他所愿，那支击飞的手枪落在卧床上，扳机和枪管完好无损，弹夹里子弹满满的。

情况不明，乔爷只能交给女孩照看。罗卫将手枪举到胸前，不敢贸然开灯。他把丁杨叫到面前，问道："准备好了吗？"

他点点头。

罗卫猛地跨进客厅，用枪指着前门，以防达一路闯进来。丁杨穿过厅堂冲向厨房，转身冲进卫生间，那里溢出强烈的汽油味。原来达方成将汽油装进了电热水器，一边让汽油溢进客厅和卧室，一边利用电子打火的方式，设定了时间，准备将这套房付之一炬。幸亏乔爷事先发现了阴谋，挣扎着关闭了热水器，并用自己的身体滚在汽油上，防止汽油流往卧室。

隐患消除了，丁杨建议："也许我们应该立即撤出去。"

罗卫点点头，用手枪挑起厨房小窗的窗帘。月光下庭院里一片墨蓝，白天大雨留下的水洼闪闪发光，晃人眼神。他定睛一看，绿化灌木丛里蹲着一个人，两眼圆睁，平举的微冲枪口黑洞洞地对着他，随时可能喷出火舌……

第四十五章

厕所独立隔间看似整洁卫生，空气里却弥漫着屎尿膻腥的恶心气味。罗卫和丁杨翻过墙去腾出空间后，肖可语往女孩身边靠近一步，她终于知道了气味的来源。她闻到恶臭正从女孩身上源源不断地冒出来。

她忍住呕吐，赶紧俯身过去解女孩手上的绳索。当警察后，什么脏的、腥的、恶心的都见过，但爱清洁之心不改。她觉得这是女性的天性。

女孩露出一个大大的笑脸，表明自己的感激，仰头迎向肖可语。

她的身子慢慢转过来。

肖可语猛然停住。

她不敢相信自己的眼睛。女孩双手缠着绳索，手指修长，却指骨粗大，宛如一个干惯农活的农妇。展现在肖可语眼前的同时，手指开始灵活地转动，瞬即绳头散落，右手轻轻一探，白皙的手掌里捏起一把赭红色刀柄，尖利的刀锋正好对准肖可语。

"'蓝调咖啡'，你好啊？"女孩用嘶哑的嗓音轻声说。

肖可语摇了摇头，"她"不是女孩，是一个精心化妆的男人。她的目光无法从那支匕首上移开。猎鹰的人被鹰啄了。

"你是不是觉得我很可爱？"伪装者说，"我是个狩猎者。那句俚语是怎么说的：不善于伪装哪里等得来猎物？这也是我的座右铭呢！父亲总是说我没有一个好猎人必备的耐心和冷血态度，我今天要证明给他看，给他争取时间。"伪装者侧了侧头，"其实，我也是在为你的同事争取时间，让他们多活几分钟。"

肖可语冷冷地站着，谋划着空手夺刀的可能。马桶靠门，而她站在小窗下面，距隔间门更远，不展开一番搏斗，是绝难离开的。

"你是谁？你为什么待在这里？"肖可语岔开话题。

"你也可以叫我达摩。"女孩伪装者撇嘴说。

肖可语心里一凛。又一个达摩。他是达一路，还是又一个替身呢？

"达摩？网名？"

"你猜对了。不妨告诉你，我父亲的养子都叫达摩，你可能已经听说过。"

肖可语讥讽道："没错。你知道吗？我们就是因为达摩追踪到这里来的，就是通过他了解到你们的事情。你自以为做得巧妙，自以为能够瞒天过海，隐藏得深，可对于警察来说，只要有人犯罪，就是挖地三尺，也是要抓出来的。"

达摩倚靠着门框，轻蔑地笑了几声，伸手抚摩着匕首的锋刃。"'蓝调咖啡'，这支匕首可是噬过血的，你可不要小看这小小锋刃，它是带血槽的，只要刺进去，嚯，你的血就会汩汩地飞溅出来。好爽，对不对？"

"我说，我并不想与你为敌，只要你放下匕首，还可以算你自首。"

"为敌？自首？"达摩哈哈大笑。

"你们永远是我的敌人。自从你们把我父亲关进去，谁记得我这个被剥夺童年回忆的可怜的小孩，除了善解人意的达爸爸。天哪，我恨死你们了！"达摩仰天大笑，"看起来，你我差不多年纪，可是你们游玩享受，好像这个世界都是属于你们的。可谁知道我在干什么呢？玩泥巴、吃草根……"

达摩说到激动处，手舞足蹈，踢到马桶，桶盖"哐啷"一声盖了下来，发出巨大的声响。"像你这样的女孩谁正眼瞧过我，如果我从你们身边走过，除了唾弃，就是仿佛我不存在似的，你们眼中只有你们自己。所以，我想，好啊，那我一定是隐形的，既然如此，我就让你们看看隐形人可以做出什么事。"

"所以你就去杀人？"

"我？"达摩大笑说，"我没杀人，是那些人自杀，不是吗？你们这些特权人物从哪里找到过被杀的证据，这你一定知道吧！我是清白的，我心安理得，因为我们可从没在哪个地方留下过杀人的证据，即使你们自以为发现了犯罪，可证据在哪里？至于你们发现钱到了我们口袋里，那只是应了一句话，'弱肉强食，适者生存'，这就是自然法则。"

"这都是你父亲教你的？"

达摩点了点头，又摇摇头："他不可能教我了，他在天堂里。"

"那是谁？"肖可语问道。

"达爸爸。"

"达爸爸？"肖可语说，"就是那个达方成，原来如此。"

达摩哈哈笑了几声。"你也认识他吗？是不是很佩服呢？"

"卑鄙、无耻。"

"这样的诅咒对他没有意义。他够得上世上最伟大高尚的语句。"肖可语没有接他的话。达摩继续往下说，"父亲被抓进去后，达爸爸尽他所能地帮助我们，虽然他也倒霉透顶，一度无法接济我们这么多人，但只要他有一口饭吃，就送来给我们，然后把我们接来跟他住在一起。跟着他做事，给我们的钱多得你简直没法想象。可惜我妈妈无福享受，刚过上好日子，很快就死了，那么多钱，只好又交给达爸爸代为管理。他不仅管着，还不断地往里面打钱，还给我们利息，他对我们多好啊！"

说着，达摩泪水盈眶，话声呜咽。"我多么敬重他，我愿意为他付出一切。他说过，即使我死了，他也会将那些钱跟我埋在一起，因为我是他的孩子，是他的至爱。"

达摩"砰"的一声把脚踩在马桶盖上，声音在厕所里回荡。

肖可语抬起双臂，交叉在胸前，说："听着，你说的一切都是达方成骗你的，不知你认不认识吴承欢的母亲王芳，她就是达方成杀死的！不论你信不信，达方成听说吴承欢死了，为了霸占他的钱而杀死了他母亲。你说你母亲刚过上好日子就死了，你母亲很可能就是达方成害死的，而目的一样，就是为了控制你，为了把给你的钱控制在他手里。"

刚开始，达摩似乎没在听肖可语说话，目光飘到了厕所屋顶，洇浸的天花板上有一块败花似的阴影。

"放屁，放屁！"达摩恍然醒悟过来，尖叫道，"不可能，达爸爸是天底下最好的人，我不相信，王妈妈怎么可能是他杀的呢！"

达摩情绪激动起来，仿佛癫狂了似的。肖可语抓住时机，左手挥出化成鹰钩，一把叨住达摩持匕首的手，右手握拳，"呼"地冲向他的胸口。达摩愣怔一下，被打得撞在门框上。门框撞痛了他，但也帮了他，持刀的手被叨得绕了个圈，又回到空中，"呼"地划下来，插过肖可语左臂，接着回绞，舞到空中。

肖可语顾不上手臂吃痛，缩身一蹲，就地滚出了厕所隔间。接着一个鲤鱼汀挺，就往走廊跑。她知道，只要出得厕所，大厦里到处是特警。

血，突然飞溅出来的血热热地拂过达摩的脸。肖可语的话让他震惊，血让他想起死亡，妈妈的死，王芳的死，那不是真的，怎么可能是达爸爸呢？他感觉不到脚在地面上走，相反，他好像是在飘动，轻盈的灵魂带着他浮起，他从未体验过这种感觉。

这不是一个能用常理解释的现象，他干脆就不想。他身上的束缚被切断了，不需要服从于某个人或者任何情理，永远也不再需要。他已经死了，被肖可语的话杀死了。

他追了出去。他甚至不清楚为什么追出去。是爸爸的被抓，死在监狱，还是妈妈的死？当他看到肖可语的背影时——关于王芳的记忆又回来了——他看见王妈妈慈祥而温暖的笑容后面藏着的那份忧伤和凄然。他继续追着，感觉自己仿佛在静止不动，而路在他脚下飞快地滚动展开。他大笑着，泪水和着肖可语的血滴在衣襟上。

走廊的脚步声起先很小，然后就变成了一种整齐划一的操练。那是他渴望的声音，曾经也想从军从警，端着冲锋枪各就各位。

达摩继续追着。他很想停止哭泣，可是对王芳的怀念，和他对细节的关注，简直让他难以承受。在他意识的边缘，他隐约听见许多枪栓拉上并锁住的声音。是对面楼道下来的特警，却很快就把他们忘掉了，因为他的眼睛只盯着前面那个瘦小而坚定的身影，可惜不是丁杨。

"站住，否则开枪了！"一个威严的声音响起。

达摩笑了。不知怎的，一切都是那么熟悉。仿佛这个场景曾经无数次地出现。"我知道你们会来。"他大声喊道，发狠地甩出匕首。

不知是否有刀入骨肉的"噗"声，也没听见肖可语倒地的响声。因为对面冲来的特警扣动了扳机，冲锋枪吐出的火舌将这一切都卷走了。

"已全面实施包围！"杨昆山向雷晓宇报告道。

"很好。"

他们已经结束对财富大厦的搜索，回到图传指挥车里。这辆车停在财富大道与财富大厦的拐角处，距离上百名特警包围着的财富大厦附楼不到一百米。情报显示，跨省诈骗杀人案的父子嫌疑犯藏在里面。

他指挥过一系列追捕、搜捕和突袭行动，不论是毒枭、黑社会头目还是连环杀人凶手，从未失手，手下特警从未有人伤亡。但此次行动却令这位支队长伤透了脑筋。他没有参与前期的侦查工作，接到指令后才阅读所有的协查情报，包括刚收到的一份内情报告，说达氏父子明知罪大恶极，落入警方手里必死无疑，准备以牙还牙，只要碰上警察必定开枪，肖可语就是最好的例子。同时还说，这些人准备了炸药，宁愿同归于尽，也决不愿被活捉。

"一切都已准备就绪了吗？"雷晓宇问杨昆山。

"对。街道已经清空，救护车、救援车都已到位，虽然通信仍未恢复，但对讲正常，保障没问题。狙击手正在待命。"

雷晓宇一边听，一边点头。行动看似无懈可击，可他心里为什么如此感到不安呢，到底是哪里出了问题？

情报应该确凿无疑。从现场击毙的嫌疑人——刺伤并挟持肖可语的达摩——身上搜出的手机里，发现了他与达氏父子的交流信息，显示他在大楼里劫持人质，拖延时间，达氏父子则进入了附楼。附楼里住着一个老头和女孩，女孩是达一路的情人。达氏父子将化装成雁南警察，装成救护老头和女孩两个人质的样子，趁乱伺机逃跑，最不堪就引爆炸药，跟围捕警察同归于尽。

信息还得到省厅发出的抓捕指令的印证。雁南省公安反电信诈骗中心破解了达一路的"守护神"软件，里面藏匿着达一路的逃遁计划。最后的步骤便是，化装成雁南警官（因为他们都是雁南人，说话带雁南口音）带着人质离开，如果雁北警方阻拦，便声称是一场误会。为给逃跑赢得时间和便利，他还侵入交警指挥系统和移动通信公司，造成交通堵塞和通信中断。

三个不同的渠道，同一内容的情报。雷晓宇心想，没错，够阴险的！

按特别行动预案执行！

他向杨昆山出示了省厅的行动指令。特警们迅速集结，简单动员准备后，各就各位，包围目标。只等他在图传指挥车里发出正式进攻的口令。

但是，他有些犹豫不定。头脑里不断回响着肖可语虚弱的声音。她被达摩刺了一刀，匕首又插入后背，但救护人员抬她离开时，仍死死地拉着他的裤腿，断断续续地说："救……救……罗卫……丁杨，他们去了隔壁……"

隔壁，也就是那栋附楼。

他从未碰到这种事情。尽管他也是谍战影视迷，在港片看到过类似的情形，但他相信现实警匪交锋中，没有那种可能。雷晓宇想了想，尽管按照预案，面对这类罪犯的作战行动不需要谈判员参加，但增加这样一个程序是不是更稳妥？

"雷总？"随车协警打断了他的思绪，指指他的电脑屏幕。"这里有份报告给您。"

雷晓宇俯过身子阅读。

"加急：据武州市公安局报告，特大诈骗杀人案嫌疑人达方成勾结某军火走私团伙，购买了大批自动武器、手榴弹和防弹衣，并于今天中午购置了一百公升95号汽油，运往财富大厦，最后去向不明。"

天哪，这怎么得了！雷晓宇心想，脉搏飞速加快。这条信息把他请谈判员的念头驱赶一空。他望着杨昆山，朝屏幕点点头，冷静地说："杨支把这个情况通报下去，让大家各就各位。五分钟后开始强攻。"

杨昆山看了看电脑屏幕，脸色微微一变。

他打开车载对讲机，向实施包围的特警和待命的狙击手发出通知。"准备实施冲击。观察目标是否在窗口出现？"

各狙击点位先后报告说没有发现。

"好。只要发现携带武器者，格杀勿论。要一枪击毙，不能给他们引爆炸药或者引燃汽油的时间。如果没发现武器，则给你们自由处置的权力，但上级给我们的指令是除恶务尽，避免造成无辜伤亡和财产损失。明白吗？"

"明白！"狙击手陆续回答。

雷晓宇和杨昆山离开指挥车，在朦胧的夜色中跑向正面攻击点位。雷晓宇加入正门攻击特警小队，杨昆山则加入侧门攻击的二号小队。

监视组向杨昆山报告："红外线监视仪显示，卧室和客厅里测出有人体体温。"

"收到。"

杨昆山接着朝对讲机发布命令："监视组继续监视。现在，二号小队、三号小队分别从侧门及厨房窗户往里面扔催泪弹，厨房卫生间各一颗，两个卧室各两颗，客厅里扔三颗，每一颗之间相隔五秒。到所有催泪弹同时炸响时，一、二号小队同时攻击两门，三、四号小队预备接应。狙击手形成交叉火力带。"

所有小队队长确认收到命令。

想着走私过来的自动武器、手榴弹和上百公升汽油，杨昆山戴上了手套和头盔。

"预备！"他说，"二号小队跟着我，放轻脚步，注意隐蔽。"

他朝四名腰上挂着催泪弹的特警打了个手势，他们立刻跑到会客厅、起居室和阳台的窗户下站好，拉出保险针。另外四名特警跟着行动，一手提着微冲，一手捏着警棍，他们的任务是砸碎窗玻璃，好让同事将催泪弹扔进室内。

他们一齐回头望着杨昆山，等待他做出动手的手势。就在这时，杨昆山的耳机里传来尖锐急促的声音。"杨支队长，您有一个紧急专线电话。是省厅指挥中心打来的。"

指挥中心？是关于这次行动吗？

"我是杨昆山。"他咬着耳麦轻声说。

耳麦"哔"了一声，表示接通。

"杨支队长，"是一个柔美的女声，"我是支队内勤刘琼。"

"刘琼？"杨昆山疑惑地问，"不是让你陪着肖可语待在医院吗？"

"是的，我在医院。可肖警官坚持要我给你打电话，请你务必放弃行动。她说，附楼里是他们雁南来的人。"

他想起送肖可语走时，她用力拉住他的裤腿。

"这是重大抓捕行动，岂能任她说一句停就停……她到底是什么意思？我们可是有确凿情报来源的，而且是省厅指挥中心下达的指令，一旦放弃，你知道将会招来多大麻烦吗？你照顾好她吧，我挂了。"

"不！别挂！她说你不同意，她就要到现场去。"

"她来也无益。"

杨昆山凝视着附楼。一切寂静无声。每每这个时候，他都会产生一种奇特的惑觉，激动、紧张、恐惧，兼具一种无助的不安感。一往无前地爽快冲锋时，或许正有一个凶手把瞄准器上的十字星对着你，准备挑选防弹背心与头盔之间的肉身射击。

话筒到了肖可语手里，她气若游丝地说："杨支，求求你，附楼里真是我同事……不是伪装的嫌疑人，请先喊话，再执行逮捕程序，我保证他们不会反抗的。"

"这不是你该干预的。"

"求求你。如果真按特别预案行动，你会后悔的……"

杨昆山踌躇了一下。就位的各位特警不耐烦地看看手表，朝房子摆摆头。

肖可语的声音绝望到了极点。"求求你。难道你想让我们都死在这里吗？"

支队长犹豫了一下，低声咕哝道："肖可语，但愿你不会伤重而亡。"

他把微型冲锋枪挎到肩上，对着耳麦说："各小队注意，各小队注意，原地待命。重复，原地待命。如果楼里有人开火，准许还击。"

他跑回图传指挥车，雷晓宇也闻讯赶了过来。情况已经明了，肖可语向省厅发出了求助，但省厅并未下达停止行动指令，只是前往另一个搜查点执行任务的雁闰警方负责人黎政已在赶来现场的路上。

等待？

但任何等待都足以让房子里的凶手抓住机会组织进攻，或者把炸药汽油装备妥当，用人肉炸弹的方式夺去雁北特警的性命。

五分钟，十分钟……

等待的时间太长了。一小队队长跑到指挥车门前请示："雷总，这到底是怎么回事？我们等得太久了。要动手，就要打他们一个措手不及。"

雷晓宇也跟他商量："再不能等下去，进攻吧！否则，他们恐怕已做好引爆大楼的准备。"

"哎，等等。"随车协警不合时宜地说，"有点奇怪。"他指了指图传视频系统的屏幕。"你们看。"

杨昆山脱掉了黑色头盔，擦了把脸。上帝，这究竟是怎么回事？

雷晓宇也盯紧了屏幕。

突然，对讲机里响起一个声音："报告，我是一号点位狙击手。一名疑犯走出大门。男性，二十八九岁。双手高举。我已瞄准。请指示。"

"有没有携带武器或炸药？"

"看不到。"

"有什么特别举动？"

"没有，他正在慢慢向前走，同时慢慢转身，把背、侧身亮给我们看。身上应该没有武器和炸药。衬衫单薄，裤腿晃荡。即将走入我的盲区，请二号狙击手继续瞄准，我将加强配合，做好战斗准备。"

"明白。"二号点位狙击手答道。

小队长仍站在车门口，说："两位首长，他身上一定带着引爆装置。所有情报都再三强调过他们的目的，与我们同归于尽。这个家伙一旦引爆炸弹，其他人就会应声从窗户向外面开枪扫射。"

杨昆山对着耳麦说："二号小队注意，命令疑犯趴在地上。二号狙击手，如果五秒钟内他没有脸朝下趴着，立刻开枪。"

"收到。"

他们听到手提式喇叭在喊："我们是警察。命令你脸朝下趴倒，伸直两臂。立即服从！"

片刻后，二小队队长报告："他趴下了。我们是不是冲上去搜身，并押起来。"

杨昆山正要回答，车外传来"嘎"的刹车声，接着是众声惊呼："肖可语！"他赶紧朝前坪跑去，大声叫喊，可肖可语仿佛什么都没听见，反而挥手让他走开。

肖可语在水淋淋的草地上磕磕绊绊，推开了杨昆山和另一个更加模糊的特警，奔跑起来。她从侧面越过一支特警小队，他们正在迅速而果断地沿着绿化带包围趴在地上的人，试图按照规范的战术动作接近他。

她每走一步，感觉就像锤子在她的眼睛后面敲打一下，而且还能感觉到嘴里温暖而带有金属味道的血腥。除了背部和手臂的疼痛，还是几乎什么意识都没有，也没有察觉到杨昆山扶她的动作。直到扑倒在地上，捧起趴着的脸，用力地揉着，似乎要撕开来展示给特警验证。

她头昏眼花，却声嘶力竭地喊道："你们看，你们看，他是跟我们一起来的丁杨……难道你们没看见吗，我们……"

"冷静点，肖可语。"杨昆山命令她，用力抓住她的手腕。

"我们知道了。你现在重伤在身，要保重好身体。"

他的声音像是一句耳语。

肖可语躺下了，动弹不得，两眼却紧盯着趴着的人，像着了迷似的。她看着特警围了过来，又分散开去，杨昆山安慰性地说了几句，便喊来两名随车的女警。肖可语明白，自己赢了。她翻转身，紧紧地将丁杨搂在怀里。

杨昆山与雷晓宇对视了一眼，叹了口气，然后对着耳麦说："所有小组，撤退。"

第四十六章

丁杨趴在草地上，嗅着泥土味、雨水味和月季花隐隐的香味。猛地，一个女性的身体俯在他的身旁，使他眨了几下眼睛。她双手捧起他的脸，不断地揉搓，而他只顾着瞧她，只见她苍白的肌肤依然焕发奇特的光彩，敏感的鼻孔翕张着，与众不同的双眼和溢出的瞳孔有如局部月食，嘴唇紧张地抿着，柔软而湿润，仿佛刚刚亲吻过。

一位样子机敏的年轻女警小心翼翼地走来，双手扶着肖可语。肖可语则扶着他，三个人几乎同时站起来。而肖可语站起的同时，向一边倒去，吓得他急忙扶住她。

丁杨第一次接触到肖可语凝脂般的肌肤，心想她的身体怎么会这么柔软！是不是永远都会这么柔软？她直起身子，侧过头，拨开一绺头发，露出微笑。

肖可语当着女警和杨昆山的面，问了他几个私人性的问题，那些答案可以证实，从附楼房子走出来，然后趴在地上的男子确实是雁南来的警察丁杨。

接着，特警们从房子里接出了罗卫、女孩琳琳，抬出受了重伤的老人乔爷。他们虽然没有受到粗暴对待，没有手铐，但盘查是少不了的。毕竟达氏父子的化装术和变脸太可怕了，不得不防。罗卫表示充分理解，但琳琳感到极度恐惧，"其程度一点儿也不亚于跟达方成待在一起"，这是事后她跟乔爷说的原话。

这次行动最受益的要数丁杨。不是因为杨昆山后来当面向他致歉，又特别发函向雁南省公安厅提请为他记功，而是他跟肖可语的关系可谓突飞猛进，在从财富大厦去医院途中，他便成功走完了表白的整个程序，并在肖可语的微笑里得到了认可。本来以丁杨的羞涩和肖可语在第一次婚姻里练就的坚壳，两人的爱情再如何发展，捅破那层窗户纸会是一个艰难的过程。这次行动为此帮了大忙。

丁杨母亲听说他找了个二婚，开始死活不同意，家庭条件虽差点儿，但儿子优秀，堂堂公安民警，而且才二十多岁，但看到肖可语，再没二话，乐得整天合不拢嘴。

结案调查工作进行了整整半个月。先是财富大厦的两具尸体，达方成的身份认定起来比较容易，毕竟他在工商行政管理局留下了指纹，而且有公司员工的证明和办公室毛发的 DNA 鉴定。大厦二楼那具尸体的 DNA 却怎么都跟达方成无法匹配，又没有找到其他可资鉴定的样本，认定结果一直悬疑。

　　他是谁？黑客达一路吗？是他从钻进达方成妻子肚里时就不是达方成的血脉，还是他本来就是达方成领养的？无法查证。如果不是达一路，那他是谁？在全国 DNA 样本库里没有找到比对匹配目标，他在其他活动场所也没有留下可资查证的痕迹。

　　达一路逃走，还带走了内鬼林立仁吗？前者始终没有结果，后一个谜底倒很快揭晓了。雁南警方找到了林立仁的尸体，苏南还在他的语音信箱里发现了一条信息。正是林立仁临死前留下的。

　　原来，达摩吴承欢受达一路指令，闯进专案组袭击丁杨的那天中午，林立仁正好买好快餐回来，在停车场看到达摩从大楼跳上一辆电动车离开，于是紧随而去。他在语音信息中表示，他想凭自己的力量把罪犯抓回来。他说自己老是没什么成绩，想以此证明他也能干成漂亮的事情。

　　吴承欢看到林立仁在跟踪他，就杀了他，然后伪装成林立仁自杀的样子。事后，达一路侵入林立仁的电脑，伪装了一系列虚假邮件，并指使达摩将林立仁的电脑和磁盘从他家拿走。可以肯定，遗书也是伪造的。这一切，都是为了阻止警方揭开幕后的真实面目。

　　乔爷伤情稳定后，琳琳随警察回汉洲为姐姐娟子举行葬礼。

　　高媛了解到琳琳的情况，把她接到了家里。她想琳琳一定已经受够了，是不是会一晚接一晚地睁着眼睛躺在那儿，等着走廊里有恐怖的事情发生？

　　案件侦办得非常圆满。专案组荣获集体一等功，所有参战民警都得到了部省颁发的奖章，专案功绩受到媒体的大肆宣传。林立仁被追认为革命烈士，汉洲市公安局为他举行了隆重的警察葬礼。证书下来的那天，罗卫带着原班侦查人员到烈士墓园祭奠，所有人都哭了，苏南边哭边用拳头捶打着墓碑，显得格外悲切。起身后，大约想起了那天在机房被冷拳打晕的事，对丁杨挥起拳头。肖可语闪身拦在丁杨面前，对苏南瞪大眼睛。

　　苏南哼哼地退了一步，不满地说："重色轻友！"

　　"我就重色轻友啦，怎么样？"说着，肖可语大方地给了丁杨一个有力的拥抱。罗卫询问他们举办婚礼的日子，丁杨幸福地望着肖可语，肖可语抿嘴没有回答。

　　高媛肚子越来越大，已经大到看不见自己的脚指头。不过，她过得挺享受的。不仅两人每天同进同出，而且罗卫负责为她穿鞋脱鞋，并承包了家里的一应家务。

　　不过，罗卫也不是经常为她穿鞋脱鞋，因为高媛已经休了产假，还有一周就是她的预产期了，家里请了保姆。罗卫刚调到警令部，想给市局领导一个好印象，正忙着。

高媛手忙脚乱地鼓捣着比拇指大不了多少的袜子和比拳头大不了多少的绒线帽，以前这些东西在她眼里可谓蠢到了家，现在却成了她生活的中心。

只要有空，罗卫便陪着怀有九个月身孕的妻子散步。他不容许她再接触电脑，倒不是怕辐射，而是不想孩子早早地接触那东西，让他孩子误以为那些塑料匣子就是整个世界。

高媛看似很顺从，却从心底里不赞成他的观点。计算机也是真实的，而且它们正日益成为有血有肉的生命的一部分，这一点永远不会改变。人们不需要问这种改变是好是坏，而是每个人都面临着一个简单而深奥的命题：当网络渐渐占领我们的生活时，我们究竟想充当什么角色？她和丁杨一直致力于"黑客攻击识别"和防火墙研发，屡屡攻克入侵难题，填补了网警技术的多项空白。不过，打击互联网"黑产"犯罪不是一蹴而就的，面对新形势、新问题，需要全国甚至世界人们的不懈努力。

时间长了，罗卫也就不再过问。不管高媛做什么，他都由着她。当她想说话的时候，不管是关于网络还是现实，他都静下心来倾听。

生产前三天，罗卫请了假，陪在她身边。双方父母接到消息都飞速地赶了过来。高媛生了一个小男孩，并自作主张为他起名为罗网。

罗卫很生气。他们争论了很长时间，最后却不得不让步。因为肖媛说，要不叫罗虚拟。"虚拟"二字罗卫是万万不能接受的。罗卫又上网查了查百度百科，"罗网"是一个网络术语，意思是为规范网络管理，在所有环节都织起一张网，将所有隐藏着不良行为的非法信息都过滤在外，保护网民安全。

几周后，罗卫开始上班，高媛则还有差不多半年假期。她既全身心地养育孩子，照顾孩子，又与丁杨一道申报了"智慧新警务"科研课题，看起来像是瞎忙活，却更像等待她去探索的挑战，充满了爱心和幸福。

罗卫在家的每一分钟都抱着自己的儿子，还带他去公园散步。晚上每两三个小时起来一次摇摇自己的宝贝。小罗网舒服地依偎在他的怀里。罗卫觉得，虽然生活可能不是完美无缺，但至少还有幸福的时刻。

"我爱你，罗网。"他听着襁褓里儿子的鼾声笑了。